Matilde Asensi

Le pays sous le ciel

*Traduit de l'espagnol
par Anne-Carole Grillot*

Gallimard

Titre original :

TODO BAJO EL CIELO

© *Matilde Asensi, 2006.*
© *Editorial Planeta, S.A., 2006.*
Published by arrangement by l'Autre Agence,
Paris & Bookbank Agency.
© *Éditions Charleston, marque des éditions Leduc.s, 2013,*
pour la traduction française.

Née à Alicante, Matilde Asensi a fait des études de journalisme à l'université de Barcelone et a travaillé pour plusieurs radios et journaux espagnols. Elle est notamment l'auteur de *Iacobus*, *Le salon d'ambre*, *Le dernier Caton*, et *Le pays sous le ciel*.

À Pascual et Andrés,
car, après de longues et âpres négociations,
ce sont eux qui ont gagné. Et, malgré tout,
je les aime.

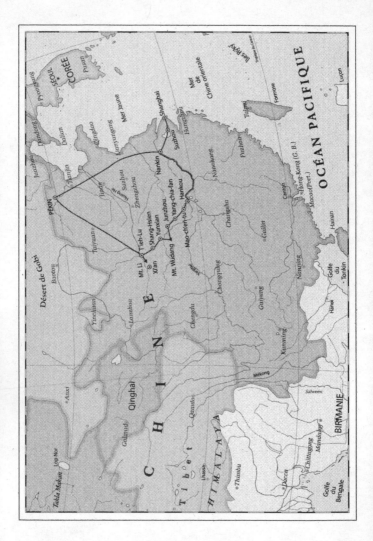

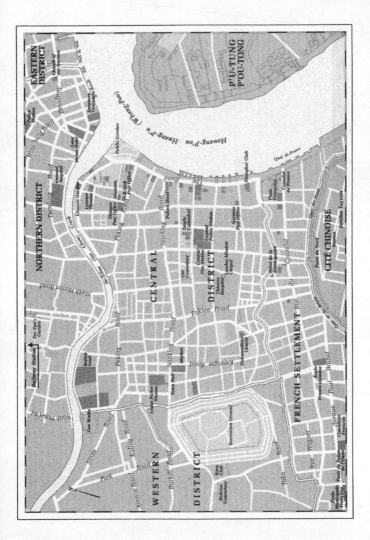

Chapitre 1

La traversée à bord de l'*André Lebon* avait été un puits sans fond de nausées et de mal de mer, jusqu'à ce qu'un midi une surprenante quiétude envahisse le paquebot, m'obligeant à faire l'effort déplaisant d'entrouvrir les yeux, comme si cela allait me permettre de savoir pourquoi il avait cessé de se battre contre la houle pour la première fois en six semaines. Six semaines ! Quarante jours atroces, dont je me souvenais n'avoir passé qu'un ou deux sur le pont, au prix d'un grand courage. Je n'avais vu ni Port-Saïd, ni Djibouti, ni Singapour... Je n'avais même pas été capable de m'approcher des hublots lorsque nous avions traversé le canal de Suez ou accosté à Ceylan et à Hong Kong. L'abattement et le mal de mer m'avaient clouée sur la petite couchette de ma cabine de seconde depuis notre départ de Marseille, le matin du dimanche 22 juillet, et ni les infusions de gingembre ni les inhalations de laudanum, qui m'abrutissaient, n'étaient parvenues à soulager ma détresse.

La mer n'était pas mon élément. J'étais née à Madrid, dans les terres, sur le plateau castillan, à bonne distance de la plage la plus proche, et monter ainsi à bord d'un navire pour parcourir la moitié du monde en flottant et en tanguant me semblait contre nature. J'aurais préféré mille fois faire le voyage par le chemin de fer, mais Rémy disait toujours que c'était beaucoup plus dangereux et, de fait, depuis la révolution des bolcheviks en Russie, sillonner la Sibérie était pure folie, si bien que je n'avais eu d'autre choix que d'acheter des billets pour cet élégant paquebot à vapeur de la Compagnie des messageries maritimes, en croisant les doigts pour que le dieu des mers soit clément et n'ait pas le caprice saugrenu de nous envoyer par le fond, où nous serions dévorés par les poissons et où nos ossements disparaîtraient pour toujours sous le limon. Il y avait des choses que l'on n'apportait pas avec soi à la naissance et, de toute évidence, je n'étais pas venue au monde avec le pied marin.

Lorsque le calme et le silence déconcertant du bateau m'eurent redonné des forces, je regardai encore une fois les pales du ventilateur suspendu aux plaques du plafond. À un moment de la traversée je m'étais juré que, si je remettais un jour pied à terre, je peindrais ce ventilateur tel que je l'avais vu sous les effets nébuleux du laudanum ; peut-être parviendrais-je à le vendre à Kahnweiler, le marchand d'art qui aimait tant les œuvres cubistes de mes compatriotes Picasso et Juan Gris. Mais la vision brumeuse des pales du ventilateur ne m'expliqua pas pourquoi le navire s'était arrêté et, comme on n'entendait pas non plus le remue-ménage typique de l'arrivée aux ports ni la course désordonnée des passagers affluant vers le pont, je ne tardai pas à avoir un mauvais pressentiment... Après tout, nous étions dans les mers hasardeuses de Chine, où, en cette année 1923, de dangereux pirates orientaux abordaient encore les navires de passage pour commettre vols et assassinats. Mon cœur commença à battre plus fort et mes mains se mirent à transpirer puis, juste à ce moment-là, de sinistres petits coups résonnèrent à ma porte.

— Vous permettez, ma tante ? demanda la voix éteinte de cette toute nouvelle nièce que j'avais gagnée à une tombola sans avoir acheté de billet.

— Entre, murmurai-je en réprimant de légères nausées.

Comme Fernanda ne venait me voir que pour m'apporter des infusions contre le mal de mer, à chaque fois qu'elle entrait dans ma cabine, mon estomac se révulsait. La silhouette replète passa tant bien que mal sous le linteau.

La môme tenait un bol de porcelaine d'une main et son sempiternel éventail noir de l'autre. Elle ne se défaisait jamais de cet éventail, pas plus qu'elle ne lâchait ses cheveux, toujours tirés en chignon à hauteur de la nuque. Il se dégageait d'elle un contraste saisissant entre la fraîcheur de ses dix-sept ans et l'austérité de son inséparable tenue de deuil, scandaleusement vieillotte y compris pour une demoiselle de Madrid et, bien sûr, tout à fait inappropriée à la chaleur torride que nous subissions sous ces latitudes. Seulement, bien que je lui aie proposé certains de mes propres vêtements (des corsages plus légers, très *chics*[1], et une jupe plus courte, s'arrêtant au genou, selon les prescriptions de la mode parisienne), en fidèle héritière d'un caractère revêche et plutôt ingrat, elle avait rejeté mon offre en bloc en se signant et en baissant les yeux vers ses mains avec un air catégorique pour me signifier que la question était tranchée.

— Pourquoi le bateau s'est-il arrêté ? m'enquis-je

1. Note de la traductrice : tous les mots français en italique sont en français dans le texte.

comme je me redressais, tout doucement, en commençant à sentir les arômes agressifs de cette potion que les cuisiniers du paquebot avaient pris l'habitude de préparer pour plusieurs passagers.

— Nous avons quitté la mer, m'expliqua-t-elle avant de s'asseoir au bord de ma couchette pour approcher le bol de mes lèvres. Nous sommes à Woosung ou Woosong, je ne sais pas... quelque part à quatorze milles de Shanghai. L'*André Lebon* avance lentement parce que nous remontons un fleuve et pourrions heurter le fond. Nous serons arrivés d'ici quelques heures.

— Enfin ! m'exclamai-je.

Je m'avisai que la proximité de Shanghai me soulageait bien plus que la tisane de gingembre. Cependant, je ne me sentirais bien que lorsque je sortirais de cette maudite cabine empestant le salpêtre.

Fernanda, qui ne retirait pas de mes lèvres le bol dont je me détournais obstinément, fit une grimace censée être un sourire. La pauvrette ressemblait trait pour trait à sa mère, mon invivable sœur Carmen, emportée cinq ans auparavant par la terrible épidémie de grippe de 1918. Outre son caractère, elle avait ses grands yeux ronds, son menton proéminent et ce nez se terminant par une drôle de petite boule de chair qui leur donnait à toutes deux une mine comique, malgré l'expression sévère de leur visage, qui faisait fuir même les plus courageux. L'embonpoint, en revanche, elle le tenait de son père, mon beau-frère Pedro, un homme ventru au double menton si volumineux qu'il avait dû se laisser pousser la barbe dès sa prime jeunesse pour le dissimuler. Pedro n'était pas non plus un modèle de sympathie et il n'était donc pas étonnant que le fruit de ce mariage malheureux fût cette enfant sérieuse, endeuillée et aussi exquise que l'huile de ricin.

— Vous devriez rassembler vos affaires, ma tante. Voulez-vous que je vous aide à faire vos bagages ?

— C'est si aimable de ta part... murmurai-je.

Je me laissai tomber sur mon grabat avec un air de souffrance qui, bien que relativement réel dans le fond, sembla quelque peu affecté pour avoir été exagéré. Mais enfin... si la môme me proposait son aide, pourquoi ne pas la laisser faire ?

Tandis qu'elle farfouillait dans mes malles et valises pour y ranger le peu de choses que j'avais utilisées pendant ce pénible voyage, j'entendis peu à peu des bruits et des voix enjouées dans le couloir ; sans doute les autres passagers de seconde étaient-ils aussi impatients que moi d'abandonner le milieu aquatique et de regagner la terre ferme, avec le reste de l'humanité. Cette pensée me ragaillardit tant et si bien que, dans un effort suprême, avec force gémissements et lamentations, je parvins à me lever et à me tenir assise sur la couchette, les pieds sur le sol. Incontestablement, je me sentais très faible, mais la fatigue n'était rien à côté du sentiment de tristesse que la léthargie induite par le laudanum avait réussi à étouffer et que la vitalité, hélas, me rendait.

Je ne savais pas combien de temps nous devrions rester à Shanghai pour régler les affaires de Rémy mais, si à cet instant la simple idée de devoir effectuer le voyage de retour me faisait dresser les cheveux sur la tête, j'espérais que notre séjour dans cette ville serait le plus bref possible. Du reste, j'avais convenu par télégramme de rencontrer l'avocat dès le lendemain matin, dans le but d'accélérer les démarches et de résoudre au plus tôt les questions restées en suspens. La mort de Rémy avait été un coup terrible, très dur, un cruel revers que j'avais encore des difficultés à admettre : Rémy, mort ?

Quelle absurdité ! C'était une idée totalement ridicule et, pourtant, je me souvenais encore très clairement du jour où j'avais reçu la nouvelle, celui-là même où Fernanda avait débarqué chez moi, à Paris, avec sa petite valise en cuir, son manteau noir et sa sage petite capote de jeune Espagnole de bonne famille. J'étais encore en train d'essayer de me faire à l'idée que cette morveuse, que je ne connaissais ni d'Ève ni d'Adam, était la fille de ma sœur et de son veuf mort récemment, lorsqu'un employé du ministère des Affaires étrangères avait frappé à la porte. Après avoir retiré son chapeau, l'homme m'avait présenté ses plus sincères condoléances et tendu une dépêche officielle, à laquelle était agrafé un câble m'annonçant que Rémy avait été tué par des voleurs qui s'étaient introduits chez lui, à Shanghai.

Qu'aurais-je pu faire ? D'après la dépêche, je devais me rendre en Chine pour m'occuper du corps et régler les questions juridiques, mais il fallait aussi que je me charge, en qualité de tutrice dative, de cette fameuse Fernanda (ou Fernandina, comme elle aimait qu'on l'appelle, ce qu'elle n'obtiendrait jamais de moi) dont la naissance avait eu lieu plusieurs années après que j'eus définitivement coupé les ponts avec ma famille et décidé, en 1901, de partir étudier la peinture en France, à l'académie de la Grande Chaumière – la seule école de Paris où il n'y avait pas de frais d'inscription. Je n'avais pas eu le temps de m'effondrer ni de m'apitoyer sur mon sort : j'avais déposé deux petites chaînes en or à la caisse de secours, bradé toutes les toiles que j'avais à l'atelier et acheté deux billets hors de prix pour le premier bateau à destination de Shanghai, qui partait de Marseille le dimanche suivant. Après tout, Rémy de Poulain était, toute autre considération mise à part, mon meilleur ami. Une douleur vive m'étreignait la poitrine quand je pensais qu'il n'était plus sur cette terre en train de rire, de parler, de marcher ou, simplement, de respirer.

— Quel chapeau voulez-vous porter pour débarquer, ma tante ?

La voix de Fernanda me ramena à la réalité.

— Celui qui a des fleurs bleues, murmurai-je.

Ma nièce resta figée et m'observa avec la même fixité imprécise que sa mère quand nous étions petites. Cette aptitude héritée à dissimuler ses pensées était ce que j'aimais le moins chez elle car, de toute façon, qu'elle le veuille ou non, on les devinait. Aussi, comme j'avais pratiqué ce sport pendant très longtemps avec sa grand-mère et sa mère, cette enfant n'avait-elle rien à espérer de moi.

— Ne préféreriez-vous pas le noir à boutons ? Il vous irait bien avec une robe assortie.

— Je vais mettre mon chapeau à fleurs avec la jupe et le corsage bleus.

Le regard neutre s'éternisa.

— Vous souvenez-vous que nous allons être accueillies au port par le personnel du consulat ?

— C'est justement pour cette raison que je vais porter ce que je viens de te dire. C'est la tenue qui me va le mieux. Ah ! et le sac et les souliers blancs, s'il te plaît !

Lorsqu'elle eut bouclé toutes les malles et déposé au pied du lit les vêtements que j'avais demandés, ma nièce sortit de la cabine sans ajouter un mot. À ce moment-là, j'avais déjà bien récupéré grâce à l'immobilité trompeuse du bateau, qui, comme je pus le constater à travers les hublots, progressait lentement au milieu d'un trafic dense de navires aussi grands que lui et une foule de petites barques rapides à voile carrée, à l'ombre de laquelle s'abritaient des pêcheurs solitaires ou, si incroyable que cela puisse paraître, des familles entières de Chinois, avec des vieillards, des femmes et des enfants.

D'après le guide de voyage Thomas Cook que j'avais acheté à la hâte à la librairie américaine Shakespeare and Company la veille de notre départ, nous remontions le Huangpu, artère de la grande ville de Shanghai, non loin de sa confluence avec l'embouchure de l'immense Yangtsé, le fleuve Bleu, le plus long de toute l'Asie, qui parcourait le continent d'ouest en est. Cela pouvait paraître étrange mais, si Rémy avait vécu en Chine au cours de ces vingt dernières années, je n'y avais moi-même jamais mis les pieds. À aucun moment il ne m'avait demandé d'y aller, pas plus que je n'avais été tentée d'entreprendre pareil voyage. La famille De Poulain possédait de grandes soieries à Lyon, dont la matière première, dans un premier temps, était envoyée de Chine par le frère aîné de Rémy, Arthème, avant qu'il ne doive revenir en France pour reprendre l'affaire à la mort de leur père. Rémy, qui avait joui jusqu'alors d'une vie oisive et insouciante à Paris, n'avait pas pu faire autrement que de remplacer Arthème à Shanghai ; ainsi, à quarante-cinq ans fraîchement révolus, alors qu'il n'avait jamais mis la main à la pâte, il était devenu du jour au lendemain fondé de pouvoir et courtier des filatures familiales dans la plus grande et la plus riche métropole d'Asie, surnommée le « Paris de l'Extrême-Orient ». À l'époque, j'avais vingt-cinq ans et, pour être honnête, j'avais été profondément soulagée de le voir partir, d'être seul maître à bord et libre de faire ce dont j'avais envie – exactement comme il l'avait été pendant que j'étudiais à l'académie. Certes, à partir de ce moment-là, j'avais dû vivre exclusivement de mes maigres revenus, mais le temps et la distance avaient assaini ma relation compliquée avec lui et nous étions devenus bons amis. Nous nous écrivions souvent, nous nous racontions tout et il ne faisait aucun doute que, s'il ne m'avait pas parfois aidée financièrement, je me serais trouvée à plusieurs reprises dans l'embarras.

Lorsque j'eus fini de m'habiller, le brouhaha était à son comble dans le bateau. D'après la nature de la lumière qui entrait par les hublots de ma cabine, il devait être environ quatre heures de l'après-midi et, d'après les bruits, nous arrivions probablement aux quais de la compagnie de navigation de Shanghai. Si le voyage s'était déroulé comme prévu et si j'avais bonne mémoire, nous étions le jeudi 30 août. Avant de sortir de ma cabine et de monter sur le pont, je pris la liberté d'ajouter une dernière touche scandaleuse à ma tenue estivale de veuve quadragénaire en défaisant les rubans des revers de mon corsage, pour nouer autour de mon cou le magnifique foulard de douce soie blanche brodé de fleurs que Rémy m'avait offert en 1914, lorsqu'il était rentré à Paris à cause de la guerre.

Je saisis mon sac et, devant le miroir, je campai mon chapeau sur mes cheveux courts à la *garçonne*, retouchai mon maquillage, mis un peu de fard sur mes joues pour détourner les regards de mes oreilles et compenser la pâleur de mon visage – par chance, cette année, la mode était aux coloris ternes – et, d'un pas chancelant, je me dirigeai vers la porte et vers l'inconnu : j'étais ni plus ni moins à Shanghai, la ville la plus dynamique et opulente d'Extrême-Orient, la plus célèbre, connue dans le monde entier pour sa passion incontrôlée pour les plaisirs les plus variés.

Depuis le pont, je vis Fernanda descendre par la passerelle d'une démarche assurée. Elle avait mis son horrible capote noire et avait l'allure d'un corbeau au milieu d'un champ de fleurs. Dans un tumulte infernal, des centaines de personnes s'entassaient pour quitter le navire, tandis que des centaines d'autres, ou peut-être des milliers, s'agglutinaient sur le quai, entre les hangars, les bureaux des douanes et les bâtiments arborant le drapeau tricolore français, pour décharger malles et ballots, proposer des autos à louer, des chambres d'hôtel, des trajets en *pousse-pousse*, ces petites voitures à deux roues, ou simplement attendre parents et amis, qui, comme nous, arrivaient à bord de l'*André Lebon*. Des policiers en tenue jaune, la tête abritée sous un chapeau conique et les jambes entourées de bandes de tissu, tentaient de mettre de l'ordre dans ce chaos en frappant brutalement à l'aide de courts bâtons tous les Chinois pieds nus et à peine vêtus qui, une tige de bambou oscillant sur les épaules entre deux paniers suspendus, vendaient de la nourriture ou des verres de thé aux Occidentaux. Les cris des pauvres coolies étaient inaudibles dans la rumeur humaine, mais on les voyait fuir le bâton à toute vitesse et reprendre leur activité quelques mètres plus loin.

Fernanda était on ne peut plus visible au milieu de la cohue ; ni les capelines colorées ni tous les chapeaux du monde, ni les flamboyants parasols chinois, ni toutes les capotes de tous les *pousse-pousse* de Shanghai n'auraient pu éclipser cette silhouette gironde et endeuillée qui avançait dans la multitude tel un char de combat allemand sur Verdun. Je ne voyais pas pour quelle raison elle s'éloignait du navire avec tant de détermination, mais j'étais trop occupée à essayer de ne pas me faire piétiner par le reste des passagers pour me soucier d'une personne qui, outre qu'elle parlait parfaitement le français – elle avait reçu l'éducation dont bénéficiait toute jeune fille espagnole issue d'une famille aisée : français, couture, religion, quelques rudiments de peinture et de piano –, outre qu'elle parlait le français, donc, pouvait mettre en déroute une paire de petits Chinois à natte en un clin d'œil.

J'empruntai la passerelle et la forte odeur de pourriture et de crasse qui montait du quai me replongea dans les affres du mal de mer. Comme nous avancions très lentement, j'eus le temps d'imprégner un mouchoir en batiste de quelques gouttes d'eau de Cologne et de me le poser sur le nez et la bouche, geste rapidement imité par d'autres dames de mon entourage, tandis que les messieurs se résignaient, avec un air impénétrable, à respirer ces abominables relents de fèces impossibles à ignorer. Je supposai que la puanteur provenait des eaux souillées du Huangpu, car on y décelait aussi des effluves de poisson et de graisse brûlée, mais j'allais bientôt découvrir que c'était l'odeur ordinaire de Shanghai, une odeur à laquelle, avec le temps et fatalement, chacun finissait par s'habituer. Ce fut donc ainsi, le visage dissimulé derrière un masque parfumé ne laissant voir que mes yeux, que je foulai enfin le sol de la Chine pour la première fois de ma vie ; et quelle ne fut pas ma surprise quand je trouvai devant moi, au pied de la passerelle, ma diligente nièce accompagnée d'un élégant monsieur, qui se répandit courtoisement en obligeantes salutations après m'avoir fait ses condoléances pour le décès de Rémy. Il s'agissait de M. Favez, l'attaché du consul général de France à Shanghai, Auguste H. Wilden, qui avait l'immense plaisir de m'inviter à déjeuner le lendemain dans sa résidence officielle si, naturellement, je n'avais pas pris d'autres engagements et ne me ressentais plus du voyage.

Je venais d'arriver et mon emploi du temps était

déjà presque plein : le matin, rendez-vous avec l'avocat de Rémy et, à midi, repas avec le consul général de France. Pour ma part, il allait me falloir plusieurs vies pour retrouver un équilibre sur la terre ferme ; en revanche, pour des raisons inexplicables, Fernanda paraissait fraîche, dispose et débordante d'énergie. Jamais, depuis un mois et demi que je la connaissais, je n'avais vu ma nièce irradier aussi intensément d'allégresse ou, du moins, de quelque chose d'approchant. Était-ce la puanteur de Shanghai, ou bien la foule, qui la perturbait ? Enfin, quoi qu'il en soit, la môme avait les joues enflammées, et le rictus austère de son visage s'était considérablement adouci, sans parler du courage et de la volonté dont elle avait fait preuve en s'élançant seule dans la cohue à la recherche de l'attaché consulaire (qui, bien sûr, la regardait en tapinois avec une expression de stupeur bien peu diplomatique). Cependant, cette agréable impression se révéla aussi éphémère qu'un rayon de soleil dans la tourmente : comme nous nous acquittions des démarches et de la paperasserie dans les bureaux de la Compagnie, avec l'aide de M. Favez, Fernanda redevint de marbre et aussi gracieuse qu'une porte de prison.

Une poignée de coolies chargea tout notre bazar en deux temps, trois mouvements dans le coffre à bagages de la splendide auto de M. Favez – une Voisin blanche décapotable avec roue de secours à l'arrière et manivelle de démarrage argentée – et, sans plus attendre, nous quittâmes le quai dans un merveilleux crissement de pneus, qui m'arracha un cri de joie et dessina un sourire satisfait sur le visage de l'attaché, tandis qu'il circulait sur le côté gauche du Bund, magnifique boulevard longeant la berge ouest du Huangpu. J'avais conscience de ne pas avoir l'air d'une veuve venue à Shanghai dans le but de récupérer le corps de son mari, mais cela m'était bien égal. Il aurait été encore pire de feindre le deuil, d'autant que toute la colonie française de la ville devait savoir pertinemment que Rémy et moi vivions séparés depuis vingt ans et lui connaître à coup sûr une centaine, voire un millier d'aventures galantes. Nous nous étions mariés par intérêt : moi, pour être à l'abri du besoin et ne pas me retrouver à la rue dans un pays étranger ; et lui, pour avoir une épouse légitime, qui lui permette de prétendre à l'immense héritage de sa mère, morte en désespérant de voir son fils libertin s'assagir. Une fois nos objectifs atteints, notre mariage avait été une belle histoire d'amitié, et c'était précisément pour cette raison que je n'avais pas l'intention de m'habiller en noir ni de pleurer à chaudes larmes une absence qui n'avait rien de nouveau. J'étais la seule à savoir quelle souffrance me causait la perte de Rémy et je n'avais, cela allait de soi, aucune envie de l'exprimer en public.

Pendant que mes yeux passaient d'un étrange personnage à un autre parmi tous ceux qui déambulaient dans la rue bondée, M. Favez nous expliqua que Shanghai, dont la population se composait essentiellement de Célestes, était néanmoins une ville internationale contrôlée par les Occidentaux.

— De Célestes ? l'interrompis-je.

— C'est ainsi que nous appelons les Chinois ici, répondit-il. Ils se considèrent encore comme les sujets de l'empire du Fils du Ciel, c'est-à-dire du dernier empereur, le jeune Puyi[1], qui vit toujours dans la Cité interdite de Pékin bien qu'il n'ait plus

1. Le dernier empereur de Chine se nommait officiellement Xuantong du Grand Qing mais, en Occident, il est plus connu

aucun pouvoir depuis 1911, l'année où le docteur Sun Yat-sen a renversé la monarchie et fondé la république. Les Chinois continuent à se croire supérieurs aux Occidentaux et c'est pour cette raison que nous les appelons, ironiquement, les Célestes. Ou les Jaunes. (Il crut bon d'insister lourdement.) Nous les appelons aussi les Jaunes.

— Et cela ne vous paraît-il pas un peu offensant ? m'étonnai-je.

— Offensant ? Eh bien, à vrai dire, non. Eux, ils nous traitent de barbares et nous surnomment Grands Nez et *Yang-kwei*, « Diables étrangers ». C'est équitable, vous ne trouvez pas ?

À Shanghai, il existait trois grandes divisions territoriales et politiques, continua à nous expliquer l'attaché en conduisant à toute allure à grands coups de klaxon pour faire dégager les passants et les véhicules de la route : la Concession française, d'où nous venions, une longue bande de terre dont faisait partie le quai du Huangpu auquel l'*André Lebon* avait accosté ; la vieille ville chinoise de Nantao, une zone presque circulaire située au sud de la Concession française et entourée d'un superbe boulevard construit sur les vestiges des anciennes murailles, démolies après la révolution républicaine de 1911 ; et enfin, beaucoup plus vaste que les précédentes, la Concession internationale, au nord, gouvernée par les consuls de tous les pays bénéficiant d'une représentation diplomatique.

— Et ils ont tous le même pouvoir ? demandai-je en tenant contre ma poitrine mon foulard, que le vent me rabattait dans la figure.

— M. Wilden a toute autorité dans la partie fran-

---

par son prénom, Puyi, grâce au film *Le Dernier Empereur*, de Bernardo Bertolucci (1987).

çaise, *madame*. Dans la Concession internationale, le poids politique et économique de l'Angleterre et des États-Unis, qui sont les nations prédominantes en Chine, est plus prégnant, mais il y a aussi des colonies de Grecs, de Belges, de Portugais, de Juifs, d'Italiens, d'Allemands, de Scandinaves… et même d'Espagnols. (M. Favez avait fait cette remarque à propos : j'étais française par mon mariage, mais mon accent, mon prénom – Elvira –, mes cheveux noirs et mes yeux marron trahissaient mes origines sans équivoque.) Par ailleurs, ces derniers temps (il poursuivit en tenant fermement le volant entre ses mains), Shanghai s'est remplie de Russes, de bolcheviks qui vivent au consulat et alentour, comme de Blancs, encore plus nombreux, ayant fui la révolution.

— Il est arrivé la même chose à Paris.

M. Favez tourna la tête vers moi un instant, éclata de rire, puis regarda de nouveau la route, klaxonna et manœuvra avec habileté pour éviter un tramway plein à craquer de Célestes en long vêtement chinois agrémenté d'un chapeau occidental, qui voyageaient, pour certains, accrochés aux barres extérieures du véhicule. Tous les tramways de Shanghai étaient vert et argent, et arboraient des panneaux publicitaires voyants à caractères bizarres.

— Certes, *madame*, concéda l'attaché, mais ce sont les riches qui sont allés à Paris, l'aristocratie tsariste ; seuls les pauvres sont venus dans cette ville. En fait, la race la plus dangereuse, si vous me permettez l'expression, c'est la race nippone, qui essaie depuis longtemps de faire main basse sur Shanghai. Du reste, elle a créé sa propre ville à l'intérieur de la Concession internationale. Les impérialistes japonais ont de fortes prétentions sur la Chine et, ce qui n'arrange rien, ils disposent d'une armée très puissante… (Il s'avisa tout à coup qu'il parlait peut-être trop et sourit avec embarras.) Savez-vous, madame de Poulain, que dans cette belle ville, qui est le deuxième port du monde et le premier marché d'Orient, nous sommes deux millions, dont seulement cinquante mille étrangers ? Tous les autres sont des Jaunes. Rien n'est simple à Shanghai, comme vous aurez bientôt l'occasion de vous en rendre compte.

Hélas, nous ne vîmes que la courte portion du Bund qui appartenait à la France, car M. Favez tourna à gauche pour prendre le boulevard Édouard-VII, nous privant ainsi des merveilles d'architecture de la rue la plus impressionnante de Shanghai, où se succédaient les hôtels les plus luxueux, les clubs les plus sélects, les immeubles les plus élevés, et les banques, les compagnies et les consulats les plus importants – le tout donnant sur les eaux sales et malodorantes du Huangpu.

La Concession française fut une surprise très agréable. Je craignais d'y trouver des quartiers aux rues étroites et des maisons à toit cornu, typiques de la Chine, mais c'était en réalité un endroit charmant, qui, avec ses adorables villas à façade blanche et ses jardins débordant de massifs de lilas, de rosiers et de hennés, avait le caractère résidentiel des faubourgs de Paris. Il y avait des clubs de tennis, des cabarets, de petites places jalonnées de sycomores, des jardins publics où des mères cousaient près du landau de leur bébé, des bibliothèques, un cinématographe, des boulangeries, des restaurants, des boutiques de mode, de cosmétiques... Si je m'étais trouvée à Montmartre, dans les pavillons du Bois ou dans le Quartier latin, je n'aurais pas fait la différence. De temps à autre, ici ou là, on apercevait depuis l'auto une maison chinoise, avec ses portes et fenêtres peintes en rouge, mais c'était une exception dans ces quartiers français propres et plaisants. Aussi, lorsque M. Favez arrêta son véhicule devant le portail en bois d'une de ces résidences orientales, sans nous avoir fait part d'une course ou d'une quelconque tâche qu'il aurait eu à effectuer avant de nous déposer chez Rémy, je ne sus quoi penser.

— Nous y voilà ! lança-t-il gaiement avant d'éteindre le moteur et de descendre de l'auto.

Sous une des deux sphères de papier rouge ornées de caractères chinois qui étaient suspendues de part et d'autre du portail, dépassait une chaîne sortant de l'intérieur de la maison par un trou pratiqué dans le mur. M. Favez la tira d'un coup sec et revint m'ouvrir la portière et m'aider galamment à m'extraire du véhicule. Mais sa main, qui m'attendait, resta tendue ; une paralysie foudroyante s'étant emparée de mon corps, j'étais incapable de bouger. Jamais en vingt ans Rémy ne m'avait dit qu'il vivait dans une maison chinoise.

— Tout va bien, madame de Poulain ?

Le portail s'ouvrit lentement, sans bruit, et trois ou quatre domestiques, dont une femme, sortirent dans la rue en s'inclinant et en murmurant, dans leur langue étrange, des phrases qui, d'après le contexte, devaient être des salutations et des formules d'accueil. Le premier geste que je parvins à faire ne fut pas, néanmoins, de prendre la patiente main de M. Favez sinon de tourner la tête vers la banquette arrière pour regarder ma nièce en quête d'un peu de compréhension et de complicité. Et, en effet, les yeux grands comme des soucoupes, Fernanda affichait la même stupéfaction épouvantée que moi.

— Qu'y a-t-il ? demanda l'attaché en se penchant vers moi avec sollicitude.

Je dominai comme je pus mon trouble et posai enfin la main dans celle de M. Favez. Je n'avais rien contre les maisons chinoises, naturellement, mais je ne m'attendais pas à cela de la part de Rémy, lui si sybarite et raffiné, si français, si attentif au confort et au bon goût européen. Qu'il ait pu se mettre à vivre dans une vieille maison de Célestes si ordinaire dépassait mon entendement.

La domestique chinoise, une femme minuscule, maigre comme un jonc et d'âge à ce point incertain qu'elle pouvait avoir cinquante comme soixante-dix ans – je découvrirais plus tard que ce phénomène était dû au fait que les Célestes n'avaient pas de cheveux blancs avant soixante ans –, cessa de donner des ordres aux trois hommes qui déchargeaient les bagages pour s'incliner devant moi presque jusqu'à embrasser le sol.

— Je suis madame Zhong, *tai-tai*[1], dit-elle dans un français parfait. Bienvenue chez votre défunt mari.

Affublée d'un sarrau court à col montant et de caleçons amples de cette couleur bleue que semblaient porter tous les Célestes, comme pour être assortis à leur surnom, madame Zhong s'inclina de nouveau avec cérémonie. Chacun de ses yeux ressemblait à une fente de tirelire et ses cheveux noirs comme le jais étaient rassemblés en un chignon semblable à celui de Fernanda, bien que la ressemblance entre elles deux s'arrête là, car il aurait fallu deux ou trois madame Zhong pour remplir physiquement l'espace occupé par ma nièce, qui, toujours assise dans l'auto, n'avait pas l'air décidée à sortir.

1. Titre qu'utilisaient les domestiques chinois pour s'adresser à leur maîtresse.

— Allons ! Fernanda ! m'écriai-je. Nous devons entrer.

— En Espagne, tout le monde m'appelle Fernandina, ma tante, répondit froidement la môme en s'exprimant en espagnol.

— S'il te plaît, ne sois pas impolie devant monsieur l'attaché et madame Zhong, qui ne connaissent pas notre langue. Je te prie de descendre de l'auto.

— *Madame*, *mademoiselle*, permettez-moi de prendre congé de vous, dit l'attaché en ajustant élégamment son Frégoli. Je dois passer au consulat pour confirmer à monsieur Wilden que vous déjeunerez avec lui demain.

— Vous nous quittez déjà, monsieur Favez ? m'alarmai-je.

Comme Fernanda descendait du cabriolet Voisin, il s'inclina devant moi et prit ma main, qu'il porta avec légèreté jusqu'à ses lèvres pour me saluer.

— Ne craignez rien, *madame*, murmura-t-il. Madame Zhong est une personne de confiance. Elle a toujours été au service de votre défunt mari. Elle vous fournira toute l'aide dont vous aurez besoin.

Il se redressa en souriant.

— Demain, je viendrai vous chercher à midi et demi, proposa-t-il, cela vous convient-il ?

J'acquiesçai et il se tourna vers Fernanda, qui m'avait rejointe.

— Au revoir, *mademoiselle*. Ce fut un plaisir de faire votre connaissance. Je vous souhaite un bon séjour à Shanghai.

Fernanda fit un geste vague de la tête, en la penchant je ne sais comment, et je revis tout à coup sa grand-mère, ma mère, lorsqu'elle s'asseyait le jeudi après-midi dans le grand salon de la vieille maison familiale de la rue Don Ramón de la Cruz, à Madrid, pour recevoir ses visites, enveloppée dans son beau châle de Manille.

Le cabriolet Voisin disparut à toute allure au fond de la rue et nous nous tournâmes vers l'entrée de la maison avec la joie d'un condamné au garrot. Madame Zhong tenait un des battants du portail pour nous faciliter le passage et, allez savoir pourquoi, je lui trouvai à cet instant un air de garde civil espagnol qui m'inquiéta. Peut-être ses cheveux m'évoquaient-ils le tricorne, car ils étaient de la même couleur et avaient le même éclat vernissé. Curieusement, je me souvenais de détails d'Espagne que j'avais oubliés depuis plus de vingt ans ou, du moins, que je ne m'étais jamais rappelés, ce qui s'expliquait sans doute par la présence de cette enfant acariâtre aux sourcils épais et d'un seul tenant qui avait ramené tout mon passé dans sa valise.

Nous entrâmes dans une énorme cour, remplie d'exubérantes plates-bandes de fleurs, de bassins d'eau turquoise ornés de rocaille, et d'immenses arbres centenaires que je ne connaissais pas, si grands que j'avais vu les branches de certains par-dessus le mur depuis la rue. Une large allée en forme de croix menait du portail à trois pavillons rectangulaires entièrement de plain-pied, dotés de magnifiques porches fleuris auxquels on accédait par de vastes escaliers de pierre ; au-dessus de leurs murs blancs, avec de grandes fenêtres en bois sculptées de figures géométriques, ces pavillons avaient d'horribles toits aux coins cornus faits de céramique vitrée d'un vert si brillant qu'ils resplendissaient des dernières lueurs du soir.

Madame Zhong nous guida à petits pas vers le pavillon principal, celui d'en face, et je me demandai en l'observant pour quelle raison elle n'avait pas les pieds difformes si caractéristiques des femmes chinoises dont parlaient tous ceux qui avaient séjourné dans ce pays. Un jour, pendant qu'il vivait à Paris à cause de la guerre, Rémy m'avait expliqué que les Chinois avaient pour coutume de bander les pieds des fillettes, âgées de deux à trois ans, de sorte que les quatre orteils les plus petits soient pliés sous la plante du pied. Chaque jour, pendant des années, au rythme des gémissements et des cris de douleur de ce rituel monstrueux qui finissait par entraîner la mort de certaines de ces malheureuses, on serrait un peu plus le bandage pour empêcher le développement des extrémités et augmenter la déformation, dans le but de faire des fillettes des « lys d'or ». Ainsi nommées en raison de leur élégance aux yeux de l'homme jaune, ces pauvres femmes étaient condamnées à marcher toute leur vie en oscillant sur leurs jambes, puisqu'elles ne pouvaient utiliser que le talon et le gros orteil, et en tendant les bras et le derrière pour ne pas perdre l'équilibre. Ces pieds abominables, appelés « pieds de lotus » ou « nénuphars d'or », causaient des douleurs sans fin à la victime mais, de façon incompréhensible, éveillaient la sensualité la plus enflammée chez les hommes chinois. Rémy m'avait dit que, depuis la fin de l'Empire, c'est-à-dire depuis que le docteur Sun Yat-sen avait renversé la monarchie, le bandage des pieds avait été prohibé, mais il y avait seulement onze ans de cela. Or, madame Zhong était assez âgée pour avoir subi cette affreuse torture.

Et pourtant, sur ses pieds menus mais intacts, recouverts de mi-bas blancs et de curieux chaussons de feutre noir, sans empeigne, elle ouvrait la marche en direction de la maison qui, à moins que l'entretien avec l'avocat de Rémy ne nous réserve d'autres surprises, était devenue la mienne. Bien sûr, j'avais l'intention de vendre la propriété et tout ce qu'elle contenait, car j'avais grand besoin des revenus que j'en tirerais. En outre, j'espérais bien que Rémy m'avait laissé un peu d'argent, pas beaucoup, mais assez pour me permettre de vivre aisément pendant quelques années, le temps que le cubisme, le dadaïsme, le constructivisme, etc., passent de mode et que mes tableaux soient cotés sur le marché de l'art. J'admirais le trait audacieux de Van Gogh, les couleurs flamboyantes de Gauguin, le génie créateur de Picasso mais, comme me l'avait fait remarquer un jour un marchand d'art, ma peinture, contrairement à la leur, était très figurative et, par conséquent, accessible au grand public. Aussi, elle n'entrerait jamais au panthéon des grands. Cela dit, je n'en avais cure. Tout ce que je voulais, c'était capter le mouvement saisissant d'une tête, la perfection d'un visage, l'harmonie d'un corps. Je puisais mon inspiration dans la beauté, la magie, où que je les trouve, et je cherchais à les restituer sur la toile avec autant de force et d'émotion que je les percevais, afin que ceux qui regardaient mes œuvres y trouvent un motif de plaisir leur laissant une impression durable. Seulement, ce n'était pas à la mode, si bien que les fins de mois étaient difficiles ; j'avais donc la certitude que Rémy, au courant du problème, m'avait légué un petit pécule par testament. Naturellement, je ne m'imaginais pas hériter de tout, car la puissante famille De Poulain ne consentirait jamais, au grand jamais, à ce qu'une pauvre artiste peintre étrangère devienne copropriétaire des soieries. Mais enfin, la maison serait à moi, car il aurait été peu élégant, même pour les De Poulain, de priver une veuve du foyer de son mari.

— Entrez, je vous en prie, allez-y ! dit madame

Zhong en poussant les deux battants de la belle porte en bois ouvragée qui donnait accès au pavillon principal.

Les dimensions du bâtiment étaient beaucoup plus grandes que ce que l'on pouvait supposer de l'extérieur. À gauche et à droite de l'entrée se trouvaient de vastes séjours séparés par des panneaux en bois qui, comme les fenêtres, étaient sculptés de figures géométriques et recouverts au dos d'un papier blanc très fin laissant passer une lumière ambrée et toute diaprée. Plus étonnant encore, ces panneaux étaient percés en leur milieu de portes, si toutefois on pouvait appeler portes ces grands trous en forme de pleine lune. Je devais admettre, cependant, que les meubles étaient vraiment superbes. Ornés d'incrustations et de sculptures, ils étaient laqués dans une gamme allant du rouge vif au marron foncé, ce qui les faisait ressortir parfaitement sur les murs blancs et les dalles claires du sol. La salle dans laquelle madame Zhong nous conduisit – la dernière à droite – était remplie de toutes sortes de tables, de formes et hauteurs variées. Les unes arboraient de splendides vases de porcelaine et des figurines en bronze représentant dragons, tigres, tortues et oiseaux ; d'autres, des pots de fleurs et de plantes ; et d'autres encore, des bougies de couleur rouge, grosses en haut et étroites en bas, posées directement sur le plateau, sans soucoupe ni chandelier pour les protéger. Je me rendis compte que la décoration de la pièce et de toutes celles que nous avions traversées était curieusement symétrique, ce qui était très étrange pour un Occidental ; cependant, cette harmonie était rompue de façon délibérée par certaines peintures ou calligraphies accrochées au mur, par exemple, ou par une étagère couverte de coupes en céramique qui semblait avoir été déplacée par accident. Je mettrais encore du temps à découvrir que, pour les Célestes, chaque meuble était une œuvre d'art et que sa disposition dans la maison n'avait rien de fortuit ni même d'esthétique ; toute une philosophie complexe et millénaire se cachait derrière la simple décoration d'un intérieur. Pour l'heure, la maison de Rémy était à mes yeux une espèce de cabinet de curiosités orientales et, si les *chinoiseries* étaient encore très à la mode en Europe, une telle accumulation me donnait le vertige.

Un domestique sans natte et coiffé d'une calotte surgit à l'improviste avec un plateau garni de tasses blanches à couvercle et d'une petite théière en argile rouge vraiment jolies, qu'il laissa d'un air somnambule sur un grand guéridon placé au centre de la pièce. Après nous avoir montré le canapé adossé au mur, madame Zhong, penchée en avant, prit une petite table carrée à pieds très courts et la posa pile au milieu du sofa, à l'endroit exact où j'allais m'asseoir. Je me retrouvai ainsi séparée de Fernanda par cette espèce de table-tabouret, sans savoir quoi dire ni quoi faire, tandis que madame Zhong nous servait un thé parfumé qui réveilla mes sucs gastriques malmenés et me donna tout à coup une faim de loup. Hélas, pour mon malheur, les Chinois ne prenaient pas le thé avec des biscuits et ne lui ajoutaient ni sucre ni lait ; je ne pourrais donc que me laver l'estomac avec ce liquide chaud et le garder bien propre.

— *Tai-tai*, comment dois-je appeler la jeune dame ? me demanda madame Zhong en s'inclinant respectueusement.

— La môme... ? répondis-je en regardant ma nièce, qui fixait sa tasse de thé comme si elle ne savait qu'en faire. Appelez-la par son prénom, madame Zhong : Fernanda.

— Je m'appelle Fernandina, objecta l'intéressée en continuant à chercher, sans succès, l'anse de sa tasse.

— Écoute, Fernanda, lui dis-je d'une voix sévère, les Espagnols ont l'habitude idiote d'appeler les gens par le diminutif de leur prénom : Lolita, Juanito, Alfonsito, Bernardino, Pepita, Isabelita... Mais dans les autres pays, c'est de la mignardise, tu comprends ?

— Ça m'est égal, répliqua-t-elle en espagnol pour m'énerver encore davantage.

Je décidai de l'ignorer.

— Madame Zhong, appelez cette enfant Fernanda, quoi qu'elle en dise.

La domestique s'inclina de nouveau, se le tenant pour dit.

— Vos bagages ont été déposés dans la chambre de *monsieur*, *tai-tai*, mais s'il vous faut autre chose n'hésitez pas à me le dire. J'ai installé *mademoiselle* Fernanda dans une chambre voisine de la vôtre.

— C'est parfait, madame Zhong. Je vous remercie vivement de votre aide.

— Ah ! *tai-tai*, une lettre est arrivée pour vous aujourd'hui, ajouta la servante en faisant un petit pas en avant tout en sortant de la poche de ses caleçons longs une enveloppe allongée.

— Pour moi ?

Je n'arrivais pas à y croire. Qui, parmi mes connaissances, pouvait bien m'écrire à l'adresse de Rémy à Shanghai ?

Mais il y avait un en-tête sur l'enveloppe, très éloquent, du reste, et celle-ci contenait un courrier imprimé sur un papier des plus luxueux, qui nous faisait part, à Fernanda et à moi, d'une invitation à dîner le vendredi 31 août chez le consul général d'Espagne, Don Julio Palencia y Tubau, en compagnie de son épouse et des membres les plus illustres de la petite communauté espagnole de Shanghai, qui seraient enchantés de nous connaître.

Les corvées s'accumulaient ; personne, dans cette ville, n'avait donc la moindre considération pour les voyageurs qui venaient tout juste d'arriver ? Je voulais me rendre au cimetière français, où Rémy avait été provisoirement enterré, et je pensais pouvoir le faire après mon entretien avec l'avocat mais, de toute évidence, cela n'allait pas être possible parce que les consuls de mes deux pays, natal et adoptif, tenaient à faire ma connaissance au plus tôt. Pourquoi une telle hâte ?

— Je présume que nous allons devoir confirmer notre présence d'une façon ou d'une autre, murmurai-je en posant l'enveloppe sur un coin de la table basse, avant de retirer le couvercle de ma tasse pour boire une gorgée de thé.

Fernanda tendit le bras et prit le courrier. Un sourire – authentique, cette fois – illumina son visage et elle me regarda avec des yeux pleins d'espoir.

— Nous allons y aller, n'est-ce pas ?

En me tournant vers elle, je compris qu'elle souffrait du mal qui affectait toutes les personnes contraintes de quitter durablement leur pays : la nostalgie de sa terre et de sa langue.

— Je suppose, oui.

Le thé était vraiment bon, même sans sucre. Le contraste entre la porcelaine blanche et la magnifique couleur rouge vif de l'infusion était source d'inspiration. J'aurais aimé avoir ma palette et mes pinceaux avec moi.

— Nous ne pouvons décliner une invitation du consul d'Espagne.

— Je sais, mais j'ai déjà pris beaucoup d'engagements pour demain et, le soir, je serai très fatiguée,

Fernanda. Comprends-moi, ce n'est pas que je ne veuille pas y aller. Seulement, je ne sais pas si j'en aurai le courage le moment venu.

— Le dîner sera prêt dans une heure, annonça madame Zhong.

— Permettez-moi de vous dire, ma tante, insista Fernanda, que les obligations…

— … passent avant les distractions, je sais, l'interrompis-je en finissant à sa place cette phrase maintes fois entendue.

— Si vous êtes très fatiguée, vous n'aurez qu'à prendre un chocolat chaud et…

— … je serai aussitôt requinquée, je le sais aussi, parce que le chocolat chaud ressuscite les morts, n'est-ce pas ? C'est bien ce que tu allais me dire ?

— Oui.

Je poussai un profond soupir et posai ma tasse sur sa soucoupe d'un geste parcimonieux.

— Bien que tu aies autant de peine à le croire que moi, Fernanda, nous venons de la même famille et nous avons été élevées selon les mêmes principes, les mêmes coutumes et les mêmes poncifs ridicules. Par conséquent, n'oublie pas que tout ce que tu vas dire, je l'ai déjà entendu à de nombreuses reprises et que cela ne m'est d'aucune utilité, d'accord ? Ah ! autre chose : prendre un chocolat chaud pour se ragaillardir, si espagnole que soit cette tradition, peut se révéler un rien problématique en Chine. Alors tu ferais mieux de t'habituer au thé.

— Très bien mais, quel que soit votre état demain soir, ma tante, il faudra bien que nous allions au consulat espagnol, décréta Fernanda avec obstination, les sourcils froncés.

Je me concentrai sur un superbe tigre de bronze à la gueule ouverte, montrant des crocs acérés et levant les pattes avant, toutes griffes dehors, pour attaquer. L'espace d'une seconde, je me sentis possédée par l'animal ; je regardai ma nièce avec ses yeux... Puis je soupirai de nouveau et bus mon thé.

Le lendemain matin, lorsqu'elle entra dans ma chambre une bougie à la main pour me réveiller, madame Zhong m'apparut comme un spectre. La maison était équipée de l'éclairage au gaz et, dans un des pavillons, à l'intérieur de son bureau, Rémy avait fait installer une puissante suspension électrique, sous laquelle tournait un grand ventilateur. Mais si le cabinet de travail de Rémy était impressionnant, avec son immense table en bois d'amandier rouge ornée de pièces en bronze, ses étagères remplies d'étranges livres chinois pliants – du papier cousu, sans couverture –, ses collections de pinceaux à calligraphier, et ses calligraphies sur tous les murs, la chambre à coucher était encore plus extraordinaire. Elle abritait une armoire d'un rouge intense incrustée de nacre, une commode aux gonds et aux verrous exotiques et, devant un gigantesque paravent laqué, agrémenté d'une peinture représentant un paysage champêtre et destiné à cacher, au fond de la pièce, une baignoire en étain et ce que madame Zhong appelait un *ma-t'ung* – qui n'était autre qu'une chaise percée –, un lourd et immense lit à baldaquin clos par des panneaux travaillés avec un tel raffinement qu'ils ressemblaient à de la dentelle. De magnifiques rideaux de soie masquaient la grande ouverture circulaire par laquelle on accédait à cette couche somptueuse. Ils étaient si délicats qu'une fois couchée je voyais toute la chambre au travers ; mieux encore, ils laissaient passer la brise nocturne tout en faisant office de splendides moustiquaires, ce qui m'avait permis de me reposer, enfin, sans être gênée par les insectes. Dormir, cela dit, eût été trop beau, car mon esprit, sans doute sous l'influence de l'endroit, n'avait cessé de repasser de façon morbide des épisodes lointains dans le temps mais terriblement proches à en juger par la douleur qu'ils m'avaient causée. Ma jeunesse s'était envolée et, avec elle, ce Rémy enchanteur que j'avais épousé, ce séducteur plaisant que je devais mettre au lit tous les jours au petit matin, lorsqu'il rentrait à l'appartement ivre de Pernod, de *champagne* et de Cointreau, dans une odeur de tabac et de parfums féminins dont ses vêtements s'étaient imprégnés dans Dieu seul savait quels cabarets et *music-halls* du Paris du début du siècle. Le lever du jour m'avait surprise les yeux remplis de larmes.

Fernanda prit le petit déjeuner avec moi. Son renfrognement habituel s'était un peu dissipé et elle sembla impatiente de savoir ce que nous allions faire en attendant que M. Favez vienne me chercher, à midi et demi. Lorsque je lui fis savoir que je m'en irais seule parce que les affaires que je devais régler avec l'avocat de Rémy étaient personnelles, elle se contenta de me demander l'autorisation de chercher, pendant ce temps, une église catholique dans la Concession française afin de pouvoir assister à la messe au cours de notre séjour à Shanghai. Je lui donnai mon accord, à condition qu'elle sorte accompagnée de madame Zhong ou de tout autre domestique de confiance, mais je lui recommandai de profiter du temps qui lui resterait pour lire un des ouvrages de la bibliothèque de Rémy, en grande partie parce que je ne l'avais jamais vue ouvrir le moindre livre depuis que je la connaissais (missel mis à part). Elle en fut totalement scandalisée.

— Des livres français !

— Français, anglais, espagnols, allemands...

Qu'est-ce que ça peut faire ! Ce qui compte, c'est que tu lises. Tu as l'âge de connaître la pensée et l'œuvre de personnes qui ont vu le monde de points de vue différents du tien. Tu dois t'abreuver de vie, Fernanda, ou tu passeras à côté de beaucoup de choses intéressantes et distrayantes.

Elle parut réellement impressionnée par mes paroles, comme si on ne lui avait jamais tenu un tel discours. Il fallait reconnaître que la pauvre avait grandi dans un milieu très étriqué, marqué par l'étroitesse de vue. Peut-être était-ce la clé du problème et suffirait-il de lui enseigner quelque chose d'aussi simple que la liberté. Du reste, elle avait déjà prouvé qu'elle pouvait s'épanouir de façon spectaculaire lorsqu'elle volait de ses propres ailes.

— Bon, j'y vais ! dis-je en repoussant ma chaise pour me lever. J'ai rendez-vous dans une demi-heure. J'espère que tu trouveras la paroisse, bonne chance ! Tu me raconteras tout à l'heure.

J'avais mis une jupe légère en coton, un corsage d'été sans manches et une capeline blanche pour me protéger du soleil de plomb qui brillait sur Shanghai. Comme je traversais le jardin en direction de la rue, j'aperçus entre les battants ouverts du portail un petit *pousse-pousse*, près duquel madame Zhong discutait dans sa langue avec le coolie qui allait le tirer, pieds nus. Lorsqu'elle me vit, la servante se mit à parler d'une voix plus aiguë et plus pressante ; le coolie se précipita à son poste, prêt à m'emmener jusqu'à la rue Millot, où se trouvait le bureau de l'ami, avocat et exécuteur testamentaire de Rémy, André Julliard.

Je pris congé de madame Zhong en la priant de veiller sur Fernanda jusqu'à mon retour et entrepris ce trépidant voyage à travers les rues de la Concession française. Je voyais le dos squelettique et suant de mon coolie à la tête rasée – excepté une pastille de cheveux hérissés, probable vestige d'une natte – et entendais sa respiration haletante et le tambourinement de ses pieds nus sur les pavés. Autos, *pousse-pousse*, bicyclettes et omnibus circulaient dans les avenues en se doublant mutuellement, tandis que leurs occupants bénéficiaient non seulement de la « merveilleuse » odeur de Shanghai, mais aussi d'une agréable vue, mille fois préférable, sur les villas et boutiques situées de part et d'autre de la chaussée.

La rue Millot, petite et étroite, se situait près de la vieille ville chinoise de Nantao et le cabinet de M. Julliard, dans un immeuble obscur aux relents de papier humide et de bois ancien. L'avocat, qui devait avoir une cinquantaine d'années et portait la veste en toile la plus froissée du monde, me reçut courtoisement à la porte et, après avoir demandé à sa secrétaire de nous servir du thé, me fit entrer dans son bureau. C'était une pièce vitrée, depuis laquelle on voyait déambuler les dactylographes et de jeunes clercs chinois qui travaillaient pour lui. Avec un accent méridional prononcé (en roulant les *r* à la manière espagnole), il m'invita à m'asseoir, fit le tour de sa vieille table constellée de brûlures de cigare et, sans préambule, sortit d'un tiroir un dossier volumineux qu'il ouvrit d'un air lugubre.

— Madame de Poulain, commença-t-il, je crains d'avoir de mauvaises nouvelles pour vous.

Il lissa d'une main sa moustache grisonnante, jaunie par la nicotine, et chaussa un pince-nez qui avait certainement connu des jours meilleurs. Quant à moi, j'avais le cœur serré dans la poitrine.

— Voici une copie du testament, dit-il en me

tendant des documents que je me mis à feuilleter distraitement. Votre défunt mari et moi, *madame*, étions très amis et il me coûte d'autant plus de me voir dans l'obligation de vous dire qu'il n'a pas été prévoyant. Je lui ai souvent recommandé de mettre de l'ordre dans ses affaires, mais vous savez ce que c'est et, surtout, comment était Rémy.

— Comment était-il, monsieur Julliard ? m'enquis-je d'une voix presque inaudible.

— Je vous demande pardon, *madame* ?

— Comment était Rémy ? Vous affirmez que je le sais, mais je commence à croire que je ne sais rien du tout. Ce que vous me dites à propos de lui me laisse sans voix. J'ai toujours pensé que c'était un homme bon, intelligent et, sans aucun doute, fortuné.

— Certes, certes, c'était un homme bon et intelligent. Trop bon, même, à mon avis. Mais sans fortune, madame de Poulain, ou, plus exactement, doté d'une fortune de moins en moins importante, qu'il dépensait sans compter. Bref, je répugne à parler ainsi de mon vieil ami, vous vous en doutez, mais je me dois de vous informer afin que... Enfin, Rémy n'a laissé que des dettes.

Je fixai l'avocat, qui, lisant mon incompréhension sur mon visage, posa les deux mains sur les documents du dossier et m'observa avec compassion.

— J'ai l'immense regret de vous dire, *madame*, qu'en tant qu'épouse de Rémy, vous allez devoir faire face à une série d'impayés dont le montant est si élevé que j'ose à peine vous le révéler.

— De quoi parlez-vous ? balbutiai-je, un poids énorme sur la poitrine.

Visiblement accablé, M. Julliard poussa un long soupir.

— Madame de Poulain, à partir de son retour de Paris, Rémy a vu sa situation financière changer, disons, défavorablement. Il a accumulé des dettes très importantes, qu'il ne pouvait pas honorer, ce qui l'a incité à contracter des emprunts bancaires et à solliciter des avances auprès de la soierie, qu'il n'a pas remboursés non plus. En outre, il a émis des billets à ordre qui n'ont jamais été amortis et sont passés de mains en mains pour des sommes de plus en plus considérables. Il est vrai qu'à Shanghai tout se règle avec une signature et que même un cocktail se paie à crédit, mais Rémy est allé encore plus loin. À la fin, sa situation était si préoccupante que sa famille a envoyé un comptable de Lyon, qui, malheureusement, a fait des découvertes désagréables dans les livres de comptes. Arthème, son frère aîné, s'est vu contraint de confier ses affaires à un autre fondé de pouvoir. Il a voulu le renvoyer en France, mais il était... en si mauvaise santé, *madame*, que cela fut impossible. Finalement, tant pour l'aider que pour éviter de plus graves problèmes, vous pouvez me croire, il l'a licencié de l'entreprise familiale et lui a alloué une rente mensuelle, afin qu'il puisse subvenir dignement à ses besoins pendant le temps qu'il lui restait à vivre.

Mais qu'est-ce que cet homme était en train de me raconter ? De quoi parlait-il ? Rémy n'avait-il pas été tué par des voleurs ? La voix de M. Julliard s'éloigna petit à petit ; je ne l'écoutais plus. Puis j'entendis les premiers bourdonnements sourds dans ma tête. Je pris peur : c'était le prélude d'une crise d'angoisse, d'un de mes habituels troubles d'ordre neurasthénique. J'avais toujours été très intrépide dans mes idées et mes désirs mais extrêmement lâche face à la douleur physique ou morale, et mon instinct était en train de me prévenir que quelque chose de terrible allait s'abattre sur moi. Mon pouls s'emballait et je commençais à me dire que j'allais faire une crise cardiaque. « Calme-toi, Elvira, calme-toi », me dis-je.

— Arthème, continuait à m'expliquer l'avocat, a payé une grande partie des dettes de Rémy mais, naturellement, il a refusé de les rembourser dans leur intégralité. Il faut dire que votre mari, madame de Poulain, s'est endetté jusqu'à son dernier jour.

— Vous avez dit que… Vous avez évoqué son état de santé. De quoi Rémy souffrait-il ?

Peiné, M. Julliard me regarda d'un air préoccupé.

— Oh ! *madame* ! s'exclama-t-il en sortant un mouchoir pas très propre de la poche de sa veste en coton, avant de se le passer sur le visage. Rémy était assez mal en point, *madame*. Sa santé s'était bien détériorée. Il a rédigé ce testament il y a dix ans et fait de vous l'héritière de tous ses biens, à l'exception de sa participation dans les filatures familiales, pour les raisons que l'on peut imaginer. Évidemment, à l'époque, il se trouvait dans une situation très différente. Mais les choses ont changé et il n'a pas modifié ses dernières volontés, malgré mes recommandations à cet égard. Il était très malade, *madame*. Le problème, c'est que, selon la loi française, vous héritez du patrimoine mais aussi des dettes en cours.

— Mais pourquoi ? laissai-je échapper presque dans un cri.

— C'est la loi. Vous étiez son épouse.

— Non, je ne parle pas de ça ! Pourquoi n'étais-je pas au courant de tout cela ? Pourquoi ne m'a-t-il jamais dit qu'il était malade, qu'il avait des dettes ? Dois-je en déduire qu'il n'est pas mort assassiné par des malfaiteurs qui se sont introduits chez lui pour le voler ? Depuis tout à l'heure, vous tournez autour du pot sans rien me dire de concret.

Le jurisconsulte s'adossa à son fauteuil et resta immobile pendant quelques minutes, en regardant à travers moi comme si je n'étais pas là, sans ciller, perdu dans ses pensées. Au bout d'un moment, après s'être tortillé plusieurs fois la pointe des moustaches, il se pencha de nouveau sur son bureau et, me considérant avec une infinie tristesse par-dessus son pince-nez, il me dit :

— Lorsque les voleurs sont entrés chez lui, Rémy était *nghien*, *madame*. C'est pourquoi ils ont eu raison de lui.

— *Nghien* ? répétai-je tant bien que mal.

— En manque… en manque d'opium, je veux dire. Rémy était opiomane.

— Opiomane ? Rémy ?

— Oui, *madame*. Je regrette que vous deviez l'apprendre de ma bouche, mais votre mari, dans ses dernières années, a dilapidé sa fortune dans les fumeries, les maisons de jeu et les lupanars. N'allez pas penser du mal de lui, je vous en prie. C'était un homme très bon, vous le savez. Ces trois addictions corrompent d'une manière générale tous les hommes de Shanghai, qu'ils soient chinois ou occidentaux. Rares sont ceux qui y échappent. C'est cette ville… Tout est la faute de cette maudite ville. Ici, la vie se résume à cela, *madame*, à cela et à devenir riche si on en a encore le temps. Tout le monde gaspille son argent par poignées, surtout dans les paris. J'ai vu tomber beaucoup d'hommes éminents et se volatiliser de nombreuses fortunes. Cela fait si longtemps que je vis à Shanghai que plus rien ne m'étonne. Ce qui est arrivé à Rémy, c'était couru d'avance, si vous me passez l'expression. Je suis sûr que vous me comprenez. Avant la guerre, il était déjà sur la mauvaise pente. Ensuite il a perdu le contrôle, voilà tout.

Je me passai la main sur le front et sentis sur ma paume des gouttes de sueur froide. Ma crise d'angoisse, peut-être en raison de l'immense peine que j'éprouvais en cet instant, s'était endiguée. Je devais admettre, pour être tout à fait honnête avec moi-même, que Rémy avait connu la seule fin possible, et je ne pensais pas à sa mort violente, injuste à tous points de vue, mais à cette chute en piqué jusqu'à la destruction de soi. C'était l'homme le plus drôle, le plus plaisant et le plus élégant du monde, mais il était faible, et le destin avait voulu qu'il se retrouve dans l'endroit qui lui était le moins indiqué. Lui qui disparaissait pendant des jours à Paris et rentrait à l'appartement dans un état lamentable, il ne risquait pas de s'assagir à Shanghai, où, apparemment, il était facile et courant de se laisser emporter de façon incontrôlée par les tentations et les plaisirs. Un homme comme lui ne pouvait pas résister. Ce que je ne parvenais pas à comprendre, s'il avait tant de dettes, c'était d'où venait l'argent qu'il m'envoyait de temps à autre par l'intermédiaire du Crédit Lyonnais. Le salaire que me versait la veuve du peintre Paul Ranson pour les cours que je donnais dans son académie ne me permettant guère de faire des folies, il m'arrivait de lui demander de l'aide dans mes lettres et, presque par retour du courrier, il mettait à ma disposition une somme généreuse à l'agence du Crédit du boulevard des Italiens.

M. Julliard interrompit le fil de mes pensées.

— Maintenant, madame de Poulain, vous allez devoir régler les dettes de Rémy ou vous exposer à des procès et à des saisies. D'ailleurs, des affaires sont déjà en cours et ce n'est pas sa mort qui va y mettre un terme.

— Mais... et son frère ? Je n'ai rien, moi.

— Comme je vous l'ai dit, *madame*, Arthème a payé une grande partie des arriérés il y a quelques années. Les avocats de l'entreprise, ainsi que monsieur Voillis, le nouveau fondé de pouvoir, m'ont fait savoir que la famille se désintéressait désormais de tout problème en rapport avec Rémy ou vous-même, et m'ont chargé de vous demander de ne solliciter aucune aide de sa part et de ne lui faire aucune réclamation.

L'orgueil me donna un regain d'énergie.

— Dites à ces gens de ne pas s'inquiéter ; pour moi, ils n'existent pas. Mais je vous répète, monsieur Julliard, que je n'ai rien, que je ne peux pas faire face à ces impayés.

Je sentis le rythme des battements de mon cœur s'accélérer de nouveau et l'air peiner à entrer dans mes poumons.

— Je sais, *madame*, je sais, et vous n'imaginez pas à quel point j'en suis désolé, murmura l'avocat. Si vous le permettez, afin que vous puissiez affronter la situation, je vais vous proposer quelques solutions auxquelles j'ai déjà réfléchi.

Il se mit à fouiller dans son dossier, jusqu'à ce que son bureau soit inondé de papiers.

— Et les domestiques, monsieur Julliard ? m'enquis-je. Comment vais-je payer les domestiques ?

— Oh ! ne vous en faites pas pour cela ! s'exclama-t-il avec un air distrait. Les Jaunes travaillent pour le gîte et le couvert. C'est ainsi à Shanghai ; beaucoup de gens ont faim et vivent dans la misère, *madame*. Peut-être Rémy donnait-il de temps à autre une petite somme à madame Zhong, car il l'appréciait beaucoup, mais rien ne vous oblige à... Ah ! voilà ! (Il s'interrompit et sortit un document de tout ce désordre.) Bien, voyons... Avant tout, *madame*, vous allez devoir vendre les maisons, celle de Shanghai comme celle de Paris. Avez-vous une autre propriété que nous puissions prendre en compte ?

— Non.

— Rien ? En êtes-vous sûre ? (Le pauvre homme ne savait pas comment insister et, moi, je pouvais à peine respirer.) Une propriété dans votre pays, peut-être, en Espagne ? Une maison, des terres, un commerce ?

— Je... non. (Ma gorge émit un léger sifflement et je me cramponnai désespérément au bord de mon siège.) Ma famille m'a déshéritée et, aujourd'hui, tout appartient à ma nièce. Mais je ne peux pas...

— Voulez-vous un verre d'eau, *madame* ? Ah ! j'oubliais ! Le thé !

Il se leva aussitôt et se précipita vers la porte. Peu après, j'avais entre les mains une belle tasse chinoise à couvercle, d'où se dégageait un parfum délicieux. Je bus à petites gorgées, jusqu'à ce que je me sente mieux. Très inquiet, l'avocat était resté debout à mes côtés.

— Monsieur Julliard, je n'ai rien en Europe et je ne vais pas demander d'aide à ma nièce, déclarai-je. Cela ne me semblerait pas correct.

— Très bien, *madame*, comme vous voudrez. Avec un peu de chance, peut-être retirerons-nous suffisamment d'argent des maisons et de leur contenu.

— Mais je ne peux pas me défaire de mon logement de Paris ! Je n'ai aucun autre endroit où vivre !

Allais-je repartir de zéro à plus de quarante ans ? Non, c'était impossible. Quand j'avais quitté l'Espagne, j'étais jeune et j'avais suffisamment d'énergie pour faire face à la pauvreté, mais je n'étais plus la même ; les années avaient puisé dans mes ressources et je ne me sentais plus capable de vivre dans une mansarde insalubre, au fin fond d'un quartier malfamé.

— Rassurez-vous, madame de Poulain, je vous promets de faire tout ce qui est en mon pouvoir pour vous aider. Mais les maisons, il faut les vendre ; il n'y a pas d'autre solution. À moins que vous ne puissiez réunir trois cent mille francs dans les semaines qui viennent...

Qu'avait-il dit ? Trois cent mille ? Je n'arrivais pas à y croire.

— Trois cent mille francs ! m'écriai-je, épouvantée.

Je ne gagnais que quatre-vingts francs par mois à l'académie ! Comment allais-je rassembler une telle somme ? De plus, après la guerre, la vie était devenue insupportablement chère à Paris. Cela faisait longtemps que plus personne ne pouvait faire ses achats dans des grands magasins comme Le Louvre ou Au Bon Marché. Les gens faisaient de grosses économies pour survivre et les rares personnes qui avaient encore de l'argent avaient vu leurs revenus diminuer considérablement.

— Ne vous inquiétez pas. Nous allons vendre les maisons et organiser une vente aux enchères. Rémy était un grand collectionneur d'art chinois. Je suis sûr que nous nous approcherons du total.

— Mon appartement à Paris est tout petit, marmonnai-je. Il doit valoir quatre ou cinq mille francs, pas plus. Et encore, parce qu'il se trouve à proximité de l'École de médecine.

— Voulez-vous que je prenne contact avec un avocat de mes amis afin qu'il se charge de la vente ?

— Non ! m'exclamai-je avec le peu de forces qui me restaient. Mon appartement à Paris n'est pas à vendre.

— *Madame* !

— C'est non.

M. Julliard battit en retraite, accablé.

— Très bien, madame de Poulain, c'est vous qui décidez. Mais nous allons avoir des problèmes. Nous devrions pouvoir tirer environ cent mille francs de la maison de Rémy et, dans le meilleur des cas, trente ou quarante mille de la vente aux enchères. Il manquera encore beaucoup d'argent.

Il fallait que je sorte de ce bureau. Que je me précipite dans la rue pour pouvoir respirer. Je ne devais pas rester ici une minute de plus si je ne voulais pas faire une crise d'angoisse devant l'avocat.

— Laissez-moi quelques jours pour réfléchir, *monsieur*, dis-je en me levant et en tenant fermement mon sac. Je vais trouver une solution.

— Certainement, *madame*, répondit l'avocat avant d'ouvrir avec sollicitude la porte de son bureau. J'attends de vos nouvelles, mais ne tardez pas trop. Pourriez-vous déjà signer les papiers de la vente de la maison de Rémy et de la vente aux enchères ?

Je ne pouvais m'attarder une seconde de plus.

— Un autre jour, monsieur Julliard.

— Très bien, *madame*.

Lorsque j'arrivai dans la rue, je dus m'appuyer un moment contre le mur, de peur que mes jambes ne cessent de me porter. Le coolie, qui sommeillait dans mon *pousse-pousse*, se leva du siège dès qu'il me vit pour prendre les bras du véhicule et me ramener à la maison, mais je ne pouvais pas marcher, j'étais incapable de parcourir les deux mètres qui me séparaient de lui. Effrayée, paralysée, je sentis le sol se dérober sous mes pieds, ma vie entière chanceler. J'allais perdre tout ce que j'avais. Je pourrais habiter un temps chez une amie ou dans une pension bon marché de Montparnasse, vivre de la vente de mes tableaux et de mes cours à l'académie, mais il me serait impossible de me payer un autre logement. Je me cachai les yeux derrière les mains et me mis à pleurer en silence. La perte de mon appartement, ce magnifique trois-pièces qui laissait entrer à flots une lumière vive du sud-est indispensable à la pureté du trait et des couleurs de mes peintures, me causait une angoisse terrible, une peur insoutenable. Rémy, par sa mort, m'ôtait tout ce qu'il m'avait donné de son vivant. J'en étais au même point que vingt ans auparavant, qu'avant de le connaître.

Sur le chemin du retour, entre deux sanglots interminables, je finis par m'effondrer. Rien ne serait facile dans les semaines à venir et reprendre le bateau pour Paris serait également un cauchemar, mais je me rendis compte tout à coup qu'il y avait un autre problème, auquel je n'avais pas pensé : habituée à vivre seule, à ne me soucier que de moi-même, j'avais oublié que j'avais désormais une nièce à ma charge. Fernanda devrait me suivre partout où j'irais jusqu'à sa majorité et je devrais la nourrir tant qu'elle serait sous ma tutelle. J'eus l'impression que la vie me haïssait et qu'elle avait décidé de me piétiner avec une botte de fer jusqu'à ce que je m'enfonce dans la boue. Comment les problèmes pouvaient-ils s'accumuler à ce point ? Qui m'avait jeté un sort ? Ma ruine n'était-elle pas suffisante ?

J'arrivai à temps à la maison pour changer de tenue et ressortir. Je dus éviter madame Zhong et Fernanda, qui surgirent comme des ombres sur mon chemin. Malgré mes efforts, ma nièce sembla avoir compris qu'il se passait quelque chose. Je m'enfermai dans la chambre de Rémy et, après m'être lavé le visage à l'eau fraîche, je me redonnai une contenance en me parant d'une robe de mousseline verte et d'une capeline assortie, plus adéquates pour la mi-journée. J'aurais donné n'importe quoi pour ne pas avoir à sortir, pour me mettre au lit et y rester pendant que le monde s'écroulait autour de moi, mais le maquillage et les retouches au crayon à lèvres pressaient davantage que la fuite de la réalité. Le consul général de France à Shanghai m'attendait pour déjeuner et peut-être pourrait-il m'aider – peut-être. Il devait avoir un certain pouvoir et disposer des informations et des ressources nécessaires pour régler les situations délicates dans lesquelles pouvaient se trouver les ressortissants de son pays ; or, j'étais une veuve française qui se trouvait dans l'embarras en Chine. Il aurait peut-être une idée.

À douze heures trente précises, M. Favez se présenta devant la maison, au volant de son splendide cabriolet Voisin.

— Vous avez mauvaise mine, madame de Poulain, dit-il d'un air préoccupé en m'aidant à monter dans l'auto. Est-ce que tout va bien ?

— Je n'ai pas réussi à dormir, *monsieur*. Le lit chinois de mon mari s'est révélé assez inconfortable.

L'attaché éclata de rire joyeusement.

— Rien de tel qu'un lit européen bien moelleux, *madame* !

Oui, en réalité, rien de tel qu'un compte en banque bien rempli pour ne pas avoir à se soucier des dettes de jeu, d'opium et de lupanar d'une canaille comme Rémy. Je commençais à éprouver une âpre rancœur à l'encontre de cette cigale fêtarde qui m'avait toujours tellement plu. Rémy était un parfait imbécile, un abruti décérébré incapable de dominer ses pulsions. Cela ne m'étonnait pas du tout que son frère ait décidé de l'écarter de l'affaire familiale ; sa négligence et ses détournements de fonds auraient sans aucun doute mené l'entreprise à la faillite. Tout être humain pouvait prendre du bon temps, y compris dans les grandes largeurs, sans faire de dégâts irréparables dans sa vie quotidienne, son travail et sa famille. Mais il y avait une limite à ne pas franchir et Rémy ne la connaissait pas. Ce qui passait en premier chez lui, c'étaient les exigences de son corps. Et en deuxième, pareil. Et en troisième, encore pareil. De l'alcool ? De l'alcool. Des femmes ? Des femmes. Des jeux ? Des jeux. De l'opium ? Allez ! de l'opium. Et ainsi de suite jusqu'à l'épuisement, jusqu'à saturation.

Le consul Wilden et son épouse, la charmante Jeanne, furent très aimables avec moi. M. Wilden était un homme de mon âge, intelligent, élégant, qui connaissait parfaitement la culture chinoise. De fait, cela faisait dix-huit ans qu'il vivait dans ce pays et il avait habité dans des villes au nom exotique, comme Tchong-King, Tcheng-Tou et Yunnan. Jeanne et lui firent tout leur possible pour me consoler lorsque je leur expliquai en pleurant ce que l'avocat de Rémy m'avait dit dans la matinée. Ils avaient toujours eu des relations très courtoises avec mon mari et, depuis leur arrivée à Shanghai, en 1917, ils l'avaient vu à plusieurs reprises à l'occasion de la célébration de Noël et de la fête nationale française au consulat. Rémy était pour eux un homme distingué et plaisant, qui faisait toujours rire Jeanne avec ce don qu'il avait pour amuser la galerie et faire des commentaires spirituels avec un grand sens de la repartie. Oui, bien sûr qu'ils étaient au courant de ses problèmes financiers. La communauté étrangère était très restreinte et tout finissait par se savoir. Le cas de Rémy, bien que loin d'être isolé, avait fait l'objet de nombreuses conversations parmi tous les amis qu'il avait. Toujours prêt à aider, il prenait grand soin de son réseau de connaissances. Des centaines de personnes avaient assisté aux funérailles et toute la colonie française avait déploré sa mort, notamment en raison des conditions dans lesquelles celle-ci s'était produite.

— Vous a-t-on raconté ce qui est arrivé exactement ? demanda Jeanne avec douceur.

— J'espérais que vous le feriez.

Le consul et son épouse furent si délicats qu'ils passèrent sous silence l'état de Rémy la nuit du drame. Ils n'employèrent pas le mot *nghien* et ne firent aucune allusion à l'opium ; ils se contentèrent de me rapporter les faits de la façon le plus respectueuse possible. Apparemment, dix Jaunes du quartier pauvre de Pootung – situé sur l'autre rive du Huangpu, en face du Bund – étaient entrés dans la Concession française avec l'intention de commettre un vol. Ils avaient sans doute choisi la maison chinoise de Rémy en pensant qu'il leur serait plus facile de s'y introduire et de s'y déplacer sans réveiller les propriétaires, qui, à cette heure, environ trois heures du matin, devaient être profondément endormis. Tout cela figurait dans le rapport de la brigade de police de la Concession, que le consul avait en sa possession et dont il pouvait me fournir une copie si je le souhaitais. Hélas, Rémy se trouvait encore dans son bureau, où il étudiait peut-être un des objets d'art chinois qu'il aimait tant, car, selon le rapport de police, de multiples pièces de sa collection, presque toutes d'une grande valeur, avaient été retrouvées éparpillées sur le sol. Il avait dû affronter courageusement les voleurs, car son bureau ressemblait à un champ de bataille. Réveillés par le bruit, les domestiques de la maison étaient accourus armés de bâtons et de couteaux. Lorsqu'ils les avaient entendus arriver, les malfaiteurs avaient pris peur et s'étaient enfuis à la débandade en laissant Rémy mort sur le sol. La gouvernante, madame Zhong, avait affirmé qu'ils n'avaient rien emporté, qu'il ne manquait rien dans la maison de son maître ; au bout du compte, Rémy avait donc réussi dans sa tentative de défendre sa propriété et ses biens.

— Qu'allez-vous faire de la dépouille de Rémy, madame de Poulain ? me demanda de but en blanc mais non sans tact le consul Wilden. Allez-vous la rapatrier en France ou la laisser ici, à Shanghai ?

Sa question me déconcerta. Jusqu'à ce jour, j'avais eu l'intention de faire enterrer Rémy à Lyon, dans le caveau de sa famille, mais je ne savais plus quoi faire. Le rapatriement d'un corps devait coûter une fortune et ce n'était pas le moment de faire des dépenses superflues ; peut-être valait-il mieux que Rémy reste où il était.

— La tombe de votre époux au cimetière de la Concession est la propriété de l'État français, *madame*, m'indiqua M. Wilden d'un air contrit. Il faudrait que vous l'achetiez.

— Je ne suis pas en mesure de le faire, comme vous pouvez vous en douter, déclarai-je en buvant une gorgée du café que l'on nous avait servi après le repas. Étant donné la situation financière dans laquelle je me trouve, je suis pieds et poings liés. Peut-être pourriez-vous m'aider, monsieur le consul. Connaissez-vous un moyen de sortir de cette impasse ? Que me conseillez-vous de faire ?

Auguste Wilden et son épouse se regardèrent à la dérobée.

— Le consulat pourrait vous offrir la concession au cimetière, mais cela devrait être présenté comme un geste de notre pays envers la prestigieuse famille De Poulain.

— Je vous en remercie, *monsieur*.

— Quant aux problèmes financiers que vous rencontrez, *madame*, je ne sais que dire. Je crois que les conseils de votre avocat sont prudents et judicieux.

— Pourquoi ne sollicitez-vous pas l'aide de la famille de votre défunt mari, très chère ? s'enquit Jeanne en posant sa tasse.

— Ses avocats m'ont fait savoir qu'il n'en était pas question, répondis-je.

— Lamentable ! s'exclama le consul Wilden. Je suis vraiment désolé, madame de Poulain, nous serions très heureux de pouvoir vous aider mais, en tant que consul de France, je ne suis pas en mesure de faire davantage. J'espère que vous me comprenez. Acheter la tombe de Rémy est une attention que je peux me permettre car c'était un des membres les plus en vue de notre colonie et un éminent citoyen de notre pays, mais toute autre intervention de ma part sortirait du champ de mes compétences et pourrait être mal interprétée, tant par l'ambassade de Pékin que par le ministère des Affaires étrangères, sans parler de la communauté française de Shanghai. Jeanne et moi vous souhaitons bonne chance, *madame*. Tous nos souhaits vous accompagnent et, si nous pouvons vous rendre service, n'hésitez pas à faire appel à nous.

Je quittai la vieille bâtisse du consulat d'un pas décidé, faisant montre d'une force de caractère que j'étais loin d'avoir. Cependant, je ne voulais pas que les Wilden, qui avaient déjà été témoins de mes larmes, voient mes mains trembler et mes jambes vaciller, après m'avoir fait part, avec un tact acquis au fil de nombreuses années de pratique de la diplomatie, de leur incapacité à m'aider au-delà des prescriptions de la politique. Avec l'achat de la concession au cimetière, le gouvernement français se faisait valoir auprès de la très influente et respectée famille De Poulain, prenait une initiative qui serait très appréciée des puissants propriétaires des soieries lyonnaises et, il fallait le reconnaître, m'ôtait une épine du pied – un geste qui ne lui coûtait pas grand-chose et aurait de bonnes retombées sociales, économiques et politiques. Mais concernant mes problèmes pour payer les dettes de Rémy, je n'avais pas avancé d'un pouce. Dans le *pousse-pousse* qui me ramenait pour la seconde fois à la maison que j'avais prise pour une source de revenus susceptible de redresser mes finances et se révélait être une propriété éphémère qui n'allait me causer que des ennuis, je songeai que, quand on était vraiment dans le malheur, qu'on ne pouvait plus faire face, écrasé par le poids des soucis, on avait tort de croire que quelqu'un allait nous donner un coup de main car, lorsque ce n'était pas le cas, on s'effondrait. Le plus sage était sans aucun doute de ne jamais demander à personne plus qu'il ne pouvait en faire, car, à bien y réfléchir, les Wilden avaient déjà fait beaucoup en me débarrassant d'un grave problème. J'étais entrée dans une impasse obscure et je ne savais pas comment j'allais en sortir ; pire, j'allais devoir refouler mon angoisse pendant de nombreuses heures encore, car Fernanda et moi étions attendues pour dîner au consulat espagnol, alors que je ne voyais vraiment pas ce que j'avais à y faire.

Je refusai de prendre part au goûter que madame Zhong nous prépara en milieu d'après-midi, et même de quitter ma chambre et de voir quiconque jusqu'à l'heure de sortir pour le dîner. Je ne me sentais pas bien et parler était au-dessus de mes forces. Malgré ce que j'avais dit à l'avocat, j'essayai d'envisager des solutions afin de réunir les cent cinquante mille francs qui manquaient pour rembourser les dettes de Rémy, mais je n'en trouvai aucune, car la seule que je voyais – m'enfuir en Espagne et me cacher dans un village perdu – était en tout point irréalisable. Mon pays était très arriéré. Seules les grandes villes comme Madrid ou Barcelone étaient au niveau de l'Europe en matière d'hygiène et de culture ; tout le reste crevait de faim, de crasse et d'ignorance. Et puis, qu'aurait pu faire une femme seule là-bas ? Dans les autres nations civilisées, les femmes avaient conquis une nouvelle place dans la société et étaient devenues beaucoup plus libres et indépendantes. En Espagne, soumises à l'Église et à leur mari, elles n'étaient toujours qu'un objet, décoratif dans le meilleur des cas. Si j'allais là-bas, j'y perdrais mes ailes, l'air que je respire ; ce qui m'avait obligée à partir vingt ans auparavant me rattraperait définitivement. Une femme peintre ? Maria Blanchard et moi, Elvira Aranda, étions les exemples vivants de ce que pouvaient faire les femmes peintres en Espagne : s'en aller.

Vers sept heures, ma nièce entra dans ma chambre pour me rappeler que nous devions sortir. Je me levai de mon lit sous son regard inquisiteur et commençai à me préparer. Elle resta debout sur le seuil à me suivre des yeux jusqu'à ce que je perde patience.

— Tu n'as pas l'intention de t'habiller ? demandai-je sèchement.

— Je suis prête, répondit-elle.

Je l'observai avec attention et ne remarquai aucun changement significatif. Avec sa robe noire et démodée, son chignon, et son éternel éventail à la main, elle avait la même allure que d'habitude.

— Tu attends quelque chose ?

— Non.

— Alors va-t'en, allez !

Elle sembla hésiter un instant, mais elle finit par s'en aller. Je songeai après coup qu'elle s'inquiétait peut-être pour moi mais, sur le moment, accablée de chagrin, je ne pouvais comprendre ce qui se passait autour de moi.

Après m'être ondulé les cheveux et les avoir parfumés avec *Quelques Fleurs*, je revêtis une ravissante robe de soirée en soie marron avec de grands rubans de tulle sur les côtés. Dans le miroir, elle était du plus bel effet – pourquoi le nier ? C'était ma plus belle robe, réalisée à partir d'un modèle de Chanel dans une pièce de soie que Rémy m'avait offerte. Satisfaite, j'ajustai les fines bretelles sur mes épaules nues et, après avoir enfilé mes chaussures jaune clair, j'alignai la couture de mes bas. Quand on me voyait, il était étrange de songer qu'il m'était arrivé tant de choses dans la journée. De toute évidence, se faire belle était bon à la santé, car je me sentis beaucoup mieux lorsque, pour finir, j'accrochai à la mèche de mon front une épingle à cheveux en forme de libellule multicolore.

Ce soir-là, ce fut la première fois que nous quittâmes la Concession française. Nous franchîmes la grille en passant devant le poste de garde, chacune dans son *pousse-pousse*, et pénétrâmes dans la Concession internationale, où les autos les plus grandes et les plus modernes – essentiellement des modèles nord-américains – roulaient à toute allure à travers les rues, phares allumés. À Shanghai, on conduisait à gauche, à l'anglaise, et c'étaient les impressionnants policiers *sikhs*, envoyés par les

Britanniques de leur colonie en Inde, qui faisaient la circulation. Ces sujets de la couronne d'Angleterre, coiffés d'un volumineux turban rouge rejoignant une grosse barbe foncée, utilisaient pour effectuer leur tâche un long bâton, qui, le cas échéant, devenait entre leurs mains une arme très dangereuse.

Le consulat espagnol n'était pas très loin. Nous arrivâmes bientôt devant une villa moderne de style méditerranéen et au jardin luxuriant, lumineuse comme une de ces lanternes chinoises ; au bout d'un mât fixé au premier étage ondoyait le drapeau espagnol. Deux ou trois voitures très luxueuses étaient garées le long du parc, signe de la présence d'autres invités. Curieusement, ma nièce était un véritable paquet de nerfs – elle n'arrêtait pas d'ouvrir et de fermer son éventail d'un coup sec – et, dès qu'elle fut descendue de son *pousse-pousse*, elle se répandit en bavardages incontrôlés dans notre langue. Cela m'amusa et je me rendis compte avec émotion que, par une journée aussi funeste et singulière, n'importe quels babillages puérils pouvaient me remonter le moral.

Le consul d'Espagne, Julio Palencia y Tubau, se révéla être un homme extraordinaire[1], d'une grande personnalité et d'un abord très chaleureux. C'était le fils de la célèbre actrice espagnole Maria Tubau et du dramaturge Ceferino Palencia. De plus, son frère, également prénommé Ceferino, était marié à l'écrivain Isabel de Oyarzábal[2], que j'admirais beau-

1. En tant qu'ambassadeur d'Espagne en Bulgarie, Julio Palencia (1884-1952) s'est courageusement opposé aux autorités nazies pendant la Seconde Guerre mondiale, afin d'empêcher l'extermination des Juifs de ce pays. Son action a permis de sauver plus de six cents personnes.
2. Il serait impossible de fournir une biographie détaillée

coup et que j'avais eu l'immense plaisir de rencontrer deux ans auparavant, lors d'une conférence extrêmement intéressante qu'elle avait donnée à Paris. Entre de nombreuses autres activités toutes aussi louables les unes que les autres, Isabel présidait l'Association nationale des femmes espagnoles, qui luttait pour l'égalité des droits dans ce pays si difficile qu'était le nôtre. Très cultivée, elle était convaincue qu'il était possible de changer le monde. Enthousiasmée par la découverte de ce lien de parenté, je ne tardai pas à sympathiser avec le consul et avec son épouse, une élégante dame d'origine grecque. Pendant que je discutais avec le couple et quelques-uns des invités (des chefs d'entreprise espagnols qui avaient fait fortune à Shanghai et leurs épouses), Fernanda semblait passer un excellent moment en compagnie d'un prêtre gratifié d'une barbiche de Don Quichotte et d'une grosse tête complètement chauve. La répartition des invités autour de la table leur permit de poursuivre leur interminable conversation. Il s'agissait, d'après ce que j'avais appris, du père Castrillo, supérieur de la mission des Augustins de l'Escorial et remarquable homme d'affaires, qui avait su utiliser l'argent de sa communauté en achetant des terrains à Shanghai lorsqu'ils ne coûtaient rien pour les revendre à prix d'or quelques années plus tard et faire des Augustins les propriétaires d'une bonne partie des principaux bâtiments de la ville.

Un autre curieux personnage assistait au dîner : un Irlandais chauve, quinquagénaire, qui avait passé

d'Isabel de Oyarzábal (Málaga, 1878-Mexico, 1974), journaliste, écrivain et deuxième femme diplomate du monde – première d'Espagne –, qui fut ambassadeur de la République espagnole à Stockholm.

la soirée à tourner autour de moi. Il s'appelait Patrick Tichborne et le consul me l'avait présenté comme un membre lointain de la famille de son épouse. Il avait une grosse panse de buveur et une peau hâlée de paysan ; journaliste, il travaillait comme correspondant pour plusieurs journaux anglais, en particulier pour le *Journal* de la Royal Geographical Society. Il n'avait cessé de me suivre sans en avoir l'air, et de fuir maladroitement mon regard à chaque fois qu'il croisait le sien. À force, il avait fini par m'indisposer et j'avais failli en toucher deux mots au consul.

Je venais d'avoir une conversation passionnante avec l'épouse d'un certain Ramos, le riche propriétaire de six des meilleures salles de cinématographe de Shanghai, lorsque Tichborne m'aborda brusquement. Les autres invités étant occupés à bavarder entre eux, je craignis le pire et, sur la défensive, pris un air revêche.

— Auriez-vous quelques minutes à m'accorder, madame de Poulain ? bredouilla le journaliste en français, l'haleine chargée d'alcool.

— Je vous écoute, répondis-je de mauvaise grâce, mais faites vite.

— Oui, oui… je vais être rapide, car personne ne doit entendre ce que j'ai à vous dire.

Oh, oh ! Notre Irlandais était mal parti.

— Un ami de votre mari a besoin de vous parler, d'urgence, déclara-t-il.

— Pourquoi tant de mystère, *mister* Tichborne ? S'il veut me voir, qu'il laisse sa carte chez moi.

Il commença à s'impatienter et à lancer des regards furtifs de tous côtés.

— Monsieur Jiang ne peut aller chez vous, *madame*. Vous êtes surveillée jour et nuit.

— Qu'est-ce que vous racontez ? m'indignai-je.

(Je connaissais d'expérience de nombreuses façons pour un homme d'aborder une femme, mais celle-là était la plus échevelée de toutes.) Je crois, *mister* Tichborne, que vous avez trop bu.

— Écoutez-moi ! s'exclama-t-il en me saisissant nerveusement par le bras. (Je me libérai d'un geste brusque et tentai de m'éloigner en direction du consul, mais il m'empoigna de nouveau et m'obligea à le regarder.) Ne soyez pas stupide, *madame*, vous êtes en danger ! Écoutez-moi !

— Si vous m'insultez encore une fois, déclarai-je sur un ton glacial, j'en réfère immédiatement au consul.

— Je n'ai pas de temps à perdre en futilités, dit-il en me lâchant. Votre mari n'a pas été tué par des voleurs, madame de Poulain, mais par les sicaires de la *Green Gang*, la Bande verte, la mafia la plus redoutable de Shanghai. Ils sont allés chercher chez lui un objet très important qu'ils n'ont pas trouvé, et ils l'ont torturé jusqu'à la mort pour qu'il leur avoue où il se trouvait. Mais il était *nghien*, *madame*, et il n'a rien pu leur dire. Maintenant, c'est à vous qu'ils vont s'en prendre. Ils vous suivent depuis votre descente de bateau, hier. Ils vont recommencer, croyez-moi, et votre vie ainsi que celle de votre nièce sont en grand danger.

— De quoi parlez-vous ?

— Si vous ne me croyez pas, interrogez vos domestiques, lança-t-il d'un air hautain. Ne vous en tenez pas à la version officielle sans mener votre propre enquête. Cherchez la vérité un bâton à la main ; les Jaunes ne parleront que s'ils ont peur. La Bande verte est très puissante.

— Mais... et la police ? Le consul de France m'a dit aujourd'hui que le rapport...

L'Irlandais éclata de rire.

— Savez-vous qui est le chef de la brigade de police de la Concession française, *madame* ? Huang Jinrong, surnommé Huang-le-grêlé parce qu'il a le visage piqué par la petite vérole. Or, il est aussi le chef de la Bande verte. Il contrôle le trafic d'opium, la prostitution, les paris, ainsi que la police qui surveille votre maison et qui a établi le rapport sur la mort de votre mari. Vous ne savez pas comment les choses fonctionnent à Shanghai, *madame*, mais vous allez devoir l'apprendre rapidement si vous voulez survivre ici.

Tout à coup, l'angoisse que j'avais portée en moi toute la journée depuis que j'avais vu l'avocat se décupla. Oppressée, je sentis revenir les palpitations.

— Vous êtes sérieux, *mister* Tichborne ?

— Je suis toujours sérieux, *madame*, sauf quand je suis saoul. Vous devez rencontrer monsieur Jiang. C'est un respectable antiquaire de la rue Nankin, qui était un ami de longue date de votre mari. Étant donné que vous êtes suivie, vous ne pouvez le voir ni chez vous ni dans sa boutique. Vous allez devoir le retrouver dans un lieu interdit aux Chinois, afin que vos poursuivants soient obligés de vous attendre dehors, comme ils le font en ce moment.

— Mais si les Chinois ne peuvent entrer, monsieur Jiang non plus.

— Si, il entrera par la porte de derrière et je l'accompagnerai. Je vous parle de mon club, le Shanghai Club, sur le Bund. C'est là que j'habite, à l'hôtel, dans une des deux chambres que la Royal Geographical Society met à la disposition de ses correspondants détachés dans cette zone de l'Orient. Je conduirai monsieur Jiang jusqu'à ma chambre en le faisant passer par les cuisines et vous entrerez normalement par la porte principale. C'est un club masculin et vous n'aurez donc accès ni aux salons ni au bar. Vous devrez vous diriger droit vers ma chambre sous prétexte de m'apporter ce livre. (Il sortit furtivement de la poche de son veston un petit livre relié en cuir qui, par chance, tenait tout juste dans mon sac.) Dites que vous venez le faire dédicacer. C'est moi qui l'ai écrit. Les clients de l'hôtel reçoivent beaucoup de visites féminines de toutes sortes : secrétaires, femmes d'affaires américaines, vendeuses russes de bijoux... Votre venue n'éveillera pas trop les soupçons et votre réputation ne sera pas en péril, d'autant que nous nous sommes rencontrés ici ce soir. Surtout, n'apportez rien que les sicaires de la Bande verte risqueraient de prendre pour un objet d'art. Monsieur Jiang est persuadé que c'est ce qu'ils recherchent. Ils pourraient vous tuer en pleine rue pour vous le voler.

Je m'efforçais d'assimiler cette cascade d'informations, mais je ne comprenais toujours pas ce que ce fameux monsieur Jiang pouvait bien attendre de moi.

— Monsieur Jiang, m'expliqua l'Irlandais à la hâte en regardant fixement par-dessus mon épaule (d'après l'expression éloquente de son visage, quelqu'un approchait), pense que, si vous parvenez à découvrir ce que convoite la Bande verte, votre nièce et vous cesserez d'être en danger dès que vous le lui remettrez. Il a quelques idées à ce propos... Bien sûr que je peux vous dédicacer mon livre, *madame* ! (Il s'était subitement exprimé sur un ton joyeux. L'épouse du consul apparut, souriante, dans mon champ de vision.) Passez à mon hôtel demain, à l'heure du déjeuner, et je serai ravi de signer votre exemplaire.

— Je viens à votre secours, Elvira, dit avec un clin d'œil l'élégante épouse de Julio Palencia, qui parlait l'espagnol avec un léger accent. Patrick peut être assommant par moments.

Elle demanda en anglais à son lointain parent d'aller lui chercher une coupe de *champagne*. Il lui répondit en français avec un air fanfaron :

— Nous parlions de mon livre, très chère ; *madame* l'a lu.

L'épouse du consul eut la sagesse de ne poser aucune question à ce sujet et m'entraîna gentiment vers les autres invités, qui avaient engagé entre-temps une conversation surprenante sur le risque de putsch militaire auquel l'Espagne était exposée en ces temps difficiles. J'avais toujours suivi avec un certain intérêt ce qui se passait dans mon pays d'origine, notamment l'ouverture des premiers grands magasins s'inspirant du modèle parisien ou la construction de la première ligne de métro à Madrid, mais la politique ne m'avait jamais vraiment captivée, peut-être parce qu'il s'en dégageait une si grande confusion et tant de problèmes que je ne me sentais pas capable de la comprendre. Néanmoins, les attentats et émeutes qui avaient eu lieu récemment m'inquiétaient beaucoup et je ne parvenais pas à croire que les militaires essaient une nouvelle fois de s'emparer du pouvoir. Le consul Palencia gardait un silence impartial, tandis que Antonio Ramos, le propriétaire des salles de cinéma-tographe, et un certain Lafuente, architecte madri-lène, faisaient part de leur préoccupation face à l'imminence d'un coup d'État.

— Le roi ne se laissera pas faire, affirma Ramos, hésitant.

— Le roi, cher ami, soutient les militaires, objecta Lafuente, en particulier le général Primo de Rivera.

L'épouse du consul intervint afin de mettre un terme à l'épineuse question.

— Et si nous mettions un disque de Raquel Meller sur le gramophone ? proposa-t-elle d'une voix sonore, avec sa petite pointe d'accent.

Il n'en fallut pas plus. Les invités poussèrent avec enthousiasme des exclamations de joie et se mirent aussitôt à danser avec entrain sur les meilleures chansons de l'artiste. Ce fut à ce moment-là que je commençai à accuser la fatigue, ou plus exactement l'épuisement, de la journée. Tout à coup, je me sentis si lasse que j'eus l'impression de ne plus pouvoir tenir debout ; aussi, lorsque arriva *La Violetera* et que tout le monde entonna à pleine voix « *LLévelo usted, señorito, que no vale más que un real*[1] », je décidai qu'il était temps de rentrer. J'allai chercher Fernanda, toujours en pleine conversation avec le père Castrillo, et nous prîmes congé du consul et de son épouse en les remerciant pour tout et en leur promettant de revenir leur rendre visite avant de quitter la Chine.

Tandis que nous traversions le jardin en direction de la rue, je repensai avec appréhension à ce que Tichborne m'avait dit. Y avait-il vraiment des suppôts de la Bande verte là-dehors ? Rien que d'y penser, je n'étais pas rassurée. Lorsque nous franchîmes la grille, je regardai discrètement dans toutes les directions, mais je ne vis que deux petites vieilles en haillons, ployant sous le poids des paniers qu'elles portaient sur les épaules, et quelques coolies qui sommeillaient dans leur véhicule en attendant les clients. Les autres étaient des Européens. En tout état de cause, cette nuit, je demanderai à tous les domestiques, sans exception, de surveiller la maison après avoir verrouillé toutes les portes.

---

1. Note de la traductrice : « Prenez-le, jeune homme : il ne vaut qu'un réal » ; premiers vers du refrain de *La Violetera* (La Vendeuse de violettes).

Fernanda et moi montâmes dans les *pousse-pousse*, d'où nous parvenait encore à travers les fenêtres du consulat la voix aiguë de la Meller – une expérience assurément extravagante dans ce cadre oriental. Quelques instants plus tard, lorsque j'entendis les miaulements insupportables des chats, qui équivalaient pour les Célestes au plus exquis des airs d'opéra, je découvris que la Meller avait, en réalité, une voix vraiment belle.

Chapitre 2

L'épuisement me permit de dormir toute la nuit d'une seule traite, d'un sommeil profond ; je me sentais enfin reposée. Ce matin-là, j'aurais eu besoin de temps et de calme pour mettre de l'ordre dans mes idées. J'aurais apprécié de m'asseoir un moment pour dessiner, prendre quelques notes dans le jardin et ainsi retrouver, j'en étais sûre, la lucidité que mes nerfs m'avaient fait perdre la veille. J'avais la tête pleine de bruits : des images et des morceaux de conversations avec M. Julliard, M. Wilden, le consul Palencia et son épouse, et surtout Tichborne défilaient à toute allure dans mon esprit sans que je puisse les contrôler ; et la peur de la ruine me pesait lourdement sur le cœur. En général, je prenais les décisions avec rapidité et efficacité, car je vivais seule depuis très longtemps et j'avais dû m'émanciper assez jeune. Cependant, tous les problèmes qui s'étaient déversés sur moi me rendaient lente, empotée et intensifiaient mes crises d'angoisse. Je me dis avec résignation que, si je ne pouvais pas dessiner, je devais au moins essayer de sortir de ce lit oriental et faire un effort pour reprendre courage.

Je pris mon petit déjeuner avec Fernanda, à qui je dus tirer les vers du nez pour avoir un bref résumé de sa longue conversation avec le père Castrillo. Apparemment, ils étaient devenus très amis, si étrange que puisse paraître une amitié entre un vieux prêtre expatrié et une orpheline de dix-sept ans à peine. Il l'avait invitée à fréquenter son église le dimanche et à visiter les institutions que les Augustins de l'Escorial dirigeaient à Shanghai, notamment l'orphelinat, où vivait un petit garçon qui parlait parfaitement l'espagnol et pourrait lui servir de domestique ou d'interprète. Elle voulait s'y rendre dès qu'elle aurait terminé son petit déjeuner, mais je me vis dans l'obligation de bouleverser ses projets en lui annonçant qu'elle allait devoir m'accompagner chez l'étrange *mister* Tichborne, au Shanghai Club. Je préférais avoir un chaperon, au cas où ma réputation serait davantage en péril qu'on me l'avait assuré avec tant de légèreté.

Après le petit déjeuner, je m'enfermai avec elle dans le bureau et lui rapportai à voix basse les propos troublants de l'Irlandais. Non seulement elle n'en crut pas un mot, mais elle n'eut pas la moindre réaction lorsqu'elle apprit que nous nous trouvions dans la pièce où Rémy avait été torturé et assassiné ; elle n'exprima qu'une légère appréhension quand elle comprit que nous allions devoir nous rendre non pas dans un lieu public, mais dans la chambre d'hôtel du journaliste. Privée de sa complicité, je n'eus d'autre choix que d'essayer de la convaincre en faisant entrer madame Zhong dans le bureau ; si celle-ci confirmait les dires de Tichborne, elle serait bien obligée de me croire. Hélas, madame Zhong était une dure à cuire. Elle s'entêta à nier, avec des simagrées de plus en plus exagérées, les accusations portées contre elle et finit par défendre, avec une pointe d'hystérie dans la voix, son honneur et celui des autres domestiques de la maison. Comme je n'avais pas l'intention d'utiliser un bâton pour la faire parler – l'idée de frapper un autre être humain et de lui faire du mal me faisait horreur –, je dus avoir recours, au bout d'un moment, à des moyens de pression peut-être pas plus civilisés mais, sans aucun doute, un peu moins brutaux : je la menaçai de la jeter dehors avec pertes et fracas et de renvoyer tous les autres domestiques dans les mêmes conditions, les condamnant ainsi à souffrir de la faim et à errer sans but, car il y avait peu de travail à Shanghai, comme dans le reste de la Chine, en ces temps de révoltes et de conflits entre seigneurs de la guerre. Face à un tel danger, madame Zhong céda. Grâce à ses supplications, je découvris qu'elle avait dans le quartier sordide de Pootung – celui-là même d'où venaient les assassins de Rémy – une fille et trois petits-fils, qu'elle nourrissait avec une partie des restes de la maison. J'en eus le cœur brisé, mais je devais continuer à me montrer dure et inflexible, bien que j'aie le sentiment d'être la personne la plus cruelle de la terre. La ruse fonctionna et la vieille servante finit par parler :

— Cette nuit-là, nous expliqua-t-elle en demeurant révérencieusement agenouillée devant nous, comme si nous étions des représentations sacrées de Bouddha, votre époux est resté debout jusque très tard. Tous les domestiques sont allés se coucher, excepté Wu, celui qui ouvre la porte et sort les ordures, parce que le maître l'avait envoyé acheter un médicament qu'il n'avait plus.

— De l'opium, murmurai-je.

— Oui, de l'opium, admit madame Zhong à contrecœur. Quand Wu est rentré, des malfrats l'attendaient pour s'introduire dans la maison. Ce n'est pas la faute de Wu, *tai-tai*, il a juste ouvert la porte et ces truands se sont jetés sur lui et l'ont frappé et laissé dans le jardin. Le bruit nous a réveillés. Tse-hu, le cuisinier, s'est approché discrètement pour voir ce qui se passait et il nous a dit que ces hommes battaient le maître à coups de bâton.

Mon estomac se noua à l'idée de la souffrance qu'avait subie ce pauvre Rémy et je sentis les larmes me monter aux yeux.

— Quand le silence est revenu, peu de temps après, poursuivit madame Zhong, j'ai couru porter secours à votre mari, *tai-tai*, mais je n'ai rien pu faire pour lui.

Elle détourna les yeux vers le sol, entre le bureau et la fenêtre située juste en face, comme si elle revoyait le cadavre de Rémy tel qu'elle l'avait trouvé cette nuit-là.

— Parlez-moi des assassins, madame Zhong, lui enjoignis-je.

Elle frémit et me regarda avec angoisse.

— Ne me demandez pas ça, *tai-tai*. Il vaut mieux que vous ne sachiez rien.

— Madame Zhong... l'admonestai-je pour lui rappeler mes menaces.

La vieille servante secoua la tête avec désolation.

— C'étaient des membres de la Bande verte, reconnut-elle enfin, d'ignobles tueurs de la Bande verte.

— Comment le savez-vous ? lui demanda Fernanda, incrédule.

— Tout le monde les connaît à Shanghai, murmura madame Zhong. Ils sont très puissants. Et puis, le maître portait leur signature, ce qu'on appelle « le genou estropié ». Avant de tuer leurs victimes, les hommes de la Bande verte leur coupent les tendons des jambes avec un couteau.

— Mon Dieu ! m'exclamai-je en me cachant le visage dans les mains.

— Et pourquoi auraient-ils voulu tuer monsieur de Poulain ? s'enquit Fernanda avec moins de scepticisme qu'auparavant.

— Je ne sais pas, *mademoiselle*, répondit madame Zhong en s'essuyant les joues avec les pans de son sarrau bleu. Toute la pièce était sens dessus dessous : la table et les chaises étaient renversées, et les livres et les objets d'art éparpillés par terre. Les hommes devaient être très en colère. J'ai mis deux jours à nettoyer et à tout remettre en ordre. J'ai refusé l'aide des autres domestiques.

— Ont-ils emporté quelque chose, madame Zhong ?

— Rien, *tai-tai*. Je connaissais bien chacun des objets que le maître avait ici. Certains valaient très cher et il préférait que ce soit moi qui m'occupe du ménage.

Rémy n'était pas un homme courageux, songeai-je en parcourant des yeux les magnifiques meubles et bibliothèques, il n'aurait pas résisté à la douleur physique sans parler. Pendant la guerre, comme il était trop âgé pour être mobilisé, il avait travaillé dans les services publics de secours du gouvernement français et il avait dû être affecté à un poste de bureau car il ne supportait pas la vue du sang. En outre, il blêmissait et ses mains tremblaient à chaque fois que la sirène annonçait un raid aérien de zeppelins allemands. Je ne savais pas exactement ce que signifiait être *nghien* mais, en tout cas, pour Rémy, cela avait dû être un motif suffisant pour dire à ces scélérats tout ce qu'ils voulaient savoir.

— Madame Zhong, cette nuit-là, mon mari est resté debout jusque tard parce qu'il était nerveux, n'est-ce pas ? Il avait besoin d'opium.

— Oui mais, quand il a été agressé, il n'était plus en manque. Il avait envoyé Wu en acheter parce qu'il venait d'épuiser sa réserve en préparant sa dernière pipe.

Ah ! donc, Rémy était en réalité abruti, endormi.

— Avait-il beaucoup fumé ?

Madame Zhong se releva avec une souplesse étonnante pour son âge et se dirigea vers les étagères, où étaient empilés en colonnes serrées les livres chinois de Rémy. Elle retira deux de ces colonnes et fit apparaître le mur, sur lequel elle frappa un petit coup, poing fermé, faisant ainsi pivoter une plaque carrée sur un axe central. De cette espèce de coffre, elle sortit un plateau en bois peint couvert d'objets anciens : une longue tige de bois avec un bec de jade, quelque chose qui ressemblait à une petite lampe à huile, un coffret doré, un paquet en papier, et une soucoupe en cuivre, le tout étant à première vue très beau. Madame Zhong s'approcha de moi et déposa le plateau sur mes genoux, puis s'éloigna et se prosterna de nouveau humblement sur le sol. Je regardai les objets avec perplexité, puis, devinant ce dont il s'agissait, j'éprouvai de la répugnance et le besoin de les repousser. Comme dans un rêve, je vis la main de Fernanda se lever dans les airs et s'acheminer avec détermination vers la pipe à opium, que j'avais d'abord prise pour un simple bâton ; dans un réflexe aussi instinctif qu'irrépressible, je la retins par le poignet.

— Ne touche pas à ça, Fernanda, murmurai-je sans lever les yeux.

— Comme vous pouvez le voir, *tai-tai*, le maître avait fumé beaucoup de pipes cette nuit-là. Le coffret de boules d'opium est vide.

— Oui, je vois, dis-je en regardant à l'intérieur du coffret. Mais combien y en avait-il ?

— La même quantité que dans le paquet en papier. Wu était allé en acheter dans l'après-midi. Le maître voulait toujours la « boue étrangère » la plus pure, de première qualité. Seul Wu savait où en trouver.

— Et il est retourné en chercher dans la nuit ? m'étonnai-je.

Dans le paquet, que j'ouvris avec précaution, il y avait trois étranges petites boules noires.

— Le maître aimait avoir de l'opium d'avance dans le *bishachu* au cas où il aurait envie de fumer plusieurs pipes, répondit madame Zhong, visiblement gênée par ma question.

— Le *bishachu* ? répétai-je avec difficulté.

Dans cette drôle de langue, tout n'était que consonnes sifflantes ou explosives.

— C'cst ça, un *bishachu*, expliqua-t-elle en montrant la niche secrète. Ça signifie « placard de soie verte » et il peut s'agir d'un petit coffre comme celui-ci ou d'une pièce entière. C'est un nom très ancien. Le maître n'aimait pas que sa pipe à opium reste à portée de vue. Il disait que ce n'était pas élégant et que ces ustensiles étaient réservés à un usage privé ; c'est pourquoi il avait fait construire ce *bishachu*.

— Et cette nuit-là, il avait tant fumé qu'il ne pouvait même pas articuler un mot, n'est-ce pas, madame Zhong ?

La servante s'inclina jusqu'à ce que son front touche le sol et garda le silence. Son chignon noir était traversé de deux fins stylets croisés.

— Il était donc profondément drogué quand les voyous de la Bande verte sont arrivés, pensai-je à voix haute en prenant le plateau des deux mains pour le poser sur la table. Par conséquent, ils ont eu beau le frapper et le torturer, ils n'ont pas réussi à lui arracher l'information qu'ils recherchaient parce qu'il était dans l'incapacité de parler. Peut-être est-ce ce qui les a rendus furieux...

Mue par une intuition, je me dirigeai vers le *bishachu* : d'après Tichborne, les tueurs étaient en quête d'un objet très important, qu'ils n'avaient pas trouvé et, toujours selon lui, monsieur Jiang, l'antiquaire, était persuadé qu'il s'agissait d'une œuvre d'art. De plus, madame Zhong avait dit que, la nuit du meurtre, les sicaires de la Bande verte avaient mis le bureau sens dessus dessous. Ils convoitaient donc bien un objet d'une grande valeur, pour lequel ils étaient prêts à tuer. Rémy avait beaucoup de travers et pouvait parfois se conduire comme un idiot, mais il n'aurait jamais laissé quelque chose de ce genre à la vue de tous.

Je me penchai au-dessus de l'étagère de la bibliothèque pour regarder dans le coffre. Je découvris le socle sur lequel était posé le plateau et tentai de le déplacer. Voyant qu'il n'était pas fixé, je le soulevai lentement. Au-dessous, dans un renfoncement profond et obscur, une forme rectangulaire, à peine perceptible, se dessina dans la lumière provenant de la pièce. J'introduisis la main à l'intérieur avec précaution, jusqu'à ce que je la touche du bout des doigts. Elle était rugueuse et dégageait un doux parfum de santal. Je retirai le bras et remis la tablette en place. Me retournant vers ma nièce, qui me regardait en silence, les sourcils froncés, je lui fis signe de ne pas poser de questions.

— Merci, madame Zhong, dis-je avec amabilité à la vieille servante, qui avait toujours le visage collé au sol. Je dois réfléchir à tête reposée à tout ce que vous nous avez raconté. C'est une histoire très triste. Je vous prie de vous retirer et de me laisser seule avec ma nièce.

— Me gardez-vous à votre service, *tai-tai* ? demanda-t-elle avec appréhension.

Je me penchai vers elle en souriant et l'aidai à se relever.

— Ne vous inquiétez pas, madame Zhong. Personne ne va être renvoyé. (Non, je ne jetterais personne à la rue ; je me contenterais de vendre la maison et de laisser tous les domestiques à la merci du prochain propriétaire.) S'il vous plaît, souvenez-vous que, dans environ une heure, Fernanda et moi sortirons rendre visite à un ami qui vit sur le Bund.

— Merci, *tai-tai* ! s'exclama-t-elle, rassurée, avant de franchir, en s'inclinant avec les deux mains jointes à hauteur de la tête, la porte en forme de pleine lune du bureau de Rémy.

— Vous aviez raison, ma tante, admit Fernanda du bout des lèvres dès que madame Zhong fut sortie dans le jardin. L'histoire de cet Anglais...

— Irlandais.

— ... était bien vraie. Cela veut dire qu'on nous surveille. Croyez-vous prudent que nous quittions la maison pour nous rendre à ce dangereux rendez-vous ?

Sans lui répondre, je retournai au *bishachu* et relevai la tablette du coffre. Maintenant, j'allais pouvoir sortir l'objet en bois de là et l'examiner attentivement. J'eus quelques difficultés, car la profondeur du double fond avait été conçue pour un bras plus long que le mien, mais je finis par l'attraper. Au toucher, il ressemblait à un écrin à bijoux ou à une mallette de couture. À ma grande surprise, lorsque je le vis en pleine lumière, je découvris qu'il s'agissait d'un coffret, d'un splendide coffret chinois, si ancien que j'eus l'impression qu'il allait se désagréger sous la pression de mes doigts. Fernanda se leva d'un bond et me rejoignit, au comble de la curiosité.

— Qu'est-ce que c'est ? demanda-t-elle.

— Je n'en ai pas la moindre idée, répondis-je en posant la magnifique pièce sur le bureau, à côté d'un petit présentoir auquel étaient suspendus les pinceaux de calligraphie de Rémy.

Sur le couvercle, un superbe dragon doré se contorsionnait en formant des volutes. J'étais hypnotisée par la beauté de ce coffret, par l'abondance de détails dans ses motifs, par ces étranges bandes de papier jaune ornées de caractères à l'encre rouge qui avaient dû le sceller autrefois et pendaient mollement de chaque côté, par cette odeur de santal qui émanait encore du bois. Quelle perfection ! La méticulosité de l'artisan qui l'avait fabriqué, la patience dont il avait dû faire preuve tout au long de sa réalisation étaient stupéfiantes... Sur ces entrefaites, Fernanda ouvrit le coffret avec ses mains potelées sans le moindre égard. Décidément, cette enfant avait bien besoin de développer un peu sa culture et sa sensibilité artistique !

— Regardez, ma tante, il est plein de petites boîtes.

Bien qu'inexact, c'était un début d'explication. En réalité, en ouvrant le couvercle, elle avait déployé une série de gradins divisés en dizaines de petites cases, dont chacune contenait un objet minuscule. Nous examinâmes avec nervosité et fascination l'incroyable contenu de ces cases : un petit vase de porcelaine qui n'avait pu être fabriqué qu'à travers un verre grossissant ; une édition miniature d'un livre chinois, qui se dépliait comme les grands et contenait, à première vue, le texte intégral d'une œuvre littéraire ; une petite boule d'ivoire exquise et merveilleusement sculptée ; un sceau de jade noir ; la moitié longitudinale d'un petit tigre d'or, avec une rangée d'inscriptions sur le flanc ; un noyau de pêche, qui n'avait d'abord pas attiré notre attention, jusqu'à ce que nous remarquions, à contre-jour, qu'il était entièrement couvert de caractères chinois de la taille d'un demi-grain de riz – caractères qui apparaissaient aussi sur une poignée de pépins de courge occupant une autre case ; une pièce de monnaie ronde en bronze, percée d'un trou carré en son centre ; un petit cheval également en bronze ; un mouchoir de soie, que je n'osai pas déplier de peur qu'il ne se désagrège ; un anneau de jade vert et un autre d'or ; des perles de tailles et de couleurs différentes ; des boucles d'oreilles ; des bandes de papier enroulées sur de fines bobines de bois qui, lorsqu'on les déroulait, dévoilaient des dessins à l'encre de paysages inimaginables... Bref, il était impossible de décrire tout ce qu'il y avait et encore moins notre étonnement devant de tels objets.

Les chinoiseries ne m'avaient jamais vraiment plu, malgré l'engouement qu'elles suscitaient dans toute l'Europe, mais je devais reconnaître que ce que j'avais sous les yeux était mille fois plus beau et raffiné que n'importe quel bibelot grossier se vendant à prix d'or à Paris, Madrid ou Londres. Je croyais profondément en la connaissance sensitive, la connaissance par les sens et les sentiments, qui, bien que de façon imparfaite, nous transmettaient la beauté. De quelle autre manière aurions-nous pu apprécier un tableau, un livre, une musique ? L'art qui ne parvenait pas à émouvoir, à dire quelque chose n'était pas de l'art mais une mode. Or, chacun des petits objets du coffret contenait la magie de mille sensations, qui, tels les verres colorés d'un kaléidoscope, formaient en s'unissant une image belle et unique.

— Qu'allez-vous faire de tout cela, ma tante ?

Ce que j'allais en faire ? Eh bien, le vendre, évidemment ! J'avais grand besoin d'argent.

— Nous verrons... murmurai-je en replaçant les petits joyaux dans les cases. Pour le moment, nous allons remettre ce coffret là où nous l'avons trouvé. Et garder le secret, c'est compris ? N'en parle à personne, ni au père Castrillo ni à madame Zhong.

Peu après, nous quittâmes la maison pour nous rendre sur le Bund, chacune dans son *pousse-pousse*. En pleine journée, la chaleur était terrible. Une espèce de vapeur brûlante qui flottait dans l'air défigurait les rues et les bâtiments ; sur le sol, l'asphalte semblait fondre comme du caoutchouc sous les pieds nus des pauvres coolies en sueur, attaqués, comme nous, par de grosses mouches répugnantes et irisées. Des employés municipaux jetaient continuellement de l'eau sur les rails du tramway, et toutes les portes et fenêtres des maisons étaient recouvertes de persiennes de bambou et de nattes en paille de riz destinées à protéger l'intérieur des hautes températures. Tichborne n'avait vraiment pas fait preuve d'intelligence en me donnant rendez-vous à cette heure impossible. Ma seule consolation, si cruelle fût-elle, c'était que nos mystérieux poursuivants cuisaient eux aussi dans leur jus.

Nous franchîmes la frontière grillagée de la Concession française et arrivâmes sur le Bund international dix à quinze minutes plus tard. Le chatoiement des eaux sales du Huangpu déparait le boulevard, d'une impressionnante majesté, où déambulaient Célestes presque nus et Européens en manches de chemise et casque colonial en liège. Tout à coup, les *pousse-pousse* s'arrêtèrent ; au lieu de continuer à remonter le Bund comme je me l'étais imaginé, les coolies cessèrent de courir et lâchèrent les bras des véhicules devant un grandiose escalier de marbre, gardé par de très britanniques portiers en livrée de flanelle rouge et haut-de-forme, qui portaient l'insigne du Shanghai Club. Ceux-ci devaient suer à grosses gouttes sous ces vêtements si légers et si appropriés en pareille saison… Mais enfin, *noblesse oblige*.

Fernanda et moi gravîmes le perron et entrâmes dans un hall luxueux dominé par le buste du roi George V, où l'air, très frais (presque glacé en comparaison avec l'extérieur), sentait le tabac à rouler. J'inspirai avec délectation et me dirigeai vers le concierge pour lui demander la chambre de *mister* Tichborne. L'employé me soumit à un interrogatoire délicat, auquel je me prêtai volontiers en lui montrant le livre que l'Irlandais m'avait donné comme sésame la veille. Qu'il ait cru ou fait semblant de croire à mon histoire, il avertit le journaliste de notre arrivée et nous invita à nous asseoir dans les gros fauteuils en cuir situés à proximité. En effet, comme je pus le constater pendant le bref moment où nous attendîmes notre amphitryon, il n'y avait guère de femmes dans cet endroit. Le hall donnait sur une boutique de barbier et différentes pièces où allait et venait en silence, pipe à la bouche et journal sous le bras, une clientèle exclusivement masculine : que des hommes, pas une femme. Tout à fait typique des clubs misogynes anglais.

Le gros Irlandais chauve apparut derrière une colonne et vint nous saluer. Il se comporta avec beaucoup de correction avec Fernanda, qu'il traita avec le respect dû à une femme adulte, tout en me prévenant à voix basse qu'il n'allait pas être possible de la laisser seule dans le hall et qu'elle allait donc devoir nous accompagner, comme s'il s'agissait d'un impondérable susceptible de gâcher notre réunion. J'acquiesçai d'un hochement de tête pour lui faire comprendre sans plus d'explications que c'était précisément mon but et nous entrâmes tous trois dans le somptueux ascenseur de fer forgé, autour duquel tournait un vaste escalier de marbre blanc. Puis nous nous rendîmes à la chambre du journaliste, où l'antiquaire et ami de Rémy, monsieur Jiang, nous attendait.

Depuis mon arrivée à Shanghai, j'avais vu beaucoup de Célestes. Non seulement la Concession française en était pleine, mais il y avait les domestiques de la maison et les clercs que j'avais aperçus dans le bureau de M. Julliard, vêtus à l'occidentale. En revanche, je n'avais encore pas eu l'opportunité de rencontrer un véritable mandarin, un gentleman chinois vêtu selon la coutume la plus ancienne, un commerçant, que j'aurais pris pour un aristocrate si je l'avais croisé dans la rue. Monsieur Jiang, appuyé de tout son poids sur une canne de bambou légère, portait une longue tunique de soie noire et un gilet de damas brillant, noir également, fermé jusqu'au cou avec de petits boutons de jade vert foncé. Une barbiche blanche, des lunettes rondes en écaille et une calotte sur la tête complétaient le tableau, auquel venait s'ajouter, à titre d'accessoire décoratif, un ongle crochu et doré à chaque petit doigt. Il avait des yeux de faucon, de ceux qui semblaient tout voir sans mouvement apparent, et le sourire qui dansait sur ses lèvres faisait ressortir ses pommettes saillantes, typiques de sa race. Tel était donc monsieur Jiang, l'antiquaire, dont le port affichait force et distinction, sans que je puisse dire s'il s'agissait d'un homme séduisant ou non, tant les traits des Célestes me semblaient déroutants, en matière de beauté comme en matière d'âge. Certes, la canne et la barbiche blanche trahissaient sa vieillesse, mais je ne pouvais pas non plus lui donner d'âge.

— *Ni hao*[1], madame de Poulain, enchanté de faire votre connaissance, murmura-t-il dans un français charmant avec un petit signe de tête.

Il n'avait pas le moindre accent ; il parlait mieux cette langue que Tichborne, qui en réalité la mâchait en avalant presque toutes les voyelles.

— Moi de même, répondis-je en lui tendant ma main droite, qu'il ne prit pas.

L'absurdité de mon geste me frappa aussitôt. Les Chinois ne touchaient jamais une femme, pas même pour la saluer avec distinction et courtoisie à l'occidentale. Leurs coutumes étaient différentes. Je baissai rapidement la main et restai immobile, légèrement embarrassée.

— Il s'agit sans doute de votre nièce, dit-il en regardant Fernanda sans incliner la tête devant elle.

— Oui, c'est Fernanda, la fille de ma sœur.

— Je m'appelle Fernandina, s'empressa de rectifier l'intéressée, avant de constater que monsieur Jiang avait déjà détourné le regard avec indifférence.

Il ne lui prêterait plus la moindre attention pendant tout l'entretien et, au cours des semaines qui allaient suivre, il ferait tout bonnement comme si elle n'existait pas. Les Chinois avaient peu de considération pour les femmes, et encore moins pour les jeunes filles ; Fernanda devrait donc réprimer son indignation et accepter que monsieur Jiang n'ait ni yeux ni oreilles pour elle, quand bien même elle s'étoufferait et appellerait à l'aide.

Comme nous nous asseyions dans de petits fauteuils réunis autour d'une table basse, il me dit que

1. Formule de salut chinoise équivalant à « Bonjour », « Comment allez-vous ? ».

son nom était Jiang, son prénom Longyan et son prénom social Da Teh, et que ses amis l'appelaient Lao Jiang et les Occidentaux monsieur Jiang. Naturellement, je crus qu'il s'agissait d'une sorte de plaisanterie, de quelque chose de drôle qui lui arrivait sans qu'il sache très bien pourquoi, alors j'éclatai de rire en le regardant d'un air amusé, mais ce fut encore une grave erreur de ma part. Tichborne fronça les sourcils pour m'arrêter. Sur un petit ton de supériorité, l'antiquaire m'expliqua que, chez les Chinois, la politesse voulait qu'un homme se présente en indiquant d'abord son nom complet – en commençant par le patronyme car le prénom, très personnel, était exclusivement réservé à la famille –, puis son prénom social, que seuls les hommes lettrés et de classe sociale élevée étaient autorisés à utiliser, et enfin le nom que lui donnaient ses amis dans la vie courante, composé du mot *Lao*, « Vieux », ou *Xiao*, « Jeune », et du patronyme. Tichborne ajouta qu'il existait beaucoup d'autres noms : le petit surnom, le surnom d'écolier, le nom de génération et même le nom posthume, donné après la mort. Mais en règle générale, précisa-t-il, lors des présentations, on n'utilisait que les trois noms mentionnés par monsieur Jiang. Celui-ci écoutait notre conversation en silence. Et, lorsque l'Irlandais nous eu confié, comme s'il nous faisait un grand honneur, que Jiang signifiait « Coffret de jade » et Da Teh « Grande Vertu », il intervint avec humour :

— Tu oublies mon prénom de naissance ! lança-t-il. Longyan signifie « Yeux de dragon ». Mon père a pensé qu'il siérait au fils d'un commerçant, qui doit toujours être attentif à la valeur des objets.

À ce moment-là, apparemment, il était permis de rire.

— Enfin, madame de Poulain, poursuivit monsieur Jiang, à qui le prénom de « Yeux de dragon » allait comme un gant, puis-je me permettre de vous demander si tout s'est bien passé depuis votre arrivée à Shanghai, si vous avez été confrontée à, disons, un incident quelconque depuis votre conversation avec Paddy au consulat ?

— Avec qui ? m'écriai-je sans comprendre.

— Avec moi, répondit Tichborne. Paddy est le diminutif de Patrick.

Je songeai que son prénom, à l'inverse, ne lui allait pas du tout. Fernanda, quant à elle, me coula un regard lourd de reproches et porteur d'un message limpide : « Il a le droit de s'appeler Paddy et, moi, je ne peux pas m'appeler Fernandina, c'est ça ? » Je fis comme l'antiquaire : je l'ignorai.

— Eh bien, non, monsieur Jiang, nous n'avons été confrontées à aucun incident. La nuit dernière, j'ai demandé à tous les domestiques de la maison de monter la garde.

— Bonne idée ! s'exclama le mandarin. Faites la même chose cette nuit. Il nous reste peu de temps.

— Peu de temps pour faire quoi ? l'interrogeai-je, inquiète.

— Avez-vous trouvé un petit coffret parmi les pièces de collection de Rémy, madame de Poulain ? me demanda-t-il de but en blanc, me prenant au dépourvu. (Mon silence me trahit.) Ah ! je vois que oui ! Bien, c'est parfait. C'est ce que vous allez devoir me remettre pour que je puisse résoudre cette affaire.

Une minute... pas si vite ! Hors de question. Pour qui monsieur Jiang se prenait-il pour s'imaginer que j'allais lui remettre, juste comme ça, un objet d'une extrême valeur qui pouvait peut-être me permettre d'échapper à la ruine ? Et que savais-je de lui en dehors de ce que m'avait dit Tichborne ? Et puis d'abord, qui était ce Tichborne ? Avais-je jeté ma nièce dans la gueule du loup ? Ces deux personnages pittoresques n'étaient-ils pas justement des membres de la fameuse Bande verte, qui était censée être une menace pour nous ? J'étais devenue tout à coup très nerveuse, et cela devait se remarquer, car Fernanda posa une main rassurante sur mon bras et se tourna vers le journaliste.

— Dites à monsieur Jiang que ma tante ne va rien lui donner du tout, déclara-t-elle. Nous ne vous connaissons pas.

Parfait ! Il ne manquait plus qu'ils nous tuent. L'Irlandais allait sortir un pistolet de sa poche et le braquer sur nous pour que nous lui remettions le coffret, pendant que l'antiquaire allait nous trancher les tendons des genoux.

— Il y a exactement deux mois, madame de Poulain, murmura monsieur Jiang en plissant ses fines lèvres en un sourire moqueur (ma peur avait-elle été si flagrante ?), j'ai reçu de Pékin le coffret que vous avez trouvé chez vous. Les sceaux impériaux étaient intacts et il faisait partie d'un lot d'objets achetés par mon agent dans la capitale, aux alentours de la Cité interdite. La cour du dernier monarque Qing[1] se délite, *madame*. Mon grand pays et notre culture ancestrale ont été détruits non seulement par les envahisseurs étrangers, mais aussi, et surtout, par la faiblesse de cette dynastie caduque qui a cédé le pouvoir aux seigneurs de la guerre. Le jeune et pathétique empereur Puyi ne parvient même pas à contrôler le pillage de ses trésors. Tous ceux qui l'entourent, du plus haut dignitaire au plus modeste des eunuques, subtilisent des joyaux d'une

1. Prononcer *tching*.

88

valeur inestimable, disponibles quelques heures plus tard sur les marchés d'antiquités qui fleurissent depuis peu dans les rues voisines de la Cité interdite. Dans une vaine tentative de mettre un terme à ce trafic, Puyi a ordonné un inventaire complet des objets de valeur. Comme on pouvait s'y attendre, un incendie, le premier d'une effroyable série, a peu après embrasé les étals des marchands d'antiquités. D'après les journaux, il s'est déclaré très exactement le 27 juin dernier dans le pavillon du jardin du Bonheur établi. Or, le « coffret aux cent joyaux » que vous avez découvert chez vous est arrivé entre mes mains seulement trois jours plus tard ; son origine ne fait donc aucun doute.

— Je ne savais rien de tout cela ! bredouilla Tichborne, fâché.

Était-ce la vérité ou faisait-il semblant ? En tout cas, la veille, au consulat espagnol, il avait seulement mentionné « un objet d'art ». L'antiquaire lui avait-il caché ce dont il s'agissait jusqu'à cet instant ? Peut-être ne lui faisait-il pas confiance...

— Le « coffret aux cent joyaux » ? m'enquis-je avec curiosité en feignant d'ignorer la contrariété de l'Irlandais.

— Il s'agit d'une veille tradition chinoise, répondit monsieur Jiang, imperturbable. Ce type de coffret renferme exactement cent objets de valeur, d'où son nom, et croyez-moi, madame de Poulain, de nombreux « coffrets aux cent joyaux » comme le nôtre sortent de la Cité interdite depuis le 27 juin dernier.

— Et le nôtre, comme vous dites, qu'a-t-il de spécial ? demandai-je avec raillerie.

— Le problème, *madame*, c'est justement que nous n'en savons rien. Il doit abriter un joyau vraiment précieux parmi son contenu car, la semaine

suivante, la première du mois de juillet, j'ai vu arriver dans ma boutique trois messieurs de Pékin qui
voulaient l'acheter pour autant de taels d'argent
que je leur en réclamerais.

— Et vous ne le leur avez pas vendu ? m'étonnai-je.

— Je n'ai pas pu, *madame*. Je l'avais proposé à
Rémy le jour même de l'arrivée du lot par le Shanghai Express et, naturellement, votre mari l'avait
acheté. Il n'était plus en ma possession et c'est ce
que j'ai dit à ces honorables messieurs de Pékin,
qui ont très mal pris la nouvelle. Ils ont beaucoup
insisté pour que je leur communique le nom de
son nouveau propriétaire, mais j'ai évidemment
refusé.

— Comment pouvez-vous savoir qu'ils étaient de
Pékin ? objectai-je, méfiante. C'étaient peut-être
des membres de la Bande verte, déguisés.

Monsieur Jiang fit un si grand sourire que ses yeux
disparurent sous les plis de ses paupières orientales.

— Non, non, fanfaronna-t-il. Les hommes de la
Bande verte se sont présentés une semaine plus tard,
très bien accompagnés par une paire de Nains
jaunes… de Japonais, je veux dire.

— Des Japonais ! m'exclamai-je.

Je me souvenais parfaitement de ce qu'avait dit
M. Favez à propos des Nippons : c'étaient de dangereux impérialistes, à la tête d'une grande armée,
qui essayaient depuis longtemps de s'emparer de
Shanghai et de la Chine.

— Laissez-moi vous raconter les choses dans
l'ordre, *madame*, implora monsieur Jiang, vous me
faites perdre le fil des événements.

— Pardon, marmonnai-je en observant avec stupéfaction le sourire satisfait de ce pansu d'Irlandais
face au reproche que venait de me faire l'antiquaire.

— Les hommes distingués de Pékin ont quitté ma boutique passablement contrariés et j'ai eu la certitude qu'ils reviendraient ou, pour le moins, qu'ils essaieraient de retrouver le propriétaire du coffret. D'après leur comportement et le discours qu'ils m'ont tenu, j'ai compris qu'ils ne reculeraient devant rien pour obtenir ce qu'ils voulaient. Je savais que l'objet qui était désormais entre les mains de Rémy était une pièce magnifique datant du règne du premier empereur de l'actuelle dynastie des Qing, Shunzhi, qui avait gouverné la Chine de 1644 à 1661, mais pourquoi un tel intérêt ? Il y a des milliers d'objets Qing sur le marché, et encore plus depuis l'incendie du 27 juin. S'il s'était agi d'une pièce Song, Tang ou Ming[1], j'aurais compris, mais Qing ? Et enfin, pour achever de vous convaincre de l'étrangeté de la situation, je dois dire que, si la voix de fausset de ces clients obstinés n'a d'abord pas attiré mon attention, lorsqu'ils sont ressortis de ma boutique, je n'ai pas pu m'empêcher de remarquer, en les voyant marcher à petits pas, les jambes serrées et le buste penché en avant, qu'il s'agissait de Vieux Coqs.

— De Vieux Coqs ? répétai-je. C'est-à-dire ?

— D'eunuques, madame de Poulain, d'eunuques ! s'écria Paddy Tichborne dans un éclat de rire.

— Et où trouve-t-on des eunuques en Chine ? demanda monsieur Jiang de façon purement rhétorique. À la cour impériale, *madame*, uniquement à la cour impériale de la Cité interdite. C'est pour cette raison que je vous ai dit qu'il s'agissait de messieurs de Pékin.

1. Importantes dynasties de l'histoire de la Chine : Tang (618-907 apr. J.-C.), Song (960-1279 apr. J.-C.), Ming (1368-1644 apr. J.-C.).

— Je ne les qualifierais pas de messieurs… commenta l'Irlandais avec dédain.

— Des eunuques, ma tante ? me dit Fernanda. Qu'est-ce donc ?

J'hésitai un instant à répondre à sa question, puis songeai aussitôt que cette enfant avait l'âge de savoir certaines choses. Étrangement, j'eus un remords de dernière minute :

— Ce sont les domestiques des empereurs de Chine et de leur famille.

Ma nièce me regarda avec l'espoir d'obtenir davantage d'explications, mais je n'avais pas l'intention d'en dire plus.

— Et c'est parce que ce sont les domestiques de l'empereur qu'ils parlent avec une voix de fausset et qu'ils marchent les jambes serrées et le buste en avant ? insista-t-elle.

— Les coutumes de chaque pays restent un mystère pour les étrangers, Fernanda.

Monsieur Jiang mit un terme à ce bref échange :

— Vous comprendrez sans doute ma surprise, *madame*, lorsque j'ai découvert qui étaient ces compatriotes vêtus à l'occidentale qui sortaient avec colère de ma boutique. Ce soir-là, j'ai dîné avec Rémy et je lui ai raconté ce qui s'était passé en le prévenant que le « coffret aux cent joyaux » pouvait représenter un danger pour lui. Je lui ai conseillé de me le rendre, afin que je puisse le vendre aux Vieux Coqs et nous éviter à tous deux des problèmes. Mais il ne m'a pas écouté. Comme il ne me l'avait pas encore payé, il a cru que j'avais dans l'idée de le vendre à un meilleur prix et refusé de me le redonner. J'ai essayé de lui faire comprendre qu'un membre très puissant de la cour impériale, peut-être l'empereur lui-même, voulait récupérer ce coffret et que ce genre de personne n'avait pas l'habitude de voir ses désirs contrariés. Il y a quelques années encore, ces hommes auraient pu nous tuer et récupérer la pièce sans enfreindre aucune loi. Hélas, *madame*, vous savez comment était Rémy. (Il remonta ses lunettes d'un air grave.) Il a éclaté de rire, puis il m'a assuré qu'il mettrait le coffret en lieu sûr et que, si les eunuques revenaient à la boutique, il viendrait leur dire qu'il n'était pas à vendre.

— Et il n'a pas changé d'avis après que vous avez reçu la visite des Japonais et de la Bande verte ? m'exclamai-je.

Je ne parvenais pas à croire à l'inconscience de Rémy mais, tout bien réfléchi, cela n'avait rien d'étonnant.

— Non, il n'a pas changé d'avis. Pas même lorsque je lui ai dit que Huang Jinrong, le chef de la Bande verte et de la police de la Concession française, était venu me prévenir en personne qu'un incident regrettable surviendrait si nous ne lui remettions pas le coffret d'ici à une semaine.

— La Bande verte savait que c'était Rémy qui avait le coffret ?

— Elle sait tout, *madame*. Huang-le-grêlé a des espions partout. Peut-être n'en avez-vous jamais entendu parler, mais c'est l'homme le plus dangereux de Shanghai.

— *Mister* Tichborne m'en a touché deux mots hier soir.

Se sentant impliqué, le journaliste croisa et décroisa les jambes.

— J'ai eu terriblement peur quand je l'ai vu passer la porte de ma boutique, vous pouvez me croire, poursuivit l'antiquaire. Certains individus ne méritent pas d'être les enfants de cette noble et digne terre de Chine, mais nous n'y pouvons rien : ils sont le résultat de la malchance qui s'obstine sur notre pays. En général, Huang-le-grêlé ne se déplace pas personnellement et, à partir de ce moment-là, l'affaire a pris un tour beaucoup plus alarmant que je ne l'avais imaginé jusqu'alors.

— Et que viennent faire les Japonais dans tout cela ?

— La réponse à votre question se trouve peut-être à l'intérieur du coffret, *madame*. D'un certain côté, je regrette de ne pas l'avoir gardé plus longtemps avant de le proposer à Rémy. Je ne l'ai même pas examiné. Si j'avais déchiré les bandes de papier jaune des sceaux impériaux, il aurait eu moins de valeur. Cependant, j'aurais peut-être mieux compris ce qui se passe aujourd'hui et pourquoi Huang-le-grêlé est venu en personne dans ma boutique, accompagné de son lieutenant, Du Yuesheng, « Du les Grandes Oreilles », et de ces Nains jaunes, qui se sont contentés de me regarder avec mépris sans intervenir.

Monsieur Jiang avait réussi à me faire peur. Je commençai à éprouver les douleurs d'estomac qui préludaient aux palpitations. Comment n'aurais-je pas eu l'impression de mourir face au danger que représentait la possession de ce maudit coffret, convoité par les eunuques impériaux, les colonialistes japonais et ce Huang-le-grêlé de la Bande verte ?

— J'aimerais vous faire parvenir cette pièce, balbutiai-je.

— Ne vous faites aucun souci, *madame*. Je vais vous envoyer un marchand de poisson en qui j'ai toute confiance. Enveloppez bien le coffret dans des chiffons secs et demandez à un domestique de le placer dans un des paniers en faisant semblant d'acheter quelque chose pour le dîner.

C'était une bonne idée. Comme la tradition interdisait aux femmes aisées de sortir dans la rue – et qu'elles ne pouvaient évidemment pas marcher avec ces horribles pieds mutilés, appelés « nénuphars d'or » ou « pieds de lotus » –, les marchands ambulants allaient vendre leurs produits de maison en maison et entraient directement dans la cuisine, où ils proposaient fruits, viande, légumes, épices, épingles, fil, marmites et autres articles domestiques. Le marchand de poisson de monsieur Jiang passerait totalement inaperçu au milieu de toutes ces allées et venues.

Lorsqu'il eut fini de parler, l'antiquaire se leva dans un mouvement gracieux et, s'il s'appuyait d'un air las sur sa canne de bambou, il faisait preuve de cette étonnante souplesse que j'avais déjà remarquée chez madame Zhong. Les Chinois avaient une curieuse façon de se mouvoir, comme si leurs muscles se gonflaient sans effort ; et plus ils étaient vieux, plus ils étaient élastiques. Ce n'était pas le cas de Fernanda ni de Paddy Tichborne, qui s'extirpèrent à grand-peine de leurs petits fauteuils. J'eus des difficultés, moi aussi, à me lever mais ce n'était pas pour la même raison : j'avais les jambes en coton.

— Quand le marchand de poisson viendra-t-il chez moi ? m'enquis-je.

— Cet après-midi, répondit monsieur Jiang, vers quatre heures, si cela vous convient.

— Et ensuite, tout sera terminé ?

— Je l'espère, *madame*. Ce cauchemar a déjà emporté la vie d'un homme, celle de votre mari, Rémy de Poulain, qui était aussi mon ami.

— Ce qui est étrange, murmurai-je en me dirigeant vers la porte de la chambre, tandis que Tichborne et Fernanda m'emboîtaient le pas, c'est que les voyous qui se sont introduits dans la maison cette nuit-là n'aient jamais essayé de recommencer. Les domestiques ont été seuls pendant plus d'un mois et ils ne sont pas franchement courageux.

— Cette nuit-là, ils n'ont rien trouvé, *madame*, pourquoi reviendraient-ils ? C'est pour cette raison que je m'inquiète pour votre sécurité. Ils attendent sans doute que vous trouviez le coffret pour vous obliger ensuite à le leur donner. La Bande verte est au courant de la situation financière dans laquelle Rémy vous a laissée et sait que, tôt ou tard, vous devrez vous défaire de tout ce que vous possédez pour régler vos dettes. Elle s'attend à ce que vous, ou quelqu'un qui travaille pour vous, fassiez un inventaire, fouilliez les vitrines et les placards, vidiez les tiroirs, et vendiez tous les objets de valeur que vous aurez trouvés. Ce n'est qu'une question de temps. C'est pour cela que ses sicaires vous surveillent. Et dès qu'ils penseront que vous avez mis la main sur le coffret, ils s'en prendront à vous.

Nous étions presque arrivés à la porte et l'antiquaire était encore debout devant son fauteuil. Soudain, le monde s'écroula autour de moi. Je regardai ma nièce et vis qu'elle me fixait, les yeux écarquillés, stupéfiée par ce qu'elle venait d'entendre. Puis je me tournai vers monsieur Jiang et lut sur son visage à quel point il craignait pour ma vie. Quant à Tichborne, il évita mon regard en faisant mine de chercher quelque chose dans les poches de sa veste informe. Que m'était-il arrivé ? Qu'était devenue l'artiste peintre qui vivait à Paris, menait une existence, avec le recul, relativement insouciante, donnait des cours et se promenait le long de la Seine le dimanche matin ? Cette personne tout à fait normale, qui ne connaissait que les difficultés de tout artiste tentant de se faire connaître, était aujourd'hui ruinée, menacée de mort et au centre d'une terrifiante conspiration orientale, dans laquelle était peut-être impliqué l'empereur de Chine en personne. Désespérée, je ne pus m'empêcher de penser que ce genre de choses n'arrivait jamais, que personne dans mon entourage n'avait été la cible d'une telle folie. Alors pourquoi tout cela m'arrivait-il, à moi ? De plus, désormais, j'allais devoir donner des explications à ma nièce à propos des dettes de Rémy, ce que j'avais essayé d'éviter par tous les moyens.

— Nous ne nous reverrons pas, madame de Poulain, affirma l'antiquaire, tandis que Fernanda et moi quittions la chambre de Tichborne. Ce fut un plaisir de faire votre connaissance. N'oubliez pas de demander à vos domestiques de monter la garde pendant la nuit. Et, croyez-moi, je regrette que vous deviez garder une si mauvaise impression de la Chine. Ce pays n'a pas toujours été ainsi.

Je fis un léger signe de tête et m'en allai. Je me souciais davantage de pouvoir respirer et de ne pas défaillir que de faire mes adieux à ce Céleste guindé.

L'horloge du hall du Shanghai Club indiquait une heure trente lorsque Fernanda et moi prîmes congé, en souriant de façon spectaculaire, de l'épais journaliste. L'entretien avec l'antiquaire avait duré à peine une demi-heure, mais cela avait été un des pires moments de ma vie. Qu'est-ce qui m'avait pris d'aller en Chine pour régler les affaires de Rémy ? songeai-je en me laissant tomber avec découragement dans le *pousse-pousse*. Si j'avais su ce qui m'attendait, je n'aurais pour rien au monde embarqué à bord de ce maudit *André Lebon*. L'air chaud du Bund renforça encore davantage ma sensation d'étouffement. Le trajet de retour fut un véritable enfer.

L'après-midi passa comme l'éclair. Comme j'écrivais et envoyais un mot à M. Julliard, l'avocat, pour l'autoriser à entreprendre les démarches concernant la vente de la maison et les enchères publiques, Fernanda, à mon grand déplaisir, s'obstina à aller rendre visite au père Castrillo, malgré le danger qu'impliquait sa sortie. Le marchand de poisson se présenta à l'heure convenue et emporta le paquet que lui remit madame Zhong.

Nous étions le 1er septembre, un samedi, et j'étais à Shanghai. J'aurais peut-être pu faire quelque chose, je ne sais pas, dessiner ou lire, mais je ne me sentais pas très bien ; assise sur un banc dans le jardin, tandis que le soleil se couchait derrière les murs qui entouraient la maison, je contemplai les parterres de fleurs et le doux mouvement des branches des arbres. Deux domestiques rafraîchissaient le sol en le mouillant avec un balai gorgé d'eau. En réalité, malgré mon calme apparent, je livrais une bataille sans merci contre l'angoisse et le désespoir. Tout me paraissait bizarre, non seulement parce que cette maison et ce pays étaient nouveaux pour moi, mais parce que, parfois, dans des circonstances particulièrement extraordinaires, le monde devenait étrange à nos yeux et il nous semblait impossible de récupérer un jour notre vie d'avant. Je ne parvenais à me situer ni dans l'espace ni dans le temps, et j'avais la sensation oppressante d'être perdue dans une immensité de silence où il n'y avait personne d'autre que moi. En contemplant les rhododendrons blancs, je pris la ferme décision de partir de Shanghai le plus tôt possible. Nous devions retourner en Europe, quitter cette terre qui nous était étrangère et revenir à la raison, à la normalité. Lundi, j'irais sans faute à la Compagnie des messageries maritimes acheter nos billets de retour pour le premier paquebot qui quitterait le port français à destination de Marseille.

En aucun cas, je ne resterais plus que nécessaire dans ce pays qui ne m'avait attiré que des ennuis et des déconvenues.

Soudain, comme je commençais à me demander pourquoi Fernanda n'était toujours pas rentrée, alors qu'il était l'heure de dîner, je vis surgir par une des portes de la maison madame Zhong, qui se mit à courir vers moi en agitant un journal.

— *Tai-tai !* cria-t-elle avant de m'avoir rejointe. Un énorme tremblement de terre a détruit le Japon !

Je l'observai sans comprendre et attrapai le journal au passage dès qu'il fut à ma hauteur. Il s'agissait de l'édition du soir de *L'Écho de Chine*, qui faisait sa une avec un gros titre surdimensionné sur le pire tremblement de terre de l'histoire du Japon. Selon les premières informations, on estimait à plus de cent mille le nombre de victimes dans les villes de Tokyo et de Yokohama, qui étaient encore la proie des flammes, les terribles incendies provoqués par le séisme étant impossibles à éteindre en raison de la présence de vents violents de plus de quatre-vingts mètres par seconde[1]. En outre, la catastrophe avait des répercussions sur l'approvisionnement en eau. C'était une épouvantable nouvelle.

— Les gens se précipitent dans la rue, *tai-tai !* s'exclama madame Zhong. Les marchands ambulants disent que tout le monde se dirige vers le quartier des Nains jaunes. De grandes vagues de réfugiés vont bientôt arriver à Shanghai et ça, ce n'est pas bon, *tai-tai*, ce n'est pas bon du tout… (Elle baissa la voix.) Le garçon qui fait du porte-à-porte pour vendre les journaux a apporté pour vous une lettre de monsieur Jiang, l'antiquaire de la rue Nankin.

Interdite, je levai les yeux vers elle sans rien dire.

---

1. Plus de 280 km/h.

Je venais de voir ma volumineuse nièce entrer dans le jardin et elle n'était pas seule : un petit Chinois, très grand et très maigre, vêtu d'un sarrau et de caleçons bleus en toile décolorée, la suivait à une certaine distance en regardant tout ce qui se trouvait autour de lui avec curiosité et sans-gêne. Leurs deux silhouettes ne pouvaient pas être plus opposées, géométriquement parlant.

— Je suis de retour, ma tante ! annonça Fernanda en espagnol, en dépliant son éventail noir d'un geste du poignet à la fois gracieux et très espagnol.

— Tenez, *tai-tai*, me pressa madame Zhong en me glissant une enveloppe dans la main, avant de s'incliner exagérément comme à son habitude et de reprendre le chemin du pavillon central.

Bien que je n'aie pas bougé d'un cil, j'étais de nouveau aussi tendue qu'une corde de violon. La lettre de monsieur Jiang, que je n'attendais pas, me brûlait les doigts. Il était censé avoir remis le coffret, qui lui avait été rapporté dans l'après-midi, à la Bande verte. Qu'avait-il pu se passer au cours de ces trois dernières heures pour qu'il se voie dans l'obligation, sans aucun doute périlleuse, de m'écrire une lettre ? Quelque chose avait mal tourné.

— Ma tante, je vous présente Biao, dit ma nièce en s'asseyant sur le banc à côté de moi, le serviteur que m'a fourni le père Castrillo.

Le grand et maigre gamin joignit les mains à la hauteur de son front et s'inclina avec une solennité respectueuse, mais quelque chose de moqueur dans ses manières démentit son geste. Il avait l'air d'un gosse des rues, d'un galopin retors. Cependant, ses yeux étaient étrangement grands et ronds, à peine bridés. Il ne me déplut pas. Il était assez beau pour un Jaune car, malgré une crinière noire et hirsute typique de sa race et des dents trop grandes pour sa bouche, il avait les cheveux tondus à l'européenne, avec la raie sur le côté.

— *Ni hao*, maîtresse, à votre service, dit-il dans un espagnol douteux, en s'inclinant de nouveau.

Les Chinois devaient avoir des reins d'acier, même si celui-ci était trop jeune pour se ressentir de ce genre de choses.

— Savez-vous ce que signifie Biao en chinois, ma tante ? demanda ma nièce d'un air satisfait, en s'éventant énergiquement : « Petit Tigre ». Le père Castrillo m'a dit que je pouvais le garder aussi longtemps que je voulais. Il a treize ans et sait servir le thé.

— Ah… très bien, murmurai-je, distraite.

Il fallait que je lise la maudite lettre de monsieur Jiang. J'avais peur.

— Avec tout le respect que je vous dois, ma tante, maugréa Fernanda en fermant brusquement son éventail contre sa paume, je crois que nous avons à parler.

— Pas maintenant, Fernanda.

— Quand aviez-vous l'intention de me faire part des problèmes financiers qu'a mentionnés monsieur Jiang ?

Je me levai avec lourdeur, les mains appuyées sur les genoux comme une personne âgée, et cachai la lettre dans la poche de ma jupe.

— Je n'envisage pas d'en discuter avec toi, Fernanda. J'espère que tu ne reviendras pas sur le sujet. Cette affaire ne te concerne pas.

— Mais j'ai de l'argent, ma tante !

Parfois ma nièce éveillait en moi quelque chose qui ressemblait à de la tendresse, mais cela me passait dès que je la regardais : elle ressemblait trait pour trait à ma sœur Carmen.

— Ton argent est bloqué jusqu'à ton vingt-

troisième anniversaire. Ni toi ni moi ne pouvons y
toucher, alors oublie toute cette histoire.

Je m'éloignai en direction du pavillon des chambres
à coucher.

— Entendez-vous par là que je vais vivre dans le
besoin et la pénurie pendant six ans alors que j'ai
hérité de mes parents ?

Voilà ! Là, c'était la digne fille de sa mère et petite-
fille de sa grand-mère. Sans arrêter de marcher, je
souris avec un air douloureux.

— Cela te permettra de devenir une personne
meilleure.

Cela ne m'étonna aucunement d'entendre un coup
de pied sec sur le sol. C'était aussi un célèbre son
familial.

Enfin assise sur le lit chinois, protégée du reste
du monde par le ravissant rideau de soie qui laissait passer la lumière des lampes, j'ouvris l'enveloppe de l'antiquaire d'une main tremblante, les
bras et les jambes parcourus de fourmillements
d'angoisse. Elle ne contenait qu'un mot, très bref :
« Veuillez vous rendre dès que possible au Shanghai Club. » Il était signé de monsieur Jiang et écrit
avec une calligraphie française à la fois élégante et
datée qui ne pouvait être que de lui… Enfin, sauf
si c'était un faux envoyé par la Bande verte, éventualité que j'envisageai avec soin tout en m'ha-
billant à la hâte, après avoir demandé à madame
Zhong de faire dîner ma nièce. Pour être honnête,
la terreur altérait mon jugement. Les choses les
plus absurdes surgissaient le plus naturellement
du monde dans ma vie, l'extraordinaire faisait partie de mon quotidien et je m'apprêtais, un samedi
soir, en Chine, à aller pour la deuxième fois dans
la journée, comme s'il n'y avait rien de plus normal, à un rendez-vous susceptible de mettre mes

jours en danger. J'avais dû entrer dans une spirale de folie et, même si c'était peut-être le redoutable Huang-le-grêlé, accompagné des eunuques de la Cité interdite et des impérialistes japonais, qui m'attendait dans la chambre de Tichborne, ne pas y aller aurait été encore pire, à supposer que ce fût bien l'antiquaire qui me sollicitait. Il avait pu se passer n'importe quoi pendant la remise du coffret ; au risque de me faire couper les tendons des genoux, je devais donc me rendre au Shanghai Club.

Le concierge me sourit avec insolence lorsqu'il me reconnut. Croyant sans doute que le gros Paddy et moi avions entamé une relation intime, il garda son attitude arrogante jusqu'à ce que j'entre dans l'ascenseur, alors même que je n'avais cessé de le fusiller du regard. Si j'avais été un homme, il se serait bien gardé d'étaler ainsi ses soupçons. Cette fois, Tichborne n'était pas venu m'accueillir dans le hall. Je traversai donc seule, plus morte que vive, le long couloir tapissé qui menait à sa chambre. J'étais si perturbée que, lorsqu'il m'ouvrit la porte en souriant, je crus voir derrière lui une foule de gens, qui, heureusement, disparut dès le premier clignement d'yeux. En réalité, il n'y avait personne d'autre que monsieur Jiang, vêtu de sa merveilleuse tunique de soie noire et de son gilet de damas brillant. Il était souriant, lui aussi, mais, comme les Jaunes souriaient à tout propos, je n'en tirai aucune conclusion. Cependant, il régnait dans la pièce une atmosphère d'euphorie, de satisfaction, très différente de ce à quoi je m'attendais et cela m'apaisa aussitôt. Sur la table basse, à côté d'un service à thé et d'une bouteille de whisky écossais, se trouvait le « coffret aux cent joyaux » arborant sur le couvercle son superbe dragon doré.

— Entrez, madame de Poulain, dit l'antiquaire,

toujours appuyé sur sa canne de bambou. (Si je ne l'avais pas vu se mouvoir avec l'élasticité d'un chat quelques heures plus tôt, j'aurais pu croire qu'il s'agissait d'un vieillard vaincu par les années.) Nous avons de très importantes nouvelles.

— Y a-t-il eu un problème avec le coffret ? demandai-je, anxieuse, tandis que nous nous asseyions tous trois dans les petits fauteuils.

— Pas du tout ! lâcha Tichborne avec jubilation. (Il y avait un verre vide devant lui et il ne restait que deux doigts de whisky dans la bouteille. Il me parut donc évident que sa gaieté était en grande partie due à l'alcool.) Ce sont d'excellentes nouvelles, *madame* ! Nous savons ce que recherche la Bande verte. Ce petit coffret est le coffre du trésor !

Je me tournai vers l'antiquaire : il souriait tellement que ses yeux n'étaient plus que deux plis parfaitement droits dans un océan de rides.

— C'est la vérité, confirma-t-il en se laissant aller confortablement contre le dossier de son fauteuil.

— Et cela va nous sauver la vie, à ma nièce et à moi ?

— Oh ! *madame*, je vous en prie ! protesta le gros Paddy. Ne jouez pas les trouble-fête.

Avant que je n'aie le temps de répondre comme il convenait à cette muflerie, monsieur Jiang fit un geste de la main pour attirer mon attention. L'ongle d'or crochu de son petit doigt dansa devant mes yeux.

— Je suis sûr, madame de Poulain, affirma l'antiquaire en se penchant vers la table pour servir un thé presque transparent dans les deux tasses chinoises qu'il avait tenu prêtes, que vous ne connaissez pas la légende du prince de Gui. Dans ce grand pays que nous, fils de Han, appelons *Zhongguo*, l'empire du Milieu, ou *Tien-hia*, le Pays sous le ciel, les enfants s'endorment le soir en écoutant l'histoire de ce prince, devenu le dernier et le plus oublié des empereurs Ming, qui garda le secret de la tombe du premier empereur de Chine, Shi Huangdi. C'est un joli conte, qui fait renaître la fierté de cette immense nation de quatre cents millions d'habitants.

Il me tendit une tasse de thé, mais je déclinai son offre d'un geste vague.

— N'en avez-vous pas envie ? s'étonna-t-il.

— C'est qu'il fait trop chaud, répondis-je.

— Justement, *madame*, déclara-t-il, il n'y a rien de tel qu'un thé bien chaud. Cela vous rafraîchira tout de suite, vous verrez. (Il me présenta de nouveau la tasse, que je pris, et se carra dans son fauteuil avec la sienne.) Quand j'étais petit, mon frère, mes amis et moi jouions dans la rue la tragédie du prince de Gui et, à la fin, les voisins nous donnaient quelques pièces, même lorsque nous avions été vraiment mauvais. (Il rit en silence, plongé dans ses souvenirs.) Je dois dire, néanmoins, qu'avec le temps notre représentation a fini par gagner en qualité.

— Venez-en au fait, Lao Jiang ! s'exclama l'Irlandais.

Je me demandai ce qui pouvait bien rapprocher des hommes aussi différents. Par chance pour nous tous, l'antiquaire ne sembla pas contrarié par cette interruption et poursuivit son récit, tandis que je prenais une petite gorgée de thé et m'étonnais de son agréable saveur fruitée. Bien sûr, je me mis à transpirer aussitôt mais, curieusement, ma sueur se refroidit et j'éprouvai une sensation de fraîcheur dans tout le corps. Les Chinois étaient plus malins qu'ils ne le paraissaient et il fallait reconnaître que leurs infusions étaient délicieuses.

— Avant de découvrir la légende du prince de

Gui, reprit monsieur Jiang, vous devez d'abord connaître une partie très importante de notre histoire, madame de Poulain. Il y a un peu plus de deux mille ans, l'empire du Milieu n'existait pas encore en tant que tel. Le territoire était divisé en plusieurs royaumes qui se livraient des guerres sanglantes ; c'est pourquoi on appelle cette époque la période des Royaumes combattants. Celui qui allait devenir le premier empereur de la Chine unifiée est né, d'après les annales historiques, en l'an 259 avant notre ère. Il s'appelait Ying Zheng et gouvernait le royaume de Qin[1]. Dès son arrivée au pouvoir, le prince Zheng a amorcé une série de glorieuses batailles, qui lui ont permis de s'emparer, en dix ans à peine, des royaumes de Han, Zhao, Wei, Chu, Yan et Qi, et de fonder ainsi ce que l'on a appelé le pays de *Zhongguo*, l'empire du Milieu, parce que celui-ci se situait au centre du monde. Il a pris, quant à lui, le titre de *Huangdi*, « Auguste Souverain », qui est resté celui de tous nos empereurs jusqu'aujourd'hui. On y a ensuite ajouté le qualificatif *Shi*, « Premier », et il est resté connu dans l'Histoire sous le nom de Shi Huangdi ou, ce qui revient au même, Premier Empereur. Cependant, ses ennemis le surnommaient « Le Tigre de Qin ». (À cet instant, monsieur Jiang ouvrit le « coffret aux cent joyaux » et posa sur la table la figurine du demi-tigre d'or orné d'inscriptions sur le flanc que Fernanda et moi avions examinée le matin même.) Comme ce surnom lui plaisait, il a choisi le tigre comme insigne militaire mais, en réalité, ses adversaires l'appelaient ainsi parce qu'il était cruel et impitoyable. Dès que l'ensemble de la Chine a été

---

1. Étant donné que Qin se prononce *tchine*, on pense que c'est de ce royaume que vient le nom de Chine.

placé sous son contrôle absolu, il a pris des décisions économiques et administratives cruciales, comme l'adoption d'unités de mesure et d'une monnaie uniques (il sortit également la pièce ronde de bronze percée d'un trou carré en son centre), l'instauration d'un système d'écriture unique, que nous utilisons encore de nos jours (il retira du coffret le minuscule livre chinois, le noyau de pêche et les pépins de courge couverts d'idéogrammes), la création d'un réseau centralisé de canaux et de routes (il trouva une petite figurine représentant un char tiré par trois chevaux de bronze), et plus remarquable encore, il a entrepris la construction de la Grande Muraille.

— Lao Jiang ! tu tournes autour du pot ! lui cria Paddy, oubliant toute bienséance.

Cette fois, je le regardai avec un profond mépris. Quel grossier personnage !

— Enfin, madame de Poulain, continua monsieur Jiang, pour nous, Shi Huangdi a été non seulement le premier empereur de Chine, mais aussi un des hommes les plus importants, les plus riches et les plus puissants du monde.

— Et c'est là que ce petit coffret entre en jeu, intervint l'Irlandais avec un grand sourire.

— Pas encore, mais bientôt. Lorsqu'il a accédé au trône, le prince Zheng a ordonné l'édification de son mausolée royal, comme le voulait la coutume de l'époque. Puis, lorsque Zheng a cessé d'être le prince d'un petit royaume pour devenir Shi Huangdi, le grand empereur, le projet initial a été agrandi et magnifié jusqu'à prendre des proportions gigantesques : plus de sept cent mille ouvriers de tout le pays ont été envoyés sur place pour faire de cette tombe la sépulture la plus vaste, splendide et luxueuse de toute l'Histoire. Des millions de trésors ont été enterrés avec Shi Huangdi à sa mort, mais aussi des milliers de personnes vivantes : les centaines de concubines impériales qui n'avaient pas eu d'enfants et les sept cent mille ouvriers qui avaient participé au chantier. Tous ceux qui savaient où se trouvait le mausolée ont été enterrés vivants et le lieu est resté secret pendant les deux mille ans qui ont suivi. Un tumulus artificiel, recouvert d'herbe et d'arbres, a été élevé au-dessus de la tombe, qui est tombée dans l'oubli, et toute cette histoire est devenue une légende.

L'antiquaire s'interrompit pour poser délicatement sa tasse vide sur la table.

— Excusez-moi, monsieur Jiang, murmurai-je, mais quel est le rapport entre le premier empereur de Chine et le coffret ?

— Je vais maintenant vous raconter l'histoire du prince de Gui, dit-il. (Paddy Tichborne soupira d'ennui et sécha d'un trait son verre, dans lequel il avait vidé la bouteille de whisky.) Pendant la quatrième lune de l'an 1644, traqué par ses ennemis, Chongzhen, le dernier empereur de la dynastie des Ming, s'est pendu à un arbre dans un endroit appelé Meishan, la colline du Charbon, au nord du palais impérial de Pékin. Son geste a mis officiellement fin à la dynastie des Ming, qui a cédé la place à celle des Qing, d'origine mandchoue. Le pays était en plein chaos et ruiné. L'armée était désorganisée. Les Chinois, selon qu'ils étaient partisans de l'ancienne ou de la nouvelle maison régnante, étaient divisés. Mais tous les Ming n'avaient pas été exterminés ; il restait encore un dernier prétendant légitime au trône : le jeune prince de Gui, qui avait réussi à fuir vers le sud avec une petite armée de fidèles. À la fin de l'an 1646, à Zhaoqing, dans la province de Guangdong, le prince de Gui a été proclamé empereur sous le nom de Yongli. Les chroniques parlent peu de ce dernier empereur Ming, mais on sait que, dès son intronisation, il a dû fuir en permanence les troupes des Qing, jusqu'à ce qu'en 1661 il finisse par demander l'asile au roi de Birmanie, Pye Min, qui l'a accueilli à contrecœur et l'a humilié en le traitant comme un prisonnier. Un an plus tard, les troupes du général Wu Sangui se sont postées à la frontière de la Birmanie avec pour ordre d'envahir le pays si Pye Min refusait de livrer Yongli et toute sa famille. Le roi birman n'a pas hésité une seconde et Yongli a été escorté par le général Wu Sangui jusqu'à Yunnan, où il a été exécuté, ainsi que tous les siens, pendant la troisième lune de l'an 1662.

— Et vous vous demandez sans doute, *madame*, bafouilla Paddy Tichborne sous l'effet de l'ivresse, quel est le rapport entre le premier empereur de Chine et le dernier empereur Ming.

— Eh bien, oui, admis-je, mais je me demande surtout quel est le rapport entre tout cela et le « coffret aux cent joyaux ».

— Il fallait que vous connaissiez ces deux histoires, insista l'antiquaire, pour comprendre l'importance de ce que nous avons découvert. Comme je vous l'ai dit, la légende ancienne du prince de Gui, également appelé empereur Yongli, que l'on raconte aux enfants dès leur naissance et que j'ai moi-même jouée dans la rue avec mes amis pour quelques pièces de cuivre, fait partie de la culture chinoise. Elle dit que les Ming possédaient un document ancien indiquant l'emplacement du mausolée de Shi Huangdi, le Premier Empereur, et le moyen d'y entrer sans tomber dans les pièges destinés aux pilleurs de tombes. Ce document, un magnifique *jiance*, était considéré comme l'objet le plus précieux de l'État et transmis secrètement d'un empereur à l'autre.

— Qu'est-ce qu'un *jiance* ? m'enquis-je.

— Un livre, *madame*, un livre fait de tablettes de bambou reliées par des cordons. Jusqu'au Ier siècle avant notre ère, nous avons écrit sur des carapaces, des pierres, des noyaux, des tablettes de bambou ou des étoffes de soie. Puis nous avons inventé le papier, à partir de fibres végétales. Cependant, le *jiance* et la soie ont continué à être employés pendant un certain temps, assez court, certes, car le papier a rapidement remplacé les anciens supports. Bref, d'après la légende, la nuit de l'intronisation impériale du prince de Gui, un homme mystérieux, un courrier de l'empire venant de Pékin, est arrivé à Zhaoqing pour remettre le *jiance* à l'empereur. Celui-ci a dû jurer de protéger le précieux document au péril de sa vie ou de le détruire avant qu'il ne tombe entre les mains de la nouvelle dynastie régnante, les Qing.

— Et pourquoi les Qing ne pouvaient-ils pas avoir le *jiance* ?

— Parce qu'ils ne sont pas chinois, *madame*. Les Qing sont des Mandchous, des Tartares, originaires des territoires du Nord, situés de l'autre côté de la Grande Muraille. Et pour eux, usurpateurs du trône divin, détenir le secret de la tombe du Premier Empereur et prendre possession de ses trésors aurait sans aucun doute été un acte de légitimation convaincant aux yeux du peuple et de la noblesse. Du reste, sachez-le bien, *madame*, cette découverte serait aujourd'hui encore un tel événement que, si elle avait lieu, elle pourrait mettre un terme à la république du docteur Sun Yat-sen et entraîner le rétablissement du régime impérial. Comprenez-vous ce que je veux dire ?

110

Je fronçai les sourcils en essayant de me concentrer et de saisir les implications de ce que monsieur Jiang venait de me raconter, mais ce n'était pas facile pour une Européenne ignorant tout de l'histoire et de la mentalité de l'empire du Milieu. En tout cas, la Chine telle que je l'avais entrevue, celle de Shanghai, avec son mode de vie occidental et son goût pour l'argent et les plaisirs, ne me semblait guère encline à prendre les armes contre la République pour revenir à un passé féodal, sous l'autorité absolutiste du jeune empereur Puyi. Néanmoins, il était raisonnable de penser que Shanghai était une exception dans le modèle chinois, en termes de vie quotidienne, de culture, et de coutumes et traditions ancestrales. Hors de cette ville portuaire et occidentalisée, il existait un immense pays de la taille d'un continent, qui demeurait certainement attaché aux vieilles valeurs impériales car, quand cela faisait plus de deux mille ans que l'on vivait d'une certaine façon, on ne changeait sans doute pas en une petite dizaine d'années.

— Je comprends, monsieur Jiang. Et j'en déduis que cette possibilité est en passe de devenir une réalité pour une raison qui a un lien avec le « coffret aux cent joyaux », c'est bien cela ?

Paddy Tichborne se leva maladroitement de son fauteuil pour prendre une autre bouteille de whisky écossais dans le bar. Je terminai mon thé, qui était déjà tiède, et posai ma tasse sur la table.

— Exactement, *madame*, confirma l'antiquaire d'un air satisfait. Vous avez mis le doigt sur le dernier point, le plus important, de mon développement. Et c'est là que les choses se compliquent. D'après la légende du prince de Gui, la veille du jour où le roi de Birmanie a livré Yongli et sa famille au général Wu Sangui, le dernier empereur Ming a invité à dîner ses trois amis les plus intimes, le savant Wan, le médecin Yao, et le géomancien et devin Yue Ling, et leur a dit : « Mes amis, comme je vais mourir et qu'avec ma mort, et celle de mon jeune fils et héritier, la lignée des Ming va s'éteindre pour toujours, je me vois dans l'obligation de vous remettre un document très précieux, que vous allez devoir protéger en mon nom dès aujourd'hui. Lorsque j'ai été intronisé Seigneur des Dix Mille Ans, j'ai juré que, dans un moment comme celui-ci, je détruirais le *jiance* qui renferme le secret de la tombe du Premier Empereur et que ma famille détient depuis très longtemps. Je ne sais pas comment il est arrivé jusqu'à nous mais, ce que je sais, c'est que je ne vais pas tenir mon serment. Il faut qu'un jour une nouvelle dynastie chinoise et légitime reconquière le trône du Dragon et expulse les usurpateurs mandchous de notre pays. Alors tenez. » Et il a pris le *jiance* et un couteau, puis il a coupé les cordons de soie qui reliaient les tablettes de bambou pour faire trois fragments, qu'il a répartis parmi ses amis. Avant de disparaître à tout jamais, il a ajouté : « Déguisez-vous. Prenez une autre identité. Allez vers le nord, loin des armées du général Wu Sangui, jusqu'à ce que vous arriviez au Yangtsé. Cachez les fragments en des lieux distants les uns des autres, le long du fleuve, afin que personne ne puisse les réunir avant le jour où les fils de Han récupéreront le trône du Dragon. »

— En effet, il a vraiment rendu les choses difficiles ! m'exclamai-je en faisant sursauter Tichborne, qui était resté debout, son verre de nouveau plein à la main. Si personne ne savait où les fragments avaient été cachés par les trois amis du prince de Gui, il allait être impossible de les réunir. Quelle folie !

— Ce n'était qu'une légende. Les légendes sont de belles histoires que tout le monde croit fausses, des contes pour les enfants, des sujets de théâtre. Personne ne se serait mis en tête de chercher trois fragments de *jiance* vieux de plus de deux mille ans le long de la rive septentrionale d'un fleuve comme le Yangtsé, qui parcourt plus de six mille kilomètres depuis sa source dans les monts Kunlun, en Asie centrale, jusqu'à son embouchure ici, à Shanghai. Mais…

— Par chance, il y a toujours un « mais », fit remarquer l'Irlandais, avant d'aspirer bruyamment une gorgée de whisky.

— … il se trouve que cette histoire est vraie, *madame*, et que nous savons tous trois où les fragments ont été cachés par les trois amis du prince de Gui.

— Que dites-vous ! m'écriai-je. Comment le saurions-nous ?

— C'est pourtant la vérité, *madame*, affirma l'antiquaire. Ce coffret contient un document inestimable qui raconte la fameuse légende du prince de Gui, avec quelques différences importantes par rapport à la version populaire. (Il posa la main sur l'édition miniature du livre chinois et poussa celui-ci dans ma direction pour l'extraire de l'ensemble des objets qu'il avait sortis du coffret au début de la conversation.) Par exemple, ce document mentionne très clairement les lieux où le prince a demandé à ses amis de cacher les tablettes, et il est vrai que ces choix sont tout à fait logiques du point de vue des Ming.

— Et si c'était faux ? objectai-je. S'il s'agissait simplement d'une autre version de la légende ?

— Si c'était faux, *madame*, pour quelle autre raison trois eunuques impériaux se seraient-ils déplacés de Pékin pour récupérer ce coffret ? Et pourquoi deux dignitaires japonais seraient-ils venus me menacer dans ma boutique en compagnie de Huang-le-grêlé ? Le Japon dispose encore d'un empereur puissant et incontesté, qui a montré à plusieurs reprises qu'il était prêt à intervenir militairement en Chine pour soutenir la restauration impériale, ne l'oubliez pas. D'ailleurs, il a versé à certains princes fidèles aux Qing des millions de yens destinés à soutenir des milices de Mandchous et de Mongols qui constituent une menace permanente pour la République. L'objectif du Mikado est de faire de cet imbécile de Puyi un empereur fantoche soumis à son autorité et de s'emparer ainsi de toute la Chine en faisant d'une pierre deux coups. La mise au jour de la tombe du premier empereur de Chine serait à n'en pas douter le coup définitif. Il suffirait à Puyi de dire qu'il s'agit d'un signe divin, que Shi Huangdi le bénit depuis le ciel et le reconnaît comme son fils ou quelque chose de ce genre pour que les centaines de millions de paysans pauvres de ce pays se jettent humblement à ses pieds. Les gens sont très superstitieux ici, *madame*. Ils croient encore à ce type d'événements surnaturels et vous pouvez être sûre que vous, les *Yang-kwei*, les étrangers, seriez massacrés et expulsés de Chine avant d'avoir le temps de vous demander ce qui se passe.

— Oui, mais vous oubliez un petit détail, monsieur Jiang, protestai-je, un rien offensée par l'expression péjorative, *Yang-kwei*, « Diables étrangers », que l'antiquaire avait utilisée pour faire référence à mes semblables. Le coffret provient de la Cité interdite, c'est vous-même qui l'avez dit. Votre agent de Pékin en a fait l'acquisition après le premier incendie survenu au jardin du Bonheur établi. Je m'en souviens parce que ce nom m'a beaucoup plu ;

114

il m'a paru très poétique. Donc, tout ce que Puyi pourrait faire, selon vous, avec l'aide des Japonais, pourquoi ne l'a-t-il pas déjà fait, puisqu'il avait le coffret en sa possession ? Puyi a perdu le pouvoir en 1911, si je ne m'abuse.

— En 1911, *madame*, Puyi avait six ans. Il en a aujourd'hui dix-huit et vient de se marier. Sa majorité, si la révolution n'avait pas eu lieu, aurait marqué la fin de la régence de son père, l'ignorant prince de Chun, et son ascension au pouvoir en tant que Fils du Ciel. Penser à la Restauration aurait été absurde jusqu'à maintenant. Ces dernières années, il y a bien eu quelques tentatives, mais elles ont été réduites à de ridicules échecs, aussi ridicules que l'obstination de quatre millions de Mandchous à vouloir continuer de gouverner quatre cents millions de fils de Han. La cour des Qing vit dans le passé, selon les coutumes et les rituels anciens, derrière les hauts murs de la Cité interdite, sans se rendre compte qu'il n'y a plus de place dans ce pays pour les Vrais Dragons et les Fils du Ciel. Puyi rêve d'un royaume rempli de nattes Qing[1] qui, et c'est heureux, n'existera plus jamais. À moins, bien sûr, d'un miracle tel que la divine découverte de la tombe perdue de Shi Huangdi, le premier et grand empereur de Chine. Les gens simples du peuple sont las des luttes de pouvoir, des chefs militaires devenus des seigneurs de la guerre à la tête de milices privées, des querelles intestines de la République. Et puis, il existe un parti pro-monarchiste fort qui, encouragé par les

1. En 1645, les Mandchous ont ordonné à tous les hommes chinois adultes de se raser le front et de porter les cheveux tressés (la célèbre natte chinoise), conformément au style mandchou.

Japonais, les Nains jaunes, sympathise avec les militaires parce qu'il n'est pas convaincu par le système politique actuel. Si la découverte du mausolée sacré de Shi Huangdi venait s'ajouter à la récente majorité de Puyi, qui ne fait pas mystère de son désir de récupérer le trône, toutes les conditions d'une restauration monarchique seraient réunies.

Monsieur Jiang ne m'effraya pas tant par ses paroles que par l'ardeur de son discours. Sans m'en rendre compte, je posai sur lui un regard peut-être plus appuyé que ne le permettait le décorum. S'il m'avait d'abord donné l'impression d'être un véritable mandarin, un aristocrate, je le voyais désormais comme un Chinois passionnément attaché à sa race millénaire, affligé par la décadence de son peuple et de sa culture, et pétri de mépris à l'égard des Mandchous qui dirigeaient son pays depuis près de trois siècles.

Adossé par manque d'équilibre contre un des murs de la chambre, Tichborne, qui avait gardé le silence un bon moment, occupé qu'il était à remplir son verre pour le vider aussitôt, éclata brusquement de rire.

— J'imagine la tête de Puyi quand il s'est rendu compte que le coffret qui allait lui rendre le trône avait disparu, à cause de l'inventaire des trésors qu'il avait lui-même ordonné ! s'exclama-t-il.

— Je suis plus convaincu que jamais, déclara l'antiquaire, que les Vieux Coqs qui se sont présentés à ma boutique ont recruté la Bande verte et demandé l'appui du consulat japonais lorsqu'ils ont compris qu'ils ne remettraient pas facilement la main sur le document rapportant la véritable histoire du prince de Gui.

— Et qu'allons-nous faire ? m'enquis-je, angoissée.

L'Irlandais se redressa sans cesser de sourire. Quant à monsieur Jiang, il plissa les yeux pour m'observer avec attention.

— Que feriez-vous, *madame*, si, votre situation financière étant ce qu'elle est, vous pouviez gagner plusieurs millions de francs ? Je dis bien millions et non milliers...

— Moi, à part devenir immensément riche, bredouilla Paddy en se rasseyant dans son fauteuil, je ferais le reportage de ma vie. Que dis-je ? le livre de ma vie ! Et notre ami Lao Jiang deviendrait l'antiquaire le plus réputé du monde. Qu'en pensez-vous, madame de Poulain ?

— Mais surtout, *madame*, précisa monsieur Jiang, nous empêcherions le retour au pouvoir de la dynastie mandchoue, évitant ainsi une catastrophe historique et politique à mon pays.

Des millions de francs, me répétais-je en boucle, désormais fatiguée à cette heure avancée de la soirée. Des millions de francs. Je pourrais rembourser les dettes de Rémy, garder mon appartement de Paris et subvenir aux besoins de ma nièce, en passant le reste de ma vie à peindre sans être obligée de donner des cours pour la bagatelle de quatre-vingts francs par mois. Qu'éprouvait-on lorsqu'on était riche ? Cela faisait si longtemps que je tirais le diable par la queue pour manger et m'acheter des toiles, des peintures et du kérosène que je ne pouvais imaginer ce que signifiait être riche à millions. C'était de la folie. Cela dit, il ne fallait pas oublier les risques que comportait cette aventure.

— Mais comment échapperons-nous aux eunuques de la Cité interdite ? demandai-je. Ou plutôt, puisque ce sont eux qui sont dangereux, comment échapperons-nous aux sicaires de la Bande verte ?

— Eh bien, *madame*, jusqu'à présent, nous nous

en sommes assez bien sortis, ne trouvez-vous pas ? répondit monsieur Jiang en souriant. Rentrez chez vous et attendez mes instructions. Tenez-vous prête à partir à tout moment dès ce soir.

— À partir ? m'inquiétai-je tout à coup. Pour où ?

L'antiquaire et le journaliste échangèrent un regard complice. Finalement, ce fut Paddy qui, dans une élocution pâteuse, me fit part de l'idée qui leur avait traversé l'esprit :

— Les trois fragments du *jiance* sont cachés dans trois lieux qui furent très importants pendant la dynastie des Ming. Deux d'entre eux se trouvent à des centaines de kilomètres en amont du Yangtsé. Nous allons devoir voyager vers l'intérieur de la Chine pour aller jusque-là.

En bateau ? J'allais encore passer des jours et des jours à bord d'un bateau pour remonter un fleuve chinois de plusieurs milliers de kilomètres, avec en prime des eunuques, des Japonais et des mafieux à mes trousses ? Étais-je en train de devenir folle ?

— Et je suis obligée d'y aller ? murmurai-je. (Peut-être n'était-ce pas nécessaire.) N'oubliez pas que ma nièce est sous ma responsabilité et que je ne peux pas l'abandonner. Et puis, à quoi vous servirais-je ?

De nouveau, Tichborne partit d'un éclat de rire désagréable.

— Si vous nous faites confiance, restez donc ! Mais, en ce qui me concerne, je ne vous garantis pas que je serai disposé à partager ma part quand nous serons de retour. D'ailleurs, je n'ai jamais été d'accord pour que vous participiez à cette expédition ! J'ai dit à Lao Jiang que nous n'avions pas besoin de vous en parler, mais il a insisté.

— Écoutez, *madame*, s'empressa de dire l'antiquaire en se penchant légèrement vers moi, ne faites pas attention à Paddy. Il a trop bu. Sans les effets de l'alcool, cet homme est un puits de science que je consulte moi-même en de nombreuses occasions. Le problème, c'est que ses gueules de bois durent plusieurs jours. (Tichborne se remit à rire et monsieur Jiang serra fermement le pommeau de sa canne comme pour la retenir de le frapper à sa place.) Ce sont vos vies, *madame*, la vôtre et celle de votre nièce, qui sont en danger, et non celles de Paddy et moi. En outre, le coffret appartenait à Rémy, ne l'oublions pas. Par conséquent, vous avez droit, au même titre que nous, à une part de ce que nous allons trouver dans le mausolée, mais cela implique que vous nous accompagniez. Si vous restez à Shanghai, personne ne pourra garantir votre sécurité. Dès qu'ils découvriront que Paddy et moi avons disparu, les sicaires de la Bande verte essaieront de nous retrouver. Ils essaieront de vous faire parler, vous et votre nièce. Et vous savez comment ils procèdent. Ce coffret est très précieux. Croyez-vous qu'ils nous poursuivront et qu'ils vous laisseront en paix ? N'y comptez pas, *madame*. Il est plus sage que nous partions tous les trois, que nous quittions Shanghai ensemble en essayant de ne pas nous faire prendre avant d'arriver au mausolée. Une fois la découverte rendue publique, nos noms y seront associés. Puyi et les Nains jaunes ne pourront plus rien faire et ils devront chercher d'autres moyens de restaurer la monarchie. Fiez-vous à moi, *madame*, je vous en prie. Paddy et moi réglerons tous les détails. Que la fille de votre sœur se tienne prête, elle aussi. Vous ne pouvez pas la laisser à Shanghai ; nous allons devoir l'emmener avec nous.

— Cela va être très dangereux, dis-je dans un souffle.

Heureusement que j'étais assise, car je ne sais pas si j'aurais pu tenir sur mes jambes.

— Oui, *madame*, c'est vrai, mais avec un peu de chance et d'intelligence nous y arriverons. Vos problèmes financiers seront définitivement réglés. Je crois que, de nous trois, c'est vous qui avez le plus intérêt à entreprendre cette aventure. De plus, vous pourrez rentrer à Paris saine et sauve. La Bande verte a des liens avec d'autres sociétés secrètes chinoises, comme le Lotus blanc, la Raison céleste, le Petit Couteau, la Triade, qui se sont développées hors des frontières de ce pays, en particulier à *Meiguo*[1] et à *Faguo*[2].

— Aux États-Unis et en France, indiqua Tichborne.

— Ce que j'essaie de vous dire, c'est que vous n'aurez même pas la possibilité de fuir à *Faguo*, car là-bas aussi vous vous ferez tuer si vous ne mettez pas un terme à cette affaire ici. Vous ne connaissez pas le pouvoir des sociétés secrètes.

— D'accord ! d'accord ! nous partirons ! m'écriai-je.

La peur me serrait la gorge. Comment pouvais-je entraîner ma nièce dans une aventure aussi dangereuse ? S'il lui arrivait quelque chose, jamais je ne me le pardonnerais. Cependant, monsieur Jiang avait raison : elle courait les mêmes risques à Shanghai et à *Faguo*. Elle était de toute façon tombée dans un piège mortel par ma faute et je m'en voulais terriblement.

— Et maintenant, *madame*, pour vous remonter un peu le moral, je vais vous raconter la suite de l'histoire, proposa l'antiquaire en prenant d'un air enjoué le minuscule livre posé sur la table et en

1. « Le beau pays ».
2. « Le pays de la loi ».

sortant une loupe de la poche de son gilet pour voir les tout petits caractères de l'accordéon de papier. Où en étions-nous ? Ah oui ! Voilà, nous y sommes. Nous nous trouvons en Birmanie, vous vous rappelez ? Le prince de Gui réunit ses amis autour d'un dîner, la veille du jour où il va être livré au général des Qing. Bien, continuons. Le prince dit à ses amis : « Déguisez-vous et faites-vous passer pour quelqu'un d'autre, afin de pouvoir franchir les lignes de l'armée de Wu Sangui sans craindre pour vos vies. Marchez vers le nord, vers les terres centrales de Chine, jusqu'à la rive du Yangtsé. Une fois là-bas, toi, savant Wan, dirige-toi vers l'est, jusqu'aux bancs du delta du fleuve. Cherche un toit à Tung-ka-tow, dans le comté de Songjiang, puis mets-toi en quête des magnifiques jardins Ming, qui ressemblent en tout point aux jardins impériaux de Pékin, et caches-y ton fragment du *jiance*. L'endroit le plus approprié se situe sans doute sous le célèbre pont en zigzag. Toi, médecin Yao, va à Nankin[1], la capitale du Sud, où se trouvent les tombes de mes premiers ancêtres, qui y gouvernèrent la Chine. Cherche sur la porte Jubao la marque de l'artisan Wei de la région de Xin'an, dans la province de Chekiang[2], et déposes-y ton fragment. Et toi, maître géomancien Yue Ling, ne te fais pas prendre avant d'être arrivé au petit port de pêche de Hankou, d'où tu entreprendras un long et difficile périple vers l'ouest, qui t'emmènera jusqu'aux monts Qinling. Là, dans l'honorable monastère de Wudang, tu demanderas à l'abbé de garder ton fragment du livre. Lorsque vous aurez mis le *jiance* à l'abri, fuyez pour garder la vie sauve, car les Qing

1. Nankin s'écrit désormais Nanjing.
2. Zhejiang.

ne se contenteront pas de tuer neuf générations de Ming mais assassineront aussi tous nos amis. »

Le message du prince de Gui devait être très clair pour monsieur Jiang et Tichborne car, au terme de cette lecture, ils sourirent tous deux avec tant de joie et d'exubérance qu'on aurait dit de jeunes enfants devant un nouveau jouet.

— Comprenez-vous, *madame* ? postillonna l'Irlandais. Nous connaissons les lieux exacts où sont cachés les fragments du *jiance* et il ne nous reste plus qu'à y aller.

— Eh bien, je n'ai certes pas compris grand-chose à ce message, mais je suppose que ce n'est pas votre cas.

— En effet, madame de Poulain, dit l'antiquaire. Et le premier fragment, celui qui a été caché par le savant Wan, est ici, à Shanghai.

— Ça alors !

— D'après le livre, il se trouve sous un pont en zigzag des jardins de style Ming situés à Tung-ka-tow, dans le delta du Yangtsé. Nous sommes dans le delta ; Tung-ka-tow était le nom de la citadelle qui a donné naissance à l'actuelle Shanghai et qui se trouve encore à Nantao, la vieille ville chinoise ; au cœur de Nantao, dans ce qui fut Tung-ka-tow, il existe effectivement de vieux jardins abandonnés et couverts d'immondices, les jardins Yuyuan, qui auraient été aménagés par un haut fonctionnaire Ming sur le modèle des jardins impériaux de Pékin. Il n'en reste presque rien. Ils se situent dans un quartier à la fois très pauvre et dangereux, où ne se rendent que quelques *Yang-kwei* curieux, qui vont y prendre le thé dans un établissement bâti sur une île, au milieu de ce qui fut sans doute un beau lac.

— Et devinez comment est le pont qui mène au pavillon de l'île, *madame* ? me demanda Paddy.

— En zigzag ? suggérai-je sans avoir besoin d'y réfléchir à deux fois.

— Tout juste !

— C'est une chance inespérée que le premier fragment soit ici, à Shanghai, fis-je remarquer, car si nous ne le trouvons pas cela signifiera que le texte est un faux et que nous n'aurons aucun voyage à entreprendre, n'est-ce pas ?

Les deux hommes se regardèrent de nouveau avec complicité. Je lus sur leur visage que cette idée était exclue. Lorsqu'ils se tournèrent vers moi, j'étais déjà préoccupée par un autre détail, plus inquiétant.

— Comment vais-je tromper la vigilance des hommes de la Bande verte ? S'ils me suivent partout, je ne vais pas pouvoir leur fausser compagnie. Pour l'instant, ils gardent leurs distances en m'attendant dehors, mais je me vois mal quitter Shanghai juste sous leur nez.

— Vous avez raison sur ce point, *madame*, admit monsieur Jiang. (Il s'immergea dans une profonde réflexion et en ressortit quelques instants plus tard, les yeux étincelants.) Je sais ce que nous allons faire ! Demandez à madame Zhong de se procurer discrètement des vêtements chinois pour votre nièce et vous. Elle ne devrait pas avoir grand mal à mettre la main sur les hardes de quelques-unes de vos domestiques. Et puis, vos grands pieds vous feront passer plus facilement pour des servantes. Essayez, malgré vos cheveux courts et ondulés, de vous coiffer à la manière des femmes chinoises et, bien sûr, maquillez-vous de façon à atténuer la forme occidentale de vos yeux. Vous sortirez de la maison en compagnie de plusieurs domestiques pour passer inaperçues au milieu du groupe. Avec toutes ces précautions, je crois que vous ne serez pas démasquées.

J'étais épouvantée. Depuis quand une femme de bonne famille se déguisait-elle en domestique, d'une autre race que la sienne, de surcroît ? On n'avait jamais vu cela en Europe, même pendant le carnaval ! C'eût été extrêmement grossier.

— Je vous propose de mettre un terme à cette réunion, brama le gros Irlandais du fond de son fauteuil. Il est neuf heures du soir et nous n'avons toujours pas dîné.

Il n'avait pas tort. Si j'avais déjà un peu faim alors que j'observais encore plus ou moins les horaires tardifs des repas espagnols (je ne m'étais jamais habituée aux horaires français), ils devaient avoir la fringale.

— Vous recevrez de mes nouvelles, *madame*, dit monsieur Jiang en se redressant avec enthousiasme. Un grand voyage nous attend.

Un voyage de milliers de kilomètres dans un pays inconnu, songeai-je. Un sourire amer se dessina malgré moi sur mes lèvres, lorsque je me rappelai que j'avais prévu d'acheter des billets pour le premier paquebot à destination de l'Europe. Je ne savais toujours pas quand je quitterais enfin la Chine mais, si tout se passait bien, je pourrais régler les dettes de Rémy, retrouver définitivement ma vie parisienne et me promener tranquillement sur la *rive gauche* le dimanche matin. Dans toute cette affaire, ce qui me préoccupait le plus, c'était la sécurité de Fernanda. Cette enfant, si peu que je l'apprécie, ne demeurait pas moins une victime innocente de ma ruine financière ; lorsque je lui dirais qu'elle allait devoir se déguiser en Chinoise et remonter le Yangtsé à bord d'un bateau pour récupérer des morceaux de livre avec à ses trousses les hommes qui avaient assassiné Rémy, elle protesterait énergiquement et n'aurait pas tort. Comment lui ferais-je comprendre qu'elle courrait un danger encore plus grand si elle restait à Shanghai ? Tout à coup, je trouvai la solution : pourquoi ne resterait-elle pas avec le père Castrillo, à la mission des Augustins, pendant mon absence ? Ce serait parfait.

— Ah non ! certainement pas ! s'exclama-t-elle, offusquée, lorsque je le lui proposai.

Nous nous trouvions dans le petit boudoir attenant au bureau de Rémy (même là, comme partout ailleurs dans la maison, tout était symétrique et équilibré), assises sur des chaises à haut dossier légèrement incurvé, à côté d'un paravent pliable qui dissimulait un *ma-t'ung*. La pauvre Fernanda, que j'avais arrachée à son lit dès mon retour, portait une chemise de nuit horrible sous une robe de chambre encore plus laide et les cheveux étonnamment détachés. À la lumière des bougies, elle ressemblait à un spectre sorti tout droit des enfers. Tout en mangeant à la hâte une galette garnie de canard aux champignons avec des œufs de milan, je lui avais raconté, dans les grandes lignes et sans parvenir à me souvenir de tous ces obscurs noms chinois, la légende du prince de Gui et le secret de la tombe du Premier Empereur.

— Inutile de discuter, répondis-je, déterminée. Tu vas rester à la mission, sous la protection du père Castrillo. J'irai le trouver demain matin. Je t'accompagnerai à la messe et je le lui demanderai.

— Je pars avec vous.

— Je t'ai dit non, Fernanda. Le sujet est clos.

— Et moi je vous dis que si. Je pars avec vous.

— Très bien, insiste si tu veux, mais ma décision est prise et nous n'allons pas passer la nuit à nous disputer. Je suis vraiment fatiguée. À part cet après-midi dans le jardin, je n'ai pas eu un instant pour me reposer depuis que nous avons débarqué. Je n'en peux plus, Fernanda, alors ne me pousse pas à bout.

Les yeux pleins de colère et de ressentiment, elle se leva d'un bond et sortit du pavillon en tapant des pieds, fière comme Artaban. Mais c'était décidé, je ne voulais pas d'un tel poids sur la conscience. La môme resterait à Shanghai, avec le père Castrillo. Seulement, quand on accumulait les déboires de façon aussi systématique, on ne pouvait avoir de répit et il fallait bien s'attendre à ce que tout tourne mal. Aussi, à cinq heures du matin, lorsque je fus réveillée par la lumière d'une bougie flamboyant entre les mains de madame Zhong, je sus que mon plan avait échoué. Le marchand de poisson, qui venait d'arriver avec les premières prises de la nuit, avait apporté un message urgent de monsieur Jiang : « À l'heure du dragon, à la porte Nord de Nantao. » Je soupirai en sortant les pieds du lit.

— Auriez-vous l'amabilité de me traduire ce message dans un langage compréhensible, madame Zhong ?

— À sept heures du matin, murmura-t-elle en protégeant la flamme derrière la paume de sa main, me laissant ainsi dans l'obscurité la plus sinistre, à l'ancienne porte du nord de la ville chinoise.

— Et où est-ce ?

— Tout près d'ici. Je vous expliquerai comment y aller pendant que vous vous habillerez. Voici les vêtements que vous m'avez demandés hier soir. Je vais réveiller *mademoiselle* Fernanda pendant que vous vous lavez.

Une demi-heure plus tard, lorsque je me regardai dans le miroir, je n'en crus pas mes yeux : accoutrée d'un pantalon usé, d'un sarrau de coton bleu décoloré et de petits chaussons de feutre noir, j'étais devenue une autre femme, qui, grâce à sa toute nouvelle frange de cheveux raides, à son maquillage qui faisait ressortir ses pommettes et à ses yeux redessinés à l'orientale à l'aide de bâtonnets imprégnés d'encre, aurait bien pu être une servante ou une paysanne originaire du pays. Madame Zhong ajouta des colliers colorés, en réalité des amulettes, qui compensèrent un peu la pâleur de mon visage. Stupéfiée par l'image que me renvoyait le miroir, je reconnus encore moins la robuste jeune fille qui se faufila dans ma chambre, vêtue et maquillée de la même façon que moi, avec en plus une longue natte dans le dos et de vieilles sandales de chanvre aux pieds. Fernanda avait le même air satisfait qu'en débarquant de l'*André Lebon*. Il était clair que ce qu'il lui fallait, en réalité, c'était de la liberté et de l'action. Peut-être ma sœur Carmen et moi étions-nous, en termes de tempérament, les deux faces opposées d'une même pièce mais, de toute évidence, sa fille était née avec les deux facettes.

À six heures et demie, au milieu d'un groupe de domestiques que madame Zhong avait envoyés acheter divers produits en vente uniquement dans la ville chinoise, nous quittâmes la maison avec de grands paniers vides sur les épaules, destinés à nous protéger encore davantage des regards scrutateurs. La rue semblait déserte, mais les bruits de la matinée qui commençait nous parvenaient depuis le boulevard de Montigny, situé à proximité. Étrangement, il me sembla apercevoir les deux petites vieilles crasseuses et loqueteuses que j'avais vues passer devant le consulat espagnol le soir de la réception. J'étais morte de peur. Étaient-ce les espions de la Bande verte ? S'il s'agissait bien des mêmes femmes, et cela en avait tout l'air, le doute n'était pas permis. Encore plus nerveuse qu'avant de quitter la maison, je ne

dis rien à Fernanda, accompagnée de ce grand écha-
las de Biao, son serviteur qui parlait l'espagnol, pour
éviter qu'elle ne fasse un geste susceptible d'attirer
l'attention des petites vieilles. Jusqu'à ce que nous
arrivions à l'École franco-chinoise, à l'angle de Montigny et de Ningpo, je me retournai discrètement à
plusieurs reprises pour regarder si elles nous suivaient, mais je ne les revis pas. Nous avions réussi.

Nous arrivâmes bientôt à ce qui avait jadis été la
porte Nord, c'est-à-dire l'entrée postérieure de la
vieille ville chinoise fortifiée, puisque, pour les
Jaunes, le point cardinal principal était le sud (vers
lequel pointaient leurs boussoles, contrairement
aux nôtres). En effet, la porte de devant des villes
et maisons était toujours orientée vers le sud et,
dans la conception chinoise de l'espace, le nord
correspondait à la partie de derrière. Mais là, il n'y
avait plus ni porte ni remparts. Il s'agissait juste
d'une rue un peu plus large que les autres, qui
avait conservé l'ancien nom et s'engouffrait dans
Nantao. Déguisés comme nous en humbles serviteurs célestes, Lao Jiang et Paddy Tichborne, qui
portait un large chapeau conique, nous y attendaient, méconnaissables. Je les identifiai parce qu'ils
nous regardaient avec une attention soutenue et
j'apprendrais par la suite qu'eux aussi avaient eu
du mal à nous reconnaître, ce qui n'était pas surprenant.

Les domestiques de la maison s'en allèrent sans
nous dire au revoir. Ils prirent nos paniers vides et
nous donnèrent les balluchons qui contenaient nos
effets personnels, avant de poursuivre tranquillement leur chemin à travers les ruelles étroites,
sinueuses et humides de la ville chinoise. Puis je
remarquai que Biao était resté aux côtés de Fernanda.

— Que fait-il ici ? demandai-je d'un ton acerbe à ma nièce.

— Il vient avec nous, ma tante, répondit-elle avec calme.

— Renvoie-le à la maison immédiatement.

— Biao est mon serviteur et il me suivra où que j'aille.

— Fernanda ! m'exclamai-je en haussant le ton.

— Ne criez pas, *madame*, intervint monsieur Jiang en commençant à marcher d'un pas paisible.

Cela me faisait un drôle d'effet de le voir sans ses ongles d'or ni sa belle canne de bambou, affublé d'une modeste tunique beige et d'un chapeau occidental.

— Fernanda ! murmurai-je.

Je suivis l'antiquaire et pris ma nièce par le bras en la pinçant sans ménagement.

— Je suis désolée, ma tante, déclara-t-elle à voix basse, comme si elle ne sentait rien. Il vient avec nous.

Un jour, je la tuerais et je me réjouirais de sa mort en dansant sur son cadavre mais, pour l'instant, je ne pouvais que présenter mes excuses à monsieur Jiang et à Paddy Tichborne.

— Ne vous en faites pas, *madame*, répondit Lao Jiang imperturbablement sans cesser de lancer des regards discrets autour de lui. Un serviteur sachant préparer le thé nous sera utile.

Biao dit quelque chose en chinois que je ne compris pas. Le chinois résonnait à mes oreilles comme les crissements d'un fusil de boucher sur les dents d'une scie : une série de monosyllabes prononcées avec un timbre et une intonation qui montaient, descendaient et remontaient pour créer une musique étrange composée de notes incompatibles. Cela dit, de toute évidence, les Célestes se comprenaient entre eux ; cette palette de cacophonies devait donc avoir un sens. Lao Jiang répondit néanmoins dans son français parfait :

— Très bien, Petit Tigre. Tu prépareras le thé et serviras les repas. Tu aideras ta jeune maîtresse, tu obéiras aux ordres de tous, et tu seras humble et silencieux. Tu as compris ?

— Oui, Vénérable.

— Alors, allons-y. Le jardin Yuyuan est juste là.

Nous avançâmes en jouant des coudes parmi une foule de Célestes qui déambulaient dans les ruelles malodorantes, bordées de petites boutiques misérables vendant tout ce que l'on pouvait imaginer : cages à oiseaux, vieux vêtements, bicyclettes, poissons colorés, viande difficilement identifiable, pots de chambre, crachoirs, pain chaud, herbes aromatiques... Je remarquai des ateliers où étaient fabriqués de magnifiques meubles comme de simples cercueils. Mendiants, lépreux sans mains ou sans nez, marchands, musiciens ambulants, équilibristes, camelots et chalands marchandaient, demandaient l'aumône, chantaient ou braillaient, provoquant ainsi un terrible vacarme sous les enseignes verticales, couvertes d'idéogrammes chinois et peintes en doré, vermillon et noir, qui étaient suspendues en hauteur. J'entendis Tichborne s'amuser à traduire les étiquettes à voix haute : « Potion de serpent », « Pilules bienfaisantes », « Fortifiant de tigre », « Quatre trésors littéraires » ...

Soudain, à l'angle d'une rue, j'aperçus les hauts murs des jardins Yuyuan. Gueule ouverte et moustache retroussée, de grands dragons gardaient depuis leur sommet la porte d'entrée délabrée, qui était restée ouverte. Leurs flancs noirs et ondulants reposaient sur tout le périmètre du mur, à perte de vue. En y regardant mieux, lorsque je franchis la porte et levai les yeux, je constatai que ce que j'avais pris pour une moustache était en réalité la représentation de la fumée qui sortait de leurs narines.

À l'intérieur, il n'y avait plus de jardins. Le terrain s'était hérissé de cahutes misérables, de cabanes en rondins et en toile construites les unes contre les autres jusqu'à occuper tout l'espace disponible. Des enfants nus et sales galopaient en tous sens, tandis que les femmes balayaient le sol devant leur seuil à l'aide d'une botte de paille qui les obligeait à se plier en deux. Il régnait une odeur nauséabonde et des nuées de mouches enfiévrées par la chaleur bourdonnaient au-dessus des excréments entassés dans les coins et recoins. Les habitants nous regardaient avec curiosité, sans sembler remarquer, toutefois, que trois des cinq personnes de notre groupe étaient des Grands Nez, des Diables étrangers.

— Les *Yang-kwei* appellent cet endroit le jardin du Mandarin, indiqua Lao Jiang en empruntant avec précaution les sentiers jonchés de déchets. Savez-vous que le mot « mandarin » n'existe pas en chinois ? Lorsqu'ils ont atteint nos rivages, il y a quelques siècles, les Portugais ont donné ce nom péjoratif aux autorités locales, aux fonctionnaires du gouvernement qui dirigeaient[1] le pays. Et il est resté, mais les fils de Han ne l'utilisent pas.

— Quoi qu'il en soit, jardin du Mandarin est un très joli nom, fis-je remarquer.

— Pas pour nous, *madame*. Son nom chinois, Yuyuan, nous semble bien plus beau. Il signifie « jardin de la Santé et de la Tranquillité ».

— Eh bien, il n'a plus l'air ni sain ni tranquille, ronchonna Tichborne en donnant un coup de pied

---

1. Note de la traductrice : en portugais et en espagnol, diriger se dit « *mandar* ».

dans un rat mort pour le jeter au sommet d'un monceau d'ordures.

Fernanda étouffa un cri de dégoût en portant la main à sa bouche.

— Pan Yunduan, le haut fonctionnaire Ming qui l'a fait aménager il y a quatre siècles, répliqua fièrement l'antiquaire, a voulu offrir à ses vieux parents un endroit aussi beau que les jardins impériaux de Pékin pour leur apporter santé et tranquillité dans les dernières années de leur vie. Ce jardin a fini par devenir célèbre jusqu'aux confins de l'empire du Milieu.

— Si tu le dis, soupira le journaliste, exaspéré, mais aujourd'hui c'est un dépotoir répugnant.

— Aujourd'hui, rectifia Lao Jiang, c'est l'endroit où vivent les membres les plus pauvres de mon peuple.

Cette phrase me rappela les harangues marxistes de la révolution bolchevique de 1917, mais je m'abstins de faire le moindre commentaire à ce sujet. Il était préférable de ne pas parler politique car, en Chine comme en Europe, les sensibilités étaient visiblement à fleur de peau depuis les événements survenus en Russie. Même en Espagne, d'après ce que j'avais entendu dire, la puissante et implacable oligarchie des propriétaires terriens, composée en majeure partie de nobles, concédait de petites améliorations dans les terribles conditions de vie des métayers pour s'éviter de plus grands maux. « Quand le feu est à la maison de ton voisin, la tienne est en danger », devait-elle se dire. Pour moi, c'était une bonne chose que les nantis aient la peur au ventre. Ainsi, la situation commencerait peut-être à évoluer un peu.

— Le lac ! s'exclama tout à coup le gros Paddy.

À cet instant, les hurlements terriblement menaçants de quatre ou cinq gorges retentirent derrière nous. J'eus à peine le temps de me retourner pour voir un groupe de sicaires voler dans les airs, les pieds tendus dans notre direction.

Je fus ensuite témoin de la scène la plus insolite à laquelle il m'ait été donné d'assister depuis ma naissance. À la vitesse de l'éclair, monsieur Jiang sortit de sa tunique un grand éventail, au moins deux fois plus grand que la moyenne, et, d'un coup fulgurant, nous jeta à terre, Fernanda, Biao, Tichborne et moi, en nous propulsant en arrière à une distance invraisemblable. Je ne m'étais pas fait mal. Et pourtant, la force de son geste aurait pu être celle d'un omnibus parisien. Mais il y eut encore plus incroyable : à peine avions-nous touché le sol qu'il se battait avec les cinq truands en même temps, quasiment sans bouger, le bras gauche reposant derrière le dos, comme s'il tenait conversation avec ses amis. Lorsqu'un des sicaires s'élança la jambe en avant pour lui donner un formidable coup de pied, il le frappa lui-même du pied, son éventail posé contre le ventre, en faisant ricocher en arrière sa jambe tendue, qui, au passage, percuta de plein fouet un de ses compagnons, projeté sur un tas d'ordures. Le type dut perdre connaissance parce qu'il ne bougea plus. Quant à celui qui voltigeait en arrière, déséquilibré, il battit l'air de ses bras et alla se fracasser la tête la première contre un rocher, sur lequel il rebondit comme une balle. Pendant ce temps-là, un troisième sbire avait pris de l'élan pour attaquer monsieur Jiang par la gauche. Mais l'antiquaire arrêta le coup avec la même équanimité en abattant son éventail sur le cou-de-pied de son agresseur. Je ne voudrais pas me tromper, car la scène se déroula si vite que mes yeux peinèrent à la suivre (et j'étais encore par terre, en train d'essayer de me relever), mais je dirais qu'à ce moment-là, tout en retirant sa jambe, le sbire lança le poing vers l'estomac de Lao Jiang, qui, toujours aussi flegmatique, lui donna un coup d'éventail sur le poignet, puis au visage. L'homme poussa un cri horrible et, tandis que sa joue gauche commençait à saigner abondamment, sa main et son pied droits demeurèrent inanimés, comme les membres de ces animaux écorchés que nous avions vus suspendus à un crochet dans les boucheries. Les deux derniers sicaires couraient déjà vers Lao Jiang, poing en avant. L'antiquaire donna un violent coup d'éventail dans les côtes du premier, qui en eut le souffle coupé, et un autre sur le bras prêt à fondre sur lui du second. Tous deux chancelant pendant quelques secondes, ses adversaires lui laissèrent le temps de porter le coup de grâce : l'un s'effondra comme un pantin sur le sol après avoir reçu sur la tête un coup d'éventail foudroyant qui le laissa inconscient ; et l'autre fut catapulté au loin, recroquevillé sur lui-même, par un coup de pied magistral dans l'estomac. Plus aucun d'eux ne bougea.

— Allez, vite ! maugréa l'antiquaire en se retournant vers nous, tandis que, après avoir enfin réussi à nous relever, nous le regardions pétrifiés de stupéfaction.

Biao fut le premier à réagir. Agile comme un chat, il bondit vers les deux truands qui gémissaient sur le sol et les ranima ; ils prirent péniblement la fuite. Monsieur Jiang se pencha au-dessus des trois autres, toujours sans connaissance, et fit courir ses doigts le long de leur cou en effectuant des gestes rapides et de mystérieuses pressions, avant de se redresser avec un soupir de satisfaction et un sourire sur les lèvres.

Fernanda, Tichborne et moi avions été transformés en statues de sel. Tout s'était passé en moins d'une minute.

— Tu ne m'avais jamais dit que tu maîtrisais les secrets du combat, Lao Jiang, balbutia le journaliste, qui recoiffa du bout des doigts ses mèches grises dispersées et remit son chapeau de paille.

— Comme l'a dit Sun Tzu[1], Paddy : « L'art de la guerre nous apprend à ne pas nous fier au calme de l'ennemi, mais à notre promptitude à le recevoir. Avant de nous demander s'il va attaquer, il faut s'assurer que nos positions sont inattaquables. »

J'aurais aimé en savoir plus sur ce que je venais de voir, mais ma bouche refusait de s'ouvrir. J'étais si perplexe, si impressionnée, que j'étais incapable de la moindre réaction.

— Allons-y, *madame* ! m'enjoignit l'antiquaire en se dirigeant vers le lac.

Fernanda était restée tout aussi immobile et silencieuse que moi. Lorsque Biao revint à ses côtés avec un de ces sourires éblouissants et contagieux typiques des Chinois, elle le prit par le bras pour le retenir.

— Que s'est-il passé ? demanda-t-elle en espagnol, le souffle court. Qu'est-ce que c'est que cette façon de se battre ?

— Eh bien… il s'agit peut-être de ce que l'on appelle le combat Shaolin, jeune maîtresse. Je n'en suis pas sûr, mais ce que je sais, c'est que c'est ainsi que combattent les moines des montagnes sacrées.

— Monsieur Jiang est un moine ?

— Non, jeune maîtresse. Les moines ont le crâne rasé et portent une tunique. (Biao ne semblait pas très sûr de lui sur ce point, malgré l'aplomb avec lequel il parlait.) Monsieur Jiang a dû recevoir l'en-

---

1. Sun Tzu, auteur du célèbre traité *L'Art de la guerre*, IVe siècle avant notre ère.

seignement d'un des maîtres itinérants qui, selon la rumeur, voyagent incognito dans le pays.

— Et ils sont armés d'un éventail ? s'étonna Fernanda, qui sortit le sien d'une des nombreuses poches de ses caleçons chinois et le regarda comme si elle le voyait pour la première fois.

— Ils s'arment de n'importe quoi, jeune maîtresse. En Chine, ils sont très réputés pour leur adresse. Les gens disent qu'ils ont des facultés mentales qui les rendent invincibles. Cela dit, l'éventail de monsieur Jiang n'est pas comme le vôtre. Il est en acier et ses branches sont des lames affilées. J'en ai vu un de ce genre quand j'étais petit.

Ce commentaire me fit sourire malgré moi. Peut-être Biao se prenait-il déjà pour un homme accompli. En tout cas, tandis que nous marchions vers un lac aux eaux troubles et verdâtres, au milieu duquel se dressait un grand pavillon à étage avec des pans de toit noirs exagérément cornus, je commençai à considérer l'antiquaire d'un œil nouveau. Il venait de monter sur un étrange pont en zigzag pour gagner le kiosque délabré et solitaire, bâti sur une île artificielle. Paddy lui emboîta le pas et pencha la tête pour examiner le sol fait de gros blocs de granit. Mes yeux s'habituaient peu à peu aux formes chinoises, ce qui me permit de percevoir l'originalité du bâtiment. Il s'en dégageait une certaine beauté, quelque chose de profondément sensuel et harmonieux, une élégance comparable à celle de l'antiquaire.

— Le pont forme quatre angles, Lao Jiang ! cria Tichborne pour que tout le monde l'entende.

— Non, tu te trompes. Il en a sept.

— Sept ?

— Il se poursuit de l'autre côté du pavillon.

— Il est très long, se plaignit l'Irlandais. Comment allons-nous savoir où chercher ?

Peu après, nous parcourions le pont tous les cinq en quête de quelque chose qui attire notre attention. Des vieillards nous regardaient avec curiosité depuis les balustrades des maisons voisines, construites à l'intérieur du jardin. Les sicaires inconscients gisaient aux pieds de deux ou trois personnes qui s'étaient approchées et se moquaient d'eux. Je me demandai ce que monsieur Jiang leur avait fait au cou. Finalement, nous nous rejoignîmes devant la porte fermée du pavillon, contraints d'admettre qu'il n'y avait rien d'extraordinaire à cet endroit, excepté la grande quantité de carpes brillantes qui surgissaient de l'eau verdâtre ondoyant sous le pont. Blanches, jaunes, orange ou même noires, ces carpes, pour certaines longues comme le bras et ventrues comme des cruches, arboraient des couleurs différentes, mais toutes étincelaient comme des perles ou des diamants.

— Pourquoi ce pont a-t-il une forme aussi étrange ? m'enquis-je. Il faut beaucoup marcher pour aller d'un bout à l'autre.

— À cause des esprits ! s'exclama Biao, l'air effrayé.

— Les Chinois croient que les mauvais esprits ne peuvent se déplacer qu'en ligne droite, grommela le gros Paddy en s'éloignant de nouveau vers le côté droit du pont.

— Maintenant, il va falloir se mouiller, annonça Lao Jiang. Nous devons inspecter le pont par en dessous. Rappelez-vous les paroles du prince de Gui : « L'endroit le plus approprié se situe sans doute sous le célèbre pont en zigzag. »

— Ont-ils perdu la tête ? m'écriai-je en me tournant avec effroi vers ma nièce, qui, à mes côtés un instant plus tôt, se dirigeait déjà vers la terre ferme en compagnie de Lao Jiang et Biao, avec l'intention de s'immerger dans les eaux vertes du lac.

Paddy rebroussa chemin avec un regard sombre.

— J'espérais ne pas en arriver là, mais voulez-vous que nous sautions d'ici ? me proposa-t-il avec ironie, avant de suivre les trois fous qui étaient déjà arrivés au bout du pont.

Je ne bougeai pas d'un cil. Il était hors de question que je me plonge dans cette eau sale, pleine de poissons plus grands qu'un enfant de deux ans. Elle devait regorger de microbes et on risquait sans doute d'y attraper des tas de maladies. Mourir de la fièvre ne faisait pas partie de mes projets, ni pour ma nièce ni pour moi-même.

— Fernanda ! criai-je. Fernanda, viens ici immédiatement !

Tout un voisinage d'yeux bridés répondit à mon appel en se précipitant aux balcons pour voir ce qui se passait, mais ma nièce fit la sourde oreille.

— Fernanda ! Fernanda !

Je savais qu'elle m'entendait et, la mort dans l'âme, je n'eus d'autre choix que de céder. Un jour, songeai-je avec satisfaction, je suspendrais son corps replet à un crochet de boucher.

— Fernandina !

Elle s'arrêta et tourna la tête vers moi.

— Qu'y a-t-il, ma tante ? me demanda-t-elle.

Si les regards avaient pu tuer, elle serait tombée raide morte à l'instant même.

— Viens ici !

— Pourquoi ?

— Parce que je ne veux pas que tu ailles dans ce lac insalubre. Tu pourrais tomber malade.

Tout à coup, nous entendîmes un corps rompre bruyamment la surface de l'eau. Faisant honneur à son nom, Biao avait sauté dans la soupe verte sans y réfléchir à deux fois. L'antiquaire, qui avait retiré ses lunettes en écaille et les avait posées sur le sol, descendait de petites marches taillées dans la pierre et avait déjà de l'eau jusqu'aux genoux. Sa tunique beige commençait à flotter autour de lui. Ils étaient soit fous, soit ignorants. Pendant la guerre, de nombreuses personnes étaient mortes après avoir bu de l'eau contaminée et il y avait eu de terribles épidémies, que les médecins avaient tenté d'enrayer en nous obligeant à faire bouillir les liquides avant de les consommer.

— Ne vous faites pas tant de souci, madame de Poulain, cria Lao Jiang en s'enfonçant dans l'eau jusqu'au cou. Il ne va rien nous arriver.

— Je n'en suis pas si sûre, monsieur Jiang.

— Alors ne venez pas, car vous tomberez malade.

— Et ma nièce ne viendra pas non plus.

Fernanda, qui finit par obéir, resta au bord du lac et regarda Biao nager comme un poisson d'un bout à l'autre du pont. Après avoir ôté son chapeau de paille cirée, Tichborne descendit les marches à son tour et suivit l'antiquaire, qui avançait tranquillement vers le pont. À un moment donné, il cessa d'avoir pied et se mit à remuer les bras. Peu après, ils nageaient tous trois juste au-dessous de moi. Constatant que j'étais mieux placée pour les voir, Fernanda revint auprès de moi et nous nous penchâmes au-dessus du garde-fou.

— Est-ce que tu vois quelque chose, Lao Jiang, demanda Paddy, essoufflé.

— Non.

— Et toi, Biao ?

— Non, moi non plus, mais les carpes essaient de me mordre.

Le gamin se trouvait à proximité des rochers qui formaient l'île au pavillon et nous le vîmes sortir de l'eau à toute allure, poursuivi par des carpes orange et noires qui avaient l'air de chiens de prise.

— Les carpes ne mordent pas, Biao, dit Paddy à bout de souffle. Elles ont une trop petite gueule. Nous ferions mieux d'aller voir l'autre partie, celle qui a trois angles.

Fernanda et moi les suivîmes depuis le pont et attendîmes patiemment qu'ils aient fini d'inspecter chacun des piliers de pierre qui supportaient la structure.

— Je crois qu'il n'y a rien par ici, monsieur Jiang, dit Biao en sortant la tête de l'eau, une brindille verte accrochée aux cheveux.

Cette fois, l'antiquaire semblait fâché. Je vis clairement qu'il avait les sourcils froncés.

— Il est forcément là, il est forcément là, psalmo-dia-t-il, avant de s'immerger de nouveau dans la soupe avec détermination.

Petit Tigre leva la tête vers Fernanda, afficha une moue perplexe et disparut à son tour.

Épuisé, Paddy nagea vers les marches. De toute évidence, il n'en pouvait plus et n'avait pas l'intention d'aller plus loin. Il sortit de l'eau, les vêtements collés au corps, et plaqua en arrière ses deux mèches de cheveux mouillés – il s'agissait en réalité de pattes, très longues, qu'il utilisait pour couvrir sa calvitie en haut du crâne. Dès qu'il fut arrivé sur la rive, il se laissa tomber, exténué, et nous fit signe de la main.

Lao Jiang et Biao continuèrent à chercher sous le pont. Le soleil montait dans le ciel et la lumière était de plus en plus blanche et intense. À chaque fois que les nageurs passaient près des rochers de l'île artificielle, un banc de carpes d'apparence féroce les frappait de manière insensée jusqu'à ce qu'ils s'éloignent. La troisième fois, Lao Jiang ne bougea pas. Ni Fernanda ni moi ne pouvions le voir, mais Biao, qui s'enfuyait en nageant comme un rat poursuivi par une horde de chats sauvages, avait le visage suffisamment expressif pour que l'on devine que quelque chose tournait mal. Fernanda n'y tint plus.

— Et monsieur Jiang, Biao ? s'enquit-elle.

Le gamin s'ébroua en secouant la tête et regarda en direction du vieil homme.

— Il est au milieu des carpes ! cria-t-il, apeuré. (Les poissons qui le pourchassaient avaient fait demi-tour et retournaient prêter main-forte à ceux qui frappaient Lao Jiang.) Il ne bouge plus !

— Comment ça, il ne bouge plus ! m'exclamai-je, épouvantée. (Lui était-il arrivé quelque chose ? S'était-il noyé ?) Va l'aider ! Sors-le de là !

— *Bu*[1] *! bu !* Je ne peux pas ! Mais il va bien, on dirait qu'il va bien, c'est juste qu'il ne bouge pas.

Alarmé par les cris, Tichborne s'était relevé et courait comme il pouvait pour redescendre les marches et retourner à l'eau.

— Il me fait des gestes avec les mains, continua Biao.

— Et que dit-il ? m'égosillai-je, au bord de la crise de nerfs.

— Il nous dit de nous taire, répondit le gamin sans arrêter de nager, de ne pas faire de bruit.

Je regardai Fernanda sans comprendre.

— Ne me demandez pas ce qui se passe, ma tante. Moi non plus, je n'y comprends rien, mais s'il nous dit de nous taire, mieux vaut l'écouter.

Les minutes qui suivirent furent terriblement angoissantes. Biao et Tichborne s'étaient rejoints dans l'eau et observaient la scène qui se déroulait

---

1. *Bu* signifie « non ».

en dehors de notre champ de vision, sous le pont, près des rochers. Sans dire un mot, ils bougeaient juste assez pour se maintenir à flot. Après ce qui me sembla être une éternité, nous les vîmes reculer de deux mètres, sans détourner le regard. Et enfin, la tête de l'antiquaire – ou plus exactement la tête et une main portant un objet – apparut en toute sérénité au milieu d'une ronde de carpes qui avançaient collées à lui en lui laissant à peine assez d'espace pour respirer. On aurait dit une armée assiégeant l'ennemi pour l'empêcher de s'échapper. Monsieur Jiang glissait dans l'eau avec une lenteur calculée et le banc de poissons se déplaçait avec lui. L'Irlandais et le petit serviteur se mirent à nager avec précipitation vers les marches pour fuir la menace ; Fernanda et moi dûmes contenir un cri d'horreur face à cette situation qui donnait la chair de poule. Lorsque nous pûmes enfin réagir, nous courûmes vers Paddy et Biao, qui sortaient de l'eau, poussés vers la rive par la foule de carpes entourant monsieur Jiang. L'antiquaire, lui, se dirigeait tranquillement vers l'escalier. Dès qu'il eut mis le pied sur la première marche, l'eau se mit à frémir. En proie à une sorte de folie, les poissons commencèrent à s'agiter et à le charger comme des taureaux, mais il poursuivit son ascension, impassible, jusqu'à ce qu'il émerge enfin, souriant et triomphant. Il empestait, tout comme Tichborne et Biao, mais sans doute étais-je en train de m'habituer aux exhalaisons putrides de Shanghai, car cela ne me gêna pas outre mesure. Ravi, il brandit une vieille caisse en bronze, couverte de vert-de-gris.

— *Et voilà* ! lâcha-t-il avec jubilation en piétinant la flaque d'eau qui se formait à ses pieds. Nous l'avons !

— Pourquoi les carpes vous ont-elles attaqué ?

l'interrogea Fernanda en fronçant le nez lorsque Biao revint à ses côtés.

Il ne lui prêta pas attention et ce fut Paddy qui lui répondit.

— Les carpes sont des poissons très nerveux. Dès que l'on envahit leur territoire, elles se sentent menacées et, pendant la saison de la ponte, elles deviennent vraiment féroces. Le savant Wan a bien choisi son endroit. Pendant des siècles, ces carpes ont tenu les curieux à l'écart. Un type très malin, ce Wan !

— Nous aurions dû deviner dès le départ, ajouta Lao Jiang en chaussant ses lunettes, que les carpes faisaient partie du piège.

— Comment l'aurions-nous su ? s'insurgea Tichborne, vexé.

— En Chine, les carpes sont le symbole du mérite littéraire, de l'application dans l'étude, de la réussite à un examen avec d'excellentes notes... En bref, elles symbolisent le savant Wan lui-même.

— Ouvrons la caisse ! m'exclamai-je.

— Non, *madame*, pas maintenant, décréta l'antiquaire. Nous devons d'abord partir de Shanghai. (Il leva les yeux vers le ciel et chercha le soleil.) Il est tard. Allons-y ou nous allons rater le train.

Le train ?

— Le train ? Je croyais que nous devions remonter le Yangtsé en bateau.

— Oui, *madame*, l'express de Nankin, qui part de la gare du Nord à midi.

— Mais, j'étais pourtant convaincue...

— Logiquement, les hommes de la Bande verte vont s'imaginer que nous nous sommes enfuis par le fleuve, en nous cachant à bord d'un sampan. Aussi fouilleront-ils toutes les barcasses qui navigueront sur le delta du Yangtsé dans les jours à venir. À l'heure qu'il est, les deux truands qui ont détalé après la bagarre doivent être en train de raconter ce qui s'est passé. La Bande verte sait que nous avons commencé notre quête. Par conséquent, soit elle nous rattrape maintenant, soit elle devra nous poursuivre dans tout le pays.

Nous nous dirigeâmes vers la sortie en reprenant le sentier en sens inverse. Les sicaires que Lao Jiang avait manipulés au niveau du cou étaient toujours dans la même position, immobiles. Seuls leurs yeux exorbités allaient et venaient d'un côté à l'autre. L'antiquaire ne s'en émut pas.

— Qu'est-ce qu'ils ont ? demandai-je en les regardant anxieusement de loin.

— Ils sont enfermés dans leur corps, affirma Biao avec effroi.

— En effet.

— Vont-ils mourir ? s'enquit Fernanda.

Mais monsieur Jiang garda le silence et poursuivit son chemin vers la porte du jardin du Mandarin.

— Ma nièce vous a demandé s'ils allaient mourir, Lao Jiang.

— Non, *madame*. Ils pourront bouger d'ici deux heures chinoises, c'est-à-dire quatre heures occidentales. La vie, toute vie, doit être respectée, si indigne soit-elle. On n'atteint pas le Tao avec des morts inutiles sur la conscience. Un combattant supérieur à son adversaire ne doit pas abuser de son pouvoir.

Il parlait maintenant comme un philosophe et je sus que c'était un homme compatissant. Ce que je ne parvenais pas à comprendre, c'était cette histoire de Tao, mais j'allais avoir le temps de trouver des réponses aux centaines de questions qui s'accumulaient dans ma gorge. Pour l'instant, il était urgent de fuir, de quitter Shanghai le plus tôt possible, car la Bande verte devait effectivement être au courant de notre présence dans les jardins Yuyuan à la première heure du jour et ne risquait pas de penser que nous étions venus faire du tourisme.

— Les eunuques impériaux connaissent-ils le texte authentique de la légende du prince de Gui ? demandai-je.

— Nous n'en savons rien, répondit Tichborne en tordant les plis de sa longue tunique pour l'essorer, mais il faut croire que non, sinon pourquoi auraient-ils besoin du coffret ?

— Il est probable qu'ils aient été au fait de son existence, conjectura judicieusement Lao Jiang, que quelqu'un l'ait lu un jour et qu'ils aient placé le coffret en lieu sûr pour pouvoir s'y référer le moment venu. Puyi a décidément fait preuve d'une grande maladresse en ordonnant l'inventaire de ses trésors sans en mesurer les conséquences. Il n'était pas difficile de deviner que les eunuques et les fonctionnaires qui s'étaient enrichis en commettant des vols allaient tout faire pour éviter d'être découverts. La meilleure solution était de brûler les preuves, de provoquer des incendies afin que le montant dérobé ne puisse être déterminé. Cela permettait, en outre, de s'emparer au passage d'autres objets précieux.

— Mais quelqu'un se souvient peut-être de ce que disait le texte, objectai-je.

— Quoi qu'il en soit, *madame*, même si Puyi et ses Mandchous savent où sont cachés les fragments du *jiance*, ce qui m'étonnerait beaucoup étant donné l'absence totale d'intelligence dont ont fait montre la famille impériale et sa cour, ce détail est sans importance. Pour eux, ce qui compte avant tout, c'est que personne d'autre ne le sache. Vous savez, n'importe quel seigneur de la guerre, n'importe quel noble Han ou érudit Hanlin de haut rang nourrissant de grandes ambitions pourrait aussi vouloir découvrir la tombe de Shi Huangdi, le Premier Empereur, pour les mêmes raisons que Puyi. Il faut donc qu'ils récupèrent le coffret à tout prix ; et le coffret, c'est nous qui l'avons.

Tichborne éclata de rire.

— Tu veux être empereur, Lao Jiang ?

— Je croyais que vous étiez profondément nationaliste, dis-je sans prêter attention à l'Irlandais.

— Je le suis, *madame*, affirma l'antiquaire, mais je pense que la Chine ne peut plus vivre en tournant le dos au monde ni revenir au passé. Nous devons avancer pour pouvoir devenir un jour une puissance mondiale, comme *Meiguo* et *Faguo*. Ou même comme votre patrie, la Grande Luçon, qui s'efforce de se faire une place parmi les démocraties modernes.

— Je suis originaire d'Espagne, monsieur Jiang, rectifiai-je.

— C'est ce que j'ai dit, *madame* : la Grande Luçon, l'Espagne.

Il eut du mal à prononcer le véritable nom de mon pays. Comme ils faisaient depuis trois cents ans du commerce avec Manille, la capitale de l'île de Luçon, les marchands chinois appelaient l'Espagne, le pays lointain qui achetait et vendait des marchandises par l'intermédiaire de sa colonie des Philippines, « la Grande Luçon ». Ils ne savaient pas du tout où elle se trouvait ni à quoi elle ressemblait ; en outre, cela ne leur importait guère. Encore une fois, monsieur Jiang avait raison : la Chine devait s'ouvrir au monde d'urgence et cesser de vivre comme au Moyen Âge. Elle n'avait pas besoin d'empereurs féodaux, qu'ils soient mandchous ou Han, mais de partis politiques et d'un système parlementaire républicain qui les aide à progresser vers le XXe siècle.

De retour dans les ruelles de Nantao, nous nous rendîmes compte que nous attirions l'attention des passants en raison des vêtements mouillés des trois hommes. La chaleur du matin ne tarderait pas à les sécher mais, en attendant, nous devions éviter de nous faire remarquer tout en marchant le plus vite possible vers la gare du Nord pour aller prendre l'express de Nankin.

Nous fendions la foule agitée qui déambulait dans les rues gonflées de boutiques. Nous n'avions pas de temps à perdre, mais il devenait de plus en plus difficile de se frayer un chemin parmi les Shanghaiens jaunes, qui se multipliaient au fur et à mesure que nous approchions de la porte Nord de Nantao pour regagner la Concession française. Un marchand de melons essayait de sortir les roues de son chariot d'une tranchée, tandis qu'un coolie à moitié nu poussait à l'arrière, les bras tendus. Couverts de sueur, la tête baissée à cause de l'effort, ils ignoraient l'embouteillage qu'ils provoquaient. Nous n'allions pas pouvoir passer.

— Je connais un autre chemin, déclara Biao en s'adressant à Lao Jiang.

— Nous te suivons, dit l'antiquaire.

Le gamin fit demi-tour et se mit à courir en direction d'une ruelle étroite, qui tournait vers la droite. Nous le suivîmes en tâchant de ne pas nous laisser distancer. Après que nous eûmes enfilé des rues grandes comme un mouchoir de poche et foulé des sols meubles d'ordures, au milieu d'odeurs parfois nauséabondes, j'entendis Fernanda souffler comme un bœuf.

— Tu arrives à suivre ? demandai je en me retournant vers elle.

Elle fit un geste affirmatif de la tête et nous continuâmes à avancer jusqu'à ce que, subitement, nous

nous rendions compte que nous étions sortis de Nan-tao et que nous courions sur le boulevard des Deux-Républiques, qui entourait la vieille ville chinoise, là où se trouvait jadis un fossé défensif, comblé et recouvert lorsque les murailles anciennes avaient été démolies.

— Des *pousse-pousse* ! s'écria Tichborne en montrant des coolies qui jouaient aux cartes sur le pavé devant leurs véhicules à louer.

Nous prîmes aussitôt quatre *pousse-pousse*, après que Lao Jiang eut payé le prix de la course jusqu'à la gare de chemin de fer. Biao, qui s'était assis à côté de moi parce que nous étions les deux plus minces du groupe et tenions dans un seul véhicule, était soucieux :

— Comment vais-je monter dans le *huoche* avec vous ?

— Je ne comprends pas ce que tu dis, mon garçon.

— Le *huoche*... le chariot de feu... le train.

Le pauvre pouvait à peine prononcer ce mot. Jamais je n'aurais pensé qu'il était si compliqué de dire « train » ; pour les Chinois, c'était une véritable torture.

— Eh bien, je suppose que tu vas y monter comme tout le monde, répondis-je, tandis que les *pousse-pousse* sillonnaient la Concession française à toute allure, conformément aux indications de Lao Jiang, qui semblait vouloir suivre un itinéraire précis, en marge des boulevards et autres grandes avenues.

— Mais qui va payer mon billet ?

Je supposai que ce serait à moi de prendre en charge les frais du jeune Biao, car Fernanda, que je sache, n'avait pas d'argent sur elle. À vrai dire, je n'avais qu'une poignée de lourds dollars mexicains d'argent, que j'avais trouvés dans un tiroir de la commode, dans la chambre de Rémy. S'il était possible de payer en francs dans la Concession française, la monnaie officielle de Shanghai était le dollar mexicain d'argent, la devise qui servait d'étalon monétaire dans le monde entier, étant donné que de nombreux pays (dont l'Espagne) refusaient toujours d'entrer dans le système de l'étalon-or. Je sortis les pièces et estimai qu'elles devaient représenter au change une quantité non négligeable de taels chinois, la monnaie que nous utiliserions certainement au cours de notre voyage à l'intérieur du pays.

— Ne t'inquiète de rien, dis-je au gamin sans le regarder. Tu es avec Fernanda et avec moi. Ta seule préoccupation doit être de bien faire ton travail. Le reste, c'est notre affaire.

— Et si le père Castrillo découvre que j'ai quitté Shanghai ?

La poisse ! je n'avais pas pensé à ça. Cette irresponsable de Fernanda prenait des décisions qui risquaient de nous donner bien du tracas. Comment expliquer que Biao avait disparu de l'orphelinat et de la ville ? Le gosse semblait avoir plus de jugeote que mon imbécile de nièce.

— Je t'ai dit de ne t'inquiéter de rien. Et cesse de parler, tu m'agaces.

Nous sortîmes sans problème de la Concession par un des postes frontière grillagés, après que Lao Jiang eut bavardé de façon amicale avec le chef de poste, qu'il semblait connaître. Lorsque nous fûmes entrés dans la Concession internationale, sans interrompre sa course, le *pousse-pousse* de l'antiquaire vint se placer un instant à côté de celui de Tichborne, puis à côté du mien.

— M'entendez-vous, *madame* ? demanda monsieur Jiang à voix basse.

— Oui.

— La police française nous recherche, annonça-t-il, le visage rieur. Tous les postes frontière de la Concession ont reçu il y a quelques minutes un mandat d'arrêt émis par Huang-le-grêlé.

— Et qu'est-ce qui vous amuse tant ?

J'étais devenue une délinquante recherchée par la police française de Shanghai. Combien de temps s'écoulerait-il avant que la nouvelle ne parvienne au consul général de France, Auguste Wilden ? Et comment réagirait le si charmant consul général d'Espagne, Don Julio Palencia, en l'apprenant ?

Un coupé noir passa en trombe à côté de nous ; le coolie de mon *pousse-pousse* cria avec indignation.

— La course a commencé, *madame* ! s'exclama Lao Jiang, radieux.

— Vous devriez vérifier que la caisse du lac n'est pas vide, avant de nous entraîner dans cette folie !

— Je l'ai fait, dit-il avec un air de jubilation proche du fanatisme sur son visage ridé. Elle contient un magnifique fragment d'un livre ancien fait de tablettes de bambou.

Il dut me communiquer son enthousiasme, car je fus consciente du lent changement d'expression de mon propre visage, qui passa de la crispation au plus grand sourire qu'il ait affiché ces derniers jours. La confiance n'était pas mon fort mais, dans cette caisse noire tachée de vert-de-gris que l'antiquaire avait sur les genoux, se trouvait le fragment de *jiance* caché par le savant Wan des années auparavant et découpé par le dernier empereur Ming, aujourd'hui tombé dans l'oubli. Les millions de francs qui rembourseraient les dettes de Rémy et feraient de moi une femme riche existaient peut-être. Et s'ils étaient bien réels, ils se trouvaient un petit peu plus près, davantage à ma portée.

Le *pousse-pousse* de Lao Jiang s'éloigna pour retourner en tête de notre cortège et nous guider vers la gare du Nord, dans un dédale de rues et de boulevards qui ne me permirent guère de profiter de ma seconde visite de la Concession internationale. Je remarquai tout de même que l'atmosphère française avait disparu des quartiers en faveur d'un environnement plus anglo-saxon, plus américain, où les femmes arboraient des robes fraîches et légères, sans bas, où les Chinois crachaient dans la rue avec une décontraction stupéfiante, et où les hommes avaient les cheveux luisants de brillantine et portaient des costumes d'été impeccablement coupés avec veste croisée. En revanche, je n'aperçus aucun gratte-ciel ni aucune avenue avec des enseignes lumineuses, pas même une de ces grandes autos nord-américaines modernes, qui me plaisaient tant. Nous traversâmes des quartiers périphériques en direction du nord, prenant soin d'éviter les zones les plus peuplées et fréquentées, cachés au fond de nos *pousse-pousse*, bien que Huang-le-grêlé n'eût rien pu faire contre nous ici, puisque nous n'étions plus en territoire français.

Nous arrivâmes enfin devant le grand bâtiment de la Shanghai North Railway Station ; l'horloge indiquait midi moins dix. Chargés de nos balluchons, nous avions l'air d'une famille chinoise rentrant chez elle après un court séjour à Shanghai. J'avais peur que l'encre qui me bridait les yeux n'ait été effacée par ma sueur ou l'humidité de l'air, mais je vis dans les vitres de la gare qu'elle avait bien tenu, tout comme celle de Fernanda et de Tichborne, lequel ne quittait sous aucun prétexte son chapeau de paille en forme d'ombrelle.

Lao Jiang ne dit rien à propos du prix du trajet en train. Nous laissant sous l'horloge de la gare, il se dirigea d'un pas résolu vers les guichets pris d'assaut et revint peu après avec nos cinq billets à la main. Je parvins juste à saisir une phrase ou deux, lorsqu'il expliqua à Tichborne quelque chose à propos du chef de gare, qui était de ses amis. Cet homme se révélait être un puits insondable de ressources et, à vrai dire, cela nous arrangeait bien.

Sur le quai, non loin de l'énorme locomotive noire qui crachait de la suie et de la fumée grise par la cheminée, se tenaient de nombreux étrangers, séparés par des barrières de la cohue tapageuse de Jaunes dont nous faisions partie. Lorsque le sifflet à vapeur gémit, ils montèrent à bord d'élégants wagons d'un bleu foncé étincelant, alors que les voitures destinées aux Célestes n'étaient que de vulgaires cagibis rouillés, avec de vieux sièges de bois fendu et un plancher couvert d'ordures et de crachats.

Peu après le départ cahoteux du train, une pluie incessante de marchands se mit à frapper les vitres des portes des compartiments pour nous proposer de quoi nous sustenter. Nous prîmes des vermicelles, de la bouillie de riz et des beignets de viande aux champignons, le tout accompagné de thé vert. Une vieille femme servait de l'eau chaude et un gamin qui devait être son petit-fils y déposait quelques feuilles juste le temps de la colorer, avant de les reprendre et de les réemployer dans la tasse suivante. C'était la première fois que Fernanda et moi étions confrontées à la pénible tâche de saisir nos aliments à l'aide des longues baguettes que les Célestes utilisaient en guise de couverts. Heureusement que nous étions seuls dans le compartiment, car nos déguisements auraient été fort peu utiles face à pareille démonstration d'inaptitude de notre part : les aliments volaient, les sauces giclaient et les baguettes glissaient ou s'enchevêtraient dans nos doigts. Par chance, ma nièce finit par manier celles-ci avec une certaine aisance ; hélas, il me fallut un peu plus de temps. Le pauvre Biao, qui n'avait pas l'habitude des secousses du train, digéra mal son repas. Il vomit presque tout ce qu'il avait englouti par terre, et le reste dans un des crachoirs du compartiment.

Lao Jiang et Paddy consacrèrent les trois premières heures du trajet à bavarder sur le commerce des antiquités ; honteux, Biao avait disparu après avoir vomi ; quant à Fernanda, elle s'ennuyait et regardait par la fenêtre, si bien que, m'ennuyant encore davantage, je finis par l'imiter. J'aurais préféré lire un bon livre (le voyage jusqu'à Nankin allait durer douze à quinze heures), mais cela aurait représenté un poids superflu dans mon balluchon. De l'autre côté de la vitre, de grands vergers et de vastes rizières séparaient des hameaux épars aux toits de paille. Pas un seul empan de terre n'avait échappé à la culture, à l'exception des chemins et des nombreux bouquets de sépultures qui fleurissaient ici et là. Je songeai que, dans un pays de quatre cents millions d'habitants, où les tombes des ancêtres n'étaient jamais laissées à l'abandon, les morts occuperaient peut-être un jour la totalité de la terre qui nourrissait les vivants. J'eus le pressentiment que les milliers d'années de tradition de ce peuple éminemment agricole et attaché à ses coutumes ancestrales allaient constituer une montagne trop escarpée pour la jeune et fragile république de Sun Yat-sen.

Quatre heures après notre départ de Shanghai, le train entra en gare de Suzhou dans un long crissement de freins. Lao Jiang se leva.

— Nous sommes arrivés, annonça-t-il. Descendons.

— Mais ne devions-nous pas aller à Nankin ? m'étonnai-je.

Tichborne avait, lui aussi, une expression de surprise qui valait le coup d'être vue.

— Si, répondit l'antiquaire. Et nous allons y aller. Un sampan nous attend.

— Tu es fou, Lao Jiang ! brama l'Irlandais en prenant son balluchon.

— Je suis prudent, Paddy. Comme l'a dit Sun Tzu, il faut parfois être « rapide comme le vent, silencieux comme la forêt, féroce comme le feu et immobile comme la montagne ».

Biao, qui semblait avoir passé tout le trajet assis par terre de l'autre côté de la porte du compartiment, ouvrit les battants et nous regarda avec étonnement.

— Prends les bagages, lui ordonna Fernanda avec la fermeté d'une maîtresse de maison. Nous descendons ici.

À Suzhou, il n'y avait pas de *pousse-pousse*. Nous fûmes donc contraints de louer des chaises à porteurs. Une fois installée dans la mienne, je tirai les rideaux et me préparai à passer un bon moment dans cette cage instable en forme de confessionnal. Comme les *pousse-pousse* de Shanghai me parurent alors confortables ! Nous n'allâmes pas jusqu'à la ville de Suzhou ; nous la contournâmes par le nord jusqu'à un cours d'eau que je pris pour le Yangtsé (bien que son tracé parfaitement droit me parût étrange) et qui se révéla être le Grand Canal, le fleuve artificiel le plus long et le plus ancien du monde. Celui-ci traversait toute la Chine du nord au sud sur près de deux mille kilomètres et sa construction avait débuté au VIᵉ siècle avant notre ère. Apparemment, le chemin de fer nous avait emmenés trop au sud et nous devions revenir en arrière pour poursuivre notre route vers Nankin.

Sur le Grand Canal, peu après être montée à bord de la grande barcasse à fond plat où nous allions passer les trois jours à venir, je me rendis compte pour la première fois de l'ampleur de la folie que nous étions en train de commettre. Notre gabare faisait partie de toute une file d'embarcations qui, reliées entre elles par de grosses cordes de chanvre, transportaient du sel et autres produits jusqu'à Nankin. D'énormes buffles d'eau remorquaient le tout en tirant sur les cordes, tandis que des dizaines d'hommes travaillaient sans relâche en amont pour éliminer les sédiments accumulés, susceptibles de gêner le passage. Pendant ce temps-là, des nuées de moustiques fébriles nous suçaient le sang vingt-quatre heures sur vingt-quatre et nous empêchaient de nous reposer, même dans la fraîcheur de la nuit. Fernanda et moi dormions dans la dernière barcasse, celle qui roulait le plus d'un côté à l'autre du large canal. Parfois, celui-ci semblait s'enfoncer dans la terre tant ses rives artificielles étaient hautes. Les cris des mariniers – qui couraient et s'interpellaient de la proue à la poupe de la caravane à toute heure – étaient insupportables ; la nourriture était dégoûtante, l'odeur nauséabonde et l'hygiène inexistante. Or, ces désagréments ne semblaient avoir aucun sens. Que faisions-nous ici ? Qui avait bouleversé l'ordre des choses pour que ma nièce et moi, Madrilènes de bonne famille, nous retrouvions assises des heures et des heures, les yeux bridés à l'encre, dans une barcasse chinoise malodorante qui remontait le Grand Canal, pendant que les moustiques nous saignaient et nous transmettaient allez savoir combien de maladies mortelles ?

Le deuxième jour, peu avant notre arrivée à Chinkiang (où le Grand Canal et le Yangtsé se croisaient), comme je ne pouvais pas pleurer sans risquer de perdre mon déguisement, je me dis que seul le dessin pourrait me sauver de la démence. Je sortis donc un petit carnet Moleskine et une sanguine, et je m'appliquai à prendre des notes de tout ce que je voyais : le bois des gabares – les nœuds, les joints, les arêtes... –, les buffles d'eau, les mariniers au travail, les matières premières empilées... Fernanda, quant à elle, passa son temps à torturer ce pauvre Biao avec de fastidieuses leçons d'espagnol et de français, langues que le gamin maîtrisait avec une égale gaucherie. Tichborne prit une cuite monumentale au vin de riz, qui, sans exagérer, dura du premier soir au jour même de notre arrivée à Nankin. Et si curieux que cela puisse paraître, Lao Jiang resta assis à contempler l'eau, ne s'interrompant que pour manger, dormir ou se livrer, tous les matins, à de curieux exercices physiques, très lents, que j'observais en cachette, impressionnée : concentré, il levait les bras et une jambe en même temps, puis tournait tout doucement sur lui-même en maintenant un équilibre parfait. Cela durait un peu plus d'une demi-heure et me semblait très drôle mais, bien sûr, suivant la coutume chinoise qui consistait à prendre le contre-pied du reste du monde, le but n'était pas de faire rire.

— Ce sont des exercices de tai-chi, nous expliqua Biao, on ne peut plus sérieux. Pour la santé du *qi*, la force de vie.

— Quelle absurdité ! proféra Fernanda avec mépris.

— Ce n'est pas du tout une absurdité, jeune maîtresse ! s'insurgea l'enfant. Les sages disent que le *qi* est l'énergie qui nous maintient en vie. Les animaux ont un *qi*. Les pierres ont un *qi*. Le ciel a un *qi*. (Il s'enthousiasmait en prononçant ces mots.)

Les plantes ont un *qi*. La terre et les étoiles ont un *qi* et c'est le même que celui de chacun de nous.

Mais Fernanda ne se laissait pas tordre le bras aussi facilement.

— Ce sont des inepties et des superstitions. Si le père Castrillo t'entendait, il te mettrait une bonne raclée !

Petit Tigre se tut aussitôt, le visage marqué par la peur. Il me fit de la peine et j'eus envie d'intervenir en sa faveur :

— Chaque religion a ses croyances, Fernanda. Tu devrais respecter celles de Biao.

Lao Jiang, qui n'avait pourtant pas donné l'impression de suivre notre conversation pendant son étrange chorégraphie de tai-chi, abaissa lentement les bras, chaussa ses lunettes et nous regarda, immobile.

— Le Tao n'est pas une religion, *madame*, dit-il enfin. C'est un mode de vie. Il est très difficile pour vous de comprendre la différence entre notre philosophie et votre théologie. Le taoïsme n'a pas été inventé par Lao Tseu. Il existait déjà bien avant lui. Il y a quatre mille six cents ans, l'Empereur jaune a écrit le célèbre *Huangdi Nei Jing Su Wen*, le plus important traité de médecine chinoise sur les énergies des êtres humains, encore en vigueur aujourd'hui. Dans ce traité, il dit que, lorsque l'on se lève le matin, il faut sortir à l'air libre, détacher ses cheveux, se détendre, et bouger son corps lentement et avec attention pour atteindre longévité et santé. Il s'agit de méditation en mouvement, voilà ce qu'est le taoïsme. Ce qui est à l'extérieur est dynamique et ce qui est à l'intérieur reste calme. Yin et Yang. Diriez-vous que c'est une pratique religieuse ?

— Bien sûr que non, répondis-je sur un ton respectueux.

Mais dans mon for intérieur, je songeais que j'avais dû suivre les conseils de l'Empereur jaune toute ma vie sans le savoir car, lorsque je me levais le matin, je me traînais lentement pendant un bon moment.

Lao Jiang fit un geste vague de la main comme pour nous signifier qu'il n'avait pas l'intention de poursuivre plus avant ses exercices de tai-chi ni, bien sûr, de donner davantage d'explications sur le taoïsme à des femmes étrangères.

— Je crois que le moment est venu de jeter enfin un coup d'œil à notre fragment de *jiance*, dit-il, qu'en pensez-vous ?

« À votre avis ? » me dis-je. Malheureusement, Paddy cuvait son vin sous une natte de paille deux barcasses plus loin. Sans s'en soucier, Lao Jiang marcha d'un pas résolu vers son ballot et en sortit avec précaution la caisse du lac. Puis il s'assit juste en face de moi (Fernanda était à mes côtés et Biao à sa droite, un peu à l'écart, mais à ses yeux aucun d'eux ne méritait que nous formions un plus large cercle) et il souleva le lourd couvercle entièrement rouillé. Une belle étoffe de soie jaune chatoyante enveloppait un assemblage de six fines tablettes de bambou d'environ vingt centimètres de long, reliées entre elles par deux cordons verts très décolorés.

Lao Jiang écarta les plis de l'étoffe de soie et, après l'avoir observée minutieusement, laissa celle-ci dans la caisse pour prendre les tablettes au creux de sa main en les abritant du soleil à l'ombre de son propre corps avec une tendresse exquise. Puis il déroula le fragment et le déposa sur le pan de sa tunique, entre ses genoux. Il le contempla pendant une minute sans mot dire et le retourna d'un air perplexe dans ma direction afin que je puisse l'examiner à mon tour. Les trois tablettes de bambou de droite étaient recouvertes de caractères chinois, mais les trois autres semblaient simplement sales, comme si le scribe avait secoué au-dessus d'elles un pinceau gorgé d'encre. D'un long doigt osseux, monsieur Jiang me montra les tablettes noircies d'écriture.

— C'est une lettre, déclara-t-il. Elle n'est pas facile à comprendre parce qu'elle est écrite dans un chinois classique très complexe, l'ancien système *zhuan*, qui a été utilisé jusqu'à ce que le Premier Empereur ordonne l'unification de l'écriture dans tout l'empire, comme je vous l'ai expliqué à Shanghai. Par chance, j'ai beaucoup travaillé sur des documents anciens et, si je ne me trompe pas, il s'agit d'un message personnel d'un père à son fils.

— Et que dit-il ?

L'antiquaire tourna de nouveau le fragment face à lui et se mit à lire à voix haute :

— « Moi, Sai Wu, salue mon jeune fils Sai Shi Gu'er… » (Il s'interrompit, l'air songeur.) Cela est très étrange. Sai Shi Gu'er, le nom du fils, signifie littéralement « Orphelin du clan des Sai ». Par conséquent, Sai Wu, celui qui écrit, devait être soit très malade, soit condamné à mort. Il n'y a pas d'autre explication. En outre, la formule « Orphelin du clan » laisse entendre que la lignée des Sai se tarissait, qu'il ne restait que cet enfant.

— Comme c'est triste…

— « Moi, Sai Wu, salue mon jeune fils Sai Shi Gu'er et lui souhaite santé et longévité. Quand tu liras cette lettre… » (Lao Jiang s'arrêta de nouveau et me regarda avec découragement.) Ces caractères sont très difficiles à lire. Et certains sont effacés.

— Faites ce que vous pouvez.

J'éprouvais une telle curiosité que je ne pouvais accepter son incapacité à traduire ce message.

— « Quand tu liras cette lettre, beaucoup d'hivers et d'étés auront passé, des mois et des années se seront écoulés. »

— Tout cela est écrit sur ces trois tablettes ? m'étonnai-je.

— Non, *madame*, il s'agit seulement des premiers caractères, répondit-il en posant le doigt à la moitié de la première tablette de bambou.

De toute évidence, non seulement les Chinois écrivaient de haut en bas et de droite à gauche (en tout cas, deux mille ans auparavant), mais leurs idéogrammes disaient beaucoup plus de choses que nos mots.

— « Tu es désormais un homme, Sai Shi Gu'er », reprit l'antiquaire, « et je pleure car je ne pourrai te connaître, mon fils ».

— Le père allait mourir.

— Cela ne fait aucun doute. « Par ma faute, les trois cents membres du clan des Sai franchiront bientôt les Portes de Jade et voyageront au-delà des Sources Jaunes. Il ne restera plus que toi, Sai Shi Gu'er, et tu devras nous venger. C'est pourquoi je te mets à l'abri en t'envoyant, avec un serviteur de confiance, dans la lointaine Chaoxian[1], chez mon ancien compagnon d'études Hen Zu, qui a perdu il y a peu un fils de ton âge, dont tu prendras la place dans sa famille jusqu'à ce que tu atteignes la maturité. »

— Je suppose que « franchir les Portes de Jade et voyager au-delà des Sources Jaunes » signifie mourir, dis-je horrifiée. Trois cents membres d'une même famille ! Comment est-ce possible ?

— Cela a été une pratique courante en Chine, *madame*, jusqu'à une époque assez récente. Rappelez-

1. L'actuelle ville de Liaoyang, dans la province du Liaoning, au nord de Pékin.

vous ce que dit le prince de Gui dans le texte que je vous ai lu : mille huit cents ans après cette lettre, la dynastie des Qing a fait assassiner neuf générations de la famille Ming. Le nombre de morts a peut-être été similaire, voire supérieur. Le châtiment consistait à tuer le coupable et tous ses parents jusqu'au dernier degré de parenté. Ainsi, telle la mauvaise herbe, le clan était éliminé à la racine et il ne pouvait surgir de nouvelles pousses.

— Et quel délit ce père, Sai Wu, avait-il commis pour mériter pareil châtiment ? D'après ce que vous venez de lire, il ne s'estimait coupable que de malchance.

— Patience, *madame*.

Moi, en tant qu'adulte, je pouvais me dominer, mais Fernanda et Biao, les yeux exorbités, n'allaient pas tarder à lui sauter à la gorge pour qu'il poursuive sa lecture. Concernant Biao, je n'en aurais pas mis ma main au feu, mais ma nièce était clairement à deux doigts d'exploser d'impatience. Je crois que, si elle se contenait, c'était uniquement parce que l'antiquaire lui faisait un peu peur. Moi, elle m'aurait déjà égratigné le visage.

— « D'après ce que m'a rapporté un bon ami de l'infortuné général Meng Tian, l'eunuque Zhao Gao a confié à celui-ci que Huhai, le nouvel empereur Qin, a l'intention d'enterrer avec le Premier Dragon, qui a franchi les Portes de Jade, tous les hommes ayant travaillé à son mausolée. Moi, Sai Wu, responsable de la construction de cet édifice grandiose et isolé pendant trente-six ans, depuis le jour où le ministre Lû Buwei m'en a confié la tâche, je dois donc voir mourir mon clan au complet afin que soit préservé le plus grand des secrets, celui que je vais te révéler ici pour que tu venges ta famille et tes parents. Nos ancêtres ne reposeront en paix que lorsque tu auras fait justice. Mon fils, ce qui me tourmente le plus dans ces moments d'adversité, c'est que je n'aurai pas même la consolation d'être enseveli dans la sépulture de notre famille. »

Monsieur Jiang marqua un temps d'arrêt et nous gardâmes tous le silence. Le châtiment imposé à une famille innocente, parce qu'un de ses membres avait servi avec loyauté le Premier Empereur, paraissait incroyablement démesuré.

— Vous devez avoir presque tout lu maintenant, n'est-ce pas ? dis-je enfin.

J'étais toujours aussi étonnée par la quantité de choses que l'on pouvait écrire avec ces curieux caractères chinois dans un espace aussi réduit.

— Ce fragment est très révélateur, marmonna l'antiquaire sans me prêter attention. Tout d'abord, il mentionne Meng Tian, un général extrêmement important de la cour de Shi Huangdi, à qui l'on doit de nombreuses victoires militaires, ainsi que la construction, à la demande du Premier Empereur, de la Grande Muraille. Meng Tian et toute sa famille ont été condamnés à mort par un faux testament attribué à Shi Huangdi mais élaboré par le puissant eunuque Zhao Gao, également cité dans la lettre. Après avoir travaillé pour le Premier Empereur, l'eunuque voulait, à la mort de son maître, s'emparer du pouvoir. Le faux testament obligeait le fils aîné de Shi Huangdi à se suicider et nommait à la tête de l'empire Huhai, le cadet réputé pour sa faiblesse. Comme vous le voyez, notre *jiance* a forcément été écrit à la fin de l'an 210 avant notre ère, après la mort du Premier Dragon, un des différents noms de Shi Huangdi.

— Autrement dit, il a... (je fis un rapide calcul mental) deux mille cent et quelques années.

— Deux mille cent trente-trois, exactement.

— Et alors, qu'est-il arrivé à Sai Wu ?

— Ne vous souvenez-vous pas de ce que je vous ai raconté à Shanghai à propos du mausolée royal de Shi Huangdi ? Tous ceux qui savaient où il se trouvait ont été enterrés vivants avec l'empereur : les centaines de concubines impériales qui n'avaient pas eu d'enfants et les sept cent mille ouvriers qui avaient participé à sa construction. C'est ce qu'affirme Sima Qian[1], le plus grand historien chinois de tous les temps. Sai Wu, qui avait dirigé ce projet ambitieux pendant trente-six ans, comme il l'explique lui-même à son fils, devait donc, lui aussi, et à plus forte raison, disparaître.

— Si je comprends bien, Sai Wu a été le meilleur ingénieur et architecte de son époque.

C'était Fernanda qui, à la surprise de tous, venait de faire cette remarque. Avant même que nous n'ayons le temps de réagir, monsieur Jiang reprit imperturbablement la parole et ce ne fut certes pas pour dire quelque chose d'agréable.

— L'excès de connaissance chez les jeunes filles est pernicieux, déclara-t-il avec une certaine emphase. Il compromet leurs chances de trouver un bon mari. Vous devriez apprendre à votre nièce à se taire, *madame*, surtout en la présence d'adultes.

J'ouvris la bouche pour dénoncer avec fermeté l'absurdité des propos de l'antiquaire mais...

— Tante Elvira, dites de ma part à monsieur Jiang (la voix de Fernanda était pleine de ressentiment) que, s'il exige le respect de ses traditions, il devrait, lui aussi, respecter celles des autres, en particulier en ce qui concerne les femmes.

---

1. Sima Qian (145-90 av. J.-C.), auteur des *Mémoires historiques* (*Shiji*), œuvre considérable qui a eu beaucoup d'influence sur les historiens chinois ultérieurs.

— Je suis d'accord avec ma nièce, monsieur Jiang, dis-je avec aplomb en le regardant droit dans les yeux. Nous ne sommes pas habituées au traitement que vous réservez à l'autre moitié de votre population, ces deux cents millions de femmes à qui vous ne laissez pas le droit de parler. Fernanda n'a pas voulu vous offenser. Elle a simplement fait ce qu'elle aurait fait en Europe : elle a participé avec discernement à notre conversation.

— *Pa luen*[1]. Je ne vais pas discourir sur ce sujet avec vous, *madame*, décréta l'antiquaire avec une froideur sentencieuse qui me glaça le sang.

Il enroula aussitôt les tablettes de bambou, avant de les envelopper dans l'étoffe de soie jaune pour les remettre dans la caisse. Puis il se leva avec sa souplesse habituelle et s'éloigna de nous. C'était d'une terrible discourtoisie.

— Bien ! lançai-je en me levant à mon tour, avec davantage de difficultés cependant. Biao, tu m'expliqueras ce qu'il convient de faire en pareille situation, lorsque deux cultures s'offensent mutuellement sans en avoir eu l'intention.

Biao eut plus que jamais un air de petit garçon.

— Je ne sais pas, *tai-tai*, murmura-t-il, désolé.

Il semblait ne pas vouloir prendre parti.

— Je n'ai rien fait de mal ! s'exclama Fernanda, vraiment en colère.

— Ne t'inquiète pas, je sais que tu n'as rien fait de mal, la rassurai-je. Monsieur Jiang va devoir se familiariser avec nos coutumes, que cela lui plaise ou non.

Un jour, lorsque j'étais enfant, j'avais eu une merveilleuse idée. Alors que j'étais en train de des-

1. Façon de clore le débat, de refuser d'aborder une question.

siner un petit vase que mon professeur avait posé sur une table pour que j'apprenne à travailler sur les ombres et les lumières, je m'étais dit que, quand je serais grande, non seulement je me consacrerais à la peinture, mais je ferais de ma propre vie une œuvre d'art. Oui, je m'étais dit très exactement : « Je veux faire de ma vie une œuvre d'art. » De l'eau avait coulé sous les ponts depuis lors et, quand je me rappelais ce projet d'enfant, j'étais fière de l'avoir réalisé. Certes, mon métier de peintre ne me permettait pas de faire des folies et j'étais encore loin d'avoir atteint mon rêve ; mon mariage n'avait pas été franchement exemplaire car, comme Rémy, je n'avais pas de prédispositions pour la vie de couple ; je n'avais jamais eu de bonnes relations avec ma famille ; les hommes de ma vie avaient toujours été déplorables (Alain, le pianiste idiot ; Noël, l'étudiant profiteur ; Théophile, le compagnon menteur...) ; et surtout, mon intrépidité juvénile s'était volatilisée à l'âge adulte, me laissant sans défense à la moindre déconvenue. Et pourtant, bien que j'aie conscience de toutes ces faillites, j'étais fière de moi. Ma vie était différente de celle de la plupart des femmes de ma génération. J'avais su prendre des décisions difficiles. Je vivais à Paris et je peignais dans mon atelier à la lumière parfaite du sud-est, qui entrait par les fenêtres de mon propre appartement. J'avais survécu à de nombreux naufrages et gardé mes amis. Au bout du compte, tout cela était bien une petite œuvre d'art, ou je ne m'y connaissais pas. Pour ma part, j'en étais convaincue. Si l'on prenait les choses du bon côté, ce maudit voyage en Chine n'était peut-être qu'un coup de pinceau de plus sur un tableau qui, avec ses erreurs et ses repentirs, commençait à acquérir une certaine beauté. C'est du moins l'impression que j'eus le matin de notre dernier jour sur le Yangtsé, tandis que la brise me caressait le visage et que des pêcheurs vêtus de noir envoyaient leurs cormorans explorer le fleuve.

Les Chinois avaient une curieuse façon de pêcher. Ils n'utilisaient ni cannes ni filets. Ils dressaient ces grands oiseaux aquatiques au long cou à attraper les poissons et à les régurgiter vivants, sans les blesser, dans leurs paniers. Ce matin-là, je peignis plusieurs cormorans dans la marge et les blancs des feuilles déjà noircies de mon carnet, avec l'intention de les replacer dans le tableau que j'envisageais de faire sur les pales giratoires du ventilateur de ma cabine à bord de l'*André Lebon*. Il manquait encore quelques éléments pour que la composition soit complète, mais je savais déjà qu'il y aurait des cormorans et des ventilateurs.

Nous arrivâmes à Nankin le mercredi 5 septembre en fin d'après-midi, avant le coucher du soleil. À ce moment-là, cela ne faisait qu'une semaine que j'étais en Chine, ce qui me semblait tout à fait inconcevable. Comme si je me trouvais dans ce pays depuis beaucoup plus longtemps, je situais déjà mon départ de Paris dans un passé lointain qui commençait à s'effacer. Les expériences nouvelles, les voyages avaient un puissant pouvoir amnésique, comme lorsque l'on appliquait une couleur par-dessus une autre, qui disparaissait sous le pinceau.

À Nankin, on aurait pu prendre le Yangtsé pour la mer, tant son lit était large. À un moment donné, nous perdîmes de vue la rive nord, qui ne réapparut plus jamais. Seul le lent écoulement des eaux fangeuses dans une direction unique indiquait que cet océan infini était en réalité un cours fluvial. Vapeurs de fort tonnage, cargos, remorqueurs et canonnières descendaient et remontaient le fleuve, ou demeuraient amarrés au quai, tandis que des caravanes de barcasses comme la nôtre et des centaines de sampans familiaux – véritables maisons flottantes –, chargés d'hommes, de femmes et d'enfants à peine vêtus, s'accumulaient et viraient de manière surprenante pour se frayer un chemin dans l'eau. Il régnait, en outre, une terrible odeur de poisson frit.

Nous quittâmes le fleuve, puis l'embarcadère bondé de gens, de caisses, de paniers, et de canards et d'oies en cage pour nous enfoncer dans la ville. Nous avions besoin de trouver un endroit où dormir et, bien que je me sois abstenue d'en parler, où prendre un bain : certains d'entre nous empestaient comme un bouc. Mais Nankin n'était pas Shanghai, avec ses hôtels modernes et ses lumières nocturnes. Cette ville était une ruine. Une grande ville, certes, mais une ruine. Il ne restait rien de la splendeur de l'ancienne capitale du Sud (signification de Nankin, par opposition à Pékin, la capitale du Nord), fondée par le premier empereur de la dynastie des Ming au XIVe siècle. Les remparts délabrés de la vieille ville surgissaient de temps à autre au fur et à mesure que nous parcourions les rues vastes et sales en quête d'une auberge. Les yeux gonflés et rouges, Paddy marchait en trébuchant mais sortait peu à peu de sa torpeur grâce à l'air de la nuit, qui, sans être frais, n'était pas torride.

Monsieur Jiang était confiant et enjoué. Nankin lui rappelait de bons souvenirs de sa jeunesse, puisque c'était là qu'il avait été reçu à son examen de littérature avec les meilleures notes. Apparemment, la capitale du Sud était un peu comme nos villes universitaires européennes, et les lettrés qui y avaient fait leurs études étaient bien mieux considérés que ceux du reste de la Chine. Il y avait encore des monuments Ming, en particulier en périphérie de la ville, qui avait été par le passé une métropole à forte influence politique et économique, dotée d'une population nombreuse et cultivée.

— C'est à Nankin que sont publiés les plus beaux livres de l'empire du Milieu, déclara l'antiquaire avec fierté. La qualité du papier et de l'encre fabriqués ici est sans égale.

— De l'encre de Chine ? demanda Fernanda distraitement en regardant la misère et la désolation des rues.

— Comme si on en trouvait une autre dans ce pays ! grogna Paddy, qui avait toujours la gueule de bois.

Finalement, après avoir beaucoup marché, nous trouvâmes à nous loger dans un triste *lü kuan* (une espèce d'hôtel bon marché), situé entre la Mission catholique et le temple de Confucius, à l'ouest de la ville. Les chambres donnaient sur une cour carrée ressemblant à une ancienne porcherie et en partie couverte par un auvent de paille. Au fond, des gens dînaient autour de tables à peine éclairées par des lanternes et lampions ou jouaient sur d'étranges tabliers que je ne connaissais pas.

Monsieur Jiang ne tarda pas à engager la conversation avec le propriétaire de l'établissement, un Céleste jeune et râblé, qui portait encore derrière son front dégagé l'ancienne natte Qing. Tandis que nous autres mangions des rouleaux de crevette aux miettes de viande condimentée et des morceaux de porc aigre-doux – j'étais devenue bien plus adroite avec les baguettes, les *kuaizi*, au cours des trois jours que nous avions passés à bord de la gabare et Fernanda semblait en avoir utilisé toute sa vie –, l'antiquaire, debout à côté de la grande cuisinière à bois, interrogeait le propriétaire pour essayer de situer, à partir du peu d'informations dont nous disposions, l'endroit où le médecin Yao avait caché, trois cents ans auparavant, le deuxième fragment du *jiance* de Sai Wu. Juste au moment où nous finissions notre repas, avec un sourire nerveux, le maître des lieux prit congé de Lao Jiang, qui nous rejoignit.

— Et s'il informe la Bande verte de notre présence dans son établissement ? demandai-je avec appréhension.

— Oh ! il le fera sans aucun doute, répondit l'antiquaire en s'asseyant, avant de prendre avec ses baguettes un gros morceau de viande de porc. Mais pas ce soir. Pas maintenant. Alors prenons le thé tranquillement et laissez-moi vous raconter ce que j'ai appris.

Biao, qui avait dîné dans une cour arrière avec les autres serviteurs, se présenta, crasseux et puant, avec une théière d'eau chaude pour l'infusion. Tout le monde semblait détendu. Peut-être me faisais-je trop de souci.

Un vieux Chinois aveugle entra dans la salle à manger et prit place près d'un pilier. Il ouvrit un étui qu'il posa sur le sol et en sortit une espèce de petit violon à long manche fabriqué dans une carapace de tortue. Il prit l'instrument verticalement et se mit à en frotter les cordes avec un archet et à entonner (si l'on pouvait appeler ça entonner) une étrange chanson, peut-être mélancolique, avec une voix de tête aiguë. Certains des convives marquèrent le rythme en frappant sur les tables, ravis de cette distraction ; l'antiquaire et l'Irlandais regardèrent le musicien avec un grand sourire joyeux.

— Voici où nous en sommes, annonça monsieur Jiang pour attirer notre attention : depuis la construction de l'ancienne muraille Ming qui entoure la ville, la plupart des portes ont changé de nom. C'est pourquoi je ne me souvenais pas de la porte Jubao, mentionnée dans le message du prince de Gui. L'aubergiste n'en a, lui non plus, jamais entendu parler, mais il est convaincu qu'il s'agit de Nan-men, la porte de la Ville, également appelée Zhonghua Men, porte Zhonghua, la plus grande de toute la Chine, car il y a une colline appelée Jubao juste en face, de l'autre côté de la rivière Qinhuai, qui servait jadis de douves à la citadelle. Ce serait la porte principale de l'ancienne Nankin, la porte sud, qui a été construite dans la seconde moitié du XIVe siècle sur ordre du premier empereur Ming, Zhu Yuanzhang.

— Combien de portes y a-t-il dans les remparts ? demanda Tichborne.

— À l'origine, il y en avait plus de vingt. À l'époque des Ming, Nankin était la plus grande ville fortifiée du pays. Elle disposait de deux murailles. Celle de l'extérieur a totalement disparu. Celle de l'intérieur, en partie préservée, mesurait près de soixante-huit *li*[1], c'est-à-dire trente-quatre kilomètres, dont il ne reste que vingt aujourd'hui. Quant aux portes, il n'y en a plus que sept ou huit. Quand j'étais étudiant ici, on en dénombrait encore douze, mais beaucoup d'entre elles ont été endommagées lors des dernières révoltes et insurrections. Zhonghua Men, en revanche, est en parfait état.

— Mais nous ne sommes pas sûrs que Zhonghua Men soit la porte Jubao, objectai-je.

— C'est forcément elle, *madame*. La présence de cette colline Jubao située juste en face est un indice assez significatif.

— Et que disait le message du prince de Gui, déjà ? Excusez-moi, mais je ne m'en souviens pas.

Paddy soupira. Il avait le teint très pâle et de

1. Unité de longueur chinoise. Un *li* est égal à 500 mètres.

grandes poches noires pendaient sous ses yeux rouges.

— Le prince a demandé au médecin Yao de chercher « sur la porte Jubao la marque de l'artisan Wei de la région de Xin'an, dans la province de Chekiang » et d'y cacher son fragment, me rappela l'antiquaire. En Chine, les briques constituent le matériau de construction le plus utilisé après le bois. Les artisans qui les fabriquaient pour l'État étaient tenus d'y écrire leur nom et leur province d'origine. Ainsi, ils pouvaient être retrouvés et punis facilement lorsque le matériau n'était pas de bonne qualité.

— Et le prince de Gui connaissait tous les fournisseurs ? m'étonnai-je. Les artisans qui ont fabriqué des briques pour les murailles et les portes de Nankin ont dû être très nombreux. Il paraît improbable que le dernier empereur Ming ait été au courant de l'existence de cet ouvrier Wei de la région de Xin'an, mort trois siècles auparavant.

— Il est évident qu'il nous manque des informations, *madame*, mais n'anticipons pas les événements. Tout deviendra clair lorsque nous aurons résolu le problème. Pour l'instant, ce qui compte, c'est que vous appreniez tous à identifier les caractères chinois qui représentent Wei, Xin'an et Chekiang. Nous, fils de Han, employons les mêmes syllabes pour nommer beaucoup de choses différentes. Seule l'intonation avec laquelle nous les prononçons les distingue les unes des autres. C'est pourquoi notre langue a une musicalité si insolite pour les *Yang-kwei*. Si nous prononçons un mot-syllabe avec une intonation incorrecte, le sens de la phrase est totalement différent. Notre seul outil pour être précis, c'est l'écriture. À chaque idéogramme correspond un concept unique. Lorsque nous écrivons, nous pouvons nous faire comprendre de nos semblables, même s'ils sont originaires de régions différentes de l'empire du Milieu, mais aussi des Japonais et des Coréens, bien qu'ils aient leur propre langue, car ceux-ci ont adopté notre système d'écriture il y a des siècles.

— C'est ça ! se moqua Tichborne. Moi, il m'a fallu trois ans pour parler ta maudite langue et apprendre le peu de caractères que je connais.

Monsieur Jiang poussa les plats sur un côté de la table et sortit d'une de ses poches une petite boîte rectangulaire garnie d'une doublure de soie qui contenait, en miniature, ce que les Célestes appelaient les « quatre trésors de la littérature » : un pinceau de poils, une pastille d'encre, un support pour la diluer et un petit rouleau de papier de riz, qu'il déroula et coinça avec nos bols dans les angles. Il retroussa ses manches et laissa tomber quelques gouttes d'eau de la théière sur le support à diluer l'encre. Puis avec des gestes méthodiques, il frotta la pastille jusqu'à ce que l'émulsion noire et brillante ait la densité requise. Enfin, il prit le pinceau et le tint en position verticale avec tous les doigts de sa main droite, tandis que sa main gauche retenait sa manche pour éviter qu'elle ne fasse des traînées. Il le trempa dans l'encre et le posa sur la surface blanche. Avec quelle onction traça-t-il ses traits ! On aurait dit un prêtre effectuant un rite sacré. Il dessina quelque chose comme ça :

— Voici le caractère Wei, dit-il en levant la tête, avant de donner le pinceau à Paddy, qui entreprit de recopier rapidement l'idéogramme à côté de l'original, avec toutefois moins d'assurance et de grâce. Wei est le nom de notre artisan. Il signifie « entourer », « encercler », « cercle », comme sa forme l'indique. Mémorisez-le bien. Essayez de le tracer pour mieux vous en souvenir. De toute façon, demain, avant que nous nous rendions à la porte Jubao, je vous le montrerai de nouveau.

Je sortis mon Moleskine et recopiai à mon tour le caractère, en grand et à la sanguine. Fernanda me regardait avec envie.

— Me donneriez-vous une feuille, ma tante ? demanda-t-elle humblement, sachant qu'il s'agissait de mon carnet à dessin et que sa requête exigeait un grand sacrifice de ma part.

— Tiens, dis-je après en avoir arraché une avec précaution, du haut vers le bas. Et prends ce crayon. Et toi, Biao, veux-tu aussi une feuille et un crayon ?

— Non, merci, déclina Petit Tigre en détournant le regard. Je l'ai déjà mémorisé.

Lao Jiang dut avoir un pressentiment, car il se tourna vers lui, l'air soupçonneux.

— Sais-tu écrire le chinois ? l'interrogea-t-il avec une certaine violence. Combien de caractères connais-tu ?

— À l'orphelinat, on ne nous enseigne que la calligraphie étrangère, répondit le gamin, effrayé.

L'antiquaire posa ses instruments d'écriture et appuya les paumes des mains sur la table comme s'il voulait l'aplatir. Ses yeux lançaient des éclairs.

— Tu ne connais aucun caractère de ta langue ? s'exclama-t-il.

Je ne l'avais jamais vu aussi en colère.

— Si, celui-là, murmura le pauvre Biao en montrant du doigt le nom de l'artisan.

Paddy posa la main sur l'épaule de Lao Jiang.

— Du calme, inutile de t'énerver, dit-il d'une voix nasillarde. Tu n'as qu'à les lui enseigner et puis c'est tout.

Monsieur Jiang prit une profonde inspiration et expira très lentement par la bouche. Avec une expression à faire peur, il se saisit de nouveau du pinceau en le tenant dans cette curieuse position verticale et le trempa dans l'encre. Son visage se détendit aussitôt. Selon toute vraisemblance, il ne pouvait pas écrire en colère. Il avait besoin de se concentrer et d'avoir l'esprit tranquille pour tracer ces idéogrammes compliqués, composés de traits longs et courts, lents et rapides, doux et énergiques. En l'observant, on comprenait à la fois pourquoi les Célestes avaient fait de leur calligraphie un art et pourquoi ce n'était pas notre cas.

— Voici comment s'écrit Xin'an, annonça-t-il avec satisfaction, et Chekiang. Si Chekiang a toujours le même nom, Xin'an s'appelle aujourd'hui Quzhou. Quoi qu'il en soit, c'est son ancien nom qui nous intéresse et que nous devons chercher. Le groupe de caractères que je viens d'écrire doit se trouver à côté de Wei sur les briques.

En bons élèves de cette école improvisée, nous penchâmes la tête au-dessus de la table avec application pour recopier les nouveaux idéogrammes. Même Biao, qui avait auparavant refusé mon papier et mon crayon, mettait du cœur à l'ouvrage en faisant montre d'un véritable intérêt. J'avais de la peine pour lui. C'était un pauvre orphelin de treize ans, pris entre deux cultures, orientale et occidentale, qui s'affrontaient violemment depuis très longtemps et étaient incarnées à ses yeux par le père Castrillo et monsieur Jiang, qui lui faisaient peur tous les deux.

À ma grande joie, après cette leçon, je pus enfin

prendre un bain chaud : une vieille servante me versa au-dessus de la tête des seaux d'eau fumante qu'elle apportait de la cuisine et qui remplissaient petit à petit le grand bac en bois faisant office de baignoire. Par chance, le savon était correct malgré son aspect désagréable, bien qu'il m'ait laissé la peau sèche et desquamée. Et les serviettes avec lesquelles je me séchai étaient propres, contrairement à mes vêtements, très sales, que je dus revêtir pour quelques jours de plus. Après ce bain trop bref à mon goût (les autres attendaient leur tour en tombant de sommeil), je me sentis fraîche et revigorée. Hélas, cette sensation retomba comme un soufflé dès que je vis la chambre miteuse dans laquelle Fernanda et moi allions dormir – un plafond si bas qu'on pouvait le toucher avec les mains, et des murs de pisé sales et décrépis , sans parler du sordide *k'ang* de bambou posé sur un four à briques – heureusement éteint – sur lequel j'allais devoir me coucher.

Malgré tout, j'avais tellement sommeil que je n'entendis même pas ma nièce entrer après son bain. La nuit passa en un clin d'œil. Tout à coup, j'ouvris les yeux, tout à fait réveillée, et entendis un léger froissement de tissu dans la cour. Je me levai sans faire de bruit (il faisait encore nuit noire) et entrouvris la porte en lattes de bois, le cœur battant comme un tambour, prête à crier comme une perdue dès que je verrais les suppôts de la Bande verte. Mais non, ce n'étaient pas eux. Cette silhouette obscure, c'était Lao Jiang qui faisait ses exercices de tai-chi à la lumière d'une petite lanterne suspendue à une poutre. Je ne saurais dire ce qui me poussa à m'approcher de lui au lieu de retourner me coucher, mais non seulement je le fis mais je m'entendis même lui poser la question suivante :

— Pourriez-vous me montrer, monsieur Jiang ?

L'antiquaire s'arrêta et me regarda en souriant.

— Vous voulez apprendre le tai-chi ?

— Si cela ne vous dérange pas...

— Les femmes aussi peuvent pratiquer le tai-chi si elles le souhaitent, murmura-t-il pour lui-même.

— Vous me montrez ?

— Pas aujourd'hui, *madame*. Il est tard. Demain, je vous donnerai votre premier cours.

Alors je restai là, assise sur un banc, à le regarder tourner et évoluer lentement, jusqu'à ce qu'il mette fin à sa séance du jour. Il se dégageait de cette danse singulière une grande harmonie et une beauté mystérieuse, accrues à mes yeux par le fait qu'une personne si âgée puisse effectuer avec aisance des mouvements que je n'aurais moi-même pas pu faire, et encore moins avec cette extrême lenteur. Le tai-chi devait receler le secret de la stupéfiante souplesse des Chinois et j'avais envie d'essayer. Je m'acheminais vers les cinquante ans à une vitesse vertigineuse et je ne voulais en aucun cas finir comme ma mère ou ma grand-mère, assise toute la journée dans un fauteuil, souffreteuse et percluse de douleurs.

Nous quittâmes l'auberge peu après. Biao, qui ouvrait la marche, portait un bâton au bout duquel se balançait une lanterne projetant un cercle de lumière ténu. Comme le jour se levait, les coqs chantaient dans les cours et des commerçants balayaient le sol devant la porte de leur boutique. Nous n'eûmes pas beaucoup à marcher. Après avoir parcouru quelques rues, nous franchîmes un petit pont en dos d'âne enjambant un cours d'eau et arrivâmes en face de Zhonghua Men. Je ne pouvais imaginer quelle allure elle avait depuis l'extérieur mais, de l'intérieur de la ville, elle était impressionnante, oppressante. Quel ennemi aurait ne serait-ce que rêvé de prendre d'assaut cette forteresse colossale, formée en réalité de quatre portes consécutives littéralement imprenables ? Du reste, d'après ce que nous avait dit monsieur Jiang, Zhonghua Men n'avait jamais été attaquée. Les armées d'envahisseurs préféraient assaillir Nankin par d'autres côtés, plutôt que de se faire massacrer depuis cet ouvrage défensif digne de Goliath.

— Ce corps de bâtiment mesure quarante-cinq *ren* d'est en ouest et quarante-huit du nord au sud, indiqua fièrement monsieur Jiang.

— Soit environ cent dix-neuf mètres de long sur cent vingt-huit de large, calcula Paddy après un moment de réflexion. Le *ren* est une ancienne mesure de longueur, qui équivaut à un peu plus de deux mètres et demi.

— C'est immense ! s'exclama ma nièce, la tête renversée en arrière pour pouvoir embrasser ce mastodonte du regard. Comment allons-nous trouver les briques de Wei ? Il doit y en avoir des millions ! Et puis ces murs sont très hauts. Ils doivent mesurer quinze ou vingt mètres.

— Allons voir là où les soldats se cachaient, proposa Lao Jiang en avançant d'un pas déterminé. Si je voulais placer discrètement quelque chose derrière une brique, je choisirais un endroit à l'abri des regards et, comme vous le voyez, ces portes et leurs murs sont à la vue de tous.

— Vous imaginez le médecin Yao perché sur un escalier ou suspendu à une corde pour retirer une brique au beau milieu d'un mur ? s'écria Biao avant d'éclater de rire.

L'antiquaire se retourna et lui sourit.

— Tu as raison, mon garçon. C'est pourquoi je pense que les tunnels de Zhonghua Men constituent le meilleur endroit où commencer nos recherches. Jusqu'à sept mille soldats pouvaient s'y cacher et ils servaient de dépôts d'armes et de vivres.

Le visage de Biao s'illumina comme une de ces nouvelles ampoules électriques. Cela m'agaçait de voir Lao Jiang ignorer ma nièce sans pour autant dissimuler les affinités qu'il avait avec Petit Tigre. C'était injuste. Je commençais à me lasser de cette attitude de mépris qu'il affichait à l'égard des femmes.

— Zhonghua Men compte vingt-sept espaces souterrains, continua-t-il, tandis que nous le suivions pour franchir une drôle de porte en forme de croix arrondie pratiquée dans le mur. Nous n'avons d'autre choix que de tous les fouiller. Combien de bougies avons-nous, Paddy ?

— Suffisamment, répondit l'Irlandais. Ne t'inquiète pas, j'en ai apporté une bonne poignée.

— Donnes-en une à chacun, s'il te plaît. La lanterne de Biao n'éclaire pas assez.

Malgré une température matinale agréable à l'extérieur, il faisait un froid de canard dans le sous-sol ; les murs et les marches de l'escalier qui descendait vers les souterrains étaient couverts de moisissures glissantes, qui auraient pu nous faire tomber au moindre faux pas.

Nos bougies allumées, nous avançâmes en procession et amorçâmes cette descente délicate, attentifs aux pas de celui qui nous précédait. Tichborne soupirait de temps à autre, Fernanda pleurnichait et moi, j'essayais de faire face à la claustrophobie qui m'enserrait la gorge. Tout à coup, une pensée positive me redonna du courage : combien de jours avaient passé sans que je fasse une crise d'angoisse ? J'aurais juré que je n'en avais fait aucune depuis que nous avions quitté Shanghai. C'était merveilleux !

178

— Des couleuvres ! se mit à hurler Biao pour me gâcher le plaisir.

Je crus mourir de dégoût.

— Silence ! rugit ce rustre de Tichborne.

— Je veux sortir d'ici ! supplia Fernanda en commençant à reculer.

Je me vis obligée de la pincer sans ménagement lorsqu'elle arriva à ma hauteur.

— Tais-toi et tiens-toi tranquille ! murmurai-je à son oreille en espagnol. Veux-tu que Lao Jiang te méprise encore davantage ? Montre-lui que nous ne sommes pas de pauvres demoiselles en détresse qui s'évanouissent face à la moindre bestiole.

— Mais, ma tante…

— Continue à descendre ou je te mets dans le premier vapeur à destination de Shanghai.

On ne l'entendit plus ; son talon d'Achille était très sensible. Se frottant le bras pour soulager la douleur du pincement, elle ravala ses pleurs et son appréhension et, ensemble, l'une derrière l'autre, nous continuâmes à descendre jusqu'à ce que nous atteignions le premier des grands tunnels qui perforaient le sous-sol de la porte Jubao. Là, c'était différent. Malgré les dimensions extraordinaires des lieux, les murs étaient à hauteur d'homme et on pouvait examiner le plafond, également en briques, sans trop de difficultés.

— Ne perdons pas de temps, dit Lao Jiang.

Nous commençâmes aussitôt à inspecter le tunnel de toutes parts. Les briques étaient de couleurs variées (noires, blanches, rouges, marron, jaunes, orange, grises…), sans doute en raison des différents matériaux utilisés pour leur fabrication ; celles du sol, usées par les pas de milliers de soldats au cours des siècles, présentaient aussi divers degrés de détérioration. En revanche, elles avaient

179

toutes la même forme et la même taille (environ quarante centimètres de long sur vingt de large). Mon carnet dans une main et la bougie dans l'autre, je plissais les yeux pour ne pas me laisser déconcentrer par tout le fatras de signes figurant sur les briques. Si elles comportaient toutes de grandes inscriptions semblables à des empreintes de pas que des moineaux auraient laissées dans l'argile avant la cuisson, aucune n'arborait les caractères Wei, Xin'an et Chekiang.

Ceux-ci furent tout aussi introuvables dans le second tunnel, comme dans le troisième, le quatrième et le cinquième. La matinée avait été infructueuse et il était déjà l'heure du repas lorsque, tout à coup, dans le quinzième tunnel, le plus petit et le mieux conservé, qui semblait avoir davantage servi de réserve que de cachette pour la soldatesque, Paddy Tichborne poussa un cri de joie.

— Là ! là ! s'exclama-t-il en brandissant sa bougie comme s'il s'agissait d'un drapeau pour attirer notre attention.

Heureusement qu'il n'y avait personne dans ces galeries abandonnées !

— Là ! cria de nouveau l'Irlandais, alors que nous étions déjà tous à côté de lui à regarder les briques du sol qu'il montrait du doigt. Il y en a des tas !

Et c'était vrai. Sous nos pieds, dix, cent, cent cinquante, deux cents, deux cent quatre-vingt-deux briques très exactement portaient la marque de l'artisan Wei, composée de son nom et de sa ville d'origine, Xin'an, dans le Chekiang.

— Ce sont uniquement les briques noires et blanches du sol, observa Paddy en se passant la main sur la peau lisse de son crâne.

Lao Jiang sursauta, comme s'il avait subitement eu une révélation.

— Ce n'est pas possible… murmura-t-il, avant de se diriger vers le centre de la pièce. Ce serait de la folie. Amenez toutes les bougies ici ! Regarde ça, Paddy ! C'est une partie de Wei-ch'i !

— Quoi ? fit Tichborne en le rejoignant.

Les autres membres de notre groupe s'efforcèrent d'éclairer les endroits que monsieur Jiang indiqua les uns après les autres du bout du doigt.

— Regarde bien ! lança l'antiquaire, en proie à une excitation dont il n'avait jamais fait preuve jusque-là. Dix-neuf lignes sur dix-neuf colonnes de briques… Le sol est le tablier, cela ne fait aucun doute. Maintenant, observe uniquement les briques blanches et noires. C'est une partie ! Chaque joueur a déjà joué plus de deux cents coups.

— Pas si vite, Lao Jiang ! objecta Tichborne en le retenant par un bras. Il peut s'agir d'une simple coïncidence. Les briques ont peut-être été disposées au hasard, rien de plus.

L'antiquaire se tourna vers lui avec un regard glaçant d'inexpressivité.

— J'ai joué au Wei-ch'i[1] toute ma vie. Je sais reconnaître une partie quand j'en vois une. As-tu oublié que c'est moi qui t'ai appris ce jeu ? Et, au cas où tu ne t'en serais pas rendu compte, l'ami médecin du prince de Gui s'appelait Yao, ce qui est le nom du savant empereur qui a inventé le Wei-ch'i pour instruire le plus inapte de ses fils. Et le fabricant de briques s'appelait Wei, « encerclé ». Tout cadre parfaitement.

Je n'avais aucune idée de ce qu'était ce fameux Wei-ch'i. À mes yeux, le sol ressemblait plutôt à un gigantesque damier ou échiquier, avec des cases

1. On écrit aussi Wei-ch'i, Weiqi, Wei Qi ou Weiki. La forme Wei-ch'i est la plus correcte.

blanches et noires mais aussi d'autres couleurs, puisqu'il y avait des briques de tous types. Mais s'il s'agissait d'un jeu de plateau, celui-ci était très différent de ceux que j'avais vus jusque-là : il y avait beaucoup plus de cases qu'il n'en fallait, peut-être deux cents ou trois cents. Ce que je ne savais pas encore, c'était que ce que je voyais n'était pas des cases, mais les pièces du jeu.

— Vous ne connaissez pas le Wei-ch'i, jeune maîtresse ? (Les murmures de Biao, qui parlait à Fernanda non loin de moi, me parvinrent très clairement dans le silence du souterrain.) C'est vrai ?

Le gamin semblait si incrédule que je faillis me retourner et lui rappeler que ma nièce et moi venions de l'autre bout du monde, mais Paddy Tichborne intervint avant moi :

— Hors des frontières de la Chine, expliqua l'Irlandais pour se soustraire au regard froid de l'antiquaire, le Wei-ch'i est connu sous le nom de Go. Les Japonais l'appellent Igo ; ce sont eux qui l'ont exporté en Occident et non les Chinois.

— Mais c'est un jeu chinois, nuança Lao Jiang en se penchant de nouveau vers le sol.

— Absolument. D'après la légende, il a été inventé par l'empereur Yao, qui a régné vers l'an 2300 avant notre ère.

— Dans ce pays, tout a plus de quatre mille ans, observai-je.

— Peut-être beaucoup plus que cela, *madame*, dit l'antiquaire, mais c'est de cette période que datent les premiers écrits.

— Quoi qu'il en soit, je ne connais pas non plus le Go, avouai-je.

— Connais-tu les règles, Biao ?

— Oui, Lao Jiang, répondit le petit serviteur.

— Eh bien, explique-les à madame de Poulain

afin qu'elle ne s'ennuie pas pendant que Paddy et moi examinons cette partie. Et donnez-nous davantage de lumière, s'il vous plaît.

Nous allumâmes quelques autres bougies et Lao Jiang nous demanda de les poser sur des briques qui n'étaient ni blanches ni noires. De toute évidence, les briques de couleur ne comptaient pas.

— Vous voyez, maîtresse, dit Petit Tigre, nerveux de s'être vu attribuer un rôle aussi important, le tablier est comme un champ de bataille. (Fernanda, à mes côtés, l'écoutait également.) Celui qui a le plus de territoire à la fin gagne la partie. Les deux joueurs se répartissent entre eux les pierres blanches et les pierres noires. Ils en placent une à tour de rôle sur une des trois cent soixante et une intersections formées par les dix-neuf lignes et les dix-neuf colonnes. C'est ainsi qu'ils marquent peu à peu leur territoire.

Il y avait donc bien de nombreuses cases ! Trois cent soixante et une, rien que ça ! Il aurait fallu inventer onze pièces d'échecs de plus pour pouvoir jouer sur un tel tablier.

— Et de combien de pierres chaque joueur dispose-t-il ? demanda Fernanda, surprise.

— Le blanc en a cent et quatre-vingts et le noir, qui commence toujours la partie, cent et quatre-vingt-une, répondit Biao. (S'il ne savait pas bien compter dans notre langue, c'était sans aucun doute à cause de l'éducation qu'il avait reçue à l'orphelinat de Shanghai.) Le Wei-ch'i n'a pas beaucoup de règles. C'est un jeu très facile à apprendre et très amusant. Il faut juste conquérir des territoires. Et pour en priver l'adversaire, il faut éliminer ses pierres du tablier en les encerclant avec ses propres pierres. C'est ça qui est difficile, en réalité, car l'ennemi ne se laisse pas faire (s'enhardissant, il sourit et découvrit de très longues dents) mais une fois qu'une pierre, ou un groupe de pierres, est encerclée, elle est prise et éliminée.

— Et comme l'espace libre est encerclé, songea ma brillante nièce à voix haute, il serait absurde que le perdant y remette des pierres.

— Exactement. Ce territoire appartient au joueur qui l'a encerclé, d'où le nom du jeu : Wei-ch'i. *Wei*, comme l'a dit Lao Jiang, signifie « entourer », « encercler ».

— Et *ch'i* ? demandai-je avec curiosité.

— *Ch'i* fait référence à n'importe quel jeu, maîtresse. Wei-ch'i, prononcé comme je viens de le faire, signifie « jeu de l'encerclement ».

Un peu plus loin, monsieur Jiang et Paddy Tichborne étaient au beau milieu d'une autre conversation, beaucoup moins paisible que la nôtre.

— Et si c'est aux noires de jouer ? tempêtait Paddy, les joues et les oreilles rouges comme si elles étaient à vif.

— Ça ne peut pas être aux noires. La légende dit que c'est le tour des blanches.

— Quelle légende ? m'enquis-je en élevant la voix pour qu'ils m'entendent.

— Ah ! *madame* ! lança Tichborne en se tournant vers moi avec ostentation. Ce maudit boutiquier prétend que la partie qui se trouve à nos pieds est un vieux problème de Wei-ch'i correspondant à la légende de la montagne Lanke. Mais comment peut-il en être sûr ? Il y a deux cent quatre-vingt-deux pierres sur le tablier ! Personne ne pourrait se souvenir de la position de chacune d'elles. Et même si c'était possible, qui jouerait le coup suivant : les pierres blanches ou les pierres noires ? Si l'on se trompait, cela pourrait modifier totalement le résultat de la partie.

— Parfois, Paddy, déclara Lao Jiang sans se départir de sa distinction, tu as l'air d'un singe qui crie parce que cela le démange et qu'il ne sait pas se gratter. Continue à donner des coups de tête contre la cage pour voir si cela soulage tes démangeaisons. Écoutez, *madame*, d'après une des plus célèbres légendes du Wei-ch'i, connue de tous les bons joueurs[1], vers l'an 500 avant notre ère, dans une grande montagne de la province de Chekiang – ce qui constitue une nouvelle piste en rapport avec l'artisan Wei et le message du prince de Gui –, vivait un jeune bûcheron du nom de Wang Zhi. Un jour, celui-ci monta plus loin que d'habitude pour chercher du bois et tomba sur deux vieillards qui jouaient au Wei-ch'i. Comme il aimait beaucoup ce jeu, il posa sa hache sur le sol et s'assit pour les regarder jouer. Le temps passa très vite, car la partie était très intéressante, mais, peu avant la fin, un des vieillards lui dit : « Pourquoi ne rentres-tu pas chez toi ? As-tu l'intention de rester ici pour toujours ? » Honteux, Wang Zhi se leva pour s'en aller et, lorsqu'il ramassa sa hache, constata avec étonnement que le manche en bois se désagrégeait entre ses doigts. Quand il eut regagné son village, il ne reconnut personne et personne ne savait qui il était. Sa famille avait disparu et sa maison était un tas de décombres. Stupéfait, il comprit que plus de cent ans s'étaient écoulés depuis qu'il était parti chercher du bois et que les vieillards faisaient sans aucun doute partie des immortels vivant en secret dans les montagnes de Chine. Mais il avait mémorisé la partie. En bon joueur qu'il était, il se souvenait de chacun des coups. Hélas, il n'avait pas vu

1. Rapportée pour la première fois dans *Shu Yi Zhi*, écrit par Ren Fong (dynasties du Sud et du Nord, 420-589 apr. J.-C.).

la fin et ignorait qui avait gagné, mais il savait que c'était aux blanches de jouer. Cette légende est dite de la montagne Lanke, car *Lanke* signifie « manche décomposé », comme le manche de la hache de Wang Zhi. La partie a été reproduite dans de nombreux recueils anciens de Wei-ch'i et c'est exactement celle qui est représentée ici avec des briques.

— Et en deux mille cinq cents ans, personne n'a encore réussi à résoudre le problème ? demanda Fernanda en feignant l'innocence.

— C'est justement là que je voulais en venir ! s'exclama Paddy dans un éclat de rire. Et puis, Lao Jiang, combien de fois as-tu vu le fameux diagramme Lanke[1] pour être si sûr qu'il s'agit bien de lui ?

Monsieur Jiang posa un genou sur le sol et se pencha au-dessus d'un groupe de briques noires.

— Une fois ou deux, tout au plus, admit-il sans bouger. C'est vrai. Seulement, de même que je connais la légende, je sais que la montagne Lanke se trouve dans l'actuelle Quzhou, l'ancienne Xin'an, dans la province de Chekiang. Une cachette Ming construite en même temps que les remparts et la porte Jubao pourrait bien se trouver sous nos pieds. Si c'est le cas, tous les Ming devaient connaître son existence et l'utiliser à leurs fins. Lorsqu'il a confié au médecin Yao le deuxième fragment du *jiance*, le prince de Gui a dû songer que son ami portait le nom de l'empereur qui avait inventé le Wei-ch'i et se souvenir de cet endroit. C'est peut-être la raison pour laquelle il l'a envoyé ici. Sans doute lui a-t-il dit quelles briques déplacer, bien que cette information ne figure pas dans le document que nous avons trouvé dans le « coffret aux cent joyaux ».

1. Ce diagramme est plus connu parmi les joueurs de Go sous son nom japonais : Ranka.

— Alors qu'allons-nous faire ? m'enquis-je.

— Réfléchir, *madame*, me répondit Paddy. Ce jeu peut être diablement subtil, comme les Chinois eux-mêmes.

— Mais, monsieur Tichborne, protesta Biao d'une voix qui dérailla tout à coup dans le grave, pourquoi réfléchir si la partie ne présente pas la moindre difficulté ?

Tandis que le gamin se raclait la gorge, Lao Jiang parcourut la distance qui les séparait en deux enjambées et l'attrapa par le col. Il dut lever le bras pour le soulever, car il était aussi grand que lui.

— Démontre-le, exigea-t-il en l'emmenant au centre de la pièce.

Petit Tigre semblait plus petit que jamais, le pauvre.

— Pardon, Lao Jiang, je ne disais que des bêtises ! cria-t-il, effrayé.

Puis il se mit à supplier l'antiquaire en chinois, à l'implorer, si bien que, même sans comprendre ses paroles, nous sûmes parfaitement ce qu'il disait.

— Ne dis rien si tu n'es pas capable de faire ce que tu dis, le semonça Lao Jiang en le lâchant. (Biao retomba au sol et marmonna quelque chose d'inaudible.) Quoi ? Qu'as-tu dit ?

— Si c'est aux blanches de jouer… murmura le gamin dans un filet de voix. Je… je ne sais pas qui va gagner la partie, mais le coup suivant consistera forcément à éliminer les deux pierres noires qui sont en *jiao chi* entre l'angle sud-ouest et le côté sud.

— En *jiao chi* ? répéta Fernanda, avec un accent chinois du plus bel effet.

— En *atari*[1], en échec, essaya de lui expliquer

1. Expression japonaise utilisée en Occident par les joueurs de Go.

Paddy Tichborne sans grand succès, quand des pierres encerclées de toutes parts, sauf en un point, risquent d'être capturées au prochain coup...

— Ne perdons pas davantage de temps, Paddy ! s'écria Lao Jiang. Biao a raison. Regarde !

Toujours aussi courtois, Paddy l'ignora.

— Les pierres sur le point d'être encerclées sont en *jiao chi* ; elles vont être prises. Cela ne veut pas dire que la partie est terminée, bien sûr, mais qu'elles vont être concrètement retirées du tablier.

— Et comme l'a fait remarquer Biao, déclara monsieur Jiang en s'agenouillant près du mur sud du tunnel, juste en face de l'escalier par lequel nous étions descendus, ces deux pierres noires sont en *jiao chi*. Je vais les retirer du jeu dès à présent.

— Comment allez-vous les retirer ? m'inquiétai-je. Ces pierres, ou plutôt ces briques sont là depuis six cents ans.

— Non, *madame*, me rappela l'antiquaire, le médecin Yao est venu ici en 1662 ou 1663 sur ordre du dernier empereur Ming. Si nous ne nous sommes pas trompés, cela ne fait donc que deux cent soixante ans qu'elles ont été ôtées et remises en place.

— De plus, depuis des milliers d'années, les Chinois fabriquent leur mortier avec du riz, du sorgho, de la chaux et de l'huile, dit Paddy avec condescendance. Il ne va pas être difficile à enlever.

— Eh bien, vos constructions ont très bien résisté au passage des siècles ! observa Fernanda avec un sourire ironique.

C'était une impression ou la môme avait minci ? Je secouai la tête pour me débarrasser de l'illusion d'optique : les vêtements chinois étaient terriblement trompeurs.

Lao Jiang était en train de racler les joints des briques avec le manche de son éventail en acier. La poussière s'accumulait en un petit nuage gris, illuminé par un rayon de lumière oblique qui se faufilait par la lugubre cage d'escalier. Nous regardâmes en silence, attentifs à tout ce qui pouvait arriver.

Et les briques se soulevèrent. Il n'avait pas fallu gratter beaucoup. Il était clair que, reliées par leur côté court, elles formaient une seule et longue pièce, posée sur une planche de bois vermoulue et difficile à retirer. Lorsque celle-ci fut enfin ôtée, bien que nous nous cachions mutuellement la lumière en voulant tous regarder à la fois, nous découvrîmes une espèce de *bishachu*, comme celui du bureau de Rémy, très profond et avec des parois lisses taillées dans le granit du sous-sol. Paddy approcha une bougie et nous vîmes, tout au fond, une vieille caisse en bronze recouverte d'oxyde vert, identique à celle que nous avions dénichée dans le lac de Yuyuan, à Shanghai. À côté se trouvait un cylindre métallique avec des ornements en or pâle. D'après Lao Jiang, il s'agissait d'un étui à documents Ming, qui pouvait valoir une fortune sur le marché des antiquités. Contre toute attente, l'antiquaire sortit d'abord l'étui. Celui-ci était d'une extrême beauté, mais ne contenait absolument rien. La caisse en bronze, elle, n'était pas vide. Elle abritait le deuxième fragment du *jiance*, avec ses vieux cordons verts et ses six tablettes de bambou. Si je ne voyais pas très bien, il me sembla néanmoins qu'il n'était pas noirci de caractères chinois mais de petites gouttes d'encre n'ayant aucun sens. Pourtant, Lao Jiang poussa un cri de joie.

— Voici la partie de la carte qui nous manquait ! s'exclama-t-il.

— Nous ferions mieux de sortir, dit Paddy en se

relevant dans un gémissement. Il n'y a pas assez de lumière, ici. Oh ! mes genoux !

— Remettons tout cela en place. D'abord, la planche, puis les briques. Nous replacerons aussi les bouts de mortier dans les joints. Ce ne sera pas parfait mais, d'ici à quelques jours, avec l'humidité, il n'y paraîtra presque plus rien.

— Sortons, s'il te plaît ! insista le journaliste. Je meurs de faim.

Tout à coup, la lumière qui filtrait à travers l'escalier disparut. Nous nous retournâmes tous instinctivement pour regarder, mais les bougies n'éclairaient pas cette zone, qui resta dans la pénombre. Lao Jiang confia la caisse en bronze à Paddy.

— Écartez-vous, murmura-t-il. Allez dans le coin, là-bas.

— La Bande verte ? balbutiai-je en obéissant.

Mais l'antiquaire n'eut pas le temps de répondre à ma question. En moins d'une seconde, dix ou quinze malfrats s'étaient engouffrés dans le tunnel. Armés de couteaux et de pistolets, ils nous menacèrent avec des gestes agressifs et des cris hystériques. Une pensée horrible me traversa l'esprit : ils étaient trop nombreux. Cette fois, Lao Jiang ne triompherait pas d'eux. Un seul coup de feu expédierait n'importe lequel d'entre nous en un instant. C'était joué. Le meneur de la bande criait encore plus fort que les autres. D'un pas rapide, il se dirigea vers Lao Jiang et je crus comprendre qu'il réclamait la caisse. L'antiquaire resta calme et lui répondit sans s'énerver. Les autres hommes pointaient leur arme sur nous. Je sentis ma nièce se coller à moi. Tout doucement, pour éviter de provoquer un incident, je levai le bras et je la pris par les épaules. Lao Jiang et le Chinois discutaient toujours, l'un à grands cris et l'autre à voix basse. Je remarquai que Biao s'approchait aussi de moi, de l'autre côté, cherchant ma protection. Je l'enlaçai de mon bras libre et je serrai les deux enfants contre moi pour les réconforter. Le plus étrange dans tout cela, c'était que, moi, je n'avais pas peur. Non, je n'étais pas effrayée. Au lieu de suffoquer et d'avoir des palpitations, j'avais l'esprit vif et, tout ce que je redoutais, c'était qu'il arrive quelque chose à Fernanda et à Biao. Ils tremblaient contre moi, mais j'étais forte et heureuse de l'être. La simple idée de la mort ne m'avait-elle pas angoissée pendant des années ? Alors comment se faisait-il qu'il me soit complètement égal de mourir aujourd'hui ? Comme l'antiquaire et le sicaire continuaient à parlementer, je me rendis compte de tout le temps que j'avais perdu, dans ma vie, à m'inquiéter de l'arrivée du moment que j'étais en train de vivre. Et le plus drôle, c'était que je me sentais plus vivante que jamais, plus forte et plus sûre de moi que toutes ces dernières années. Si seulement j'avais pu revenir en arrière et aller à ma propre rencontre pour me dire qu'il était inutile d'avoir peur de mourir ! Absorbée dans ces pensées réjouissantes, je m'avisai tardivement que l'antiquaire avait cessé de parler au sicaire et qu'il s'adressait à nous.

— Couchez-vous à mon signal, ordonna-t-il d'une voix sereine.

Puis il reprit sa conversation avec le chef de bande, qui, à l'instar de ses compagnons, avait l'air d'un va-nu-pieds. Vêtus de caleçons de toile bleue sales et usés, les truands avaient tous la tête rasée et une expression de cruauté sur le visage. Je supposai que certains d'entre eux avaient participé à l'assassinat de Rémy.

— Maintenant ! cria l'antiquaire.

Les enfants et moi nous jetâmes sur le sol et,

d'après la masse de chair qui s'abattit contre ma nuque, Paddy nous fit un rempart de son corps pour nous protéger. Mais je n'eus pas le temps de m'en dire davantage. Une salve retentit dans le tunnel et les balles rebondirent contre les murs, tout près de nous. Avec l'écho, on aurait dit un extravagant feu d'artifice. Biao était parcouru de soubresauts ; je l'étreignis encore plus fort. S'il fallait que nous mourions, ce serait ensemble. Soudain, un spasme terrible, accompagné d'un hurlement, secoua le corps de l'Irlandais.

— Qu'avez-vous, *mister* Tichborne ? criai-je.

— Ils m'ont eu !

Je lâchai les enfants et essayai de lever la tête avec précaution, mais les balles déchiraient l'air en me frôlant les oreilles, si bien que je ne pus que rester cachée derrière le ventre volumineux du blessé. Par chance, les détonations diminuèrent et, peu après, elles cessèrent tout à fait. Soudain, un grand silence régna dans la pièce.

— Vous pouvez vous lever, annonça Lao Jiang.

Les enfants et moi nous redressâmes lentement et ce que je vis me laissa pantoise : le sol était tapissé de corps immobiles et, au fond, de l'autre côté du tablier de Wei-ch'i, derrière un épais nuage de poudre, tout un tas de lanternes de papier ciré illuminait une espèce de peloton de soldats armés de fusils, baïonnette au canon. Que se passait-il ici ? Qui étaient ces soldats ? Pourquoi Lao Jiang saluait-il amicalement l'un d'eux, qui portait à la ceinture un sabre si énorme qu'il éraflait le sol de façon ridicule ? Un gémissement de Tichborne me ramena à la réalité.

— *Mister* Tichborne ! appelai-je en essayant de retourner le pauvre homme pour déterminer la gravité de la blessure. Comment vous sentez-vous, *mister* Tichborne ?

Le visage crispé de douleur, il appuyait des deux mains sur sa jambe, qui saignait abondamment. Il y avait du sang partout dans la pièce : celui des sicaires morts ruisselait sur les briques – les pierres de Wei-ch'i – et s'infiltrait dans les joints en laissant dans l'air une étrange odeur de fer chaud, qui se mêlait à celle de la poudre. Ce n'était pas le moment de se sentir mal. Il fallait que je m'occupe de Tichborne et des enfants. Je me penchai au-dessus du journaliste et je l'examinai. Il avait une mauvaise blessure : la balle lui avait abîmé le genou et il fallait le soigner le plus tôt possible. Les yeux enfoncés et pleins de larmes, Fernanda était blanche comme un linge ; Biao, qui avait tant tremblé, transpirait désormais à grosses gouttes, qui lui coulaient sur le visage et tombaient sur le sol comme des larmes. Ils avaient tous deux eu une frayeur épouvantable et ne parvenaient pas à sortir de ce cauchemar.

— Tout va bien, madame de Poulain ? me demanda Lao Jiang en me faisant une peur bleue.

Je croyais qu'il discutait encore avec le soldat.

— Les enfants et moi allons bien, répondis-je d'une voix rauque qui ne semblait pas être la mienne. Tichborne a été blessé à la jambe.

— Est-ce grave ?

— Je crois que oui, mais je ne suis pas infirmière. Nous devrions aller le faire soigner quelque part.

— Les soldats vont s'en occuper.

Lao Jiang retourna auprès du capitaine au sabre, lui dit quelques mots, et quatre ou cinq des gamins armés, qui n'avaient guère plus fière allure que les truands de la Bande verte, posèrent aussitôt leur fusil et emmenèrent Tichborne dehors, parmi les éclats de rire que leur inspiraient ses cris de douleur.

— Je vous dois une explication, madame de Poulain, reprit l'antiquaire.

— Cela fait un moment que je l'attends, monsieur Jiang, dis-je en me plantant devant lui.

Des soldats commencèrent à charger sur leurs épaules, sans grands égards, les corps inanimés des bandits, pendant que d'autres jetaient du sable sur les mares de sang.

— Je suis membre du parti nationaliste chinois, le Kuomintang, depuis 1911, date à laquelle il a été créé par le docteur Sun Yat-sen, que j'ai le privilège de connaître et qui, je crois, me fait l'honneur de son amitié. C'est lui qui a financé cette expédition et mis à notre disposition ici, à Nankin, ce bataillon de soldats de l'armée du Sud ayant pour mission de nous protéger de la Bande verte. Le capitaine Song (Lao Jiang désigna du menton le Chinois au sabre, qui demeurait à une distance respectueuse, tandis que ses subordonnés nettoyaient les lieux) a été mis au courant de notre arrivée dès que nous avons débarqué au port, hier, et nous a surveillés discrètement pour pouvoir intervenir en cas de besoin.

Je n'arrivais pas à y croire. Si je comprenais bien, cette aventure insensée était depuis le début une affaire politique.

— Voulez-vous dire, monsieur Jiang, que le Kuomintang sait ce que nous cherchons ?

— Bien sûr, *madame*. Dès que j'ai appris ce que contenait le « coffret aux cent joyaux » et compris le projet de restauration impériale des Qing et des Japonais, j'ai immédiatement appelé le docteur Sun Yat-sen à Canton et je lui ai expliqué la situation. Le docteur Sun, aussi inquiet que moi, m'a ordonné d'entreprendre secrètement la quête du mausolée perdu de Shi Huangdi, le Premier Empereur. Mais soyez tranquille : il est clair que ma part du trésor tombera dans l'escarcelle du Kuomintang, mais Tichborne et vous aurez la vôtre. Mon parti souhaite seulement éviter la restauration monarchique par tous les moyens, car ce serait une folie.

Un groupe de soldats ramassait le sable ensanglanté dans des corbeilles et, dans les zones dégagées, un autre jetait des seaux d'eau claire pour achever de nettoyer le tunnel. Bientôt, il ne resterait aucune trace de ce qui s'était passé, excepté les impacts de balles dans les murs. Non, eux aussi allaient disparaître. Deux jeunes hommes, coiffés d'une casquette militaire sur laquelle était cousu un petit drapeau bleu avec un soleil blanc au centre[1], se mirent à remplir les orifices avec de l'argile. Il était évident que tout cela faisait partie d'une opération de nettoyage fort bien organisée. Mais maintenant que Tichborne était hors jeu, qu'allions-nous faire ?

— Nous devons continuer, *madame*, déclara Lao Jiang. Nous ne pouvons pas renoncer. La Bande verte nous talonne mais, de même que le Kuomintang, elle n'a pas intérêt à ce que cette affaire éclate au grand jour. Ce serait un scandale national aux conséquences prévisibles. La Chine ne peut se le permettre. Les puissances occidentales essaieraient de s'approprier la découverte et de l'utiliser à leur avantage ou à l'avantage de ceux qui les laisseraient continuer à saigner le pays à blanc. Il y a beaucoup de choses en jeu et vous avez toujours besoin de retrouver le mausolée perdu. Tenons-nous-en à notre plan, voulez-vous, *madame ?*

— Et Tichborne ?

1. Le drapeau du Kuomintang.

— Il ne sait rien de l'implication du Kuomintang. Pour le moment, il va rester ici. S'il se remet rapidement, il pourra nous suivre. En attendant, le capitaine Song va veiller sur lui.

— Le capitaine Song connaît-il toute l'histoire ?

— Non, *madame*. Il avait pour ordre de nous surveiller à distance et d'intervenir en cas d'attaque. Rien de plus. Seul le docteur Sun et nous sommes au courant.

— Et l'empereur Puyi, les eunuques impériaux, les Japonais et la Bande verte...

Lao Jiang sourit.

— Oui, admit-il, mais c'est nous qui avons le *jiance*.

— En réalité, monsieur Jiang, c'est moi qui l'ai, rectifiai-je en me penchant pour ramasser aux pieds de Fernanda la caisse en bronze que Tichborne avait lâchée lorsqu'il avait été blessé. (Il sourit encore davantage.) Mais j'ai encore une dernière question. La Bande verte et tous les autres savent-ils que le Kuomintang est dans le coup ?

— J'espère que non. Le docteur Sun ne veut pas que le parti soit officiellement associé à cette affaire.

— Il a peur du ridicule, c'est ça ?

— En quelque sorte. Songez que le Kuomintang se trouve dans une situation délicate, *madame*. Les puissances impérialistes étrangères ne nous soutiennent pas. Elles voient en nous une menace pour leurs intérêts économiques. Elles savent bien que, si nous unissions la Chine sous la même bannière, nous supprimerions toutes les prérogatives commerciales abusives qu'elles se sont arrogées par des procédés malhonnêtes au cours de ces cent dernières années. Les Trois Principes du peuple définis par le docteur Sun – nationalisme, démocratie et bien-être – marqueraient la fin de leurs grands bénéfices économiques. Si toute cette affaire venait à être dévoilée... elle pourrait anéantir le Kuomintang.

— Et qui va nous protéger pendant le reste du voyage ? Je vous rappelle que non seulement nous sommes poursuivis par la Bande verte, mais nous allons entrer dans des zones contrôlées par des seigneurs de la guerre.

— Oui, il me reste encore à résoudre ce problème.

— Eh bien, faites-le sans tarder, dis-je en prenant par la main Fernanda et Biao, encore sous le choc. Ces enfants sont morts de peur. Je crois que vous avez eu tort, monsieur Jiang, de nous cacher qu'il y avait derrière ce voyage périlleux *une affaire politique*. Vous n'êtes pas aussi bon ni aussi honnête que vous en avez l'air ni que vous croyez l'être. J'ai l'impression que vous placez vos intérêts politiques au-dessus de tout le reste et que vous nous utilisez. Jusqu'à présent, je vous admirais, monsieur Jiang. Je pensais que vous étiez un digne défenseur de votre peuple. Maintenant, je commence à croire que, comme tous les politiques, vous êtes un matérialiste insatiable qui ne mesure pas les conséquences personnelles de ses décisions.

Pourquoi lui avais-je parlé ainsi ? J'étais très en colère contre lui, mais je ne savais pas vraiment si c'était pour les motifs que je venais d'invoquer. Peut-être aurais-je aussi bien pu dire n'importe quoi d'autre, parce qu'en réalité j'étais juste terrifiée. En tout cas, je venais de vivre l'expérience la plus effroyable de ma vie et, pourtant, je m'en étais tirée brillamment et j'en ressortais plus forte. Je commençais à remarquer de grands changements en moi. Cela dit, ce n'était pas un mal de mettre

Lao Jiang au pied du mur. Il était livide et il me sembla que mes paroles l'avaient blessé. Je me sentis un peu coupable, mais je songeai qu'il nous avait menti et cela ne dura pas.

— Je regrette de vous entendre dire cela, répliqua-t-il. J'essaie seulement de sauver mon pays, *madame*. Il se peut que vous ayez raison et que, jusqu'à présent, je vous aie utilisée. Je vais y réfléchir et je vous donnerai une explication plus satisfaisante. Si je dois vous présenter des excuses, je le ferai.

Nous sortîmes de la porte Jubao et montâmes dans un vieux camion ouvert, qui nous emmena en cahotant sur les pavés des avenues désolées de Nankin jusqu'au quartier général du Kuomintang, un affreux bâtiment peint dans les couleurs de son drapeau ondoyant et protégé par de grands rouleaux de fils barbelés. À l'intérieur, les soldats qui montaient la garde jouaient aux cartes et fumaient. Là, on nous donna à manger et nous pûmes nous rafraîchir. Allongé sur le grabat d'une turne infecte, Tichborne perdit beaucoup de sang, jusqu'à ce qu'un médecin habillé à l'occidentale arrive et commence à le soigner. Quelqu'un était allé chercher nos effets personnels à l'auberge et Biao, désormais rassuré, nous raconta, à Fernanda et à moi, que Lao Jiang et le capitaine Song étaient en train d'organiser notre départ dans la pièce voisine : ce serait pour cette nuit. Je ne me rappelais pas quelle était notre prochaine étape et n'avais donc aucune idée de la direction que nous allions prendre. En revanche, j'avais en ma possession, bien à l'abri, la petite caisse que nous avions trouvée sous les briques de la porte Jubao et, comme nous étions seuls parce que personne ne nous prêtait la moindre attention, je pensai que c'était le moment idéal pour réexaminer son contenu avec les enfants.

— Vous allez l'ouvrir, ma tante ? s'étonna Fernanda. Et Lao Jiang ?

— Il la verra plus tard, décrétai-je en soulevant le couvercle de bronze verdâtre. (Le petit rouleau de tablettes avec les minuscules taches d'encre se trouvait encore à l'intérieur. Curieux, Biao se pencha pour le regarder lorsque je le déroulai et le tint en face de lui sur mes mains ouvertes. Nous disposions d'un bon éclairage, car il y avait des ampoules électriques dans cette caserne du Kuomintang, et les taches étaient parfaitement visibles.) Monsieur Jiang a dit que c'était une carte. Et toi, Biao, qu'en penses-tu ?

Bien que j'en ignore la cause, l'intelligence de ce gamin aux cheveux hirsutes m'inspirait confiance. S'il avait été capable de résoudre à lui seul le problème de Wei-ch'i, pourquoi ne verrait-il pas quelque chose que mon éducation occidentale rendait invisible à mes yeux ?

— Oui, cela doit être une carte, *tai-tai*, confirmat-il après avoir observé attentivement le fragment de *jiance*. Je ne sais pas ce que signifient ces caractères écrits en tout petit à côté des rivières et des montagnes, mais les dessins sont très clairs.

— Eh bien, moi, je ne vois que des rayures et des points, intervint Fernanda, jalouse du rôle prépondérant de son serviteur. Une petite tache ronde par-ci, une autre carrée par-là…

— Les lignes en pointillé sont des rivières, lui expliqua-t-il. Ne voyez-vous pas, jeune maîtresse, la forme qu'elles ont ? Et les rayures sont des montagnes. Les taches rondes doivent être des lacs, car elles se trouvent sur des lignes en pointillé ou à proximité. Et cette figure carrée, ici, est peut-être une maison ou un monastère. Je ne sais pas ce que signifie ce qui est écrit à l'intérieur.

— Aimerais-tu savoir lire dans ta langue, Biao ? m'enquis-je.

Le gamin resta songeur un instant, puis fit non de la tête en soupirant.

— Trop de travail ! s'exclama-t-il.

C'était la réponse qu'aurait donnée n'importe quel écolier du monde, pensai-je en réprimant un sourire. J'étais navrée pour Biao, mais Lao Jiang ne le laisserait pas vivre un jour de plus sans qu'il ne commence à reconnaître les étranges idéogrammes de son système d'écriture millénaire. Entre l'espagnol et le français que lui enseignait Fernanda et le chinois que Lao Jiang allait lui apprendre à écrire, il allait être bien occupé pendant le voyage.

— Savez-vous ce que nous pourrions faire en attendant monsieur Jiang ? demandai-je aux enfants d'une voix enjouée. Jouer au Wei-ch'i !

— Mais nous n'avons pas de pierres, fit remarquer Fernanda tout en se montrant enthousiaste tout à coup.

Elle semblait très abattue depuis la fusillade dans le tunnel et je me faisais du souci pour elle. Biao, qui s'était levé d'un bond, courut vers la porte de la chambre.

— J'ai vu un tablier ! s'écria-t-il, ravi. Je vais demander si nous pouvons le prendre.

Il revint avec une planche de bois carrée sous le bras et deux bols à soupe remplis de pierres noires et blanches.

— Les soldats me l'ont prêté, dit-il, avant de prendre un air méprisant. Ils préfèrent les jeux de cartes occidentaux.

Eh bien, certaines opinions de l'antiquaire avaient fait leur chemin...

Peu après que l'on nous eut apporté à dîner, monsieur Jiang arriva enfin avec un sourire satisfait, qui devint plus chaleureux lorsqu'il nous vit tous trois penchés au-dessus du tablier de Wei-ch'i. Nous étions très concentrés mais, à vrai dire, je n'étais pas douée pour ce jeu éminemment subtil et difficile. Fernanda, en revanche, avait montré des prédispositions dès le départ. Quant à Biao, il encerclait mes pierres avec une facilité et une rapidité étonnantes, et capturait tout à coup de vastes groupes de pierres pendant que j'étais absorbée par un projet d'attaque ridicule que je ne parvenais jamais à mener à bien. Fernanda se défendait mieux, ou au moins ne se laissait-elle pas massacrer comme moi. Au cours des neufs jours à venir, tandis que nous naviguerions sur le Yangtsé pour gagner Hankou à bord d'un sampan, maîtresse et serviteur passeraient des heures autour de ce tablier (Lao Jiang ayant réussi à convaincre les soldats de nous l'offrir), enlisés dans de rudes batailles, qui commenceraient après les cours du matin et dureraient parfois jusqu'à la tombée de la nuit.

Nous ne pûmes prendre congé de Tichborne car, lorsque nous quittâmes la caserne, le médecin était encore en train de l'opérer. Il ne restait pas grand-chose de son genou droit, nous avait-on dit. S'il guérissait, il boiterait toute sa vie. J'eus la désagréable impression qu'il lui serait difficile de nous rejoindre au cours de notre périple ; sa blessure semblait très grave. En tout cas, s'il m'avait fortement déplu depuis le début, je devais admettre qu'il avait fait preuve d'un grand courage pendant l'échauffourée, et que les enfants et moi lui serions toujours redevables de son geste protecteur.

Notre sampan était une véritable maison flottante, qui, comparée à la barcasse à bord de laquelle nous avions navigué jusqu'à Nankin, avait presque des airs d'hôtel de luxe. Large et long, avec deux voiles immenses qui s'ouvraient comme un éventail, il disposait de deux pièces à l'intérieur de la cabine – recouverte d'un beau toit rouge en cannes de bambou arquées – et d'un pont si plan que Lao Jiang et moi pouvions y faire nos exercices de tai-chi sans perdre l'équilibre, sauf lorsque le courant devenait trop impétueux. Le patron était membre du Kuomintang et les deux mariniers à ses ordres étaient des soldats du capitaine Song, qui avaient pour mission de nous protéger jusqu'à Hankou, où un autre détachement militaire se chargerait de notre sécurité. Lao Jiang redoutait que la Bande verte ne nous attaque sur le fleuve. Il obligeait les soldats à surveiller les rives nuit et jour, et scrutait de ses yeux d'aigle tous les bateaux que nous croisions, qu'ils soient chinois ou occidentaux. Il espérait que le dense trafic fluvial dissimulait notre présence ou que les hommes de Huang-le-grêlé croyaient que nous avions pris l'express de Nankin-Hankou. Pour ma part, à chaque fois qu'une grande ville était en vue, je craignais qu'il ne nous refasse le coup de « rapide comme le vent, silencieux comme la forêt, féroce comme le feu et immobile comme la montagne », et je me voyais abandonner le sampan à la hâte avec mon balluchon pour aller prendre un moyen de transport beaucoup moins confortable. Mais les jours passèrent et nous arrivâmes à Hankou sans encombre.

De ce voyage, je gardais le souvenir d'une soirée où j'étais assise à la proue du bateau, entourée de l'encens qu'utilisait le patron pour faire fuir les moustiques et des lampes à huile qui se balançaient au rythme du fleuve. Au loin, j'entendais le bruit du ressac de l'eau contre les rives. Tout à coup, je m'étais aperçue que j'étais fatiguée. Ma vie en Occident me paraissait lointaine, très lointaine, et tout ce qui avait de la valeur là-bas était absurde ici. Les voyages avaient un pouvoir magique sur le temps et la raison, car ils nous obligeaient à rompre avec nos habitudes et nos peurs, qui se transformaient en véritables chaînes sans que nous nous en rendions compte. En cet instant-là, je n'aurais voulu être nulle part ailleurs et je n'aurais échangé la brise du Yangtsé contre l'air de l'Europe pour rien au monde. C'était comme si l'immensité de la planète m'appelait et m'adjurait de la parcourir, de ne pas retourner m'enfermer dans le cercle étriqué de la convoitise, des croche-pieds et des jalousies mesquines qu'était le microcosme des peintres, des galeristes et des marchands d'art parisiens. Qu'avais-je à voir avec tout cela ? C'était là-bas qu'étaient les mandarins, ceux qui décidaient de ce qui était de l'art ou non, de ce qui était moderne ou non, et de ce que le public devait aimer ou non. J'étais lasse de cette vie. En réalité, tout ce que je voulais, c'était peindre et je pouvais le faire n'importe où dans le monde, sans être en concurrence avec d'autres artistes ni devoir courtiser galeristes et critiques. Je chercherais la tombe du Premier Empereur pour rembourser les dettes de Rémy mais, si toute cette aventure n'était que pure folie et se soldait par un échec, je n'aurais plus peur. Je repartirais de zéro. Sans doute les nouveaux riches de Shanghai, si snobs et si chics, paieraient-ils bien pour de la peinture occidentale.

Ce soir-là, qui compta tant pour moi, nous étions le 13 septembre. Deux jours plus tard, nous entrions dans le port de Hankou. Peu après avoir débarqué, Fernanda et moi apprendrions, par le biais d'un câble d'information internationale reçu au quartier général du Kuomintang, qu'un coup d'État avait eu lieu à cette date en Espagne : avec le soutien de l'extrême droite et la bénédiction du roi Alphonse XIII, le général Primo de Rivera avait dissous les Cortes élues démocratiquement et instauré une dictature militaire. Dès lors, notre pays serait régi par la loi martiale, la censure, et la persécution politique et idéologique.

Chapitre 3

Nous n'étions pas encore arrivés que l'antiquaire avait déjà hâte de quitter Hankou. Selon lui, c'était une ville violente et dangereuse, où nous ne serions pas en sécurité. De fait, au port, outre les sampans, les jonques, les remorqueurs et les vapeurs marchands qui envahissaient le fleuve, il y avait une quantité non négligeable de navires de guerre de tous les pays. Ce spectacle, qui me saisit d'effroi, me persuada de la nécessité de partir le plus tôt possible mais, apparemment, nous allions devoir attendre le détachement de soldats du Kuomintang chargé de notre protection. Sans cacher sa nervosité, les mains rivées au gouvernail, le patron du sampan manœuvra avec habileté dans la brume pour se frayer un chemin entre les immenses carcasses métalliques.

À la confluence du Yangtsé et d'un de ses grands affluents, le Han-Shui, Hankou[1] était le dernier port que les bateaux pouvaient atteindre depuis Shanghai, située à plus de mille cinq cents kilomètres en aval. Ensuite, le grand fleuve Bleu deve-

1. Hankou, Hanyang et Wuchang forment aujourd'hui une seule ville : Wuhan, capitale de la province de Hubei.

nait impraticable. Par conséquent, pour des raisons commerciales, les puissances occidentales avaient fait de Hankou un grand port franc, où elles avaient établi de splendides concessions qui, pour leur malheur, n'avaient connu que des déboires : pendant la révolution de 1911 contre l'empereur Puyi, la ville avait été pratiquement rasée et, seulement sept mois avant notre arrivée, elle avait été le théâtre de violents affrontements et de massacres entre les membres du Kuomintang, ceux du Gongchandang – le jeune parti communiste, fondé à peine deux ans auparavant à Shanghai – et les troupes des chefs militaires qui contrôlaient la zone.

Tandis que les *pousse-pousse* nous emmenaient à la caserne du Kuomintang, les deux soldats habillés en mariniers qui nous avaient accompagnés depuis Nankin couraient pieds nus à nos côtés, les mains sur les revolvers cachés sous leurs vêtements. J'aurais préféré, de loin, loger dans un vulgaire *lü kuan* – être entre les mains d'un parti militarisé commençait à me déplaire encore plus que les assauts de la Bande verte –, mais je devais reconnaître que nous avions besoin d'une protection. Maintenant que nous étions de nouveau sur la terre ferme, combien de temps s'écoulerait-il avant que les malfrats qui nous pourchassaient depuis Shanghai ne repassent à l'attaque ?

Nous longeâmes de vieux remparts démolis, traversâmes la jadis charmante Concession britannique et je remarquai un superbe bâtiment victorien, dont les colonnes corinthiennes semblaient avoir été abattues par des coups de feu. L'élégant style colonial était omniprésent mais, partout, l'architecture avait été la cible d'une haine destructrice difficile à comprendre. En Chine, comme en Europe quelques années auparavant, la guerre faisait régresser les hommes vers le vandalisme, la bêtise et la barbarie. Hankou devait être une poudrière et, à l'instar de Lao Jiang, je pensais qu'il fallait éviter d'y passer trop de temps.

Par chance, à la caserne, tout était prêt pour que nous puissions repartir rapidement. Le commandant du poste avait été prévenu par télégraphie et, depuis plusieurs jours, moyens de transport, provisions et escortes attendaient notre arrivée. Ce fut à ce moment-là que l'on nous informa du coup d'État survenu en Espagne. Pendant que je me lamentais et que j'essayais d'expliquer à mon ignorante de nièce l'ampleur de la catastrophe, monsieur Jiang, voyant qu'il y avait un téléphone, demanda l'autorisation de passer un appel au quartier général de Nankin pour s'enquérir de la santé de Paddy Tichborne. Hélas, les nouvelles n'étaient pas bonnes.

— Sa jambe s'est gangrenée et il va falloir l'amputer, me rapporta-t-il lorsqu'il nous rejoignit dans la cour de derrière, où étaient rassemblés les chevaux. Il a été transféré hier dans un hôpital de Shanghai, car il refusait d'être opéré à Nankin. Apparemment, il a fait un terrible esclandre lorsqu'il a appris la nouvelle.

— C'est horrible, murmurai-je, accablée.

— Je vais vous donner votre première leçon de taoïsme, *madame* : apprenez à voir le bien dans le mal et le mal dans le bien. Ces deux éléments ne font qu'un, comme le Yin et le Yang. Ne vous inquiétez pas pour Paddy. Il va devoir renoncer à la boisson pendant un certain temps et, ensuite, lorsqu'il se sentira mieux, il écrira sur cette expérience un de ces livres insoutenables dont il a le secret et connaîtra un grand succès. En Europe, les histoires sur l'Orient et ses périls plaisent beaucoup.

Il avait raison. Moi aussi, je les aimais, ces histoires, surtout celles d'Emilio Salgari.

— Et si, dans ce livre, il racontait quelque chose qu'il ne devrait pas dire à propos du Premier Empereur ?

Il cligna des yeux et sourit mystérieusement.

— Nous n'avons pas encore le troisième fragment du *jiance*, me fit-il remarquer. Pour l'instant, personne ne sait où se trouve le mausolée et notre ami Paddy a encore de longs mois de convalescence douloureuse devant lui avant de pouvoir ne serait-ce qu'envisager d'écrire. (Il sourit de nouveau.) Êtes-vous prête, *madame* ? Un long voyage par voie de terre jusqu'aux monts Qinling nous attend. Nous devons nous rendre à l'ancien monastère taoïste de Wudang. Je compte qu'il nous faudra un mois et demi pour parcourir les huit cents *li* qui nous séparent de notre but.

Un mois et demi ? Mais à quoi correspondait un *li* ? Un kilomètre ? Cinq cents mètres ?

— De Hankou à Wudang, situé au ouest-nord[1], il y a quatre cents kilomètres, *madame*, précisa l'antiquaire, qui avait dû lire dans mes pensées. Seulement, ce n'est pas un chemin facile. Nous traverserons d'abord une vallée, ce qui nous prendra de nombreux jours, puis nous devrons monter jusqu'au sommet de Wudang Shan[2]. C'est là que le prince de Gui a envoyé son troisième ami, le maître géomancien Yue Ling, cacher le dernier fragment du *jiance*, vous vous souvenez ?

Tout à coup, de façon inattendue, il referma une

1. Contrairement aux Occidentaux, les Chinois mentionnent l'est et l'ouest avant le nord et le sud. Ils disent donc ouest-nord et non nord-ouest, ou est-sud et non sud-est.
2. *Shan* signifie « montagne ».

main dans l'autre à la hauteur de ses lèvres et s'inclina respectueusement devant moi.

— Cependant, avant de partir, *madame*, je dois vous présenter mes excuses, déclara-t-il en demeurant dans cette humble posture. Vous étiez dans le vrai, à Nankin, lorsque vous avez affirmé que je vous utilisais pour arriver à mes fins. Je vous prie de m'excuser. Malgré tout, je profite de l'occasion pour vous demander de m'excuser aussi pour l'avenir, car je vais continuer à le faire. Je vous sais gré de votre compagnie et, *a fortiori*, de vos points de vue occidentaux et de ce que vous essayez de m'enseigner.

Eh bien ! c'était presque une déclaration de paix, au sens large du terme ! Cela dit, étant donné le caractère et le langage tordus des Célestes, je me demanderais toujours si cette allusion à l'enseignement qu'il recevait de ma part n'était pas un rappel poli de celui qu'il me délivrait et considérait comme la rétribution de l'utilisation de nos personnes. À ce moment-là, j'eus l'impression que c'était le cas et que, finalement, toutes ces excuses et toutes ces courbettes n'étaient pas le préambule d'un traité de paix, comme je l'avais d'abord cru, mais celui d'un traité commercial. Enfin, ainsi allait le monde !

— J'accepte vos excuses, dis-je en reproduisant le geste des mains en m'inclinant à mon tour, et je vous remercie de votre sincérité et pour tout ce que vous m'enseignez. Mais, pendant que nous y sommes, j'aimerais vous demander de surmonter votre mépris à l'égard des femmes et de traiter ma nièce avec autant de considération que vous traitez son jeune serviteur. Nous apprécierions beaucoup cette attention, qui vous mettrait, en outre, dans une position plus conforme au monde d'aujourd'hui.

Lao Jiang n'eut pas la moindre expression indiquant que cette requête le contrariait, à moins que ce ne fût tout le contraire, et nous quittâmes Hankou dans de bonnes dispositions et avec une confiance mutuelle renouvelée, qui, au bout du compte, rendit le long et pénible voyage un peu moins désagréable.

Notre convoi se composait de dix chevaux et mules, chargés de caisses et de sacs, de cinq soldats habillés en paysans et de nous quatre, qui avancions à pied à côté des bêtes. Ni Fernanda, ni Biao, ni moi ne savions monter à cheval. Lao Jiang, lui, savait mais préférait marcher car, disait-il, cela donnait des forces, favorisait la circulation sanguine et la résistance aux maladies, et permettait d'observer de près les délicates architectures internes de la nature et, par conséquent, celles du Tao, puisque sans être la même chose, l'une était le reflet de l'autre... Au sortir de Hankou, par la porte Ta-tche Men, je me rendis compte que Fernanda n'était plus la nièce grosse et laide qui était arrivée un jour chez moi, à Paris, avec une petite capote noire ridicule sur la tête. Désormais, elle portait un chapeau chinois et ses vêtements bleus de servante commençaient à flotter autour de son corps. Elle avait perdu beaucoup de poids et sa silhouette, bien qu'invisible sous la toile de coton, semblait plus harmonieuse. Comme celui de sa mère et de sa grand-mère, son embonpoint était dû au péché de gourmandise, dont elle était ici totalement à l'abri, les repas chinois étant des plus frugaux. Par ailleurs, le soleil donnait à son visage un teint de miel qui, s'il n'était guère élégant, respirait la santé et ajoutait beaucoup de crédibilité à son déguisement.

Pour éviter d'attirer l'attention, nous avions rangé dans les caisses que transportaient les bêtes tout ce dont nous avions besoin : aliments secs, pastilles de thé aggloméré, orge pour les chevaux, bonnets en cuir, épais manteaux pour la montagne, nattes de bambou tressé pour dormir, couvertures, vin de riz, liqueur dite de tigre contre le froid, sandales de chanvre et trousse de secours (chinoise, bien sûr, qui ne contenait aucun des médicaments connus en Occident, mais du ginseng, des tisanes de jonc, des racines, des feuilles, des bégonias secs pour les poumons et la respiration, des pilules des Six Harmonies pour fortifier les organes, et ce que l'on appelait Élixir des Trois Génies Immortels pour traiter l'estomac et les indigestions). Avec tout cela, nous espérions ne pas avoir à nous réapprovisionner sur les marchés des villages qui se trouveraient sur notre route et que nous essaierions de contourner en faisant de fastidieux détours. Après sa défaite à Nankin, à laquelle aucun de ses hommes n'avait survécu, la Bande verte avait sans doute perdu notre trace et ne se remettrait pas en travers de notre chemin mais, au cas où, nous avions tout intérêt à passer inaperçus. En outre, il n'était pas exclu qu'elle connaisse notre prochaine destination ; des sicaires nous attendraient peut-être sur place, prêts à s'abattre sur nous dès que nous pointerions le nez au monastère. Monsieur Jiang était convaincu qu'une fois à Wudang nous serions en sécurité car, selon lui, aucune armée en Chine n'oserait attaquer un groupe de moines taoïstes maîtrisant le combat.

— Le combat Shaolin ? lui demandai-je, tandis que nous marchions un après-midi, en direction du couchant, sur un vaste terre-plein élevé au milieu de terrasses.

Nous arrivions à proximité d'un village appelé Mao-ch'en-tu, situé au fond d'une petite vallée.

— Non, *madame*, répondit l'antiquaire, le combat Shaolin est un style externe d'arts martiaux bouddhiques très agressif. Les moines de Wudang pratiquent des styles internes taoïstes, beaucoup plus puissants et secrets, conçus pour la défense et fondés sur la force et la souplesse du torse et des jambes. Ce sont deux techniques martiales complètement différentes. Selon la tradition, les exercices de tai-chi du monastère de Wudang...

— On pratique aussi le tai-chi à Wudang ! m'exclamai-je avec joie.

Au cours de ces dernières semaines, pendant que ma nièce jouait au Wei-ch'i avec Biao, j'avais appris le tai-chi avec Lao Jiang. Or, j'avais découvert que non seulement cela me plaisait beaucoup, mais que la concentration nécessaire calmait mes nerfs et que l'effort physique renforçait les muscles négligés de mon corps, habitués à l'inactivité. La lenteur, la douceur et la fluidité des mouvements (qui avaient de curieux noms, comme « Saisir la queue de l'oiseau », « Jouer du luth » ou « La grue blanche déploie ses ailes ») rendaient les exercices beaucoup plus épuisants que n'importe quel enchaînement de gymnastique. Cependant, le plus compliqué pour moi était de comprendre l'étrange philosophie entourant chacun de ces mouvements et les techniques de respiration qui les accompagnaient.

— En fait, m'expliqua Lao Jiang, le tai-chi tel que nous le pratiquons aujourd'hui est né à Wudang. Le père de cette discipline est un des moines les plus célèbres du monastère : Zhang Sanfeng.

— Alors ce n'est pas l'Empereur jaune qui est en à l'origine ?

Lao Jiang, qui tenait fermement les rênes de son cheval, sourit.

— Si, *madame*. L'Empereur jaune est à l'origine de tout le tai-chi. C'est lui qui nous a légué les Treize Postures Fondamentales, sur lesquelles Zhang Sanfeng a travaillé au monastère de Wudang au

XIIIᵉ siècle. D'après la légende, un jour, alors qu'il méditait dans la nature, Zhang vit un héron et un serpent se battre. Le héron tentait en vain de donner des coups de bec au serpent, qui, de son côté, essayait sans plus de succès de donner des coups de queue au héron. Le temps passait et aucun des deux animaux ne parvenait à vaincre l'autre. Épuisés, ils finirent par se séparer et chacun s'en alla de son côté. Zhang se rendit compte que la souplesse était la plus grande des forces, que l'on pouvait vaincre par la douceur. Comme vous le savez, le vent ne peut briser l'herbe. Dès lors, Zhang prit soin d'appliquer cette découverte aux arts martiaux et, en tant que moine, il passa sa vie à cultiver le Tao, au point qu'il développa de stupéfiantes aptitudes martiales et curatives. Il étudia de façon approfondie les Cinq Éléments, les Huit Trigrammes, les Neuf Étoiles et le Yi King, ce qui lui permit de comprendre le fonctionnement des énergies humaines et de trouver le moyen d'acquérir santé, longévité et immortalité.

Je restai muette de stupéfaction. Avais-je bien entendu ou m'étais-je laissé abuser par le murmure du ruisseau qui courait à côté de nous ? Lao Jiang avait-il dit « immortalité » ?

— Vous n'allez tout de même pas me dire que Zhang Sanfeng est encore vivant, n'est-ce pas ?

— Eh bien... il a commencé à étudier à Wudang à soixante ans et, d'après les chroniques, il est mort à cent trente ans. C'est ce que nous, Chinois, appelons immortalité, c'est-à-dire jouir d'une longue vie pour pouvoir nous perfectionner et atteindre le Tao, qui constitue l'immortalité authentique. Bien sûr, il s'agit de la définition de ces mille ou mille cinq cents dernières années. Auparavant, de nombreux empereurs sont morts empoisonnés par les pilules d'immortalité que leur avaient préparées leurs alchimistes. Du reste, Shi Huangdi, le Premier Empereur, a vécu dans l'obsession de trouver la formule de la vie éternelle, ce qui l'a amené à faire de véritables folies.

— Moi qui croyais que les prétendues pilules d'immortalité, l'élixir de la jeunesse éternelle et la transmutation du mercure en or étaient des recettes élaborées dans les fourneaux de l'Europe médiévale !

— Non, *madame*. Comme beaucoup d'autres choses, l'alchimie a vu le jour en Chine, des milliers d'années avant celle qui a été pratiquée en Europe au Moyen Âge, laquelle, permettez-moi de vous le dire, n'était qu'une grossière imitation de la nôtre.

C'était donc de là que venait le sentiment de supériorité des Chinois par rapport aux Diables étrangers !

Ce soir-là, nous installâmes notre campement en périphérie de Mao-ch'en-tu. Cela faisait trois jours que nous voyagions et les jeunes – de même que les moins jeunes – commençaient à être fatigués. Cependant, selon Lao Jiang, nous marchions très lentement et il allait falloir que nous allongions le pas. Il répéta plusieurs fois cette histoire de « rapide comme le vent, silencieux comme la forêt, féroce comme le feu et immobile comme la montagne », mais Fernanda, Biao et moi étions de plus en plus courbaturés par nos nuits à même le sol et avions les pieds blessés et les jambes endolories par nos interminables marches. Le rythme était trop soutenu pour des marcheurs inexpérimentés comme nous. Certains soirs, il nous arrivait d'aller dormir dans une cabane de paysan qui avait surgi au milieu de nulle part, mais ma nièce et moi préférions mille fois dormir à la belle étoile avec les serpents et les lézards, plutôt que de nous soumettre à la torture des puces, des rats et des cafards, et d'avoir à subir les odeurs insupportables de ces maisons où êtres humains et animaux partageaient la même pièce, remplie de crachats du propriétaire et d'excréments de porcs et de poules. La Chine était le pays des odeurs et il fallait y naître pour ne pas en souffrir comme nous en souffrions. Par chance, il y avait de l'eau en abondance dans cette vaste province de Hubei, si bien que nous pouvions faire notre toilette et laver notre linge assez régulièrement.

Il devint vite évident que nous n'étions pas les seuls à voyager en parcourant de longues distances à travers les immenses champs de la Chine. Des familles entières, des villages même, avançaient d'un pas lourd sur les mêmes chemins que nous, telles des caravanes de la mort fuyant la famine et la guerre. Voir ces mères et ces pères porter dans leurs bras leurs enfants malades et dénutris, et ces vieillards assis dans des charrettes au milieu de meubles, de ballots et d'objets qui devaient être les maigres biens de la famille qui n'avaient pu être vendus était une expérience insoutenable. Un jour, un homme nous proposa sa fille en bas âge en échange de quelques pièces de cuivre. J'en fus horrifiée, encore plus lorsque j'appris qu'il s'agissait là d'une pratique habituelle, les filles, contrairement aux fils, n'étant pas très valorisées dans le cercle familial. Le cœur brisé, je voulus acheter la pauvre enfant et lui donner à manger (elle mourait de faim), mais Lao Jiang se fâcha et m'en empêcha. Il me dit que nous ne devions pas participer au commerce des êtres humains parce que c'était une façon de l'encourager et que, dès que cela se saurait, des centaines de parents nous harcèleraient pour nous faire la même proposition. Il m'expliqua que les gens avaient commencé à émigrer vers la Mandchourie pour fuir le banditisme, la famine provoquée par la sécheresse ou les inondations, ainsi que les impôts abusifs et les massacres perpétrés par les chefs militaires, indifférents aux afflictions du peuple. Depuis 1921, la Mandchourie était une province indépendante, gouvernée par le dictateur Tchang Tsolin[1], un ancien seigneur de la guerre, et, comme il y régnait une paix relative permettant le développement économique, les pauvres essayaient de s'y rendre en masse.

Immergés dans ces rivières humaines, nous poursuivions notre route vers Wudang en passant à côté de villages mis à sac et incendiés, dont les ruines fumaient encore entre les champs jonchés de tombes. Souvent, nous croisions des régiments de soldats mal lunés tirant sur tous ceux qui résistaient à leurs larcins et à leurs violences. Nous n'eûmes heureusement pas à subir ce genre d'incidents, mais il y avait des jours où Fernanda et Biao ne parvenaient pas à dormir ou se réveillaient en sursaut après avoir vu mourir quelqu'un ou découvert un corps dépouillé et laissé au bord du chemin. Lao Jiang disait qu'il était très révélateur que, dans un pays où les ancêtres et la famille avaient tant d'importance, les vivants abandonnent leurs morts en terre inconnue et sans leur donner de sépulture.

Quinze jours après notre départ de Hankou – et pile un mois après que Fernanda et moi étions arrivées en Chine –, près d'une localité appelée Yang-chia-fan, un groupe armé de jeunes hommes crasseux et en haillons se campa en face de nous

1. Zhang Zuolin, 1873-1928.

pour nous barrer la route. Nos soldats les mirent aussitôt en joue. Morts de peur, les enfants et moi nous retranchâmes derrière les chevaux. Un des gaillards fit un pas vers Lao Jiang et, après s'être essuyé les mains dans son pantalon effiloché, lui tendit une espèce de dossier de taille moyenne. L'antiquaire ouvrit la chemise et examina avec attention son contenu. Puis ils commencèrent à parlementer. Ils semblaient tous deux très calmes et Lao Jiang n'avait pas l'air de se sentir en danger. Malgré ma curiosité grandissante, je n'osais pas demander à Biao de quoi ils parlaient, car je craignais que les autres hommes de la bande, immobiles derrière leur compagnon, ne s'énervent et ne se mettent à tirer ou à nous couper les tendons des genoux. Au bout de quelques minutes, l'antiquaire nous rejoignit et donna un ordre au chef des soldats. Ceux-ci baissèrent leurs fusils, sans se départir de leur expression sévère, et l'un d'eux fit même une moue de mécontentement qui ne m'échappa pas.

— Ne vous inquiétez pas, nous rassura Lao Jiang en posant la main sur la selle du cheval derrière lequel nous nous étions cachés. Ce sont de jeunes paysans membres de l'armée révolutionnaire du Gongchandang, le parti communiste.

— Et que veulent-ils ? lui murmurai-je.

Il fronça les sourcils avant de répondre.

— Visiblement, *madame*, quelqu'un du Kuomintang n'a pas su tenir sa langue.

— Que dites-vous !

— Non, non, je vous en prie, gardez votre calme. (Il paraissait préoccupé. Il finit par parler pour lui-même à voix haute.) Je refuse de croire qu'il puisse s'agir du docteur Sun Yat-sen lui-même, même s'il est un vieil ami de Tchitcherine, le ministre des

Affaires étrangères de l'Union soviétique. Quoi qu'il en soit, aujourd'hui, nationalistes et communistes ont de bonnes relations et il va être très difficile de déterminer comment l'affaire a été ébruitée.

— Alors ils sont au courant de l'histoire de la tombe du Premier Empereur ?

— Non, ils savent juste qu'il y a de l'argent, des richesses à la clé. Rien de plus. Bien sûr, le Gong-chandang veut également sa part du butin. Ces jeunes vont se joindre à nos soldats pour nous protéger de la Bande verte et des impérialistes. C'est leur mission. Leur chef est le jeune homme avec qui j'ai discuté. Il s'appelle Shao.

Ledit Shao ne quittait pas Fernanda des yeux, ce qui me déplut.

— Dites-leur de ne pas s'approcher de ma nièce.

Peut-être les relations politiques entre les nationalistes du Kuomintang et les communistes du Gongchandang étaient-elles bonnes, je ne disais pas le contraire, mais, pendant toute la durée de notre singulier voyage, les cinq soldats nationalistes et Shao et ses six hommes ne s'adressèrent la parole que pour se disputer à grands cris. Il me semblait que, s'ils avaient pu, ils se seraient entretués. Quant à moi, si j'avais pu, je les aurais tous abandonnés dans un village déserté dont ils n'auraient pu ressortir. Hélas, les choses n'étaient pas aussi simples : parfois, au moment le plus inattendu, nous entendions des coups de feu au loin et des hurlements qui nous faisaient dresser les cheveux sur la tête. Alors, oubliant leurs divergences politiques, nos douze paladins sortaient leurs armes et nous entouraient, nous écartaient des sentiers battus ou nous cachaient derrière une butte pour nous protéger, jusqu'à ce qu'ils considèrent que le danger était passé. Malgré tout, la coexistence était devenue très inconfortable et, lorsque nous arrivâmes aux monts Qinling, presque à la mi-octobre – un mois après avoir quitté le Yangtsé à Hankou –, il me tarda de franchir la porte du monastère. Mais la distance qu'il nous restait à parcourir était la partie la plus difficile du voyage, car l'ascension des montagnes allait coïncider avec le début du froid hivernal. Les somptueux paysages verts drapés de brumes blanches étaient d'une beauté à couper le souffle. Hélas, épuisés par les côtes, nos chevaux aussi furent bientôt hors d'haleine. Pourtant, leur charge avait été considérablement allégée : il restait dans les sacs nos sandales de rechange et à peine de quoi manger. Nous portions sur nous nos manteaux à manches très longues – appelées « manches qui arrêtent le vent » – et nos bonnets en cuir. Les jeunes paysans de Shao, en revanche, affrontaient les gelécs nocturnes et le vent glacial sans autres vêtements que les haillons dans lesquels ils nous étaient apparus à Yang-chia-fan. J'eus l'espoir vain qu'ils s'en aillent, qu'ils renoncent à poursuivre leur voyage avec nous, mais les premières neiges les firent rire aux éclats. Un petit feu leur suffisait pour survivre aux nuits glacées. De toute évidence, ils étaient habitués aux rigueurs de la vie.

Enfin, un soir, nous arrivâmes à Junzhou[1], un village situé entre le mont Wudang et le Han-Shui, l'affluent du Yangtsé que nous avions laissé derrière nous à Hankou un mois et demi plus tôt. Là se dressait l'immense palais Jingle, ancienne villa en ruine de Zhu Di, le troisième empereur Ming[2], adepte du taoïsme qui avait fait construire la quasi-totalité des temples de Wudang au début du

1. Actuelle ville de Danjiangkou.
2. Nom de règne : Yongle (1403-1424).

xvᵉ siècle. Ce village montagneux étant à la fois isolé et délabré, nous décidâmes d'y passer la nuit mais, bien sûr, il n'y avait pas d'auberges. Il nous fallut donc loger chez une riche famille qui, moyennant une somme d'argent considérable, nous ouvrit les portes de ses écuries et nous apporta une grande marmite remplie d'un ragoût à base de viande, choux, navets, châtaignes et gingembre. Les enfants et moi bûmes de l'eau, mais les autres eurent la mauvaise idée de s'imbiber d'une épouvantable liqueur de sorgho, qui leur échauffa le sang et les maintint éveillés une bonne partie de la nuit, qu'ils passèrent à faire des discours politiques enflammés, à chanter les hymnes de leurs partis et à se disputer bruyamment. Hélas, la brutalité de ces gamins n'était pas éclairée par la réflexion. J'avais perdu de vue l'antiquaire lorsque je m'étais blottie avec les enfants dans la chaleur des bêtes pour dormir entre la paille sèche malodorante et les couvertures, mais, le lendemain, avant le lever du soleil, il était là et effectuait en silence ses exercices de tai-chi sans même avoir bu le bol d'eau chaude qu'il prenait pour tout petit déjeuner depuis le début du voyage. Sans réveiller Fernanda ni Biao, glacée par le froid, je me joignis aux exercices et vit les premières lueurs de l'aube illuminer un ciel parfaitement bleu et d'immenses sommets escarpés et boisés, qui changeaient de nuance de vert sans perdre un iota d'intensité.

Lorsqu'il eut terminé, après le mouvement de fermeture, Lao Jiang se tourna vers moi.

— Les soldats ne peuvent pas venir avec nous au monastère, annonça-t-il avec un grand sérieux.

— Vous ne savez pas à quel point je m'en réjouis ! m'exclamai-je sans réfléchir.

Une chaleur agréable m'envahissait tout le corps

malgré les basses températures du petit jour. Les exercices de tai-chi avaient la curieuse faculté de ramener l'organisme à la température adéquate, ni supérieure ni inférieure à ce dont il avait besoin, car, selon Lao Jiang, une fois la relaxation atteinte, l'esprit et l'énergie interne s'alignaient l'un sur l'autre comme le Yin et le Yang. Bien que l'eau soit gelée dans les pots, je me sentais merveilleusement bien, comme tous les matins après le tai-chi. Ce n'était pas sans raison que j'avais survécu à une marche de près de quatre cents kilomètres après de nombreuses années de totale inactivité.

— La Bande verte pourrait s'introduire dans le monastère de Wudang, *madame*.

— Alors que les soldats viennent avec nous !

— Vous ne comprenez pas, Elvira. (L'antiquaire venait de m'appeler par mon prénom pour la première fois. Je sursautai et le regardai comme s'il était devenu fou, mais il poursuivit sans y attacher la moindre importance.) Les militaires du Kuomintang pourraient, peut-être, rester aux environs du monastère avec une autorisation spéciale de l'abbé. En revanche, les soldats du Gongchandang sont, par principe, contre tout ce qui n'est à leurs yeux qu'une superstition et une doctrine contraire aux intérêts du peuple. Ils risqueraient de dégrader les images sacrées, les palais et les temples à coups de feu et de crosse. Or, nous ne pouvons emmener les uns sans les autres. Si les communistes restent, les nationalistes aussi.

— Et notre sécurité ?

— Croyez-vous que plus de cinq cents moines et moniales experts en arts martiaux seront suffisants ? me demanda-t-il avec ironie.

— Ça alors ! m'écriai-je joyeusement. Il y a des moniales aussi ! Wudang est donc un monastère mixte, n'est-ce pas ? Vous vous étiez bien gardé de nous le dire.

Comme il le faisait à chaque fois que quelque chose le contrariait, l'antiquaire me tourna le dos et m'ignora, mais je commençais à comprendre que ce comportement n'était pas aussi offensant que je l'avais cru. C'était seulement la réaction maladroite de quelqu'un qui, confronté à une question gênante à laquelle il n'était pas en mesure de répondre par manque d'arguments, préférait se taire et prendre la fuite. Lao Jiang était humain, lui aussi, même si parfois il n'en avait pas l'air.

Nos miliciens resteraient donc à Junzhou, malgré les vives protestations du lieutenant du Kuomintang et de Shao, le chef des communistes. Pour ma part, je plaignis davantage les gens du village, qui allaient devoir les supporter jusqu'à ce que nous revenions les chercher. La décision de Lao Jiang était sans appel et ses raisons étaient logiques : il fallait respecter les moines et moniales de Wudang, et il n'était pas dans notre intérêt d'arriver en compagnie de militaires armés. Toute démonstration de force aurait été une erreur que nous ne pouvions pas nous permettre, d'autant que, cette fois, nous n'allions pas récupérer un objet caché – ou du moins le croyions-nous – mais, comme l'indiquait le message du prince de Gui, demander humblement à l'abbé de Wudang d'avoir l'amabilité de nous confier un vieux fragment de *jiance*, qui était en possession du monastère depuis que, des siècles auparavant, un mystérieux maître géomancien appelé Yue Ling l'y avait laissé. Je ne dis rien à personne, bien sûr, mais j'avais de sérieux doutes quant au succès de cette entreprise, car je ne voyais vraiment pas pour quelle raison l'abbé de Wudang accéderait à pareille requête.

L'antiquaire, les enfants et moi nous dirigeâmes donc, encore accompagnés des douze guerriers qui veillaient sur nous, vers la première des portes du monastère, Xuan Yue Men, ce qui signifiait ni plus ni moins que « Porte de la Montagne mystérieuse ». D'emblée, ce nom m'inquiéta. Montagne mystérieuse ? Cela ne me disait rien qui vaille, pas plus que l'idée de mettre une porte à une montagne. Y avait-il chose plus absurde ? Mais Xuan Yue Men, en réalité, n'était qu'une espèce d'arc commémoratif en pierre de vingt mètres de haut, composé de quatre colonnes et de cinq petits toits superposés. Perdue au milieu de la forêt, elle était belle et n'inspirait pas la même méfiance que son nom. Nous prîmes congé des soldats, qui retournèrent à Junzhou, et, nos sacs de voyage sur le dos, nous entreprîmes l'ascension de la montagne jusqu'au sommet en gravissant les larges marches de pierre d'un vieil escalier solitaire, que Lao Jiang appela « Couloir divin », comme il était écrit sur la roche. Le premier temple que nous aperçûmes portait le nom de Yuzhen Gong[1]. Il était extraordinairement vaste mais vide et, de la porte, nous ne discernâmes qu'une immense statue argentée de Zhang Sanfeng, le grand maître du tai-chi, dans la salle principale.

L'ascension dura si longtemps que la nuit nous surprit en chemin. Par moments, l'escalier n'était plus qu'un sentier abrupt ou un défilé étroit donnant sur un précipice vertigineux. Mais je ne perdis pas mon sang-froid ; je ne tremblai pas de peur à l'idée de faire une chute. La vie était devenue beaucoup plus simple depuis que j'étais confrontée à de véritables dangers. Étant un lieu de pèlerinage

1. *Gong* signifie « temple » ou « palais ».

taoïste, la Montagne mystérieuse disposait d'une humble auberge pour accueillir les fidèles. Nous eûmes donc le plaisir de faire un bon dîner et de dormir sur des *k'angs* de bambou bien chauds. Le lendemain, nous continuâmes à gravir la montagne, au-dessus de magnifiques bois de pins immergés dans une mer de nuages ; au sommet, on devinait, dispersés çà et là, de nombreux bâtiments étranges aux murs rouges et aux toits cornus verts, dont les reflets dorés scintillaient dans l'air pur et léger du matin. Comme dans la maison de Rémy, il se dégageait de cet espace quelque chose de symétrique, d'ordonné, d'harmonieux, comme si chacune de ces constructions se trouvait exactement là où elle devait être depuis la nuit des temps. Mes jambes, beaucoup plus solides qu'auparavant, avançaient à un bon rythme sans que j'aie conscience de la fatigue. Je sentais mes muscles se fléchir tandis que j'enfonçais dans le sol un pied après l'autre. Dans la chaleur du soleil, les milliers de plantes et de buissons qui tapissaient la terre exhalaient des fragrances nouvelles et développaient mes sens ; les cris et hurlements des singes sauvages qui peuplaient la Montagne mystérieuse donnaient à cette ascension l'éclat de la grande aventure. Où était passée ma sinistre neurasthénie ? Et toutes mes maladies ? Étais-je bien l'Elvira occupée et préoccupée de Paris et de Shanghai ? Je faillis croire que non à l'instant précis où je tombai sous le charme d'un insecte hideux, qui virevoltait à côté de l'escalier de pierre en produisant dans ses mouvements d'incroyables chatoiements incandescents.

Enfin, nous atteignîmes le premier des bâtiments monastiques habités de Wudang. Lao Jiang frappa une cloche à l'aide d'une bûche suspendue par des chaînes à l'horizontale. Peu après, nous vîmes sortir du *Gong*, c'est-à-dire du temple, deux moines qui portaient la tenue chinoise classique de couleur bleue, mais également de drôles de petits bonnets noirs et des jambières blanches montant jusqu'aux genoux. Avec un sourire poli, ils nous saluèrent en s'inclinant à de nombreuses reprises. Ils avaient le visage ridé et la peau tannée par le soleil et l'air de la montagne. Étaient-ce là les grands maîtres des arts martiaux ? Je n'en serais jamais arrivée à cette conclusion, même au bout de dix mille ans, chiffre magique qui symbolisait l'éternité en Chine.

Lao Jiang les aborda avec courtoisie et discuta avec eux pendant un bon moment.

— Il s'est présenté et a demandé à parler en privé avec l'abbé à propos d'une affaire très importante concernant l'ancien maître géomancien Yue Ling, nous expliqua Biao.

Si Fernanda avait perdu dix kilos au bas mot, Petit Tigre avait grandi d'au moins dix centimètres depuis que nous avions quitté Shanghai. Ce serait bientôt un géant et, hélas, il se déplaçait avec maladresse et sans grâce, dans l'attitude que lui imposait sa grande taille : pieds en canard, dos voûté et démarche désarticulée. Il était désormais plus grand que moi et ne tarderait pas à dépasser l'antiquaire.

— Il s'est juste présenté lui-même ? s'étonna Fernanda, agacée. N'a-t-il pas parlé de nous ?

— Non, jeune maîtresse.

Ma nièce fulmina, tourna le dos au monastère et fit mine de se distraire en admirant le paysage. Le ciel commençait à se couvrir et il menaçait de pleuvoir.

Quelques instants plus tard, Lao Jiang nous rejoignit. Un des moines remonta rapidement le Couloir divin, comme si l'escalier escarpé n'était qu'une prairie en pente douce.

— Nous devons attendre ici jusqu'à ce que l'abbé Xu Benshan[1] nous appelle, annonça Lao Jiang.

— Nous appelle ? répétai-je avec goguenardise.

— Où voulez-vous en venir ?

— Moi aussi, j'aimerais rencontrer l'abbé.

— Vous ne parlez pas chinois, objecta l'antiquaire, le visage crispé par la contrariété.

— À l'heure qu'il est, répliquai-je avec la plus grande dignité, je connais suffisamment de mots pour comprendre une grande partie de ce qui se dit. J'aimerais être présente lorsque nous serons reçus par l'abbé. Biao pourra m'expliquer ce que je ne comprendrai pas.

Je n'obtins pas d'autre réponse de Lao Jiang que son silence, mais cela m'était égal. Désormais, lui et moi étions les adultes responsables de ce voyage et, bien que ma condition d'Occidentale me mette dans une position inconfortable et peu utile, je n'avais pas l'intention d'être réduite à un instrument au service de ses intérêts politiques.

Nous dûmes nous réfugier dans le Tazi Gong, car la pluie se mit à tomber abondamment et le messager de l'abbé n'était toujours pas revenu. Nous nous assîmes sur des nattes de roseau et deux jeunes moines vêtus de blanc nous servirent un thé bienvenu. Ce fut ma nièce qui se rendit compte qu'un de ces moines était une jeune fille de son âge.

— Regardez, ma tante ! s'exclama-t-elle joyeusement en désignant la novice du regard.

Je souris d'un air satisfait. Wudang commençait à me plaire. Tout à coup, Fernanda se pencha vers l'antiquaire.

1. Célèbre maître d'arts martiaux et abbé de Wudang (1860-1932).

— Avez-vous remarqué, Lao Jiang, qu'un de ces moines est une jeune moniale ? lui demanda-t-elle de but en blanc.

Je n'eus pas le temps de la pincer ni de lui donner une claque sur le bras pour la faire taire, mais je restai muette de stupéfaction lorsque l'antiquaire tourna la tête vers elle et lui répondit avec le plus grand calme :

— En·effet, Fernanda. Je l'avais remarqué.

Grands dieux ! Lao Jiang venait d'adresser directement la parole à ma nièce ! Que s'était-il passé pour que survienne un tel miracle ? Il m'avait déjà appelée par mon prénom la veille et, à présent, il parlait à Fernanda comme s'il n'y avait rien de plus naturel, après l'avoir ignorée pendant près de deux mois. Soit il y avait un protocole ou un délai de précaution à respecter pour ce genre de choses (délai qui devait être arrivé à son terme), soit toutes nos remarques et commentaires avaient fini par faire leur chemin dans son esprit (hypothèse qui me semblait assez improbable). Enfin, quoi qu'il en soit, le prodige avait eu lieu et il ne fallait pas qu'il passe inaperçu.

— Merci, Lao Jiang, dis-je avec révérence.

— De quoi ? demanda-t-il avec une expression laissant entendre qu'il connaissait la réponse.

— D'avoir utilisé mon prénom et celui de ma nièce. Je vous sais gré de la confiance que vous nous témoignez.

— N'utilisez-vous pas vous-même mon nom amical depuis des mois ?

Décontenancée, je m'aperçus au bout de quelques secondes qu'il avait raison, que les enfants et moi utilisions depuis le début et de façon inappropriée le nom amical (Lao Jiang, « Vieux Jiang ») par lequel l'appelait Paddy Tichborne. Je souris et continuai à boire mon thé, tandis que Fernanda, déjà indifférente à la conversation, suivait du regard la jeune moniale, qui, de par son âge similaire et sa culture différente, éveillait en elle une grande curiosité.

Au bout d'une heure environ, le moine messager revint nous dire que nous allions être reçus immédiatement par l'honorable Xu Benshan, abbé de Wudang, dans le pavillon des Livres de Zixiao Gong, le palais des Nuages pourpres. Pour nous protéger de la pluie, qui s'était transformée en véritable déluge, le monastère avait mis à notre disposition d'élégantes chaises à porteurs avec fenêtres à jalousie. Ce fut donc ainsi que nous parcourûmes les derniers mètres qui nous séparaient du cœur même de la Montagne mystérieuse.

Le palais des Nuages pourpres était un bâtiment immense, presque aussi vaste qu'une ville fortifiée du Moyen Âge. Nous traversâmes un pont de pierre enjambant un fossé, avant d'arriver au temple principal, érigé sur trois terrasses creusées dans le flanc d'un pic et construit avec du bois laqué de rouge et des tuiles de céramique verte à liseré doré. Les chaises s'arrêtèrent au pied d'un haut perron de pierre. Lorsque nous descendîmes, bien que les porteurs ne nous aient pas dit un mot, il nous parut évident que nous devions le gravir pour aller nous entretenir avec Xu Benshan. Le temple me parut imposant, majestueux, presque impérial, malgré la pluie, qui nous empêchait de le contempler tranquillement. Pataugeant dans les flaques d'eau, sandales et bonnets trempés, nous nous hâtâmes de monter, pendant que des moines vêtus comme ceux de Tazi Gong descendaient vers nous, des ombrelles de paille cirée à la main. Nous nous rejoignîmes sur un palier entre deux volées de marches, à côté d'une espèce de gigantesque chau-

dron tripode en fer noir. Les moines nous abritè-
rent gentiment de la pluie et nous accompagnèrent
jusqu'à l'intérieur du pavillon, où, avec la simplicité mais aussi la superbe propre à un abbé taoïste
d'une telle importance, Xu Benshan nous attendait,
assis au fond d'une pièce éclairée par des torches.
Des *jiance* anciens fabriqués à partir de tablettes
de bambou étaient empilés par centaines, peut-être
par milliers, contre les murs de gauche et de droite.
L'endroit était d'une splendeur à couper le souffle
mais ne semblait pas très adapté pour la réception
de visiteurs étrangers. J'en déduisis que le message
de Lao Jiang mentionnant l'ancien maître géomancien Yue Ling avait fait mouche, et que l'abbé
connaissait la raison de notre présence ici et l'objet
de notre quête.

Imitant les moines qui nous précédaient, nous
nous approchâmes à petits pas, courts et cérémonieux, avant de nous incliner profondément. L'abbé
n'avait ni barbe ni moustache ; je n'eus donc aucun
indice me permettant de deviner son âge, d'autant
qu'il portait un couvre-chef qui ressemblait à une
tartelette posée à l'envers. Vêtu d'une belle et
ample tunique de brocart à motifs blancs et noirs,
il avait en outre les mains cachées par de grandes
« manches qui arrêtent le vent ». Ce que je remarquai, en revanche, lorsque je m'inclinai, ce furent
ses chaussures de velours noir, qui me laissèrent
totalement perplexe : elles étaient dotées de talon-
nettes en cuir de près de dix centimètres d'épaisseur. Comment pouvait-il marcher ? Peut-être ne
marchait-il jamais... Enfin, pour le reste, malgré
un port indiscutablement aristocratique, Xu était
un homme tout à fait normal, plutôt petit et mince,
avec un visage agréable dans lequel ressortaient
deux yeux bridés très noirs. Il n'avait rien d'un

dangereux guerrier mais, dans ce monastère, personne n'avait l'air d'en être un, bien que ce soit la caractéristique la plus célèbre des moines de Wudang.

— Qui êtes-vous ? demanda-t-il avec intérêt.

Je me réjouis de constater que je l'avais compris. Les enfants et moi fûmes surpris d'entendre Lao Jiang lui dire la vérité. En effet, l'antiquaire nous présenta de façon exhaustive, mentionnant même mon prénom espagnol et celui de ma nièce. Biao reprit son rôle d'interprète, car Fernanda refusait avec obstination d'apprendre le moindre mot de chinois. J'en profitai aussi, car il y avait encore beaucoup de termes et expressions que je ne connaissais pas ou dont je n'identifiais pas correctement le sens en fonction du ton.

— Quelle est cette affaire en rapport avec le maître géomancien Yue Ling dont vous voulez me parler ? s'enquit l'abbé après les présentations.

Lao Jiang aspira une bouffée d'air avant de répondre.

— Depuis deux cent soixante ans, les abbés du grand monastère de Wudang ont en leur possession un fragment de *jiance* ancien, qui leur a été confié par le maître géomancien Yue Ling, ami intime du prince de Gui, l'empereur Yongli, dernier Fils du Ciel de la dynastie des Ming.

— Vous n'êtes pas les premiers à venir réclamer ce fragment à Wudang, déclara l'abbé après quelques instants de réflexion. Mais, comme aux émissaires de l'actuel empereur Xuantong du Grand Qing, je dois vous dire que nous ignorons tout de cette affaire.

— Les eunuques impériaux de Puyi sont venus ici ? s'inquiéta Lao Jiang.

L'abbé parut étonné.

— Je vois que vous savez qu'il s'agissait d'eunuques du palais impérial. En effet, le Grand Eunuque Tchang Tchien-ho et son adjoint, le vice-Eunuque général, nous ont rendu visite il y a seulement deux lunes.

Un silence si parfait s'empara de la salle que nous entendîmes le bruissement ténu des tablettes de bambou et le léger crépitement des torches. La conversation était au point mort.

— Que s'est-il passé lorsque vous leur avez dit que vous n'aviez jamais entendu parler de ce fragment de *jiance* ?

— Je ne crois pas que cela vous regarde, antiquaire.

— Mais se sont-ils énervés ? S'en sont-ils pris à vous ?

— Je vous répète que cela ne vous regarde pas.

— Sachez, abbé, qu'ils nous poursuivent depuis Shanghai. Des membres de la Bande verte, la mafia la plus puissante du delta du Yangtsé...

— Je connais cette triade, murmura Xu Benshan.

— ... qui agissent pour le compte des eunuques et des impérialistes japonais, nous ont agressés dans les jardins Yuyuan, où nous avons récupéré le premier fragment du livre ancien. Ils nous ont également attaqués à Nankin, au moment où nous venions de trouver le deuxième fragment, et nous avons parcouru huit cents *li* à pied jusqu'ici en nous cachant pour vous demander le dernier fragment qui nous manque, avant de poursuivre notre voyage.

L'abbé garda le silence. Quelque chose dans le discours de Lao Jiang le faisait réfléchir.

— Avez-vous ici les deux fragments de *jiance* que vous avez mentionnés ?

Les yeux d'aigle de Lao Jiang se mirent à briller. L'abbé entrait sur son terrain ; c'était le moment de négocier.

— Le troisième fragment se trouve-t-il bien à Wudang ?

Xu Benshan sourit.

— Donnez-moi votre moitié du *hufu*, de l'insigne.

— De quel insigne parlez-vous ? l'interrogea Lao Jiang, déconcerté.

— Si vous n'êtes pas en mesure de me donner la moitié du *hufu*, je ne peux vous fournir le dernier fragment du *jiance*.

— Mais, abbé, je ne sais pas à quoi vous faites allusion, protesta monsieur Jiang. Comment pourrais-je vous le donner ?

— Écoutez, antiquaire, soupira Xu Benshan. Vous avez beau être en possession des deux premiers fragments du *jiance*, il ne vous servira à rien d'obtenir le troisième si vous ne détenez pas, ou détenez sans le savoir, les objets indispensables à la réalisation de votre objectif. Comme vous l'aurez remarqué, je ne vous ai demandé à aucun moment quel était le but final de votre voyage et je fais tout mon possible pour vous aider, car j'ai vu que vos paroles étaient sincères et je crois que vous avez effectivement les deux premiers morceaux de l'ancienne carte du maître d'œuvre. Mais je ne dois en aucun cas enfreindre les instructions du prince de Gui, qui nous ont été transmises par le maître Yue Ling. Le troisième fragment est le plus important et fait l'objet de précautions particulières.

Lao Jiang était figé de stupeur. On entendait presque les rouages de son cerveau s'actionner dans l'espoir de retrouver un quelconque souvenir à propos d'un insigne du prince de Gui en rapport avec le *jiance*. Moi aussi, je me creusais désespérément la cervelle en me repassant mot pour mot les paroles adressées par le prince à ses trois amis dans le texte original que nous avions trouvé dans le livre miniature. Mais si ma mémoire était bonne, il n'y avait pas la moindre référence à un insigne. Ni insigne, ni emblème, ni cocarde d'aucune sorte. Peut-être fallait-il chercher dans le *jiance* lui-même, dans la lettre de Sai Wu à son fils Sai Shi Gu'er écrite sur les tablettes. Non, je ne me rappelais pas non plus avoir entendu Lao Jiang mentionner un tel objet, lorsqu'il avait lu la lettre à bord de la barcasse, sur le Grand Canal. En réalité, tout cela était complètement absurde, parce que le seul insigne que nous avions vu et tenu entre nos mains depuis le début de cette folle histoire de trésors royaux et de tombes impériales se trouvait dans le « coffret aux cent joyaux ». Or, il n'avait rien à voir avec le prince de Gui ni avec le *jiance*. C'était cette figurine, ce demi-tigre d'or... Le cours de mes pensées s'arrêta brusquement. Le demi-tigre. Tout à coup, je compris : le tigre d'or et le Tigre de Qin !

— Lao Jiang ! appelai-je à voix basse, le cœur battant à tout rompre. Lao Jiang !

— Oui ? dit l'antiquaire sans se retourner.

— Lao Jiang, vous souvenez-vous de cette figurine d'or que nous avons vue dans le « coffret aux cent joyaux » et qui représentait un demi-tigre avec le flanc orné d'idéogrammes ? Je crois que c'est l'insigne dont parle l'abbé.

— Que dites-vous ? grommela-t-il, en colère.

— Le « Tigre de Qin », Lao Jiang. Vous ne vous souvenez pas ? L'insigne militaire de Shi Huangdi.

L'antiquaire ouvrit grand les yeux. Il avait saisi.

— Biao ! tonna-t-il.

— Oui, Lao Jiang, répondit le gamin, l'air effrayé.

— Apporte-moi mon sac. Tout de suite !

Nous avions laissé les ballots contenant nos effets personnels à l'entrée du temple. Biao se lança dans une course effrénée et l'abbé en profita pour engager la conversation avec moi.

— Madame de Poulain, qu'est-ce qui peut bien pousser une étrangère comme vous à faire un voyage aussi dangereux dans un pays inconnu ?

Lao Jiang, qui m'avait traduit la question, me fit signe de parler en toute confiance. De toute façon, songeai-je, quelle que soit ma réponse, je ne risquais pas de commettre un impair, car il pourrait modifier mes paroles en les traduisant en chinois.

— Des problèmes financiers, *monsieur l'abbé*. Je suis veuve et mon mari m'a laissé de nombreuses dettes que je ne peux pas rembourser.

— Voulez-vous dire que vous êtes contrainte par la nécessité ?

— *Exactement*.

L'abbé garda le silence pendant quelques secondes, ce qui laissa le temps à Biao de revenir avec le sac de voyage de Lao Jiang. Celui-ci se mit à fouiller dans ses affaires et, marmonnant distraitement entre ses dents, il me dit :

— L'abbé me demande de vous traduire ces phrases du *Tao Te King*[1] de Lao Tseu : « La modération doit être le premier soin de l'homme. Quand elle est devenue son premier soin, on peut dire qu'il accumule abondamment la vertu. Quand il accumule abondamment la vertu, il n'y a rien dont il ne triomphe. Quand il n'y a rien dont il ne triomphe, personne ne connaît ses limites. »

— Dites à l'abbé que je le remercie.

J'essayai de mémoriser la longue pensée taoïste

1. *Tao Te King* ou *Dao de Jing*, IVe siècle avant notre ère : traité philosophique fondateur du taoïsme attribué à Lao Tseu (Lao Zi).

que Xu Benshan venait de m'offrir. Elle était vraiment belle.

Lao Jiang sortit enfin de son sac le précieux « coffret aux cent joyaux », enveloppé dans de la soie. Il l'avait gardé sur lui pendant tout le voyage. Je ne m'étais même pas demandé ce qu'il en avait fait, s'il l'avait caché en lieu sûr avant de partir de Shanghai ou si, comme c'était le cas, il l'avait emporté. Je me sentis irresponsable et stupide... J'avais toujours eu ce sentiment au cours de ma vie. Ma mère me disait déjà quand j'étais enfant : « Ma fille, si tu es née, c'est parce qu'il faut de tout pour faire un monde. »

La moitié longitudinale du petit tigre d'or brillait dans la paume de la main de l'antiquaire, qui s'approcha de l'abbé avec une expression impénétrable. Bien sûr, nous nous étions peut-être trompés et il était encore trop tôt pour crier victoire.

Mais Xu Benshan, abbé du monastère de Wudang, dans la Montagne mystérieuse, esquissa un sourire enjoué lorsqu'il vit ce que lui apportait monsieur Jiang. Glissant la main droite dans sa grande manche gauche, il sortit quelque chose qu'il cacha dans son poing fermé jusqu'à ce que l'antiquaire lui remette le demi-tigre du « coffret aux cent joyaux ». Alors, avec une profonde satisfaction, il unit les deux morceaux de la figurine et nous la montra.

— Ce *hufu* a appartenu au Premier Empereur, Shi Huangdi, raconta-t-il. Il servait à garantir la transmission de ses ordres à ses généraux, les deux parties devant s'emboîter à la perfection. La calligraphie qui figure sur le flanc est issue de l'ancienne écriture *zhuan*. Ce tigre est donc antérieur au décret d'unification des idéogrammes. Autrement dit, il a plus de deux mille ans. Il est écrit :

« Insigne en deux parties pour les armées. La partie de droite est confiée à Meng Tian. Celle de gauche provient du palais impérial. »

Où avais-je déjà entendu le nom de Meng Tian ? Était-ce ce général que Shi Huangdi avait chargé de construire la Grande Muraille ?

— Et maintenant, allez-vous nous donner le troisième fragment du *jiance* ? demanda l'antiquaire sur un ton sévère qui ne me parut guère opportun.

Le bon abbé ne faisait que respecter les instructions du prince de Gui. En outre, il semblait disposé à nous aider autant qu'il le pouvait. Alors, pourquoi une telle attitude ? Lao Jiang se montrait impatient ; étrange incorrection pour un marchand.

— Pas encore, antiquaire. Je vous ai dit que le troisième fragment du *jiance* faisait l'objet de précautions particulières. Il en reste une.

Xu Benshan fit signe de la main aux deux moines qui étaient restés debout à la porte du pavillon, à l'entrée de la pièce. Ceux-ci sortirent à la hâte et revinrent un instant plus tard d'un pas chancelant, avec en travers des épaules une grosse tige de bambou à laquelle étaient suspendues avec des cordes quatre grandes dalles carrées, qui oscillaient dans le vide. Ils posèrent prudemment les pierres sur le sol, les détachèrent et les redressèrent l'une à côté de l'autre, face à nous. Chacune d'elles arborait un unique idéogramme chinois, magnifiquement taillé. Lorsque l'abbé se remit à parler, notre interprète bénévole, le jeune Biao, tout absorbé dans la contemplation de ces dalles – et sans doute fatigué par l'effort que lui demandait la traduction – en oublia son rôle. Ma douce nièce, véritable incarnation de la tendresse et de la compréhension, lui aboya quelques mots désagréables, ce qui le ramena aussitôt à la dure réalité de sa vie.

— L'empereur Yongle a fait graver dans notre beau palais Nanyan, disait l'abbé, ces quatre caractères fondamentaux du taoïsme de Wudang. Sauriez-vous les mettre dans l'ordre ?

— Si Lao Jiang ne le sait pas… marmonnai-je à voix basse, contrariée.

L'abbé croyait-il que nous lisions tous les quatre le chinois ? Peut-être n'avait-il pas remarqué que Fernanda et moi étions étrangères et que c'était de l'encre de Chine qui nous bridait les yeux ?

— Le premier idéogramme en partant de la gauche, commença à nous expliquer l'antiquaire, est le caractère *shou*, qui signifie « longévité ». (C'était un idéogramme très compliqué, avec sept lignes horizontales de différentes longueurs.) Le suivant est le caractère *an*, dont le sens principal est « paix ». (Par chance, *an* était bien plus simple et ressemblait à un jeune homme en train de danser le fox-trot, les genoux pliés et croisés et les bras tendus.) Ensuite, nous avons *fu*, le caractère correspondant à « bonheur ». (Eh bien, le bonheur avait un idéogramme des plus singuliers : deux flèches d'affilée qui pointaient vers la droite dans la partie supérieure et, au-dessous, deux carrés et une sorte de marteau avec des bras ballants.) Et enfin, l'idéogramme *k'ang*, qui, même s'il vous semble similaire à l'oreille, ne signifie pas « lit » mais « santé ». (Je mémorisai rapidement la silhouette d'un homme traversé par un trident, avec un fouet tendu à la main gauche et cinq jambes tordues.)

— Et que sommes-nous censés ordonner ? demandai-je, perplexe.

— Nous en reparlerons plus tard, maugréa Lao Jiang avec une colère contenue.

— Réfléchissez-y ! dit l'abbé en se levant. Ne vous précipitez pas. Il y a vingt-quatre possibilités, mais je n'en admettrai qu'une et vous n'aurez qu'une seule chance. Vous pouvez rester à Wudang tout le temps qu'il vous plaira. Vous serez en sécurité ici. De plus, la saison des pluies a commencé et il est dangereux de quitter le monastère dans ces conditions.

Nous fûmes aimablement logés dans une maison agrémentée d'une petite cour intérieure remplie de fleurs, autour de laquelle étaient réparties toutes les pièces. Lao Jiang prit la plus grande chambre, Fernanda et moi la moyenne, et Biao la plus petite, qui était aussi destinée à recevoir les visiteurs. La salle à manger et le cabinet de travail se trouvaient à l'étage et donnaient sur une étroite galerie de bois à jalousies qui faisait tout le tour de la cour, pleine de flaques à cause de la pluie torrentielle et incessante. Les murs étaient ornés de belles fresques d'immortels taoïstes et on sentait dans toute la maison l'odeur pénétrante de l'huile parfumée que l'on brûlait dans les lampes, de l'encens émanant des petits autels, et des vieux rideaux lourds qui couvraient les entrées. C'était le meilleur logement que nous ayons eu en près de deux mois et il n'était pas question de le critiquer car il ne présentait vraiment aucun inconvénient. Au cours des jours qui suivraient, à différents moments, deux ou trois jeunes enfants viendraient nous apporter de la nourriture et faire le ménage. Malgré leurs efforts, la maison donnerait l'impression d'être toujours sale à cause de la pluie et de la boue.

Ce soir-là, après notre entretien avec l'abbé, tandis que nous mangions une délicieuse soupe au goût de minestrone, Lao Jiang nous exposa le problème des quatre caractères de pierre dans des termes plus compréhensibles.

— Qu'est-ce qui est le plus important pour un

taoïste de Wudang ? demanda-t-il en nous regardant fixement. La longévité ou l'accession à la paix, c'est-à-dire la paix intérieure ?

— La paix intérieure, s'empressa de répondre Fernanda.

— En es-tu sûre ? insista l'antiquaire. Comment atteindre la paix intérieure lorsque l'on souffre d'une pénible maladie ?

— La santé, alors ? risquai-je. En Espagne, on dit que les trésors les plus recherchés sont la santé, l'argent et l'amour.

— Seulement, parmi les quatre idéogrammes que nous avons vus, il n'y avait ni « argent », ni « amour », fit remarquer ma nièce.

— Ces concepts ne sont pas importants pour les taoïstes, marmonna Lao Jiang.

— Qu'est-ce qui est important pour eux ? l'interrogea Biao en engloutissant un gros morceau de pain trempé dans la soupe.

— C'est justement la question que nous a posée l'abbé, répondit Lao Jiang en l'imitant.

— Donc, nous devons classer par ordre d'importance les objectifs taoïstes de longévité, de paix, de bonheur et de santé, en conclus-je.

— Exactement.

— Il n'y a que vingt-quatre possibilités, rappela Fernanda, d'humeur chagrine. Cela ne devrait pas être trop difficile !

— Je crois que nous devrions profiter du temps que la pluie va nous obliger à passer dans ce monastère pour interroger les moines et essayer d'obtenir l'information, déclarai-je. Ce n'est sans doute pas si compliqué. Il suffit que nous trouvions quelqu'un qui veuille bien nous répondre.

— Bonne idée ! s'écria Biao. Nous aurons la solution dès demain !

— J'aimerais en être aussi sûr que toi, dit Lao Jiang, avant de porter à ses lèvres son bol contenant un reste de soupe, mais je crains fort que cela ne soit pas aussi simple. Il faut connaître et comprendre la subtilité et la profondeur de la pensée chinoise pour être capable de résoudre un problème d'apparence aussi simple. Je pense que les livres parmi lesquels Xu Benshan nous a reçus, ces *jiance* qui remplissaient la salle, peuvent aussi constituer une bonne source d'information.

— Mais vous êtes le seul à savoir lire le chinois, observai-je.

— C'est vrai. Et de vous trois, seul Biao parle la langue de notre pays. Aussi, voici ce que je vous propose : je vais fouiller les bibliothèques du monastère et vous, Elvira, vous irez parler aux moines avec l'aide de Biao.

— Et moi alors ? demanda Fernanda, visiblement vexée.

— Toi, tu participeras aux pratiques taoïstes des novices du monastère. Ce que tu apprendras grâce aux arts martiaux de Wudang nous aidera peut-être à résoudre le problème.

Pour une raison étrange, ma nièce ne se récria pas, pas plus qu'elle ne se mit en colère, mais ses lèvres devinrent blanches et ses yeux se remplirent de larmes. Une telle immersion dans une culture et des pratiques qu'elle rejetait en bloc était la dernière chose qu'elle voulait au monde. Quoi qu'il en soit, cela lui ferait le plus grand bien. Maintenant qu'elle avait une si jolie silhouette et que son visage rond s'était affiné et embelli, un peu d'exercice physique aurait un effet très bénéfique sur sa santé.

Le lendemain matin, après les exercices de tai-chi, lorsque nous eûmes fait notre toilette et mangé un bol de farine de riz agrémenté de légumes au vinaigre avec une tasse de thé, chacun de nous vaqua à ses occupations. Lao Jiang demanda aux jeunes serviteurs des tas de livres, qui lui furent apportés dans des caisses fermées, et s'isola pour les lire dans le cabinet de travail de l'étage supérieur. Fernanda reçut une tenue complète de novice et disparut, l'air abattu, entre deux jeunes moniales qui tenaient à grand-peine leurs parapluies en riant. Et Biao et moi partîmes avec enthousiasme à la recherche d'un moine bavard, en saluant chaleureusement toutes les personnes que nous croisions sur les majestueux sentiers de pierre. Hélas, personne ne semblait disposé à engager la conversation sous la pluie battante, dans une pénombre qui évoquait davantage la tombée de la nuit que la première heure du matin. Épuisés et trempés, nous finîmes par nous abriter dans un des temples, où un vieux maître dispensait son enseignement à un groupe de moines et moniales qui, assis par terre sur des coussins colorés, étaient figés comme des statues.

— Que dit-il ?

Biao fronça les sourcils et afficha une expression d'ennui profond.

— Il parle de la nature et de l'univers.

— Bon, mais que dit-il ?

— Mais on ne comprend rien ! protesta le gamin.

Un regard froid suffit à le convaincre de traduire sans perdre une minute de plus.

— Le Tao, expliquait le vieux maître à barbiche blanche, est l'énergie qui anime toute chose. Dans l'univers, il existe un ordre que nous pouvons observer, un ordre qui se manifeste dans les cycles réguliers des étoiles, des planètes et des saisons. Dans cet ordre, il est possible de découvrir la force originelle de l'univers et cette force est le Tao.

En effet, c'était une histoire compliquée, mais j'attribuai une bonne partie de sa complexité au peu de zèle que Petit Tigre mettait à la traduire.

— Du Tao est né le *qi*, le souffle vital, poursuivit le maître, et ce souffle vital s'est condensé en matière composée de cinq éléments : le Métal, l'Eau, le Bois, la Terre et le Feu, qui représentent différentes mutations de l'énergie et s'organisent selon un dualisme que l'on appelle le Yin et le Yang, les opposés complémentaires. En s'attirant et en se repoussant réciproquement, ceux-ci génèrent le mouvement, l'évolution et, dès lors, le changement, qui est l'unique constante de l'univers. Le Yin est associé à des concepts tels que la quiétude, la tranquillité, le trait brisé, la Terre, le féminin, la flexibilité ; et le Yang, à la dureté, la puissance, le trait plein, le Ciel, le masculin, l'activité. En étudiant le Tao, nous pourrons nous unir à la force originelle de l'univers mais, étant donné que tous les individus ne sont pas identiques et qu'ils n'ont pas les mêmes besoins ni les mêmes destinées, il existe des centaines de manières d'atteindre ce but.

Malgré l'intérêt qu'elles suscitaient en moi, ces idées me paraissaient très complexes ; en outre, je ne parvenais pas à voir le rapport qu'il y avait entre, d'une part, le Métal, l'Eau, le Bois, la Terre et le Feu, et, d'autre part, le Yin et le Yang. Dans la vie, chaque chose avait sans doute son Yin et son Yang, son côté pile et son côté face. Seulement, le maître ne semblait pas faire une analyse simpliste en termes de bien et de mal. Il disait juste que, étant intimement liés, les opposés engendraient le mouvement et le changement.

— Il est très important que vous appreniez les correspondances des Cinq Éléments, insistait le maître, car l'harmonie de l'univers en dépend et c'est l'harmonie qui rend la vie possible. Aussi, rappelez-vous que l'élément Feu est associé à la lumière, à la chaleur, à l'été, à la forme triangulaire et au mouvement ascendant ; l'Eau, à l'obscurité, au froid, à l'hiver, à la forme ondulante et au mouvement descendant ; le Métal, à l'automne, à la forme circulaire et au mouvement vers l'intérieur ; le Bois, au printemps, à la forme allongée et au mouvement vers l'extérieur ; et la Terre, à la forme carrée et au mouvement rotatif. Le Yang naît sous forme de bois, au printemps, et atteint son point culminant avec le feu, en été. Alors il s'arrête et, au moment où il s'arrête, il se transforme en Yin, qui apparaît en tant que tel en automne, sous forme de métal, et atteint à son tour son zénith en hiver avec l'eau, avant de se remettre en mouvement pour redevenir Yang. L'élément terre est celui qui équilibre le Yin et le Yang. Les Cinq Éléments sont également associés aux cinq directions. Comme l'énergie bienfaisante provient du sud, celui-ci a pour élément le Feu et il est représenté par un corbeau rouge ; le nord correspond à l'élément Eau, avec pour symbole une tortue noire ; l'ouest, au Métal, avec pour symbole un tigre blanc ; l'est, au Bois, avec pour symbole un dragon vert ; et le centre, à la Terre, avec pour symbole un serpent jaune.

Je ne pouvais plus suivre. En un clin d'œil, je sortis mon carnet Moleskine d'une de mes poches et, armée de mes crayons de couleur, je retranscris ce galimatias avec des dessins et des symboles. Biao, sans cesser de traduire la leçon en espagnol ou en français, selon ce qui lui était le plus facile, me regardait comme s'il était en présence du Dragon vert ou du Tigre blanc.

Bien que le maître parle lentement et que Biao

mette beaucoup de temps à trouver certains mots, je n'avais jamais dessiné, griffonné ni noirci une feuille aussi vite que pendant cet apprentissage des novices de Wudang. À vrai dire, tout me semblait très intéressant. Cette théorie m'ouvrait un horizon infini de possibilités en matière de peinture, de création, de composition de mes futurs tableaux, et je ne voulais pas en perdre une miette. Or, si incroyable que cela puisse paraître, le discours du maître sur les Cinq Éléments n'était pas terminé, car non seulement ceux-ci avaient une vie propre, à la fois intense et compliquée, mais ils étaient reliés entre eux de façon très originale.

— Les Cinq Éléments sont soumis aux cycles créateur et destructeur du Yin et du Yang, déclara calmement le maître. Chacun d'eux peut être nourri par son allié et annihilé par son contraire. Dans le cycle créateur, le métal engendre l'eau, l'eau engendre le bois, le bois engendre le feu, le feu engendre la terre, et la terre engendre le métal. Dans le cycle destructeur, le métal détruit le bois, le bois détruit la terre, la terre détruit l'eau, l'eau détruit le feu, et le feu détruit le métal.

Il y avait tant de concepts pêle-mêle dans ma tête que je n'étais plus capable de comprendre ce que traduisait Biao. Je me contentais donc de prendre des notes. Un jour, à Paris, tout cela porterait ses fruits et personne ne connaîtrait jamais la source de mon inspiration, pas plus qu'on ne savait que le cubisme, inventé par mon compatriote Picasso, était né d'une exposition de masques africains que le peintre était allé voir à plusieurs reprises au musée de l'Homme, à Paris – il suffisait de voir les visages des célèbres *Demoiselles d'Avignon*, première toile cubiste au monde, pour se convaincre de ce que ce courant devait à l'art africain.

Au bout d'un moment, et étant donné l'ennui dans lequel le pauvre Biao se morfondait, je décidai que j'avais entendu assez de philosophie taoïste pour la journée et qu'il était temps pour nous de nous remettre en route, dans l'espoir de rencontrer un moine prêt à exposer les objectifs de sa vie à une étrangère et à un enfant. Je rangeai mon carnet – mon trésor le plus précieux – dans une des nombreuses poches de mes caleçons chinois et, les pieds encore humides, nous reprîmes nos ombrelles de papier ciré qui dégoulinaient encore d'eau de pluie sur le sol en pierre. Ce temps était une calamité et il semblait peu probable qu'il arrête de pleuvoir dans les jours à venir.

Comme on pouvait s'y attendre, le gamin et moi n'eûmes pas beaucoup de chance. Aux environs de midi, nous rejoignîmes une vieille moniale occupée à contempler les pics des montagnes environnantes, assise jambes croisées sur un beau coussin de satin, à l'entrée d'un temple. Elle était si vieille et si minuscule qu'on voyait à peine ses yeux au milieu des rides de son visage. Elle avait les cheveux blancs, attachés en chignon, et les ongles très longs. La pauvre femme divaguait. Elle disait qu'elle était née sous le mandat du Ciel de l'empereur Jiaqing[1] et qu'elle avait cent douze ans. Elle voulut savoir d'où nous venions, mais elle ne put comprendre où se trouvait mon pays car, pour elle, il n'existait rien en dehors de l'empire du Milieu et il était impossible que je vienne d'ailleurs. D'un geste méprisant de la main, elle me signifia que j'étais une menteuse et qu'elle ne croyait pas un mot de mes boniments ridicules. Avant que la

1. Empereur de Chine de 1796 à 1820, le septième de la dynastie Qing.

conversation ne tourne mal, j'ordonnai à Biao de lui demander – avec tout le respect que je lui devais et en insistant sur le fait que ses paroles dissiperaient certainement mes doutes, étant donné son âge avancé et sa grande expérience – si la longévité comptait davantage pour elle que la santé.

La vieille femme s'agita sur son coussin et ouvrit de petits yeux blanchâtres, avant de répondre, très en colère :

— Tu n'y entends rien, pauvre idiote ! Quelle question ! Ce qui compte le plus dans la vie, c'est le bonheur ! À quoi sert la santé ou la longévité quand on est malheureux ? Aspire toujours et avant tout au bonheur. Que ta vie soit courte ou longue, que tu sois malade ou en bonne santé, tâche d'être heureuse. Et maintenant, laissez-moi. Tout ce bavardage me fatigue.

Elle nous fit signe de partir et se concentra de nouveau sur les montagnes. En réalité, elle ne devait pas les voir du tout : il était clair que le voile blanc de ses yeux l'avait rendue aveugle des années auparavant. Et pourtant, elle souriait tandis que Biao et moi nous éloignions pour regagner notre maison. Vraiment, elle semblait heureuse. Le bonheur était-il le premier des idéogrammes que nous devions classer ?

Je trouvai Lao Jiang dans le cabinet de travail, où il lisait à la chaleur d'un brasero à charbon. Nous tombâmes d'accord sur cette question. L'aspiration principale de tout être humain était sans aucun doute le bonheur et, même si cela pouvait être difficile à comprendre pour nous, c'était aussi ce que désiraient les moines retirés du monde du monastère de Wudang.

— Le problème, c'est que nous n'avons qu'une

seule chance, observai-je. Si nous nous trompons, nous n'aurons jamais le troisième fragment du *jiance*.

— Inutile de me rappeler l'évidence, grommela l'antiquaire.

— Si vous étiez heureux, que voudriez-vous ensuite ? La santé, la paix ou la longévité ?

— Écoutez, Elvira, maugréa Lao Jiang en laissant tomber les mains sur un des ouvrages ouverts sur le bureau, il ne s'agit pas uniquement de chercher à savoir dans quel ordre se répartissent les priorités vitales des taoïstes de Wudang. Il se peut que cette vieille moniale vous ait effectivement indiqué le premier des quatre idéogrammes mais, ce qui compte vraiment, c'est que nous obtenions des preuves de cet ordre des choses. Nous n'avons pas droit à l'erreur. L'abbé sera intraitable. Nous avons besoin de preuves, vous comprenez ? De preuves qui étayent l'enchaînement des caractères.

Pour le déjeuner, que nous prîmes sans Fernanda, les petits novices nous apportèrent des vermicelles de farine de pois chiches, des légumes et un pain à la forme et au goût étranges. Ils revinrent en milieu d'après-midi pour débarrasser, balayer la maison (ils le faisaient deux fois par jour) et fumiger le cabinet de travail à l'aide de petits verres diffusant de la vapeur d'eau aromatisée avec des herbes, afin de protéger les livres des vers qui mangeaient le papier. En raison de la pluie torrentielle, Biao et moi renonçâmes à ressortir. Lao Jiang en profita pour nous expliquer certaines choses concernant un des textes classiques qu'il étudiait. Il s'agissait du *Qin Lang Jin*, écrit pendant la dynastie des Qin, celle du Premier Empereur. Cet ouvrage traitait du Kan Yu, une philosophie millénaire très importante qui avait changé de nom au cours des siècles pour s'appeler « Vent et Eau », c'est-à-dire Feng Shui. Celle-ci portait sur les énergies de la Terre et sur l'harmonie entre l'être humain et la nature, en particulier son environnement. Bien sûr, Lao Jiang n'avait pas eu le temps de lire l'intégralité de ce texte car, outre que le propos était difficile à saisir en raison de la langue archaïque et obscure dans laquelle il était écrit, il l'avait consulté avec beaucoup d'attention. Il était persuadé de pouvoir y trouver la réponse à notre question, car les quatre concepts des idéogrammes y étaient mentionnés à plusieurs reprises.

Préoccupée par l'absence de Fernanda, je demandai à Biao, lorsque nous quittâmes le cabinet de travail, d'aller la chercher et de la ramener aussitôt à la maison. Il était déjà très tard et cette enfant avait passé toute la journée dehors. Et puis, elle était partie fâchée et triste, et je craignais qu'elle n'aille faire une bêtise. Biao partit donc à la recherche de sa jeune maîtresse et je restai seule dans la cour, sous le porche, à écouter le bruit retentissant de la pluie et à regarder l'eau arroser les plantes et les fleurs. Tout à coup, mon cœur sursauta dans ma poitrine et je fus prise de palpitations. Cela faisait si longtemps que je n'avais pas eu de troubles cardiaques que je paniquai. Je me mis à faire les cent pas d'un bout à l'autre du porche, comme une possédée, en luttant contre l'idée que j'allais mourir à l'instant même, terrassée par une crise cardiaque. Je m'efforçai de me dire que ce n'était qu'une de mes crises de neurasthénie, mais je le savais déjà et le fait de le savoir ne m'aidait en rien. Comme les effets salutaires du voyage avaient été de courte durée ! Dès lors que je m'étais réinstallée dans une maison, l'hypocondrie s'était de nouveau emparée de moi. Muselée par les distractions de ces derniers mois, ma vieille ennemie avait vigoureusement repris le dessus à la première occasion. Par chance, Fernanda et Biao passèrent la porte dans le plus grand vacarme, ce qui détourna mon attention de ces idées noires.

— C'était formidable, ma tante ! s'exclama Fernanda, dégoulinante d'eau, en se secouant comme un chien. (Trempée jusqu'aux os, elle avait les joues et les oreilles en feu. Petit Tigre la regardait avec un air envieux.) J'ai passé toute la journée dans une immense cour avec d'autres novices à faire une gymnastique qui ressemble beaucoup au tai-chi !

Lao Jiang pencha la tête depuis la galerie de l'étage supérieur avec un air renfrogné.

— Peut-on savoir ce qui se passe ?

— Fernanda est revenue enchantée de sa première journée en tant que novice de Wudang ! lançai-je sur le ton de la plaisanterie sans cesser de regarder ma nièce.

Cela faisait plaisir de la voir aussi contente. Ce n'était pas si fréquent. Ravi, l'antiquaire descendit aussitôt l'escalier pour nous rejoindre.

— C'est formidable ! s'écria-t-il dans un sourire.

— C'est peut-être formidable, dis-je à ma nièce en reprenant mon sérieux, mais tu vas aller te sécher et te changer immédiatement, avant d'attraper une pneumonie.

Le visage de Fernanda s'assombrit.

— Maintenant ? demanda-t-elle.

— Tout de suite, ordonnai-je en montrant du doigt la porte de notre chambre.

Comme la pluie faisait beaucoup de bruit, lorsque ma nièce fut partie, nous allâmes nous asseoir dans la chambre de Biao, celle où l'on recevait les visites, et nous prîmes place sur les coussins de satin merveilleusement brodés qui étaient disposés sur le sol. Lao Jiang me considéra en souriant.

— Je crois que ce voyage va être très enrichissant pour vous et pour la fille de votre sœur, dit-il avec une mine satisfaite.

— Savez-vous ce que j'ai appris aujourd'hui ? lui confiai-je. La singulière théorie du Yin et du Yang et celle des Cinq Éléments.

Avec une fierté manifeste, il sourit encore davantage.

— Vous êtes en train de découvrir les piliers de la culture chinoise, les principales idées qui ont donné naissance aux grands modèles philosophiques et servi de base à la médecine, à la musique, aux mathématiques...

À cet instant, Fernanda ressurgit comme une trombe en se séchant les cheveux avec un fin linge de coton.

— Bon, lança-t-elle avant de s'asseoir parmi nous, il était clair que je n'allais rien comprendre, n'est-ce pas ? Ils étaient tous chinois, ils parlaient en chinois et, moi, je pensais que tout cela était absurde. De plus, il pleuvait des cordes et je voulais rentrer à la maison. Puis le maître, le *shifu*, s'est approché de moi et, avec beaucoup de patience, il s'est mis à répéter les noms et les mouvements jusqu'à ce que je sois capable de les imiter de façon à peu près satisfaisante. Les autres novices nous suivaient mais, au début, ils se moquaient de moi. Seulement, quand ils ont vu que le *shifu* les ignorait et ne s'occupait que de moi, ils ont commencé à travailler sérieusement.

Elle jeta la grande serviette sur une table basse et se leva d'un bond au milieu de la pièce.

— Rassure-moi, tu ne vas pas nous montrer ce

que tu as appris ? demandai-je avec une pointe d'effroi.

Je discernai sur son visage une première réaction de colère, mais la présence de l'antiquaire l'étouffa.

— Je voudrais accompagner la jeune maîtresse demain, déclara Biao de but en blanc.

— Qu'est-ce que tu as dit ? s'exclama Lao Jiang en posant sur le gamin un regard sévère.

— Que je veux accompagner la jeune maîtresse demain. Pourquoi ne puis-je pas apprendre les arts martiaux, moi aussi ?

Biao avait beau être grand, il n'avait que treize ans et, ce jour-là, il s'était passablement ennuyé avec moi.

— C'est hors de question, décréta Lao Jiang. Ton devoir est de servir d'interprète à ta maîtresse.

— Mais je veux apprendre le combat ! protesta Petit Tigre sur un ton de contrariété qui me surprit.

— Qu'est-ce que ça veut dire ? gronda l'antiquaire en se tournant vers moi. Allez-vous consentir à ce qu'un serviteur prenne ces libertés ?

— Non, bien sûr que non, bafouillai-je, sans trop savoir ce que je devais faire.

Lao Jiang se leva, se dirigea vers un splendide vase posé sur le sol, dans un coin, et prit une longue tige de bambou.

— Voulez-vous que j'intervienne en votre nom ? me suggéra-t-il en voyant mon appréhension.

— En le battant ? m'écriai-je, épouvantée. Certainement pas ! Lâchez ce bambou !

— Vous n'êtes pas chinoise, Elvira, et vous ne savez pas comment les choses se passent ici. Même les hauts fonctionnaires de la cour impériale admettent que recevoir de bons coups de fouet, lorsqu'ils sont mérités, est un châtiment honorable qui doit être accepté avec dignité. Je vous prie de ne pas vous interposer.

Inutile de dire que Fernanda et moi pleurâmes à chaudes larmes tandis que dehors, dans la cour, le bambou fendait l'air en sifflant avant de s'abattre sur le derrière de Petit Tigre. Chaque claquement mettait notre cœur en pièces. Certes, cet enfant méritait un châtiment, mais l'envoyer au lit sans dîner aurait été suffisant. Hélas, en Chine, une coutume ancestrale voulait que les serviteurs prenant trop de libertés avec leurs maîtres reçoivent une bonne volée de coups. Les conséquences de cette maltraitance furent heureusement sans gravité : le gamin ne pourrait pas s'asseoir pendant quelques jours mais, le lendemain matin, il entra dans notre chambre pour ouvrir les fenêtres et aérer les *k'angs* comme s'il ne s'était rien passé.

Il continua de pleuvoir à flots et aucune âme n'aurait pu supporter un temps si maussade sans sombrer dans une certaine mélancolie. La situation s'aggrava lorsque Fernanda se révéla incapable de se lever pour prendre le petit déjeuner. Je découvris à ce moment-là que ma nièce avait une très forte fièvre. Lao Jiang envoya aussitôt Biao chercher un des médecins du monastère, qui ne tarda pas à arriver avec d'étranges ustensiles propres à la médecine chinoise. Fernanda grelottait sous la montagne de couvertures que nous avions superposées sur elle ; mon inquiétude atteignit son paroxysme quand je vis le moine broyer des herbes pas très propres et les lui faire ingérer après les avoir dissoutes dans un peu d'eau. Je faillis crier et me jeter comme un fauve sur le sorcier qui allait tuer ma nièce avec ses breuvages alchimiques vénéneux, mais Lao Jiang me retint en m'attrapant sans ménagements par les bras et en me murmurant à l'oreille que les médecins de Wudang étaient les meilleurs de toute la Chine et que la Montagne mystérieuse était l'herboristerie où les plus grands guérisseurs achetaient leurs produits. Je n'étais pas convaincue. Je me sentis coupable de ne pas avoir pensé que nous pourrions avoir besoin de certains médicaments occidentaux (aspirine, paracétamol…) et songeai que, s'il arrivait quelque chose à cette enfant, je ne me le pardonnerais jamais. Elle n'avait que moi au monde et moi, maintenant que Rémy était mort, je n'avais qu'elle. À mon âge et avec mes problèmes cardiaques, si je perdais les deux personnes qui comptaient le plus dans ma vie en moins d'un an, je ne m'en remettrais pas. Je ne pourrais pas le supporter.

Je passai toute la matinée assise au chevet de Fernanda à la regarder dormir et à l'écouter gémir entre deux rêves agités. Lao Jiang et Biao durent s'occuper de nous deux. Ils m'apportèrent à plusieurs reprises un thé bien chaud – je ne voulais rien manger – et firent boire à Fernanda l'infusion de mauvaises herbes que le sorcier de Wudang lui avait prescrite. À un moment donné, tandis que les larmes coulaient abondamment sur mes joues sans que je puisse les refouler, l'antiquaire approcha un coussin du mien et s'assit à mes côtés.

— La fille de votre sœur va guérir, affirma-t-il.

— Et si elle a contracté cette peste pulmonaire qui tue ses compatriotes par millions dans tout le pays ? objectai-je, désespérée.

J'avais du mal à parler, car je respirais difficilement.

— Vous souvenez-vous du passage du *Tao Te King* que vous a récité l'abbé ?

— Non, je ne me souviens de rien ! m'exclamai-je, agacée.

— « La modération doit être le premier soin de l'homme. Quand elle est devenue son premier soin, on peut dire qu'il accumule abondamment la vertu. Quand il accumule abondamment la vertu, il n'y a rien dont il ne triomphe. Quand il n'y a rien dont il ne triomphe, personne ne connaît ses limites. »

— Et alors ?

— Alors, Elvira, vous devez travailler votre modération. Dans le *Tao Te King*, Lao Tseu déclare avec insistance qu'il faut viser la sérénité et la paix de l'esprit, le contrôle et la maîtrise des émotions par la volonté, la détente du corps, et le repos des sens. Le contraire est mauvais pour la santé. Un esprit excité par des émotions incontrôlées dans un corps fatigué dont les sens sont en effervescence est une invitation au malheur et à la maladie. Votre objectif doit toujours être la modération, le juste milieu. Fernandina ne va pas mourir. Elle a simplement attrapé froid. Si elle était mal soignée, cela pourrait être grave, je ne le nie pas, mais elle est entre les mains des meilleurs médecins et retournera bientôt faire des arts martiaux avec les autres novices.

— Elle n'y retournera pas, vous pouvez en être sûr ! Je n'ai pas l'intention de la renvoyer là-bas !

— De la modération, *madame*, je vous en prie. De la modération pour affronter la maladie de la fille de votre sœur ; de la modération pour faire face à vos problèmes financiers ; de la modération pour résister à vos peurs.

J'accusai le coup avec dignité et regardai Lao Jiang du coin de l'œil, un peu vexée.

— De quoi parlez-vous ?

— Au cours de notre voyage jusqu'ici, à chaque fois que je vous ai vue assise au calme, le regard dans le vague, vous aviez une expression d'anxiété et de préoccupation. Lorsque vous pratiquez le tai-chi, vos mouvements sont raides, jamais fluides. Vos muscles et vos tendons sont rigides. Votre énergie *qi* est bloquée en de multiples points des méridiens de votre corps. C'est pour cette raison que l'abbé vous a recommandé de la modération. Vous devez savoir que vous pouvez tout surmonter dans cette vie, car les limites de votre force sont insaisissables. N'ayez pas peur à ce point. La modération est un des secrets de la santé et de la longévité.

— Laissez-moi tranquille ! balbutiai-je en éclatant en sanglots.

Ma nièce était là devant moi, terriblement affaiblie par je ne savais quelle maladie, et l'antiquaire s'estimait en droit de me faire un sermon en me ressortant les préceptes dépassés d'un vieux livre inconnu du monde civilisé.

— Voulez-vous que je m'en aille ?

— S'il vous plaît.

Au bout d'un moment, encore fâchée, je finis par m'endormir par terre, la tête posée sur le *k'ang* de Fernanda. Par chance, il ne s'écoula pas beaucoup de temps (avec l'humidité et le froid, j'aurais pu tomber malade) avant que ma nièce ne se réveille et ne se retourne sous les couvertures.

— Enlevez la tête de mes jambes, ma tante ! s'écria Fernanda. Je meurs de chaud.

J'ouvris les yeux, hébétée de sommeil.

— Comment te sens-tu ? bredouillai-je.

— En pleine forme. Je ne me suis jamais sentie aussi bien de toute ma vie.

— C'est vrai ?

Je n'arrivais pas à y croire. En moins de temps qu'il ne fallait pour le dire, elle était passée d'une fièvre qui la faisait presque délirer à un état absolument normal.

— Tout ce qu'il y a de plus vrai ! répondit-elle en se découvrant et en se levant d'un bond du *k'ang*. Où sont mes vêtements ?

— Tu ne vas nulle part aujourd'hui, jeune fille ! lançai-je d'un air sévère. Tu es encore loin d'être remise.

Après un long – très long – regard d'indignation, vint un interminable chapelet de protestations, de condamnations, de promesses et de lamentations qui me laissèrent totalement froide. Jamais je ne lui aurais permis de sortir ce jour-là, même pour tout l'or du monde. Cependant, en fin d'après-midi, je regrettai ma décision avec amertume : ses pleurs et jérémiades déchiraient à tel point le silence du monastère que de nombreux moines et moniales s'étaient rassemblés devant notre porte pour venir voir ce qui se passait. Malgré tout, j'aimais encore mieux cela. Je préférais la voir pleurnicharde et tapageuse que taciturne et mutique comme auparavant.

Nous avions perdu une journée entière de travail. Aussi, après une bonne nuit de sommeil et des exercices de tai-chi au cours desquels je m'efforçai de montrer à Lao Jiang la grande souplesse de mes muscles et de mes tendons, Biao et moi quittâmes de nouveau la maison, bien décidés à atteindre notre but. Je m'étais mis dans la tête que la petite vieille du temple serait une bonne source d'information. Sans plus attendre, nous retournâmes donc à l'endroit où nous l'avions vue deux jours plus tôt. Hélas, lorsque nous arrivâmes, elle n'était plus là. Nous ne trouvâmes que son coussin, ainsi qu'une jeune moniale qui nettoyait avec beaucoup d'énergie les portes et le portique du temple, couverts de boue. Il pleuvait toujours ; excepté sur les sentiers de pierre qui reliaient les édifices, on s'enfonçait dans la fange jusqu'aux chevilles. Par conséquent, cette tâche semblait bien inutile. Biao aborda la moniale pour l'interroger sur la prétendue centenaire.

— Ming T'ien vient plus tard, répondit-elle. Elle est si âgée que nous ne la laissons pas se lever avant l'heure du cheval.

— À quoi correspond l'heure du cheval ? demandai-je à Biao.

— Je ne sais pas, *tai-tai*, mais je dirais en milieu de matinée.

Un enfant plus petit que Biao surgit sur le sentier en courant sous un parapluie. Il portait l'habit blanc des novices pratiquant les arts martiaux, et non l'uniforme en coton bleu dont étaient vêtus les serviteurs qui venaient faire le ménage à la maison.

— Chang Cheng ! cria-t-il.

— Comme c'est étrange de voir quelqu'un courir dans cet endroit ! dis-je tandis que nous nous éloignions du temple de Ming T'ien. Ici, tout le monde marche comme dans une procession de la Semaine sainte.

— Chang Cheng ! répéta le gamin en agitant la main pour attirer notre attention.

Était-ce à nous qu'il s'adressait ?

— Que signifie Chang Cheng ? m'enquis-je.

— C'est le nom chinois de la Grande Muraille, répondit Biao.

Il ne faisait désormais plus aucun doute que c'était nous que l'enfant venait trouver.

— Chang Cheng ! s'exclama-t-il, le souffle court, en s'arrêtant de courir pour s'incliner devant moi. Chang Cheng, l'abbé souhaite que je t'accompagne jusqu'à la grotte du maître Tzau.

Je me tournai vers Biao, surprise.

— Es-tu sûr que c'est bien ce qu'il a dit et qu'il m'a appelée « Grande Muraille » ?

Biao sourit imperceptiblement et acquiesça. Mais moi, j'étais indignée.

— Demande-lui pourquoi il m'appelle ainsi, ordonnai-je.

Les deux enfants échangèrent quelques paroles et Petit Tigre, s'efforçant de garder son sérieux, déclara :

— Tout le monde vous appelle Grande Muraille dans le monastère depuis hier, *tai-tai*, depuis qu'on a entendu pleurer la jeune maîtresse dans tout le mont Wudang. Et elle, on l'appelle Yu Hua Ping, Pichet de pluie.

Les noms poétiques chinois, si ronflants, pouvaient aussi cacher une certaine ironie censée être drôle.

— Nous devons faire ce que dit le novice, *tai-tai*. Le maître Tzau nous attend.

Pourquoi l'abbé voulait-il que je rende visite à ce maître qui vivait dans une grotte ? Le seul moyen de le savoir était de suivre l'enfant. Ayant bon espoir d'en avoir terminé avec le maître avant l'heure du cheval, nous entreprîmes donc un long chemin sous la pluie torrentielle. Pendant le trajet, au cours duquel nous vîmes beaucoup de temples impressionnants, il nous fallut monter et descendre d'interminables escaliers et traverser de nombreuses cours, où des novices et des moines pratiquaient des arts martiaux complexes, sous la pluie, dans leurs habits blancs comme la neige qui contrastaient merveilleusement avec le gris foncé de la pierre et le rouge des temples. Certains combattants étaient armés de longues lances, d'autres d'épées, de sabres, d'éventails et de toutes sortes d'instruments de combat assez étranges. Sur une de ces esplanades, plusieurs mètres au-dessous d'un grand pont que les deux enfants et moi étions en train de traverser à ce moment-là, une petite silhouette blanche agita les bras pour nous faire signe. C'était Fernanda, qui nous avait vus et nous saluait. Je me demandai comment elle avait su que c'était nous, car les ombrelles cachaient notre visage et il y avait beaucoup d'autres personnes qui déambulaient dans ce labyrinthe de ponts, de sentiers et d'escaliers de pierre ornés de centaines de sculptures de chaudrons, grues, lions, tigres, tortues, serpents et dragons, dont certaines faisaient vraiment peur.

Enfin, après avoir beaucoup marché et arpenté longuement un des pics de la Montagne mystérieuse, nous arrivâmes à l'entrée d'une grotte. Le novice dit quelque chose à Biao, s'inclina, et repartit en courant le long du versant.

— Il nous a dit d'entrer et d'aller trouver le maître, traduisit Biao.

— Mais il fait noir comme dans un four ! protestai-je.

Petit Tigre garda le silence. J'eus l'impression qu'il aurait préféré que nous partions de là le plus vite possible. Il n'avait pas plus envie que moi d'entrer dans une grotte ténébreuse, où toutes sortes d'insectes et d'animaux risquaient de nous piquer ou de nous attaquer. Cependant, n'ayant d'autre choix que d'obéir à l'abbé, nous ravalâmes notre peur et fermâmes nos parapluies, avant de pénétrer dans la grotte. Au fond, il y avait de la lumière. Nous nous dirigeâmes vers elle à pas lents. Le silence était total ; à peine entendions-nous le bruit amorti de la pluie, dont nous nous éloignions. Nous avançâmes en serpentant à travers des passages et des galeries faiblement éclairés par des torches et des lampes à huile. Le chemin descendait vers l'intérieur de la montagne et une sensation d'oppression commençait à m'étreindre la gorge, surtout lorsqu'il devenait si étroit qu'il fallait marcher de côté. L'atmosphère était pesante et il régnait une odeur d'humidité et de pierre. Au bout de ce qui me sembla être une éternité, nous finîmes par arriver dans une cavité naturelle, qui s'ouvrait subitement au fond d'un corridor exigu. Là, sur une grosse protubérance rocheuse surgissant du sol comme une vieille souche coupée à faible hauteur, était assis un moine si âgé qu'il pouvait avoir cent ans comme mille ans. Immobile, il avait les yeux fermés et les mains croisées au niveau de l'abdomen. Au début, j'eus très peur, car je crus qu'il était mort. Mais lorsqu'il nous entendit nous approcher, il entrouvrit les paupières et nous considéra avec des yeux étranges, d'une couleur qu'on aurait pu qualifier de jaune, qui faillirent m'arracher un cri de terreur. Biao vint aussitôt se cacher derrière moi. Ce fut ainsi que moi, la femme la plus courageuse du monde, je servis de bouclier entre un démon et un enfant effrayé. Le démon leva lentement une main avec des ongles si longs qu'ils s'enroulaient sur eux-mêmes et nous fit signe de venir plus près. Son geste n'était pas très clair. Quelque chose en moi m'empêchait d'avancer d'un seul millimètre vers cette apparition infernale, et ce n'était pas uniquement parce qu'elle dégageait une odeur répugnante de crasse et de fumier de bœuf que nous sentions depuis l'endroit où nous nous trouvions. Puis le démon parla, mais Biao ne traduisit pas ses paroles. Sa bouche avait perdu presque toutes ses dents et celles qui lui restaient étaient aussi jaunes que ses yeux et ses ongles. Je donnai un coup de coude au gamin et l'entendis pousser un cri étouffé.

— Que dit-il ? demandai-je d'une voix qui peinait à sortir de ma gorge.

— Il dit qu'il est le maître Tzau et nous demande d'approcher sans crainte.

— Ah ! d'accord, je vois. C'est clair, maintenant.

Je ne bougeai pas d'un pouce.

Le maître sortit de derrière son dos un tube recouvert de cuir noir, très usé, et l'ouvrit en retirant la partie supérieure. L'objet n'était pas très long ; il mesurait environ un empan et n'était pas plus large qu'un bracelet de roseau. Lorsque le vieillard en ôta le couvercle, les innombrables petits bâtons qu'il contenait émirent un son apaisant, qui résonna contre les murs de la grotte. Je m'aperçus alors que ceux-ci étaient couverts de curieux signes et caractères gravés dans la pierre. Quelqu'un avait passé de nombreuses années de sa vie à tracer patiemment dans ce médiocre éclairage des tas de traits longs et courts, comme dans l'alphabet morse, et autant d'idéogrammes chinois.

L'esprit aux yeux jaunes se remit à parler. Sa voix rappelait le grincement des roues d'un train contre les rails. Tous les poils de mon corps durent se hérisser.

— Il insiste pour que nous nous approchions, murmura Biao. Il dit qu'il a beaucoup de choses à nous enseigner sur ordre de l'abbé et qu'il n'a pas de temps à perdre.

Bien sûr, certainement, où avais-je la tête ? Il allait de soi qu'un vieillard de mille ans assis toute la journée sur une pierre à l'intérieur d'une grotte souterraine avait des tas de choses à faire.

Plus morts que vifs, nous avançâmes donc vers le grand rocher, tandis que le maître Tzau, avec des gestes identiques à ceux d'une femme dont le vernis à ongles n'a pas encore séché, sortait les petits bâtons du cylindre de cuir.

— Il dit que cela suffit, rapporta Biao. (Nous

étions à environ deux mètres du rocher.) Il nous demande de nous arrêter là et de nous asseoir par terre.

— Il ne manquait plus que ça ! maugréai-je en m'exécutant.

Du sol, le maître avait l'air d'une statue d'un dieu imposant et pestilentiel. Le pauvre Biao, qui ne pouvait pas s'asseoir, s'agenouilla et peina un peu à trouver une position plus ou moins confortable. La main sèche de l'esprit aux yeux jaunes s'éleva dans les airs pour nous montrer les bâtons qu'elle tenait.

— Étant étrangère, dit la voix grinçante, vous ne pouvez pas comprendre la profondeur et le sens du *Yi King*, le *Livre des mutations*. C'est pourquoi l'abbé m'a demandé de vous l'expliquer. Avec ces petits bâtons, je puis vous dire beaucoup de choses sur vous-même, sur votre situation actuelle, ainsi que sur vos problèmes et le meilleur moyen de les résoudre.

— L'abbé veut que vous me parliez de voyance et de divination ? m'écriai-je.

Je fis une moue qui ne pouvait exprimer plus clairement mon opinion à cet égard mais, de toute évidence, mon visage était tout aussi insondable pour les Chinois que les leurs l'étaient pour moi, car le maître poursuivit son discours avec un air imperturbable.

— Il ne s'agit ni de voyance ni de divination. Le *Yi King* est un livre vieux de plusieurs milliers d'années, qui contient toute la connaissance à propos de l'univers, de la nature et de l'être humain, et des changements auxquels ceux-ci sont soumis. Tout ce que vous pouvez avoir envie de savoir se trouve dans le *Yi King*.

— Vous dites qu'il s'agit d'un livre… soufflai-je en regardant autour de moi à la recherche d'un exemplaire de ce *Yi King*.

— Oui, c'est un livre, le *Livre des mutations*, des changements. (Le démon aux yeux jaunes éclata d'un petit rire sinistre.) Vous ne pouvez pas le voir, parce qu'il est dans ma tête. J'ai passé tant de temps à l'étudier que je connais par cœur ses soixante-quatre signes, ainsi que leurs correspondances, leurs symboles et leurs interprétations, sans oublier les *Dix Ailes*, ou commentaires, ajoutées par Confucius et les nombreux traités que des érudits plus savants que moi ont écrit sur ce livre empreint de sagesse au cours des millénaires.

« Des érudits plus savants que moi »… ?

— Le *Yi King* décrit l'ordre interne de l'univers, poursuivit le maître, mais aussi les changements qui s'y produisent. Il s'appuie sur des signes, les soixante-quatre hexagrammes, par l'intermédiaire desquels les esprits sages nous informent des différentes situations qu'un être humain peut rencontrer et, conformément à la loi du changement, en prédisent l'évolution. Les esprits qui s'expriment à travers le *Yi King* peuvent donc conseiller les personnes qui les consultent à propos d'événements à venir.

Mon Dieu ! pourquoi est-ce que je perdais mon temps ici ? songeai-je, irritée. Je n'avais que faire des esprits !

— Dans toutes les rues de Chine, on trouve des devins qui utilisent le *Yi King* pour lire l'avenir en échange de quelques pièces de monnaie, maîtresse, me glissa Biao. Mais ils ne sont pas très dignes de respect. C'est un grand honneur que vous fait le maître Tzau en vous rendant son oracle.

— Si tu le dis, soupirai-je avec mépris.

Biao coula un regard discret en direction du maître.

— Nous devrions lui présenter des excuses pour l'avoir interrompu.

263

— Eh bien, fais-le. Dépêche-toi. Je veux pouvoir m'entretenir avec la vieille Ming T'ien avant le déjeuner.

— Le *Livre des mutations*, reprit le maître Tzau, indifférent à mon manque d'intérêt, est un des rares ouvrages qui aient été sauvés de l'autodafé ordonné par le Premier Empereur, qui était un fidèle adepte de la philosophie du Yin et du Yang, des Cinq Éléments, du Kan Yu ou Feng Shui, et du *Yi King*. Par conséquent, nous pouvons aujourd'hui encore consulter les esprits.

Là, c'était différent, me dis-je en tendant l'oreille. S'il continuait à parler du Premier Empereur, je prêterais attention à ses paroles. Mais, évidemment, il n'en fit rien. Cela n'avait été qu'une mention emphatique.

— Il vous demande de lui dire ce que vous voulez savoir afin qu'il puisse lancer les bâtons, m'informa Biao.

Je n'y réfléchis pas à deux fois.

— Alors dis-lui que je veux savoir quels sont, par ordre d'importance, les quatre objectifs de la vie d'un taoïste de Wudang. Pas les objectifs de n'importe quel taoïste chinois, insiste bien, mais ceux des taoïstes de ce monastère en particulier.

— Très bien, répondit le maître lorsque Biao lui eut transmis ma demande.

Bien sûr, je ne le crus pas. Pourquoi l'abbé nous donnerait-il la réponse à sa propre question par l'intermédiaire d'un médium ou de ce je-ne-sais-quoi que prétendait être cet étrange vieillard ? Quoi qu'il en soit, ledit vieillard avait déjà commencé sa singulière cérémonie en ramassant les baguettes de bois et en les disposant devant lui sur la pierre, comme un joueur alignait ses cartes sur la table de jeu. Il avait d'abord extrait un bâtonnet de l'ensemble pour le mettre de côté. Il regroupa ensuite les autres en deux tas parallèles. Puis il sortit du tas de droite un deuxième bâtonnet, qu'il plaça entre l'auriculaire et l'annulaire de sa main gauche. Enfin, il prit le tas qu'il avait à portée de cette même main et se mit à retirer méthodiquement les bâtonnets par groupes de quatre. Lorsqu'il dut s'arrêter parce qu'il en restait moins de quatre, il plaça ces derniers éléments entre l'annulaire et le majeur de sa main, qui prenait des airs de pelote à épingles ou de cactus. Il répéta l'opération avec le tas de droite et se mit les bâtonnets surnuméraires entre le majeur et l'index. À ce moment-là, il nota quelque chose à l'aide d'un pinceau sur une feuille de papier de riz et, à mon grand désespoir, recommença tout le rituel depuis le début jusqu'à l'avoir répété cinq fois d'affilée. Lorsqu'il parut enfin en avoir terminé, je dus revenir à la hâte de l'endroit où l'ennui avait eu tôt fait d'entraîner mes pensées. Les yeux jaunes du maître Tzau se posèrent sur moi et, d'un de ses ongles enroulés, il m'indiqua un des signes de la paroi rocheuse.

— Voici votre réponse, annonça-t-il. Votre première figure est celle-ci, « La Durée ».

Je regardai dans la direction qu'il me montrait et voici ce que je vis :

恒

䷟

— Comme il y a un vieux Yin à la sixième ligne, poursuivit-il, vous avez une deuxième figure. (Il pointa le doigt dans une autre direction.) C'est « Le Chaudron », qui se trouve là-bas.

J'étais on ne peut plus déconcertée. Cette histoire d'oracle devait être conçue uniquement pour les Chinois parce que je n'avais rien compris du tout. Qu'étais-je censée faire maintenant ? Remercier le maître pour cette absurde prédiction, selon laquelle un chaudron solide et éternel était la réponse à ma question sur les objectifs des taoïstes de Wudang ? Le vieillard m'avait montré deux des curieux motifs de la paroi rocheuse, tous composés de six lignes superposées, soit continues, soit coupées en deux moitiés, et surmontés d'un idéogramme chinois qui devait correspondre à leur nom. Ces deux figures, obtenues par le ballet et le maniement des bâtonnets, étaient « La Durée » – deux traits brisés, trois traits pleins et un trait brisé – et « Le Chaudron » – un trait plein, un trait brisé, trois traits pleins et un trait brisé. Autrement dit, elles étaient identiques, à l'exception du trait supérieur ; j'en déduisis que celui-ci devait être le vieux Yin de la sixième ligne auquel le sorcier avait fait allusion et, par conséquent, que ces hexagrammes se lisaient de bas en haut et non de haut en bas.

— Vous faites partie de ces individus, déclara le vieillard, qui vivent dans un état d'agitation permanent. Cela vous a causé et vous cause encore de grands malheurs. Vous n'êtes pas heureuse, vous ne connaissez pas la paix et ne trouvez pas le repos. « La Durée » parle du tonnerre et du vent, qui obéissent aux lois perpétuelles de la nature, ainsi que des bienfaits de la persévérance et de la possibilité d'avoir un endroit où aller. En outre, le vieux Yin de la sixième ligne indique que votre persévérance est perturbée par votre agitation et que votre mental et votre esprit souffrent beaucoup de votre nervosité. Cependant, « Le Chaudron » vous informe que, si vous corrigez votre comportement, si vous agissez toujours et en tout avec modération, votre destinée vous donnera l'opportunité de trouver le sens de votre vie et de suivre le bon chemin, celui qui vous fera connaître le grand bonheur et le succès.

Ce n'était pas franchement la réponse à ma question, mais cela se rapprochait beaucoup d'une description assez juste de moi-même. Aussi, à l'instar des rivières qui sortaient de leur lit à cause des pluies torrentielles, je finis par être hors de moi à force de faire les frais de cette manie qu'avaient les Chinois de vous faire un examen médical de l'âme et de vous chanter *La Traviata*, afin de vous inciter à procéder pour de mystérieuses raisons à d'obscurs changements dans votre personnalité. Certes, les paroles du sorcier étaient dépourvues de cet assommant prêchi-prêcha chrétien dans lequel j'avais été élevée, mais j'étais trop orgueilleuse pour accepter que n'importe quel Céleste aux cheveux blancs se sente autorisé à me dire ce qui m'arrivait et ce qu'il serait bon que je fasse. Je ne l'avais jamais toléré de la part de ma famille, alors je n'allais pas le tolérer maintenant de la part d'inconnus d'un autre pays qui, en plus, mangeaient avec des baguettes ! Mais le maître Tzau n'avait pas terminé :

— Le *Yi King* vous a fait part de choses importantes dont vous devriez tenir compte. Les entités spirituelles qui s'expriment à travers le *Livre des mutations* ne cherchent qu'à nous aider. L'univers a un plan trop vaste pour être compris par des êtres tels que nous, qui en voient uniquement de petits fragments inexplicables et vivent dans l'aveuglement. Les signes formés par des combinaisons de traits pleins Yang et de traits brisés Yin, qui constituent les soixante-quatre hexagrammes du *Yi King*, ont été découverts par les anciens rois Fuxi et Yu. Tout cela remonte à plus de cinq mille ans. Le roi Fuxi a repéré, sur le flanc d'un cheval surgi du fleuve Lo, les signes qui décrivent l'ordre interne de l'univers ; et le roi Yu a vu, sur la carapace d'une tortue géante qui avait émergé de la mer pendant le ressac, ceux qui expliquent la façon dont se produisent les changements. Le roi Yu a été le seul être humain capable de contrôler les crues et les inondations à l'époque des grands déluges qui ont dévasté la Terre. Il voyageait fréquemment jusqu'aux étoiles pour s'entretenir avec les esprits célestes et ceux-ci lui avaient remis le mythique *Livre de la maîtrise des eaux*, qui lui a permis de canaliser les courants et d'assécher le monde. Aujourd'hui encore, les maîtres taoïstes et ceux qui pratiquent les arts martiaux internes exécutent la danse magique suprême qui emportait Yu jusqu'au ciel. C'est une danse très puissante, qui doit être interprétée avec une grande attention. Pour finir, je dois vous parler du roi Wen, de la dynastie des Shang[1]. C'est lui qui, en réunissant et en combinant mathématiquement les signes trouvés par le roi Fuxi et le roi Yu, a composé les

---

1. 1766-1121 avant notre ère.

soixante-quatre hexagrammes du Yi King, gravés sur les murs de cette grotte.

Était-ce l'heure du cheval ? Pour ne pas paraître grossière, je faisais mine d'écouter attentivement le discours du maître Tzau en fronçant les sourcils et en hochant la tête mais, en réalité, mon seul souci à ce moment-là était de pouvoir aller voir la vieille Ming T'ien avant le déjeuner. Je n'avais que faire des anciens rois chinois et de leurs déluges universels. Nous aussi, en Occident, nous avions eu le nôtre, avec en plus un Noé salvateur.

— Et maintenant, vous pouvez vous en aller, dit le maître de but en blanc en fermant les yeux.

Puis il reprit la position de concentration totale qu'il avait à notre arrivée. Il posa une main sur l'autre à la hauteur de son ventre et sembla s'endormir. C'était le signal que j'attendais. Encore un peu surpris par la conclusion subite de la conversation, Biao et moi nous levâmes et sortîmes de la grotte en reprenant le chemin labyrinthique que nous avions parcouru à l'aller. Lorsque j'entendis de nouveau, au loin, le doux bruit de la pluie et le grondement du tonnerre, j'éprouvai un grand soulagement et accélérai le pas pour retrouver l'air libre et pur de la montagne. Comme les espaces fermés étaient étouffants, surtout lorsqu'ils sentaient la crasse à ce point !

Après avoir repris nos parapluies, le gamin et moi nous regardâmes, désorientés.

— Saurons-nous retourner au monastère ? demandai-je.

— Nous finirons bien par arriver quelque part, me répondit Petit Tigre au terme d'une brillante déduction.

Nous marchâmes longuement dans la montagne. Nous prîmes parfois des sentiers qui débouchaient à l'entrée d'autres grottes ou sur des sources d'où, bien sûr, l'eau jaillissait en abondance. La boue collait à nos pieds comme de lourdes bottes militaires. Devant nous, sur les versants des pics d'en face, nous voyions les bâtiments des temples et tentions d'avancer dans leur direction, mais nous nous perdions sans cesse. Enfin, longtemps plus tard, nous tombâmes sur une partie du Couloir divin, que nous suivîmes avec un immense réconfort. Nous nous lavâmes les pieds dans les flaques, mais nos sandales de chanvre étaient fichues et nous arrivâmes pieds nus au premier des palais que nous trouvâmes sur notre chemin. Il s'agissait d'une école d'arts martiaux pour garçons et filles en bas âge. D'étranges pièces de bois et ce qui semblait être des sacs de sable étaient suspendus au toit du bâtiment, afin que les enfants s'adonnent à de curieux exercices, que nous ne prîmes pas le temps d'observer. J'avais hâte de discuter avec Ming T'ien. J'étais sûre de pouvoir lui soutirer le deuxième idéogramme de l'énigme et, quand nous connaîtrions les deux premiers, déterminer le troisième serait un jeu d'enfant. Quant au quatrième, songeai-je avec un sourire, nous n'aurions pas à le chercher, il s'imposerait de lui-même par élimination.

Hélas, lorsque nous regagnâmes enfin son temple, Ming T'ien se reposait après avoir pris son repas. En fait, nous avions passé énormément de temps à écouter le maître Tzau dans la grotte et à faire des détours dans la montagne. Une novice nous indiqua qu'elle ne reviendrait pas à son coussin de satin avant l'heure du singe[1]. Biao et moi fûmes

1. Les heures chinoises sont doubles. L'heure du singe va de 15 heures à 16 h 59.

donc condamnés à retourner à la maison les mains vides.

Lao Jiang regardait la pluie tomber, confortablement assis dans un coin de la cour. Le ciel paraissait se fissurer dans un vacarme assourdissant, au rythme de coups de tonnerre retentissants. Tout vibrait et tremblait autour de l'antiquaire, mais il avait sur le visage une expression de grande satisfaction. Il sourit avec joie lorsqu'il nous vit passer la porte.

— J'ai de grandes nouvelles, Elvira ! lança-t-il en se levant et en se dirigeant vers nous les bras ouverts.

Il y avait des taches d'humidité sur l'ourlet de sa tunique, car le sol était trempé.

— Tant mieux, parce que moi, je me suis juste fait lire mon avenir ! m'exclamai-je d'un air affligé, en posant mon parapluie contre un mur.

— Par qui ? m'interrogea l'antiquaire, visiblement très impressionné.

— L'abbé a souhaité que je rende visite à un certain maître Tzau, qui vit dans une grotte souterraine, à l'intérieur d'une montagne.

— Quel grand honneur ! Je vous recommande, si vous me le permettez, de ne pas prendre à la légère ce que vous a dit le maître.

— Faites donc, mais je n'ai jamais eu aucun goût pour les oracles et les médiums. Cela dit, peut-être serez-vous, vous aussi, invité à vous rendre dans cette grotte afin que le maître lise votre avenir.

Lao Jiang changea d'expression tout à coup. Il me sembla voir de la peur dans ses yeux, une peur troublante, qui se volatilisa aussi vite qu'elle avait surgi, au point que je me demandai si ce n'était pas un effet de mon imagination fertile.

— Tout ce que je peux vous dire, repris-je, peut-être un peu tôt, c'est que le *Yi King* est un des rares livres qui aient été sauvés du grand autodafé ordonné par le Premier Empereur.

— Il est vrai, confirma Lao Jiang, que Shi Huangdi a fait brûler les textes des Cent Écoles, les chroniques des anciens royaumes, toute la poésie, ainsi que les documents des archives. Il avait pour but d'éliminer toute trace des systèmes gouvernementaux antérieurs au sien. Après l'unification du Pays sous le ciel et la création de l'empire du Milieu, il a voulu faire disparaître les idées anciennes et, avec elles, toute tentative de revenir au passé.

— Cela me fait penser à votre désir obsessionnel d'empêcher la restauration impériale.

Lao Jiang baissa les yeux vers le sol.

— Shi Huangdi avait raison de penser que, lorsque le monde avance, il reste toujours de dangereux nostalgiques prêts à tout, *madame*, et, si vous ne me croyez pas, songez au coup d'État militaire qui a eu lieu dans votre pays, la Grande Luçon. C'est pour cette raison que le Premier Empereur a fait brûler les livres et les archives, pour qu'ils tombent dans l'oubli. Mais il faut savoir qu'il a également ordonné la destruction de toutes les armes des citoyens de son nouvel empire. Avec le bronze résultant de leur fonte, il a fait fabriquer d'énormes cloches et douze gigantesques statues, qu'il a placées à l'entrée de son palais de Xianyang. Les idées et les armes, Elvira. Cela a du sens, ne trouvez-vous pas ?

C'était une drôle de question, surtout vu le ton sur lequel il me l'avait posée. Mais tout était bizarre dans cette Montagne mystérieuse et je ne savais pas très bien quoi répondre.

— Les armes, oui, Lao Jiang, répondis-je en

m'acheminant vers la salle à manger, m'avisant tout à coup que je mourais de faim, mais pas les livres. Les armes tuent. Rappelez-vous la guerre qui a eu lieu récemment en Europe. Les livres, au contraire, nourrissent les esprits et nous rendent libres.

— Mais beaucoup de ces esprits tombent dans les filets d'idées dangereuses.

Je soupirai.

— Ainsi va le monde ! Nous pouvons toujours essayer de l'améliorer sans détruire ni tuer. Je suis étonnée d'entendre un taoïste comme vous, qui a laissé la vie sauve aux sicaires de la Bande verte dans les jardins Yuyuan, à Shanghai, dire ce genre de choses.

— Je ne défends ni les armes ni la mort, déclara Lao Jiang en prenant place en face de moi, après que je m'étais assise devant les bols appétissants de mon repas froid. (Biao s'était retiré dans un coin avec les siens et ceux de Fernanda n'étaient bien sûr pas là.) Je dis simplement que nous devons empêcher les vieilles idées d'étouffer les nouvelles, que le monde change et évolue, et que le retour au passé n'a jamais fait d'un pays une grande nation.

— Écoutez, dis-je en prenant une bouchée de riz, je n'aime ni la politique ni les grands discours, alors pourquoi ne me donnez-vous pas plutôt ces bonnes nouvelles que vous m'avez annoncées lorsque je suis arrivée ?

Le visage de Lao Jiang s'illumina.

— Vous avez raison. Je vous prie de m'excuser un instant. Je vais chercher le livre pour vous lire ce que j'ai trouvé pendant que vous mangez.

— Faites, faites, je vous en prie.

J'engloutis mes légumes avec appétit, mais l'antiquaire ne s'absenta pas longtemps, à peine quelques minutes. Il se rassit bientôt en face de moi avec un vieux livre chinois déplié sur les genoux.

— Vous souvenez-vous du jour où je vous ai parlé de Sima Qian, le plus grand historien chinois de tous les temps ?

Je fis un geste vague qui ne voulait rien dire, car c'était exactement ce dont je me souvenais : rien.

— Lorsque nous étions dans la barcasse, sur le Yangtsé, continua Lao Jiang imperturbablement, je vous ai dit que Sima Qian affirmait dans son livre *Mémoires historiques* que toutes les personnes ayant participé à la construction du mausolée du Premier Empereur étaient mortes avec lui. Vous vous rappelez ?

Je hochai la tête et continuai à manger.

— Eh bien, ce livre est une magnifique copie du *Shiji*, les *Mémoires historiques* de Sima Qian, annonça-t-il. Il a été écrit il y a plus de deux mille ans, peu après la mort du Premier Empereur. J'étais sûr d'en trouver un exemplaire à Wudang. Il n'y en a pas beaucoup, vous savez. Celui-ci doit valoir une véritable fortune. (Là, c'était sans aucun doute le marchand qui parlait.) J'ai demandé à le consulter car je voulais vérifier les informations fournies par le chroniqueur à propos de la tombe. Il s'agit de la seule source documentaire sur le sujet et écoutez bien ce que j'ai trouvé dans la partie intitulée Annales principales. (Il inspira profondément et se mit à lire.) « Le neuvième mois, on enterra Shi Huangdi dans la montagne Li. Dès le début de son règne, Shi Huangdi avait fait creuser et arranger la montagne Li. Puis, quand il eut réuni dans ses mains tout l'empire, les travailleurs qui y furent envoyés furent au nombre de plus de sept cent mille ; on creusa le sol jusqu'à l'eau ; on y coula du bronze ; des palais, des bâtiments pour toutes les administrations, des ustensiles merveilleux, des joyaux et des objets rares y furent transportés et enfouis et remplirent la sépulture. Des artisans reçurent l'ordre de fabriquer des arbalètes et des flèches automatiques ; si quelqu'un avait voulu faire un trou et s'introduire dans la tombe, elles lui auraient soudain tiré dessus. On fit avec du mercure les cent cours d'eau, le Kiang, le Ho, et la vaste mer ; des machines le faisaient couler et se le transmettaient les unes aux autres. »

À ce stade de sa lecture, j'avais arrêté de manger et je l'écoutais bouche bée. Du mercure en grande quantité pour construire des fleuves et la mer ? Des répliques de palais, des joyaux et des objets rares ? Mais de quoi parlait-il ?

Lao Jiang continua :

— « En haut étaient tous les signes du ciel ; en bas toute la disposition géographique. On fabriqua avec de la graisse de phoque des torches qu'on avait calculé ne pouvoir s'éteindre de longtemps. Qin Er Shi dit : "Il ne faut pas que celles des femmes de l'empereur décédé qui n'ont pas eu de fils soient mises en liberté." Il ordonna que toutes le suivissent dans la mort ; ceux qui furent mis à mort furent très nombreux. Quand le cercueil eut été descendu, quelqu'un dit que les ouvriers et les artisans qui avaient fabriqué les machines et caché les trésors savaient tout ce qui en était et que la grande valeur de ce qui avait été enfoui serait donc divulguée ; quand les funérailles furent terminées et qu'on eut dissimulé et bouché la voie centrale qui menait à la sépulture, on fit tomber la porte à l'entrée extérieure de cette voie et on enferma tous ceux qui avaient été employés comme ouvriers ou artisans à cacher les trésors ; ils ne purent pas ressortir. On planta des herbes et des plantes pour que la tombe eût l'aspect d'une montagne. »

Il leva les yeux du texte et m'observa, triomphant.

— Qu'est-ce que je vous avais dit ! s'exclama-t-il. C'est un endroit rempli de trésors !

— Et de pièges mortels, nuançai-je. D'après ce que dit cet historien, il y a une quantité insoupçonnée d'arcs et d'arbalètes prêts à tirer automatiquement dès que nous aurons mis le pied dans le mausolée, sans parler des artifices mécaniques dont nous ne savons rien, conçus tout exprès pour les pilleurs de tombes comme nous.

— Comme toujours, Elvira, vos pensées négatives s'enchaînent trop vite. Auriez-vous oublié que nous avons la carte de Sai Wu, le maître d'œuvre ? Celui-ci l'a dressée pour son propre fils, Sai Shi Gu'er. Alors comment pouvez-vous douter que, dans le troisième fragment du *jiance*, se trouve le moyen d'échapper à tous les pièges destinés à protéger la tombe ?

Le vieux Yin de mon Chaudron durable m'empêchait de me ranger aveuglément à l'opinion de Lao Jiang. Agitation et nervosité. N'étaient-ce pas, selon le *Yi King*, les termes qui définissaient mon tempérament ? Aussi, après avoir entendu cette histoire d'arbalètes et de flèches automatiques, ne pouvais-je me rassurer en me fiant à l'amour de Sai Wu pour son pauvre orphelin de fils. Non, navrée, je ne pouvais pas. En outre, nous n'avions pas encore le troisième fragment du *jiance*. J'en conclus que je n'avais pas intérêt à perdre davantage de temps à manger si je ne voulais pas rater Ming T'ien de nouveau.

— Est-ce l'heure du singe ? demandai-je en

chinois, avant de me lever en m'essuyant les lèvres dans un mouchoir.

L'antiquaire sourit.

— Vous êtes en train de devenir une vraie fille de Han, Elvira.

Je souris à mon tour.

— Je ne crois pas, monsieur Jiang. Vous traitez trop mal les femmes pour que j'aie envie d'être chinoise. Pour l'instant, je préfère rester européenne, mais je ne nie pas que votre langue et votre culture commencent à me plaire.

Il sembla vexé, mais je n'en eus cure. Ne disait-il pas lui-même que le monde changeait et que nous devions empêcher les vieilles idées d'étouffer les nouvelles ? Eh bien, peut-être devait-il appliquer ses grands idéaux politiques à la situation défavorable de l'autre moitié de la population de son vaste pays.

— Oui, c'est l'heure du singe, bougonna-t-il.

— Merci ! m'écriai-je en franchissant à la hâte la porte de salle à manger pour aller chercher une nouvelle paire de sandales. Biao, allons-y !

Je me sentais bien tandis que Petit Tigre et moi parcourions les sentiers de pierre, puis montions et descendions les immenses escaliers de Wudang en nous abritant sous nos parapluies de papier. Sans m'en rendre compte, j'avais dit une grande vérité à Lao Jiang : la culture chinoise, l'art chinois, la langue chinoise me plaisaient beaucoup. Il m'était impossible de me conduire comme les étrangers qui habitaient les concessions internationales, enfermés dans leurs petits cercles d'Occidentaux sans jamais se mêler aux autochtones, sans apprendre leur langue et en les considérant comme des êtres ignorants et inférieurs. Ce long voyage à travers un pays agonisant, divisé par les partis politiques, les impérialistes, les mafias et les seigneurs de la guerre m'apportait tant de choses que j'allais avoir besoin de beaucoup de temps pour toutes les assimiler et en tirer le meilleur parti.

J'éprouvai une plus grande joie encore lorsque je vis, de loin, la vieille et minuscule Ming T'ien assise sur son coussin devant le portique du temple. Comme la dernière fois, elle souriait en regardant dans le vide sous le ciel couvert et pluvieux, les yeux rivés sur des montagnes qu'ils ne pouvaient pas voir. Elle était heureuse, cela ne faisait aucun doute. Lorsqu'elle nous entendit arriver, elle devina que c'était nous.

— *Ni hao*, Chang Cheng, dit-elle de cette petite voix cassée avec laquelle elle m'avait traitée de « pauvre idiote ».

Elle m'avait appelée par mon tout nouveau surnom, Grande Muraille, ce qui montrait à quel point les nouvelles allaient vite dans le monastère.

— *Ni hao*, Ming T'ien, répondis-je. Comment vas-tu aujourd'hui ?

— Eh bien, ce matin, mes os me faisaient mal mais, après avoir fait mes exercices de tai-chi, je me suis sentie beaucoup mieux. Merci de t'enquérir de ma santé.

Comment ses os n'auraient-ils pas été douloureux ! Elle était si tassée sur elle-même, si recroquevillée et déformée par l'âge que ce qui était étonnant, c'était qu'elle puisse encore pratiquer le tai-chi.

— Te rappelles-tu t'être fâchée contre moi l'autre jour parce que, dans ma grande ignorance, je n'ai pas su deviner que le plus important dans la vie est le bonheur ?

— Bien sûr.

— Le bonheur est-il ce qui compte le plus pour un taoïste de Wudang ?

— Oui.

— Et après le bonheur, qu'est-ce qui est le plus important pour un taoïste de Wudang ?

Faisant honneur à son nom[1], Ming T'ien rayonnait de joie en entendant mes questions. Peut-être n'avait-elle jamais eu de disciples et appréciait-elle d'être consultée, à moins, au contraire, qu'elle n'en ait eu et que son ancien statut de maître ne lui manque. En tout cas, son petit visage ridé ne lui aurait pas permis de sourire davantage.

— Imagine que tu sois très heureuse en ce moment, dit-elle. Sens-le à l'intérieur de toi. Tu es si heureuse, Chang Cheng, que ton principal désir est...

Mon principal désir ? Quel serait mon principal désir si j'étais heureuse ? Je secouai la tête avec désespoir. Qu'est-ce que c'était, être heureux ? Je ne pouvais pas faire naître sur commande un sentiment que je ne connaissais pas. J'avais vécu des moments joyeux, passionnés, amusants, émouvants, euphoriques et tous auraient pu être qualifiés d'heureux, mais je n'avais aucune idée de ce qu'était le bonheur exactement. La tristesse et la douleur duraient suffisamment longtemps pour que je puisse les reconnaître et les définir. Le bonheur, en revanche, était si éphémère qu'il ne laissait pas assez de traces pour que j'aie l'opportunité d'en suivre la piste. Je pouvais imaginer quelque chose de proche en amalgamant plusieurs sentiments (joie, passion...), mais ce n'était qu'un moyen détourné de se tirer d'affaire. Enfin, quoi qu'il en soit, si j'étais heureuse, très heureuse, j'aurais sans doute envie de prolonger cet état le plus longtemps possible, puisque la caractéristique majeure du bonheur était justement sa courte durée.

---

1. Ming T'ien signifie « Ciel resplendissant ».

— Tu as trouvé la réponse par toi-même, déclara Ming T'ien lorsque je lui eus résumé le cours de mes pensées. Lorsqu'on est heureux, on aspire à la longévité, car une longue vie permet de jouir plus longtemps du bonheur que l'on a atteint. J'ai cent douze ans et je suis heureuse depuis que j'ai emprunté le chemin du Tao, il y a maintenant plus de cent ans.

Pour l'amour du Ciel ! Mais que disait cette femme ? L'espace d'un instant, je me sentis perdre tout respect pour elle.

— Je suis sûre que tu penses beaucoup à la mort, ajouta-t-elle.

— Comment peux-tu en être aussi sûre ? répliquai-je sur un ton de défi, en contenant à grand-peine ma colère.

Elle émit un petit rire puéril qui m'exaspéra. J'évitai de regarder Biao, car je ne voulais pas qu'il croie qu'il avait voix au chapitre.

— Et maintenant, va-t'en, ordonna-t-elle tout à coup. Je suis fatiguée de parler.

Mettre un terme aux conversations de façon si abrupte, par rapport aux Occidentaux, particulièrement cérémonieux lorsqu'ils prenaient congé les uns des autres, devait être une coutume nationale. Aussi était-il préférable de s'habituer à prendre une bonne claque en guise d'escorte jusqu'à la sortie des temples, palais et grottes de Wudang. Ce n'était pas la peine de s'en offenser. Je pris donc mes cliques et mes claques et me levai pour m'en aller.

— Pourrai-je revenir te rendre visite ? demandai-je.

— Tu devras le faire encore au moins une fois, n'est-ce pas ? répondit-elle avant de fermer ses yeux infirmes pour adopter, comme le maître

Tzau, cette attitude de concentration silencieuse et impénétrable semblant indiquer qu'elle n'était plus là.

J'en restai pétrifiée. Ming T'ien savait-elle pourquoi je venais lui poser ces questions sur les objectifs des taoïstes de Wudang ? Si c'était le cas, la situation devenait compliquée. Moi qui croyais obtenir des informations cruciales auprès d'une source aussi discrète que fiable, j'avais été découverte. Alors pourquoi ne pas me donner directement la solution ? Pourquoi Ming T'ien s'entêtait-elle à me dévoiler un seul idéogramme par conversation ? C'était une façon de prolonger notre séjour à Wudang pour rien. Certes, avec cette pluie, quitter cet endroit aurait été un peu risqué. Enfin, risqué, d'accord, mais pas impossible. Nous donner les informations au compte-gouttes nous faisait perdre notre temps. Il fallait que j'en parle à Lao Jiang.

Lorsque j'évoquai la question, comme nous étions tous deux assis dans le cabinet de travail, l'antiquaire n'y accorda pas beaucoup d'importance. Il n'avait jamais vraiment fait confiance à Ming T'ien. Lui, il voulait des preuves tangibles et irréfutables ; par conséquent, il s'acharnait à lire de vieux livres taoïstes écrits à l'époque du Premier Empereur – comme cet ouvrage sur le Feng Shui, qui traitait de l'harmonie entre les êtres vivants et les énergies de la Terre. Mon inquiétude ne l'atteignit pas, pas plus que ma joie d'avoir découvert le deuxième idéogramme de l'énigme de l'abbé. La déduction lui semblait très logique et il convenait que la moitié du problème était peut-être résolue – d'abord le bonheur, puis la longévité – mais, rien de ce qu'il avait lu ne venant corroborer cette hypothèse, il continuait à être sceptique.

— Et ne vous paraîtrait-il pas plus logique, lui demandai-je, de lire des livres écrits par des moines qui ont vécu dans ce monastère et pourraient, à un moment donné, avoir mentionné les objectifs de leur vie ?

— Vous pensez que je fonde mes lectures sur un critère erroné, n'est-ce pas ?

— Non, Lao Jiang, je pense que vous devriez l'élargir. Si vous lisez des ouvrages sur le Feng Shui, ce n'est pas pour rien, mais je doute que vous y trouviez ce que nous cherchons.

— Voulez-vous savoir pourquoi je le fais ? répliqua-t-il avec goguenardise. Voyez-vous, le Premier Empereur croyait au Kan Yu comme tout Chinois qui se respecte. Tous les fils de Han, en particulier les taoïstes, pensent qu'il faut vivre en harmonie avec son environnement et avec les énergies de l'univers. Dès lors, nous sommes convaincus que l'emplacement de notre maison ou de notre tombe a une influence négative ou positive. Notre santé, notre longévité, notre paix intérieure et notre bonheur dépendent en grande partie de notre relation avec les énergies propres au lieu où nous avons choisi de vivre et avec celles qui circulent à l'intérieur de notre maison, de notre commerce ou de notre tombe – car les morts aussi doivent être enterrés dans un endroit dégageant une énergie positive pour que leur existence dans l'au-delà soit heureuse et paisible. Comment croyez-vous que tous les temples et palais de Wudang ont été construits ? Des maîtres géomanciens ont étudié avec beaucoup d'attention la montagne pour trouver les meilleurs emplacements.

Tout était clair, maintenant ! Le Feng Shui expliquait pourquoi, depuis mon arrivée en Chine, tous les édifices me semblaient merveilleusement harmonieux. Et si incroyable que cela puisse paraître, cela faisait l'objet d'une science millénaire. Les Célestes étaient vraiment des êtres très singuliers, mais ces singularités les avaient rapprochés de la beauté par des moyens inconnus des Occidentaux. Était-ce aussi pour cette raison que leurs meubles étaient toujours disposés de façon symétrique dans leurs maisons ?

— Cependant, précisa Lao Jiang, si je lis ces livres anciens sur le Feng Shui, c'est aussi parce que le Premier Empereur avait une véritable armée de maîtres géomanciens à son service. (Il posa la main sur le livre qu'il m'avait lu au déjeuner.) D'après Sima Qian, tous ses palais, et ils étaient nombreux, ont été construits en conformité avec les lois du Feng Shui. Il est évident que sa tombe n'a pas dérogé à cette règle. Étant donné que les emplacements adéquats présentent des caractéristiques aisément reconnaissables au premier coup d'œil, il m'a semblé utile d'acquérir certaines notions de Feng Shui, afin de pouvoir localiser, le moment venu, le mont Li et le mausolée.

— Mais nous saurons où ils se trouvent lorsque nous aurons le troisième fragment du *jiance*.

— Et si nous ne l'obtenons pas ? Nous pourrions nous tromper dans la combinaison des idéogrammes, n'y avez-vous pas pensé ? Vous faites tellement confiance à cette vieille moniale, Ming T'ien, que vous n'envisagez même pas la possibilité d'un échec. (Lao Jiang prit le bord de sa tunique et le replia sur ses genoux en soupirant.) Quoi qu'il en soit, je vais suivre votre conseil. Le serviteur qui m'apporte les livres ne va pas tarder à venir. Je vais lui demander de remporter tous ces livres de Feng Shui et de m'apporter des documents écrits par les moines de Wudang.

Biao et moi ayant un peu de temps libre avant l'heure du dîner, je demandai au gamin de poser pour moi et esquissai un portrait de lui qui le fascina. Je n'étais pourtant pas très contente de moi, notamment parce que la lumière était très mauvaise et, surtout, parce que mon modèle ne cessait de gesticuler, de se gratter les oreilles ou la tête, de venir regarder mon dessin, et de me poser des questions.

— J'aimerais bien apprendre à dessiner, *tai-tai*, déclara Biao en tournant la tête vers la porte par où entrait la lumière.

— Tu vas devoir t'entraîner beaucoup, l'avertis-je en ébauchant les mèches de ses cheveux avec de petits mouvements secs du poignet. Dis-le au père Castrillo lorsque nous serons rentrés à Shanghai.

Il me regarda, préoccupé.

— Je ne veux plus jamais retourner à l'orphelinat !

— Qu'est-ce que tu racontes ?

— Je n'aime pas l'orphelinat, ronchonna-t-il. En plus, je suis chinois et je dois apprendre les choses d'ici, pas celles des *Yang-kwei*.

— Je n'aime pas que tu utilises cette expression, Biao, protestai-je. (Le nationalisme orgueilleux de Lao Jiang était en train de porter ses fruits chez cet enfant.) Je crois que ni Fernanda ni moi ne méritons que tu nous appelles « Diables étrangers ». Je n'ai pas souvenir que nous t'ayons manqué de respect en quoi que ce soit.

Il parut honteux.

— Je ne parlais pas de vous, *tai-tai*. Je parlais des augustins de l'orphelinat.

Je préférai changer de conversation et continuer à dessiner.

— Au fait, Biao, et ta famille ? Nous n'en avons jamais parlé.

Le gamin se crispa, fit une drôle de moue et se mit à se mordiller nerveusement la lèvre inférieure.

— Excuse-moi, dis-je, tu n'as pas à m'en parler.

Son corps grêle semblait vouloir rétrécir jusqu'à disparaître.

— Ma grand-mère est morte quand j'avais huit ans, raconta-t-il en regardant la porte fixement. Je suis né à Chengdu, dans la province du Sichuan. Mes parents et mes frères ont été tués pendant les émeutes de 1911, quand le docteur Sun Yat-sen a renversé l'empereur. Nos voisins ont pris nos terres et expulsé ma grand-mère, qui a réussi à me sauver en me cachant dans un panier de linge et en embarquant de nuit à bord d'un sampan à destination de Shanghai. Nous avons vécu dans le Pudong. Ma grand-mère mendiait et moi, dès que j'ai su marcher...

Il s'interrompit un instant, ne sachant pas s'il devait continuer. Je ne pouvais imaginer la suite ; ma main resta suspendue dans les airs avec la sanguine, au-dessus de mon carnet à dessin.

— Enfin, comme tous les enfants du Pudong, dès que j'ai su marcher... j'ai dû travailler pour la Bande verte, pour Huang-le-grêlé, murmura-t-il. J'ai fait partie de ses courriers jusqu'à ce que le père Castrillo me trouve.

Je n'arrivais pas à croire à ce que je venais d'entendre. Du reste, je fus incapable d'articuler le moindre mot. Quelle vie cet enfant avait-il eue !

— Nous attendions dans la ruelle qui se trouve derrière la maison de thé[1] d'où Huang dirige ses

1. La célèbre Cornucopia Tea House, située en bas du Bund, à Shanghai.

affaires, poursuivit-il. Quand il avait besoin d'envoyer ou de récupérer quelque chose, on nous appelait. C'était bien payé et amusant. Mais ma grand-mère est morte et, un jour, quand j'avais dix ans, je suis tombé sur un étranger très grand qui m'a demandé où j'habitais et si j'étais seul. Quand je lui ai répondu, il m'a pris par le bras et il m'a traîné dans tout Shanghai jusqu'à l'orphelinat des augustins espagnols. C'était le père Castrillo.

L'image de Biao sautant comme un singe sur les sicaires de la Bande verte dans les jardins Yuyuan me traversa brièvement l'esprit, comme si ce souvenir représentait quelque chose d'important dans l'histoire de l'enfant. Pauvre Petit Tigre, songeai-je. Quelle vie difficile !

— N'aie pas honte d'avoir travaillé pour la Bande verte, lui dis-je en souriant. Nous avons tous fait des choses que nous n'aimons pas nous rappeler, mais il faut aller de l'avant et ne pas refaire les mêmes erreurs.

— Allez-vous le dire à Lao Jiang ? s'enquit-il d'un air anxieux.

— Non, je ne dirai rien à personne.

Les serviteurs apportant le dîner arrivèrent peu de temps après que j'eus fini de dessiner les grands yeux de Petit Tigre, qui n'avait pas rouvert la bouche de toute la séance de pose. Lorsque je lui montrai le portrait, mon modèle fit preuve d'un grand enthousiasme. Et ce fut à ce moment-là que je me rendis compte que ma nièce n'était pas rentrée. Non seulement il était l'heure de dîner, mais, dehors, il faisait nuit noire. J'offris le dessin à Biao, qui le prit et le rangea avec un air comblé. Puis j'envoyai aussitôt le gamin chercher Fernanda. Si nous devions rester à Wudang, il allait falloir que je parle avec les maîtres d'arts martiaux pour qu'ils la renvoient à la maison à une heure décente car, de toute évidence, elle n'abandonnait pas d'elle-même ses fantastiques exercices.

Les deux enfants rentrèrent trempés jusqu'aux os ; l'athlétique Fernanda avait de la boue jusqu'aux oreilles. Qui aurait pu dire, deux mois auparavant, que ma nièce on ne peut plus minaudière, guindée et snob allait devenir une jeune fille splendide, sportive et sale ? Elle avait changé de façon spectaculaire et, juste pour le plaisir de voir leur tête, j'aurais donné n'importe quoi pour que ma mère et ma pauvre sœur aient été là à ce moment-là.

La nuit qui suivit fut assez étrange. Quelque chose me réveilla de bonne heure et je ne sus pas ce que c'était avant d'être complètement réveillée : il avait cessé de pleuvoir. La maison était drapée d'un silence total, comme si la nature, épuisée, avait décidé de s'abîmer dans un repos bienfaiteur. Je n'avais plus sommeil et, persuadée que je ne parviendrais pas à me rendormir, je me levai discrètement pour ne pas déranger Fernanda, m'enveloppai dans ma couverture car il faisait très froid, et sortis dans la cour avec l'intention de m'asseoir un moment pour regarder le ciel. Mais quelle ne fut pas ma surprise lorsque je vis Biao sortir du cabinet de travail éclairé de Lao Jiang. Une lanterne à la main, il se dirigeait vers l'escalier avec un air somnolent.

— Où vas-tu, Biao ? chuchotai-je.

Le gamin sursauta et, effrayé, regarda tout autour de lui.

— Là, en bas ! lui indiquai-je.

— *Tai-tai* ? demanda-t-il d'une voix craintive.

— Évidemment ! Qui veux-tu que ce soit ? Que fais-tu debout à cette heure ?

— Lao Jiang m'a appelé. Il m'a dit de vous réveiller et de vous dire de monter le voir.

— Maintenant ? fis-je, étonnée.

Il devait être tout au plus deux ou trois heures du matin. Il était arrivé quelque chose. Sans doute l'antiquaire avait-il décelé une information importante dans ses nouvelles lectures. C'était la seule explication possible.

Petit Tigre m'attendit en haut, la lanterne à bout de bras. Je pataugeai avec mes sandales dans l'escalier mouillé et, lorsque je fus arrivée à ses côtés, il m'éclaira le chemin jusqu'au cabinet de travail. Je passai la tête avec précaution dans l'entrebâillement de la porte pour voir ce que l'antiquaire faisait : il lisait avec une concentration extrême à la lumière des bougies. Il ne me vit même pas entrer ni me placer derrière son dos. Ce ne fut que lorsque, transie, je serrai plus étroitement la couverture autour de moi, qu'il leva la tête et se retourna en tressaillant.

— Elvira ! Quelle rapidité ! Je me réjouis que vous soyez venue aussi vite.

— Le silence m'avait déjà réveillée avant que je ne croise Biao. Et vous ? Pourquoi ne vous êtes-vous pas couché ?

Il ne me répondit pas. Je lus sur son visage une grande agitation contenue.

— Permettez-moi de vous lire quelque chose, si cela ne vous ennuie pas, dit-il en m'invitant d'un geste à m'asseoir auprès de lui.

— Avez-vous trouvé une information importante ?

— J'ai trouvé la solution, lâcha-t-il avec un petit rire nerveux, avant d'approcher une des nombreuses bougies qui se trouvaient sur le bureau du livre ouvert devant lui. (Biao apporta un tabouret, le posa à côté de Lao Jiang et se retira dans un coin de la pièce ; je m'assis, l'estomac noué.) Ce livre est un petit bijou bibliographique qui atteindrait un prix exorbitant sur le marché. Il s'intitule *Les Véritables Fondements secrets du royaume de l'élévation pure* et il a été écrit par un certain maître Hsien pendant le règne du quatrième empereur Ming, au milieu du XVe siècle.

— Allez, dites-moi la solution de l'énigme de l'abbé ! lançai-je avec impatience.

— Votre chère Ming T'ien vous a dit la vérité. Ce livre ne comprend que quatre chapitres et je suis sûr que vous pouvez deviner comment ils s'intitulent.

— « Bonheur », « Longévité », « Paix » et « Santé » ? risquai-je.

Lao Jiang éclata de rire.

— Non, vous n'auriez pas réussi l'épreuve !

— « Bonheur », « Longévité », « Santé » et « Paix » ?

— Exactement. Voici en substance le propos de maître Hsien. Selon lui, les taoïstes doivent être, en premier lieu, des individus heureux. Leur bonheur les incite à vouloir vivre longtemps pour prolonger le plus possible le bien-être et la plénitude qu'ils ont atteints. Grâce aux techniques taoïstes permettant d'acquérir la longévité, dont l'une vous est déjà familière, ils se forgent en même temps une bonne santé, ce qui est très important, car il est impossible d'être heureux sans avoir la santé. Lorsqu'ils sont heureux et savent que, grâce à leurs exercices quotidiens visant à développer certaines de leurs aptitudes physiques et mentales, ils vont bénéficier d'une longue vie en pleine santé, alors, et alors seulement, ils aspirent à la paix, une paix intérieure par laquelle ils vont cultiver les vertus taoïstes du *Wu Wei*.

— Le *Wu Wei* ?

— Le « non-agir ». C'est un concept difficile à

comprendre pour les Occidentaux. Il signifie ne pas agir face aux aléas de la vie. (Lao Jiang se passa doucement les doigts sur le front pour trouver un moyen de m'expliquer quelque chose d'aussi simple que l'oisiveté.) Le *Wu Wei* n'est pas la passivité, contrairement à ce que vous pouvez penser de prime abord. Le sage taoïste, parce qu'il a l'esprit en paix, laisse les événements se dérouler sans interférer dans leur enchaînement. En renonçant à l'usage de la force, à l'agitation émotionnelle, à la convoitise des choses matérielles, il découvre que tenter de s'imposer face au destin équivaut à retirer l'eau d'une mare et à la couvrir de boue. Quand l'action, au contraire, consiste à ne pas retirer l'eau, à laisser la mare telle qu'elle est, celle-ci restera propre ou se nettoiera d'elle-même. Le non-agir du *Wu Wei* n'implique pas de ne rien faire, mais de toujours soumettre ce que l'on fait à la modération du Tao et de se retirer discrètement une fois le travail terminé.

— Cette histoire de modération, c'est vous qui l'avez ajoutée à votre récolte pour une raison qui vous est propre ?

Lao Jiang me jeta un regard amusé et secoua la tête.

— Votre méfiance atteint des extrémités surprenantes, Chang Cheng, dit-il en employant le surnom que m'avait donné la Montagne mystérieuse. (Comment avait-il eu vent de ce sobriquet ? Il avait passé la journée enfermé dans le cabinet de travail.) Comme vous le savez, c'est aussi ce que dit le *Tao Te King*, dans un superbe passage qui vous a été offert en cadeau. Enfin, nous ferions mieux de prévenir l'abbé et de lui demander de nous recevoir pour voir si nous avons mis dans le mille.

— Savez-vous l'heure qu'il est ? m'écriai-je, scandalisée, découvrant du même coup que la maîtrise des émotions et le *Wu Wei* ne feraient jamais partie de ma vie.

— Le jour est sur le point de se lever. L'abbé doit être en train de célébrer les cérémonies matinales du monastère depuis des heures.

— J'ai complètement perdu le sens du temps depuis que nous sommes arrivés à Wudang, admis-je avec résignation. Ces heures doubles à nom d'animal me perturbent.

— Ce sont les authentiques heures chinoises et il n'y a que dans les territoires occupés par les Occidentaux qu'elles ne sont plus en usage, indiqua Lao Jiang en se levant. Biao, rends-toi au palais des Nuages pourpres et sollicite une audience auprès de l'abbé. N'oublie pas de dire que nous avons résolu l'énigme.

— Peut-être devrais-je rendre visite à Ming T'ien pour avoir confirmation de l'ordre des deux derniers idéogrammes, avant que nous ne parlions à l'abbé, proposai-je.

— Allez-y, dit l'antiquaire en réprimant un bâillement. Je crois que je vais pouvoir dormir un peu, à présent que j'ai la satisfaction d'avoir trouvé la solution. Je n'aurais pas réussi sans votre aide. Je me réjouis que vous m'ayez encouragé à laisser de côté le *Feng Shui* et à chercher dans les textes taoïstes de Wudang. Nous aurons bientôt le troisième et dernier fragment du *jiance*.

Curieusement, ma nièce fit preuve d'une totale indifférence lorsqu'elle apprit la nouvelle. Au fond, sa transformation n'avait affecté que ses centres d'intérêt.

— Alors nous allons bientôt quitter Wudang ? demanda-t-elle en fronçant les sourcils. Je ne

voudrais pas interrompre ma formation maintenant.

Tandis que nous prenions notre petit déjeuner
dans la salle à manger, un soleil accablé s'efforçait
de se frayer un chemin entre d'épaisses couches de
nuages en cette première matinée sans pluie.

— Biao et moi pourrions rester ici, suggéra Fernanda, avec entêtement.

Les yeux du gamin s'illuminèrent, mais il n'osa
pas ouvrir la bouche. Il était revenu du palais de
l'abbé seulement quelques minutes auparavant et
nous avait annoncé qu'un serviteur viendrait nous
chercher à l'heure du serpent[1] pour nous accompagner à l'audience.

— Tu iras où j'irai, Fernanda, assénai-je en
m'armant de patience. (Moi, pour ne pas l'exposer
à des périls inutiles, j'avais prévu qu'elle reste à
Shanghai avec le père Castrillo et c'était elle qui
s'était obstinée à vouloir me suivre. Et maintenant,
elle était prête à me voir partir avec Lao Jiang et
les soldats, tout ça pour ne pas abandonner Wudang !)
Je ne vais tout de même pas te laisser seule dans
ce monastère taoïste perdu au beau milieu de la
Chine ?

— Je ne vois pas pourquoi, ma tante. Nous
sommes plus en sécurité ici que partout ailleurs.
Et vous n'avez pas besoin de moi ni de Biao pour
trouver la tombe de ce maudit empereur Huang
Shi... je ne sais quoi.

— Le sujet est clos, Fernanda, tranchai-je en
levant la main. Je ne t'autoriserai pas à rester ici.
Tu peux partir maintenant, si tu veux, mais tu
reviendras quand Biao ira te chercher.

Elle ne se le fit pas dire deux fois. Sans prendre

1. Entre 9 heures et 10 h 59.

292

le temps de terminer son petit déjeuner, elle sortit de la pièce à grandes enjambées. Lao Jiang arriva juste à ce moment-là, encore tout ensommeillé. Ce matin-là, j'avais fait pour la première fois mes exercices de tai-chi seule et, bien que j'aie enchaîné les erreurs, je m'étais délectée d'une merveilleuse solitude devant les imperturbables montagnes.

— *Ni hao*, dit l'antiquaire pour me saluer. Quelles sont les nouvelles ?

— Dans une heure, une heure occidentale, je veux dire, un serviteur de l'abbé va passer nous chercher pour nous accompagner au palais des Nuages pourpres.

— Ah ! parfait ! se réjouit-il, avant de s'asseoir pour prendre son petit déjeuner. Ne vouliez-vous pas d'abord rendre visite à Ming T'ien ?

— Nous étions sur le point d'y aller, n'est-ce pas, Biao ? répondis-je en me levant.

Je n'étais pas très sûre de trouver la vieille moniale sur son coussin de satin à une heure aussi matinale, mais il fallait que j'essaie. Ce serait peut-être la dernière fois que je la verrais.

Petit Tigre et moi empruntâmes les avenues de pierre, encore humides, en laissant dans l'air des nuages de vapeur qui sortaient de notre bouche. Des moines vêtus de longues tuniques noires s'échinaient à balayer les corridors, les ponts, les cours, les palais et les perrons de Wudang pour les débarrasser de la boue qui s'y était accumulée. Le froid revitalisait le corps et le décor qui s'offrait à mes yeux était, après tant de jours de pluie, une véritable ivresse pour les sens. En passant par un chemin qui donnait sur une falaise, nous vîmes un tapis de nuages blancs plusieurs centaines de mètres au-dessous de nous. Au loin, au-delà d'un pont, on pouvait distinguer le temple de Ming

T'ien, bâti sur le versant d'un pic. Wudang était si grand que ses paysages changeaient chaque jour sans que l'on s'en rende compte. C'était une ville, une ville mystérieuse où la paix entrait dans vos poumons en même temps que l'air pur. En fin de compte, ma nièce avait raison : cela ne m'aurait pas dérangée de rester un peu ici pour réfléchir à tête reposée aux choses que j'avais vues et entendues mais, surtout, pour méditer sur ce que j'avais appris, peut-être trop vite et avec trop de préjugés et de préventions.

Tout à coup, mon cœur chavira de joie lorsque je discernai la minuscule silhouette de la vieille moniale, assise à l'entrée du temple.

— Allons-y ! m'écriai-je.

Biao et moi accélérâmes le pas. À ma grande surprise, lorsque nous arrivâmes devant elle, Ming T'ien nous accueillit avec une bonne réprimande.

— Pourquoi cours-tu toujours d'un endroit à l'autre ? me lança-t-elle à brûle-pourpoint, très en colère.

Le ton doux de Biao lorsque celui-ci traduisit sa question contrasta beaucoup avec la mauvaise humeur que j'avais décelée dans sa voix.

— Pardon, Ming T'ien, répondis-je en m'inclinant inutilement, les mains jointes à la hauteur de mon front. Aujourd'hui est un jour très spécial et nous sommes un peu pressés.

— Quelle importance ? Crois-tu que les sculptures de tortue qui ornent tout le monastère soient là juste pour décorer ? Apprends une fois pour toutes que la tortue détient la longévité parce qu'elle se conduit de manière posée. Agir avec précipitation écourte la vie. Répète ça !

— Agir avec précipitation écourte la vie, répétai-je en chinois.

— Voilà qui me plaît ! déclara Ming T'ien avec un grand sourire. Je veux que tu te le rappelles lorsque tu seras très loin d'ici, Chang Cheng. Le feras-tu ?

— Je le ferai, Ming T'ien, promis-je sans grande conviction.

— Bien. Tu me fais une grande joie. (Les yeux blanchâtres de la vieille moniale se tournèrent de nouveau vers les montagnes.) Nous n'aurons plus l'occasion de parler. Je le regrette, mais j'apprécie que tu sois venue me dire adieu.

Comment savait-elle... ?

— Tu devrais te mettre en route pour le palais des Nuages pourpres, ajouta-t-elle. Le petit Xu va bientôt vous recevoir.

— Le petit Xu ? m'étonnai-je.

Elle ne pouvait pas faire référence à Xu Ben-shan, le grand abbé de Wudang ! Peut-être que si... Elle se mit à rire.

— Je me souviens encore du jour où il est arrivé dans ces montagnes, expliqua-t-elle. Comme moi, il n'en est pas reparti et n'en repartira jamais.

Mais comment savait-elle tout cela ? Comment savait-elle que nous avions résolu l'énigme ? Comment savait-elle que nous avions une audience avec l'abbé ?

— Je ne voudrais pas que tu arrives en retard, Chang Cheng, dit-elle en reprenant le ton d'admonestation avec lequel elle nous avait accueillis. Je sais que tu veux confirmation de l'ordre des idéogrammes, alors dis-moi, quel est le résultat correct ?

— « Bonheur », « Longévité », « Santé » et « Paix ».

Elle sourit.

— Allez, va ! lança-t-elle en agitant sa main osseuse comme si elle chassait une mouche. Ton destin t'attend.

— Mais est-ce la bonne réponse ? demandai-je, hésitante.

— Bien sûr que c'est la bonne réponse ! se fâcha-t-elle. Et va-t'en, maintenant ! Je commence à être fatiguée.

Biao et moi fîmes demi-tour et commençâmes à nous éloigner d'elle. Une grande tristesse m'envahit. J'aurais aimé rester ici, apprendre davantage de Ming T'ien.

— Souviens-toi de moi quand tu atteindras mon âge ! s'exclama-t-elle.

Puis je l'entendis de nouveau rire. Je me retournai pour la regarder et, tout en sachant qu'elle ne pouvait pas me voir, je levai la main en signe d'adieu. Il valait mieux que j'écourte un peu ma vie et que je parte en courant avant que les larmes ne m'empêchent de voir le chemin. « Souviens-toi de moi quand tu atteindras mon âge », avait-elle dit. Je souris. Était-ce une façon de me dire que je vivrais, comme elle, jusqu'à cent douze ans... ? Dans ce cas, je mourrais ni plus ni moins au cours de la lointaine année 1992, presque à la fin du siècle qui venait de commencer. Je riais encore en arrivant à la maison et je n'avais pas cessé lorsque, accompagnés d'un serviteur richement vêtu, nous partîmes pour le grand palais du « petit Xu ».

Le somptueux palais des Nuages pourpres m'impressionna encore plus que la première fois que je l'avais vu, le jour de notre arrivée, sous la pluie. Le ciel était toujours bas, couvert, mais il ne tomba heureusement pas une seule goutte pendant notre traversée du grand pont enjambant le fossé et notre ascension des escaliers grandioses qui menaient aux trois niveaux du bâtiment. L'abbé nous reçut de nouveau dans le pavillon des Livres. Il nous attendait, assis au fond avec une grande dignité, flanqué de milliers de *jiance* faits de tablettes de bambou, enroulés et empilés les uns sur les autres de chaque côté de la salle, dans la lumière qui filtrait à travers les fenêtres recouvertes de papier de riz. Il n'y avait ni torches ni feu, juste quatre grandes dalles de pierre lisses placées devant l'abbé et que nous voyions de dos.

Lorsque, après avoir avancé à petits pas protocolaires, nous atteignîmes la limite de la proximité autorisée, les moines qui nous accompagnaient se retirèrent en s'inclinant profondément. Cette fois encore, je remarquai les immenses plates-formes des chaussures de velours noir de l'abbé, bien qu'à la lumière du jour le chatoiement de la soie bleue de sa tunique attire davantage mon attention.

— Avez-vous de bonnes nouvelles ? nous demanda Xu Benshan avec douceur.

— Comme s'il ne le savait pas ! marmonnai-je à voix basse.

Lao Jiang fit un pas en avant en direction des dalles de pierre.

— « Bonheur », « Longévité », « Santé » et « Paix », annonça-t-il.

Le « petit Xu » acquiesça d'un air satisfait et passa la main droite dans l'ample manche gauche de sa tunique. Mon cœur se décrocha lorsque je le vis sortir un rouleau de vieilles tablettes reliées par un cordon de soie verte. C'était le troisième fragment de notre *jiance*.

L'abbé se leva et descendit cérémonieusement les trois marches le séparant des dalles, que deux moines en habit pourpre retournèrent pour nous montrer le résultat. Et nous vîmes, dans l'ordre, l'idéogramme *fu*, « bonheur », avec ses flèches et ses carrés ; *shou*, « longévité », avec ses multiples lignes horizontales ; *k'ang*, « santé », avec son petit homme traversé par un trident ; et enfin *an*, « paix », dont le protagoniste dansait le fox-trot.

L'abbé passa entre les dalles et, le bras tendu, remit à Lao Jiang le dernier fragment du *jiance* écrit par l'architecte et ingénieur Sai Wu plus de deux mille ans auparavant. Vu de si près, Xu Benshan paraissait très jeune, à peine sorti de l'enfance. Mais mes yeux se détournèrent de lui pour suivre le *jiance*, qui passa de sa main à celle de Lao Jiang. Désormais, il était à nous. Nous allions enfin savoir comment trouver la tombe du Premier Empereur.

— Merci, abbé, dit l'antiquaire.

— Profitez de notre hospitalité autant qu'il vous plaira. Vous allez maintenant entreprendre la partie la plus difficile de votre voyage. N'hésitez pas à nous demander tout ce dont vous aurez besoin.

Lao Jiang, Biao et moi nous inclinâmes très bas en signe de reconnaissance et, sous le regard de l'abbé, immobile, contenant à grand-peine notre impatience, nous ressortîmes du palais avec cette démarche lente et interminable pour pouvoir examiner notre trophée tant convoité. Nous avions enfin le troisième fragment ! Et d'après ce que je voyais du coin de l'œil, il était identique aux deux parties que nous avions déjà en notre possession.

— Nous allons attendre d'être à la maison pour l'ouvrir, décréta Lao Jiang en brandissant victorieusement les tablettes en l'air. Je veux le placer à côté des autres fragments pour faire une lecture complète du *jiance*.

— Biao ! m'exclamai-je avec jubilation. Va chercher Fernanda et revenez tous deux sans perdre une minute.

Chapitre 4

Sur le bureau, désormais dépouillé de tous ses livres, du cabinet de travail, les tablettes de bambou formant la vieille carte de l'architecte Sai Wu étaient réunies pour la première fois depuis 1662. Cette année-là, le prince de Gui avait coupé les cordons de soie qui les reliaient et ainsi obtenu trois fragments, qu'il avait remis à ses plus fidèles amis afin qu'ils les cachent le long du Yangtsé. Comme nous le pensions, le dernier fragment de la carte indiquait l'emplacement du mausolée perdu du Premier Empereur et le moyen d'y pénétrer sans se faire tuer, c'est-à-dire, nous le savions désormais, en évitant les tirs automatiques d'arbalètes et les dangereux pièges mécaniques tendus aux pilleurs de tombes (autrement dit, nous). Il était donc crucial pour nous de faire une lecture complète du *jiance* et même Fernanda, qui était revenue en courant dès que Biao était allé la chercher, était visiblement nerveuse et se penchait au-dessus des tablettes comme si elle pouvait comprendre ce qu'elle voyait. Lao Jiang finit par lui ordonner avec fermeté de s'écarter du bureau, avant de s'asseoir et d'ajuster ses grosses lunettes sur son nez. Les enfants et moi nous réunîmes derrière lui, dans un silence total, pour regarder par-dessus ses épaules.

— Que dit le dernier fragment ? m'enquis-je au bout d'un moment.

L'antiquaire secoua lentement la tête.

— La taille des idéogrammes est un peu plus petite et certains d'entre eux sont illisibles parce que l'encre s'est abîmée, dit-il enfin.

— Nous nous en doutions, murmurai-je en m'approchant un peu plus. Lisez ce qui se voit bien.

Il émit un grognement indéchiffrable et tendit la main vers Biao.

— Passe-moi la loupe qui est posée sur ces livres. (Le gamin se précipita et revint avant que l'antiquaire n'ait terminé sa phrase.) Bien, voyons... Ici, il est écrit : « Quand toi, mon fils, tu arriveras au mausolée, le sacrifice de tous ceux qui y ont travaillé aura atteint son but et plus personne ne se souviendra de son emplacement. »

— À quel âge Sai Wu pensait-il que son fils orphelin irait piller la tombe ? demanda Fernanda, surprise par la rapidité avec laquelle, selon l'architecte, une œuvre d'une telle ampleur et d'une telle importance tomberait dans l'oubli.

— À sa majorité, je suppose, comme il l'a indiqué dans le premier fragment, répondit Lao Jiang en retirant ses lunettes pour la regarder. Dix-huit à vingt ans après l'avoir envoyé chez son ami à... où était-ce ? Chaoxian ? (Il consulta les premières tablettes.) Oui, Chaoxian. Mais il n'est pas étonnant que personne n'ait pu se souvenir de l'emplacement de la tombe du Premier Empereur au bout de si peu de temps. Cette sépulture avait été réalisée uniquement par des hommes condamnés aux travaux forcés et par leurs chefs, les architectes et les ingénieurs. Or, ils étaient tous morts avec Shi Huangdi, avec qui ils avaient été enterrés vivants. Le commun des mortels – les « têtes noires », comme on appelait les hommes libres – ne connaissait pas le lieu de construction de la tombe, qui avait été tenu secret. Seuls les ministres étaient au courant, ainsi que la famille impériale, qui était chargée de faire les offrandes funéraires. Mais trois ans après la disparition de Shi Huangdi, à la suite de conspirations à la cour, de révoltes paysannes et du soulèvement des anciens seigneurs féodaux, tous les membres de la famille impériale étaient morts. La dynastie que le Premier Empereur avait fondée pour dix mille ans en avait à peine duré trois.

— Pourriez-vous reprendre votre lecture, s'il vous plaît ? dis-je en posant les mains sur mes hanches d'un geste caractéristique qui me surprit moi-même.

— Bien sûr, répliqua l'antiquaire en chaussant de nouveau ses lunettes et en plaçant la loupe au-dessus des tablettes. Où en étais-je ? Ah oui ! je vois. « Observe la carte, Sai Shi Gu'er. L'entrée secrète se trouve dans le lac artificiel formé par la digue de retenue d'eau de la rivière Shahe. Plonge là où j'ai mis une marque et descends à quatre *ren*... »

— Attendez ! pas si vite ! m'écriai-je en prenant un des tabourets du cabinet de travail pour m'asseoir. Nous devrions étudier la carte. Jusqu'à présent, j'ai eu beau essayer, je n'ai rien pu déchiffrer mais, maintenant, avec les indications de Sai Wu, peut-être allons-nous parvenir à interpréter ces taches d'encre.

Hilare, Lao Jiang se tourna vers moi.

— Mais c'est tout à fait clair, Elvira ! lança-t-il.

Regardez bien ce qui est écrit à l'intérieur de ce carré. (Il montra une minuscule inscription à l'angle supérieur gauche de la carte.) Xianyang, l'ancienne capitale du premier empereur de Chine, la ville de Shi Huangdi. Il paraissait raisonnable de penser que le mausolée se trouverait non loin de là, dans un rayon de guère plus de cent kilomètres. Aujourd'hui, Xianyang ne doit être qu'un tas de ruines, si toutefois il en reste quelque chose, mais, tout près, se trouve la grande ville de Xi'an, que l'on associe à tort à cette vieille capitale. Comme vous le voyez, Xi'an ne figure pas sur le plan. Elle n'a été fondée que plusieurs années après la mort de Shi Huangdi, ce qui prouve l'authenticité de notre carte.

— Xi'an ? Est-ce loin d'ici, de Wudang ?

Lao Jiang pencha la tête, pensif.

— Je dirais à la même distance que Hankou, en direction de l'ouest-nord. C'est la capitale de la province voisine du Shensi[1], au nord, et Wudang se trouve à la limite du Shensi. Donc, cela doit faire environ... quatre cents kilomètres, peut-être moins. Mais le problème, ce sont les montagnes. Entre Wudang et le Shensi s'élèvent les monts Qin-ling. Autrement dit, il va nous falloir encore un mois ou un mois et demi pour aller jusque-là.

Cela n'aurait pas pu être facile, songeai-je, désespérée. En pleine saison des pluies, bientôt rattrapés par l'hiver, nous allions devoir franchir une chaîne de montagnes qui serait à coup sûr encore plus redoutable que Wudang, avec ses soixante-douze sommets élevés et escarpés.

— Ne vous en faites pas, Elvira, m'encouragea l'antiquaire. Xi'an était le point de départ de la

1. Actuelle province du Shaanxi Sheng.

célèbre route de la soie reliant l'Orient et l'Occident. Elle est très bien desservie. Il existe des sentiers et de bonnes pistes de montagne.

— Et la guerre ? Et la Bande verte ?

— Revenons à la carte, voulez-vous ? Nous avons déjà situé la capitale du Premier Empereur, l'ancienne Xianyang. Cette ligne en pointillé, juste au-dessous, qui va d'un côté à l'autre des tablettes, est la rivière Wei. (Il me montra une autre paire de caractères illisibles ; je l'aurais mieux vue s'il me l'avait signalée avec un de ces ongles postiches dorés qu'il portait à Shanghai.) Si nous suivons le cours de la Wei en direction de l'est, nous voyons qu'elle compte de nombreux affluents au nord comme au sud. (Il posa le doigt sur la dernière ligne qui descendait vers l'angle inférieur droit de la carte.) Là, il s'agit de la Shahe, que Sai Wu mentionne dans sa lettre, voyez-vous ? On peut lire son nom ici et cet élargissement de forme allongée est sans doute le lac artificiel formé par la digue de retenue d'eau. C'est merveilleux ! (Il ouvrit les bras comme pour serrer contre lui le malheureux maître d'œuvre mort deux mille ans auparavant.) Regardez cette petite marque à l'encre rouge à l'extrémité du barrage. On la discerne à peine, mais elle est bien là.

Il me tendit la loupe et s'écarta pour que je puisse observer la fameuse petite tache rouge. Vue ainsi, avec les explications qu'il nous donnait, cette étrange carte devenait effectivement compréhensible. En suivant des yeux la descente verticale de la Shahe, depuis la Wei jusqu'à une chaîne de montagnes reposant contre le bord inférieur des tablettes de bambou, on pouvait voir, vers la fin, un évasement allongé, légèrement incliné en direction du nord-est, qui arborait une minuscule marque rouge en son extrémité la plus proche des montagnes. Alors cette tache rouge indiquait l'endroit où il fallait plonger ? Mon Dieu !

Après que Fernanda et même Biao eurent examiné le plan à leur tour, Lao Jiang reprit la loupe et poursuivit sa lecture.

— « Plonge là où j'ai mis une marque et descends à quatre *ren*... », répéta-t-il.

— À combien équivaut un *ren* ? l'interrogea ma nièce.

Cette question sembla le prendre au dépourvu.

— Le *ren* fait partie des anciennes unités de mesure, dont la plupart ont varié depuis cette époque, expliqua-t-il après quelques instants de réflexion, mais je dirais que quatre *ren* équivalent à environ sept mètres.

— Sept mètres ! me lamentai-je. Mais je sais à peine nager !

— Ne vous inquiétez pas, *tai-tai*, dit Biao pour me rassurer, nous vous aiderons. Ce n'est pas difficile.

Las d'être intcrrompu, Lao Jiang continua à lire.

— « ... quatre *ren*, jusqu'à l'embouchure d'une conduite pentagonale qui fait partie du système de drainage de l'enceinte funéraire. »

— Pentagonale ? murmura Biao.

— À cinq côtés, clarifia rapidement sa jeune maîtresse.

— « Avance à l'intérieur de la conduite sur vingt *chi*... »

— Et ça recommence ! protesta Fernanda. Alors maintenant, à combien équivaut un *chi* ?

— Un *chi* équivaut à plus ou moins vingt-cinq centimètres, répondit Lao Jiang sans lever les yeux du *jiance*. Vingt *chi* font environ cinq mètres, si je ne me trompe pas.

— Non, vous ne vous trompez pas, déclara le savant petit serviteur.

Cet enfant était doué pour les mathématiques, cela ne faisait aucun doute.

— Puis-je poursuivre ma lecture, s'il vous plaît ? implora Lao Jiang avec mauvaise humeur.

— Allez-y ! dis-je.

Il n'avait pas tort. Si nous l'interrompions sans cesse, nous n'arriverions jamais à la fin.

— « Avance à l'intérieur de la conduite sur vingt *chi* et monte respirer dans le soupirail. Tu en trouveras un tous les vingt *chi*. Le dernier est le fond d'un puits par lequel tu accéderas directement au tumulus. Tu sortiras en face de la porte de la grande salle principale, qui constitue l'entrée du palais funéraire. Tu dois savoir que la tombe a six niveaux de profondeur, le chiffre sacré du royaume du Premier Dragon. »

— Six niveaux ? m'étonnai-je.

— Le chiffre sacré ? demanda en même temps Fernanda.

Contrarié, Lao Jiang retira de nouveau ses lunettes.

— Je vous saurais gré de poser vos questions les uns après les autres, soupira-t-il.

— Bon, je commence, décidai-je en passant avant ma nièce. Comment se fait-il que la tombe ait six niveaux de profondeur ? L'historien qui a fait la chronique de la construction du mausolée n'en a pas parlé.

— Certes, Sima Qian ne mentionne pas ce détail, admit Lao Jiang, mais je vous rappelle qu'il a écrit ce récit cent ans après la mort de l'empereur et qu'il n'a jamais visité les lieux ni su où ils se trouvaient. Il s'est contenté de copier les allusions qui y étaient faites dans les anciennes archives historiques de la dynastie des Qin.

— Pourquoi le six était-il le chiffre sacré du Premier Empereur ? enchaîna aussitôt Fernanda, qui ne s'intéressait guère à l'Histoire ni aux chroniques de qui que ce soit.

— Influencé par les maîtres géomanciens de son époque, Shi Huangdi a adopté la philosophie des Cinq Éléments. Je ne vais pas vous expliquer maintenant en quoi elle consiste. (J'approuvai ; je savais de quoi elle traitait et ce n'était pas le moment de se lancer dans une telle explication, d'autant que j'avais déjà tout noté dans mon carnet à dessin.) Disons simplement qu'il existe, dans le taoïsme, une relation harmonieuse entre la nature et les êtres humains, qui se matérialise à travers les cinq éléments, c'est-à-dire le Feu, le Bois, la Terre, le Métal et l'Eau. Selon le cycle de ces éléments, le royaume de Shi Huangdi était régi par l'Eau, car celui-ci avait conquis et dominé les royaumes antérieurs, qui appartenaient à la période du Feu. Comme l'élément Eau correspond à la couleur noire, toute la cour impériale était vêtue de noir et tous les édifices, étendards, vêtements, chapeaux et ornements étaient fabriqués dans cette couleur.

— C'est d'un sinistre ! lâchai-je.

— Et c'est également pour cette raison que l'on appelait les gens du peuple les « têtes noires ». En outre, selon la théorie des Cinq Éléments, l'Eau est associée non seulement à la couleur noire mais aussi au chiffre six, ce qui répond à votre question, Elvira : si la tombe a six niveaux, c'est pour être conforme aux normes de l'empereur, dont le six était, selon les géomanciens, le chiffre sacré.

— Pour cette raison et aussi parce que personne ne risquait de s'imaginer qu'un mausolée souterrain pouvait s'étendre sur six étages, n'est-ce pas ?

— En effet, confirma l'antiquaire en remettant

ses lunettes d'un geste las. Bien, donc, nous en étions... là : « ... le chiffre sacré du royaume du Premier Dragon. Chacun de ces niveaux est un piège mortel conçu pour protéger le véritable sépulcre, qui se trouve au dernier d'entre eux, le plus profond, à l'abri des profanateurs et des pilleurs. C'est là que tu devras arriver, Sai Shi Gu'er. Maintenant, je vais te donner toutes les informations que j'ai recueillies, non sans mal, au cours de ces dernières années. Les membres du cabinet secret du... » *Shaofu* ? (Il s'interrompit.) Je ne sais pas ce que signifie ce mot. Je ne l'ai jamais rencontré. « ... du cabinet secret du *Shaofu*[1] chargés de la sécurité travaillent dans un isolement total et je me suis contenté de faire ce qu'ils m'ont ordonné de faire, mais je peux te donner quelques indications qui te seront utiles. Je sais qu'au premier niveau des centaines d'arbalètes tireront dès que tu pénétreras dans le palais, mais tu pourras éviter ces tirs en étudiant de façon approfondie les exploits du fondateur de la dynastie des Xia. »

— C'est de la folie ! m'exclamai-je sans pouvoir me retenir, dépassée par les événements.

— « Concernant le deuxième niveau, mon ignorance est encore plus grande, mais n'y allume pas de feu pour éclairer ton chemin, avance dans l'obscurité ou tu mourras. Je sais du troisième niveau ce que j'y ai fait moi-même : il compte dix mille ponts qui, en apparence, ne mènent nulle part, mais il existe un itinéraire qui conduit à la sortie. Au quatrième niveau, se trouve la chambre des *Bian Zhong*... » (L'antiquaire resta songeur un instant.) J'ignore ce que sont les *Bian Zhong* « ... la

1. Service administratif du Premier Empereur responsable des travaux dans le mausolée.

chambre des *Bian Zhong*, qui a un rapport avec les Cinq Éléments. »

— Ça, nous savons ce que c'est, observai-je, mais personne ne partagea mon enthousiasme.

— « Au cinquième niveau, il y a un cadenas spécial qui ne s'ouvre que par magie. Et au sixième niveau, l'authentique lieu de sépulture du Premier Dragon, tu devras franchir une grande rivière de mercure pour arriver jusqu'aux trésors. » (Lao Jiang fit une pause et se passa la main sur le front.) « Je t'implore, mon fils, de venir et de faire ce que je te demande. Sai Wu, qui s'incline deux fois. »

— Croyez-vous que nous y parviendrons ? demandai-je.

La confiance qui flottait dans l'air au début de la lecture s'était totalement volatilisée. Tels des malades prostrés dans un lit et incapables de se lever, nous restâmes immobiles, en silence, saisis par le doute.

— Il s'agit d'un texte très ancien, bredouilla Lao Jiang après avoir longuement médité sa réponse. Ce qui était alors une science avancée ne l'est plus de nos jours. Nous ne croyons plus non plus en la magie et, de surcroît, nous disposons de plusieurs copies des manuscrits renfermant les connaissances qui n'étaient accessibles à l'époque qu'aux érudits de la cour et aux empereurs. Je crois qu'il n'y a pas lieu de s'inquiéter. Je suis sûr que nous allons y arriver.

Pendant quelques minutes, personne ne dit rien. Tout le monde réfléchissait. Le vrai danger n'était peut-être pas, comme le disait Lao Jiang, cette série de vieux traquenards qui pouvaient, du reste, être hors d'état de fonctionner. Non, le vrai danger consistait à pénétrer sous terre, à une grande profondeur, dans une construction extrêmement ancienne. Tout le mausolée risquait de s'effondrer et de nous prendre au piège comme des souris dans une souricière. Il n'était pas exclu que nous finissions ensevelis sous d'innombrables couches de décombres et rien que cette idée m'empêchait de respirer. Et puis, il ne fallait pas oublier les enfants : comment leur faire courir un tel péril ? Il était évident que la meilleure solution était de les laisser à Wudang. Moi, j'étais coincée par les dettes considérables que Rémy m'avait laissées, mais il n'y avait pas de raison que Fernanda meure à dix-sept ans ni que Biao termine ses jours de façon aussi triste.

— Les enfants vont rester à Wudang, annonçai-je.

Ma nièce me regarda avec une expression d'incrédulité mêlée de colère.

— C'est toi-même qui en as eu l'idée, Fernanda, lui rappelai-je avant qu'elle ne commence à se plaindre. Ce matin, tu étais très contrariée de devoir quitter le monastère. Je t'autorise à rester afin que tu puisses progresser dans tes exercices.

— Mais maintenant je veux y aller ! cria-t-elle.

— Eh bien, ce que tu veux n'entre pas en ligne de compte, déclarai-je sans m'énerver. Biao et toi resterez à Wudang jusqu'à ce que nous revenions vous chercher.

— Je suis d'accord, murmura Lao Jiang. Nous allons confier Fernanda et Biao aux moines de Wudang.

Le visage de Biao s'était enflammé comme s'il avait pris feu : deux rosaces de couleur vermillon affleuraient sur ses joues cuivrées et ses oreilles étaient sur le point de s'embraser. Sans doute était-ce dû aux efforts que le gamin faisait pour réprimer les protestations indignées qui l'agitaient. Comme Fernanda, il aurait bien sûr donné n'importe quoi pour nous accompagner jusqu'à la tombe du Premier Empereur.

Ma nièce fut la première à quitter le cabinet de travail. Elle sortit, drapée dans sa dignité offensée et suivie de près par son serviteur dégingandé, qui, craignant les coups de bâton, dissimula sa colère de son mieux. Mes oreilles, j'en étais sûre, n'allaient pas tarder à siffler.

Une fois seuls, Lao Jiang et moi nous concentrâmes sur la situation.

— Paddy va nous manquer, dit-il.

— C'est vrai. Vous et moi pouvons difficilement nous lancer seuls dans pareille entreprise.

— Mais que faire ? Demander de l'aide à nos soldats ? Les impliquer jusqu'au bout dans notre quête ?

— Je ne crois pas que cela soit une bonne idée, objectai-je.

— Moi non plus, mais nous allons avoir besoin d'eux. Réfléchissez-y.

— C'est tout réfléchi. Ils constitueraient plus un danger qu'une aide.

— Je sais, je sais, admit-il à regret, mais que pouvons-nous faire d'autre ?

Je m'efforçai de trouver une solution rapidement et, tout à coup, il m'en vint une à l'esprit.

— Et si nous demandions de l'aide à l'abbé ? Il nous a dit de ne pas hésiter à faire appel à lui si nous avions besoin de quoi que ce soit.

— Et que demanderions-nous, exactement ?

— Un moine, proposai-je. Ou deux.

— Des moines...

— Regardez autour de vous ! m'exaltai-je. Nous sommes entourés de taoïstes experts en arts martiaux, histoire ancienne, divination, astrologie, magie, géomancie, philosophie...

Lao Jiang m'observa d'un air préoccupé.

— Mais, dans ce cas, nous devrions partager le trésor avec le monastère.

— Ne soyez pas aussi avaricieux ! m'écriai-je, indignée, même si je savais que sa part n'irait pas dans sa poche mais dans les coffres du Kuomintang. Ne trouveriez-vous pas merveilleux que les richesses du Premier Empereur soient réparties entre un journaliste ivrogne, une veuve endettée, les nationalistes, les communistes et un monastère taoïste ? Peut-être préféreriez-vous qu'elles tombent entre les mains de Puyi et des siens ou, pire, des Japonais ?

Lao Jiang médita un instant ces questions.

— Vous avez raison, reconnut-il à contrecœur. Je vais écrire une lettre à l'abbé pour lui expliquer ce dont nous avons besoin. J'en profiterai pour lui dire que les enfants vont rester ici. Et je lui proposerai une part des richesses du mausolée. Nous verrons bien ce qu'il nous répondra.

L'après-midi, après un repas sans Fernanda ni Biao, qui avaient disparu, deux curieux personnages firent leur apparition à la porte de notre maison. C'étaient deux moines – jusque-là, rien d'extraordinaire dans un monastère –, mais ce qui était étrange, c'était leur remarquable ressemblance : même taille, même silhouette, même visage... Ils apportaient une lettre en réponse à celle de Lao Jiang. Tandis que l'antiquaire la lisait avec une extrême attention, j'observai, stupéfaite, les deux jumeaux qui attendaient sans ciller devant le portail de la cour. Ils étaient minces et avaient encore les cheveux noirs bien qu'il ne leur en reste pas beaucoup. Les sourcils fournis, ils avaient en outre les yeux très écartés et un menton si proéminent qu'il leur déformait le visage. Après les avoir longuement étudiés (ce que je pus faire tranquillement, car ils ne regardaient eux-mêmes que Lao Jiang), je ne discernai qu'une toute petite différence entre eux : une ombre légère sur la joue du moine de gauche.

— L'abbé nous envoie les frères Daiyu et Hongyu, annonça l'antiquaire en levant les yeux de la lettre. (Les moines s'inclinèrent lorsqu'ils entendirent leur nom.) Le maître Daiyu, « Jade Noir », est expert en arts martiaux. (Celui qui avait la tache imperceptible sur le visage s'inclina de nouveau poliment.) Le maître Hongyu, « Jade Rouge », est son frère et fait partie des plus grands érudits de Wudang. (L'intéressé répéta lui aussi son geste.) Ils sont tous deux de Hankou et parlent français. Nous n'aurons donc pas de problème de communication. Maîtres Jade Noir et Jade Rouge, ce sera un grand honneur pour madame de Poulain et pour moi, Jiang Longyan, de pouvoir compter sur votre aide au cours de notre voyage. Nous sommes très reconnaissants à l'abbé d'avoir mis à notre disposition deux conseillers aussi illustres que vous.

Ensuite, nous fîmes tous des tas de révérences mais, au fond, je ne me sentis pas à l'aise, parce que les deux Jade m'ignoraient, exactement comme Lao Jiang avait ignoré ma nièce au début de notre rencontre. Par conséquent, il me sembla opportun de faire un petit commentaire :

— Peut-être serait-il bon que je donne aux maîtres Jade Noir et Jade Rouge l'autorisation de me regarder et de s'adresser à moi en toute confiance.

Les sourcils arqués, les moines se tournèrent vers l'antiquaire, qui se lança, pour éviter tout risque de conflit diplomatique, dans un long discours en chinois. Je ne compris pas ce qu'il leur dit, mais ma demande fut entendue, car les deux jumeaux me firent face et, après m'avoir jeté un coup d'œil indécis, s'inclinèrent encore abondamment. Voilà qui était mieux.

— Nous partirons demain à l'aube, déclara Lao Jiang. Nous devons envoyer un message à nos soldats restés à Junzhou pour leur dire d'avancer vers le nord. Nous les retrouverons à Shiyan. Ce serait absurde de revenir sur nos pas pour aller les chercher.

— Demain est un bon jour pour partir, approuva le maître Jade Rouge. Nous ferons bon voyage.

— Je l'espère... murmurai-je sans conviction.

Ce soir-là, le dîner fut très triste. Fernanda était toujours fâchée et refusait de parler. Elle mangea frugalement un peu de tofu avec des légumes et des champignons, avant d'aller se coucher, les larmes aux yeux. Lorsque j'entrai dans notre chambre, elle était tournée vers le mur.

— Tu es réveillée ? m'enquis-je à voix basse en m'asseyant au bord de son *k'ang*. (Elle ne répondit pas.) Nous reviendrons bientôt, Fernanda. Apprends et étudie, profite du temps que tu vas passer à Wudang. Je vais te laisser une lettre à l'attention du consul espagnol de Shanghai, Don Julio Palencia. S'il m'arrivait quelque chose... S'il m'arrivait quelque chose, retourne à Shanghai avec Biao et remets-lui cette lettre. Il t'aidera à retourner en Espagne.

Une respiration profonde fut l'unique réponse que j'obtins. Peut-être dormait-elle vraiment. Je me relevai et montai au cabinet de travail pour écrire la lettre.

Avant l'aube de ce mardi 30 octobre, alors qu'il faisait nuit noire et que les enfants n'étaient pas encore réveillés, Lao Jiang, les deux moines jumeaux et moi quittâmes le monastère d'un bon pas, nos ballots sur l'épaule. Il faisait un froid terrible mais, par chance, il ne pleuvait pas ; une averse en pleine descente de la Montagne mystérieuse était le pire qui aurait pu nous arriver. Au fur et à mesure que le soleil s'élevait dans le ciel dégagé, la prophétie du maître Jade Rouge selon laquelle ce serait une journée propice semblait s'accomplir sans faille.

Nous marchions en silence en laissant derrière nous les magnifiques pics de Wudang, les temples et les palais, les grands escaliers, les statues de grues et de tigres, les océans de nuages, et les bois épais et impénétrables aux merveilleux tons verts et ocre. Nous avions passé seulement cinq jours ici, mais je sentais que c'était pour moi une espèce de foyer auquel j'aurais toujours envie de revenir et que, de retour à Paris, plongée dans le bruit des autos, les lumières nocturnes des rues, les voix des passants et l'effervescence quotidienne de cette grande ville occidentale, je me souviendrais de Wudang comme d'un paradis secret, où la vie s'écoulait d'une autre manière, à un autre rythme. Les singes criaient et semblaient nous dire au revoir. Moi, je ne pensais qu'à revenir le plus tôt possible pour retrouver Fernanda, non parce que j'avais peur de ce qui nous attendait, et pourtant c'était le cas, mais parce que la môme me manquait déjà et que j'avais hâte que tout soit réglé et terminé.

Peu avant la tombée de la nuit, nous vîmes une autre de ces singulières portes qui donnaient accès à la Montagne mystérieuse. Elle était un peu différente, peut-être plus petite que celle par laquelle nous étions entrés près de Junzhou, moins travaillée aussi, mais tout aussi ancienne et imposante. Nous passâmes la nuit dans un *lü kuan* de pèlerins et, pour la première fois depuis longtemps, j'eus une chambre pour moi toute seule. Je me demandai comment allait ma nièce, comment Biao et elle avaient passé leur journée. Hélas, Lao Jiang et les maîtres Rouge et Noir – ce jour-là, je commençai à les appeler ainsi en souvenir du célèbre roman de Stendhal, *Le Rouge et le Noir* – n'étaient pas de très agréable compagnie. Je dormis peu et mal ; cependant, je me levai à temps pour m'intégrer au groupe qui s'était formé dans la cour de l'auberge afin de pratiquer le tai-chi.

Nous marchâmes encore toute la journée, ne nous arrêtant qu'un moment pour manger. Nous ne parlâmes pas beaucoup plus pendant cette pause… mais, enfin, nous nous sustentâmes avant de reprendre la route. Plus nous nous éloignions de la montagne, plus le temps s'améliorait ; les nuages noirs chargés de pluie semblaient être prisonniers des pics de Wudang, qui ne les laissaient avancer dans aucune direction. Parcourir de nouveau les sentiers de Chine, les yeux bridés à l'encre, me donna une forte impression de *déjà vu*. Cette sensation s'intensifia lorsque, en milieu d'après-midi, après avoir franchi une petite rivière, nous discernâmes enfin le village de Shiyan, où nous attendaient autour d'un feu, dans une apparente camaraderie, les cinq soldats du Kuomintang et les sept membres de l'armée révolutionnaire communiste, tandis que nos chevaux et nos mules paissaient tranquillement dans les environs.

Le soir, au dîner, les soldats déclarèrent qu'aucun membre de la Bande verte n'avait pointé son nez dans les parages en notre absence. Ils n'avaient rien remarqué de suspect et personne autour d'eux n'avait évoqué la présence d'individus qui ne soient pas des pèlerins ralliant ou quittant le monastère. Ils avaient l'air contents, trop contents, comme s'ils étaient au beau milieu d'un voyage d'agrément, dont ils profitaient dans les grandes largeurs. Ils riaient grossièrement et buvaient de la liqueur de sorgho avec une joie que je trouvais bien excessive ; apparemment, ils avaient acheté à Junzhou de grandes quantités de cette liqueur, qu'ils avaient ajoutées à nos provisions. Je me réjouissais d'autant plus d'avoir laissé Fernanda au monastère, loin de tout cela. Je ne pouvais pas imaginer ma nièce devant pareille scène. Nous dormîmes sur place, dans un misérable *lü kuan* que nous envahîmes jusque dans les moindres recoins, et prîmes dès le lever du jour la route de Yunxian, située « à quarante-huit *li* à peine », selon le maître Rouge, celui qui parlait le plus des deux jumeaux (alors qu'il n'ouvrait quasiment pas la bouche).

Les sentiers n'étaient pas plus impraticables que ceux qui reliaient Hankou à Wudang. Et ils étaient plus agréables, car on n'y voyait pas ces tristes caravanes de paysans fuyant les guerres en masse. Ce serait plus difficile avec les premières neiges mais, à ce moment-là, nous serions loin des zones de conflit les plus dangereuses, car les régions montagneuses vers lesquelles nous nous dirigions n'intéressaient guère les seigneurs de la guerre. Et pour comprendre ce désintérêt, il suffisait de regarder le petit village de montagne de Yunxian, bâti à l'intersection de deux chemins et entouré d'une rivière, et d'arpenter les sentiers ardus qui menaient jusqu'à lui. Il nous fallut si longtemps pour parcourir ces « quarante-huit *li* à peine » qu'il faisait déjà nuit lorsque nous arrivâmes et qu'il nous fut impossible de trouver à nous loger. Nous nous trouvâmes donc dans l'obligation de dormir à la belle étoile et de lutter contre le froid intense de la nuit en faisant de grands feux et en utilisant toutes les couvertures dont nous disposions. Je venais enfin de m'endormir lorsqu'un tapage infernal (hurlements, coups, cris d'alarme...) me réveilla en sursaut.

— Qu'est-ce qui se passe ? criai-je à plusieurs reprises, le cœur battant à tout rompre.

Seulement, dans l'agitation et la panique, je posai sans m'en rendre compte la question en espagnol et, bien sûr, ni Lao Jiang, debout à mes côtés, ni les moines Rouge et Noir, ni *a fortiori* les soldats, qui couraient en tous sens les armes à la main, ne comprenaient ce que je disais. Il s'agissait sans doute d'une attaque de la Bande verte. J'attirai l'attention de Lao Jiang en lui tirant sur la manche et m'exprimai cette fois en français :

— Cachons-nous, Lao Jiang ! Nous sommes à découvert !

Sans m'écouter, il se tourna vers le soldat qui avait pris le premier tour de garde cette nuit-là. Le jeune homme marchait dans notre direction avec un air résolu et amusé en tenant par le cou... Fernanda et Biao. Je poussai un cri de stupéfaction. Je n'arrivais pas à y croire.

— Mais bon sang ! m'exclamai-je, furieuse, peut-on savoir ce que... ?

— Ne vous fâchez pas, ma tante, ne vous fâchez pas ! implora en sanglotant mon idiote de nièce, que je n'avais jamais vue aussi crasseuse et débraillée.

Mon cœur sembla s'arrêter dans ma poitrine. Leur était-il arrivé quelque chose ? Comment avaient-ils pu atterrir ici ? Le tapage avait presque cessé dans le campement. Désormais, on n'entendait plus que des éclats de rire. Du coin de l'œil, je vis des soldats essayer de calmer les bêtes.

— Que s'est-il passé ? demandai-je aux enfants en m'efforçant de garder mon sang-froid. Est-ce que vous allez bien ?

Biao acquiesça d'un hochement de tête. Il se montrait peu bavard et n'aurait pas pu être plus sale. Fernanda sécha ses larmes avec la manche de son manteau chinois et inspira bruyamment dans l'espoir de maîtriser ses sanglots.

— Que diable faites-vous ici ? J'exige une explication. Tout de suite !

— Nous voulions venir avec vous, murmura Biao d'une voix grave, les yeux baissés.

Il était si grand qu'il fallait que je lève un peu le menton pour voir son visage.

— Je n'ai pas entendu ! criai-je pour la plus grande joie de l'assistance.

Amusés, les soldats commencèrent à s'asseoir autour de nous, comme au spectacle, et pour cause : mes cris aigus auraient pu passer pour des miaulements d'opérette chinoise.

— Nous voulions venir avec vous, répéta le gamin.

— Vous n'en aviez pas l'autorisation ! Nous vous avions confiés à l'abbé !

Les deux enfants gardèrent le silence.

— Inutile d'insister, estima Lao Jiang. Demain, je corrigerai Biao comme il le mérite.

— Je ne vous laisserai pas lui donner des coups de bâton ! explosai-je en gardant le ton avec lequel je m'étais adressée aux enfants.

— Si, *tai-tai*, s'il vous plaît ! supplia Biao. Je le mérite !

— Tout le monde est complètement fou dans ce pays ! m'écriai-je en rugissant comme une possédée. (Les rires redoublèrent dans mon dos.) Je ne veux plus vous entendre ! Couchez-vous ! Nous reparlerons de tout cela demain.

— Nous avons faim, avoua alors ma nièce en retrouvant une voix tout à fait normale.

Une fois le choc passé, venaient les exigences. Eh bien, elle pouvait toujours essayer. Elle avait le visage suffisamment rebondi pour ne pas m'inspirer la moindre compassion.

— Aujourd'hui, personne ne mange ! décrétai-je, les poings sur les hanches. Allez vous coucher !

— Mais nous n'avons rien mangé depuis hier ! protesta-t-elle avec exaspération.

— Ça m'est complètement égal. Vous n'allez pas mourir d'avoir passé deux jours l'estomac vide ! Et vos ballots ?

— Là où la sentinelle nous a repérés, s'empressa de répondre Biao.

— Eh bien, allez les chercher ! (Je tournai les talons pour m'éloigner.) Demain il fera jour et je n'aurai plus envie de tuer personne. Allez, dépêchez-vous !

Je ne sais pas ce qui se passa ensuite. Je m'allongeai et n'ouvris même pas les yeux lorsque ces deux irresponsables vinrent se coucher à côté de moi. Je les entendis murmurer un moment et, petit à petit, le silence revint. Ne pouvant rien faire d'autre, je fis semblant de dormir mais, occupée à trouver un moyen de les renvoyer à Wudang le lendemain matin, je ne fermai pas l'œil de la nuit.

Lorsque le soldat du dernier tour de garde nous réveilla et que je les vis couchés côte à côte, dormant comme des marmottes, je finis par accepter l'idée qu'ils nous accompagnent jusqu'à la ville de Xi'an, où ils pourraient rester pendant que Lao Jiang, les moines et moi pénétrerions dans le mausolée. En fin de compte, ne devais-je pas m'occuper de ma nièce et garder celle-ci à mes côtés tant qu'elle ne courait aucun danger ? Elle était mieux avec moi que dans un monastère taoïste et aucun membre de la bonne société occidentale ne m'aurait dit le contraire.

Le matin, nous étions désormais six à faire nos exercices de tai-chi. Fernanda et Biao, même lorsqu'il faisait froid et même lorsqu'il y avait de la neige, se joignaient à nous avec un enthousiasme sincère. À la fin du mois de novembre, nous arrivâmes à Shang-Hsien[1]. Ensemble, confrontés aux vents glacés, aux bourrasques et aux éboulements, nous avions franchi péniblement, pendant près d'un mois, de redoutables cols de montagne. Et à présent, les enfants, l'antiquaire, les moines et moi représentions une magnifique manifestation d'harmonie et de coordination gestuelle.

Hélas, située au cœur même de la chaîne de montagnes, dans une petite vallée creusée par le passage de la rivière Danjiang contre le flanc du mont Shangshan, la ville de Shang-Hsien était un lieu historiquement dangereux. En discutant avec les habitants, Lao Jiang avait appris qu'elle avait été le théâtre de nombreuses batailles, ce qui expliquait qu'elle ait conservé, outre quelques rues pavées, des vestiges de ses anciens remparts. Depuis deux mille ans, armées et paysans révoltés y passaient pour gagner la grande Xi'an (à seulement cent kilomètres), car elle se trouvait sur la seule route traversant les monts Qinling lorsqu'on venait du sud. À Shang-Hsien, il y avait même un vieux *lü kuan*, ce qui nous sembla être le comble du luxe après que nous avions tant erré dans les montagnes. En réalité, ce n'était qu'une auberge misérable et sordide, mais cela m'était égal. J'aurais pu tuer ou mourir s'il le fallait pour un bain bien chaud.

1. Actuelle ville de Shangzhou ou Shangxian.

Nous dînâmes correctement, puis Fernanda et Biao se mirent à jouer au Wei-ch'i sous le regard enthousiaste des frères Rouge et Noir, qui, comme tous les soirs, finirent par participer au jeu. Les soldats, quant à eux, burent quantité de liqueur et chahutèrent dans un coin de la vaste salle à manger. Lao Jiang et moi, également comme tous les soirs, ou presque, étudiâmes notre copie de la carte du *jiance* (élaborée par mes soins avec mes crayons de couleur sur une feuille de mon carnet) en émettant toutes sortes d'hypothèses à propos des pièges de la tombe, si pauvrement décrits par l'architecte Sai Wu à son fils. Je m'étais souvent demandé pour quelle raison le fils de Sai Wu n'avait jamais reçu la lettre qui lui était destinée. D'après le texte, il aurait dû accompagner les tablettes jusqu'à la maison de l'ami de son père, qui était censé les garder jusqu'à ce qu'il atteigne sa majorité. Si le *jiance* et l'enfant se trouvaient ensemble et que le *jiance* n'avait jamais atteint sa destination, il était clair que le jeune Sai Shi Gu'er n'était pas non plus arrivé à bon port. J'eus beaucoup de compassion envers ce nouveau-né, à qui son père avait réservé un destin si ambitieux et qui était probablement mort avec le reste du clan des Sai. Si je voyais juste, cela signifiait qu'il y avait eu un maillon faible dans la chaîne des événements et il ne pouvait s'agir que du « serviteur de confiance » à qui Sai Wu avait confié les tablettes et l'enfant. Mais comment les tablettes étaient-elles parvenues jusqu'à nous ? Nous ne le saurions sans doute jamais.

Nous allâmes nous coucher propres et repus, et même heureux à l'idée de nous allonger sur de merveilleux *k'angs* chauffés par les briques conduisant la chaleur des cuisines. Ce fut un plaisir paradisiaque, un luxe oriental, c'était le cas de le dire.

Cependant, la deuxième sensation que j'éprouvai cette nuit-là fut l'étouffement provoqué par un objet froid et métallique qui me pressait la gorge, pendant qu'une voix me susurrait d'étranges et violentes paroles à l'oreille. J'ouvris les yeux brusquement, tout à fait réveillée, pour découvrir que je n'y voyais rien dans l'obscurité et que l'inconnu penché au-dessus de moi m'empêchait de bouger et même de respirer en couvrant de sa main ma bouche et mon nez. J'eus envie de crier, mais ce fut impossible. Dès que je me mis à me débattre, le métal s'enfonça un peu plus dans ma gorge et la douleur m'indiqua qu'il s'agissait d'une lame bien aiguisée. Un filet de sang coula sur ma peau jusqu'à mon épaule. J'entendis des bruits étouffés et sus que ma nièce était, elle aussi, en danger. Nous allions mourir et je ne comprenais pas ce qui en retardait le moment. Comme à Nankin, l'imminence de la mort, qui me faisait d'ordinaire si peur, me rendit plus vivante et plus forte que jamais. Une lumière s'alluma dans mon esprit et je me rappelai que, pas exactement à mes pieds mais tout près, il y avait sur les briques chaudes une petite table sur laquelle était posée une vaste bassine en terre cuite. Si elle tombait, cette bassine ferait grand bruit. Seulement, si je m'étirais pour donner un coup de pied, le couteau se planterait dans ma gorge et, une fois que j'aurais les veines du cou coupées, qui saurait arrêter l'hémorragie ? Soudain, j'entendis un gémissement furieux de ma nièce et je ne tergiversai pas davantage : d'un seul geste, je m'efforçai d'écarter le cou de la lame en poussant la tête en arrière et vers la gauche, en direction de la poitrine de mon agresseur, et je tendis les jambes – tout le corps, en réalité – avec une telle force que je sentis parfaitement mes pieds heurter la bassine, qui vola dans les airs. À la fois surpris et en colère, le tueur me frappa d'un geste violent à la tempe, mais le fracas de l'énorme bassine se brisant sur le sol avait déjà retenti dans tout le *lü kuan*. Tandis que je tentais en vain de me remettre du choc, qui m'avait laissée presque inconsciente, je perçus un cri étouffé derrière mon dos et sentis les bras de l'assassin desserrer leur étreinte et me lâcher. Je m'effondrai, inerte, sur le *k'ang* et, au même moment, j'entendis ma nièce pousser un cri de terreur strident qui m'incita à faire l'effort de me redresser pour aller l'aider.

— Ne bougez pas, murmura la voix du maître Rouge (ou du maître Noir ; je ne le saurais jamais). Votre nièce va bien.

— Fernanda, Fernanda… appelai-je.

Morte de peur, la pauvre enfant qui pleurait comme une Madeleine se jeta dans mes bras. Je la serrai contre moi tout en essayant de comprendre ce qui se passait. Je n'arrivais pas à réfléchir. J'étais abasourdie et, à l'intérieur de ma tête, horriblement douloureuse, s'enchaînaient des bourdonnements pénétrants qui se mêlaient aux coups de feu, aux cris et au remue-ménage provenant de la grande salle à manger, transformée en véritable champ de bataille. Cette fois, c'était forcément une attaque des sicaires de la Bande verte. Je reconnaissais bien là leur façon d'agir, et ma nièce et moi avions bien failli y rester. Du reste, peut-être n'étions-nous pas encore tirées d'affaire, songeai-je avec appréhension. Il fallait que nous réagissions et que nous sortions de cette pièce pour aller nous cacher quelque part, au cas où nos adversaires sortiraient vainqueurs du combat. Sonnée, le cœur au bord des lèvres au point de vomir tout ce que j'avais dans l'estomac dès que j'eus posé le pied par terre, je me levai en entraînant Fernanda avec moi. Puis je lui passai le bras autour des épaules et m'acheminai péniblement vers la porte. En fait, je ne savais pas où je voulais aller ; j'agissais de façon incohérente. Quitter la chambre revenait à entrer dans la salle à manger du *lü kuan* ; or, c'était de là que venaient les coups de feu.

— Mon Dieu, pourvu qu'il ne soit rien arrivé à Biao ! dit Fernanda entre deux sanglots.

Ma décision de fuir avait été ridicule. Soutenant de nouveau ma nièce ou, plus exactement, m'appuyant sur elle, je marchai pieds nus sur les fragments coupants de la bassine brisée pour retraverser la chambre vide et sombre.

— Que voulez-vous faire ? me demanda Fernanda, déconcertée.

— Nous devons nous cacher, murmurai-je. C'est la Bande verte.

— Mais nous n'avons nulle part où aller ! s'exclama-t-elle.

Une balle traversa la porte avec un sifflement aigu et s'incrusta dans le mur en propulsant de petits éclats de pierre qui ricochèrent sur nous. Fernanda poussa un cri.

— Tais-toi ! lui ordonnai-je en lui parlant à l'oreille pour que personne d'autre ne m'entende. Veux-tu qu'ils sachent que nous sommes là et qu'ils viennent nous chercher ?

Elle secoua la tête énergiquement et me prit par la main pour m'emmener dans un coin de la pièce. Nous trouvâmes sur notre passage les corps inertes des deux assassins qui nous avaient agressées. Puis j'entendis avec étonnement ma nièce retirer les couvertures et les nattes de bambou des *k'angs* et s'approcher de moi avec de mystérieuses intentions. Encore très étourdie, je la sentis m'envelopper dans une couverture, puis dans une natte, jusqu'à ce que je ressemble à un grand rouleau, qu'elle posa négligemment contre le mur. Il fallait admettre que c'était une bonne idée, la meilleure qu'on puisse trouver dans ces circonstances.

— Et toi ? m'enquis-je depuis mon étouffant refuge.

— Je me cache, moi aussi.

Puis nous cessâmes de parler, jusqu'à ce que, longtemps après, la bataille se termine dans la cour. J'avais passé un moment horrible, et pas juste à cause de la peur. J'ignorais comment ce maudit sicaire m'avait frappée, mais le mal de tête, la nausée, l'écœurement et, pire, la sensation que j'allais perdre connaissance à tout instant avaient fait de mon séjour dans ce rouleau de bambou un véritable exploit. J'avais dû faire des efforts héroïques pour me maintenir éveillée et debout, alors que j'avais le dos appuyé contre le mur. Et au moment où il m'avait semblé que je ne tiendrais pas une seconde de plus, j'avais cru entendre la voix de Biao.

— *Tai-tai !* Jeune maîtresse !

Elle venait de loin, comme si l'on m'appelait depuis l'autre monde, mais c'était sans doute moi qui avais déjà un pied dans l'autre monde.

— Jeune maîtresse ! *Tai-tai !*

— Biao ! s'écria ma nièce.

J'essayai de parler, mais je vomis de nouveau, à l'intérieur de mon étroite cachette, avant de sombrer.

Lorsque je rouvris les yeux, je vis un plafond de pisé peint en blanc. Ma première sensation fut celle d'avoir beaucoup dormi et la seconde, d'être éblouie par la lumière. Je clignai des paupières et songeai qu'il était étrange que nous ne nous soyons pas réveillés au lever du jour pour faire nos exercices de tai-chi. Où était Biao ? Pourquoi Fernanda ne m'avait-elle pas réveillée ?

— Prévenez Lao Jiang, dit une voix. Elle a ouvert les yeux.

Évidemment que j'avais ouvert les yeux ! Qu'est-ce que ça voulait dire ? À moins que ce ne soit quelqu'un d'autre qui avait ouvert les yeux... Je ne comprenais rien à ce qui se passait.

— Comment vous sentez-vous, ma tante ?

Le visage inquiet de Fernanda, tout gonflé de larmes, apparut dans mon étroit champ de vision. Agacée, j'allais demander à ma nièce ce qu'elle avait à pleurnicher ainsi, lorsque je me rendis compte que je ne pouvais pas parler, ni articuler le moindre son, que ma mâchoire refusait de s'ouvrir.

— Ma tante... ? Me voyez-vous, ma tante, me voyez-vous ?

Quelque chose de très grave était en train de m'arriver et je ne comprenais ni quoi ni pourquoi. Je commençai à avoir peur. Finalement, au prix d'un effort surhumain, je parvins à entrouvrir les lèvres.

— Évidemment que je te vois, balbutiai-je à grand-peine.

— Vous me voyez ! s'écria Fernanda, transportée de joie. Ne bougez pas, ma tante. Vous avez une bosse de la taille des arènes de Madrid sur la tête et un bleu sur la moitié du visage.

— Quoi ? dis-je en tentant de me redresser, ce qui, de toute évidence, représentait un trop grand effort pour moi.

— Ne vous rappelez-vous rien de ce qui s'est passé la nuit dernière ?

La nuit dernière ? Que s'était-il passé la nuit dernière ? N'étions-nous pas allés nous coucher après le dîner ? Et, au fait, où étions-nous ?

— Nous avons été attaqués par la Bande verte, me souffla ma nièce.

La Bande verte ? Ah oui ! la Bande verte. Oui, bien sûr qu'elle nous avait attaqués. Les événements me revinrent brusquement à la mémoire : l'assassin qui m'avait enfoncé un couteau dans le cou, le coup de pied donné dans la bassine, le coup magistral reçu à la tempe... Et ensuite, des bribes de rêves, une couverture, une natte...

— Oui, je m'en souviens, murmurai-je.

— Bien, dit la voix de Lao Jiang, qui devait se trouver à proximité. C'est bon signe. Comment vous sentez-vous, Elvira ? Mais peut-être préférez-vous que je vous appelle Chang Cheng...

J'entendis rire Biao, ainsi que ma nièce.

— Sûrement pas, dis-je, vexée.

— Elle est vraiment revenue à elle ! s'exclama l'antiquaire d'un air satisfait.

Un des visages identiques des frères Rouge et Noir (ma vision était encore trop floue pour que je puisse déterminer s'il avait une ombre sur la joue) se pencha au-dessus de moi et m'examina avec attention. Lorsque le moine toucha le côté gauche de ma tête, j'eus si mal que je poussai un cri.

— Vous avez reçu un coup terrible, m'expliqua le maître, certainement la « Paume de fer ». Certains de nos agresseurs connaissaient les techniques secrètes du combat Shaolin. Vous auriez pu mourir.

— Ce fut une rude bataille, déclara Lao Jiang.

— Que s'est-il passé ? demandai-je.

— Ils nous ont attaqués par surprise. Ils se sont introduits dans nos chambres sans que les soldats s'en rendent compte.

— Trop de liqueur de sorgho... grommelai-je, en colère.

— Soyez tranquille, ils l'ont payé cher, affirma l'antiquaire sur un ton lugubre. Aucun d'eux n'a survécu.

— Qu'est-ce que vous dites ? m'alarmai-je en essayant de nouveau de me redresser.

J'eus mal dans tout le corps et renonçai.

— Les maîtres Jade Rouge et Jade Noir ont été les premiers à pouvoir sortir de leur chambre. Nous avons tous été attaqués en même temps. Il y avait plus de vingt hommes. Je crois que Biao a compté vingt-trois cadavres, n'est-ce pas, Biao ?

— Oui, Lao Jiang, répondit le gamin. Plus les douze soldats.

Quel stupide carnage ! pensai-je. Pourquoi les hommes résolvaient-ils toujours leurs problèmes par des guerres, des massacres ou des assassinats ? S'ils voulaient le *jiance*, ou tout le contenu du maudit « coffret aux cent joyaux », les sicaires de la Bande verte auraient simplement pu nous faire prisonniers, nous obliger à leur donner ce qu'ils convoitaient, et nous relâcher. Mais non, il fallait attaquer, tuer et mourir. Absurde violence !

— Nous venions vous porter secours lorsque vous avez fait tomber le *lien p'en*, expliqua le maître. Nous savions que vous étiez en danger. Le bruit a réveillé les soldats et c'est à ce moment-là qu'a commencé la bagarre.

— Au début, continua Lao Jiang, les balles des fusils ont eu raison de beaucoup de nos agresseurs, mais ceux qui ont gardé la vie sauve, alors que nos soldats étaient pratiquement vaincus, avaient été formés au combat Shaolin, comme celui qui s'en est pris à vous. Les maîtres Jade Rouge, Jade Noir et moi avons réussi, non sans mal, à en éliminer quatre ou cinq, mais il en restait encore autant. Malgré leurs blessures, ils ont tué les derniers jeunes hommes du groupe communiste de Shao. Cette attaque a été violente et très bien organisée. Cette fois, les hommes de Huang-le-grêlé n'ont pas voulu prendre de risques. Ils avaient l'intention de s'emparer du *jiance* mais, grâce à la bassine que vous avez fait tomber, nous ne leur avons pas laissé le temps de le chercher. Le maître Jade Noir a plusieurs lésions importantes et moi, de nombreuses contusions et quelques blessures. Le maître Jade Rouge est celui qui s'en est le mieux tiré ; il a des entailles sur les mains et dans le dos, mais rien de grave.

— Et Biao ? m'inquiétai-je.

— Je vais bien, *tai-tai*, assura le gamin. Il ne m'est rien arrivé.

— Comment ont-ils su que nous étions ici ? Nous ont-ils suivis ?

— Cela ne fait aucun doute, affirma Lao Jiang. Le monastère de Wudang était leur dernier point de repère pour récupérer les fragments du *jiance*. N'oubliez pas qu'ils avaient rendu visite à l'abbé. C'était leur dernière chance de nous arrêter avant de perdre notre trace.

— Mais pourquoi ici ? Dans cette ville ?

— Nous n'en savons rien. Peut-être se sont-ils rendu compte tardivement de notre départ, à moins qu'ils n'aient attendu que nous nous trouvions ici pour une raison précise. Il est probable que les experts en arts martiaux qui nous ont attaqués soient venus directement du temple Shaolin de Songshan, situé dans la province voisine du Henan, à l'ouest. Il s'agit du temple de combat Shaolin le plus important de toute la Chine. À mon avis, ce n'étaient pas des moines, mais on ne sait jamais. Shang-Hsien était le point de rencontre idéal entre le groupe de sicaires qui nous suivait depuis le sud et les combattants provenant de Henan. La Bande verte a dû dépenser beaucoup d'argent pour organiser cette attaque.

— Et maintenant, qu'allons-nous faire ?

— Pour le moment, nous devons nous reposer. Vous ne serez pas en état de vous déplacer avant plusieurs jours, au moins, et il faut que nous prenions des dispositions pour renvoyer le maître Jade Noir à Wudang. Il n'est plus en mesure de nous accompagner et nous ne pouvons pas nous contenter de le laisser ici avant de poursuivre notre voyage.

— Est-il si mal en point ?

— Il a les deux bras cassés et une blessure très profonde à la jambe droite. Il s'est battu courageusement et a reçu les coups les plus violents. Mais il n'est pas en danger de mort.

Les jumeaux allaient se séparer ? Ce serait une première. Si le maître Rouge, le grand érudit, restait avec nous, peut-être aurions-nous l'opportunité de voir s'il avait une personnalité propre, différente de celle de son frère, le combattant.

— Maintenant que nous n'avons plus de soldats, poursuivit Lao Jiang, et que le maître Jade Noir est en passe de nous quitter, si nous devions de nouveau subir une attaque comme celle de la nuit dernière, nous serions totalement perdus.

— Ne pouvez-vous pas demander de l'aide au Kuomintang ou aux communistes de cette ville ?

— Au Kuomintang ? Dans cette région de la Chine ? Non, Elvira. Il n'y a ici ni Kuomintang ni communistes. Nous nous trouvons sur les hauteurs du massif de Qinling, vous vous souvenez ? Tout ce qui nous relie au reste du monde, c'est un sentier de montagne étroit, escarpé et couvert de neige. Cependant, le bon côté de la situation, c'est que, si nous abandonnons ce sentier et suivons un autre itinéraire, les sicaires de la Bande verte ne pourront pas nous rattraper. S'ils perdent notre trace maintenant, ils n'auront aucun moyen de nous retrouver. Ils ne savent pas où nous nous dirigeons.

— Forcément vers Xi'an, fit remarquer Fernanda sur un petit ton insolent, comme si Lao Jiang avait perdu la tête.

— Xi'an est une très grande ville, jeune Fernanda, aussi grande que Shanghai et ce n'est pas exactement là que nous allons, répliqua Lao Jiang en anéantissant du même coup mon projet d'y laisser les enfants. La Bande verte ne connaît pas la destination finale de notre voyage. Sinon, pourquoi voudrait-elle le *jiance* ? Elle ne sait pas où se trouve le mausolée.

— Mais, Lao Jiang, objectai-je sans m'énerver pour éviter que ma tête n'explose, comment allons-nous franchir seuls les montagnes ? Avez-vous oublié les épreuves que nous avons traversées pour arriver jusqu'ici ? Comment allons-nous sortir vivants de cette nouvelle étape si nous quittons le sentier ?

— Nous ne sommes plus très loin, Elvira. Même par mauvais temps, il ne nous faudrait pas plus d'une semaine pour aller jusqu'à Xi'an. Et puis, à partir de maintenant, il n'y a plus que de la descente. Nous devons éviter à tout prix d'être suivis par ces malfrats. C'est la seule chose qu'ils puissent faire, leur seule possibilité de trouver la tombe. Je suis sûr qu'ils ont posté des espions à Shang-Hsien, des hommes prêts à nous pourchasser jusqu'à l'entrée même du mausolée. Voulez-vous que nous

nous fassions attaquer là-bas ? Imaginez-vous les conséquences ? Nous devons prendre toutes les précautions possibles.

— Alors vous croyez qu'il y a quelqu'un là, au-dehors, qui attend que nous reprenions notre voyage.

Un étrange sommeil me fermait les paupières. J'eus peur de m'endormir.

— Cette étape finale est la plus importante pour les hommes de la Bande verte. Ils n'ont pas d'autres indications. S'ils nous perdent de vue, ils n'auront plus aucune chance et je ne crois pas qu'ils soient stupides. D'un autre côté, sans doute ne s'attendaient-ils pas à être vaincus lors de l'attaque de la nuit dernière mais, au cas où, nous avons tout intérêt à protéger nos arrières.

— Mais comment ? demandai-je en sentant le sommeil me gagner malgré moi, sans que je puisse y résister.

— Eh bien, voici ce que nous pensons faire…

Je n'entendis pas la suite.

Lorsque je me réveillai cet après-midi-là, je ne me sentais toujours pas mieux. Je pus à peine boire une gorgée d'eau. Ma nièce me raconta que Lao Jiang avait payé le propriétaire du *lü kuan* pour notre séjour et pour tous les dégâts, et qu'il avait fait appel à six porteurs expérimentés pour ramener le maître Jade Noir à Wudang. En outre, afin d'éviter tout problème avec les autorités chinoises de Shang-Hsien, il avait acheté une parcelle de terre dans les environs et conclu un accord avec des paysans afin qu'ils y enterrent les morts dès que possible, le sol étant gelé en cette époque de l'année. En attendant, les corps seraient conservés dans des grottes du mont Shangshan, sur lequel s'étendait la ville. Et même pour cela, Lao Jiang avait dû payer une bonne somme d'argent à titre de loyer.

Tout en parlant, Fernanda s'obstinait à me donner la becquée comme aux enfants en bas âge, mais je ne pouvais absolument rien avaler. Par curiosité, je passai avec précaution le bout des doigts sur le bandage qui recouvrait ma bosse à la tête. Non seulement je vis les étoiles, mais je fus très effrayée de constater qu'elle avait la taille d'un œuf de poule. Quel coup avait dû me donner cette brute, ce Shaolin, ce mandarin, ce je-ne-sais-quoi ! songeai-je. En tout cas, le bougre l'avait payé cher. Quel idiot ! Tant pis pour lui. S'il s'était consacré à n'importe quelle autre activité plus pacifique, il n'aurait pas eu à manger les pissenlits par la racine.

Le lendemain matin, en revanche, je me sentis beaucoup mieux à mon réveil. J'avais toujours mal à la tête, mais je pus me lever du *k'ang*. Quand je me lavai le visage, je dus faire très attention car tout le côté gauche était douloureux et, au petit déjeuner, chaque bouchée me mit au supplice. Ensuite, je me promenai tranquillement dans le *lü kuan* et regardai les serviteurs réparer tant bien que mal les nombreux dégâts provoqués par la bagarre. On aurait dit qu'une tornade était passée par là ou, pire, qu'il y avait eu un tremblement de terre, comme celui qui avait détruit le Japon, trois mois auparavant, lorsque Fernanda et moi étions arrivées à Shanghai. Je n'arrivais pas à croire que cela faisait déjà si longtemps que nous parcourions la Chine à la recherche de la tombe perdue d'un ancien empereur. Et pourtant, mes pieds calleux et mes jambes solides pouvaient en témoigner. Je continuai à déambuler dans le *lü kuan* jusqu'à ce que, dans un coin, je tombe tout à coup sur un grand miroir octogonal, arborant un trigramme sur chaque côté du cadre – les hexagrammes du Yi

King étaient composés de six lignes et les tri-grammes seulement de trois, mais ils se ressem-blaient comme des cousins. Je ne pus m'empêcher de pousser un cri d'horreur lorsque je vis mon reflet. Avec mon bandage, je ressemblais en tout point aux soldats blessés qui avaient été rapatriés à Paris pendant la guerre. Mais le pire, c'était de loin la tuméfaction d'un noir bleuâtre qui me déformait toute la partie gauche du visage, œil, lèvres et oreille inclus. J'étais devenue un véritable monstre. Si la modération taoïste dont on m'avait tant rebattu les oreilles devait m'être utile un jour, c'était sans aucun doute à ce moment-là. Être laide, belle ou déformée, là n'était pas la question. Le problème, c'était que ce coup appelé « Paume de fer » aurait pu me tuer. Il suffisait de me regar-der pour en être convaincu. Je pourrais être morte, me répétais-je en m'observant avec attention. Et je sus que, tant que cet énorme hématome serait là, je devrais faire appel à la modération, au *Wu Wei* et à la modération encore.

Dans l'après-midi, de nouveaux clients arrivèrent au *lü kuan*, d'abord deux ou trois hommes, puis bientôt des familles entières d'humeur festive. Le soir, l'établissement était plein à craquer. Il n'y avait pas assez de tables pour tout le monde et il ne restait pratiquement aucune chaise. Il devait s'agir d'un flot inattendu de visiteurs ou d'un groupe important de marchands voyageant avec femmes et enfants. Lorsque les serviteurs eurent apporté notre dîner, Lao Jiang embrassa la salle à manger du regard et s'exclama avec un air satis-fait :

— Bien, tous nos protecteurs sont là ! Je crois qu'il ne manque personne.

Fernanda et le maître Rouge semblaient être au

courant de l'affaire, car ils sourirent et se mirent à manger mais, moi, je n'avais pas la moindre idée de ce à quoi Lao Jiang faisait allusion.

— Vous vous êtes endormie juste au moment où j'ai commencé à vous décrire notre plan, me dit l'antiquaire en attaquant avec appétit sa soupe de riz. Toutes ces personnes sont des paysans des environs, que nous avons invités à dîner. Vous voyez cet homme, là ? (Il me montra un vieillard grand et mince.) Il va se faire passer pour moi. Et cette femme, là-bas, c'est vous, Elvira. La fille de l'aubergiste va lui couper les cheveux pour qu'ils ressemblent aux vôtres. Cet homme sera le maître Jade Rouge et le grand jeune homme à sa droite, Biao. Je n'ai pas encore décidé laquelle de ces deux jeunes filles jouera le rôle de Fernanda. Quelle est celle qui lui ressemble le plus ? Ne vous arrêtez pas au visage – c'est ce qui compte le moins. Prêtez plutôt attention au corps, à la stature. Nos doubles quitteront Shang-Hsien dans trois heures, en pleine nuit, pour se diriger vers Xi'an. Ils emporteront certains de nos chevaux.

Alors, c'était ça, le plan… Des doublures prendraient notre place pendant que nous resterions bien à l'abri au *lü kuan*.

— Non, nous ne resterons pas au *lü kuan*, me détrompa Lao Jiang. Nous nous mettrons en route dès que Biao aura vu les espions suivre le groupe ou, s'il ne remarque rien, deux heures plus tard.

— Et si ces gens avaient parlé ? Si ces hommes censés nous guetter savaient déjà ce que nous avons l'intention de faire ?

— Comment le sauraient-ils, répliqua l'antiquaire sur un ton amusé, puisque nos propres doubles ne le savent pas encore ?

Cet homme ne cessait de me surprendre. Je dus

avoir l'air bête mais, vu la déformation de mon visage, la différence n'avait sans doute pas été criante.

— Toutes ces personnes sont très pauvres, m'expliqua Lao Jiang. Le maître Jade Rouge et moi avons invité les plus nécessiteux de tous les paysans de la région. Ils ne pourront rejeter mon offre lorsque je leur montrerai l'argent que nous sommes disposés à leur donner.

En effet, ils ne la rejetèrent pas. Tandis que Fernanda et moi terminions notre repas et que Biao revenait des cuisines, Lao Jiang et le maître Rouge allèrent de table en table et conclurent des marchés moyennant paiement. Ils donnèrent aussi un peu d'argent aux autres personnes présentes pour écarter tout risque de rixe ou de vol. Puis nos doubles nous suivirent dans nos chambres et, en moins d'une demi-heure, ils étaient coiffés comme nous et vêtus de nos tenues rembourrées : manteau en peau d'agneau, bonnet, et magnifiques bottes de cuir fourrées d'une épaisse couche de laine, avec de grosses semelles adaptées à la neige, que l'on nous avait données à Wudang. Heureusement, nous avions une tenue de rechange presque complète. Ces sosies étaient si ressemblants que, même moi, je n'aurais pas pu faire la différence sans regarder leur visage. Ils semblaient très heureux et tout à fait disposés à accomplir leur mission si bien rémunérée : marcher sans relâche toute la nuit et toute la journée suivante, sans même s'arrêter pour manger. Ensuite, ils pourraient retourner chez eux. À ce moment-là, nous serions déjà trop loin pour que la Bande verte puisse nous rattraper.

Je dis à Biao de bien se couvrir avant de sortir du *lü kuan* par le bûcher. Il devrait passer plusieurs heures caché le long du chemin qui menait à Xi'an, en pleine nuit, sous la neige, et je ne voulais pas qu'il meure de froid. Nos doubles s'en allèrent juste après lui. La femme qui se faisait passer pour moi avait beaucoup protesté car, selon elle, je marchais d'une façon très étrange qu'il lui était difficile d'imiter. Ce n'était pas parce qu'elle avait des « nénuphars d'or » (il était rare que les filles pauvres subissent cette monstrueuse déformation des pieds car, à l'âge adulte, elles devaient travailler aux champs comme les hommes), mais parce que je marchais prétendument en bougeant tout le corps, en particulier les hanches, et qu'elle n'avait jamais vu ça. Une telle idée ne m'aurait jamais traversé l'esprit, mais la femme, qui devait être très maligne, s'était entraînée dans la chambre jusqu'à ce qu'elle s'estime au point, et la jeune fille jouant le rôle de Fernanda avait fait de même, ce qui m'avait encore plus surprise.

Il ne s'était pas passé une heure que déjà Biao revenait. Très agité et grelottant de froid, il nous annonça que deux hommes étaient effectivement partis à la suite de nos doubles dès que ceux-ci avaient quitté Shang-Hsien. Ils se déplaçaient avec la plus grande discrétion pour ne pas se faire repérer, malgré l'obscurité, qui les cachait assez bien.

— C'est le moment ! s'exclama l'antiquaire en enfilant son manteau avec précipitation. Allons-y !

Nous nous hissâmes sur les chevaux qui nous restaient et abandonnâmes Shang-Hsien. Ceux d'entre nous qui ne savaient pas monter, ou montaient mal, durent ravaler leur peur, garder l'équilibre et tenir les rênes de leur mieux. Les mules transportant le reste des caisses et des sacs nous suivaient docilement et nous étions guidés par un des paysans qui avaient dîné avec nous et touché un peu d'argent au *lü kuan*. Le brave homme nous entraîna vers un étroit sentier qui faisait tout le tour de la ville en longeant la rivière Danjiang et en montant légèrement sur le versant du mont Shangshan. Au bout de quelques heures, au milieu d'un bois de pins dense, Lao Jiang arrêta son cheval, mit pied à terre et alla parler avec lui. Malgré l'heure et le froid, les enfants tenaient bon. C'était moi qui supportais le moins bien cette situation : sur le côté gauche de mon visage, le froid était comme un couteau qui découpait ma chair en minces filets.

Puis le guide s'en alla et Lao Jiang et le maître Rouge discutèrent à leur tour un bon moment, en consultant à la faible lueur de la lune décroissante quelque chose qui ressemblait à une boussole de la taille d'une assiette. Enfin, nous nous remîmes en route en suivant à travers bois un chemin inexistant dans une direction inconnue. Le jour se leva, mais nous ne nous arrêtâmes pas pour prendre notre petit déjeuner, ni notre déjeuner. Nous mangeâmes sans descendre de cheval. Lorsque le soleil commença à décliner, il me sembla que nous allions chevaucher éternellement ces pauvres bêtes, mais Lao Jiang finit par ordonner une halte. Rien dans le paysage n'avait changé de toute la journée. Nous étions toujours au beau milieu des bois et nous avions de la neige jusqu'aux chevilles. Seulement maintenant, avec la nuit qui tombait, une brume mystérieuse s'immisçait entre les troncs. Nous dormîmes à la belle étoile, comme la nuit suivante, et celle d'après. Il était impossible de distinguer les journées les unes des autres : des arbres et encore des arbres, des fourrés émergeant à peine de la neige, où s'enfonçaient les sabots des chevaux avec un petit bruit sec et répétitif, des feux pendant la nuit pour faire fuir les animaux sauvages – ours et félins – et préparer le dîner ainsi que le petit déjeuner du lendemain matin. Nous éliminions toutes les traces de notre passage avant de remonter à cheval et de poursuivre notre périple. Parfois, le maître Rouge restait à l'arrière et attendait un moment tapi derrière un arbre pour s'assurer que personne ne nous suivait. Les enfants étaient en permanence étourdis, à moitié endormis par le va-et-vient monotone de la longue chevauchée. Ils se dégourdissaient un peu lorsque nous faisions du tai-chi mais retombaient ensuite dans une profonde torpeur. En huit jours de voyage, nous avions franchi quatre ou cinq rivières. Certaines étaient peu profondes, mais d'autres étaient si larges et le courant y était si rapide que nous avions été dans l'obligation de louer des radeaux pour atteindre l'autre rive.

Les premiers signes annonçant que nous nous approchions d'une région plus « civilisée » furent, d'une part, une vision apocalyptique de villages rasés ou incendiés et, d'autre part, des traces de pas bien visibles dans la neige témoignant du passage de troupes militaires et de bandes de brigands. Les choses se compliquaient. En outre, il ne nous restait pas beaucoup de vivres, à peine un peu de pain que nous trempions dans le thé et quelques gâteaux secs. Seule bonne nouvelle, d'après Fernanda, la taille de ma bosse avait sensiblement diminué et la moitié gauche de mon visage s'était teintée d'une belle couleur verte indiquant que l'hématome était en train de se résorber. Comme nous fuyions toujours nos semblables et ne voulions pas être vus – ou, en tout cas, le moins possible –, nous continuâmes à faire des détours absurdes avec l'aide de cette étrange boussole appelée *Luo P'an*, composée d'un grand plateau de bois avec en son centre une aiguille magnétique pointant vers le sud. C'était le plus singulier de tous les instruments chinois que j'avais vus jusque-là et je décidai de le dessiner lorsque j'en aurais l'opportunité car, sur le plateau, étaient gravés quinze à vingt petits cercles concentriques contenant des trigrammes, des caractères chinois et des symboles étranges, peints soit à l'encre rouge soit à l'encre noire. C'était vraiment un bel objet et le maître Rouge, son propriétaire, m'expliqua qu'il servait à découvrir les énergies de la Terre et à calculer les forces du Feng Shui, mais que nous l'utilisions à des fins beaucoup plus triviales : déterminer la direction à suivre pour atteindre le mausolée du Premier Empereur.

À la fin de la première semaine de décembre, nous quittâmes enfin la montagne et la neige pour arriver dans une bourgade du nom de T'ieh-Lu, où nous nous approvisionnâmes en vivres dans une petite boutique située à l'intérieur d'une modeste gare de chemin de fer. Quand nous repartîmes, Lao Jiang nous montra un mont se dressant au loin.

— Voici le Li Shan, annonça-t-il, le mont Li dont parle Sima Qian dans sa chronique sur la tombe de Shi Huangdi. D'ici quelques heures, nous serons à la digue de retenue d'eau de la rivière Shahe.

Cette déclaration se voulait optimiste et encourageante. Nous touchions au but de notre long voyage mais, pour ma part, j'eus l'estomac noué par la peur : nous ne pourrions gagner le barrage de retenue de la Shahe que si nous avions réussi à leurrer la Bande verte ; sinon, les heures à venir seraient extrêmement dangereuses. Et puis, quoi qu'il en soit, ce n'était pas la panacée, car ce qui nous attendait là-bas, après une immersion bien peu agréable dans des eaux glacées, c'étaient les flèches des arbalètes de l'armée fantôme de Shi Huangdi. En somme, de quelque côté que l'on se tourne, cette dernière étape allait être terrible et mon estomac me le faisait savoir.

Le maître Rouge, qui, à ce stade du voyage, n'avait encore aucune idée de l'endroit où nous allions exactement, eut l'air intéressé lorsqu'il entendit Lao Jiang mentionner le barrage de la rivière Shahe. Par mesure de précaution (ou plutôt, de mon point de vue, en raison d'une méfiance inutile), l'antiquaire avait refusé avec obstination de montrer le *jiance* aux frères Rouge et Noir, et de leur parler du message que Sai Wu avait écrit à son fils pour l'aider à entrer dans le mausolée et le guider lorsqu'il sc trouverait à l'intérieur. Le pauvre maître Rouge ne savait que ce que disait Sima Qian dans ses *Mémoires historiques* et, de nous tous, il était le seul à ignorer cette histoire de bain glacé.

Les enfants, quant à eux, étaient au comble de la joie. Pour eux, nous allions bientôt vivre le moment le plus palpitant et le plus réjouissant de ces derniers mois. Ce voyage avait été une fantastique aventure avec un merveilleux trésor à la clé. Que demander de plus à treize et dix-sept ans ? Il avait toujours été dans mon intention de les mettre à l'abri, mais rien ne s'était passé comme je l'avais prévu. Maintenant, nous n'avions d'autre choix que de les emmener avec nous et de les exposer aux risques et périls qui nous attendaient à l'intérieur de la tombe. Je me sentis horriblement coupable. S'il arrivait quelque chose à Fernanda et à Biao... Je préférais ne pas y penser. Et tout cela pour payer des dettes qui n'étaient même pas les miennes ; enfin, si, par voie de succession, mais cette loi qui m'avait obligée à endosser les problèmes financiers de Rémy me paraissait tout à fait injuste. Rien de tout cela ne serait arrivé s'il avait eu tant soit peu de jugeote. Tout à coup, je n'aurais su dire pourquoi, les paroles de Lao Jiang au moment où nous avions appris que Paddy Tichborne allait devoir être amputé de la jambe me revinrent à l'esprit : « Je vais vous donner votre première leçon de taoïsme, *madame* : apprenez à voir le bien dans le mal et le mal dans le bien. Ces deux éléments ne font qu'un, comme le Yin et le Yang. » Que pouvait-il y avoir de bon dans tout cela ? Honnêtement, je ne le voyais vraiment pas. Abîmée dans ces idées noires et d'autres du même acabit, j'avançais au milieu de vastes terres incultes qui, en des temps plus pacifiques, avaient dû donner de bonnes récoltes de céréales à leurs propriétaires. Depuis que les paysans avaient fui, elles étaient à l'abandon et toute la région était désolée.

Nous n'avions pas encore vu la rivière Shahe lorsque le maître Rouge attira notre attention sur une hauteur recouverte de végétation, de quarante à cinquante mètres de haut, étrangement isolée au milieu d'une grande étendue de terre. Au loin, on distinguait les cinq sommets siamois du mont Li.

— Nous avons réussi ! s'exclama Lao Jiang en se redressant sur son cheval pour mieux voir.

Ce fut un moment très émouvant. Nous avions tous le sourire aux lèvres.

« On planta des herbes et des plantes pour que la tombe eût l'aspect d'une montagne », avait écrit Sima Qian dans sa chronique. La description était un peu prétentieuse, car ce n'était pas ce que j'appelais une montagne. Cependant, il était impressionnant de penser que la tombe du premier empereur de Chine, perdue depuis deux mille ans, se trouvait ici, sous ce tertre insignifiant et aplati. Et le plus incroyable, c'était que nous allions être les premiers à y pénétrer.

Soudain, quelque chose sembla contrarier profondément Lao Jiang.

— Nous devrions être au bord de la Shahe, déclara celui-ci. D'après la carte, elle allait du mont Li à la rivière Wei, qui est derrière nous. Or, je ne vois pas d'eau ici.

— La rivière Shahe n'existe pas ? m'étonnai-je.

— En deux mille deux cents ans, elle s'est peut-être tarie, bredouilla-t-il. Qui sait ?

De plus en plus préoccupés, nous continuâmes à marcher vers le sud ; le mausolée se trouvait à notre droite. Dans ces vastes espaces, nous ne discernions aucun cours d'eau et, pire encore, aucun barrage, aucune digue de retenue d'eau, aucun lac artificiel... Nous aurions dû, pourtant, mais ce n'était pas le cas. Si tout cela existait vraiment, c'était forcément tout près de nous, presque sous nos pieds. Hélas, le long des versants du mont Li, on ne voyait que des terres en friche.

Consternés, nous nous arrêtâmes un moment pour essayer de trouver le point d'immersion mentionné par Sai Wu dans le *jiance*. Après avoir longuement observé le terrain, jusqu'à ce que la lumière du soleil disparaisse, le maître Rouge, Lao Jiang et moi arrivâmes à la conclusion que le barrage avait existé par le passé. En effet, nous avions observé de légères élévations dans le sol, qui correspondaient à la forme oblongue représentée sur la carte, et une dépression au centre semblant indiquer qu'il y avait bien eu un lac à un moment donné. Sans doute les intempéries et la végétation avaient-elles érodé et, au bout du compte, détruit la digue et tout ouvrage de maçonnerie ou de déviation de la Shahe susceptibles d'avoir été bâtis par les ingénieurs du Premier Empereur. Après avoir accepté à contrecœur cette situation déconcertante, déjà plongés dans l'obscurité la plus totale (c'était la nouvelle lune), nous nous apprêtâmes à passer la nuit sur place sans faire de feu, ni pour préparer le dîner ni pour nous réchauffer, car c'eût été trop dangereux dans cette immense plaine dégagée. Nous mangeâmes en silence une partie de ce que nous avions acheté le matin dans la petite boutique de la gare de chemin de fer et, lorsque nous eûmes terminé, au lieu d'aller nous coucher, nous restâmes tous immobiles malgré le froid atroce.

Tous ces efforts accomplis pendant des mois et des mois, tous ces périls bravés, tous ces morts et ces blessés, toute cette souffrance n'avaient servi à rien. Je ne parvenais à penser qu'à cela, mais c'était davantage une sensation qu'une pensée, une sorte d'image qui renfermait toute cette idée et restait fixement dans mon esprit. Je ne me rendais pas compte du passage du temps. Je ne me rendais pas compte de rien. En moi, tout s'était arrêté.

— Qu'allons-nous faire maintenant ?

La voix de Fernanda me parvint de très loin.

— Nous allons trouver une solution, murmurai-je.

— Non, il n'y a pas de solution ! rugit Lao Jiang, terriblement en colère. Nous allons donner le *jiance* aux sicaires de la Bande verte pour qu'ils constatent par eux-mêmes que l'entrée a disparu. Ainsi, ils nous laisseront en paix et nous pourrons reprendre notre vie à Shanghai. Toute cette folie est terminée.

J'étais révoltée. Je n'avais pas dépensé toute cette énergie ni exposé ma nièce à tant de périls pour me résoudre à une défaite aussi absurde et humiliante.

— Je ne veux plus vous entendre dire que tout est terminé ! vociférai-je. (L'antiquaire me regarda d'un air étonné, de même que Fernanda, Biao et le maître Rouge.) Vous voulez donner le *jiance* aux sicaires de la Bande verte ? Vous êtes devenu fou ! Cela revient à leur livrer le mausolée sur un plateau d'argent. Une fois qu'ils sauront où il se trouve, ils n'auront qu'à revenir avec un bataillon d'ouvriers et commencer à creuser. Nous allons leur offrir la tombe du Premier Empereur et ses inestimables richesses en échange de notre petite vie à Shanghai ou à Paris, c'est ça ? Eh bien, il ne faudra pas oublier de leur indiquer comment se prémunir contre les pièges destinés aux pilleurs de tombes. Nous leur dirons tout du moment qu'ils nous laissent tranquilles, n'est-ce pas ? Mais vous semblez oublier que la Bande verte n'est que le bras armé des impérialistes et des Japonais que vous haïssez et craignez tant ! Réfléchissez ! Utilisez votre tête si vous ne voulez pas vous incliner de nouveau devant un empereur mandchou tout-puissant qui vous obligera à porter la natte Qing !

— Et que voulez-vous qu'on fasse ? se moqua Lao Jiang. Que nous creusions nous-mêmes ?

— Je veux que nous fassions quelque chose, n'importe quoi, pour trouver un autre moyen d'entrer dans le mausolée ! m'exclamai-je devant mes compagnons interdits. Et si nous devons creuser, nous creuserons !

Le son de ma propre voix me donnait de l'assurance. Je savais que j'avais raison, que c'était la voie à suivre. Seulement, si on m'avait interrogée sur la façon de résoudre le problème, je me serais dégonflée comme un ballon de baudruche. Par chance, mes paroles produisirent un effet inattendu : le maître Rouge sembla émerger d'une longue rêverie.

— C'est peut-être possible, souffla-t-il dans un murmure.

— Que dites-vous ? demandai-je en gardant le sentiment de maîtriser la situation.

Il me jeta un coup d'œil rapide, l'air effarouché (il avait encore des difficultés à me regarder), puis baissa les yeux vers le sol.

— Il est peut-être possible d'entrer d'une autre façon.

— Qu'est-ce que vous racontez ? s'énerva Lao Jiang.

— Ne vous fâchez pas, s'il vous plaît, implora le maître. Je me rappelle avoir lu quelque chose, il y a très longtemps, à propos de puits creusés par des bandes de voleurs qui voulaient piller le mausolée.

— Le mausolée du Premier Empereur ? m'enquis-je, surprise. Ce mausolée ?

— Oui, *madame*.

— Mais enfin, maître Jade Rouge, c'est impossible, déclarai-je. Encore aurait-il fallu que ces voleurs connaissent son emplacement. Or, personne n'en a la moindre idée depuis deux mille ans.

— C'est exact, *madame*, confirma-t-il sans sourciller. Dans le *Shuijing Zhu*, il y a un passage...

— Les « Notes sur le Classique des rivières » du grand Li Daoyuan ? s'écria l'antiquaire. Vous avez eu entre les mains une copie des « Notes sur le Classique des rivières » ?

— En effet, affirma le moine. Une copie aussi ancienne que l'œuvre originale puisqu'elle a été réalisée au cours de la dynastie des Wei du Nord[1].

1. 386-534 apr. J.-C.

— Un jour, il faudra que je parle affaires avec l'abbé de Wudang, dit Lao Jiang pour lui-même.

— Et que dit ce passage des « Notes sur le Classique des rivières » ? m'empressai-je de demander avant que la conversation ne bifurque sur les ouvrages de valeur des bibliothèques de la Montagne mystérieuse.

— Il est dit, répondit le maître, que lorsque la dynastie des Han a succédé à celle du Premier Empereur, après l'assassinat de tous les membres de la famille impériale des Qin et la destruction de la capitale de Xianyang, Xiang Yu, son fondateur, s'est rendu au mausolée de Shi Huangdi et qu'il a pris feu après s'être emparé de tous les trésors.

— C'est impossible, lâcha Lao Jiang avec flegme. Li Daoyuan a écrit cet ouvrage sept cents ans après la disparition de la dynastie des Qin. Si c'était vrai, Sima Qian, le grand historien, l'aurait mentionné dans ses *Mémoires historiques*, écrites seulement cent ans après et parfaitement documentées.

— Je suis d'accord avec vous, assura le maître Rouge. Et c'est aussi l'opinion de tous les savants et érudits qui ont commenté ce passage de l'œuvre de Li Daoyuan au cours des quatorze siècles postérieurs à son écriture. Toutefois, je me souviens que l'un d'eux, un vieux maître de Feng Shui, racontait dans un traité une histoire singulière. Selon lui, si l'histoire rapportée par Li Daoyuan était fausse, il n'en restait pas moins que, au cours des deux siècles qui avaient suivi la mort du Premier Empereur, il y avait eu deux tentatives sérieuses de piller le mausolée. En effet, des familles nobles de la cour des Han avaient eu le projet de s'emparer de ses immenses richesses. Dans les deux cas, des puits très profonds avaient été creusés dans le but de pénétrer dans le palais souterrain.

— Et ces pillards ont-ils réussi ? demanda Lao Jiang, sceptique.

— Leur première tentative a été un échec car, s'ils avaient des moyens économiques suffisants, ils ne disposaient pas de la technologie nécessaire pour creuser à une telle profondeur.

— Les ingénieurs des Han n'étaient pas aussi habiles que les maîtres d'œuvre des Qin, en déduisit Fernanda.

— Certainement, renchéris-je.

Le froid nocturne était de plus en plus pénétrant. Malgré mes bottes fourrées, mes pieds étaient de véritables glaçons.

— La deuxième tentative a mieux fonctionné, continua le maître Rouge. Les pillards ont atteint le mausolée, mais on n'a plus jamais entendu parler d'eux. Apparemment, ils sont morts à l'intérieur.

— Les arbalètes automatiques, murmurai-je.

— Sans doute, convint Lao Jiang, mais, à moins que le maître Jade Rouge ne puisse nous dire avec exactitude où se trouve le puits creusé par les pillards lors de cette deuxième tentative, toute cette conversation n'a aucun sens.

— Eh bien, justement, je peux vous le dire, annonça le maître avec un grand sourire. Le savant qui a fait allusion à ces faits était un maître de Feng Shui de la période des Trois Royaumes[1]. Il ne savait pas où se trouvait la tombe du Premier Empereur mais, en tant que maître de Feng Shui, il disposait de données géomantiques qui, aujourd'hui, puisque nous sommes sur place, vont pouvoir nous conduire jusqu'au puits donnant accès au mausolée.

— Et vous vous souvenez de ces données géo-

1. 220-265 apr. J.-C.

mantiques ? s'exclama Biao, qui, jusqu'alors, n'avait pas ouvert la bouche.

— Bien sûr ! répondit le maître sans cesser de sourire. C'est très facile. Il suffit de trouver un Nid de dragon.

Tandis que Biao arrondissait les yeux et la bouche comme s'il venait d'entendre les mots les plus merveilleux de la plus belle poésie du monde, Fernanda s'exaspéra.

— Les dragons n'existent pas, maître Jade Rouge ! lança-t-elle. Comment voulez-vous que l'on trouve un nid ?

— Je ne parle pas de vrais dragons, expliqua le moine en riant. Le Nid de dragon est un concept du Feng Shui. Pour nous, Chinois, le dragon symbolise la bonne fortune, la bonne étoile. Les Nids de dragon sont des lieux où l'énergie *qi* se concentre fortement de façon équilibrée et naturelle. Ils sont très rares et difficiles à repérer. Dans l'Antiquité, ils signalaient l'endroit exact où les empereurs devaient être enterrés. Si en outre, comme c'est le cas ici, la situation géomantique était bonne, alors l'enterrement se faisait sous des auspices favorables et le défunt bénéficiait d'une vie harmonieuse dans l'au-delà.

— C'est vrai, remarqua Lao Jiang. La situation géomantique est parfaite ici pour un enterrement : le feu du Corbeau rouge au sud, incarné par les cimes du mont Li ; l'eau de la Tortue noire au nord, c'est-à-dire la rivière Wei ; le métal du Tigre blanc à l'ouest, représenté par le massif de Qinling, que nous avons traversé depuis Wudang ; et à l'est... qu'y a-t-il à l'est ? Il n'y a rien.

— Rien que nous puissions voir, rectifia le moine. La région Est, celle du Dragon vert, doit être protégée d'une façon ou d'une autre, soyez-en sûr[1]. Les maîtres géomanciens de Shi Huangdi étaient les meilleurs de leur époque.

— Cette histoire de Tigre blanc, Corbeau rouge, Tortue noire et Dragon vert me dit quelque chose, songeai-je à voix haute. Je crois que je l'ai entendue lorsque j'ai surpris l'enseignement d'un moine à propos des Cinq Éléments, à Wudang.

— Vous avez raison, observa le maître Rouge. La science du *qi*, les Cinq Éléments, le Feng Shui, le Yi King, les arts martiaux et tous les savoirs ancestraux de notre culture sont étroitement liés entre eux.

— Bien, mais concernant le Nid de dragon, dis-je pour revenir à nos moutons et éviter qu'une nouvelle digression ne nous fasse perdre le fil de la conversation, est-ce le puits menant au mausolée qui se trouve dans un Nid de dragon ou juste la tombe du Premier Empereur ?

— Je suis sûr que la tombe a été bâtie dans un Nid de dragon mais, d'après ce grand érudit de la période des Trois Royaumes, ce qui est extraordinaire, c'est que le puits a été creusé dans un deuxième Nid, situé à proximité du premier, coïncidence très rare.

— Dans ce cas, nous risquerions de le détruire en donnant des coups de pioche.

— Un Nid de dragon ne se détruit pas, *madame*, expliqua patiemment le moine. Ce n'est pas une masse de terre qui, si on la retire, n'est plus comme avant. C'est un point où la concentration du *qi* de la Terre est très importante et se présente dans des conditions optimales. Toute cette énergie modifie

---

1. À l'est, enterrée dans de grandes fosses, se trouve la célèbre et impressionnante Armée de terre cuite, qui n'a été découverte qu'en 1974.

le terrain en produisant un motif caractéristique grâce auquel on repère le Nid.

— Un motif ? répéta Biao.

— Un Nid de dragon a généralement une forme plus ou moins circulaire. À l'intérieur de ce cercle, la terre a deux couleurs différentes séparées par une ligne blanche : marron foncé et marron clair. La terre foncée est visqueuse et la terre claire, fluide comme le sable. Ces deux couleurs forment des motifs. Il peut s'agir de cercles concentriques, de spirales, de quartiers de lune et parfois même du tourbillon du *Tai Ji*.

— Du tai-chi ? m'étonnai-je.

Quel était le rapport entre nos exercices matinaux et les Nids de dragon ?

— Non, du *Tai Ji*, me corrigea le maître Rouge. Ce n'est pas la même chose. Le *Tai Ji* est un motif représentant le Yin et le Yang en blanc et en noir, un petit tourbillon circulaire où chaque moitié contient un point de la couleur opposée. Il arrive que les Nids de dragon aient cette forme. (Il releva le col de son manteau.) Il y a deux mille ans, une famille Han noble et fortunée a fait creuser un grand puits menant au mausolée. Ses maîtres géomanciens avaient trouvé l'emplacement idéal : un Nid de dragon dont personne ne soupçonnait l'existence. Cependant, tous les serfs qui sont descendus et arrivés au fond du puits ont trouvé la mort. Les commanditaires du projet ont dû prendre peur, ordonner à leurs hommes de reboucher le Nid de dragon et s'empresser d'oublier toute cette affaire. Mais un puits de cette profondeur devait être très large, d'autant que l'opération était bien financée. Il fallait qu'il ait un bon diamètre pour que l'on puisse en sortir facilement tous les trésors. Les parois avaient dû être renforcées pour éviter les risques d'effondrement. Il y avait sans doute un système de poulies pour descendre les ouvriers et remonter les paniers remplis de terre à retirer. Des échelons avaient peut-être même été taillés dans les parois. Lorsque cette tentative a échoué, le puits a été bouché, mais au fil des siècles l'énergie a forcément émergé de nouveau et redessiné son Nid de dragon sur le sol. Il ne nous reste qu'à le trouver. Vous savez maintenant à quoi il ressemble.

— Demain matin, à la lumière du jour, annonça Lao Jiang, nous nous répartirons les différentes zones entourant le tumulus et nous commencerons à chercher.

— Et pour le moment, dormons, d'accord ? implorai-je. Je suis fatiguée et morte de froid. Nous ferions mieux de dormir avec tous nos vêtements sur nous. Sans feu, nous risquerions de geler.

Toutefois, malgré la fatigue, je ne pus fermer l'œil et la nuit fut très longue. Nous étions impatients, nerveux. J'entendis les enfants s'agiter pendant des heures et Lao Jiang et le maître Rouge discuter en murmurant jusqu'à l'aube. Nos couvertures étaient pleines de givre lorsque enfin une légère clarté se diffusa dans le ciel et nous nous levâmes pour faire nos exercices de tai-chi (et non de *Tai Ji*). Grâce à ces exercices et au thé bien chaud du petit déjeuner – nous pûmes allumer un feu dès qu'il fit assez clair pour que les flammes passent inaperçues – nous finîmes par nous réchauffer.

Biao proposa timidement que nous nous répartissions en fonction des quatre points cardinaux. Fernanda et lui pourraient faire équipe ensemble. Ma nièce refusa de façon catégorique : elle était tout à fait capable de trouver un Nid de dragon toute seule, sans l'aide de personne. Ce fut donc moi qui restai avec le pauvre Biao et nous nous dirigeâmes vers le Corbeau rouge, au sud. Lao Jiang opta pour le Tigre blanc, à l'ouest ; Fernanda pour le Dragon vert, à l'est ; et le maître Rouge pour la Tortue noire, au nord. Cette dernière zone était la plus vaste puisqu'elle s'étendait jusqu'au lit de la rivière Wei, mais le maître bénéficiait de connaissances approfondies en matière de Feng Shui et disposait de son *Luo P'an* pour étudier le terrain. Autrement dit, si le Nid de dragon se trouvait dans son secteur, il marcherait droit vers lui en suivant les lignes de flux du *qi*. La superficie à balayer étant immense, nous emportâmes à manger pour le déjeuner. D'abord, nous emmenâmes les chevaux jusqu'au tumulus qui, d'après Sima Qian, indiquait l'emplacement du mausolée ; puis nous attachâmes leurs rênes autour de pierres pour ne pas qu'ils s'enfuient en notre absence ; enfin, chacun de nous partit de son côté de la pyramide de terre recouverte de végétation.

— Nous allons faire des allers et retours parallèlement au tumulus, dis-je à Biao. Qu'en penses-tu ?

— Très bien, *tai-tai*, mais, pour arriver plus rapidement au pied du mont Li, qui délimite notre zone, nous pourrions marcher dans des directions opposées et nous retrouver au milieu. Nous ferions ainsi le double de travail en moitié moins de temps.

— Excellente idée ! N'oublie pas que les tronçons à examiner sont plus grands au fur et à mesure que nous nous éloignons d'ici.

— Nous pouvons compter nos pas et en faire un de plus à chaque fois.

Je tendis le bras et passai affectueusement la main dans les cheveux hirsutes du gamin.

— Tu iras loin, Petit Tigre, rien ne t'arrêtera.

Les oreilles de Biao s'enflammèrent et il sourit avec modestie. C'était incroyable comme il avait grandi pendant ce voyage. Je me rappelai comment il était lorsque je l'avais vu pour la première fois, dans le jardin de la maison de Shanghai, avec Fernanda. Ce jour-là, il m'avait fait l'effet d'un petit voyou effronté et son apparente insolence ne m'avait pas plu du tout. Comme les premières impressions pouvaient être trompeuses, songeai-je.

Nous marchâmes toute la matinée d'un côté à l'autre de notre parcelle sans rien trouver. À midi, Biao s'étant plaint à trois reprises d'avoir faim lors des trois dernières fois où nous nous étions retrouvés, nous nous arrêtâmes pour manger. À peine avions-nous mordu dans nos boules de riz cuit enveloppées de feuilles de mûrier qu'un cri semblant provenir de l'autre bout de la planète attira notre attention. Nous nous regardâmes, perplexes.

— Quelqu'un appelle ou ai-je rêvé ? demandai-je à Biao, qui mâchait avec voracité le riz qu'il avait dans la bouche.

Il émit un grognement nasal signifiant plus ou moins que la réponse n'était pas claire lorsque nous entendîmes de nouveau un cri.

— On nous appelle, Biao ! Quelqu'un a trouvé le Nid de dragon !

Il engloutit d'un seul coup sa bouchée de riz et se leva en toussant, en même temps que moi.

— D'où vient cet appel ? l'interrogeai-je en essayant de m'orienter.

Il ne le savait pas plus que moi. Nous gardâmes le silence, l'oreille tendue.

— De là ! s'exclama-t-il quand le cri se répéta.

Puis il se mit à courir vers l'est, le secteur de Fernanda. Tout à coup, je la vis. Il me sembla distinguer un groupe de chevaux au galop, dont un seul avait un cavalier – ma nièce, d'après les vêtements. Comme je courais vers elle à travers champs, je songeai qu'elle faisait partie de ces gens qui manquaient de dispositions pour la simple raison que personne ne les avait encouragés à les développer. Elle était arrivée en Chine grosse et en tenue de deuil – ah ! cette horrible petite capote ! –, avec un caractère revêche et dans une humeur massacrante. Puis elle s'était mise à manger avec des baguettes en maîtrisant rapidement la technique ; elle avait appris à jouer au Wei-ch'i et n'avait pas tardé à égaler Biao, qui était un génie ; elle avait commencé à pratiquer le tai-chi moins d'un mois auparavant et se montrait déjà très douée ; elle avait refusé d'apprendre le chinois mais, lorsqu'elle avait décidé de s'y mettre sérieusement, elle était arrivée à mon niveau en une semaine ; et maintenant, je la voyais traverser cette plaine de Chine à cheval, au triple galop, comme si elle avait pris des cours d'équitation et s'était promenée à cheval toute sa vie dans les allées du Retiro, à Madrid. Il faudrait que je la prenne en main quand nous rentrerions en Europe. Si nous y rentrions un jour...

Biao et moi nous arrêtâmes de courir.

— Ma tante ! cria Fernanda en saccadant son cheval lorsqu'elle arriva à nos côtés. Le maître Jade Rouge a trouvé le Nid de dragon il y a plus d'une heure ! J'étais à proximité de lui et il m'a prévenue. Il est parti chercher Lao Jiang et je vous ai apporté vos montures pour que nous ne perdions pas de temps, car c'est loin.

— Parfait ! m'écriai-je. Allons-y !

Le problème, c'était de lancer un cheval au galop quand on ne savait guère que le mener au pas et que l'on éprouvait, de surcroît, un certain, disons, respect pour un animal de ce poids et de cette taille. « Ce n'est pas le moment d'être couarde, Elvira », me dis-je en montant avec bravoure. Il n'y avait sans doute qu'à lui battre les flancs de façon plus rapide et intense que lorsqu'on voulait le faire aller au pas. Je procédai donc ainsi, un peu effrayée, et, en effet, je m'élançai à toute allure vers le tumulus, suivie de près par les enfants. Heureusement que personne de ma connaissance ne pouvait me voir rebondir de façon aussi disgracieuse sur la selle !

Notre chevauchée dura un bon moment et nous longeâmes le tumulus sans nous arrêter. La rivière Wei était encore loin, mais nous apercevions déjà ses eaux scintillantes. Puis, nous discernâmes les minuscules silhouettes de Lao Jiang et du maître Rouge, qui semblaient nous attendre. Nous rejoignîmes les deux hommes sans tarder. Tirant fermement sur les rênes, nous arrêtâmes nos montures à côté des leurs, avant de mettre pied à terre. Ils affichaient un sourire éblouissant, un de ces rares sourires chinois qui semblaient vraiment sincères.

— Voici le Nid de dragon ! m'indiqua Lao Jiang.

D'un pas encore incertain, je suivis la direction qu'il me montrait du doigt. Puis je vis une tache de terre ovoïde de couleur claire, à l'intérieur de laquelle se trouvaient d'étranges zigzags de boue foncée. Elle n'était pas très grande ; elle devait faire tout au plus cinquante centimètres de diamètre et je ne l'aurais jamais remarquée si je n'avais pas été au courant de l'existence des Nids de dragon. Cependant, il fallait reconnaître qu'elle avait un aspect tout à fait inhabituel.

— Ce Nid de dragon a sans doute reçu de nombreuses semences, déclara le maître, et la terre a toujours dû donner de bonnes récoltes.

— Et maintenant, que devons-nous faire ? m'enquis-je. Creuser ? Parce que je vous rappelle que nous n'avons pas de pelle.

— Oui, c'est embêtant, murmura Lao Jiang. J'y ai déjà pensé.

— Nous pouvons retourner à la petite boutique de la gare de chemin de fer, suggéra Biao, mais nous ne serons pas revenus avant demain.

— J'ai une solution à vous proposer, annonça l'antiquaire avec un air un peu mystérieux. J'ai dans mon sac une petite quantité d'explosifs que nous pouvons utiliser pour rouvrir le puits.

Comme à Nankin, lorsque le premier bataillon de soldats du Kuomintang avait surgi pour nous protéger de la Bande verte ct que j'avais découvert que Lao Jiang était membre de ce parti alors qu'il nous l'avait caché jusqu'à ce moment-là, je sentis la colère monter en moi, lentement mais sûrement : j'avais encore été trompée. Lao Jiang avait des explosifs sur lui ? En présence des enfants ? Depuis quand ? Depuis Shanghai ? Qu'avait-il l'intention d'en faire ? N'importe quelle arme aurait été un meilleur moyen de défense et il avait son éventail en acier, alors pourquoi transporter des explosifs d'un bout à l'autre de la Chine, sur des milliers de kilomètres, malgré l'immense danger que cela représentait ?

— Si j'en crois l'expression de votre visage, vous êtes contrariée, Elvira, remarqua l'intéressé. Je me trompe ?

— À votre avis ? grommelai-je en m'efforçant de garder mon sang-froid. N'avez-vous pas pensé aux enfants un seul instant ? Au risque que nous avons tous couru en voyageant avec vous ?

— Je ne vois pas de quel danger vous parlez, répondit-il. La dynamite est un matériau stable et sûr. Elle peut être déplacée et recevoir des coups sans risque. Elle ne devient dangereuse que lorsqu'on relie le détonateur à la mèche et la mèche aux cartouches. Je ne crois pas vous avoir exposés à un quelconque péril à quelque moment que ce soit.

— Et pourquoi en avez-vous apporté, hein ? Nous n'en avions pas besoin pour effectuer ce voyage !

Fernanda, Biao et le maître Rouge nous observaient, tête baissée. Les enfants, en outre, semblaient avoir peur.

— J'en ai apporté pour ça, affirma l'antiquaire en montrant du doigt le Nid de dragon. J'ai pensé que nous pourrions en avoir besoin dans le mausolée ou, dans le pire des cas, pour échapper à la Bande verte.

— Nous avions déjà une protection contre la Bande verte ! L'auriez-vous oublié ? Les soldats du Kuomintang nous ont suivis depuis Shanghai sans que personne, à part vous, ne le sache. Et ensuite, sont venus s'ajouter les miliciens communistes.

— Je ne comprends pas votre colère, Elvira. Pourquoi vous mettre dans cet état pour quelques cartouches de dynamite ? Comme je l'avais supposé, elles vont nous être très utiles pour ouvrir l'entrée du puits. Je vous assure que je ne vous comprends pas.

Moi non plus, je ne le comprenais pas. Pour moi, c'était le comble de l'absurde : porter des explosifs pendant des mois au cas où nous en aurions besoin à un moment donné était ridicule. Nous avions eu beaucoup de chance de ne pas avoir eu d'accident. Nous aurions pu y laisser la vie.

— Il vaut mieux que vous vous éloigniez le plus

possible, nous avertit Lao Jiang en allant chercher les explosifs dans son sac, suspendu à la selle de son cheval. Allez ! reculez !

Je pris les enfants par le bras et me mis à marcher d'un bon pas. Le maître Rouge me suivit en silence. J'eus l'impression que cette histoire d'explosifs ne lui plaisait pas beaucoup à lui non plus. Nous avançâmes sans nous arrêter jusqu'à ce que nous entendions la détonation. En réalité, je m'attendais à autre chose et, à ma grande surprise, ce que j'appelais détonation n'avait pas fait plus de bruit qu'une fusée de feux d'artifice. Nous fîmes demi-tour pour regarder. Une petite colonne de fumée s'élevait vers le ciel dégagé, tandis que les bêtes, très agitées, tiraient sur leurs rênes pour essayer de se libérer. L'antiquaire, quant à lui, était couché sur le sol à mi-chemin entre nous et le Nid de dragon volatilisé.

La colonne disparut peu à peu devant nos yeux et se transforma en un nuage de poussière et de terre, qui se dissipa sous forme de cercles concentriques, plusieurs mètres autour du trou. Lorsque Lao Jiang se fut relevé, nous retournâmes auprès de lui.

— Pensez-vous que l'explosion se soit entendue jusqu'à Xi'an ? demanda Fernanda, préoccupée.

— Xi'an se trouve à soixante-dix *li*, expliqua le maître. Cela n'a pas pu s'entendre.

La couche de poussière qui flottait dans l'air se déposa progressivement et nous pûmes enfin nous approcher de la cavité formée par la dynamite. C'était un gouffre de forme conique dont l'entrée était plus large que le fond, situé environ trois mètres plus bas. Nous n'aurions aucun mal à nous laisser tomber au milieu des décombres. Seulement, le puits semblait toujours bouché.

— Je dirais que ce trou n'est encore pas assez profond, déclarai-je.

— Dois-je utiliser davantage d'explosifs ? demanda l'antiquaire.

— Laissez-moi d'abord descendre, Lao Jiang ! implora Biao, inquiet. Ce ne sera peut-être pas utile.

— Descends, mais sois prudent.

Le gamin s'assit au bord du trou et, en se retournant avec l'agilité d'un chat, il commença à descendre le long de la paroi. Je n'attirai pas son attention, car il cherchait ses prises avec beaucoup de précaution et posait fermement un pied et puis l'autre en se tenant par les mains. Il arriva rapidement au fond. Nous le vîmes se redresser et épousseter son pantalon matelassé. Il avait l'air d'hésiter, de tâter le terrain du bout du pied sans oser marcher.

— Que se passe-t-il ? l'interrogeai-je.

— On dirait que c'est vide au-dessous. Le sol tremble.

— Remonte immédiatement, Biao !

Au lieu de m'obéir, il se mit à quatre pattes pour gratter la terre avec les mains.

— Il y a des pièces de monnaie ici, constata-t-il avec étonnement, avant d'en tendre une à bout de bras pour nous la montrer.

— Envoie-la-moi ! lui cria Fernanda.

Le gamin se mit à genoux et donna une impulsion. À peine avait-il lancé la pièce qu'il changea d'expression. En quelques dixièmes de seconde, il se jeta à plat ventre au fond du trou et se cramponna à la terre, les yeux fermés. Au moment où la pièce atterrit entre les mains de ma nièce, nous entendîmes un étrange craquement et un nuage de poussière s'accumula au milieu du sol, que Biao fouillait un instant auparavant. Nous n'eûmes pas le temps de réagir : le fond s'ouvrit en deux et chaque moitié tomba dans le vide en aspirant la terre à laquelle le gamin s'accrochait désespérément. Nous criâmes tous à la fois. La crevasse s'était transformée en trémie et Biao était perdu. Il s'enfonça dans le puits, le visage levé vers nous. Je crus mourir d'angoisse. En moins de temps qu'il n'en fallait pour le dire, un choc sourd et un gémissement de douleur parvinrent jusqu'à nous.

— Biao ! Biao !

Les gémissements se firent plus aigus.

— Il faut descendre, dit une voix, mais j'étais déjà en train de le faire.

En me freinant à l'aide des mains et de mes bottes, je glissais vers le fond, sur la terre friable, par le même chemin que Biao. En moins de deux secondes, je serais morte ou aux côtés de l'enfant. Arrivée au bout de la paroi du trou, je me sentis tomber dans le vide et, un instant plus tard, mes pieds heurtèrent une surface dure avec une telle force que, si les exercices de tai-chi ne m'avaient pas renforcé les chevilles et les journées de marche, fortifié les jambes, j'aurais certainement eu plusieurs fractures. Le choc se répercuta dans tout mon squelette. Biao pleurnichait à ma droite. Heureusement que je n'étais pas tombée sur lui ! Le nuage de poussière me fit tousser.

— Biao, tout va bien ? demandai-je, aveuglée.

— Je me suis fait mal à un pied ! se lamenta le gamin.

Le souvenir de Paddy Tichborne et de sa jambe amputée me revint à l'esprit. Je m'agenouillai à côté de Biao et, à tâtons, je pris sa tête entre mes mains.

— Nous allons te sortir de là et tu vas guérir, lui dis-je.

Ce fut à ce moment-là que je me rendis compte, horrifiée, de ce que j'avais fait. Je m'étais jetée dans le vide d'un puits comme une suicidaire... Mes mains commencèrent à trembler autour du visage de Biao. Étais-je devenue folle ? Qu'est-ce qui m'avait pris ? Moi, Elvira Aranda, peintre, Espagnole résidant à Paris, tante et tutrice d'une jeune orpheline qui n'avait que moi au monde, j'avais failli me tuer dans un acte inconscient et insolite que je n'aurais jamais accompli si j'avais eu toute ma tête. Mon cœur s'emballa.

— Tout va bien ? entendis-je Lao Jiang demander.

Je ne pus lui répondre. J'étais si impressionnée par ce que je venais de faire qu'aucun son ne sortait de ma gorge.

— Elvira ! répondez !

Pétrifiée. J'étais pétrifiée.

— Nous allons bien ! finit par crier Biao, qui avait dû sentir mes mains trembler et comprendre qu'il m'arrivait quelque chose.

Il recula doucement pour se libérer de mon étreinte. Dans une économie de gestes, en prenant appui contre la paroi, il parvint à se mettre debout. Puis ce fut lui qui se pencha vers moi et me tira par le bras pour m'aider à me relever.

— Allez ! *tai-tai*, il ne faut pas rester là.

— Tu as vu ce que j'ai fait ? trouvai-je la force de dire.

Il sourit timidement.

— Merci, murmura-t-il en passant mon bras droit autour de ses épaules et en se redressant de toute sa hauteur.

— Tante Elvira ! Biao ! criait Fernanda depuis le haut.

La terre que j'avais entraînée dans ma chute

s'était déposée et la lumière du soleil de midi entrait à flots dans le trou. Je regardai autour de moi. Nous étions dans un endroit extraordinaire, sur une plate-forme de deux mètres de long sur quatre-vingts centimètres de large, creusée dans le sol et pavée de briques d'argile blanche cuite. Le puits, d'environ cinq mètres de diamètre, était parfaitement cylindrique et étayé de planches et de poutres en bois en assez mauvais état. Ce qui semblait solide, en revanche, c'était la plate-forme sur laquelle nous nous trouvions, ainsi que la rampe qui descendait à la plate-forme suivante, puis à une autre rampe, et ainsi de suite dans une spirale menant jusqu'au fond du puits, invisible, bien sûr.

— Comment va ton pied ? demandai-je à Biao.

— Je ne crois pas qu'il soit cassé, répondit-il. La douleur est en train de passer.

— Nous verrons quand il aura refroidi, lorsque tu seras resté immobile un moment.

— Oui, mais pour l'instant je peux marcher.

— Tante Elvira ! Biao !

— Attendez une minute ! criai-je, avant de consulter le gamin : Comment allons-nous les faire descendre ?

— Je ne vois pas d'autre moyen, dit-il en examinant les parois du puits. Ils vont devoir se laisser tomber.

— Dans ce cas, ils risquent de se faire mal.

— Qu'ils lancent d'abord les sacs et nous les disposerons comme s'il s'agissait de *k'angs*.

— Celui de Lao Jiang, sûrement pas ! m'écriai-je avec horreur.

— Non, admit Biao d'un air grave, pas celui de Lao Jiang.

Lorsqu'elle nous affirma qu'elle se sentait incapable de se laisser tomber sur la plate-forme, Fernanda avait la voix enrouée par la peur. Je lui dis, et c'était vrai, que je serais ravie qu'elle reste en haut pour s'occuper des bêtes, mais que si nous ne ressortions pas avant plusieurs jours elle passerait tout ce temps seule, y compris la nuit, et que cette idée me terrifiait. Elle changea rapidement d'avis et, lorsque ce fut son tour de sauter, après le maître Rouge, elle s'exécuta avec courage. Quand on savait que l'on tombait, non pas dans le vide, comme je l'avais cru lorsque j'avais sauté sans réfléchir, mais sur une surface solide et sans danger, la descente était plus sûre et moins chaotique. Fernanda atterrit sans se blesser. Ensuite, Lao Jiang annonça qu'il allait jeter son maudit sac rempli d'explosifs. Il ne cessa de nous répéter de ne pas avoir peur, assurant qu'il n'allait rien nous arriver, mais les enfants et moi descendîmes la rampe jusqu'à la plate-forme suivante, au cas où. Le maître Rouge réceptionna le désagréable fardeau, puis le posa avec précaution contre la paroi pour aider Lao Jiang, prêt à se laisser tomber. Peu après, nous étions tous sains et saufs à l'intérieur de ce puits datant de la dynastie des Han, d'où se dégageait une drôle d'odeur de décomposition. J'étais très rassurée – pas complètement, toutefois – de me trouver sur la terre ferme, entourée de murs renforcés par des planches et des poutres qui, bien qu'en très mauvais état, devaient être efficaces car rien ne tremblait.

Nous nous enfonçâmes sur des mètres et des mètres, jusqu'à ce que la lumière ne soit plus qu'un point blanc en haut du puits. On n'y voyait plus rien. Comme toujours, je n'avais pas songé à cette éventualité mais Lao Jiang, si. Il sortit un briquet en argent de sa poche – sans doute celui avec lequel il avait allumé la mèche de la dynamite, sans jamais nous l'avoir montré auparavant. Puis il prit dans son sac une grosse tige de bambou, qu'il manipula comme pour en retirer une petite pièce. Lorsqu'il l'approcha de la flamme du briquet, elle s'enflamma comme une torche.

— C'est un ancien système d'éclairage chinois conçu pour les voyages, expliqua-t-il. Il est si efficace qu'on l'utilise encore des siècles plus tard.

— Avec quel combustible fonctionne-t-il ? s'intéressa Fernanda.

— Du méthane. Un magnifique texte de Chang Qu[1], du IVe siècle, décrit l'élaboration de conduites en bambou, calfatées avec de l'asphalte, qui transportaient du méthane jusqu'aux villes pour l'éclairage public. Vous, en Occident, cela fait moins d'un siècle que vous éclairez vos grandes capitales, n'est-ce pas ? Eh bien, nous, non seulement nous le faisons depuis plus de mille cinq cents ans, mais nous avons appris, entre outre, à stocker le méthane dans des tubes de bambou comme celui-ci, afin de nous en servir comme torches ou réserves de combustible. Le méthane s'utilisait déjà en Chine avant l'époque du Premier Empereur.

Le maître Rouge et Petit Tigre sourirent avec fierté. La modestie des Chinois était une supercherie parmi d'autres. Il n'y avait qu'à les voir se donner de grands airs dès qu'ils avaient de quoi s'enorgueillir. Certes, leurs nombreuses connaissances, si précieuses et si anciennes, étaient étonnantes et dignes d'admiration, mais il était un peu lassant de les voir sans cesse s'en vanter. Peut-être avaient-ils besoin de se les rappeler pour retrouver

1. Historien (291-361 apr. J.-C.), auteur des *Chroniques des États au sud du mont Hua*, plus connues sous le nom de *Chroniques de Huayuang*.

leur fierté nationale mais, franchement, c'était un rien agaçant. J'avais accompli un acte suicidaire pour retrouver Biao et, cependant, je ne passais pas mon temps à en parler pour que l'on me dise à quel point j'avais été courageuse (bien que cela ne m'eût pas déplu – pourquoi le nier ?).

Une fois la torche chinoise allumée, la descente par les rampes devint plus commode et moins périlleuse. Nous nous enfoncions toujours plus dans les entrailles de la Terre et je me demandais avec effroi à quel moment nous allions recevoir notre première flèche d'arbalète. J'avançais avec méfiance. Cela dit, depuis ce fameux saut dans le vide, j'avais retrouvé un certain courage qui me rendait un peu plus hardie et intrépide. C'était une sensation très agréable, comme si j'avais de nouveau vingt ans et que je pouvais croquer la vie à pleines dents.

— Le chemin se termine, annonça tout à coup le maître Rouge.

Nous nous arrêtâmes brusquement. Il ne nous restait que deux plates-formes et trois rampes pour arriver au bout. Si curieux que cela puisse paraître, malgré la profondeur à laquelle nous nous trouvions, il ne faisait pas plus froid qu'à l'extérieur. J'aurais même dit que la température était plus clémente. La seule chose difficile à supporter, c'était l'odeur, mais, après avoir passé trois mois en Chine, je ne considérais même plus cela comme un problème.

— Que faisons-nous ? demandai-je. Les arbalètes peuvent se mettre à tirer à tout moment.

— Il va falloir prendre le risque, murmura l'antiquaire.

Je n'avançai pas d'un pouce.

— Souvenez-vous du *jiance*, me dit-il, d'humeur irascible. Le maître d'œuvre explique à son fils que le puits dans lequel il est censé arriver après avoir plongé le long de la digue débouche directement à l'intérieur du tumulus, devant la porte de la salle principale, qui conduit au palais funéraire. Et il précise bien que c'est dans le palais que des centaines d'arbalètes se mettront à tirer. Or, ce puits en est très éloigné. Il n'y a pas d'arbalètes ici.

— Mais dans l'histoire qu'a racontée le maître Jade Rouge, m'obstinai-je, les voleurs qui sont descendus par ces rampes ne sont jamais remontés.

— Cela ne signifie pas qu'ils soient morts ici, *madame*, intervint le maître. Les Chinois sont très superstitieux et, il y a deux mille ans, ils l'étaient encore plus. On peut supposer que les premiers serfs qui se sont introduits ici étaient terrifiés à l'idée de pénétrer dans la tombe d'un empereur aussi puissant. Il devait s'agir de prisonniers, comme les ouvriers qui avaient construit le mausolée. Et les hommes restés à la surface, en haut, étaient sans doute des contremaîtres et des nobles, qui attendaient de voir ce qui allait se passer.

— Et que s'est-il passé ? l'interrogea Biao, comme s'il n'avait jamais entendu cette histoire.

— Eh bien, ceux qui sont descendus ne sont jamais remontés, répondit le maître en souriant. C'est tout ce que dit la chronique que j'ai lue. Mais les autres ont eu si peur qu'ils ont bouché le puits, comme s'ils craignaient que quelque chose d'effroyable ne s'en échappe.

— Profaner une tombe en Chine, où les ancêtres sont si vénérés et respectés, doit être un acte terrible, fis-je remarquer.

— *A fortiori* la tombe d'un empereur à qui les Han eux-mêmes n'avaient pas laissé un seul descendant qui puisse accomplir en son honneur les cérémonies funéraires prescrites par la tradition.

— Voici ce que nous allons faire, suggérai-je, nous allons avancer en jetant nos sacs devant nous. De cette façon, nous saurons si la voie est libre.

— Très bonne idée, Elvira, approuva l'antiquaire.

— Mais pas vous, Lao Jiang.

Après être descendus un peu plus, nous lançâmes nos ballots de toutes nos forces pour qu'ils atterrissent le plus loin possible du puits et des décombres du plancher qui s'était dérobé sous les pieds de Biao. Et il n'arriva rien. Aucune flèche ne les traversa.

— Le piège n'est pas ici, constata le maître Rouge.

— Alors allons-y ! dis-je.

Lorsque nous arrivâmes à la dernière rampe, nous découvrîmes un espace surprenant, qui nous laissa bouche bée : en face de nous, s'ouvrait une immense pièce apparemment vide, jalonnée de colonnes laquées de noir, sans socle ni chapiteau, et ornées de motifs représentant dragons et nuages. Le plafond en plaques de céramique, à environ trois mètres du sol, était soutenu par des traverses taillées dans de gros troncs qui ne m'inspiraient guère confiance. De nombreuses plaques s'étaient détachées et gisaient en mille morceaux sur le sol dallé.

— Où sommes-nous ? demanda ma nièce.

— Je dirais dans l'enceinte extérieure du palais funéraire, conjectura Lao Jiang en montrant du doigt quelque chose qui m'était caché par une des colonnes.

Je fis quelques pas en avant et sursautai, morte de peur. Il y avait là un homme à genoux, assis sur les talons et les mains rentrées dans des « manches qui arrêtent le vent ». Il était grand et très bien coiffé, avec la raie au milieu et un chignon sur la nuque.

— Est-ce une statue ? m'enquis-je.

C'était une question idiote, car il était évident qu'il ne pouvait s'agir d'un véritable être humain, mais cette statue paraissait incroyablement réelle, aussi réelle que n'importe lequel d'entre nous.

— Évidemment, tante Elvira ! se moqua Fernanda.

— Oui, mais quelle statue ! s'exclama Lao Jiang, authentiquement impressionné. Elle est magnifique. (Il s'en approcha et appela Biao, qui le rejoignit d'un pas prudent. Il lui donna la torche et lui demanda de la tenir à la hauteur qui lui convenait. Puis il chaussa ses lunettes et se pencha vers la sculpture pour mieux l'étudier.) Elle représente un jeune serf de la dynastie des Qin. Elle est en argile cuite et la pigmentation est encore visible, ce qui est vraiment extraordinaire. Regardez la couleur du visage et le foulard rouge noué autour du cou. Incroyable !

— Elle est tournée vers le sud, remarqua le maître Rouge, vers le tumulus.

— Eh bien, suivons cette direction, proposai-je.

Je n'avais jamais beaucoup aimé les statues, surtout celles qui représentaient un être humain de façon très réaliste, comme celle-ci. Lorsque je visitais les musées de Paris, j'avais toujours l'impression que les sculptures me regardaient et que leurs yeux n'étaient pas de pierre. Je sortais toujours au plus vite de ce genre de salles.

Ce jeune serf ne fut pas le seul que nous trouvâmes sur notre chemin. Régulièrement, au fil des colonnes, nous en voyions un qui nous montrait la direction à suivre, le sud. Il y avait aussi des fonctionnaires impériaux, debout, vêtus d'une grosse veste et d'un ample pantalon noir, qui arboraient des rubans voyants autour du cou et portaient leurs instruments d'écriture à la ceinture. Nous découvrîmes aussi, à côté de mangeoires en céramique, des squelettes d'animaux, peut-être des cerfs ou toute autre espèce sauvage, l'anneau par lequel ils avaient été attachés aux colonnes encore autour des vertèbres du cou. Ce n'étaient que des ossements et des crânes mais, dans les ténèbres où nous étions plongés, il y avait de quoi frémir. Nous vîmes bien d'autres choses tout aussi étranges : des autels de pierre somptueusement décorés dans des niches, sur lesquels étaient posés divers ustensiles de bronze couverts de vert-de-gris (pichets, jarres, bouilloires, chaudrons tripodes...) ; des pièces qui avaient dû abriter de superbes coussins et rideaux de soie ; des salles contenant des armes et d'autres, des milliers de *jiance* ; des cuisines remplies d'animaux en argile, gibier à plume, porcs et lièvres, et de couteaux de boucher de formes et de tailles variées ; et même des écuries complètes, où des squelettes de chevaux gisaient sur le sol, presque réduits en poussière. Mais le plus beau de tout, et de loin, c'étaient les chambres où se trouvaient de fastueux vêtements de cérémonie confectionnés avec des soieries et des pièces de jade. Nous n'osâmes pas y entrer, de peur que notre simple présence n'endommage les délicats tissus vieux de deux millénaires. Nous marchâmes très longtemps, subjugués et un peu effrayés par tout ce qui nous entourait. Au fur et à mesure que nous nous approchions du tumulus, le plafond devenait de plus en plus haut, s'éloignant de nos têtes pour atteindre une hauteur disproportionnée. Nous ne tardâmes pas à en comprendre la raison : un grand mur de terre recouvert d'un enduit peint en rouge nous empêchait d'aller plus loin. Il était si haut que nous n'en voyions pas le sommet (il fallait reconnaître, en outre, que la torche de Lao Jiang n'éclairait pas grand-chose ; le cercle de lumière n'allait pas au-delà de trois ou quatre mètres).

— Où aller maintenant ? demandai-je. À droite ou à gauche ?

Le maître Rouge sortit son *Luo P'an* de son sac et le consulta. Il fit d'étranges calculs en passant à plusieurs reprises l'ongle de l'index sur les signes et caractères du plateau de bois. Il avait l'air extrêmement concentré.

— Les « Veines du dragon »… murmura-t-il enfin en levant la tête avec satisfaction.

— Les flux d'énergie *qi*, expliqua Lao Jiang.

— … se dirigent vers le sud, mais il y en a une autre, beaucoup plus faible, qui va d'est en ouest. Si les calculs des Neuf Étoiles sont justes, nous arriverons à la porte principale plus rapidement si nous passons par la droite.

Lao Jiang nous arrêta, les enfants et moi, avant même que nous n'ayons eu le temps d'ouvrir la bouche :

— Ne me posez pas de questions sur les Neuf Étoiles. Ce sont des éléments du Feng Shui très compliqués que seuls les grands experts connaissent.

Nous continuâmes donc à avancer et, dix minutes plus tard, nous arrivâmes à l'angle de la muraille, que nous contournâmes pour continuer à descendre. La surface, très écaillée par endroits, laissait apparaître la terre tassée de l'intérieur. En marchant, nous écrasions des morceaux d'enduit rouge, qui faisaient sous nos semelles un bruit sec assez inquiétant dans cet isolement obscur.

Au bout d'un long moment – je n'aurais su dire combien de temps exactement, peut-être une demi-heure, voire un peu plus –, nous arrivâmes en bas et tournâmes sur la gauche. Nous ne devions plus être très loin de la porte. Je plissai les yeux : avec un peu de chance (ou de malchance, selon le point de vue), nous verrions bientôt les squelettes des serfs morts transpercés par les flèches des arbalètes, ce qui nous préviendrait du danger. Hélas, lorsque nous atteignîmes enfin notre but, nous ne vîmes pas la moindre trace de flèches qui auraient été tirées là avant notre passage. En revanche, il ne faisait aucun doute que nous avions été précédés, car les battants de la gigantesque porte de près de cinq mètres de haut, tous deux ornés d'un heurtoir en forme de tête de tigre, étaient déjà ouverts. Nous franchîmes le seuil avec précaution en regardant tout autour de nous, avant d'aboutir dans une espèce de tunnel voûté d'une dizaine de mètres de large, qui me parut être l'endroit rêvé pour une attaque surprise. Nous nous trouvions dans un édifice monumental. Aucun roi européen n'avait été gratifié d'une sépulture aussi grandiose. Je comprenais mieux pourquoi il avait fallu tant de condamnés aux travaux forcés pour réaliser ce mausolée. Même les pyramides d'Égypte ne pouvaient rivaliser avec lui.

Le tunnel déboucha dans une cour ou, plus exactement, un vaste hall recouvert de dalles de céramique blanches et grises, qui dessinaient des motifs en spirale et des figures géométriques. Je commençais à regretter les lampes remplies de grandes quantités de graisse de phoque qui, selon les dires de Sima Qian dans ses *Mémoires historiques*, étaient censées ne pas s'éteindre avant longtemps dans le mausolée du Premier Empereur. À la longue, l'obscurité de ces grands espaces me fatiguait et, en outre, m'empêchait de me faire une idée précise de l'ampleur de la construction.

Après avoir traversé le hall, nous nous trouvâmes devant une autre muraille, identique à la précédente, de la même hauteur et également peinte en rouge. Le mausolée était donc défendu par deux remparts susceptibles d'arrêter les soldats, si nombreux soient-ils, de n'importe quelle armée du monde, y compris d'une armée moderne avec tous ses chars de combat et sa Grosse Bertha. Tout cela pour protéger un homme mort ? Le Premier Empereur était atteint d'une grande mégalomanie, cela ne faisait aucun doute. Cette seconde muraille était percée d'une autre porte immense. Celle-ci était hérissée de petits picots sur toute sa surface et ses battants étaient coulissants. Elle était restée entrouverte grâce à de solides barres de bronze qui avaient dû être placées là par les serfs Han ; il était inconcevable qu'elles aient supporté un tel poids pendant tout ce temps. Nous passâmes entre deux d'entre elles et pénétrâmes à l'intérieur d'un autre tunnel voûté, au fond duquel on devinait un escalier montant vers un énorme trou noir. Nous gravîmes les marches lentement, attentifs aux bruits et à tout signe de danger. Lorsque nous arrivâmes en haut, nous ne vîmes rien du tout : la lumière de notre torche se perdait dans le vide le plus lugubre et silencieux.

— Et maintenant, que faisons-nous ? demanda Fernanda.

Sa voix se perdit dans un espace démesuré que nous ne voyions pas. Nous gardâmes le silence, effrayés.

Après un moment d'hésitation, Lao Jiang se dirigea vers le côté gauche de la muraille et leva au maximum le bras qui tenait la torche. Puis il s'approcha du côté droit et fit de même avec l'air de chercher quelque chose. Cette fois, il sembla avoir trouvé ce dont il avait besoin.

— Biao ! appela-t-il. Viens ici.

Lorsque le gamin l'eut rejoint, il se mit à genoux.

— Grimpe sur mes épaules, ordonna-t-il.

Déconcerté, Biao lui obéit. Avant de se redresser, Lao Jiang lui passa la torche.

— Enroule bien tes jambes autour de mon cou, dit-il. Maître Jade Rouge, aidez-moi à me relever, s'il vous plaît.

Le maître le prit par le bras et le tira vers lui, tandis qu'il se remettait debout malgré le poids de l'enfant, qui vacillait dangereusement.

— Vois-tu la poterie fixée au mur ? demanda l'antiquaire.

— Oui, Lao Jiang.

— Mets la main dedans et dis-moi ce que tu sens.

Biao eut l'air affolé lorsqu'il entendit cet ordre. Il nous chercha du regard, Fernanda et moi, pour essayer d'obtenir notre aide mais, pour lui, nous étions bien sûr dans l'obscurité la plus totale. Saisie d'effroi, je le vis glisser la main dans le récipient comme s'il la mettait dans un nid de serpents.

— On dirait… Je ne sais pas, Lao Jiang. Il y a une petite tige de métal plantée dans quelque chose de dur. Du bois sec, je suppose, car c'est strié.

— Sens-le, ce bois.

— Quoi ? s'écria le gamin, épouvanté.

— Place la main sous ton nez et dis-moi ce que ce bois sent.

Les jambes de l'antiquaire tremblaient imperceptiblement. Il ne pourrait pas porter Biao sur ses épaules beaucoup plus longtemps. J'éprouvai un profond dégoût en voyant le pauvre enfant renifler ce qu'il avait touché du bout des doigts. Des tas de cochonneries avaient dû s'accumuler là-dedans en deux mille ans !

— Ça ne sent rien, Lao Jiang.

— Remets la main dedans !

Biao s'exécuta de nouveau.

— Je ne sais pas, marmonna-t-il, hésitant, ça sent le rance, peut-être. La graisse rance, mais je n'en suis pas sûr. C'est sec.

— Approche la flamme de la tige de métal[1].

— Que j'approche la flamme de quoi ?

— Approche la flamme de la graisse de phoque ! cria Lao Jiang, qui n'en pouvait plus.

Il était appuyé de tout son poids contre le maître Rouge, qui avait le visage crispé par l'effort.

Alors Biao inclina la torche de bambou au-dessus du réceptacle et, au bout d'un moment qui nous sembla être une éternité, il la redressa et sauta à terre, soulageant aussitôt le pauvre Lao Jiang. Fernanda et moi avions suivi toute la scène avec grande attention, d'autant qu'il n'y avait nul autre endroit où regarder, et nous fûmes stupéfaites de voir sortir de la poterie une petite lueur qui devint de plus en plus intense jusqu'à offrir, dans un murmure, une magnifique clarté. Nos yeux étaient si habitués à la pénombre qu'il nous sembla voir aussi clair qu'avec une puissante ampoule électrique. Nous rivalisâmes tous de « Oh ! » et de « Ah ! » d'admiration, avant de constater qu'une ligne de feu avançait dans une petite rigole le long de la muraille pour enflammer d'autres lampes disposées tous les dix ou quinze mètres. Nous tournâmes sur nous-mêmes pour suivre des yeux le parcours de la flamme et notre

1. On pense que les Chinois ont commencé à fabriquer des mèches en amiante plusieurs siècles avant notre ère. Il n'était pas nécessaire de remplacer ces mèches, car elles ne se consumaient pas.

regard se heurta subitement à la silhouette d'un immense édifice, un palais gigantesque, qui nous dissimula la progression de la lueur. Entre le bâtiment et nous s'étendaient une esplanade interminable et un somptueux perron de pierre à trois niveaux, défendu par deux tigres assis sur des piédestaux. À un moment donné, en un point invisible à nos yeux, le cours du feu avait dû se scinder en différentes branches car, alors que nous contemplions ce qui n'était encore qu'une image imprécise du palais, deux langues de feu surgirent de chaque côté de l'édifice, se coudèrent en direction des tigres et, après les avoir rejoints, avancèrent rapidement vers nous en suivant les lignes marquées par des dalles grises qui délimitaient une vaste avenue flanquée de pilastres.

Nous étions ébahis, et le mot était faible. Les sommets des pilastres s'embrasèrent aussi sous la caresse du feu et illuminèrent le centre et les côtés de la place, où se trouvaient deux énormes bassins dont on ne voyait pas le fond et qui, autrefois remplis d'eau et de poissons, étaient sans doute reliés aux conduites pentagonales du système de drainage de l'enceinte funéraire. Dès l'instant où je vis ces bassins, je compris que l'un d'eux était le puits par lequel nous serions sortis si le barrage de retenue de la Shahe avait encore existé. J'en déduisis que les arbalètes ne devaient plus être très loin. Au moment où l'esplanade s'illuminait comme une fête foraine, la flamme allumée par Biao revint par le côté gauche de la muraille après avoir fait tout le tour de l'enceinte. C'était une véritable explosion de lumière et le palais était désormais parfaitement visible devant nous. Majestueux, il comptait trois étages de murs jaunes surmontés de toits en céramique de couleur brune. Le seul problème, c'était que la graisse de phoque exhalait en brûlant une odeur épouvantable. Cela dit, elle avait l'avantage de ne pas dégager de fumée, détail important dans un espace souterrain comme celui-ci, si vaste fût-il.

De part et d'autre du palais se dressaient de nombreuses dépendances, presque à perte de vue. Les membres de la cour des Qin, les fonctionnaires, les soldats et, bien sûr, les éventuels pilleurs de tombes avaient dû considérer ce luxueux édifice comme le lieu où reposait à coup sûr la dépouille de Shi Huangdi. Si le but du Premier Empereur avait été de tous les duper, afin qu'ils ne puissent soupçonner la vérité quant à l'emplacement de sa véritable sépulture, il ne faisait aucun doute qu'il l'avait atteint. Tout cela dépassait l'imagination.

Sans dire un seul mot, nous nous engageâmes sur l'avenue de dalles grises et marchâmes en direction du palais. Si quelqu'un avait pu nous observer depuis le toit du dernier étage, il nous aurait pris pour une rangée de fourmis traversant une grande salle de bal et, toutes proportions gardées, il nous fallut presque aussi longtemps que ces petites bêtes pour atteindre les tigres dorés terrifiants qui montaient la garde sur le perron. Chacun de ces fauves était grand comme une maison et arborait, outre de longues griffes aiguisées, d'exotiques écailles sur les flancs qui le rendaient un peu rebutant. De là, il fallait renverser la tête en arrière pour voir le bâtiment derrière la dernière volée d'escaliers.

— Allons-nous monter maintenant ? demanda Fernanda.

Je vis Biao et le maître Rouge sursauter. Cela faisait si longtemps que nous gardions le silence que la voix de ma nièce avait résonné à nos oreilles comme un coup de canon.

— Quelque chose ne va pas ? m'enquis-je avec inquiétude.

Fernanda prit un air accablé.

— Je suis fatiguée, répondit-elle. Il doit être tard. Nous pourrions dîner ici, à la lumière, et dormir un peu avant de continuer.

— J'aimerais bien, Fernanda, crois-moi, dis-je en lui passant le bras autour des épaules, mais cet endroit n'est pas idéal pour prendre du repos. Éloignons-nous d'abord de ces horribles animaux. Nous finirons par trouver un petit coin moins désagréable, je te le promets.

Il me sembla voir du coin de l'œil une expression moqueuse sur le visage de Biao. Quelle plaie que l'adolescence ! songeai-je en m'armant de patience. Enfin, s'il fallait gravir ces escaliers sans fin, il valait mieux commencer le plus tôt possible. Je fis donc quelques pas et pris la tête de notre groupe. Pour pouvoir me vanter plus tard de mon exploit, je me mis à compter les marches : une, deux, trois, quatre... cinquante, cinquante et une, cinquante-deux... soixante-trois, soixante-quatre... cent. Premier niveau. Jusque-là, tout s'était déroulé à la perfection, bien que je ressente une petite douleur dans les muscles des mollets.

— On continue ? lança Lao Jiang en attaquant la deuxième volée de marches.

Allez, on y va ! me dis-je pour me donner du courage. Et je recommençai à compter. Mais vers la fin de ce supplice chinois, j'étais à bout de forces. Marcher, c'était une chose, mais gravir des escaliers avec un sac de voyage sur le dos en était une autre. Tout cela n'était plus de mon âge. J'avais beau être fière d'avoir retrouvé de l'énergie et d'avoir acquis une certaine souplesse, mes quarante et quelques années se faisaient sentir :

lorsque j'arrivai sur le palier, je m'effondrai lourdement.

— Ça ne va pas, ma tante ?

— Parce que toi, ça va, peut-être ? me lamentai-je depuis mon humiliante position. Tu as dit que tu étais fatiguée avant même que nous ne commencions à monter.

— Oui, c'est vrai...

Le cœur généreux de ma nièce (c'était une façon de parler) ne voulait pas blesser ma fierté.

— Ça va aller. Donnez-moi une minute pour reprendre mon souffle et je pourrai me relever.

— Mais aurez-vous la force d'aller jusqu'au dernier niveau ? m'interrogea Lao Jiang, soucieux.

Si je comprenais bien, j'étais donc la seule à avoir l'impression d'être en train de mourir. Les autres, y compris ce vieillard à barbiche blanche, étaient frais comme des roses au printemps.

— Je peux vous aider, si vous me le permettez, *madame*, murmura le maître Rouge en s'agenouillant à mes côtés.

— Ah oui ? m'écriai-je. Et comment ?

— Veuillez m'excuser, dit-il en prenant mon bras et en remontant la manche de mon sarrau.

Puis il se mit à appuyer avec douceur en différents endroits avec les pouces. Lorsqu'il eut terminé, il passa à l'autre bras et répéta l'opération. La douleur qui me sciait les jambes disparut complètement. Il appuya ensuite sur des points situés autour des yeux, sur les joues et, pour finir, il exerça une pression un peu plus forte sur les oreilles à l'aide du pouce et de l'index de chaque main. Quand il se releva après s'être incliné avec courtoisie, j'étais la rose la plus fraîche du jardin.

— Que m'avez-vous fait ? demandai-je, surprise, en reconquérant agilement la position verticale.

Je me sentais en pleine forme.

— J'ai levé la douleur, murmura le maître en reprenant son ballot, et je vous ai aidée à libérer votre propre énergie. Ce n'est que de la médecine traditionnelle.

Je regardai Lao Jiang dans l'espoir d'obtenir une explication mais, lorsque je vis dans ses yeux ce regard arrogant que je lui connaissais si bien, je renonçai aussitôt et entrepris de gravir à toute allure la dernière volée de marches. Les Chinois étaient un puits de sagesse millénaire. Ils possédaient des connaissances étranges que nous autres Occidentaux, retranchés dans notre orgueil de colonisateurs, ne pouvions même pas imaginer. Nous manquions bien trop d'humilité pour être capables d'apprendre et de respecter ce qui faisait la richesse des autres.

J'arrivai au sommet du perron la première et levai le bras en signe de victoire. Devant moi, six grandes ouvertures pratiquées dans le mur jaune donnaient accès à l'intérieur du palais. Lorsque celui-ci avait été construit, elles avaient dû être fermées par d'élégantes portes en bois, dont on ne voyait désormais que les restes décomposés et désagrégés sur le sol. Mes compagnons me rejoignirent peu après. La lumière éclatante de l'enceinte extérieure s'infiltrait en toute discrétion par les multiples bouches d'aération percées dans les murs de l'édifice, puis disparaissait peu à peu pour mourir irrémédiablement, absorbée par les plafonds, sols, colonnes et meubles noirs. Le noir, symbole de l'élément Eau, était la couleur de Shi Huangdi et, homme de tous les excès, celui-ci en avait mis absolument partout. Pour les Chinois, la couleur du deuil était le blanc mais, pour moi, cette immense salle du trône – car c'était ce dont il s'agissait – avait un aspect assez funèbre. D'après ce que nous avait raconté un jour Lao Jiang, un chroniqueur qui avait connu le Premier Empereur avait écrit que l'homme avait le nez crochu, une poitrine d'oiseau de proie, une voix de chacal et un cœur de tigre. Quel portrait ! Eh bien, cette salle principale du palais funéraire était tout à fait appropriée pour une personne de ce genre : elle devait mesurer plus de cinq cents mètres d'un côté à l'autre et non moins de cent cinquante mètres du fond à l'entrée où nous nous trouvions, située au sud. Elle comportait, elle aussi, trois niveaux, reliés par deux escaliers. Des rangées d'épaisses colonnes laquées de noir délimitaient l'allée menant au trône, qui, ici, n'était pas un siège luxueux duquel on présidait aux grandes cérémonies, mais un sarcophage juché sur un autel gigantesque et flanqué de deux imposantes sculptures de dragons dorés. La gueule grande ouverte, les monstres atteignaient la hauteur du plafond.

— Regardez ! s'exclama le maître Rouge, le doigt pointé devant lui.

En écarquillant les yeux parce que j'étais fatiguée et que le haut linteau de la baie projetait une ombre allongée qui empêchait de voir clairement, je discernai sur le sol, à quelques mètres de l'entrée, des bâtons, des silhouettes informes...

— Les serfs Han, murmura l'antiquaire.

Je paniquai. Ici ? Était-ce ici que se déclenchaient les tirs d'arbalètes ? Je ne voyais pas la moindre arme de ce genre dans les environs.

— Nous ne devons pas faire un pas de plus, déclara le maître.

— Allons-nous passer la nuit ici ? demanda Fernanda.

Je me tournai vers Lao Jiang, qui me fit un petit geste affirmatif de la tête.

— Ici même, répondis-je en laissant tomber mon sac par terre.

Il devait vraiment être très tard, peut-être près de minuit, et nous étions épuisés. La journée avait été longue, très longue. Nous mangeâmes des œufs durs et des boulettes de riz que nous trempâmes dans le thé chaud. Un estomac bien rempli était toujours le meilleur des somnifères. Aussi, malgré la lumière et toutes les choses extraordinaires qui nous entouraient, dès que nous nous allongeâmes, nous nous endormîmes profondément.

Il n'y avait pas moyen de savoir si c'était le matin ou pas encore. J'ouvris les yeux. Cette lumière, cet étrange auvent, ce lointain ciel de pierre... Le mausolée du premier empereur de Chine. Nous étions à l'intérieur. Après d'innombrables rebondissements, nous étions enfin à l'intérieur. Ah oui ! nous savions aussi où avaient lieu les tirs d'arbalètes, exactement comme l'avait dit l'architecte Sai Wu à son fils : à l'entrée de la grande salle principale du palais funéraire.

J'entendis du bruit près de moi et me retournai. Quatre paires d'yeux me regardaient. Tous mes compagnons étaient réveillés et m'attendaient en souriant.

— Bonjour, ma tante.

Oui, c'est ça, bonjour, comme si ce jour n'allait pas être le plus dangereux de toute notre vie ! Malgré mes craintes, je profitai tout de même pleinement de mes exercices de tai-chi sur le seuil du palais en contemplant au loin les murs rouges et la grande esplanade aux pilastres enflammés et aux bassins vides. Si cela devait être la dernière fois, pourquoi ne pas faire les choses en grand ?

Je savourais encore mon thé lorsque Lao Jiang nous donna l'ordre de nous remettre en route.

— Et où sommes-nous censés aller ? m'enquis-je sur un ton moqueur avant de boire ma dernière gorgée.

Ici, l'hygiène allait être un problème. Nous avions de l'eau pour boire mais pas suffisamment pour faire la vaisselle et nous laver.

— Pas très loin, répondit Lao Jiang avec le sourire. Que pensez-vous de la salle du trône ?

— Voulez-vous nous tuer ? le taquinai-je.

— Non, je veux que nous rassemblions toutes nos affaires et que nous commencions à étudier le terrain. Nous allons d'abord jeter nos ballots pour voir si les vieilles arbalètes fonctionnent toujours et, le cas échéant, nous tenterons de déterminer d'où viennent les flèches afin de pouvoir les esquiver.

— Tenez, dis-je en lui lançant énergiquement mon sac, essayez avec le mien. Mieux vaut laisser le vôtre ici.

Les enfants s'empressèrent de tout ranger pendant que Lao Jiang, le maître Rouge et moi nous approchions d'une des portes. Nous nous arrêtâmes sur le seuil pour nous agenouiller. Cette grande salle était impressionnante. S'il s'était agi d'un véritable palais administratif, il aurait pu accueillir facilement des milliers de personnes. Nous vîmes, non loin de nous, les restes de vieux squelettes. Parmi les ossements presque réduits à l'état de poussière et les vêtements en lambeaux, se trouvaient quinze à vingt flèches de bronze grandes comme mon avant-bras.

— Êtes-vous sûre que nous pouvons utiliser votre sac ? demanda Lao Jiang en me lançant un regard méfiant.

— J'ai le pressentiment que les arbalètes ne vont pas fonctionner, confiai-je, pleine d'espoir. Dans le pire des cas, mon passeport et celui de ma nièce, ainsi que mon carnet et mes crayons sont à l'abri dans les nombreuses poches de mes caleçons et de ma veste.

Mais, bien sûr... Pourquoi fallait-il toujours que je parle trop vite ? À peine mon pauvre ballot avait-il touché le sol de l'autre côté du seuil que nous entendîmes une sorte de bruit de chaînes. Avant que nous n'ayons le temps de nous en rendre compte, une flèche tirée depuis le mur nord, d'un point situé entre le cercueil et les dragons dorés, s'y était plantée comme dans une pelote à épingles.

— Eh bien, votre pressentiment était erroné, observa le maître Rouge d'un air grave.

— En effet, répliquai-je.

— Nous savons désormais tout ce que nous avons besoin de savoir, affirma Lao Jiang. Premièrement, les arbalètes fonctionnent toujours et, deuxièmement, elles tirent avec beaucoup de précision et à grande distance. Par conséquent, il nous est impossible de nous approcher du mécanisme.

— Le problème se pose au niveau du sol, fis-je remarquer, pensive. C'est au moment où l'on touche le sol que les arbalètes se déclenchent.

— Mais nous ne pouvons pas aller de l'autre côté en volant, plaisanta Fernanda.

— Il est temps, maître Jade Rouge, estima Lao Jiang, que vous sachiez ce que dit le troisième fragment du *jiance* à propos du piège des arbalètes. Vos grandes connaissances nous ont déjà été utiles et j'espère qu'elles le seront encore cette fois-ci.

Le maître Rouge, déjà à genoux, s'inclina profondément devant l'antiquaire et faillit se planter le menton, qu'il avait fort proéminent, dans le cou.

— Ce sera un grand honneur pour moi de pouvoir vous aider de nouveau, Da Teh.

Il avait appelé Lao Jiang par son prénom social, Da Teh, celui que Fernanda et moi étions aussi censées employer mais qui, à force d'avoir été éclipsé par le nom amical utilisé par Paddy Tichborne, était totalement tombé dans l'oubli.

— Voici ce que l'architecte Sai Wu a écrit à son fils, annonça l'antiquaire : « Au premier niveau des centaines d'arbalètes tireront dès que tu pénétreras dans le palais, mais tu pourras éviter ces tirs en étudiant de façon approfondie les exploits du fondateur de la dynastie des Xia[1]. »

Le maître croisa les bras, glissa les mains au fond de ses « manches qui arrêtent le vent » et s'absorba dans une longue méditation qui, plutôt qu'une méditation, était sans doute une réflexion, car la méditation taoïste consistait à faire le vide dans sa tête et à ne penser à rien, c'est-à-dire tout le contraire de ce qu'il devait faire. Moi aussi, je réfléchissais. Quelque chose dans la phrase de Sai Wu prononcée par Lao Jiang avait attiré mon attention.

— En fait, songeai-je à voix haute, ce ne sont pas des centaines d'arbalètes qui ont tiré, mais juste une.

Et pourquoi juste une ? Sai Wu n'aurait pas menti à son propre fils, encore moins pour lui faire croire à un danger supérieur à celui qu'il encourrait en réalité. Par conséquent, il pensait sincèrement que des centaines de flèches seraient tirées lorsque Sai Shi Gu'er foulerait le sol noir du palais. Et s'il en était convaincu, c'était parce qu'il avait lui-même ordonné à ses hommes d'installer des

1. Dynastie mythologique, environ 2100-1600 av. J.-C.

centaines d'arbalètes derrière les murs, même s'il ne savait pas comment elles allaient fonctionner.

— Que se passerait-il si nous jetions le sac de l'autre côté ? demandai-je.

— Je vous demande pardon ? s'étonna Lao Jiang.

— Donnez-le-moi.

Lao Jiang était plus près de mon sac que moi. Il tendit le bras avec précaution et le ramassa. J'arrachai la flèche avec force, puis je jetai de nouveau mon ballot sur les dalles, mais plus à droite. Une nouvelle flèche jaillit, du mur est, cette fois, et le transperça avec la même précision et la même célérité que la première. Le tir avait été effectué à deux cent cinquante mètres de distance et sous un autre angle. Après quelques secondes d'hésitation, je me levai pour m'emparer du sac de ma nièce et de celui de Biao, que je lançai tous deux dans des directions et à des distances différentes. Ce fut incroyable : deux flèches de bronze surgirent respectivement des murs est et ouest et mirent une fois de plus dans le mille. Non seulement ce mécanisme millénaire mis au point contre les profanateurs de tombes était d'une précision extraordinaire, mais il fonctionnait comme s'il avait les yeux d'un grand archer (ou, plus exactement, d'un grand arbalétrier).

Lorsqu'il vit ce qui s'était passé, Lao Jiang porta les mains à sa tête comme pour s'efforcer de se rappeler quelque chose de très important. Il rejeta plusieurs fois ses cheveux blancs en arrière.

— Il pourrait s'agir... dit-il enfin, il pourrait s'agir d'une combinaison de détecteurs de tremblements de terre et d'arbalètes automatiques. Je n'en suis pas tout à fait sûr, mais cela serait le plus logique. Les détecteurs percevraient à la fois les

vibrations du sol et leur point d'origine et active-
raient l'arbalète correspondante.

— Lao Jiang, je vous en prie, m'emportai-je, de
quoi parlez-vous ? Quels détecteurs de tremblements de terre ?

— Les dragons, affirma-t-il.

Je ne comprenais rien et, d'après la tête qu'ils
faisaient, les enfants non plus.

— Quels dragons ? Ceux-là ?

Je montrai du doigt les deux immenses dragons
dorés placés de part et d'autre de l'autel sur lequel
reposait le cercueil.

— Oui. Ici, en Chine, cela fait très longtemps
que nous savons détecter les tremblements de
terre. On peut encore voir de vieux sismoscopes à
Pékin et même à Shanghai. La première référence
à cette invention date du IIe siècle, mais les savants
ont toujours soupçonné que des engins similaires
avaient été fabriqués bien avant. Il semble que ces
dragons nous en apportent la preuve.

— Et pourquoi les dragons ? s'enquit Biao.

— Parce que les sismoscopes ont toujours été en
forme de dragon, peut-être à cause d'une superstition selon laquelle cet animal porte chance, je ne
sais pas. Un détecteur de tremblements de terre
fonctionne avec de petites boules de métal placées
dans la gueule de la bête, qui vibrent d'une certaine façon et avec une certaine intensité selon la
force des secousses sismiques et le lieu d'où
celles-ci proviennent. On raconte que le dragon de
l'Observatoire de Pékin était sensible aux tremblements de terre de toute la Chine, quelle que soit la
région où ils avaient lieu. Pourquoi un mécanisme
plus ancien ne pourrait-il pas détecter de simples
pas à l'intérieur d'une pièce ?

— Êtes-vous en train de nous dire que ce... sismoscope perçoit nos pas sur les dalles noires et actionne l'arbalète qui pointe vers l'endroit d'où provient la vibration ? demandai-je.

— En effet, c'est exactement cela.

— Et combien de flèches chaque arbalète peut-elle tirer, à votre avis ?

— Peut-être une vingtaine ou une trentaine, mais je n'en suis pas sûr. Songez que les plus grandes, les carreaux de guerre, nécessitaient quatre hommes pour être transportées. Elles étaient utilisées pour tirer de très loin sur une armée ennemie qui non seulement se trouvait à une grande distance mais pouvait aussi être abritée derrière une muraille ou une colline. Chaque arme était pourvue de vingt à trente flèches disposées sur une barre horizontale, sous l'arc, afin que les arbalétriers puissent recharger rapidement.

— Cela dit, il ne peut y avoir des centaines de ces grandes arbalètes de guerre derrière ces murs. N'en existait-il pas d'autres, plus petites ?

— Si, naturellement. Et vous avez raison : celles qui se cachent derrière ces murs ne peuvent être aussi grandes. Ce serait absurde. Il s'agit sans doute de petites arbalètes, de celles qui pouvaient être portées par un seul archer et n'étaient dotées que de dix carreaux de bronze, la charge maximale pour un homme.

— Mais il n'y a aucun homme ici, Lao Jiang, objecta ma nièce. Ce n'est qu'un mécanisme automatique.

— Ne nous compliquons pas tant la vie ! protesta l'antiquaire. Les guerres de l'époque n'étaient pas comme les guerres d'aujourd'hui et, jadis, les engins n'étaient pas aussi sophistiqués. Il est probable que, pour un mausolée impérial, la quantité de flèches par arbalète ait été relativement réduite.

Combien de tentatives de pillage risquait-il d'y avoir dans un endroit comme celui-ci ? Combien y en a-t-il eu en deux mille ans ?

— Je crois que je détiens la solution ! s'exclama tout à coup le maître Rouge.

Tous les regards convergèrent vers lui. Il était toujours assis dans la même position, mais il avait ouvert ses petits yeux écartés et levé légèrement la tête pour nous voir.

— C'est vrai ? s'écria Biao avec admiration.

À ce moment-là, femme de peu de foi et même d'aucune, je ramassai la première flèche qui s'était plantée dans mon sac et je la lançai d'un geste résolu et tout ce qu'il y avait de plus intention- nel sur les ossements des serfs Han, provoquant ainsi ce que l'on aurait pu appeler un sacrilège poussiéreux. La plupart des restes humains et des lambeaux de tissu s'envolèrent dans les airs et retombèrent sur d'autres dalles environnantes. L'expérience fut intéressante, car seules deux flè- ches avaient été tirées du mur nord et une autre du mur ouest. Je ne savais pas pourquoi, mais mon intuition me disait qu'il aurait dû y en avoir plus. Sauf erreur de ma part, cela devait signifier qu'après deux ou trois tirs les arbalètes étaient déchargées. Loin de moi l'idée d'aller vérifier mon hypothèse, mais c'était une information qui se révélerait peut-être utile si le maître Rouge, contrairement à ce qu'il affirmait, n'avait pas la solution au problème.

— Vous êtes-vous suffisamment amusée, Elvira ?

— Oui, Lao Jiang. Mille pardons, maître Jade Rouge. Je vous en prie, racontez-nous ce que vous avez découvert.

— Vous avez dit, Da Teh, commença à expli- quer le maître, que les tirs d'arbalètes pouvaient être évités grâce à l'étude approfondie des exploits du fondateur de la dynastie des Xia. J'ai d'abord réfléchi à la dynastie des Xia et à son fondateur, l'empereur Yu, qui a réalisé de grandes œuvres et d'innombrables prouesses, comme naître de son père mort trois ans auparavant, parler avec les animaux et connaître leurs secrets, soulever des montagnes, se transformer en ours à son gré ou, plus important encore, déchiffrer sur la carapace d'une tortue géante les signes indiquant comment se produisent les changements qui ont lieu dans l'univers.

Cela me rappelait quelque chose. N'était-ce pas le maître Tzau, le vieillard de la grotte située au cœur d'une montagne de Wudang, qui m'avait parlé de ce dénommé Yu ? Si, c'était bien lui. Il m'avait raconté cette histoire de traits pleins Yang et de traits brisés Yin qui constituaient les symboles du Yi King et avaient été découverts par Yu sur la carapace d'une tortue.

— Rien de tout cela ne semble avoir de rapport avec les arbalètes, reconnut le maître Rouge, mais c'est sans compter un des plus grands exploits de l'empereur Yu : contenir et réguler les débordements d'eau. À cette époque, de grandes inondations ont dévasté la Terre. Les pluies, la crue des fleuves et l'élévation du niveau des mers tuaient de nombreuses personnes et détruisaient les récoltes. D'après le *Shanhai Jing*, le Livre des monts et des mers…

— Avez-vous aussi une copie du… ?

— Lao Jiang, je vous en prie ! interrompis-je brutalement l'antiquaire.

N'y avait-il pas un seul livre ancien qui ne l'intéresse pas ?

— … les empereurs du Ciel et les esprits célestes, poursuivit le maître Rouge, ont ordonné à Yu de libérer le monde du péril des eaux. Mais pourquoi se sont-ils adressés à Yu ? Parce qu'ils connaissaient cet homme, qui voyageait régulièrement jusqu'au ciel pour leur rendre visite.

— Et comment voyageait-il jusqu'au ciel ? l'interrogea Fernanda avec un intérêt grandissant.

— En exécutant une danse, dis-je en me rappelant ce que m'avait raconté le maître Tzau. (Le maître Rouge sourit et acquiesça d'un signe de tête.) Yu s'adonnait à une danse magique qui l'emportait jusqu'aux étoiles.

— Une danse que seuls quelques rares adeptes des arts martiaux internes connaissent, affirma le moine, et qui s'appelle le Rythme de Yu ou le Pas de Yu.

— Je ne vois toujours pas le rapport, se plaignit l'antiquaire.

— Une danse, Lao Jiang ! m'écriai-je en me tournant vers lui. Qui dit danse dit pas... (Il me regarda comme si j'étais devenue folle.) Pas, dalles, arbalètes, dragons !

Il écarquilla les yeux et je vis qu'il avait enfin compris ce que j'essayais de lui dire.

— Tout est clair, murmura-t-il, mais vous êtes le seul à connaître les pas de cette danse, maître Jade Rouge, et nous n'allons pas nous mettre à les apprendre maintenant.

— Certes, ils sont un peu difficiles, reconnut le maître, mais vous pourrez me suivre. Vous n'aurez qu'à marcher où je marche et imiter mes gestes.

— Il ne sera pas nécessaire de faire les gestes, déclarai-je.

— Pourrons-nous récupérer nos sacs ? s'enquit Fernanda.

— Cela va être un problème, admis-je, bourrelée de remords.

À moins que nous ne passions à proximité au cours de notre danse, nos ballots seraient perdus pour toujours à cause de moi, qui les avais jetés allègrement pour faire des essais.

— Vous êtes prêts ? lança le maître.

— Et si cette danse n'est pas la solution ? s'inquiéta Biao.

Outre les théories de Lao Jiang, mes propres manies commençaient à déteindre sur lui.

— Eh bien, nous trouverons autre chose, dis-je en lui posant la main derrière le dos pour le pousser vers la porte. Ce qui me préoccupe, pour l'instant, c'est que nous ne connaissons pas le point de départ, la dalle sur laquelle nous allons devoir marcher en premier.

Mais le maître Rouge avait déjà réfléchi à la question. Je le vis se pencher en avant et ramasser sans le moindre scrupule un os allongé de serf Han qui avait atterri près de l'entrée lorsque j'avais lancé la flèche dans les restes humains.

— Mettez-vous contre les murs, loin des portes, nous recommanda-t-il.

Les carreaux qui seraient tirés du mur nord et ne rencontreraient pas, dans la salle, d'obstacle dans lequel se ficher sortiraient en direction de l'esplanade et emporteraient au passage quiconque se trouverait sur leur course. Il valait mieux ne pas prendre de risques. Le maître Rouge, quant à lui, allait forcément être exposé. Néanmoins, il se coucha sur le sol pour être protégé par le madrier de seuil et s'abrita encore derrière son balluchon pour plus de précautions. L'os à la main droite, il s'apprêta à frapper une à une les dalles de la rangée de devant en rampant comme une couleuvre de la première porte de droite jusqu'à la dernière de gauche, la plus proche de nous. Le premier coup nous remplit le cœur de joie : aucune flèche n'avait été tirée, mais c'était parce que le maître n'avait pas tapé assez fort, de peur de briser l'os. Le second, à l'inverse, provoqua aussitôt un tir en provenance du mur nord. Le carreau sortit par la porte et passa par-dessus la balustrade de pierre de la terrasse. Il arriva la même chose avec la dalle suivante, puis avec celle d'à côté et ainsi de suite... Les flèches volaient désormais en direction des escaliers que nous avions eu tant de mal à gravir. Malgré tout, nous ne perdîmes pas courage. Si les possibilités s'amenuisaient, nous savions que nous étions sur la bonne voie. Aussi, lorsque le maître Rouge frappa deux fois sur la même dalle sans qu'aucune flèche ne soit tirée depuis le fond de la salle, nous poussâmes tous un cri de joie.

— C'est ici, annonça-t-il, sûr de lui. La suivante ne devrait pas déclencher de tir non plus.

Et en effet, il donna un coup et l'on n'entendit pas de sifflement dans l'air.

— C'est là que commence la danse, confirma-t-il en se relevant.

— Ne serait-il pas plus prudent de frapper les dalles qui restent pour vérifier que vous ne vous êtes pas trompé ? risquai-je tandis que nous nous rassemblions derrière lui.

— Celles qui restent, *madame*, déclencheront un tir.

— En êtes-vous sûr ? Dans ce cas, comment envisagez-vous d'avancer ?

— S'il vous plaît, ma tante, un peu de patience ! intervint Fernanda. Nous verrons bien ce qui va se passer.

Avec une hardiesse surprenante, le maître posa un pied, puis l'autre sur les deux dalles contiguës qui n'avaient pas fait vibrer les boules métalliques nichées dans la gueule des dragons. Il avait réussi. Il était à l'intérieur et, apparemment, en sécurité.

— Couchez-vous, les enfants ! ordonnai-je en m'allongeant sur le sol, imitée aussitôt par Lao Jiang. Maître Jade Rouge, s'il vous plaît, vérifiez chaque dalle sur laquelle vous avez l'intention de marcher avec l'os et essayez de vous éloigner de l'angle de tir.

Comme nous n'osions pas lever la tête, nous ne pouvions voir ce qui se passait. Nous n'entendions que les coups donnés par le maître au fur et à mesure qu'il avançait. Il n'y avait eu jusque-là aucun sifflement dans la pièce. Le son renvoyé par les coups s'éloignait peu à peu. Le maître progressait de dalle en dalle.

— Tout va bien, maître Jade Rouge ? demandai-je en élevant la voix.

— Très bien, merci, répondit-il. J'arrive aux premiers escaliers.

— Comment allons-nous le suivre ? s'enquit ma nièce, préoccupée.

— Je suppose qu'il nous indiquera le chemin lorsqu'il sera arrivé au bout, songeai-je à voix haute.

— Alors nous courrons le risque de nous tromper. Un faux pas et ce sera fini.

Elle avait raison. Il fallait changer de stratégie.

— Maître Jade Rouge ! appelai-je. Pourriez-vous revenir ?

— Revenir ? s'étonna le maître.

Sa voix semblait venir de très loin.

— Oui, s'il vous plaît, insistai-je.

Nous attendîmes patiemment, sans bouger, jusqu'à ce que nous l'entendions arriver. Et ce ne fut qu'à ce moment-là que nous nous relevâmes avec un soupir de soulagement.

— Tout s'est bien passé, n'est-ce pas ? s'exclama Lao Jiang avec un air satisfait.

— Très bien, confirma le maître. Le Pas de Yu fonctionne à merveille.

— Tenez, maître Jade Rouge, dis-je en lui tendant ma boîte de crayons. Faites des croix de couleur sur les dalles qui ne présentent aucun danger afin que nous sachions où mettre les pieds.

— Mais il vous suffit désormais de me suivre, affirma-t-il. Vous ne courez pas le moindre risque. Venez avec moi !

Cette idée ne me plaisait pas. Elle ne me plaisait pas du tout.

— Le maître a raison, renchérit l'antiquaire. Allons avec lui.

— Je vais tout de même faire des marques sur le sol, au cas où nous devrions faire demi-tour et ressortir en courant, déclarai-je avec entêtement, sans vouloir reconnaître qu'il me serait impossible de le faire.

Ainsi, nous eûmes donc le grand honneur de découvrir et d'exécuter le Pas de Yu, une danse magique vieille de quatre mille ans qui pouvait emmener jusqu'au ciel les anciens chamans chinois (car il n'était pas prouvé qu'elle puisse y emmener les moines taoïstes et, en tout cas, nous autres n'y monterions pas).

Lao Jiang, puis moi, Fernanda et enfin Biao nous alignâmes derrière le maître Rouge. Lorsque mon tour arriva, je posai les pieds sur les deux premières dalles en tremblant de tout mon être. Il fallut ensuite faire un pas en diagonale sur la gauche avec un seul pied et, en sautant à cloche-pied, avancer de deux autres dalles. Nous poursuivîmes avec une autre diagonale, sur la droite, cette fois, soit trois pas avec le pied droit ; puis trois pas à gauche, trois pas à droite, trois pas à gauche et, enfin, arrêt avec les deux pieds posés côte à côte comme au départ. Le maître Rouge nous avait dit que cette première séquence s'appelait « Échelons de l'Échelle céleste » et que la suivante était la « Fanègue du Nord[1] ». Celle-ci consistait à faire un saut en diagonale à droite, un autre tout droit, un autre en direction de la gauche, et trois en avant, comme pour dessiner les contours d'une casserole.

C'était, à grands traits, le Pas de Yu et, en répétant ces deux séquences, nous arrivâmes au pied des premiers escaliers, où nous constatâmes, rassurés, qu'il n'y avait aucune arbalète pointée sur nous. En chemin, nous avions pu récupérer mon sac et celui de Biao, mais pas celui de Fernanda, qui se trouvait assez loin du trajet tracé par les Pas de Yu. La môme boudait et me regardait avec insistance, au point que j'en vins à soupçonner que, si je ne faisais rien pour lui rendre ce que je lui avais pris, je devrais supporter ses reproches jusqu'à la fin de mes jours, ce qui, bien sûr, serait mauvais pour ma santé. Je me mis donc à réfléchir frénétiquement à une solution pour procéder au sauvetage de ce ballot abandonné. Je consultai à voix basse Lao Jiang. Après m'avoir fait savoir que pareille entreprise était une absurdité, il m'assura, agacé, qu'il se chargerait lui-même de l'affaire. Il ouvrit son sac à malice et en sortit le « coffret aux cent joyaux » ainsi qu'une corde très fine et extrêmement longue. Puis il noua à l'extrémité de la corde une des différentes boucles d'oreilles en or du coffret dont le crochet était en forme d'hameçon.

— Si vous l'attrapez avec ça, le prévins-je, toutes

1. La constellation de la Grande Ourse.

les arbalètes correspondant aux dalles sur lesquelles vous allez le traîner vont tirer.

— Peut-être avez-vous une meilleure idée ?

— Nous ferions bien de nous coucher sur les marches, dis-je en me tournant vers les autres, qui s'empressèrent de suivre mon conseil étant donné la vulnérabilité de notre position.

Il n'y avait que trois marches mais, comme elles étaient très longues, nous pûmes tous nous rassembler sur la première, qui était la plus sûre. Lao Jiang s'éloigna du sac en se déplaçant vers la gauche sur la deuxième marche, de sorte que la corde, une fois lancée, soit pratiquement à l'horizontale. Et il fit sa première tentative. Par chance, la précision de l'antiquaire laissant grandement à désirer, la boucle d'oreille n'était pas assez lourde pour faire vibrer les boules du sismoscope. Lorsque enfin l'hameçon s'accrocha au sac de Fernanda (davantage en raison de la grossièreté du tissu, sujet aux accrocs, que grâce à l'adresse du lanceur), nous entendîmes de nouveau le bruit désagréable des chaînes et les sifflements aigus des carreaux, qui passèrent cette fois à faible distance de nos têtes.

Peu après, ma nièce arborait avec satisfaction son sac sur le dos. Puis lorsque nous eûmes identifié les deux premières dalles inoffensives du nouveau tronçon de la salle, nous reprîmes notre danse selon le Pas de Yu. Sauter à cloche-pied avec les sacs n'était pas facile, mais le risque de tomber ou de mettre le pied sur la dalle voisine était si grand que nous étions tous très prudents et extrêmement concentrés sur notre façon d'avancer.

Nous arrivâmes à la deuxième volée de marches et prîmes un peu de repos. Là, la lumière n'était pas aussi vive qu'auparavant. Dans la dernière ligne droite, désormais si près de l'autel et des dragons dorés monumentaux, nous risquions de ne pas voir suffisamment clair et de mordre sans nous en rendre compte sur une dalle dangereuse. Je le dis à voix haute pour que chacun de nous en soit bien conscient et utilise ses cinq sens à chaque pas. Malgré ces précautions, le dernier tronçon se transforma en véritable cauchemar. Je suais à grosses gouttes sous l'effort, la tension nerveuse et la peur tout à fait légitime de me tromper. J'avais eu raison de redouter que l'on ne voie pas clair. En réalité, les joints entre les dalles étaient devenus invisibles et nous progressions en nous fiant exclusivement à notre intuition. Mais nous finîmes par arriver, sains et saufs. Je ne me rappelais pas avoir connu de sensation plus délectable que celle de poser le pied sur la première des nombreuses marches qui montaient vers l'autel où était posé le cercueil. J'étais débordante de joie. Les enfants allaient bien, le maître Rouge et Lao Jiang allaient bien, et j'allais bien. Cela avait été la danse la plus longue et la plus épuisante de toute ma vie. N'avait-il pas existé en Europe, au Moyen Âge, une certaine « danse de la Mort » associée aux épidémies de peste noire ? Il ne s'agissait sans doute pas de la même chose mais, pour moi, le Pas de Yu s'apparentait réellement à cette danse macabre.

Les enfants poussèrent des cris d'enthousiasme et gravirent l'escalier en courant pour aller voir le cercueil de près. L'espace d'un instant, je craignis qu'il ne leur arrive quelque chose, qu'il reste un piège mortel à ce premier niveau du mausolée, mais Sai Wu n'avait rien mentionné de tel dans le *jiance*. Je décidai donc de ne pas m'en faire. Les deux autres adultes et moi suivîmes les enfants en affichant la même allégresse mais une attitude plus modérée. « Agir avec précipitation écourte la vie », m'avait dit Ming T'ien. Le maître Rouge, Lao Jiang et moi étions le portrait vivant de la modération dans un moment de grande joie.

L'autel de pierre sur lequel reposait le cercueil avait la forme d'un lit double mais se révéla trois fois plus grand. Il n'y avait pas là que la magnifique caisse rectangulaire et laquée noire ornée de fins motifs de dragons, tigres et nuages d'or, mais aussi quinze à vingt coffres de taille moyenne, séparés par de petites tables semblables à celles que l'on posait sur les canapés chinois pour servir le thé. Autour du cercueil, de somptueux draps de brocart recouvraient des monceaux pyramidaux d'objets invisibles, et plusieurs dizaines de figurines de jade en forme de soldats et d'animaux fantastiques étaient alignées sur toute la surface. Il y avait aussi des pots en céramique, des peignes en nacre, de superbes miroirs en bronze bruni, des coupes, des couteaux incrustés de turquoises... Le tout était couvert d'une couche de poussière très fine, comme si le ménage avait été fait une semaine plus tôt.

En faisant très attention à ne rien casser, Lao Jiang monta avec agilité sur l'autel pour ouvrir le cercueil. Il força le fermoir mais le couvercle était trop lourd pour qu'il puisse le soulever seul. Voyant les efforts infructueux de l'antiquaire, Biao bondit sur l'autel et se plaça à ses côtés mais, s'ils parvinrent à soulever la planche de quelques centimètres, ils finirent par la relâcher. Nous n'avions d'autre choix que de nous y mettre tous ensemble. Le maître, Fernanda et moi entreprîmes à notre tour l'ascension de l'autel et, cette fois, à nous cinq, nous réussîmes à ouvrir le sarcophage récalcitrant pour découvrir qu'il n'y avait à l'intérieur qu'une impressionnante armure. Réalisée à partir de petites lamelles de pierres assemblées comme des écailles de poisson, celle-ci était complète et comprenait épaulières, plastron, dossière, longue tunique, et même un heaume avec une ouverture pour le visage et une protection pour le cou. Peut-être s'agissait-il d'une précieuse offrande funéraire, d'un exemplaire unique d'armure impériale de la dynastie des Qin, comme le fit remarquer Lao Jiang, mais, pour moi, c'était une mauvaise blague du Premier Empereur, une façon de dire à quiconque avait eu l'audace d'ouvrir son faux sarcophage qu'il l'avait bien eu.

Nous lâchâmes le couvercle avant de nous rompre les os des bras et descendîmes de l'autel, déterminés à examiner le reste des richesses. De toute évidence, Lao Jiang était impatient de jeter un œil à ce que nous avions trouvé. Il fut le premier à retirer les draps et à ouvrir les coffres. Les tas de forme pyramidale étaient des piles de petits médaillons semblables aux poids que l'on mettait sur les balances dans les épiceries (sauf qu'ils étaient en or massif) et, dans les coffres, se trouvaient quantité de joyaux taillés dans des pierres précieuses d'une valeur incalculable. Nous avions sous les yeux un trésor immense.

— Il est à nous, murmurai-je.

— Savez-vous de quoi sont faites ces figurines ? demanda l'antiquaire en prenant un des petits soldats dispersés sur l'autel.

— De jade, répondit Fernanda.

— Oui et non. De jade, oui, mais d'un type de jade magnifique appelé *Yufu* qui n'existe plus. Ce soldat pourrait atteindre un prix de quinze à vingt mille dollars mexicains d'argent sur le marché.

— Quelle grande nouvelle ! m'exclamai-je. Nous

avons enfin ce dont nous avions besoin. Inutile de continuer à descendre jusqu'en bas du mausolée. Nous allons nous répartir tout cela et pouvoir ressortir dès maintenant !

Tout était terminé. Cette folie était arrivée à son terme. J'avais désormais tout l'argent qu'il me fallait pour payer les dettes de Rémy.

— Divisé en six parts, cela ne représente pas beaucoup d'argent, Elvira.

— Six parts ? répétai-je avec étonnement.

— Vous, le monastère de Wudang, Paddy Tichborne, le Kuomintang, le parti communiste et moi, car j'ai pensé qu'après tant d'efforts je pourrais tout de même garder quelques pièces pour ma boutique d'antiquités. Et je vous préviens que le Kuomintang voudra en outre être remboursé des frais occasionnés par notre voyage.

Eh bien ! Lao Jiang avait laissé de côté son idéalisme politique pour tomber, lui aussi, dans les griffes d'une avarice qui, je l'aurais juré, se voyait sur son visage.

— Même divisée en six parts, Lao Jiang, c'est tout de même une fortune, objectai-je. Nous avons plus que ce qu'il nous faut. Allons-nous-en d'ici.

— C'est peut-être beaucoup pour vous, Elvira, mais c'est très peu pour les deux partis politiques qui luttent pour construire une nation nouvelle et moderne sur les ruines d'un pays saccagé et affamé. Et c'est sans compter un monastère tel que Wudang, qui a tant de bouches à nourrir et tant de travaux et de réparations à faire, comme m'en a fait part l'abbé Xu Benshan dans la lettre qu'il m'a envoyée par l'intermédiaire des maîtres Jade Rouge, ici présent, et Jade Noir, pour me dire qu'il acceptait mon offre de lui donner une part du trésor en échange de son aide. Ne pensez pas uniquement à vous, je vous prie. Vous devez aussi tenir compte des besoins des autres. Par ailleurs, il nous faut éviter à tout prix que les impérialistes fassent main basse sur ces richesses.

— Mais nous ne pouvons pas emporter tout ce qui se trouve dans cette tombe !

— Certes, mais, avec ce que nous en sortirons, c'est-à-dire bien plus que ce que vous voyez ici, nous pourrons payer les fouilles nécessaires pour mettre au jour le reste. Shi Huangdi enrichira de nouveau son peuple !

Lao Jiang était devenu fou. Cela ne faisait pas le moindre doute. Et puis, j'étais un peu agacée, surtout par cette démonstration désagréable et condescendante de générosité : « Ne pensez pas uniquement à vous, je vous prie. Vous devez aussi tenir compte des besoins des autres. » En d'autres termes, nous allions devoir continuer à risquer nos vies parce que, sur cet autel, il n'y avait pas suffisamment d'argent pour financer la renaissance de la Chine. Eh bien, la Chine avait bien de la chance, car elle, au bout du compte, elle pourrait renaître, mais nous, si nous mourions, nous n'aurions pas de deuxième chance. Alors puisque toutes ces richesses n'étaient que des broutilles d'aucune utilité, autant leur réserver un usage adéquat.

— Mettez-vous à l'abri, prévins-je en prenant deux pleines poignées de poids d'or.

— Qu'allez-vous faire, ma tante ? demanda Fernanda avec appréhension lorsqu'elle vit mon expression.

— Je vous ai dit de tous vous mettre à l'abri, répétai-je. De nombreuses arbalètes vont tirer.

Ils se couchèrent aussitôt sur le sol et, accroupie devant l'autel, je jetai les médaillons de toutes mes forces contre les dalles. À peine les projectiles eurent-ils atterri qu'une nuée de flèches surgit du plafond de la salle et vint s'écraser sur eux dans un vacarme assourdissant. Je me redressai rapidement et prélevai une autre poignée.

— Mais que faites-vous ? cria Lao Jiang. Êtes-vous devenue folle ?

— Pas du tout, répondis-je en lançant la deuxième poignée encore plus loin. Je garantis notre sortie. Je déclenche les tirs pour ouvrir un couloir jusqu'aux portes afin que nous puissions nous échapper. Ensuite, si le cœur vous en dit, vous n'aurez qu'à vous baisser pour récupérer le trésor par terre. Les enfants, aidez-moi ! Jetez les joyaux des coffres en ligne droite devant nous !

Même le maître Rouge participa avec enthousiasme à ce jeu divertissant qui consistait à vider les chargeurs des arbalètes avec des richesses millénaires. Nous prenions de grosses poignées de pierres précieuses, de boucles d'oreilles, de pendeloques, d'étranges pendentifs pour cheveux, de boucles de ceinture, de colliers, d'épingles à cheveux, de bracelets... et nous les lancions sur les dalles comme si nous jetions des pierres dans l'eau. Le plus épatant était de voir les flèches déclencher elles-mêmes, en ricochant sur le sol, le tir d'autres flèches, qui rebondissaient à leur tour, ouvrant ainsi un couloir de plus en plus large en direction des portes. Au bout d'un moment, alors que nous commencions à être fatigués, les tirs cessèrent. Nous avions l'impression d'avoir assisté à un magnifique spectacle de feux d'artifice, certes un peu plus dangereux, mais désormais, si nous le voulions, nous pouvions courir vers la sortie sans mettre nos vies en péril.

Lao Jiang était resté caché derrière l'autel, à l'abri des carreaux, sans piper mot. Bien sûr, il ne s'était pas adonné au jeu avec nous. Par conséquent, il n'était pas aussi excité et en sueur que nous, qui riions aux éclats en nous félicitant. Le maître Rouge et moi nous inclinâmes l'un devant l'autre, ce qui me fit l'effet d'une poignée de main amicale, car, s'il était bien sûr exclu que nous nous touchions, il avait l'air content comme un gamin devant une paire de chaussures neuves. Nous avions tous passé un excellent moment. Tous, sauf Lao Jiang, visiblement. Tel un ours mal léché, il jeta son dangereux sac sur son épaule avec un air méprisant qui gâcha un peu la fête.

Derrière l'autel, à faible distance, une plaque verticale de pierre noire qui descendait du plafond et devait mesurer environ deux mètres de long donnait de l'allure et de la solennité à l'endroit où aurait dû se trouver le trône. De grands sculpteurs y avaient taillé la silhouette de deux puissants tigres dressés sur leurs pattes arrière qui portaient du bout du museau un tourbillon de nuages, d'où s'échappaient d'étranges arabesques semblables à des volutes de vapeur d'eau. Lao Jiang avança avec détermination et disparut derrière la plaque de pierre. Quant à nous, toujours en train de rire et indifférents à son orgueil blessé, nous récupérâmes nos balluchons et, après y avoir fourré de grosses poignées de pierres précieuses (Fernanda et moi nous emparâmes également de deux splendides miroirs de bronze), nous lui emboîtâmes le pas. Une trappe ouverte dans le sol nous empêcha d'aller plus loin. L'antiquaire, faisant comme si nous n'étions pas là, s'y était déjà engagé et descendait vers le fond d'un puits très obscur au moyen de barres transversales encastrées dans la paroi. Je nouai les cordons de mon sac pour le porter en bandoulière et laissai le maître Rouge passer devant moi. Ainsi, les enfants entreraient en dernier et nous pourrions les retenir s'ils venaient à glisser ou si un barreau de cette espèce d'échelle se détachait. Je ne voyais vraiment pas comment Lao Jiang allait sortir par ce trou les grands trésors qu'il semblait décidé à emporter pour construire un pays neuf et moderne.

Ce fut épouvantable de descendre dans l'obscurité la plus complète en entendant Fernanda et Biao haleter et souffler au-dessus de ma tête. Et moi aussi, j'éprouvai des difficultés à respirer au bout de quelques minutes, tant cette descente était ardue. Heureusement, cela ne dura pas longtemps et nous ne tardâmes pas à arriver au fond pour nous retrouver dans ce qui semblait être une pièce sans issue.

— Pourquoi n'allumez-vous pas la torche, Lao Jiang ? demandai-je.

— Parce que le *jiance* l'interdit, l'auriez-vous oublié ? répondit-il avec de la colère dans la voix.

— Allons-nous devoir nous déplacer dans le noir ? s'étonna le maître.

— Sai Wu a écrit : « Concernant le deuxième niveau, mon ignorance est encore plus grande, mais n'y allume pas de feu pour éclairer ton chemin, avance dans l'obscurité ou tu mourras. »

— Il doit bien y avoir une porte quelque part, murmura Biao, qui se déplaçait dans cette cage en tâtant les murs. Là ! Là, je sens quelque chose !

Nous nous retournâmes en nous heurtant les uns aux autres pour laisser passer Lao Jiang et nous l'entendîmes batailler pour tirer une sorte de verrou, qui, après plusieurs tentatives, finit par s'ouvrir. La porte gémit de façon désagréable sur ses gonds.

— Eh bien, si nous ne pouvons pas nous éclairer, je ne vois pas comment nous allons sortir de ce deuxième niveau. Allez savoir par où on descend au troisième !

C'était moi qui avais fait cette remarque si optimiste, mais celle-ci ne trouva aucun écho chez mes compagnons, qui franchissaient déjà l'invisible porte ouverte par Lao Jiang. « C'est ainsi que doivent vivre les aveugles », songeai-je en tendant les bras pour éviter de me cogner. Je me rappelai ces dimanches matin dans le parc, lorsque j'étais enfant et que je jouais à colin-maillard avec mes amies, et je m'efforçai de prendre la situation du bon côté, d'en voir l'aspect amusant, comme s'il s'agissait d'une sorte de défi. Naturellement, cela ne valait que si les dangers qui nous attendaient de l'autre côté n'étaient pas effroyables au point de transformer cette profonde obscurité en cauchemar infernal...

Au-delà de la porte, il n'y avait rien, c'est-à-dire qu'à part les murs, le sol et les ténèbres nous ne percevions qu'un vide absolu. Comme ce n'était pas le moment d'avancer à tort et à travers pour finir perdus et désorientés au milieu de nulle part, je pensai que l'un de nous pouvait s'attacher autour de la taille une des extrémités de la longue corde de Lao Jiang et aller explorer un peu les environs, pendant que les autres resteraient immobiles, avec une idée précise de l'endroit où se trouvait la sortie. Ma suggestion fut approuvée et Biao proposa aussitôt d'endosser le rôle de l'explorateur étant donné qu'il avait de bons réflexes et était très rapide. Il était capable de réagir en un clin d'œil, assurait-il, lorsqu'il se heurtait à quelque chose ou sentait le sol se dérober sous ses pieds.

— C'est vrai, observai-je, ne laisse jamais personne dire le contraire en prétendant que c'est toi qui es tombé au fond du puits par lequel nous sommes entrés dans le mausolée.

— Mais c'est justement ce qui m'a sauvé ! protesta le gamin. Dès que le sol a cédé sous mon poids, j'ai aussitôt sauté vers la paroi.

— Et justement, comme j'ai eu assez de coups au cœur, ce ne sera pas toi qui t'enrouleras la corde autour de la taille, mais moi.

— Non, Elvira, ce ne sera pas vous non plus, décréta Lao Jiang d'un ton sec. Ce sera le maître Jade Rouge ou moi, mais pas vous.

— Et pourquoi cela ? demandai-je, vexée.

— Parce que vous êtes une femme.

Encore la même chanson ! Pour les hommes, être une femme revenait en soi à être infirme ou impotente, bien qu'ils dissimulent cette opinion derrière une prétenduc galanterie masculine.

— Peut-être ne suis-je pas pourvue de bras et de jambes, comme vous ?

— N'insistez pas, j'y vais ! trancha l'antiquaire. (Nous l'entendîmes ouvrir et refermer son sac.) Veuillez tenir cette extrémité, maître Jade Rouge.

— Quelle drôle de corde ! murmura le maître avec étonnement. Elle n'est pas en chanvre.

— Tenez-la bien, recommanda Lao Jiang en s'éloignant. Si je tombe et qu'elle se tend brusquement, elle risque de vous échapper des mains.

— Ne vous inquiétez pas, je suis en train de l'attacher autour de mon poignet.

— Avez-vous repéré quelque chose, Lao Jiang ? demandai-je en élevant la voix, au bout d'un moment.

— Non, répondit l'antiquaire, pas pour l'instant.

Nous gardâmes le silence dans l'attente d'en savoir plus. Quelques minutes plus tard, le maître Rouge nous dit que Lao Jiang était arrivé au bout de la corde et qu'il décrivait, comme un compas, une espèce de demi-cercle pour voir ce qui se trouvait sur son chemin. Et par malheur, c'était moi : tout à coup, je sentis quelque chose me toucher le ventre et je poussai un cri en faisant un pas en arrière. Mon cri, assez fort en raison de la peur que j'avais eue, nous revint avec un écho faible et étrange, comme si nous nous trouvions dans une cathédrale aux proportions inimaginables.

— Est-ce vous qui avez crié, Elvira ? m'interrogea l'antiquaire.

— Oui, c'est moi, admis-je un peu honteuse. Vous m'avez fait une peur bleue.

— Asseyez-vous tous sur le sol et baissez la tête, s'il vous plaît, afin que je puisse achever d'examiner le secteur.

— Combien votre corde mesure-t-elle ? m'enquis-je en me laissant tomber, jambes croisées.

Fernanda et Biao, que je sentis à côté de moi, m'avaient imitée. Au toucher, la surface du sol ressemblait à celle d'un miroir. Elle était froide et polic à l'extrême, bien qu'elle ne glisse pas.

— Vingt-cinq mètres.

— Pas plus ? J'ai l'impression que vous êtes beaucoup plus loin. En tout cas, puisque vous avez pensé à apporter une corde, vous auriez pu en acheter une un peu plus longue.

— Auriez-vous l'amabilité de garder le silence. Vous me distrayez.

— Oh ! bien sûr ! Pardon.

Les enfants, eux, continuèrent à bavarder en chuchotant. L'obscurité totale les rendait nerveux et parler les réconfortait un peu. Moi non plus, je n'étais pas rassurée. Pourtant, il n'y avait aucune raison logique d'avoir peur : le maître d'œuvre n'avait mentionné aucun danger particulier à ce niveau ; il avait juste recommandé à son fils de ne pas faire de feu pour éclairer son chemin car, s'il allumait une torche ou quelque chose de ce genre, il mourrait.

Pourquoi ? me demandai-je tout à coup. « Avance dans l'obscurité ou tu mourras. » Cela n'avait pas de sens, à moins que... Dans les mines de charbon, les ouvriers mouraient à cause de coups de grisou, un gaz qui explosait au contact des flammes de leurs lampes. Et de quoi le grisou était-il composé ? De méthane, le gaz que les Chinois utilisaient depuis des millénaires pour éclairer leurs villes populeuses ou fabriquer des torches comme celle que portait Lao Jiang. Celui-ci avait même affirmé avec fierté que les Célestes savaient déjà l'exploiter avant l'époque du Premier Empereur. Étions-nous en train de respirer du méthane ? En Occident, les journaux faisaient état presque tous les jours d'explosions dans les mines de charbon. Certes, il y avait eu de grandes avancées techniques, comme l'invention de lampes de sécurité, mais le grisou n'avait pas d'odeur et, parfois, lorsqu'un mineur donnait un coup de pic dans la paroi, il provoquait une fuite dans une grande poche de gaz, qui explosait même lorsque la flamme de sa lampe était presque froide.

Je reniflai l'air. Il ne sentait rien, bien sûr. Si le deuxième niveau était rempli de méthane, nous ne pourrions le savoir qu'en allumant le briquet de Lao Jiang et ce n'était pas la méthode la plus adéquate. Certes, il y avait bien un autre moyen d'en avoir la preuve, mais ce n'était pas la panacée non plus : après avoir été inhalé pendant un certain temps, le grisou entraînait des symptômes comme le vertige, la nausée, le mal de tête, le manque de coordination dans les mouvements, la perte de connaissance, l'asphyxie... Ce que je ne savais pas avec exactitude, c'était au bout de combien temps tous ces symptômes apparaissaient.

L'obscurité était en train de me rendre folle. Ma bonne vieille neurasthénie refaisait surface. Comment aurait-il pu y avoir du grisou dans la tombe d'un empereur ? Nous n'étions pas dans une mine de charbon ! Si Lao Jiang ne revenait pas rapidement, même avec de mauvaises nouvelles, mes délires maladifs s'empareraient de moi à cause de cet environnement obscur. Je remarquai que mon cœur battait plus fort et que je commençais à avoir les mains moites. « Du calme, Elvira, du calme. » Je n'avais vraiment pas envie d'être victime d'une crise d'angoisse morbide dans cet endroit.

— Vous êtes de retour, Da Teh ? demanda le maître Rouge.

— Oui.

— Avez-vous trouvé quelque chose ?

— Rien.

— Il doit pourtant bien y avoir quelque chose, dit Fernanda.

— Je ne vois pas d'autre solution que d'avancer en longeant le mur jusqu'à ce que nous tombions sur la sortie, déclara l'antiquaire.

— Mais s'il s'agit encore d'une trappe dans le sol et qu'elle se situe au beau milieu de la pièce ?

— Dans ce cas, jeune Fernanda, nous la découvrirons un peu plus tard, mais nous la découvrirons.

Je m'interdis avec toute la force de ma volonté d'envisager l'idée de mourir ici à cause du grisou.

— Nous allons partir de la porte et marcher avec une main sur le mur dans le sens des aiguilles d'une montre, dis-je pour éviter de penser à autre chose.

— Et dans quel sens les aiguilles d'une montre

progressent-elles ? s'enquit le maître Rouge avec une grande curiosité.

— Vous parlez parfaitement le français et vous n'avez jamais vu ni montre ni horloge occidentale ! m'exclamai-je après être restée bouche bée devant le maître (qui ne s'en était pas rendu compte, de toute façon, puisqu'il faisait nuit noire).

— Dans la mission où nous avons fait nos études, mon frère et moi, il n'y avait pas d'horloge.

— Eh bien, les aiguilles décrivent un cercle, disons, de droite à gauche.

— Autrement dit, nous allons commencer par l'endroit où je me trouve, affirma-t-il comme si nous pouvions le voir.

— Nous devrions laisser quelque chose devant cette porte pour la reconnaître quand nous ressortirons, suggérai-je, toujours préoccupée par notre retour.

— Pourquoi pas ? Que proposez-vous ?

— Je ne sais pas. Je pourrais laisser un de mes crayons mais, comme je ne vois rien, je ne peux pas choisir la couleur.

— Et croyez-vous que cela ait la moindre importance, ma tante ? intervint Fernanda. Personne ne va vous le voler.

— On ne sait jamais ! lançai-je, péremptoire. Ces crayons valent une fortune à Paris.

Nous nous mîmes à marcher. Je caressais de la main gauche la surface du mur, qui, contrairement au sol, était rugueuse et couverte d'aspérités. Pour réduire la sensation de frottement, je finis par ne la toucher que du bout des doigts, puis uniquement de l'index. Au bout d'un moment, je me dis que cet endroit devait être beaucoup plus grand que le palais funéraire du niveau supérieur. Il devait avoir les mêmes dimensions que les tout premiers murs de terre enduits. Lorsque nous arrivâmes au premier angle, j'en eus la conviction. Le trajet allait être long et ennuyeux et risquait de durer très longtemps. Je me préparai donc à le rendre plus agréable. En réalité, je pouvais me promener où j'en avais envie puisque, condamnée à ne rien voir, j'étais libre d'imaginer n'importe quel endroit du monde. Je choisis la *rive gauche*, le quai gauche de la Seine, à Paris, avec ses bouquinistes et ses peintres amateurs. Je voyais les magnifiques ponts, l'eau, le soleil... J'entendais le bruit des autos et des omnibus, les cris des vendeurs de sucreries... Et mon immeuble, je voyais mon immeuble, le portail, l'escalier, la porte... Et dans mon appartement, le salon, la chambre, la cuisine, mon atelier... Ah ! l'odeur de mon appartement ! J'avais oublié la senteur des meubles, des fleurs que je mettais toujours dans les vases, du poêle sur lequel je cuisinais, des vêtements amidonnés dans les tiroirs et, bien sûr, des toiles neuves avant qu'elles ne soient enduites, des peintures à l'huile, de la térébenthine... Un siècle avait passé depuis que j'avais quitté cet appartement ! Submergée par une nostalgie immense, j'eus terriblement envie de pleurer. Je n'avais pas l'âge de faire ce genre de caprice, mais qu'est-ce que j'y pouvais, moi, si mon foyer me manquait ?

Peut-être à cause du chagrin, j'avais un peu la tête qui tournait et l'impression que le mur, ou le sol, bougeait, comme lorsque nous étions à bord de l'*André Lebon*. Nous ne devions pas être très loin de notre point de départ. Nous avions senti quatre angles et la porte devant laquelle j'avais laissé mon crayon de couleur inconnue n'était sans doute plus qu'à quelques pas. Cette sensation de vertige était peut-être due à la faim. Il n'était pas bon de marcher autant le ventre vide. Et je n'étais disposée à accepter aucune autre explication.

Dix minutes plus tard, j'avais mon crayon abandonné entre les mains.

— Je crois que nous n'avons pas beaucoup avancé, fit remarquer Fernanda, d'humeur bougonne. Nous sommes revenus à notre point de départ.

— Oui, mais nous avons aussi éliminé une option, observai-je. Maintenant, nous devons en essayer d'autres.

— C'est que j'ai un peu la tête qui tourne, protesta ma nièce.

— Et toi, Biao, comment te sens-tu ? m'enquis-je, inquiète.

— Moi aussi, j'ai la tête qui tourne, *tai-tai*, mais pas beaucoup.

— Et vous ? continuai-je en m'adressant aux deux autres membres du groupe, qui se reconnurent sans que j'aie besoin de les nommer.

— Je vais bien, répondit Lao Jiang. Le problème, c'est que cela fait longtemps que nous marchons dans le noir.

— Je vais bien également, assura le maître Rouge. Et vous, *madame* ?

— Oui, bien, mentis-je. (Soit nous trouvions le moyen de descendre au troisième niveau immédiatement, soit je repartais en courant avec les enfants vers le palais funéraire du niveau supérieur.) Quelqu'un a-t-il une solution rapide à proposer ?

— Nous devrions examiner le sol, suggéra avec hésitation le maître Rouge, mais si les enfants se sentent mal…

— Nous savons déjà que nous nous trouvons dans un grand espace rectangulaire, l'interrompit Lao Jiang. Divisons cet espace en bandes que nous délimiterons à l'aide des crayons d'Elvira et mettons-nous à quatre pattes pour trouver la trappe de ce niveau.

Cela prendrait une éternité. Nous n'avions pas autant de temps devant nous.

— Je vous propose de remonter au palais pour manger, dis-je. Là-haut, il y a de la lumière et nous avons besoin de récupérer un peu. Ensuite, nous redescendrons et nous examinerons le sol. Qu'en pensez-vous ?

— Il est encore tôt, désapprouva Lao Jiang. Faisons au moins un secteur avant de monter.

— Un secteur, c'est trop ! protestai-je sans savoir quelle surface cela représentait dans l'esprit de l'antiquaire, qui de toute façon m'ignora.

— Biao, fais cinq grands pas en avant et ne bouge plus. Nous allons étudier le terrain du mur jusqu'à la ligne que tu délimites. Si nous nous perdons, nous t'appellerons pour que tu nous guides de ta voix, compris ?

— Oui, Lao Jiang, répondit le gamin, mais j'aimerais dire quelque chose.

— Ne recommence pas à te plaindre de te sentir mal, l'avertit l'antiquaire sur un ton menaçant.

— Non, non… ce que je voulais dire, c'est qu'il y a sous mes pieds, non pas une trappe, mais une chose étrange qui doit être importante, car elle ressemble à un des hexagrammes du Yi King.

— En es-tu sûr ? s'exclama Lao Jiang en sursautant comme s'il avait été piqué par un frelon.

— Laissez-moi vérifier, dit le maître Rouge. Biao ?

— Oui, c'est moi, maître, confirma Petit Tigre. Baissez-vous. Il est là, vous le voyez ?

— Non, je ne le vois pas, plaisanta le maître, mais je le sens et oui, en effet, c'est un hexagramme.

414

Le sol doit être en bronze bruni et l'hexagramme est gravé en relief.

— En bas relief, constatai-je en touchant le motif de mes propres mains, avant de remarquer la douceur de ses formes : six traits horizontaux, pleins ou brisés, qui formaient un carré parfait d'un peu plus d'un mètre de côté. Il ressort à peine de la surface. On pourrait le confondre avec une simple irrégularité du sol s'il n'était pas aussi grand.

— Comme c'est étrange ! s'écria le maître. Il s'agit de l'hexagramme *Ming I*, « L'Obscurcissement de la lumière ». Ce serait très significatif s'il ne s'agissait pas d'un simple ornement.

— Quel ornement mettrait-on dans un endroit où l'on ne voit absolument rien ? s'énerva Fernanda. Cet hexagramme est là pour une raison précise.

— Savez-vous le Yi King par cœur, maître Jade Rouge ? demandai-je.

— Oui, *madame*, mais cela n'a rien d'extraordinaire, souligna le moine avec modestie.

— Le maître Tzau, de Wudang, le connaissait aussi intégralement.

— Le maître Tzau est davantage qu'un sage, *madame*. C'est le plus grand érudit de toute la Chine en matière de Yi King. Des gens viennent de toutes parts pour le consulter. Je me réjouis que vous ayez eu l'opportunité de le rencontrer.

— Laissons là ces conversations de salon ! intervint Lao Jiang. Interprétez le signe, maître Jade Rouge.

— Bien sûr, Da Teh. Je vous demande humblement pardon.

— Ne perdons pas encore plus de temps ! fulmina l'antiquaire.

Stupéfaite, je n'arrivais pas à croire qu'il ait pu

changer de caractère de façon aussi radicale depuis que nous avions pénétré à l'intérieur du mausolée. C'était comme si nous le dérangions, comme si tout ce que nous faisions ou disions le mettait en colère. Décidément, il n'avait plus rien de l'antiquaire élégant et courtois dont j'avais fait la connaissance dans la chambre de Paddy Tichborne au Shanghai Club.

— L'hexagramme *Ming I*, « L'Obscurcissement de la lumière », expliquait le maître Rouge, fait référence au Soleil qui, en passant sous la Terre, a provoqué l'obscurité totale. Un homme ténébreux occupe le poste de commandement et les sages et savants en souffrent car, quoi qu'il leur en coûte, ils doivent continuer à avancer avec lui. Ce signe dit que la lumière a disparu et que, dans ces conditions, il est profitable d'être persévérant dans l'urgence.

— Je ne comprends rien, *tai-tai*, murmura Biao à mon oreille.

Je lui mis la main sur la bouche pour le faire taire. Je ne tenais pas à ce que l'on se fasse réprimander de nouveau par Lao Jiang.

— Dans le cas présent, poursuivit le maître, il faut sans doute comprendre que nous sommes confrontés à un risque que nous ne voyons pas, à une urgence qui devrait nous inciter à agir avec promptitude. Je crois que l'hexagramme nous exhorte à chercher la lumière au plus vite parce que nous sommes en danger.

Je le savais. Je n'étais pas devenue folle. L'atmosphère était remplie de méthane. Il fallait sortir d'ici illico.

— Là ! s'exclama tout à coup ma nièce. Un autre hexagramme !

— Si près ? s'étonna Lao Jiang.

— En partant de la porte en ligne droite, il y a d'abord celui que Biao a découvert et, environ deux mètres plus loin, j'en sens effectivement un deuxième, confirmai-je en m'agenouillant à côté du nouveau motif pour l'examiner.

En réalité, je ne l'avais touché que pour vérifier que la môme ne s'était pas trompée. Ce fut le maître Rouge qui le palpa attentivement pour déterminer de quel hexagramme il s'agissait.

— *Sheng*, annonça-t-il après l'avoir étudié du bout des doigts, « L'Ascension ». Il symbolise l'arbre qui croît péniblement depuis la terre. Plus généralement, il évoque le succès obtenu dans une situation difficile grâce à la persévérance et à l'opiniâtreté personnelle. Il dit qu'il faut se mettre au travail et commencer à agir sans peur, car partir vers le sud porte chance.

— Partir vers le sud ? répéta Lao Jiang. Devons-nous nous diriger vers le sud à partir d'ici ?

— Je dirais que oui.

— Et comment allons-nous savoir où se trouve le sud ? demandai-je tout en essayant de me représenter mentalement le mausolée.

La porte par laquelle nous étions entrés dans cet espace toxique était située au nord, puisqu'elle était en face des barreaux de fer que nous avions empruntés pour descendre depuis le fond du palais funéraire. Par conséquent, se diriger vers le sud signifiait s'enfoncer en avant dans les ténèbres, refaire en sens inverse le trajet que nous avions fait au niveau supérieur, marcher vers les profondeurs du mont Li.

— Avec le *Luo P'an, madame*, je peux situer les huit points cardinaux, car ils sont gravés dans le bois, répondit le maître. En touchant légèrement l'aiguille du doigt, je serai en mesure de vous dire ce qu'elle indique.

Qu'aurions-nous fait sans le génial maître Rouge ? Je me réjouis d'avoir eu la merveilleuse idée de demander à l'abbé de nous procurer un moine expert en sciences chinoises. À présent, nous allions pouvoir avancer. Le problème, c'était de trouver un moyen de signaliser l'itinéraire en vue du retour. De même que j'avais débarrassé la salle du trône de ses flèches, j'aurais aimé marquer le sol d'une façon ou d'une autre, afin que nous n'ayons plus qu'à suivre nos traces jusqu'à la porte pour ressortir. Mais je n'arrivais pas à réfléchir. J'avais des vertiges de plus en plus gênants et, en outre, un mal de tête naissant qui m'effrayait un peu.

— Maître Jade Rouge, dites-nous une fois pour toutes où se trouve le sud, ordonna l'antiquaire.

N'avais-je pas dans mon sac quelque chose que je pourrais utiliser ? Les pierres précieuses ! Cette belle poignée de turquoises vertes que j'avais prise sur l'autel avant de suivre Lao Jiang ! Elles n'étaient pas plus grandes qu'un pois chiche et seraient difficiles à repérer dans l'obscurité, mais je n'avais rien d'autre, alors elles devraient faire l'affaire. Tandis que le maître Rouge continuait de faire ses calculs, je fouillai au fond de mon sac et récupérai les pierres pour les ranger dans les poches de ma veste. N'osant pas jeter la première de peur qu'elle ne fasse du bruit en tombant, je me baissai discrètement, avant de la poser sur le sol d'un geste délicat. Il fallait bien que les contes pour enfants servent à quelque chose ! Le Petit Poucet lui-même n'avait-il pas semé des cailloux blancs derrière lui pour pouvoir retrouver le chemin de sa maison ? Au moment où je m'y attendais le moins, ce vieux conte de Charles Perrault allait finir par m'être utile.

Au bout d'un moment, le maître se manifesta :

— Accrochez-vous à ma tunique et avancez en file indienne. Je vais ouvrir la marche.

C'était tout à fait ridicule de marcher ainsi en se tenant par la main (sauf quand je me libérais quelques secondes pour poser une turquoise sur le sol), mais nous étions si étourdis et nauséeux que personne ne plaisanta ni ne fit le moindre commentaire goguenard, pas même lorsque le maître Rouge s'arrêta et que nous nous heurtâmes tous les uns aux autres. Notre maladresse était une preuve de plus de l'augmentation constante des effets du gaz. Pourquoi n'avais-je pas insisté pour que nous retournions à la salle du palais funéraire ? Maintenant, je me sentais coupable, mais je n'avais pas voulu créer un mouvement de panique générale car, au départ, je n'étais pas sûre qu'il y ait réellement du méthane dans l'atmosphère. Puis le maître Rouge nous avait donné son interprétation du premier hexagramme, Lao Jiang avait commencé à nous presser et à se mettre en colère, et tout était devenu confus.

— Trois traits Yin, un Yang, encore un Yin et encore un Yang, énonçait le maître Rouge. Il s'agit donc de l'hexagramme *Chin*, « L'Avancement ».

— J'en déduis que nous sommes dans la bonne direction, observai-je en essayant de paraître optimiste.

— Le soleil se lève rapidement au-dessus de la terre, expliqua l'érudit. « L'Avancement » dit que le puissant prince est avantagé par des chevaux en grand nombre. Je pense que la présence de cet hexagramme signifie que nous devons nous hâter, avancer rapidement comme des chevaux au galop jusqu'à l'hexagramme suivant.

— Mais devons-nous continuer à nous diriger vers le sud ? demandai-je.

Mon mal de tête devenait extrêmement aigu par moments et, chaque fois que je me penchais pour déposer une turquoise, j'avais l'impression qu'une partie de mon cerveau restait collée au sol.

— Oui, *madame*, répondit le maître. L'hexa-gramme ne mentionne aucune autre direction. Nous devons donc maintenir le cap vers le sud. S'il vous plaît, accrochez-vous de nouveau les uns aux autres et suivez-moi aussi vite que vous le pouvez.

— Êtes-vous sûr que vous vous sentez bien, maître Jade Rouge ? m'enquis-je en prenant les mains glacées des enfants.

S'il perdait le sens de l'orientation ou s'évanouis-sait, nous étions morts.

— Oui, *madame*. Je suis en pleine forme.

— J'ai la nausée, ma tante, pleurnicha Fernanda. Et j'ai mal à la tête.

— Ce sont des bêtises ! s'exclama Lao Jiang d'une voix sévère. Dès que nous sortirons d'ici, tu ne sen-tiras plus rien. C'est à cause de l'obscurité.

— Moi aussi, je me sens mal, *tai-tai*, murmura Biao.

— Silence ! ordonna l'antiquaire.

Il savait. Lao Jiang savait que nous étions dans une poche de grisou. Il l'avait compris en même temps que moi et il avait décidé, au nom de tous, qu'il fallait courir le risque. Sans doute pensait-il que personne d'autre que lui ne s'en était rendu compte.

— Marchez plus vite, les enfants, dis-je en pous-sant Biao de l'épaule et en tirant Fernanda par la main.

Qu'arrivait-il à l'antiquaire ? Qu'avait-il derrière la tête ? Il fallait que je le sache. Je déposai une autre turquoise sur le sol et, lorsque je me redres-sai, non seulement je dus faire un effort pour ne pas perdre l'équilibre mais je me cognai contre la tête de ma nièce, qui s'était penchée en avant pour me parler sans que les autres ne nous entendent.

— Aïe ! criai-je en portant la main à mon front.

Le menton de la môme avait failli me transpercer le crâne.

— Ouh ! s'exclama-t-elle au même moment.

— Qu'avez-vous ? grommela Lao Jiang.

— Rien, continuez à avancer, répondis-je sur un ton hargneux.

— Pourquoi me lâchez-vous sans cesse la main pour vous baisser, ma tante ? me chuchota Fernanda à l'oreille.

— Parce que je sème des cailloux blancs comme le Petit Poucet.

M'avait-elle crue ou avait-elle pensé que sa tante était devenue complètement folle ? Je n'aurais su trancher. En tout cas, elle ne dit plus rien. Elle serra ma main avec force et nous poursuivîmes notre chemin. À partir de cet instant, je remarquai que, chaque fois que je la lâchais et que je la reprenais, ses doigts serraient affectueusement les miens, comme si elle voulait me montrer son approbation. Cette enfant était un trésor. Brut, certes, mais un trésor.

— Un autre hexagramme ! s'écria le maître. Laissez-moi voir de quoi il s'agit.

Nous restâmes immobiles, dans l'attente de son verdict.

— *K'un*, « Le Réceptif », annonça-t-il. C'est un signe compliqué, généralement interprété conjointement avec celui qui le précède : *Ch'ien*, « Le Créatif ». Ils sont tous deux comme le Yin et le Yang.

— Au fait, maître Jade Rouge ! s'impatienta l'antiquaire.

— Si l'on s'en tient à sa signification, abrégea l'érudit, un peu gêné, « Le Réceptif » dit que, s'il veut avancer seul, le noble peut s'égarer. En revanche, s'il se laisse conduire par autrui avec la persévérance d'une jument, animal qui associe la puissance et la rapidité du cheval à la douceur et à la docilité du principe féminin, il connaîtra le succès.

— C'est tout ? s'énerva Lao Jiang. Nous devons désormais troquer la rapidité du cheval contre celle de la jument ? Autrement dit, cet hexagramme nous rappelle seulement que nous devons continuer à avancer vers le sud à toute allure.

— Non, plus vers le sud, répondit le maître. « Il est profitable de trouver des amis à l'ouest et au sud et d'éviter les amis de l'est et du nord », dit *K'un*.

— Pourquoi ces hexagrammes ne parlent-ils pas plus clairement ? se plaignit ma nièce.

— Parce que ce n'est pas leur fonction, Fernanda, lui expliquai-je. Ils sont issus d'un livre millénaire employé comme texte oraculaire.

— Très bien, il faut donc éviter l'est et le nord, d'où nous venons, résuma Lao Jiang, et nous diriger vers le sud et l'ouest, n'est-ce pas ? Alors, allons vers le sud-ouest.

— Non, Da Teh, ce n'est pas ainsi qu'il faut interpréter cet hexagramme, déclara le maître. Quand il propose une direction, le Yi King le fait clairement. S'il voulait nous orienter vers le sud-ouest, il le dirait. Or, il parle du sud et de l'ouest séparément. Comme nous suivions déjà la direction du sud, c'est désormais l'ouest qu'il nous signale et il le fait de cette manière parce que, sur ses soixante-quatre hexagrammes, *K'un*, « Le Réceptif », est le seul qui mentionne l'ouest. Celui qui a sélectionné les hexagrammes de ce lieu ne disposait que de *K'un* pour indiquer cette direction.

— Si vous le dites, maître Jade Rouge, nous vous suivons. Guidez-nous vers l'ouest. Ne perdons pas davantage de temps.

— Bien, Da Teh.

L'hexagramme suivant se révéla être *Pi*, « La Solidarité », qui disait que nous devions rester unis et nous hâter, car : « Les hésitants avancent petit à petit, et qui vient trop tard au rassemblement trouve l'infortune. » Une autre façon de nous avertir que le temps nous était compté. Cependant, il était inutile de nous le dire. Lao Jiang et moi, parfaitement au courant de l'enjeu, obligions le groupe à progresser le plus vite possible. Déposer des turquoises le long du chemin était devenu très compliqué et peu commode. Cela dit, au bout d'un moment, je songeai qu'à la vitesse à laquelle nous avancions je pouvais laisser tomber les pierres sans me soucier du bruit qu'elles feraient, car celui-ci serait étouffé par nos pas rapides et nos respirations haletantes.

En continuant en ligne droite vers l'ouest, nous tombâmes sur le sixième hexagramme, *Chien*, « L'Obstacle », qui indiquait peut-être la présence d'un élément susceptible de nous empêcher d'avancer, mais nous ne trouvâmes rien en travers de notre route. Néanmoins, Biao se mit à vomir. Quelques instants plus tard, ce fut le tour de Fernanda. Et je faillis bien être la troisième, car mon mal de tête était devenu insupportable. Je n'arrivais pas à croire que Lao Jiang et le maître Rouge ne soient pas affectés par le méthane. Il était impossible qu'ils ne manifestent pas le moindre symptôme d'empoisonnement. Je ne fus donc pas surprise lorsque, tout à coup, l'antiquaire s'effondra.

Nous entendîmes un bruit sourd et Biao, qu'il tenait par la main, poussa un cri.

— Lao Jiang est tombé ! s'exclama-t-il.

— Ça va, ça va, murmura le malade.

Nous nous étions tous approchés de lui. Le maître Rouge l'examina à tâtons dans le noir.

— Le péril dont parlent les hexagrammes... commença-t-il.

M'affranchissant des règles de courtoisie, je me penchai contre son oreille.

— Cet endroit est bourré de méthane, maître Jade Rouge, le prévins-je. Les enfants ne doivent pas le savoir. Il faut sortir d'ici au plus vite. Il ne nous reste pas beaucoup de temps.

Sans rien dire, il fit un signe de tête, que je sentis lorsque ses cheveux frôlèrent mon visage. Il régnait une odeur désagréable. L'atmosphère empestait la graisse rance et je me rappelai les plaintes de Biao, lorsqu'il avait dû mettre la main dans la graisse de phoque sèche, qui brûlait désormais pour éclairer le niveau supérieur.

Lao Jiang se releva avec l'aide de nous tous, assura à plusieurs reprises qu'il allait bien et nous demanda de le lâcher.

— Interprétez le signe, maître Jade Rouge, exigea-t-il.

— Tout de suite, Da Teh. Il s'agit de *Chien*, « L'Obstacle », qui dit qu'il est profitable d'aller vers le sud-ouest.

— Encore un changement de direction.

— Nous ne devons plus être très loin, affirmai-je. Je jurerais que nous avons avancé en diagonale.

— Oui, admit l'antiquaire, avec un détour cependant. Vite, maître, le temps presse.

Il se sentait mal, cela ne faisait aucun doute. Il l'avait caché mais, de nous tous, c'était lui qui était le plus affecté. Comme pour confirmer mes soupçons, Biao me tira par la main et me murmura :

— Lao Jiang marche comme s'il était ivre. Que dois-je faire ?

— Rien, répondis-je. Essaie de l'empêcher de tomber.

— J'ai toujours une horrible nausée.

— Je sais, Biao. Rappelle-toi ce que signifie ton nom. Songe que tu es un petit tigre, fort et puissant. Tu peux surmonter la nausée.

— Je devrais changer de nom, *tai-tai*, car je suis déjà grand maintenant.

Il pouvait encore penser à ce genre de choses. Moi, non. Mes nausées redoublaient rien que de parler.

— Plus tard, Biao, dis-je en réprimant une nausée. Quand nous serons sortis d'ici.

Par chance, le maître Rouge ne tarda pas à trouver le septième hexagramme, lequel avait un nom charmant et encourageant, *Lin*, « L'Approche », qui disait littéralement : « L'Approche possède une sublime réussite. »

— Ma tante ! appela Fernanda d'une voix faible. Ma tante, je n'en peux plus ! Je crois que je vais m'effondrer comme Lao Jiang.

— Non, Fernandina, pas maintenant ! la suppliai-je en employant le prénom qui lui plaisait tant. Résiste encore un peu, allez !

— Vraiment, je crois que je ne peux pas.

— Tu es une Aranda et une femme ! Veux-tu que Lao Jiang, Biao et le maître Rouge pensent que nous ne sommes pas capables de surmonter cela parce que nous sommes trop faibles ? Je t'ordonne de marcher et je t'interdis de t'évanouir !

— Je vais essayer, pleurnicha-t-elle.

Une éternité plus tard, presque une vie entière, le maître Rouge annonça la découverte du huitième hexagramme. Nous ne pouvions plus marcher vite ; nous nous traînions. Biao, je ne savais comment, soutenait Lao Jiang par les épaules pour lui éviter de chanceler et de tomber, et moi, qui ne pouvais plus mettre un pied devant l'autre, je tenais Fernandina par la taille et je la tirais par le bras qu'elle m'avait passé autour du cou. Nous n'allions pas tenir le coup. Il nous restait à peine quelques minutes avant de perdre connaissance. Nous avions respiré beaucoup de gaz pendant trop longtemps et le poison avait déjà fait effet. Seul l'instinct de survie nous empêchait de mourir ici.

— Courage ! s'exclama le maître Rouge, toujours aussi résistant et dont la voix pleine de vie nous guidait comme un phare dans l'obscurité. Nous sommes arrivés à l'hexagramme *Hsieh*, « La Délivrance ».

Cela sonnait très bien. La délivrance…

— Voici ce qu'il dit, annonça l'érudit : « Le sud-ouest est profitable. Quand il existe un lieu où l'on doit aller, la hâte est alors l'accès à la fortune. » Allez ! Dépêchons-nous ! Nous sommes sur le point d'atteindre la sortie.

Mais personne ne bougea. Je l'entendis s'éloigner et je me dis que la môme et moi ferions mieux de nous laisser tomber sur le sol pour nous reposer et dormir. J'avais sommeil, terriblement sommeil.

— La trappe ! cria le maître Rouge. Elle est ici ! Je l'ai trouvée ! Allez, je vous en prie ! Nous devons sortir !

Oui, bien sûr que nous devions sortir, mais nous ne pouvions pas. J'aurais bien aimé le suivre et abandonner cet endroit, mais j'étais incapable de bouger et encore moins de traîner ma nièce derrière moi.

— *Tai-tai*, est-ce que nous allons mourir ?

— Non, Biao. Nous allons sortir. Rejoins le maître Jade Rouge.

— Je ne peux plus porter Lao Jiang.

— Pourrais-tu porter Fernanda ?

— Peut-être... je ne sais pas.

— Viens, essaie.

— Et vous, *tai-tai* ?

— Va retrouver le maître et dis-lui de venir chercher Lao Jiang. Puis sauve-toi avec Fernanda. C'est l'air, Biao. Il y a un gaz toxique dans l'air. Sortez tous les deux d'ici le plus vite possible.

Je sentis Petit Tigre me prendre Fernanda des bras, avant de s'éloigner d'un pas chancelant. Il n'eut rien à dire au maître. Ils se croisèrent en chemin et celui-ci lui indiqua comment se rendre jusqu'à la trappe : tout droit en suivant toujours la même direction.

— Allons-y, *madame*, entendis-je dire le maître Rouge à côté de moi.

— Et Lao Jiang ?

— Il a perdu connaissance.

— Portez-le et sortez-le d'ici. J'ai juste besoin que vous me permettiez de tenir votre tunique pour ne pas me perdre. Je ne crois pas pouvoir marcher seule en ligne droite.

Où trouvai-je la force d'avancer, de serrer entre mes doigts glacés le tissu de la tunique du maître et d'aller péniblement jusqu'à la trappe en traînant les pieds, sans avoir conscience de mes gestes et, en réalité, profondément endormie ? Je n'en avais aucune idée. Mais, lorsque je fus de nouveau capable de penser, je découvris que j'étais beaucoup plus forte que je ne le croyais et songeai au passage du *Tao Te King* qui m'avait été offert en cadeau par l'abbé de Wudang à propos de l'être humain : « Quand il n'y a rien dont il ne triomphe, personne ne connaît ses limites. »

Bien que cela puisse paraître paradoxal, j'ouvris les yeux parce que la clarté m'aveugla. Je battis des paupières en me les frottant avec les mains jusqu'à ce que je m'habitue de nouveau à la lumière. Ce que je voyais était la flamme de la torche de Lao Jiang, lumineuse comme le soleil de midi. J'étais allongée sur le sol, mais je n'avais aucune idée de l'endroit où je me trouvais et ma première pensée fut pour Fernanda.

— Ma nièce ? demandai-je à voix haute. Et Biao ?

— Ils ne se sont pas encore réveillés, *madame*, me répondit le maître Rouge en se penchant au-dessus de moi pour que je voie son visage.

C'était lui qui tenait la torche. Je me redressai sur les coudes et levai la tête pour observer les lieux où nous avions atterri. J'étais couchée sur une vaste plate-forme semblable à celles du puits Han par lequel nous étions descendus dans le mausolée, mais recouverte de dalles noires et plus grande, car, en plus de nous quatre, encore quatre ou cinq personnes auraient pu y tenir allongées. Nous étions, là aussi, dans un puits profond et circulaire, mais les parois étaient en pierre et semblaient plus solides et robustes.

Fernanda, Lao Jiang et Biao dormaient, complètement immobiles, sur le sol dallé.

— Avez-vous essayé de les réveiller, maître ? m'enquis-je.

— Oui, *madame*, et ils ne vont pas tarder à sortir de leur sommeil. Comme à vous, je leur ai mis sous le nez des herbes aux effets stimulants et ils vont bientôt revenir à eux. Respirer du méthane est très dangereux.

— Et pourquoi n'avez-vous pas été empoisonné, vous ? demandai-je en poussant sur mes mains pour m'asseoir.

Le maître Rouge sourit.

— C'est un secret, *madame*, un secret des arts martiaux internes.

— N'allez pas me dire que vous ne respirez pas ! plaisantai-je. (Mais quelque chose sur son visage me fit pâlir.) Parce que vous respirez, n'est-ce pas, maître Jade Rouge ?

— Peut-être un peu moins que vous, admit-il de mauvaise grâce. Ou peut-être d'une autre manière. Nous autres apprenons à respirer avec l'abdomen. Le contrôle de la respiration et des muscles qui la gouvernent est une de nos pratiques méditatives habituelles. Il fait partie de l'apprentissage des techniques de santé et de longévité. Pendant que vous inspirez et expirez quinze à vingt fois, et les enfants un peu plus, nous ne le faisons que quatre fois, comme les tortues, qui vivent plus de cent ans. Si le méthane ne m'a pas affecté, c'est parce que j'en ai inhalé une quantité beaucoup moins importante.

Les Célestes et, en particulier, les taoïstes, ne cesseraient jamais de me surprendre, mais je n'avais pas assez de forces pour assimiler davantage de bizarreries. J'avais mal dans tout le corps. Je pris mon élan et parvins à me mettre debout. Lorsque je me retournai, juste derrière moi, je vis sur la paroi des barreaux de fer par lesquels nous étions sans doute descendus jusqu'ici – bien que je n'en aie aucun souvenir – depuis le niveau empoisonné au méthane. En haut, je discernai le plafond, à environ trois mètres, et la trappe heureusement bien fermée qui donnait accès à la grande cathédrale au sol de bronze, saturée de gaz. Je n'arrivais toujours pas à comprendre comment nous étions sortis de là vivants. Au moins avais-je été capable de continuer à semer des turquoises jusqu'au dernier moment (le dernier que je puisse me rappeler, en tout cas, ce qui n'était pas très clair dans mon esprit). Nous verrions bien si elles nous seraient utiles.

Ma nièce ouvrit les yeux et gémit. Je m'agenouillai à ses côtés et lui passai la main dans les cheveux.

— Comment te sens-tu ? lui demandai-je affectueusement.

— De grâce, quelqu'un pourrait-il éteindre la lumière ? protesta-t-elle, exaspérée.

La main posée sur sa tête fut tentée de descendre lui donner une claque bien méritée, mais je n'étais pas pour ce genre de choses et, en outre, je n'aurais pas su le faire. Cela dit, ce ne fut pas l'envie d'apprendre qui me manqua.

Biao se réveilla aussi en se plaignant de la lumière de la torche mais, en tant que serviteur, il se comporta avec davantage de politesse.

— Où sommes-nous ? s'enquit-il.

— Je ne saurais te le dire, Biao, répondis-je. Nous avons quitté le deuxième niveau du mausolée, mais nous ne sommes pas encore descendus jusqu'au troisième. Il y a des rampes, comme dans le puits où tu es tombé, mais plus grandes et plus solides. Regarde !

Je lui montrai la paroi d'en face, sur laquelle on discernait deux rampes. Si nous nous approchions du vide, nous verrions sans doute mieux, mais cela ne me disait vraiment rien pour l'instant.

J'aidai les enfants à se relever, puis ce fut Lao Jiang qui donna signe de vie.

— Comment vous sentez-vous, Da Teh ? lui demanda le maître en approchant la torche de son visage.

— Écartez ça tout de suite ! s'exclama l'antiquaire en se couvrant les yeux de son bras.

— Bien, nous sommes tous en vie, constatai-je avec satisfaction, en grande partie pour dissimuler ma profonde colère à l'égard de Lao Jiang.

Je n'avais pas l'intention d'aller lui parler, mais je comptais bien le surveiller de très près et lire dans ses pensées s'il le fallait pour éviter qu'il ne recommence à nous mettre tous en danger sans nous consulter. Cela n'arriverait plus.

— Si nous mangions avant de commencer à descendre ? suggéra timidement le maître Rouge.

Les enfants prirent un air dégoûté et Lao Jiang et moi déclinâmes sa proposition d'un signe de tête. La seule idée de manger me redonnait la nausée.

— Savez-vous ce qui nous ferait du bien, ma tante ? lança Fernanda en prenant son balluchon. Une infusion de gingembre contre le mal de mer comme celles que vous preniez sur le bateau.

— Mangez quelque chose pendant que nous descendons, maître Jade Rouge, dit Lao Jiang en traversant la plate-forme en direction de la première rampe.

Les enfants et moi nous empressâmes de le suivre, mais le maître ne fit pas le moindre geste pour sortir de la nourriture de son sac.

Nous commençâmes à descendre au fond du puits par cette spirale fixée à la paroi que formaient les plates-formes et les rampes. Ce ne fut pas trop pénible et il montait même des profondeurs du gouffre un doux courant d'air frais qui désengourdissait notre cerveau et chassait le poison de nos veines. Quelques instants plus tard, l'air devint froid, puis franchement glacé. Nous nous couvrîmes bien et enfouîmes nos mains dans les grandes manches de nos vestes matelassées. Mais nous étions déjà arrivés au fond du puits. La dernière rampe s'achevait brusquement et, en face de nous, s'ouvrait un tunnel qui était la seule voie possible.

— Où sont les dix mille ponts ? murmura Lao Jiang.

— L'architecte Sai Wu a écrit à son fils qu'il trouverait au troisième niveau dix mille ponts qui, en apparence, ne menaient nulle part, expliquai-je au maître Rouge pour qu'il comprenne de quoi Lao Jiang parlait. Cependant, il a précisé qu'il existait un itinéraire conduisant à l'unique sortie.

— Dix mille ponts ? répéta le maître. Eh bien, dix mille est un nombre symbolique pour nous. Il signifie juste « beaucoup ».

— Oui, nous le savons, affirmai-je.

L'antiquaire se dirigea d'un pas décidé vers un récipient situé à l'entrée du tunnel et semblable à ceux qui étaient fixés aux murs du palais funéraire. Lorsqu'il approcha sa torche de la lampe, celle-ci mit un peu plus longtemps que les autres à s'allumer, peut-être à cause du froid. Cependant, suivant le même phénomène, une fois nourri, le feu se propagea par une petite conduite longeant la paroi et le tunnel s'illumina.

Nous parcourûmes environ quinze mètres, avec une extrême prudence et les cinq sens en alerte. Au fond, nous devinions une étrange structure de fer se détachant sur les ténèbres. Nous fîmes encore quelques pas pour aller examiner cette carcasse, qui était rouillée sur toute sa surface et semblait en outre jaillir du sol de façon bien mystérieuse. Trois gros pilots de petite taille (deux sur les côtés et un au milieu du passage) émergeaient de la pierre et soutenaient solidement d'impressionnantes chaînes faites du même matériau. La chaîne centrale avançait en ligne droite vers les ténèbres du fond ; celles des côtés montaient en diagonale vers la partie supérieure de deux autres poteaux d'un peu plus d'un mètre, avant de traverser, elles aussi, le vide en ligne droite.

— Un pont ? demanda Fernanda, effrayée.

— J'en ai bien peur, confirma Lao Jiang.

Trois chaînes, songeai-je, juste trois chaînes de fer. Une pour marcher et deux autres, à un peu plus d'un mètre de hauteur, pour se tenir. Certes, elles étaient énormes, avec des maillons gros comme le poing, mais cela ne semblait néanmoins pas le moyen le plus sûr de traverser une rivière ou un gouffre.

Le feu de la conduite continuait à enflammer la graisse des lampes et les ténèbres se transformaient en clarté. Debout à la sortie du tunnel, nous contemplâmes bouche bée le parcours de la lumière, qui faisait apparaître peu à peu le troisième niveau du mausolée. Notre pont de fer s'achevait à une trentaine de mètres par un piédestal de trois mètres carrés, d'où partaient deux autres ponts pointant l'un vers le fond et l'autre vers un côté. Le problème, c'était qu'il y avait beaucoup de piédestaux comme celui-ci et qu'ils étaient tous reliés par des ponts de fer. En réalité, il s'agissait de gigantesques pilastres qui s'enfonçaient si profondément dans la terre qu'il était impossible d'en voir le pied. Vers le bas, des centaines, des milliers de ponts formaient à perte de vue un labyrinthe de fer tissé à l'horizontale et en diagonale. Placés à différentes hauteurs et selon divers angles d'inclinaison, ils naissaient et mouraient contre les pilastres de tailles variées. Sai Wu n'avait pas menti ni exagéré lorsqu'il avait écrit à son fils : « Le troisième niveau compte dix mille ponts qui, en apparence, ne mènent nulle part. »

Accablés, nous fixâmes le labyrinthe sans rien dire en retenant notre souffle, tandis que le feu progressait vers le bas, agrandissait notre champ de vision et confirmait nos pires craintes. Au bout d'un moment, les flammes atteignirent le fond et amorcèrent un parcours ascendant autour des pilastres. Peu de temps après, tout était parfaitement éclairé et il régnait de nouveau cette odeur désagréable produite par la combustion de la graisse de phoque.

— Cet endroit est très dangereux, déclara Lao Jiang comme si nous ne nous en étions pas tous rendu compte. Nous risquons de revenir ici même après avoir marché des heures et des heures sur ces chaînes de fer instables.

Très encourageant. Cela donnait envie de commencer tout de suite.

— Il doit y avoir une logique qui nous échappe, dis-je en adoptant le mode de pensée des Chinois.

Le maître Rouge observait les ponts et les pilastres en tournant la tête à droite et à gauche et en la baissant de temps à autre.

— Que regardez-vous, maître Jade Rouge ? lui demanda Fernanda avec curiosité.

— Comme *madame* l'a dit, répondit-il, il y a forcément une logique. S'il existe une sortie, son emplacement ne peut avoir été déterminé au hasard. Combien de colonnes carrées comptez-vous ?

Eh bien ! je n'aurais jamais eu cette idée. De l'endroit où nous nous trouvions, on discernait trois rangées consécutives de trois gigantesques pilastres. Il était impossible de voir plus bas.

— Neuf colonnes, affirma le maître Rouge à voix haute sans attendre la réponse. Et combien de ponts naissent et meurent contre chacun d'eux ?

— C'est difficile à dire, maître, balbutia Fernanda. Ils se croisent en plusieurs points.

— Alors je vais aller jusqu'à la première colonne, lança-t-il en se dirigeant vers le pont tout en attachant solidement son sac sur son dos. De là, j'aurai une meilleure vue.

Mon sang se glaça dans mes veines et ce n'était pas vraiment à cause du froid.

Se tenant des deux mains aux chaînes, le maître posa un pied sur cet échafaudage rouillé et chancelant, qui grinça et oscilla comme s'il allait s'écrouler. Je fermai les yeux de toutes mes forces. Je ne voulais pas le voir mourir. Je ne voulais pas le voir tomber dans le vide, ni l'entendre s'écraser contre un des piliers situés plus bas ou contre le sol. Mais seuls les grincements et crissements du fer nous parvinrent aux oreilles, tandis qu'il progressait en direction de la colonne. Les enfants ne pourraient pas passer par là. Et même s'ils le pouvaient, je le leur interdirais formellement. Après de longues, très longues minutes d'attente insupportable, le maître arriva enfin au bout du premier pont. L'air que nous retenions dans nos poumons s'échappa dans un même souffle et Lao Jiang et les enfants poussèrent des cris de joie. Moi, j'étais trop terrifiée pour me réjouir aussi ouvertement qu'eux et faire le moindre mouvement. Je me contentai d'expirer et de relâcher tous les muscles de mon corps, contractés par la peur. Le maître nous fit signe de la main depuis l'autre côté.

— C'est solide, déclara-t-il, mais ne venez pas tout de suite.

Nous le vîmes de nouveau examiner le labyrinthe en tournant la tête dans toutes les directions et se pencher dangereusement au bord du pilastre. Puis, de façon inattendue, il s'assit et sortit le *Luo P'an* de son sac.

— Que fait-il ? demanda Biao.

— Il utilise le Feng Shui pour étudier la disposition des énergies et la distribution des ponts, lui expliqua Lao Jiang.

— Et à quoi cela va-t-il nous servir ? insista le gamin.

— N'oublie pas que cette tombe a été conçue par des maîtres géomanciens.

Le maître Rouge se releva et rangea la boussole.

— Je vais continuer jusqu'à la colonne suivante, annonça-t-il.

— Pourquoi, maître Jade Rouge ? cria Lao Jiang.

— Parce que j'ai besoin d'avoir la confirmation de certaines informations.

— Je vous en prie, faites attention, suppliai-je. Ces passerelles sont très anciennes.

— Aussi anciennes que ce mausolée, *madame*, et, comme vous pouvez le voir, il est toujours debout.

Nous entendîmes de nouveau grincer les maillons de fer. Le maître avançait en posant un pied devant l'autre et en se tenant aux chaînes, qui faisaient office de garde-fou malgré leur flexibilité. S'il dérapait d'un côté ou de l'autre, il était mort. L'équilibre était fondamental sur ces sentiers de fer et j'en pris bonne note pour le moment où mon tour viendrait de risquer ma vie comme il était en train de le faire.

Les poteaux qui soutenaient les ponts nous empêchaient parfois de le voir, mais nous le vîmes arriver sain et sauf au deuxième pilastre et, d'après ses gestes, nous devinâmes qu'il sortait de nouveau le *Luo P'an* pour faire ses calculs d'énergie. Cette fois encore, il se pencha dangereusement sur le bord pour examiner les ponts situés au-dessous de lui. Enfin, il se redressa et nous fit signe de le rejoindre.

— Vous deux, vous restez là, ordonnai-je à Fernanda et Biao.

Le gamin se tourna vers Lao Jiang dans l'espoir d'obtenir son soutien, mais l'antiquaire s'était déjà engagé sur les chaînes. Ma nièce fronça les sourcils plus que jamais depuis que je la connaissais.

— J'y vais, déclara-t-elle avec obstination et provocation.

— Non, tu restes là.

— Moi aussi, je veux y aller, *tai-tai*, implora Biao.

— Eh bien, je suis désolée, mais vous allez nous attendre tous les deux ici jusqu'à notre retour.

— Et si vous ne revenez pas ? lança Fernanda, les sourcils toujours incroyablement froncés.

— Eh bien, vous ressortez et vous allez chercher de l'aide à Xi'an.

— Nous vous suivrons dès que vous serez partis, m'avertit l'insolente avec un air suffisant tout en laissant tomber son sac sur le sol.

— Tu n'oseras jamais.

— Si, nous oserons, n'est-ce pas, Biao ? Auriez-vous oublié que nous nous sommes déjà échappés de Wudang pour vous suivre ?

— Biao, dis-je au gamin, je t'interdis de nous suivre, Lao Jiang et moi, quand bien même Fernanda t'en donnerait l'ordre. Est-ce que tu as compris ?

Il baissa la tête d'un air contrit.

— Oui, *tai-tai*, répondit-il.

— Et toi, Fernanda, tu vas rester avec Biao. Et si tu ne m'obéis pas, quand nous serons de retour à Paris, je te mettrai en pension chez les bonnes sœurs dans l'établissement le plus strict qui soit.

Est-ce que c'est clair ? Et tu connais la réputation des bonnes sœurs françaises. Je te promets que tu ne pourras même pas sortir pour les vacances.

D'après les expressions de son visage, ma nièce passa de la rage à la surprise, puis à la colère contenue, mais elle avait saisi l'idée. Elle tapa du pied et se laissa tomber sur son sac les bras croisés en regardant à l'autre bout du tunnel.

Le maître Rouge continuait à nous faire des gestes du bras.

— Tiens, Biao, dis-je en ouvrant mon balluchon. (Je sortis la boîte de crayons et le carnet à dessin, et je les donnai au gamin.) Pour que vous ne vous ennuyiez pas trop. Faites attention, je vous en prie. Ne faites pas de bêtises. Nous serons bientôt de retour.

— Merci, *tai-tai*.

Je serrai bien mon sac sur mon dos pour éviter qu'il ne me déséquilibre, pointai un pied tremblant vers les premiers maillons, et posai mes mains glacées et moites sur les garde-fous. Lao Jiang était déjà presque au bout.

— Je le suis ou dois-je attendre ? demandai-je.

— Les ponts sont très solides, *madame* ! me cria le maître Rouge de loin. Ne craignez rien ! Ils peuvent supporter le poids de deux personnes.

Terrifiée, je commençai donc à avancer. C'était l'épreuve la plus pénible de toutes celles que j'avais endurées. La mort n'était qu'à un faux pas. Je ne devais pas regarder vers le bas, mais je ne voulais pas non plus poser les pieds de façon précaire et perdre l'équilibre. Si je continuais à transpirer de peur comme j'étais en train de le faire, mes mains finiraient par glisser malgré la rouille qui recouvrait abondamment ces maillons de fer. Lao Jiang atteignit le pilastre et se retourna.

— Continuez à avancer, m'encouragea-t-il. Je vous assure qu'il n'y a aucun danger.

Non, aucun, bien sûr que non ! Juste le risque de faire une chute de plusieurs centaines de mètres. Mais qu'y faire ? J'étais là et il fallait que j'avance. Revenir en arrière pour rester avec les enfants n'était pas une option, car je ne voyais vraiment pas comment j'aurais pu faire demi-tour sans me tuer. Il était préférable de continuer et de ne pas y penser. Ne disait-on pas que les courageux n'étaient pas ceux qui n'avaient pas peur, mais ceux qui affrontaient et surmontaient leur peur ? Il fallait que je m'accroche à cette idée avec autant de force que je m'accrochais à ces maudites chaînes. J'étais courageuse, très courageuse. Et même si mes jambes tremblaient, j'étais justement en train de le prouver.

J'étais encore dans un état second lorsque je posai enfin le pied sur le pilastre. J'étais arrivée au bout ? Vraiment ?

— Très bien, Elvira ! me félicita Lao Jiang en me tendant la main pour m'aider à faire le dernier pas.

J'étais sur le pilastre ? J'avais traversé tout le pont ?

— Regardez un peu la vue que l'on a d'ici ! s'exclama-t-il en pointant le doigt vers le bas.

— Non, merci bien. Si cela ne vous ennuie pas, je préférerais ne pas regarder, déclarai-je.

Il sourit.

— Dans ce cas, allons au pont suivant. Passez devant et je pourrai vous surveiller.

Oh non ! Encore un ! C'était impossible.

J'inspirai profondément et, d'un pas incertain, je me dirigeai vers la deuxième passerelle, celle qui continuait en ligne droite. Quelle folie ! Il n'y avait aucun moyen de savoir quelle direction prendre pour arriver le plus vite possible à la sortie. Une sueur froide me dégoulina de nouveau sur tout le corps. Non, on ne s'habituait pas à la peur ; et elle ne disparaissait pas non plus. On apprenait à vivre avec elle sans la laisser gagner, rien de plus.

Afin de ne pas offenser le souriant maître Rouge, je réprimai l'envie de le prendre dans mes bras lorsque Lao Jiang et moi arrivâmes au pilastre sur lequel il nous attendait, mais je me réjouis grandement d'être encore en vie pour le revoir.

— Avez-vous trouvé comment sortir d'ici ? lui demanda Lao Jiang avec une impatience mal dissimulée.

— En effet, répondit le maître en exhibant fièrement son *Luo P'an*. Il suffit de suivre le chemin de l'énergie à travers les Neuf Étoiles du Ciel postérieur.

Muette de stupéfaction, je caressai le secret espoir de rester dans l'ignorance concernant certains sujets propres aux Célestes, car le jour où je comprendrais du premier coup, par exemple, « le chemin de l'énergie à travers les Neuf Étoiles du Ciel postérieur » en trouvant cela normal, cela signifierait que j'aurais cessé d'être moi et que je me serais transformée en une espèce de monstre comme dans *L'Étrange Cas du docteur Jekyll et de Mr Hyde*, de l'Écossais Robert Stevenson.

— Incroyable ! s'écria Lao Jiang.

— Oui, incroyable, admis-je discrètement.

— Vous ne savez pas de quoi nous parlons, n'est-ce pas, Elvira ?

— Certes non, Lao Jiang, mais je ne suis pas sûre de vouloir le savoir.

L'antiquaire fit mine d'avoir saisi la blague et éclata de rire.

— Vous souvenez-vous de Yu, le premier empereur de la dynastie des Xia, dont nous avons exécuté la danse dans le palais funéraire ?

— Bien sûr.

— Eh bien, c'est également lui qui a découvert le tracé des Neuf Étoiles du Ciel postérieur sur la carapace d'une tortue géante, qui était sortie de la mer lorsqu'il avait accompli l'exploit de retenir les eaux en crue et d'assécher la terre.

Non, pas si vite, cela ne s'était pas passé ainsi. Le maître Tzau m'avait raconté que d'anciens rois appelés Fuxi et Yu avaient découvert les signes formés par les traits pleins et les traits brisés qui constitueraient ensuite les hexagrammes du Yi King. Le roi Fuxi en avait repéré certains sur le flanc d'un cheval surgi d'un fleuve et le roi Yu, ou empereur Yu de la dynastie des Xia, en avait vu d'autres sur la carapace de cette fameuse tortue sortie de la mer. Plus tard, un autre roi d'une dynastie ultérieure avait réuni ces signes pour composer les soixante-quatre hexagrammes du Yi King proprement dit. Mais le maître Tzau n'avait pas mentionné la moindre étoile d'un quelconque ciel et encore moins postérieur.

Le maître Rouge me regarda avec admiration lorsque je fis part de mes objections.

— Peu de femmes ont autant de connaissances que vous sur ces sujets, affirma-t-il.

Je me refusai à accepter ce prétendu compliment. Si peu de femmes avaient ce privilège, c'était parce que personne ne les encourageait ou ne les autorisait à étudier ce qui était considéré comme une affaire d'hommes. Étant étrangère, il était triste que j'en sache davantage que deux cents millions de Chinoises sur leur propre culture.

— Voyez-vous, *madame*, poursuivit le maître, lorsqu'il a réussi à libérer le monde des inondations, après en avoir reçu l'ordre de la part des esprits célestes qu'il consultait au ciel grâce au Pas de Yu, l'empereur Yu a vu sortir de la mer une tortue géante avec d'étranges signes sur la carapace. Mais ces signes n'étaient pas les traits Yin et les traits Yang des hexagrammes. Disons que le maître Tzau vous a donné une version simplifiée de l'histoire pour que vous compreniez l'idée fondamentale. Ce qu'a vu l'empereur Yu sur la carapace était en réalité le *Pa-k'ua* du Ciel postérieur. *Pa-k'ua* signifie littéralement « Huit Signes » et la notion de Ciel postérieur fait référence au ciel après le changement, à l'univers constamment en mouvement et non statique comme le Ciel antérieur. Mais je ne veux pas vous embrouiller les idées. Retenez simplement que ces Huit Signes représentaient, en quelque sorte, un patron des variations du flux de l'énergie de l'univers. Ils ont donné naissance, d'une part, aux huit trigrammes qui ont servi de base aux soixante-quatre hexagrammes du Yi King et, d'autre part, aux huit directions vers lesquelles ils pointaient : les huit points cardinaux (sud, ouest-sud, ouest, ouest-nord, nord, est-nord, est et est-sud), plus le centre, c'est-à-dire les Neuf Étoiles, nom qu'on leur donne dans la philosophie du Feng Shui depuis des milliers d'années. Grâce aux Neuf Étoiles et au *Luo P'an*, la boussole, on peut savoir comment circule l'énergie *qi* dans un lieu déterminé, qu'il s'agisse d'un édifice, d'une tombe ou de n'importe quel espace.

Oui, bon, je ne comprenais rien du tout, mais j'avais saisi l'information essentielle : les Neuf Étoiles étaient les points cardinaux plus le centre. Les neuf directions spatiales.

— Observez bien ce dédale de ponts de fer, continua le maître en regardant autour de lui. Sauf erreur de ma part, et mes calculs confirment mon hypothèse, le labyrinthe cache le patron, le chemin de l'énergie *qi* à travers les Neuf Étoiles du Ciel postérieur.

— Dans ce cas, c'est extrêmement compliqué ! m'exclamai-je après avoir jeté un rapide coup d'œil au dense réseau de ponts qui occupait tout l'espace de ce niveau gigantesque.

— Non, non, *madame*. Quand je dis que le labyrinthe cache le patron, cela signifie que la quantité empêche de voir la simplicité du chemin.

— Donnez-moi votre carnet et vos crayons, Elvira, dit Lao Jiang.

— Je ne les ai pas, avouai-je, sincèrement désolée. Je les ai laissés aux enfants pour qu'ils aient de quoi s'occuper.

— Bon, alors imaginez un quadrillage de trois rangées sur trois colonnes. Un carré comportant neuf cases, d'accord ?

— D'accord.

— Les huit cases extérieures représentent les huit directions. La case située en haut et au milieu correspond au sud. Vient ensuite, à sa droite et en suivant le sens des aiguilles d'une montre, la case du sud-ouest, puis, au-dessous de celle-ci, la case de l'ouest, et ainsi de suite jusqu'à ce que l'on revienne en haut. Vous me suivez ?

— Ce n'est pas difficile. J'imagine une grille de jeu de morpion.

— De quoi ?

— Peu importe. Continuez.

— Bien, donc, l'énergie *qi* circule à travers ces cases en suivant toujours le même itinéraire. Si nous localisons le sud, nous pourrons suivre cet itinéraire. Ce que le maître Jade Rouge essaie de vous dire, c'est que le chemin de l'énergie *qi* est ici, tracé par certains de ces ponts.

— Vous souvenez-vous qu'il y a neuf colonnes carrées ? me demanda le maître. Eh bien, ce sont les neuf cases dont vous a parlé Da Teh. Chacune de ces colonnes est une case et seul un des ponts qui les relient est le bon. Les maîtres géomanciens du Premier Empereur ont simplement reproduit le schéma des Neuf Étoiles. Vous allez voir, il n'y a rien de plus simple.

Je refoulai une expression de scepticisme sarcastique qui ne demandait qu'à sortir.

— De fait, en ce moment, m'expliqua Lao Jiang, nous nous trouvons sur la case centrale du quadrillage des Neuf Étoiles. La plate-forme précédente, d'où nous venons, correspond au nord.

— Il s'agit en outre du point de départ de l'énergie, précisa le maître, mais ne me demandez pas pourquoi, car l'explication est bien trop compliquée pour que je puisse vous la donner en quelques minutes.

— Soyez tranquille, maître Jade Rouge, déclarai-je, je vous assure que je n'allais pas vous le demander. Ce que je veux savoir, c'est où nous devons aller maintenant.

— Eh bien... balbutia-t-il, en réalité, nous devons reculer. L'énergie *qi* part du nord pour se diriger directement vers l'ouest-sud. Or, nous ne pouvons pas gagner l'ouest-sud à partir d'ici.

— Nous allons devoir emprunter ce pont interminable ? m'écriai-je en regardant avec horreur une passerelle allant, sans interruption, du premier pilastre par lequel nous étions entrés jusqu'à celui qui se trouvait en face de nous, sur la droite – aussi grande, autrement dit, que deux ponts reliés par un piédestal.

Cette histoire allait avoir raison de moi, pas parce que j'allais tomber dans le vide, ce qui n'était pas exclu, mais parce que mes nerfs allaient lâcher.

Nous reculâmes jusqu'au pilastre situé en face de l'entrée du tunnel, où j'avais laissé les enfants. Je leur fis signe de la main, mais seul Biao me répondit. Les chaînes de fer, qui n'avaient pas été utilisées pendant tant de siècles, avaient supporté sans problème le poids d'une personne, puis de deux et maintenant de trois. Le maudit pont de plus de soixante mètres tiendrait-il aussi bien ? Mieux valait ne pas y penser. Il était clair que, si je devais mourir, je mourrais. Il était trop tard pour revenir en arrière.

L'un après l'autre, nous avançâmes vers le sud-ouest, d'abord le maître Jade Rouge, puis moi, et enfin Lao Jiang. La scène aurait mérité d'être photographiée : deux Chinois et une Européenne marchant sur un vieux pont suspendu de fer, à la lumière de lampes à graisse de phoque, des dizaines de mètres au-dessous de la surface de la terre et encore autant au-dessus du sol. Cela aurait été amusant, si cela n'avait pas été si dramatique. Lao Jiang me faisait bien rire à vouloir sortir tous les trésors de ce mausolée. D'autres après nous viendraient peut-être les chercher une fois que nous aurions ouvert la voie, mais nous n'emporterions pas davantage que ce que nous pourrions faire tenir dans nos poches. Heureusement, celles-ci étaient grandes et nombreuses dans nos vêtements chinois.

Nous atteignîmes le pilastre sud-ouest et, de là, nous nous dirigeâmes vers celui de l'est, en marchant tout près du pilastre central et en croisant deux autres ponts qui passaient au-dessus et au-dessous de nous pour relier d'autres plates-formes encore inexplorées.

Nous allâmes ensuite de l'est au sud-est en ligne droite, puis au centre, que nous connaissions déjà, et au pilastre de l'ouest-nord, comme ils disaient, bien qu'il me semblât plus simple de dire nord-ouest. Ce que je ne comprenais pas, c'était pourquoi nous avions dû repasser par le centre, alors que nous y étions peu de temps auparavant. N'aurait-il pas été plus simple (et moins dangereux) d'aller directement au nord-ouest sans faire tout l'itinéraire que nous avions parcouru, y compris en reculant au départ ?

— Il fallait que je vérifie le chemin de l'énergie à travers les Neuf Étoiles du Ciel postérieur, *madame*, se justifia le maître lorsque je lui posai la question avec une grimace de perplexité.

— Oh ! ce n'est pas vrai, maître Jade Rouge ! protestai-je. Il aurait suffi de jeter un coup d'œil aux ponts. Ce labyrinthe a beau être complexe, il a été vraiment stupide de revenir à la case départ pour finalement retourner au centre. Savez-vous combien de passerelles nous aurions pu nous épargner ?

— N'insistez pas, Elvira, m'ordonna Lao Jiang.

— Et pourquoi ? fulminai-je, hors de moi.

— Vous ne comprenez pas notre façon de penser. Vous êtes une étrangère. Pour nous, les choses doivent être bien faites, de bout en bout, pour que la fin soit aussi parfaite que le début, pour que tout soit en harmonie.

— En harmonie ?

Cela me dépassait. Nous avions mis inutilement notre vie en danger en traversant des ponts superflus pour l'harmonie universelle.

— Comme le dit Sun Tzu, Elvira : « Agissez après avoir effectué de soigneux calculs. Le premier qui prend la mesure du proche et du lointain remportera la victoire – telle est la règle de la guerre. » La plus petite erreur peut entraîner un énorme échec. Aussi, pourquoi ne pas parcourir le chemin dans le bon ordre, alors que cela ne représente qu'un effort mineur ?

Je n'avais pas l'intention de répondre à cela.

— Nous devions vérifier les calculs du *Luo P'an, madame*, répéta le maître Rouge, nous assurer que ma théorie était correcte plutôt que de nous perdre dans ce dédale de ponts sans pouvoir trouver la sortie.

Du nord-ouest à l'ouest et de l'ouest à l'est-nord (ou nord-est). Ce chemin était sacrément tortueux et, si c'était celui que suivait l'énergie *qi* au sein de l'univers, d'une maison ou que sais-je encore, mieux valait ne pas imaginer dans quel état se trouvait cette pauvre énergie à l'arrivée.

Enfin, du nord-est, nous allâmes, par un autre de ses grands ponts de soixante mètres, vers le sud, non pas le sud de notre niveau, mais celui du niveau inférieur, puisque le pont descendait de façon abrupte jusqu'au sommet d'un pilastre situé vingt mètres plus bas. N'ayant trouvé aucun moyen de marquer l'itinéraire pour le retour, j'avais mémorisé la séquence de directions que nous avions suivies. Ici, je n'avais pas la possibilité de déclencher une pluie de flèches ni de déposer des turquoises sur le sol comme le Petit Poucet avait semé des cailloux blancs. Je ne pourrais donc compter que sur ma mémoire s'il arrivait quelque chose. Pour m'aider, je me mis à chantonner à voix basse, sur l'air populaire et facile à retenir de la séguedille *Por ser la Virgen de la Paloma*[1] : « Nord,

1. Note de la traductrice : « Parce que tu es la Vierge de la Paloma. »

sud-ouest, est, sud-est, centre, nord-ouest, ouest, nord-est, sud. » Le « sud » ne tombait pas vraiment au bon endroit dans le premier couplet mais, en répétant « nord-est » deux fois, je retombais sur mes pieds. Il était question d'un châle de Chine dans le deuxième vers et c'était sans doute ce qui m'avait influencée au moment de choisir un air.

— Bien, il semblerait qu'il faille désormais suivre le chemin de l'énergie à travers les Neuf Étoiles dans le sens descendant, déclara le maître Rouge.

Adieu mon astuce mnémotechnique ! Cela sonnait pourtant si bien...

— Est-ce à dire que nous l'avons suivi jusqu'à présent dans le sens ascendant ? m'enquis-je.

— *En effet, madame.*

Bon, d'accord. Nous nous remîmes donc en route en empruntant un autre pont, très long, qui retournait vers le nord-est. Du nord-est, nous prîmes la direction de l'ouest et... une minute ! La séquence était la même mais à l'envers. En matière de cheminement de l'énergie, descendant signifiait en sens contraire. Mais comme je n'avais pas envie d'entendre davantage d'explications pour savoir pourquoi diable l'énergie *qi* avait tout à coup décidé de faire demi-tour et de cheminer à reculons dans l'univers stellaire, je m'abstins de tout commentaire et fis semblant de ne m'être rendu compte de rien et de suivre le maître Rouge sans autre préoccupation. Hélas, désormais, la mélodie de *Por ser la Virgen de la Paloma* ne me servait plus à rien, mais ce n'était pas grave puisqu'il me suffisait de me rappeler qu'au deuxième niveau de ponts la séquence était la même que celle de mon petit air mais dans l'autre sens. À partir de ce moment-là, tout alla comme sur des roulettes. À force d'enchaîner ces petits pas ridicules que nous obligeaient à faire les ponts suspendus, je finis par trouver le truc, et cette assurance, qu'avaient également acquise le maître Rouge et Lao Jiang, nous rendit plus légers. Par ailleurs, l'énergie suivait toujours la même règle : elle se déplaçait dans le sens ascendant aux niveaux impairs et dans le sens descendant aux niveaux pairs. La seule chose qui ne se répétait pas, c'était le premier pont placé au premier niveau entre le nord et le centre pour brouiller les pistes, celui que le maître Rouge nous avait obligés à reprendre en sens inverse pour entreprendre la série complète depuis le début. Certes, tout était minutieusement pensé mais, maintenant que j'avais compris le schéma d'ensemble et que je me l'étais représenté dans un langage simple plutôt qu'avec ces noms chinois ronflants, je me sentais capable de remonter sans me perdre jusqu'à l'endroit où Fernanda et Biao nous attendaient. Ce serait difficile, mais pas impossible.

Après avoir descendu huit niveaux, nous arrivâmes enfin au sol et, avec mes robustes bottes chinoises, je trépignai – un peu – de joie, heureuse de ne plus avoir à marcher comme un mannequin de *haute couture*, suspendue dans les airs. Lao Jiang et le maître Rouge me regardèrent, déconcertés, mais je ne fis même pas attention à eux. Nous avions effectué une descente vertigineuse, de certainement plus de cent cinquante mètres de dénivelé, et nous étions arrivés au bout sains et saufs grâce à notre prudence et, surtout, à ces solides ponts de fer que les millénaires ne semblaient pas avoir atteints. Je remerciai Sai Wu du fond du cœur pour sa diligence dans son travail.

D'en bas, on avait un tout autre point de vue. Je

renversai la tête en arrière au maximum, mis les mains en porte-voix et appelai les enfants en hurlant leurs noms de toutes mes forces. Je ne pouvais voir ni Biao ni Fernanda à travers le maillage de fer, mais je les entendis crier de très loin sans comprendre ce qu'ils me disaient. En tout cas, ils allaient bien et étaient encore là où je leur avais dit de rester. C'était tout ce qui comptait. Ils n'en avaient toujours fait qu'à leur tête au cours du voyage et je n'étais pas tranquille. Maintenant, j'allais pouvoir me consacrer à ces mystérieux *Bian Zhong* du quatrième niveau du mausolée.

— Lao Jiang, pourquoi ne diriez-vous pas au maître Jade Rouge ce que Sai Wu a écrit dans le *jiance* à propos des *Bian Zhong* ? suggérai-je.

— Maître, savez-vous ce que sont les *Bian Zhong* ? demanda l'antiquaire. Sai Wu a précisé à son fils qu'au quatrième niveau se trouvait la chambre des *Bian Zhong* et que celle-ci avait un rapport avec les Cinq Éléments.

— Les *Bian Zhong* sont des cloches, Da Teh, répondit le maître.

— Des cloches ?

— Oui, Da Teh, des cloches, des cloches magiques de bronze à deux tons : un ton grave lorsqu'elles sont frappées au centre et un ton aigu lorsqu'elles sont frappées sur les côtés. De nos jours, elles ne sont plus utilisées, car il était très difficile d'en jouer, mais elles font partie des instruments de musique les plus anciens de Chine.

— Comment se fait-il que je n'aie jamais entendu parler de ces cloches ? s'étonna Lao Jiang.

— Peut-être parce que seuls quelques rares monastères en possèdent encore et que nous ne connaîtrions pas leur existence sans les partitions conservées dans les bibliothèques et datées grâce à des annotations témoignant de leur grande ancienneté. En outre, il ne s'agit pas de cloches classiques comme celles que l'on peut voir habituellement. Ce sont des cloches plates. Lorsqu'on les regarde, on a l'impression qu'une pierre leur est tombée dessus.

— Et quel est le rapport entre ces cloches plates et les Cinq Éléments ? intervins-je avec impatience.

— Eh bien, s'il est question des Cinq Éléments, je pense que la solution ne sera pas très compliquée.

Je ne voulais pas être un oiseau de mauvais augure, mais le maître Rouge avait l'air d'être à peu près aussi efficace que moi en matière de prédiction de l'avenir. C'était lui qui avait dit, avec le plus grand calme, que « dix mille ponts » signifiait seulement « de nombreux ponts », laissant entendre qu'il n'y en avait en fait que quelques-uns. Il valait donc mieux ne pas se faire d'illusions. Pour couronner le tout, toutes les notes que j'avais prises sur les Cinq Éléments lors de l'enseignement dispensé à Wudang par le vieux maître à ses disciples étaient dans mon carnet, que j'avais laissé aux enfants.

— Très bien ! s'exclama Lao Jiang. Alors allons chercher ces cloches.

Nous marchâmes un moment en longeant les murs et, à une centaine de mètres du dernier pont par lequel nous étions descendus, nous trouvâmes une trappe dans le sol.

— Encore une descente ? plaisantai-je.

— J'en ai bien l'impression, répondit Lao Jiang en prenant l'anneau et en tirant avec force.

Comme aux niveaux précédents, la trappe s'ouvrit sans opposer la moindre résistance et nous vîmes de nouveau les traditionnels barreaux de fer fixés à la paroi en guise d'échelle. Nous descendîmes en nous immergeant dans l'obscurité mais, par chance, ce ne fut pas très long. Lao Jiang, qui était passé en premier, ne tarda pas à nous annoncer qu'il était arrivé au fond. Avant que le maître Rouge, qui fermait la marche, n'ait mis le pied à terre, il avait déjà allumé sa torche de méthane (j'étais contrariée rien que de penser à ce mot) avec son magnifique briquet en argent. Et en effet, les *Bian Zhong* étaient là, imposantes, impressionnantes, suspendues en face de nous à une superbe armature de bronze qui occupait l'intégralité du mur du fond, du sol au plafond et d'un côté à l'autre. Sans exagérer, ce monstrueux instrument de musique devait mesurer environ huit mètres de long sur quatre ou cinq mètres de haut. Il y avait des tas de cloches étrangement aplaties, des tonnes, six lignes pour être exacte et, sur chaque ligne, j'en comptai onze, rangées par ordre croissant, de gauche à droite, en fonction de leur taille. À gauche se trouvaient les petites – de la taille d'un verre à eau – et à droite les gigantesques, que l'on aurait pu utiliser, en les retournant, comme poubelles ou comme cuves d'eau.

À la lueur de la torche de Lao Jiang, l'or de leurs ornements onduleux brillait encore. Nous découvrîmes ensuite qu'elles étaient aussi agrémentées de motifs argentés, mais l'argent avait terni et ne ressortait pas autant. On aurait dit des sacs exposés dans une vitrine et leurs deux côtés hérissés de drôles de petits picots les rendaient encore plus à la mode. Les anses étaient suspendues à des crochets disposés à intervalles réguliers le long des six grosses barres qui traversaient d'un côté à l'autre le châssis énorme et couvert de moisissure. Devant ce somptueux *Bian Zhong*, puisque c'était aussi ainsi que l'on appelait le carillon complet, sur une petite table basse, étaient posés deux marteaux du même métal, d'au moins un mètre de long, qui servaient certainement à frapper les parois des cloches aplaties.

— Faut-il que nous interprétions une musique en particulier ? demandai-je, d'humeur taquine.

Sans se départir de son habituelle capacité d'analyse et de concentration, le maître Rouge s'approcha du *Bian Zhong* pour l'examiner attentivement et, comme il avait besoin de lumière, fit signe à Lao Jiang de le suivre. Mais l'antiquaire avait déjà repéré les récipients de graisse de phoque sur les murs et s'apprêtait à les enflammer pour éteindre la torche. En réalité, je m'habituais à l'odeur qui se dégageait de ces lampes et elle me gênait de moins en moins. J'allais finir par ne plus y faire attention, même si, bien sûr, elle ne me manquerait pas lorsque nous retrouverions l'air frais, pur, sain et abondant du dehors. À ce moment-là, je commençai à avoir faim. Je n'avais aucune idée de l'heure qu'il était. C'était peut-être le milieu d'après-midi. Or, nous n'avions rien mangé de la journée et les effets du méthane s'étaient dissipés depuis longtemps.

Dès que la pièce fut éclairée par la lueur des lampes, le maître Rouge se concentra sur les cloches. Lao Jiang et moi nous approchâmes également de l'armature pour aller y jeter un coup d'œil, bien que nous ne soyons pas d'une grande utilité, surtout moi. Avec leurs petits boutons en relief dans la partie supérieure et leurs dessins de nuages en mouvement dorés à l'or fin dans la partie inférieure, ces cloches étaient vraiment jolies. Le sommet et les extrémités pointues du bas arboraient un liseré d'argent ; cet ornement était réalisé à la manière grecque mais se composait de volutes et de lignes sinueuses propres au style chinois.

— Voici les Cinq Éléments, annonça le maître Rouge en posant un doigt crochu au centre de la cloche qui se trouvait juste sous son nez. (Je regardai de plus près et vis au-dessus de son index, à l'intérieur d'un ovale situé entre les boutons et les nuages, un idéogramme chinois qui ressemblait à un petit homme ouvrant les bras.) Nous avons ici le caractère Feu. (Il déplaça son doigt jusqu'à la cloche d'à côté.) Et là, le Métal. Sur la cloche suivante, on trouve l'élément Terre ; ici, le Bois ; et là, l'Eau.

J'embrassai du regard l'ensemble du *Bian Zhong*.

— Maître Jade Rouge, dis-je, je ne voudrais pas vous décourager, mais on peut voir un de ces cinq idéogrammes sur chacune des cloches.

Le caractère Eau était un peu comme celui du Feu, sauf que le petit homme avait trois bras, dont deux à l'horizontale. La Terre était une sorte de lettre T inversée ; le Bois, une croix à trois pattes ; et le Métal aurait pu passer sans problème pour une petite maison très mignonne avec un toit à double pente – c'était sans aucun doute le caractère qui me plaisait le plus.

— Je crains qu'il ne soit très compliqué de résoudre cette énigme, soupira le maître avec un air désolé, avant de regarder du coin de l'œil les grands marteaux posés sur la table basse. Avant tout, il faut que nous déterminions ce que nous avons à faire : s'agit-il, par exemple, de trouver un air de musique écrit à l'aide des idéogrammes des Cinq Éléments ?

— Et si nous commencions par frapper ces cinq cloches du centre pour voir ce qui se passe ? suggérai-je. Ensuite, nous essaierons toutes celles qui portent le même caractère, puis nous continuerons à chercher des combinaisons jusqu'à ce que l'une d'elles donne un résultat.

Les deux hommes me fixèrent comme si j'étais devenue folle.

— Savez-vous à quel point ces *Bian Zhong* sont sonores, Elvira ? se fâcha Lao Jiang.

— Et alors ? objectai-je. Je ne vois pas le rapport. Ces marteaux ne sont-ils pas là pour ça ? Comment voulez-vous que nous descendions au cinquième niveau si nous ne trouvons pas cette partition de musique ?

— Nous devons réfléchir, déclara le maître Rouge en relevant les pans de sa tunique pour s'asseoir sur le sol en position de méditation.

— Puis-je essayer, au moins ? insistai-je avec un air de défi en prenant les marteaux.

— Faites ce que vous voulez, me répondit Lao Jiang en se bouchant les oreilles des deux mains et en s'approchant des cloches pour continuer à les examiner.

C'était exactement ce que j'avais envie d'entendre. Sans demander mon reste, je me lançai dans une expérience d'interprétation passionnante en frappant (doucement, bien sûr) soixante-six cloches plates anciennes de toutes les manières et dans toutes les combinaisons qui me vinrent à l'esprit. Elles avaient un son magnifique, un peu étouffé, comme si, après les avoir fait sonner, je posais la main dessus pour amortir l'onde sonore. Et pourtant, d'une certaine façon, elles continuaient à vibrer. C'était bien sûr un son très chinois, très différent de ce que j'avais l'habitude d'entendre et qui aurait sans aucun doute été beau sans mon horrible interprétation – je cherchais en vain à retrouver, ne fût-ce que par hasard, la gamme occidentale de sept notes. Il n'avait rien à voir avec celui des cloches des églises, mais peut-être l'ancienneté de cet instrument et la couche de vert-de-gris dont il était couvert modifiaient-elles d'une façon ou d'une autre la résonance originale. Tout à coup, quelqu'un me posa la main sur l'épaule.

— Oui ? dis-je, surprise, en me retournant.

— S'il vous plaît, je vous en supplie, implora Lao Jiang, pourriez-vous arrêter ?

— Le son vous gêne-t-il ?

Le maître Rouge, toujours assis sur le sol, laissa échapper un éclat de rire spontané et tout à fait insolite.

— C'est insupportable, Elvira, affirma-t-il. S'il vous plaît, n'insistez pas.

Il y avait des choses qui ne changeaient jamais dans la vie. Lorsque j'étais petite, avant de commencer à étudier l'abominable solfège, j'aimais tapoter sur le piano de la maison, mais on finissait toujours par m'arracher du tabouret avec colère pour me punir. Et aujourd'hui, plus de trente ans après, en Chine, il venait de m'arriver exactement la même chose. C'était mon funeste destin.

Je posai les marteaux sur la table basse et me préparai à m'ennuyer un bon moment, jusqu'à ce que le maître Rouge ait une brillante idée pour déterminer ce que nous devions faire de ces magnifiques cloches. Afin d'éviter de sombrer dans la mauvaise humeur, je sortis une boule de riz de mon sac et commençai à la mordiller. Elle était sèche. Un thé chaud aurait été bienvenu, mais au moins le riz apaiserait-il ma faim. Cherchant à me distraire pendant que je mangeais, je me mis à compter les cloches. Il y en avait cinq avec le caractère Métal, en forme de petite maison, neuf avec la Terre, treize avec le Feu, dix-sept avec le Bois et vingt-deux avec l'Eau. S'il avait été là, Biao aurait certainement trouvé un rapport numérique entre ces valeurs. De toute façon, ce n'était pas difficile : pour obtenir cette série, il suffisait d'ajouter quatre au nombre précédent – enfin presque. Cinq petites maisons, plus quatre : neuf cloches avec l'idéogramme Terre. Neuf Terre plus quatre : treize Feu. Treize Feu plus quatre : dix-sept Bois. En revanche, ce rapport ne cadrait pas jusqu'au bout puisque, dans la série, il aurait dû y avoir vingt et une cloches avec le caractère Eau, or il y en avait vingt-deux. Autrement dit, il y en avait une de trop, avec le caractère Eau, justement, l'élément central du règne de Shi Huangdi. Du reste, les cloches au caractère Eau étaient les plus nombreuses. L'Eau était donc l'élément le plus abondant dans ce *Bian Zhong*. Venaient ensuite, par ordre décroissant, le Bois, le Feu, la Terre et le Métal. Qu'avait dit le maître de Wudang à propos des Cinq Éléments ? Je me rappelais vaguement avoir entendu qu'il s'agissait de différentes manifestations de l'énergie *qi*, qu'ils étaient tous reliés entre eux et avec d'autres choses, comme la chaleur ou le froid, les couleurs, les formes... La poisse ! Pourquoi avait-il fallu que je laisse mon carnet avec mes notes aux enfants ? Je fis un effort de mémoire visuelle pour tenter de me souvenir non pas de ce qu'avait dit le maître de Wudang, mais de ce que j'avais dessiné. Quel était ce schéma avec des animaux ? Ah oui, cela commençait à me revenir. J'avais représenté les quatre points cardinaux avec une tortue noire au nord correspondant à l'élément Eau, un corbeau rouge au sud pour le Feu, un dragon vert à l'est pour le Bois, un tigre blanc à l'ouest pour le Métal et un serpent jaune au centre pour la Terre.

Mais bon, tout cela ne me servait à rien. J'avais toujours un élément Eau en trop dans ce carillon gigantesque qui devait peser plusieurs tonnes. Je m'éloignai pour aller m'asseoir par terre à côté du maître Rouge. Lao Jiang me suivit.

— Eh bien, maître ? demanda-t-il.

— Il pourrait s'agir d'une sorte de composition musicale basée sur l'un ou l'autre des deux cycles des Éléments : créateur et destructeur, répondit le maître Rouge.

Lao Jiang acquiesça d'un signe de tête. Je ne me souvenais pas avoir entendu parler de ces deux cycles, mais il se pouvait très bien que j'aie oublié.

— Quels sont ces cycles, maître Jade Rouge ? m'enquis-je.

— Les Cinq Éléments sont étroitement liés entre eux, *madame*, m'expliqua l'érudit. Leurs liens peuvent être créateurs ou destructeurs. S'ils sont créateurs, le Métal se nourrit de la Terre, la Terre se nourrit du Feu, le Feu se nourrit du Bois, le Bois se nourrit de l'Eau, et l'Eau se nourrit du Métal pour boucler le cycle. Si au contraire, ces liens sont destructeurs, le Métal est détruit par le Feu, le Feu est détruit par l'Eau, l'Eau est détruite par la Terre, la Terre est détruite par le Bois, et le Bois est détruit par le Métal.

Un *Bian Zhong* résonna dans ma tête lorsque j'entendis ce chapelet d'éléments se nourrissant et se détruisant mutuellement.

— Pourriez-vous me répéter le premier cycle, s'il vous plaît, le cycle créateur ? demandai-je au maître Rouge.

Celui-ci me regarda avec étonnement mais opina du chef.

— Le Métal se nourrit de la Terre, la Terre se nourrit du Feu, le Feu se nourrit du Bois, le Bois se nourrit de l'Eau, et l'Eau se nourrit du Métal.

— Y a-t-il une raison particulière pour que ce

cycle commence par le Métal ou bien pourrait-il débuter par n'importe lequel des Cinq Éléments ?

— Eh bien, je l'ai appris ainsi et c'est aussi dans cet ordre qu'il est indiqué dans les livres les plus anciens mais, si vous le souhaitez, je peux vous le redire en commençant par l'Élément de votre choix.

— Non, c'est inutile, merci, mais pourriez-vous le répéter encore une fois en entier ?

— Encore ? s'exclama Lao Jiang.

— Bien sûr, *madame*, accepta gentiment le maître. Le Métal se nourrit de la Terre...

Cinq cloches avec l'idéogramme Métal ; cinq plus quatre : neuf cloches avec l'idéogramme Terre.

— ... la Terre se nourrit du Feu...

Neuf cloches avec l'idéogramme Terre ; neuf plus quatre : treize cloches avec l'idéogramme Feu.

— ... le Feu se nourrit du Bois...

Treize cloches avec l'idéogramme Feu ; treize plus quatre : dix-sept cloches avec l'idéogramme Bois.

— ... le Bois se nourrit de l'Eau...

Dix-sept cloches avec l'idéogramme Bois ; et là, le compte ne tombait pas juste, parce que dix-sept plus quatre faisaient vingt et un, or il y avait vingt-deux cloches avec l'idéogramme Eau.

— ... et l'Eau se nourrit du Métal. Le cycle est ainsi bouclé et peut recommencer. Pourquoi vous intéressez-vous tant au cycle créateur des Cinq Éléments ?

J'attirai l'attention du maître sur le nombre croissant de cloches en fonction du cycle créateur et lui confiai que j'avais une cloche d'Eau en trop sans comprendre pourquoi.

Il resta songeur.

— Le cycle créateur... répéta-t-il enfin à voix basse.

— Oui, le cycle créateur, confirmai-je. Pourquoi ? À quoi pensez-vous ?

— À la nutrition, *madame*, à la nourriture qui renforce et fortifie, à l'élément qui nourrit le suivant pour qu'il soit plus fort, plus vigoureux et puisse à son tour nourrir le suivant, et ainsi de suite jusqu'au retour au point de départ. Il y a quelque chose qui vous a échappé. Supposons que cette cloche de l'élément Eau ne soit pas en trop mais à l'origine de cette chaîne d'éléments qui se renforcent mutuellement. Dans ce cas, nous commencerions donc par une cloche de l'élément Eau, à laquelle nous ajouterions quatre pour appliquer le rapport numérique que vous avez découvert, et qu'obtiendrions-nous ? Cinq cloches de l'élément Métal, celles que vous aviez placées au début de la séquence. En outre, il vous resterait les vingt et une *Bian Zhong* qui vous perturbaient tant lorsqu'elles étaient vingt-deux. Résultat : nous avons un modèle de nutrition entre les Cinq Éléments qui commence et s'achève avec l'Eau, fondement et emblème du Premier Empereur.

— Mais qu'est-ce que tout cela a à voir avec les cloches ? demanda Lao Jiang, déconcerté.

— Je ne sais pas encore, Da Teh, répondit le maître en se relevant avec aisance pour se diriger vers le *Bian Zhong*, mais cette séquence numérique n'est pas un hasard. Nous avons sans doute trouvé la partition de musique, bien que nous ne sachions pas l'interpréter.

L'antiquaire et moi le suivîmes et nous arrêtâmes à ses côtés, devant le grand châssis de bronze, mais je ne vis rien que nous n'ayons déjà vu et ne trouvai aucun moyen de faire le lien entre le cycle créateur et les soixante-six cloches ornées d'or et d'argent qui étaient tranquillement suspendues par leurs élégantes anses.

— Et si nous commencions par frapper la plus grande des cloches d'Eau ? risquai-je.

— Essayons, dit Lao Jiang, plus conciliant que la première fois.

Il tendit le bras pour prendre les marteaux avant moi et, d'un pas décidé, il se dirigea vers la droite de l'instrument, où se trouvaient les *Bian Zhong* les plus grandes, chercha l'idéogramme de l'élément Eau et frappa. Le son, grave et creux, vibra de façon étouffée pendant un bon moment, mais rien n'arriva.

— Dois-je frapper désormais les cinq cloches de l'élément Métal ? demanda Lao Jiang.

— Allez-y ! l'encouragea le maître. Faites-le en allant de la plus grande à la plus petite. Si cela ne fonctionne pas, nous essaierons dans l'autre sens.

Mais il n'arriva rien non plus. Pas même lorsque ensuite l'antiquaire frappa les neuf cloches de Terre, les treize de Feu, les dix-sept de Bois et les vingt et une d'Eau. Quelques instants plus tôt, Lao Jiang s'était plaint du bruit que je faisais en frappant les cloches, mais il avait désormais l'air de bien s'amuser avec les marteaux. Il fallait le voir pour le croire ! Quand c'était lui qui jouait, le son ne le gênait pas... La répétition de la séquence en sens inverse ne donna pas plus de résultats et nous finîmes par retourner nous asseoir par terre, complètement découragés et à moitié sourds.

— Qu'est-ce qui nous échappe ? me lamentai-je. Pourquoi ne parvenons-nous pas à trouver cette maudite partition ?

— Parce que ce n'est pas une partition, *tai-tai*, mais une combinaison de poids, murmura une voix timide dans notre dos.

Tai-tai ? Biao ? Fernanda !

— Fernanda ! criai-je en me levant d'un bond.

461

(Je courus à toute allure vers les traverses de fer et regardai vers le haut, en direction de la trappe.) Fernanda ! Biao ! Que diable faites-vous ici ?

Leurs misérables têtes, qui semblaient toutes petites, dépassaient à peine du bord du trou. Je n'obtins pas d'autre réponse que le silence.

— Biao ! Qu'est-ce que je t'ai dit, hein ? Qu'est-ce que je t'ai dit, Biao ?

— De ne pas vous suivre, Lao Jiang et vous, quand bien même la jeune maîtresse m'en donnerait l'ordre, répondit le gamin.

— Et qu'est-ce que tu as fait, hein ? m'époumonai-je, folle de rage. Qu'est-ce que tu as fait ?

Le simple fait de les imaginer en train de descendre par les ponts de fer me mettait dans tous mes états.

— J'ai suivi le maître Jade Rouge, affirma Biao avec humilité.

— Quoi ? hurlai-je.

— Ne vous mettez pas en colère à ce point, ma tante, dit Fernanda sur un petit ton condescendant. Vous lui avez ordonné de ne pas vous suivre, Lao Jiang et vous, et il vous a obéi. Il a suivi le maître Jade Rouge.

— Mais ? Et toi, effrontée ? Je t'ai formellement interdit de bouger de là-haut.

— Non, ma tante. Vous m'avez ordonné de rester avec Biao. Vous m'avez dit textuellement : « Si tu ne restes pas avec Biao, je te mettrai en pension chez les bonnes sœurs quand nous serons de retour à Paris. » Je n'ai fait qu'obéir à vos ordres. Je n'ai pas quitté Biao d'une semelle, je vous le promets.

Pour l'amour du ciel ! Qu'est-ce que ces deux enfants avaient dans le crâne ? N'avaient-ils pas conscience du danger ? Ne savaient-ils pas ce que signifiait obéir à un ordre ? Et maintenant qu'ils étaient là, je ne pouvais pas leur ordonner de remonter là-haut. Et puis, comment avaient-ils descendu les ponts ? Comment avaient-ils su quel chemin suivre ?

— Nous vous avons regardés pendant que vous descendiez, m'expliqua ma nièce, et Biao a dessiné l'itinéraire dans votre carnet.

— Rends-moi mon carnet et mes crayons sur-le-champ, Biao ! m'étranglai-je.

Le gamin disparut de ma vue pour réapparaître les pieds en premier. Il descendit lentement, échelon par échelon. Lorsqu'il m'eut rejointe, je tendis la main avec autorité et, effrayé, il me rendit mes affaires. J'ouvris le carnet, cherchai la dernière page noircie et découvris le dessin. Celui-ci était correct, bien réalisé et comportait des flèches indiquant le changement de sens de l'énergie aux niveaux pairs. Ces deux-là étaient très malins mais, surtout, ils étaient désobéissants et la pire des deux était ma nièce, la meneuse de la bande. Ce n'était pas le moment de discuter de ce qui s'était passé ni de réfléchir à une punition magistrale et inoubliable, mais ce moment arriverait, tôt ou tard, et Fernanda Olaso Aranda allait se souvenir de sa tante tout le reste de sa vie.

Affreusement en colère, je fis demi-tour, laissant les enfants en plan, tête basse, pour aller ranger mes ustensiles à dessin dans mon sac.

— Êtes-vous calmée, Elvira ? me demanda Lao Jiang sur un ton désagréable.

Il ne manquait plus que ça !

— Avez-vous quelque chose à redire à la façon dont je traite ma nièce et mon serviteur ?

— Non, cela m'est complètement égal. Tout ce que je veux, c'est que Biao nous explique ce qu'il a dit à propos de cette combinaison de poids.

Je n'en avais aucun souvenir. Avec la contrariété, j'avais oublié cette histoire. Le gamin s'approcha et se dirigea très lentement (à cause du poids de la culpabilité qu'il portait sur les épaules, je suppose) vers le *Bian Zhong*. Il marmonna quelque chose entre ses dents, mais nous l'entendîmes à peine.

— Parle plus fort ! lui ordonna Lao Jiang.

Mais enfin, qu'arrivait-il à cet homme ? Il était insupportable et les enfants et lui étaient en train de transformer ce voyage en véritable cauchemar.

— Pouvez-vous m'aider à porter la grande cloche avec le caractère Eau ? répéta Biao.

L'antiquaire se précipita vers lui et, ensemble, ils soulevèrent un peu la cloche et la décrochèrent – dans un grincement, le crochet auquel elle était suspendue s'éleva de quelques centimètres sur la barre, comme attiré par un ressort qui s'était détendu. Ils la posèrent sur le sol avec beaucoup de précautions.

— Ensuite ? demanda Lao Jiang.

— Il faut retirer cette cloche-là, affirma le gamin en montrant, sur la ligne inférieure, le *Bian Zhong* de taille moyenne situé au centre, le sixième en partant de n'importe quel côté.

Lao Jiang la décrocha non sans efforts et la déposa aussi sur le sol.

— Maintenant, il faut mettre la grande à la place de la moyenne, déclara Biao en se baissant pour l'aider à porter le gigantesque *Bian Zhong* avec l'idéogramme Eau.

À en croire le grincement des ressorts et le léger déplacement des crochets, qui montaient et descendaient selon qu'ils étaient libérés ou chargés, il se passait quelque chose à l'intérieur de ce châssis. Biao avait sûrement mis dans le mille. Le maître Rouge vint apporter son aide et les trois hommes continuèrent à décrocher et à raccrocher des cloches. Au bout d'un moment, nous commençâmes à discerner l'image du puzzle que le gamin avait en tête. De temps à autre, nous entendions un lointain crissement métallique, comme si l'on tirait la tige d'un verrou. Les hommes transpiraient, épuisés par l'effort. Fernanda et moi donnions un coup de main lorsqu'il s'agissait des bronzes les plus petits, ceux qui ressemblaient à des verres à eau mais pesaient néanmoins leur poids. Biao nous indiquait sans relâche, aux uns et aux autres, quelles cloches retirer et où replacer les autres.

Finalement, il ne resta plus qu'une cloche à accrocher, une toute petite de l'élément Eau qu'il fallait placer à l'angle inférieur gauche du châssis et que je tenais entre mes mains, mes mains plus que sales. Toutes les pièces du *Bian Zhong* étaient désormais disposées d'une façon non pas désordonnée – car elles allaient de la plus petite à la plus grande de gauche à droite – mais tout à fait différente de leur agencement d'origine, lorsqu'elles n'étaient encore que les parties d'un instrument de musique à percussion. L'énorme cloche avec le caractère Eau que nous avions accrochée au centre de la barre inférieure était maintenant entourée par ses cinq comparses de l'élément Métal, celles qui portaient le caractère en forme de petite maison, puisque le Métal nourrissait l'Eau. Les cinq cloches de Métal étaient à leur tour entourées par les neuf de Terre, qui nourrissaient le Métal. Les neufs cloches de Terre étaient entourées par les treize de Feu ; les treize de Feu, par les dix-sept de Bois ; et les dix-sept de Bois, par les vingt et une d'Eau (moins celle que j'avais encore entre les mains). Un cycle parfait, un agencement magistral de force et d'énergie. Si la théorie de Biao était la bonne, les maîtres géomanciens de Shi Huangdi avaient fait de l'élément fondamental de l'empereur le début et la fin de cette séquence, de sorte que le cycle créateur des Cinq Éléments renforce l'Eau au maximum et que celle-ci finisse à son tour par entourer tout l'ensemble.

Lorsque je me dirigeai vers le dernier crochet vide de l'armature, tous mes compagnons retinrent leur souffle. Telle une diva devant son public, j'accrochai la cloche d'un geste solennel et drôle qui fit rire les enfants et le maître Rouge. Lao Jiang était si impatient de voir si ce système allait fonctionner que tout le reste lui était totalement indifférent.

Nous entendîmes un déclic métallique, puis le grincement de ressorts, un long crissement de pierre contre pierre, et enfin le claquement d'un mécanisme. Le mur sur lequel était fixé le *Bian Zhong* glissa lentement vers l'arrière en faisant vibrer les soixante-six cloches et s'arrêta net au bout d'environ deux mètres. Au bout des deux murs perpendiculaires et sur la partie du sol et du plafond auparavant occupée par ce mur amovible se trouvaient de grands orifices situés à trente ou quarante centimètres d'intervalle. Les deux espaces ainsi créés pour passer de part et d'autre du *Bian Zhong* étaient, bien évidemment, plongés dans une obscurité totale.

— Dis-moi, Biao, murmura le maître Rouge derrière moi, comment as-tu su qu'il s'agissait d'un agencement en fonction du poids des cloches et non d'une partition de musique ?

— J'avais deux bonnes raisons de le penser, répondit le gamin en parlant lui aussi à voix basse. Premièrement, il m'a semblé très étrange que l'architecte Sai Wu, lorsqu'il a écrit à son fils dans le *jiance* que la chambre des *Bian Zhong* avait un rapport avec les Cinq Éléments, n'ait fait aucune allusion à la musique, alors même qu'il était question de cloches. Et deuxièmement, vous aviez frappé les cloches de toutes les façons possibles sans succès. À ce moment-là, j'ai songé qu'il ne s'agissait peut-être pas d'une musique. La seule certitude, c'était que l'énigme à résoudre se basait sur les Cinq Éléments, sur l'énergie *qi*. C'est alors que la jeune maîtresse Fernandina m'a dit que cet énorme instrument devait être très lourd et qu'il serait extrêmement difficile de le déplacer pour voir s'il y avait une porte derrière. L'idée m'est venue d'un seul coup, tandis que je vous entendais parler du nombre de cloches que contenait l'instrument et du cycle créateur des Cinq Éléments. En outre, il paraissait logique de penser qu'il y avait quelque part un mécanisme caché pour ouvrir cette porte dont parlait la jeune maîtresse. Or, il n'y avait absolument rien d'autre dans la pièce que le *Bian Zhong*. Alors s'il ne s'agissait pas de musique, quoi d'autre aurait pu déclencher le mécanisme ? Les cloches étaient suspendues à des crochets, donc elles pouvaient être décrochées et raccrochées. Il y avait une cloche en trop dans l'élément Eau et c'était forcément, comme vous l'avez fait remarquer vous-même, la première de la série. Et je me suis dit, sachant que l'Eau était l'élément principal, qu'il devait s'agir de la plus grande et qu'il fallait la placer en son point cardinal, le nord. Si nous avions posé une carte de la Chine sur le *Bian Zhong*, le sud aurait été en haut, l'ouest et l'est sur les côtés, et le nord en bas. La grande cloche d'Eau devait donc aller au centre de la ligne inférieure. C'est cela, ajouté à ce que vous avez dit sur le nombre de cloches de chaque élément et sur l'ordre du cycle créateur, qui m'a donné l'idée, maître Jade Rouge.

J'en restai bouche bée. Je n'arrivais pas à croire ce que je venais d'entendre. Biao avait une intelligence extraordinaire et une splendide capacité d'analyse et de déduction. Il était hors de question que cet enfant retourne à l'orphelinat du père Castrillo, où il finirait par apprendre le métier de charpentier, cordonnier ou tailleur. Il fallait qu'il étudie et qu'il mette à profit ces qualités exceptionnelles pour se forger un bon avenir. Tout à coup, j'eus une idée merveilleuse : et si Lao Jiang l'adoptait ? Il n'avait pas d'enfants susceptibles d'hériter de son commerce et de célébrer les rites funéraires en son honneur le jour de sa mort. C'était un sujet très délicat et, vu comme il était irritable ces derniers temps, il était préférable de ne pas lui en parler pour l'instant mais, dès que nous serions sortis du mausolée les poches remplies d'argent, je lui en toucherais deux mots pour voir si cette idée lui semblait aussi bonne qu'à moi ou si, au contraire, il la jugeait offensante et me priait de m'occuper de mes affaires. En tout cas, ce qui était clair comme de l'eau de roche, c'était que Biao ne devait de toute façon pas retourner à l'orphelinat.

Après avoir récupéré nos sacs, nous nous apprêtâmes à franchir le seuil ouvert par le mur au *Bian Zhong*. Lao Jiang sortit de nouveau son briquet, ralluma la torche et passa le premier. Je le suivis, faisant rempart de mon corps à mon imbécile de nièce et au gamin, qui marchait devant le maître. Je ne savais pas ce qui nous attendait derrière ce mur mais, jusqu'à présent, nous n'étions pas tombés dans davantage de pièges désagréables que prévu. Cependant, cette fois, j'allais devoir affronter mes peurs. L'antiquaire poussa un cri. Il fit un bond en arrière et faillit tomber sur moi. Par réflexe, je reculai brusquement et me heurtai à

Fernanda, qui se heurta à Biao, lequel se heurta à son tour au maître Rouge.

— Que se passe-t-il ? m'écriai-je.

Lorsque Lao Jiang, qui avait réussi par miracle à garder l'équilibre, se retourna vers nous, je vis des choses noires se déplacer en bas de sa tunique et grimper à toute allure dans les plis. Des cafards… ? Je crus mourir de dégoût.

— Des scarabées, précisa le maître Rouge.

— Il y a de tout, déclara Lao Jiang en secouant ses vêtements. (Les bestioles noires à petites pattes tombèrent par terre et se dispersèrent.) Je n'ai pas pu bien regarder parce que j'ai eu peur quand j'ai vu que les murs et le sol étaient couverts d'insectes, mais il y en a des milliers, des millions : scarabées, fourmis, cafards… On ne discerne pas la trappe.

Ma nièce se mit à crier, terrorisée.

— Est-ce qu'ils piquent ? s'enquit-elle, morte de peur, avant de porter la main à sa bouche.

— Je ne sais pas, je ne crois pas, répondit Lao Jiang en se tournant de nouveau vers la pièce, le bras tendu pour l'éclairer avec la torche.

Je ne pouvais même pas envisager de passer la tête à l'intérieur pour regarder. Pire, je n'aurais pas pu entrer là-dedans même si cela avait été le dernier refuge au monde après un cataclysme universel.

— Bon, allons-y ! dit Biao en rejoignant Lao Jiang.

Les trois hommes se penchèrent et nous lûmes la surprise sur leur visage.

— C'est infesté d'insectes ! s'exclama le maître. La lumière les fait bouger. Regardez, ils volent et tombent du plafond !

— Nous n'allons pas pouvoir trouver la trappe, affirma le gamin en époussetant les manches de sa veste pour se débarrasser des bêtes, tandis que Lao

Jiang et le maître se passaient les mains sur le visage.

— Je vais aller la chercher, annonça le maître. Quand je l'aurai trouvée, je vous appellerai.

— Je regrette, Lao Jiang, je ne peux pas entrer, avouai-je.

— Alors restez ici. Faites comme il vous plaira, répondit l'antiquaire avant de disparaître derrière le mur.

Sa grossièreté me laissa sans voix.

— Qu'allons-nous faire, ma tante ? me demanda Fernanda en me fixant avec un regard angoissé.

Je fus tentée de lui donner une réponse semblable à celle que venait de me faire Lao Jiang (je lui en voulais encore beaucoup de m'avoir désobéi), mais elle me fit de la peine et je ne pus m'y résoudre. La peur nous rapprochait, et puis je comprenais son accablement. Mais je me dis que, si elle était tenaillée par l'angoisse, il allait falloir qu'elle l'affronte et qu'elle la surmonte. Je ne voulais pas que ma nièce hérite de ma neurasthénie.

— Nous allons faire de nécessité vertu et nous passerons, Fernanda.

— Mais qu'est-ce que vous dites ? s'exclama-t-elle, épouvantée.

— Veux-tu que nous restions ici, toi et moi, comme deux idiotes, pendant que les autres continuent à avancer vers le trésor ?

— Mais il y a des millions de bestioles ! hurla-t-elle.

— Et alors ? Nous passerons. Nous fermerons les yeux et nous passerons. Nous demanderons à Biao de nous tirer par la main le plus vite possible, d'accord ?

Ses yeux se remplirent de larmes, mais elle acquiesça. J'étais terrifiée et j'avais des picotements dans tout le corps rien qu'à l'idée de pénétrer dans cette pièce, mais je devais donner une leçon de courage à ma nièce et me prouver à moi-même que j'étais vraiment guérie, que je pourrais dorénavant affronter mes peurs chaque fois que je le voudrais (ou que j'y serais obligée, comme c'était le cas à ce moment-là).

Nous expliquâmes la situation à Biao, qui proposa lui-même de nous guider sans que nous ayons à le lui demander. Nous eûmes à peine le temps de nous préparer : l'appel de Lao Jiang résonna comme un coup de massue dans notre tête. Nous n'avions plus le temps de réfléchir. Biao me prit la main, je pris celle de la môme et nous entrâmes tous trois dans la mystérieuse salle infestée de bestioles. Je sentis aussitôt que j'étais couverte de petites choses vivantes qui non seulement se posaient sur moi mais se déplaçaient. Je faillis devenir folle de répulsion et de panique, mais je ne pouvais pas lâcher les enfants pour éloigner les insectes. Je devais garder mon sang-froid et, surtout, tenir fermement la main de Fernanda, qui cherchait par réflexe à se libérer de la mienne pour chasser ces saletés de bêtes. Je gardai les yeux fermés jusqu'à ce que Biao me dise que la trappe se trouvait à mes pieds. Et lorsque je les ouvris, je le regrettai aussitôt : le sol, le plafond, les murs... tout était noir et en mouvement. Des milliers d'insectes à élytres noirs volaient dans les airs. Je poussai la môme pour qu'elle descende la première et sorte de là. Pendant qu'elle se glissait dans la trappe, je regardai Lao Jiang. Immobile, il tenait la torche pour nous éclairer. Il était couvert de la tête aux pieds de cette même couche de bestioles qui dissimulait les murs. Biao commençait, lui aussi, à avoir un aspect similaire et moi, même si je préférais ne pas en avoir conscience, je ne devais pas être loin de leur ressembler.

— Dépêche-toi, Fernanda ! criai-je à ma nièce en m'introduisant à mon tour dans le puits.

Par miracle, la môme et moi descendîmes les échelons sans nous tuer tout en secouant nos vêtements, encore couverts de petites choses vivantes. Peu après, j'entendis la trappe se refermer d'un coup sec au-dessus de nos têtes, et une pluie de cafards et de scarabées se déversa sur mes mains et mon visage. Lao Jiang avait éteint la torche de bambou et nous ne voyions plus rien. De fait, c'était mieux ainsi. Je n'avais pas envie de faire la connaissance de tous les parasites que je transportais.

Cette fois encore, la descente ne fut pas très longue. Après avoir parcouru une dizaine de mètres, Fernanda arriva en bas. Je l'entendis trépigner sur place avec force en écrasant tout ce qui se trouvait sous ses semelles. Chacun de ses coups de pied vigoureux était accompagné de plusieurs craquements crépitants. Dès que je mis pied à terre, je l'imitai et nous fûmes bientôt quatre à massacrer des insectes à l'aveuglette. Heureusement, dès qu'il nous eut rejoints, Lao Jiang ralluma sa torche. Nous étions envahis d'insectes. Nous en avions partout : dans les cheveux, sur le visage, dans les vêtements… Ma nièce et moi nous époussetâmes mutuellement pendant que les hommes faisaient de même. Le sol était jonché de cadavres éclatés baignant dans une flaque jaunâtre et gluante, mais nous pûmes enfin arrêter de nous gratter et de nous donner des claques comme si nous avions la gale ou que nous étions devenus fous. Nous fîmes quelques pas pour nous éloigner de cette mare répugnante et lui tournâmes le dos pour ne pas la voir.

— C'est fini ? demanda Lao Jiang en nous observant les uns après les autres. (Fernanda hoquetait à mes côtés en séchant ses larmes de peur ; Biao avait le visage crispé dans une moue de dégoût qui semblait s'être figée ; et moi, je me passais compulsivement les mains sur les bras pour chasser des insectes qui n'étaient plus là.) Bien, explorons ce nouveau niveau.

Je ne voyais pas très nettement, car cet endroit était immense et nous n'avions pas beaucoup de lumière, mais il me sembla discerner des tables disposées comme pour un banquet.

— Cherchez les récipients de graisse de phoque, Lao Jiang, suggérai-je à l'antiquaire.

— Aide-moi, Biao, demanda celui-ci au gamin.

Ils se dirigèrent tous deux vers les murs. Lorsque la torche s'éloigna de nous, Fernanda, le maître Rouge et moi nous retrouvâmes dans la pénombre mais, d'un autre côté, une fois habitués à l'obscurité, nos yeux virent plus loin. Cette salle était assez vaste et abritait, en effet, trois tables agencées en U avec le côté ouvert en face de nous. Lorsque l'antiquaire et Biao repérèrent enfin les lampes et les allumèrent, elle acquit une nouvelle dimension et nous apparut sous la forme d'une impressionnante et fastueuse salle de banquet. Les murs étaient ornés de dragons dorés et de tourbillons de nuages en jade, le sol était de nouveau revêtu de dalles noires comme dans le palais funéraire et, également comme dans le palais, derrière la table placée en face de nous, une grande plaque de pierre noire d'environ deux mètres de long s'élevait à la verticale du sol jusqu'au plafond. Ici, c'était une espèce d'immense carré divisé en petites cases, avec des lignes matérialisées par des incrustations en or, qui était taillé dans la pierre. Près des récipients lumineux se dressaient de superbes sculptures en terre cuite, semblables à celles que nous avions vues dans l'enceinte extérieure. Seulement, elles ne représentaient pas d'humbles serfs ni d'élégants fonctionnaires, mais plutôt, à première vue, des artistes sur le point de donner une sorte de spectacle. Les cheveux relevés en chignon, ils étaient tous pieds nus et ne portaient rien d'autre qu'une courte jupe qui mettait en valeur la forte musculature de leur poitrine, de leurs bras et de leurs jambes. Ils avaient l'air d'acrobates ou de lutteurs. Tous ces visages, si sérieux et immuables, faisaient peur et je préférai les ignorer en me répétant à plusieurs reprises qu'il ne s'agissait que d'une poignée de terre à forme humaine, de boue et non d'individus, d'argile sans vie.

Cela dit, ce qui attirait le plus l'attention, c'étaient les tables, ces trois tables encore recouvertes de luxueuses nappes de brocart sur lesquelles étaient posés une quantité infinie de plateaux, d'assiettes, de terrines avec ou sans couvercle, de bouteilles ventrues, de bols, de pots, de pichets, de corbeilles à fruits, de cuillères, de baguettes… Le tout en or et en pierres précieuses. C'était une véritable merveille. Nous nous approchâmes très lentement, intimidés, effarouchés comme si nous étions des gueux tentant de s'introduire au grand banquet funéraire de l'empereur. Il fallait admettre que ce prétendu festin donnait plutôt l'impression d'être une réunion de fantômes, un dîner de défunts condamnés pour l'éternité à partager ce macabre repas. Un frisson glacial remonta le long de ma colonne vertébrale et me hérissa tous les poils. Lorsque nous nous fûmes avancés un peu plus, à environ cinq ou six mètres des tables, nous constatâmes que les assiettes n'étaient pas vides. Elles contenaient toutes, non pas de la nourriture, bien sûr, mais un étrange cylindre de pierre mis à la disposition de chaque convive comme une serviette. Ces drôles d'objets étaient peut-être des chevalets de table indiquant le nom des invités, mais ils étaient gros comme mon bras et réalisés dans une pierre grise grossière qui contrastait avec les somptueuses surfaces en or. Je comptai vingt-sept chaises par table, ce qui, multiplié par trois, faisait un total de quatre-vingt-un cylindres. Le maître Rouge fit mine de prendre le plus proche.

— Attention ! prévint Lao Jiang.

— Attention à quoi ? lui demandai-je, troublée.

Le maître, qui avait déjà le cylindre à la main, lui lança aussi un regard interrogateur.

— Je pense juste qu'il faut être prudent, répondit Lao Jiang. Nous sommes pile au-dessus de l'authentique mausolée du Premier Empereur et je crois que nous devrions redoubler de vigilance, c'est tout.

— Mais le *jiance* ne mentionne aucun péril au cinquième niveau, lui rappelai-je. Il fait juste allusion à un cadenas spécial qui ne s'ouvre que par magie.

— Un cadenas spécial qui ne s'ouvre que par magie ? répéta le maître Rouge, intrigué.

— Exactement, confirmai-je en le rejoignant d'un pas déterminé pour prendre un autre de ces ronds de pierre.

— Alors c'est sûrement ça, annonça Fernanda, le doigt pointé vers le sol.

Elle se tenait au beau milieu de la salle, entre les trois tables. Je la rejoignis, suivie de mes compagnons. Le cadenas se présentait sous la forme d'un motif que j'avais déjà vu : c'était le même que celui qui ornait la plaque noire située derrière le siège principal. Je levai les yeux et comparai les deux carrés. Ils étaient identiques, mais celui du sol était bien plus grand et les cases étaient percées de trous dans lesquels, j'en aurais mis ma main au feu, les cylindres gris devaient s'emboîter à la perfection. J'observai attentivement le rond de pierre que j'avais à la main et découvris qu'il arborait à la base un idéogramme chinois sculpté en relief.

— C'est un tablier de neuf sur neuf, fit remarquer Lao Jiang. Il y a donc quatre-vingt-un trous dans le sol et quatre-vingt-un cylindres de pierre sur les tables. Nous avons trouvé le cadenas. Il ne nous manque plus que la formule magique.

Moi, à ce moment-là, je ne pouvais plus rien chercher. J'avais faim, j'étais fatiguée et tout mon corps continuait à me démanger comme si j'étais encore couverte de bestioles. Nous avions passé toute la journée à surmonter des épreuves pour descendre d'un niveau à l'autre. Il devait être très tard, sans doute l'heure de dîner, et j'avais besoin de faire une pause. Et puis, n'avions-nous pas justement des tables agencées avec goût et une magnifique vaisselle à notre disposition pour déguster notre humble repas installés comme des rois ? C'était l'endroit idéal pour se reposer un peu.

Même Lao Jiang ne put refuser, malgré l'expression de contrariété qui se dessina sur son visage. Nous fîmes chauffer de l'eau avec la torche et pûmes enfin prendre un thé, dont je me délectai, et quelques boules de riz aux épices qui eurent pour moi le goût des mets des dieux. À Paris, j'aurais rejeté cette nourriture avec dégoût et répulsion uniquement en raison de son aspect et de la crasse que nous avions sur les mains. J'aurais pensé aux germes et aux maladies digestives. Ici, tout cela m'était bien égal. Tout ce que je voulais, c'était manger et, de surcroît, dans une magnifique vaisselle recouverte d'une couche de poussière millénaire qui constituerait un bon apport alimentaire. Parfois, je n'arrivais pas à me reconnaître.

Les enfants commencèrent à piquer du nez et à bâiller dès qu'ils eurent terminé leur repas, mais Lao Jiang se montra inflexible. Nous n'étions qu'à un niveau du mausolée du Premier Empereur, alors nous n'allions pas dormir maintenant. Si les enfants avaient sommeil, ils n'avaient qu'à reprendre du thé et se passer un peu d'eau sur le visage pour se réveiller. Il n'était pas question de dormir. Il fallait réfléchir. Chercher la formule magique du verrou pour pouvoir accéder dès ce soir au véritable lieu de sépulture de Shi Huangdi.

— Et savez-vous ce qui se passera quand nous y serons, Lao Jiang ? répondis-je sur le ton de la provocation. Nous dormirons là, juste à côté du corps desséché du vieil empereur. Nous sommes fatigués et cela n'a aucun sens de poursuivre notre quête ce soir. Depuis que nous nous sommes réveillés ce matin, nous avons échappé aux tirs des arbalètes en exécutant le Pas de Yu, déchiffré les hexagrammes du Yi King qui indiquaient la sortie du deuxième niveau pendant que nous nous empoisonnions au méthane, suivi le chemin de l'énergie à travers les Neuf Étoiles du Ciel postérieur en risquant nos vies sur ces maudits dix mille ponts, déplacé les soixante-six lourdes cloches de bronze du *Bian Zhong* conformément à la théorie des Cinq Éléments, et atteint l'avant-dernier niveau après avoir traversé une salle infestée d'insectes qui ont bien failli nous dévorer. Nous venons seulement de prendre notre premier vrai repas de la journée et vous voulez que nous continuions, que nous résolvions encore une énigme sans avoir pu dormir quelques heures pour avoir les idées claires ?

Je me sentis soutenue par une vague de solidarité de la part des enfants et du maître Rouge, qui me regardaient et opinaient du chef en dissimulant leurs bâillements.

— Ce que je ne parviens pas à comprendre, déclara Lao Jiang avec froideur, c'est pourquoi vous voulez vous arrêter maintenant, Elvira. Nous sommes si près du but que nous pouvons presque le toucher du bout des doigts. Dormir à la porte du trésor est sans doute l'idée la plus absurde que j'aie entendue de ma vie. Nous ne sommes pas là pour prendre du repos, mais pour trouver la combinaison de ce maudit verrou, afin d'obtenir enfin ce pour quoi nous avons abandonné Shanghai et mis mille fois nos vies en péril ces derniers mois. C'est pourtant simple à comprendre !

Il se tourna vers le maître Rouge.

— Êtes-vous avec moi ? lui demanda-t-il.

Le maître ferma les yeux et ne bougea pas mais, après quelques secondes d'hésitation, il se leva lentement. Lao Jiang était le diable incarné. Il n'avait de pitié pour personne.

— Et vous deux ? ajouta-t-il en interrogeant les enfants.

Fernanda et Biao cherchèrent la réponse sur mon visage. Ce vieil antiquaire, j'aurais pu le tuer ! Sans rire. Mais fallait-il vraiment avoir du sang sur les mains, diviser le groupe et provoquer des disputes ? Nous tiendrions bien le coup encore un peu. Et quand nous nous arrêterions enfin, nous tomberions comme des masses et serions dans le coma pendant plusieurs heures.

— Je vais refaire du thé, dis-je en me levant de ma chaise et en faisant un signe de tête aux enfants pour leur dire de suivre Lao Jiang et le maître Rouge.

Pendant que je faisais chauffer l'eau, j'entendais discuter les deux hommes. Assis par terre, ils étaient en train d'examiner les cylindres, que Fernanda et Biao avaient ramassés sur les tables.

— Ils sont numérotés à la base du numéro un au numéro quatre-vingt-un, observa Lao Jiang.

— C'est vrai, en effet... murmura le maître, somnolant.

— Pourquoi ne comparez-vous pas le motif du sol et celui de la plaque de pierre ? demandai-je en jetant les feuilles de thé dans l'eau chaude. Peut-être devriez-vous le faire avant de regarder les numéros.

— Le motif ne présente aucun problème, Elvira, me répondit Lao Jiang. Il s'agit d'un carré de neuf cases sur neuf, toutes identiques, avec un trou au centre pour insérer les quatre-vingt-un cylindres. Le problème, c'est l'agencement, l'ordre dans lequel ces cylindres doivent être placés.

— Interrogez Biao, conseillai-je en retirant les feuilles de thé des tasses.

Les deux hommes se regardèrent et, tout doucement mais avec une détermination acharnée, Lao Jiang se leva et attrapa le gamin par le colback pour l'entraîner vers le grand carré et les cylindres. Biao était épuisé, ses paupières se fermaient sous le poids du sommeil et je sus qu'il ne serait pas d'une grande aide.

— Il faut commencer par le début, marmonna-t-il d'une voix traînante. Par le *jiance*, comme pour le *Bian Zhong*. Que dit l'architecte exactement ?

— Quoi, encore ? se fâcha Lao Jiang.

— Il dit qu'au cinquième niveau, rappelai-je au pauvre enfant en lui tendant une tasse de thé, il y a un cadenas spécial qui ne s'ouvre que par magie.

— Par magie, répéta-t-il. Voilà la clé. Magie.

— Cet enfant est stupide ! s'exclama Lao Jiang en le lâchant brusquement.

— Que je ne vous reprenne pas à l'insulter ! m'écriai-je, furieuse. Biao n'est pas stupide. Il est beaucoup plus intelligent que vous, que moi et que nous tous réunis. Si vous l'insultez de nouveau, vous résoudrez le problème tout seul. Les joyaux du palais funéraire nous suffisent, aux enfants et à moi !

Un éclair de colère jaillit des yeux de l'antiquaire et me transperça de part en part, mais cela ne me fit pas peur. Je n'allais certainement pas laisser cet homme humilier Biao parce qu'il était impatient d'arriver au trésor.

— Voyez-vous, Da Teh, intervint le maître Rouge, qui continuait à étudier le tablier du sol comme si de rien n'était, peut-être Biao a-t-il raison. Il se pourrait bien que la clé de cette énigme soit la magie.

L'antiquaire garda le silence. Le maître, il n'osait pas l'insulter, mais je lisais sur son visage qu'il avait la même opinion de lui que de Biao.

— Vous souvenez-vous des carrés magiques ? lui demanda le moine.

Lao Jiang changea aussitôt d'expression. Une lueur éclaira son visage.

— C'est un carré magique ? s'exclama-t-il, incrédule.

— C'est une possibilité, je n'en suis pas sûr.

— Un carré magique ? Qu'est-ce que c'est ? m'enquis-je en me penchant avec curiosité pour regarder le verrou.

— Il s'agit d'un carré composé de chiffres disposés de sorte que leurs sommes soient égales sur toutes les rangées, colonnes et diagonales, m'expliqua le maître Rouge. C'est un exercice symbolique qui existe depuis des milliers d'années en Chine. Nous avons dans notre pays une tradition très ancienne qui associe la magie aux chiffres, et les carrés magiques constituent une expression millénaire de ce lien. La légende la plus ancienne raconte que le premier carré magique a été découvert par... (Il éclata de rire.) Vous ne le devinerez jamais.

— Dites-le-moi, implorai-je avec impatience.

— L'empereur Yu, celui qui a inventé le Pas de Yu. Selon cette légende, ce que Yu a vu sur la carapace de la tortue géante sortie des eaux était un carré magique.

Mais enfin combien de versions existait-il de ce que Yu avait vu sur cette maudite tortue ? D'après le maître Tzau, il s'agissait de signes qui étaient à l'origine des hexagrammes du Yi King ; d'après le maître Jade Rouge, c'était le chemin de l'énergie à travers les Neuf Étoiles du Ciel postérieur ; et maintenant, le même maître Jade Rouge affirmait qu'en réalité la carapace de cet animal arborait un carré magique.

— Dites-moi, maître Jade Rouge, protestai-je, êtes-vous sûr que cette pauvre bête a pu sortir de la mer avec tout ce qu'elle portait sur la carapace ? J'ai entendu trois versions différentes de la même histoire.

— Non, non, *madame*, toutes ces versions disent la même chose. C'est compliqué à expliquer mais, croyez-moi, il n'y a aucune différence entre elles, vous allez voir. Vous souvenez-vous du chemin de l'énergie *qi* que nous avons suivi à travers les ponts suspendus ?

J'eus aussitôt l'air de la séguedille de *Por ser la Virgen de la Paloma* dans la tête.

— Évidemment que je m'en souviens, répliquai-je

fièrement. Nord, sud-ouest, est, sud-est, centre, nord-ouest, ouest, nord-est, sud.

Tout le monde me regarda avec stupéfaction.

— Qu'y a-t-il ? lançai-je avec un air digne. Ne puis-je pas avoir bonne mémoire ?

— Bien sûr que si, *madame*. Enfin, donc... oui, c'est exactement le chemin de l'énergie. (Le maître Rouge s'interrompit un instant, encore sous l'effet de la surprise.) Eh bien, je ne sais plus ce que je voulais dire... Ah oui ! Si l'on se fonde sur ce chemin, donc, et que l'on numérote de un à neuf les colonnes carrées par lesquelles nous sommes passés, le un correspond au nord, le deux à l'ouest-sud, le trois à l'est... et ainsi de suite jusqu'au neuf, qui correspond au sud – sachant que, selon l'ordre chinois, le sud se situe en haut et le nord en bas. Si l'on considère maintenant ces colonnes comme les cases d'un carré de trois rangées sur trois colonnes, on obtient le premier carré magique de l'Histoire, vieux de plus de cinq mille ans. Et c'est ce carré magique que l'empereur Yu a découvert sur la carapace de la tortue. Ce qui est curieux, c'est que, lorsque l'on suit le chemin de l'énergie dans le sens descendant, on obtient un carré magique différent.

J'essayai de me représenter ce que disait le maître et visualisai péniblement, en raison du manque de sommeil et de la fatigue, trois rangées de chiffres : celle du haut, composée des chiffres quatre, neuf et deux ; celle du centre, composée des chiffres trois, cinq et sept ; et celle du bas, composée des chiffres huit, un et six. Toutes ces rangées étaient égales à quinze. Dans les colonnes, la somme des chiffres donnait le même résultat. Et c'était la même chose dans les diagonales. Alors c'était donc cela, un carré magique. Il me parut un peu stupide de perdre son temps avec de tels casse-tête mathématiques. Qui pouvait bien se consacrer à de pareilles inventions ?

— Palpitant, mentis-je. Et je suppose, d'après ce que vous me dites, que ce gigantesque tablier de quatre-vingt-une cases est également un carré magique.

— C'est la seule solution qui me vienne à l'esprit, avoua le moine d'un air contrit. À l'époque du Premier Empereur, c'était un exercice de mathématiques de haut vol dont le secret n'était connu que de quelques maîtres géomanciens grâce à ses liens avec le Feng Shui. N'oubliez pas que le Feng Shui était une science secrète, réservée aux empereurs et à leur famille.

— Et donc, nous sommes censés placer ces quatre-vingt-un cylindres de sorte que la somme de chaque rangée soit égale à celle de chaque colonne et de chaque diagonale ? demandai-je, épouvantée.

C'était de la folie.

— Si c'est le cas, *madame*, nous pouvons nous avouer vaincus avant même de commencer. Il n'y a rien de plus compliqué au monde que de concevoir un carré magique, *a fortiori* s'il se compose de neuf cases sur neuf, comme celui-ci. S'il s'agissait d'un carré de trois sur trois, comme celui du chemin de l'énergie, ou de quatre sur quatre, peut-être aurions-nous un espoir, mais je crains que nous ne soyons confrontés à un problème insoluble. Je crois que nous avons affaire au cadenas le plus sûr du monde.

— Cela n'a rien d'étonnant, étant donné ce qu'il protège, maugréa Lao Jiang.

— Alors que pouvons-nous faire ? me lamentai-je.

— Rien, *madame*, répondit le maître. Bien sûr,

nous allons essayer, mais quelles chances avons-nous de trouver l'agencement correct de quatre-vingt-un cylindres de pierre par pur hasard ? À mon avis, nous sommes arrivés au bout du chemin.

— Ne soyez pas aussi pessimiste, maître ! explosa Lao Jiang en arpentant la pièce comme un lion en cage. Je vous assure que nous ne sortirons pas d'ici tant que nous n'aurons pas réussi !

— Alors, laissez-nous dormir ! m'écriai-je, en colère. Nous aurons tous les idées plus claires après quelques heures de sommeil.

L'antiquaire me regarda comme s'il ne me connaissait pas et continua à faire les cent pas d'un bout à l'autre du tablier.

— Dormons, céda-t-il enfin. Demain, nous résoudrons cette énigme.

Nous pûmes donc installer les *k'angs* et nous reposer après cette journée à la fois étrange et harassante. Je fis beaucoup de rêves extravagants dans lesquels tout se mélangeait : les *Bian Zhong* et les carpes brillantes des jardins Yuyuan ; la vieille moniale Ming T'ien et le chemin de turquoises que j'avais tracé au deuxième niveau du mausolée ; les flèches des arbalètes et l'avocat de Rémy, *monsieur* Julliard... Fernanda tombait dans un puits immense et je ne parvenais pas à l'en sortir ; Lao Jiang cassait avec la canne qu'il utilisait à Shanghai les statues des serfs du Premier Empereur ; le maître Rouge et Biao rampaient sur le sol en passant sur le tablier de quatre-vingt-une cases... Quand j'ouvris les yeux, je ne savais plus où j'étais. Comme d'habitude, les autres étaient déjà debout, en train de prendre leur petit déjeuner, si bien que j'avais raté les exercices de tai-chi.

— Bonjour, ma tante, me salua Fernanda

lorsqu'elle me vit les yeux ouverts. Vous êtes-vous bien reposée ? Vous dormiez profondément. Nous n'avons pas voulu vous réveiller.

— Merci, dis-je en sortant de mon *k'ang*. Puis-je avoir un thé ?

Elle me tendit ma tasse et un morceau de pain.

— C'est tout ce qu'il y a, murmura-t-elle pour s'excuser.

Je secouai la tête pour lui faire comprendre que cela m'était égal, que j'avais suffisamment à manger. Je bus le thé avec avidité. J'avais un peu mal à la tête.

Ce fut à ce moment-là que je vis Biao et le maître Rouge penchés au-dessus de mon carnet en moleskine. Le gamin était en train de faire un dessin avec un de mes crayons. Fernanda, en voyant ma tête, lui donna un coup de coude dans les côtes. Surpris, il se redressa et regarda autour de lui dans toutes les directions jusqu'à ce qu'il croise mon regard.

— Qu'est-ce que tu fais, Biao ? lançai-je d'une voix qui, pourvue d'une lame, aurait coupé le gamin en deux.

Il ouvrit la bouche, loucha, fit plusieurs grimaces et finit par marmonner une suite de mots incohérents.

— Qu'est-ce que tu as dit ? insistai-je.

— Que j'avais besoin de votre carnet, *tai-tai*, répondit-il, et que, comme vous dormiez...

— Et pourquoi avais-tu besoin de mon carnet ?

— Parce que cette nuit j'ai fait un rêve et je voulais vérifier...

Nous avions tous fait des rêves et nous n'avions pas fait main basse sur les affaires des autres pour autant.

— Et tu as pris mon précieux carnet à dessin

parce que tu as rêvé de quelque chose que tu as voulu vérifier ?

— Oui, *tai-tai*, mais c'était un rêve important. J'ai rêvé que je découvrais comment faire le carré magique.

Il leva les yeux vers moi avec l'espoir de me voir changer d'expression, mais je ne bougeai pas d'un cil.

— Pas le grand carré magique, bien sûr, s'empressa-t-il de préciser. Le petit, celui du chemin de l'énergie, celui qui était sur la carapace de la tortue.

— Et quand tu t'es réveillé, tu savais comment le faire ? demandai-je d'un ton glacial.

— Non, *tai-tai*, ce n'était qu'un rêve, mais cela m'a donné une idée : si nous trouvons la théorie mathématique qui est à l'origine du petit carré magique, celui de trois cases sur trois, que nous connaissons déjà, nous pourrons nous en servir pour réaliser le grand, celui de neuf cases sur neuf.

— Et combien de pages de mon carnet as-tu gâchées pour découvrir cette théorie ? m'écriai-je non sans raison, après avoir vu une poignée de feuilles chiffonnées par terre.

Biao se tourna d'un air désespéré vers le maître Rouge et Lao Jiang, mais les deux hommes flairèrent le danger.

— Ne soyez pas aussi dure, ma tante, me reprocha Fernanda. Nous n'avons rien d'autre pour écrire. Vous vous achèterez d'autres carnets à Shanghai.

— Mais celui-ci vient de Paris, objectai-je, et contient mes croquis de voyage.

— Je n'ai pas touché à vos dessins, *tai-tai* ! me promit Biao. J'ai juste utilisé les pages blanches.

Ces magnifiques pages propres, lisses, uniformes, avec cette odeur de papier de qualité et cette couleur crème si douce qui constituait un fond idéal pour la sanguine...

Je me levai du *k'ang*, fâchée contre moi-même. Tout ça pour un malheureux carnet ! Mon sens de la propriété était aussi ridicule que déplacé. Tout ce qu'il me fallait, c'était un autre thé.

— Continue à t'en servir, dis-je à Biao sans le regarder. J'ai mal dormi.

— Vous devriez faire du tai-chi, me recommanda l'antiquaire.

— Eh bien, j'espère que vous en avez fait assez pour être de meilleure humeur, lançai-je sur un ton courroucé, car vous êtes insupportable depuis que nous sommes arrivés au mausolée. N'étiez-vous pas un fervent adepte de la modération et du taoïsme ? On ne dirait pas, Lao Jiang, vous pouvez me croire.

Il pinça les lèvres et baissa les yeux. Ma nièce en resta comme deux ronds de flan et les deux autres firent mine de se plonger dans leurs opérations mathématiques avec le plus vif intérêt. Qu'il était donc pénible d'avoir passé une mauvaise nuit et comme tout le monde devenait lâche dès que quelqu'un sortait de ses gonds ! J'avais mal à la tête.

— Oui, c'est possible, dit le maître Rouge, mais je ne vois pas où tu vas placer les chiffres qui restent.

— Il n'en reste aucun, maître, lui expliqua Biao. Comme nous connaissons déjà le résultat, nous savons où ils vont. Ce que nous devons faire, c'est essayer de savoir s'il existe une règle qui détermine cet agencement dans tous les cas.

— Très bien, alors descends le chiffre un.

— Oui, je vais utiliser une autre couleur pour

voir si une figure s'en dégage, annonça le gamin en prenant le crayon rouge dans la boîte ouverte.

— Maintenant, monte le chiffre neuf.

— Oui, c'est ça, murmura Biao. Maintenant, je déplace le trois sur la gauche et je mets le sept dans la case vide de droite.

Ils finirent par piquer ma curiosité. Ma tasse de thé chaud entre les mains, je m'approchai de Biao et regardai par-dessus son épaule. Il avait dessiné un losange avec les neuf chiffres du carré magique. Il avait placé tout en haut le un ; au-dessous, le quatre et le deux ; à la ligne suivante, celle du milieu, qui était la plus longue, le sept, le cinq et le trois ; à la quatrième ligne, le huit et le six ; et enfin, tout en bas, le neuf.

— Pourquoi as-tu distribué les chiffres de cette façon, Biao ? l'interrogeai-je.

Si je ne prétendais pas tout comprendre, je pourrais peut-être saisir une idée au vol.

— Eh bien, j'ai constaté que, à l'intérieur du carré magique, la diagonale qui va du sud-est au nord-ouest se compose des chiffres quatre, cinq et six, répondit Biao. J'ai donc reproduit ce schéma en plaçant le un au-dessus du deux, situé au sud-ouest, et le trois au-dessous. J'ai ainsi obtenu deux diagonales composées de chiffres consécutifs. Ensuite, j'ai fait la même chose avec le sept et le neuf en les mettant de part et d'autre du huit, situé au nord-est. J'avais donc trois diagonales de chiffres allant de un à neuf. Et lorsque j'ai retiré les chiffres en double à l'intérieur du carré magique, il est resté cette figure...

— Un losange.

— ... ce losange que le maître Jade Rouge et moi avons étudié et dont nous avons tiré quelques conclusions. Quand vous m'avez interrogé, nous étions en train de placer les chiffres dans le carré magique pour voir d'où ils venaient et s'il existait une règle commune à leurs déplacements.

— Et y en a-t-il une ? demandai-je en buvant une gorgée de thé.

— Eh bien, il semble que oui, *madame*, déclara avec étonnement le maître Rouge. Et elle est d'une simplicité admirable. Si elle s'applique aussi au carré magique du sens inverse de l'énergie, c'est que Biao a trouvé la formule pour réaliser des carrés magiques, un des exercices mathématiques les plus compliqués qui soient.

Avec une fausse modestie trahie par ses oreilles brusquement devenues rouges, Biao redessina le losange pour me montrer tout le processus. Je regardai Lao Jiang en souriant, persuadée qu'il serait au moins rassuré de voir que les choses s'annonçaient bien, mais je le découvris figé dans une expression sévère de contrariété, les yeux dans le vague et occupé à faire tourner son briquet en argent entre ses doigts. J'éprouvai une peur étrange et indéfinie. Cette image de Lao Jiang réveillait une part de ma neurasthénie et je sentis mon pouls se manifester de façon désagréable. Pourtant, le pauvre antiquaire ne faisait rien d'extravagant. Il était juste immobile et absorbé dans ses pensées, étranger à tout le reste. Je n'avais donc aucune raison d'être si effrayée. Jamais je ne me débarrasserais de mon angoisse maladive, songeai-je. Je devrais toujours me battre contre les fantômes engendrés par ma peur irrationnelle.

Je pris sur moi et m'efforçai de concentrer mon attention sur le losange de chiffres que Biao venait de dessiner.

— Est-ce que vous voyez bien, *tai-tai* ? me demanda le gamin.

— Oui, très bien.

— Bien, je vais donc tracer par-dessus le losange les côtés du carré magique. Là, vous voyez ?

Il enferma dans un carré les cinq chiffres centraux, ce qui leur donna l'apparence d'une face de dé : le quatre et le deux en haut, le cinq isolé au centre, et le huit et le six en bas. Ensuite, il ajouta les deux lignes horizontales et les deux lignes verticales qui manquaient pour former le quadrillage de neuf cases.

— Est-ce que vous me suivez ? insista-t-il, un peu nerveux.

— Oui, oui, bien sûr, répondis-je gentiment.

— Alors maintenant, nous devons prendre les chiffres qui se trouvent en dehors du carré et les placer dans les cases vides.

Avec le crayon rouge, il raya le un qui était resté seul en haut et le mit dans la case située au-dessous du cinq. Puis, il raya le neuf du bas et le plaça au-dessus du cinq. Le trois, isolé à droite, se retrouva à gauche et le sept de gauche, à droite. Le carré magique était ainsi reconstitué au complet, à la perfection, dans les moindres détails.

— Vous avez vu ?

— Oui, Biao. C'est absolument fascinant.

— La règle consiste à déplacer les chiffres isolés dans les cases situées sur la même ligne mais de l'autre côté du cinq, qui se trouve au centre.

— Recommence tout avec le carré magique du chemin de l'énergie dans le sens descendant, lui enjoignit le maître Rouge.

Biao remarqua très vite que la diagonale qui allait du sud-est au nord-ouest et se composait auparavant du quatre, du cinq et du six était désormais formée par le six, le cinq et le quatre. Cette petite piste le conduisit à inverser l'ordre des chiffres du losange et, ensuite, le reste du processus se déroula exactement de la même façon. À la fin, le carré magique fut reconstitué avec succès.

— Pourra-t-on appliquer cette règle à un carré aussi grand que celui du sol, Biao ? m'enquis-je.

— Je ne sais pas, *tai-tai*, je suppose que oui, bredouilla le gamin. Cela devrait fonctionner mais, bien sûr, nous ne le saurons que lorsque nous aurons essayé sur le papier. Il restera beaucoup plus de nombres du losange en dehors des limites du carré et il faudra découvrir comment les placer sans pouvoir nous référer au carré magique tel qu'il est lorsqu'il est terminé.

— Alors dépêche-toi de commencer, lui ordonna Lao Jiang, qui jouait toujours avec son briquet.

Biao se mit à griffonner des nombres minuscules pour qu'ils tiennent tous sur la feuille de papier.

— Dans le carré magique de trois cases sur trois, les diagonales du losange étaient composées de trois chiffres. Comme le grand carré compte quatre-vingt-une cases, je fais des diagonales de neuf chiffres, expliqua-t-il en continuant à écrire des nombres à la file sur des lignes obliques.

Il arriva enfin au nombre quatre-vingt-un, qu'il écrivit à la pointe inférieure.

— Ici, ce n'est pas le cinq qui se trouve au centre, bien sûr, murmura-t-il en parlant pour lui-même. C'est le quarante et un. Donc… s'il s'agit du centre, les côtés du carré magique passeront par ici, là, et puis par ici et là. Voilà !

Après avoir tracé des lignes de neuf cases, il exhiba fièrement le carnet au-dessus de sa tête et tout le monde sourit. Il avait enfermé les quatre-vingt-une cases dans un carré de neuf sur neuf contenant des tas de cases vides. Mon idée absurde de faire adopter Biao par Lao Jiang ne faisait plus partie de mes projets. L'antiquaire ne serait jamais un bon père, même s'il était capable de transmettre à cet enfant les valeurs fondamentales de sa culture. Et pourtant, il était clair que Biao ne devait pas retourner à l'orphelinat. Le monastère de Wudang serait-il une bonne solution pour lui lorsque tout cela serait terminé ? Lui donnerait-on là-bas ce dont il aurait besoin pour développer ce don qui, comme la peinture, nécessitait tant d'années d'étude et un apprentissage long et difficile ? J'allais devoir y réfléchir. Il était inenvisageable pour moi de le rendre au père Castrillo et de l'oublier, mais je ne pouvais pas non plus l'emmener à Paris avec moi, loin de ses racines, pour en faire un citoyen de seconde zone dans un pays où il serait toujours considéré comme une chinoiserie exotique et non comme une personne. Wudang était-il la meilleure option ?

— Maintenant, tu dois mettre tous les nombres isolés à l'intérieur du carré magique, dit le maître Rouge au gamin.

Celui-ci s'agita, inquiet.

— Oui, c'est là que les choses se compliquent, déclara-t-il. Je vais reprendre le crayon rouge.

Il restait une pyramide de quatre rangées de nombres au-dessus, au-dessous, à gauche et à droite du carré. En théorie, ces nombres trouveraient leur place à l'intérieur du carré si l'on appliquait la règle découverte précédemment par Biao. Selon cette règle, il fallait placer chaque nombre dans la même rangée ou dans la même colonne mais de l'autre côté du centre, qui, dans ce carré, correspondait au nombre quarante et un.

Chacune des pyramides situées hors du carré se composait de dix nombres. Il fallait donc déplacer quarante nombres au total. Biao commença par le un, qui culminait au sommet de la pyramide du haut : il le raya et le replaça au-dessous du quarante et un. Puis il répéta la même opération avec le sommet de la pyramide du bas : il raya le quatre-vingt-un et le replaça au-dessus du centre. Il recommença avec le neuf, qui passa du sommet de la pyramide de droite à la case située à gauche du quarante et un, et avec le soixante-treize, qui disparut du sommet de la pyramide de gauche pour réapparaître dans la case située à droite du centre. Le petit carré composé des neuf cases centrales était complet. Maintenant, il fallait continuer.

— Je vais aller insérer les cylindres dans les trous correspondants, annonça Lao Jiang en se levant avec impatience.

— Non, Da Teh, s'il vous plaît, l'implora le maître Rouge, un peu gêné de devoir l'arrêter. Attendez que nous ayons terminé et, lorsque nous aurons fait le total de chaque rangée, colonne et diagonale et vérifié qu'il est le même partout, nous mettrons les cylindres de pierre à leur place. Si nous nous trompons sur un chiffre, un seul, le cadenas ne s'ouvrira pas. Ce que Biao est en train de faire n'est pas facile. Il pourrait commettre une petite erreur sans s'en rendre compte.

L'antiquaire retourna s'asseoir à contrecœur et s'abîma de nouveau dans la contemplation de son briquet.

Biao, quant à lui, continuait à déplacer les nombres de l'extérieur vers l'intérieur du carré magique. Il agissait avec une obstination et une méticulosité surprenantes, en suivant sa propre règle avec la plus grande attention.

— Non ! non ! non ! cria-t-il tout à coup en nous faisant une peur bleue. Je me suis trompé et je n'ai rien pour effacer ! J'ai mis le six de droite dans la case contiguë au lieu de le mettre à l'extrême opposé, à gauche. Qu'est-ce que je vais faire maintenant ?

Il me regardait fixement, à l'agonie. Il n'allait pas être facile de résoudre son problème. De minuscules fourmis rouges et noires difficiles à distinguer les unes des autres se bousculaient sur sa feuille.

— Attends, dis-je, je vais t'apporter une des baguettes d'or posées sur la table pour que tu effaces ton erreur en grattant le papier. Ensuite, tu pourras réécrire dans cette case avec le crayon orange. On remarquera à peine la différence.

Il poussa un profond soupir de soulagement et se réjouit, mais je dus gratter le nombre incorrect moi-même parce que ses mains tremblaient et il risquait de passer à travers le papier. S'il était nerveux, ce n'était pas tant parce qu'il s'était trompé que parce qu'il avait dû s'interrompre dans cette tâche si stimulante, qui était un défi à son intelligence et le faisait saliver comme un gourmand devant un gâteau.

— Et voilà ! s'exclama-t-il après avoir mis le dernier nombre à sa place.

— Bien, nous allons additionner, proposa le maître Rouge. Toi, occupe-toi des rangées. Je me charge des colonnes. (Il soupira.) Comme j'aimerais avoir un boulier !

Le maître et l'enfant fermèrent en même temps les yeux en plissant les paupières. Les rouvrant de temps à autre pour regarder les chiffres et les refermant aussitôt, ils avaient l'air d'automates de foire, bien que beaucoup plus rapides. Biao termina le premier.

— Toutes les rangées sont égales à trois cent soixante-neuf, sauf la troisième, se lamenta-t-il.

— Recompte, lui recommandai-je.

Il regarda les chiffres de la troisième rangée et ferma de nouveau les yeux. Le maître Rouge termina à son tour.

— Toutes les colonnes sont égales à trois cent soixante-neuf, annonça-t-il.

— Alors additionnez les chiffres des diagonales pendant que Biao cherche où se trouve l'erreur.

— Il ne peut y avoir d'erreur, *madame*, me fit-il remarquer. Si les colonnes tombent juste, les rangées tombent forcément juste aussi. S'il y avait une erreur dans une rangée, elle se serait répercutée dans une des colonnes que je viens de passer en revue.

À ce moment-là, Biao acheva son calcul avec un sourire d'une oreille à l'autre.

— C'est moi qui m'étais trompé, expliqua-t-il, soulagé. Je n'avais pas bien lu les chiffres. En fait, je trouve aussi trois cent soixante-neuf.

— Parfait ! m'écriai-je. Les diagonales, maintenant.

Lao Jiang ne put patienter davantage. Voyant que nous tenions la solution, il se leva d'un bond et se dirigea vers le tas de cylindres de pierre.

— Maître Jade Rouge, lança-t-il, vous allez me tendre les cylindres pour que je les dispose à leur place car, à part moi, vous êtes le seul qui sache lire les chiffres chinois. Vous, Elvira, avec l'aide de Fernanda, vous allez tous les poser à la verticale pour que le maître puisse les identifier rapidement. Que Biao prenne le carnet et dicte les chiffres à voix haute !

— Cela vous gênerait-il d'attendre un peu ? fulminai-je. Nous n'avons pas encore terminé.

— Si, nous avons terminé, décréta-t-il. Le carré magique de quatre-vingt-une cases est complet.

Comme le dit un vieux proverbe chinois : « Une once de temps vaut une once d'or. » Nous devons descendre au mausolée du Premier Empereur.

Tout de même ! Nous n'étions même pas poursuivis par la Bande verte, pourquoi tant de précipitation ? Et pourtant, comme des idiots, nous nous mîmes tous à faire ce qu'il avait dit. Biao et le maître se levèrent et se dirigèrent vers le centre des tables. Le gamin se plaça en face du tablier du sol, le carnet ouvert sur les mains, tel un enfant de chœur prêt à chanter des psaumes dans une église, et Fernanda et moi entreprîmes de redresser les cylindres de pierre afin que les caractères chinois soient bien visibles.

— Lis les chiffres rangée par rangée en commençant par le haut, ordonna l'antiquaire.

Biao commença à lire :

— Trente-sept.

Le maître Rouge chercha le cylindre portant ce numéro et le tendit à l'antiquaire, mais celui-ci ne bougea pas.

— Que se passe-t-il encore ? maugréai-je.

— Où dois-je le mettre ? demanda Lao Jiang.

— Comment ça, où devez-vous le mettre ? (Je ne voyais pas où était le problème.) Dans la première case de la première rangée du quadrillage.

— Oui, mais quelle est la première rangée ? insista-t-il, embarrassé. Ce carré a quatre côtés et il n'y a nulle part une marque qui indique « Partie du haut » ou « Commencer ici ».

Certes, la question se posait mais, comme pour tout le reste, il devait y avoir une logique. Sans sortir de l'espace délimité par les tables, je marchai jusqu'à ce que je me trouve en face de la chaise principale, derrière laquelle se trouvait la plaque de pierre arborant un tablier identique à celui du sol. Là, à la verticale, on voyait clairement quelle était la rangée supérieure et la première case de cette rangée. Je commençai à reculer, en faisant attention à ne pas marcher sur les cylindres, et continuai jusqu'à ce que le carré du sol se trouve juste en face de moi. Du bout du doigt, je signalai la rangée supérieure.

— Là, dis-je, placez-vous en face du siège principal. C'est la bonne orientation.

Lao Jiang s'en remit à moi et introduisit le cylindre portant le numéro trente-sept dans l'orifice de l'angle supérieur droit.

— Soixante-dix-huit, psalmodia Biao.

Il me rappela les enfants du collège San Ildefonso de Madrid, qui chantaient les résultats de la loterie nationale depuis deux siècles.

Fernanda et moi redressions les cylindres le plus vite possible pour que le maître Rouge puisse trouver celui dont Lao Jiang avait besoin mais, malheureusement, le soixante-dix-huit apparut parmi les derniers. L'antiquaire s'impatientait. Ensuite, lorsqu'ils furent tous posés à la verticale, il trouva que le maître était trop lent, que Biao ne parlait pas de façon intelligible, et que nous le gênions à ne rien faire. Il n'y avait pas moyen de le satisfaire. Rien n'était assez bien pour lui.

Au bout d'un long moment, nous arrivâmes au numéro quarante et un, celui qui se trouvait au centre du carré. Après tant d'efforts, nous n'avions complété que quatre rangées et demie. Je me consolai en songeant que tout irait plus vite désormais, puisque le maître aurait de moins en moins de cylindres parmi lesquels fouiller.

Et en effet, comparée à la première moitié, la seconde se remplit en un clin d'œil. Ma nièce et moi fîmes une chaîne pour transporter le cylindre annoncé par Biao du maître Rouge jusqu'à Lao Jiang, ce qui accéléra le processus. Avant que nous n'ayons le temps de nous en rendre compte, le dernier cylindre de pierre passa de mes mains à celles de l'antiquaire.

— Ça y est ! lançai-je d'un air triomphant. Nous avons réussi.

Lao Jiang sourit. Cela paraissait incroyable, mais il avait souri. C'était la première fois qu'il le faisait depuis très longtemps. Contente de le revoir ainsi, je lui rendis ce sourire, mais il se retourna avec indifférence et, décidé à achever sa tâche, il laissa tomber le cylindre dans le dernier trou.

Comme dans la salle du *Bian Zhong*, nous entendîmes de nouveau un cliquetis métallique suivi d'un frottement prolongé d'une pierre contre une autre. Le sol trembla et nous nous regardâmes, un peu effrayés. Nous savions d'où provenait le bruit, mais nous ne voyions s'ouvrir aucun accès au niveau inférieur. Cette fois, ce ne fut pas un mur qui recula devant nos yeux. Les lampes se mirent à scintiller, les objets d'or vibrèrent sur les tables et nos regards convergèrent vers la plaque de pierre. À cet instant, nous découvrîmes que, derrière cette grande dalle verticale, le sol s'abaissait lentement et doucement pour se transformer en une rampe qui, en fin de parcours, heurta l'étage inférieur en faisant trembler toute la salle de banquet.

Prudents, ne sachant pas à quoi nous attendre, nous récupérâmes nos ballots en silence et avançâmes jusqu'à la rampe. Quelque mystérieux mécanisme avait déjà allumé les lampes du niveau inférieur, car une lumière éclatante jaillissait par l'immense trou sans que nous ayons eu à intervenir.

Nous commençâmes à descendre avec précaution en songeant que tout pouvait arriver. Mais il n'arriva rien. Une fois en bas de la rampe, nous nous trouvâmes sur une immense esplanade glacée, encore plus grande que celle que nous avions vue en haut et que rien ne pouvait mieux définir que le mot « reluisante ». En effet, elle brillait comme si les serfs venaient tout juste de la laver ou, plus incroyable encore, comme si la poussière n'était jamais entrée dans la pièce. Le sol était en bronze fondu et poli, comme celui des miroirs que Fernanda et moi avions fourrés dans nos sacs. De grosses colonnes laquées de noir soutenaient, outre les lampes inexplicablement allumées, un plafond, également de bronze, qui s'éloignait de nos têtes au fur et à mesure que nous avancions, le sol étant incliné de façon à peine perceptible. Ainsi, l'espace se dilatait jusqu'à devenir immense, véritablement monumental. Nous marchions sans but en suivant une ligne droite imaginaire, sans savoir où elle nous conduisait. Il faisait très froid. À un moment donné, je me retournai pour regarder la rampe, mais je ne la voyais déjà plus. Cependant, je discernai sur notre droite un village, ou quelque chose qui ressemblait à un village, avec ses remparts, ses tours de guet, et les toits de ses maisons et palais. Tout semblait réel mais plus petit, comme si les villageois avaient été des nains ou des enfants. Un peu plus loin, sur la gauche, j'en vis un deuxième, semblable au premier, puis beaucoup d'autres. Peu de temps après, nous traversâmes un de ces ponts chinois en forme de bosse de chameau enjambant un ruisseau. L'eau s'écoulait lentement dans son lit. En réalité, il s'agissait de mercure liquide, blanc et brillant. Les enfants s'empressèrent de mettre les mains dans le courant pour jouer avec ce métal étrange et fascinant qui leur glissait entre les doigts en formant de petites boules d'argent dans leurs paumes. Mais je ne les laissai pas s'attarder et ils rejoignirent le groupe avec réticence.

Lao Jiang se pencha au-dessus d'une petite stèle de pierre fixée dans le sol pour en lire l'inscription.

— Nous venons de sortir de la province de Nanyang et nous entrons dans celle de Xianyang, annonça-t-il en éclatant de rire. Dans ce cas, nous serons bientôt à la préfecture de Hanzhong.

— Avons-nous traversé le Pays sous le ciel en si peu de temps ? demanda le maître Rouge en désignant son pays sous ce nom très courant parmi les Chinois.

— Eh bien, conjectura Lao Jiang, amusé, sans doute la rampe a-t-elle été placée près de la capitale, qui incarne le centre du pouvoir, que ce soit dans le véritable empire ou dans ce petit *Zhongguo*, *Tien-hia* ou Pays sous le ciel. Ce qui est surprenant, c'est que cette réplique est assez fidèle. C'est une sorte de carte gigantesque réalisée avec de magnifiques maquettes et d'incroyables rivières de mercure.

— Il manque les montagnes, observa ma nièce.

— Peut-être les architectes ont-ils pensé qu'elles n'étaient pas nécessaires, dit l'antiquaire en franchissant les remparts du village situé en face de nous, auquel on accédait par le pont. (Il se remit à rire à gorge déployée.) Tout ce voyage pour rien ! Savez-vous où nous nous trouvons ? Nous sommes retournés à Shang-Hsien !

Je ne pus éviter de sourire.

— Allons-nous nous faire attaquer par de minuscules sicaires de la Bande verte ? plaisanta ma nièce.

— Eh bien, je vous saurais gré, Lao Jiang, de ne pas nous conduire au mausolée en nous faisant passer par les monts Qinling. Pouvons-nous prendre la route qui mène à Xi'an, cette fois ? demandai-je.

— Mais bien sûr, répondit l'antiquaire.

Nous traversâmes la petite ville de Shang-Hsien qui, malgré sa taille réduite, paraissait beaucoup plus grandiose et élégante que sa version actuelle, et nous sortîmes par la porte ouest pour suivre la route jusqu'à Hongmenhe, située à peine cinquante mètres plus loin. Nous marchions avec enthousiasme en contemplant chaque détail de cette merveilleuse reconstruction. Sur les chemins de bronze étincelants, nous croisâmes des statues à l'échelle qui représentaient des charretiers menant leurs bœufs, des paysans levant la houe au-dessus de leur tête dans un geste éternel de culture de la terre, des carrioles débordant de fruits et de légumes qui se dirigeaient vers la capitale, des cavaliers solitaires juchés sur leur monture, des animaux de basse-cour comme des poules ou des porcs... C'était un pays miniature, travailleur et plein de vie, une vie qui devenait d'autant plus intense que nous approchions du cœur de ce monde : l'impériale Xianyang. Nous n'en croyions pas nos yeux. Même l'imagination la plus débridée n'aurait pu engendrer un endroit tel que celui-là.

— Ne devrions-nous pas nous diriger vers le mont Li et chercher de nouveau la colline qui indique l'emplacement du mausolée ? intervint Biao.

— Je ne crois pas que l'empereur ait fait reproduire le palais funéraire à l'intérieur de son propre tumulus, déclara Lao Jiang. Il serait plus logique qu'il se soit fait enterrer dans son palais impérial de Xianyang. S'il n'est pas là, nous suivrons ton hypothèse.

Nous passâmes par des villes magnifiques, traversâmes des ponts au-dessus de ruisseaux scintillant comme de l'argent à la lumière des lampes à graisse de phoque, contournâmes les statues de plus en plus nombreuses qui incarnaient de façon extraordinaire la vie quotidienne de cet empire disparu et, lorsque nous commençâmes à avoir la sensation de faire partie de ce monde étrange où tous les êtres et tous les édifices avaient été figés dans le temps, nous arrivâmes devant d'immenses murailles de taille réelle, qui protégeaient ce que Lao Jiang appela le parc Shanglin, un lieu exceptionnel aménagé au sud de la rivière Wei pour l'agrément des rois de Qin et agrandi ultérieurement par le Premier Empereur.

— De fait, raconta l'antiquaire, peu avant sa mort, Shi Huangdi a déclaré qu'il en avait assez du bruit, de la saleté et de la foule de Xianyang, située au nord de la Wei, et il a ordonné la construction d'un nouveau palais impérial à l'intérieur de ce parc, au milieu de ces splendides jardins. D'après Sima Qian, le nouveau palais Afang, qui est resté inachevé, aurait été le plus grand de tous les palais jamais bâtis. Et pourtant, il ne s'agissait que de l'entrée d'un ensemble palatin monumental qui, selon les plans, se serait étendu sur des centaines de kilomètres. Mais à la mort de Shi Huangdi, les travaux ont été interrompus. Seule la grande salle des audiences, où l'on pouvait asseoir dix mille hommes et planter des étendards de dix-huit mètres de haut, était terminée. Si mes souvenirs sont bons, Sima Qian rapporte qu'un chemin partait de la partie basse de cette grande salle pour se diriger en ligne droite vers le sommet d'une montagne voisine, et qu'un autre passage, surélevé et couvert, menait d'Afang à Xianyang en passant par-dessus la rivière Wei. Cela dit, le Premier

Empereur avait beaucoup de palais dans la capitale, au point que l'on n'en connaît pas le nombre exact. De toute évidence, il ne voulait jamais que l'on sache où il se trouvait et toutes ses résidences étaient reliées entre elles par des tunnels et des corridors surélevés qui lui permettaient de se déplacer d'un endroit à un autre sans être vu. Afang a été son ultime palais, son grand rêve, pour lequel il a fait travailler des centaines de milliers de prisonniers. Par conséquent, je pense qu'il en a fait construire une réplique ici pour en faire sa dernière demeure.

— Mais si le vrai palais est resté inachevé... fis-je remarquer.

— ... la réplique également, admit Lao Jiang. Les deux constructions, Afang et le mausolée, ont été réalisées en même temps. Je suppose donc que les travaux ont été interrompus au même stade. Si je suis dans le vrai, le véritable sépulcre du Premier Empereur doit se trouver au niveau inférieur de cette magnifique réplique de la salle des audiences.

Nous franchîmes les murailles par une grande porte de bronze richement sculptée et ornée – j'osai à peine y croire – d'énormes pierres précieuses, avant de déboucher tout à coup dans un superbe jardin où les arbres, les sentiers et les ruisseaux de mercure étaient de taille réelle. Le ciel de bronze devint subitement bleu – il devait être peint – et cessa de refléter l'éclat des lampes, qui s'étaient transformées en lanternes suspendues aux branches ou perchées au sommet de pylônes de pierre longeant le chemin.

— Comment se fait-il que le mercure s'écoule toujours après deux mille ans ? demanda Biao, qui semblait véritablement intrigué par ce phénomène.

Aucun de nous ne sut répondre à sa question.

Lao Jiang et le maître Rouge s'empêtrèrent dans des tas d'explications, plus rocambolesques les unes que les autres, sur les différents types de mécanismes automatiques susceptibles d'actionner les rivières depuis un endroit invisible du mausolée. Puis nous déambulâmes dans ces jardins infiniment beaux, qui auraient éclipsé ceux de Yuyuan, à Shanghai, même à l'époque Ming, lorsque ceux-ci étaient au summum de leur grandeur. Il ne faisait aucun doute que les arbres et tout le reste du monde végétal représenté ici étaient en terre cuite, comme les statues que nous avions croisées en chemin dans l'ensemble du mausolée, mais leurs couleurs étaient encore soutenues, étincelantes, et je ne parvenais pas à comprendre pourquoi certaines œuvres d'art bien plus récentes (des fresques de la Renaissance, par exemple) se trouvaient dans un état lamentable, alors que ces pigments sur argile étaient aussi resplendissants qu'au jour de leur élaboration. Peut-être était-ce parce que, dans ce souterrain hermétiquement clos, l'humidité de l'air était constante et que les œuvres n'étaient pas affectées par le passage du vent et des visiteurs. Si une de ces statues était emportée à l'extérieur, elle perdrait à coup sûr ses couleurs de façon définitive. Le bronze du sol était ciselé de façon à imiter la texture de la terre, du sable ou de l'herbe, et les pierres, naturelles, qui servaient de décoration dans les recoins avaient des formes incroyablement curieuses et élégantes. Soudain, ma nièce découvrit autre chose dans les ruisseaux de mercure.

— Oh, mon Dieu ! Regardez ça ! s'exclama-t-elle, penchée au-dessus de la balustrade d'un pont, le doigt tendu vers le bas.

Nous nous précipitâmes vers elle pour examiner

la surface argentée. Le liquide entraînait dans sa course d'étranges poissons flottants, que l'on aurait dits en fer. À vrai dire, ceux-ci avaient perdu depuis longtemps leur forme de poisson. Difformes, rongés par la rouille et délabrés, ils ressemblaient à des coques de bateaux naufragés.

— C'étaient sans doute de magnifiques animaux aquatiques en acier lorsqu'ils ont été jetés dans le mercure, supposa l'antiquaire.

Voyez-vous ça ! Premier anachronisme. Et je n'avais pas l'intention de le laisser passer.

— Je crois que l'acier a été inventé par un Américain au siècle dernier, Lao Jiang, fis-je remarquer.

— Je suis désolé, Elvira, mais l'acier a été inventé en Chine pendant la période des Royaumes combattants, avant l'unification effectuée par le Premier Empereur. Nous avons découvert le fer fondu au IVe siècle avant notre ère, bien que les Occidentaux s'obstinent à s'attribuer ces avancées, et ce des siècles plus tard. En Chine, nous avons toujours eu de bonnes argiles pour la construction de fourneaux et de fonderies.

— C'est la vérité, *madame*, renchérit le maître.

— Et pourquoi ont-ils fait ces poissons en acier et non en or ou en argent ? demanda Fernanda en regardant ces malheureuses dépouilles s'éloigner vers l'aval.

— L'or et l'argent se seraient alliés au mercure et auraient disparu, répondit l'antiquaire. Le fer, en revanche, est un métal résistant et l'acier n'est rien d'autre que du fer trempé.

Nous poursuivîmes notre route à travers les jardins en faisant d'autres découvertes, encore plus stupéfiantes : de superbes oiseaux alignés sur les branches des arbres ; des oies, des jars et des grues picorant sur le sol entre les massifs de fleurs et les tiges de bambou ; des cerfs, des chiens, d'étranges lions ailés, des agneaux et, signe révélateur, un grand nombre de ces horribles animaux appelés *tianlus*, monstres mythiques aux pouvoirs magiques qui, à l'instar des lions ailés, avaient pour mission de protéger l'âme du défunt en la défendant contre les esprits malins et les démons. Entre les ruisseaux se dressaient différents pavillons, avec leurs toits cornus, leurs tables pour prendre une collation et leurs orchestres de musiciens jouant de divers instruments anciens. Il y avait aussi de petites barques en acier rouillé, joliment amarrées dans un minuscule port voisin ; une armée de serfs de taille réelle le long des sentiers (tout à coup, on se heurtait à quelqu'un à l'angle d'une rue et on avait une peur bleue, jusqu'à ce que l'on découvre qu'il s'agissait d'une statue, non moins effrayante) ; des kiosques où se produisaient des groupes d'acrobates ou d'athlètes, comme ceux que nous avions vus dans la salle de banquet ; des plateaux garnis de pichets et de verres d'un jade extrêmement fin sans doute destinés à désaltérer l'empereur ; des corbeilles de fruits faits de perles, de rubis, d'émeraudes, de turquoises, de topazes... Je ne pouvais détacher mes yeux de toute cette richesse, de cette opulence incommensurable. Certes, tout cela rembourserait mes dettes et me rendrait ma liberté, mais pour quelle raison et dans quel but le Premier Empereur avait-il amassé autant de trésors ? Il devait avoir une sorte de maladie car, lorsqu'on possédait tout ce dont on avait besoin et tout ce que l'on convoitait, à quoi bon accumuler, par exemple, des corbeilles de fruits en pierres précieuses ou une infinité de palais où l'on finissait par vivre caché du reste du monde ?

En chemin, nous prenions ce qui nous plaisait et nous le rangions dans nos sacs, sauf Lao Jiang. Celui-ci affirmait que tout cela était du menu fretin et que le grand trésor se trouvait dans le véritable palais funéraire de l'empereur, mais il nous fallut marcher encore un bon moment avant de sortir des jardins et de tomber, enfin, sur l'édifice le plus immense que nous ayons vu de notre vie : une espèce de pavillon colossal aux murs rouges, avec plusieurs toits noirs superposés et de nombreux escaliers, érigé au centre d'une nouvelle esplanade, dont on ne voyait pas le bout. Là aussi, les pilastres flamboyaient sans relâche en faisant resplendir non seulement de gigantesques statues de bronze de guerriers postés sur le chemin d'accès, mais aussi le sol et le plafond, orné de merveilleuses constellations célestes d'une taille extraordinaire qui étincelaient de couleurs lumineuses et inimaginables. Là-haut, je discernai nettement un grand corbeau rouge qui ne pouvait être fait que de rubis ou d'agates, côté sud ; une tortue noire d'opales ou de quartz, côté nord ; un tigre blanc de jade, côté ouest ; un impressionnant et magnifique dragon vert de turquoises ou d'émeraudes, côté est ; et, au centre, au-dessus de la vaste salle des audiences du palais souterrain Afang, un admirable serpent jaune de topazes.

Quelle beauté et quelle démesure ! Nous restâmes bouche bée devant cette image qui s'offrait à nos regards ébahis comme si elle n'était pas réelle, comme s'il s'agissait d'un lieu chimérique impossible à concevoir. Et pourtant, tout était vrai, tout était authentique, et nous étions là pour le voir.

— Je crois que nous avons un problème, crus-je entendre dire le maître Rouge.

— Que se passe-t-il encore ? demanda Lao Jiang d'une voix qui semblait, elle aussi, irréelle.

— Nous ne pouvons pas aller jusque-là.

Alors je dus me contraindre à détacher mes yeux de ce somptueux plafond pour regarder le maître, qui montrait du doigt la série d'escaliers centraux de l'immense salle des audiences, parce qu'une grande rivière de mercure d'environ cinq mètres de large entourant l'interminable esplanade comme des douves médiévales nous coupait le passage.

— N'y a-t-il aucun pont en vue ? m'enquis-je inutilement, étant donné que je pouvais constater par moi-même qu'il n'y en avait pas.

— « Et au sixième niveau, l'authentique lieu de sépulture du Premier Dragon, tu devras franchir une grande rivière de mercure pour arriver jusqu'aux trésors », récita Lao Jiang de mémoire. Comment avons-nous pu l'oublier ?

— Et si nous utilisions les barques de fer qui se trouvaient près des pavillons du jardin ? proposa Fernanda.

— Elles sont trop lourdes, estima le maître Rouge en secouant la tête. À nous cinq, nous ne serions encore pas assez nombreux pour en déplacer une. Et puis, nous devrions abattre beaucoup de ces ravissants arbres d'argile pour l'apporter jusqu'ici.

— Eh bien, il n'y a pas d'autre solution, déclara Lao Jiang avec colère.

Il était rouge et s'était mis à transpirer. Sa patience avait atteint ses limites.

— Dans ce cas, utilisons les arbres, dis-je sans réfléchir. Nous pouvons en couper, enfin, en casser quelques-uns à la base et, avec la corde que vous avez apportée, fabriquer un radeau.

— Non, pas avec ma corde, décréta-t-il de façon péremptoire, avec un geste catégorique de la main.

— Pourquoi ? demandai-je, étonnée.

— Nous en aurons peut-être besoin au retour.

— C'est faux ! m'écriai-je. Nous avons accédé aux six niveaux. Le plus difficile sera de retraverser les ponts et la salle remplie de méthane, mais nous n'aurons aucunement besoin de votre corde.

— Attendez ! nous interrompit le maître Rouge. S'il vous plaît, ne vous disputez pas. Si Da Teh ne veut pas abîmer sa corde dans le mercure liquide, nous ne l'utiliserons pas. J'ai une autre idée. Vous souvenez-vous des poissons d'acier que nous avons vus flotter dans le courant d'un petit ruisseau ?

Nous acquiesçâmes tous de concert.

— Alors pourquoi n'essaierions-nous pas de traverser à la nage ? lança-t-il.

— Nager dans le mercure ? dis-je, sceptique.

— C'est un liquide très dense, maître Jade Rouge, objecta Lao Jiang. Je ne pense pas que cela soit possible. Nous serions épuisés avant d'être arrivés à mi-parcours, si toutefois nous y arrivions.

— Oui, vous avez raison, admit le moine, mais, comme les poissons, nous flotterions. En utilisant des perches pour nous déplacer, nous atteindrions facilement l'autre rive.

— Et d'où sortirions-nous ces perches ? l'interrogeai-je.

— Les tiges de bambou du jardin ! s'exclama Fernanda. Nous pourrions en prendre quelques-unes et nous propulser comme des gondoliers à Venise !

Le maître Rouge et Biao la regardèrent sans comprendre. Les gondoliers de Venise devaient être à leurs yeux ce que les *tianlus* étaient aux nôtres.

Toute plaisanterie mise à part, je ne voyais pas d'un très bon œil la perspective de m'immerger dans le mercure. En fin de compte, c'était tout de même un métal et me plonger dans un métal me paraissait un peu dangereux, sans parler du froid terrible qu'il faisait à ce dernier niveau. Et si nous nous empoisonnions en avalant involontairement une petite quantité de mercure ? Je savais que c'était un composant courant de nombreux médicaments, en particulier des purgatifs, des vermifuges et de certains antiseptiques[1], mais je craignais qu'il n'ait, au-delà des quantités prescrites par les médecins, des effets nocifs sur la santé.

Les enfants couraient déjà vers le jardin en quête de fausses tiges de bambou. Bien qu'il ne s'en soit jamais plaint depuis sa chute dans le puits, Biao boitait légèrement à cause de sa blessure au pied, mais cela ne semblait pas le gêner le moins du monde. Ils frappèrent quelque chose avec force, puis j'entendis un récipient en terre cuite se briser sur le sol.

— Attrape-le, Biao ! cria ma nièce.

Le maître Rouge, Lao Jiang et moi partîmes chercher nos propres perches. Le maître prit une grue à long bec par les pattes et s'en servit pour casser les tiges. Nous ne tardâmes pas à avoir l'air de pénitents *nazarenos* marquant le pas avec leur porte-cierge. Nous étions prêts à nous immerger dans la rivière de mercure.

Le premier à s'y risquer fut Lao Jiang. Auparavant, il avait évalué la profondeur, qui était d'environ deux mètres. Il pourrait donc se propulser sans problème. Dès qu'il se fut laissé tomber, il sourit d'un air satisfait.

— Je flotte sans le moindre effort, se réjouit-il.

---

1. La découverte de la haute toxicité du mercure est relativement récente.

Puis il appuya sa tige de bambou contre le fond et donna une impulsion pour se déplacer vers l'autre rive.

— Fernanda ! Biao ! appelai-je. Venez ici. Je veux que vous me promettiez de ne pas ouvrir la bouche lorsque vous serez dans le mercure et de ne surtout pas mettre la tête sous la surface. Est-ce que vous m'avez bien comprise ?

— Alors je ne peux pas plonger ? se lamenta Biao, qui en avait visiblement l'intention.

— Non, Biao, tu ne peux pas plonger, tu ne peux pas absorber la plus petite quantité de mercure, tu ne peux pas te mouiller le visage ni même les mains, si c'est possible.

— Mais, ma tante, tout cela est ridicule ! protesta Fernanda.

— Peu m'importe. Je vous l'interdis, à tous les deux. Et comme mes ordres et mes menaces semblent vous entrer par une oreille et ressortir par l'autre, le premier qui me désobéira cette fois-ci recevra une bonne volée dès que nous serons sur l'autre rive. Et je vous jure que ce ne sont pas des paroles en l'air. Est-ce que c'est clair ?

Ils acquiescèrent, déçus. Ils s'étaient certainement imaginé un bain amusant et plein d'expériences excitantes dans le mercure.

Lao Jiang était déjà arrivé de l'autre côté et, après avoir sorti non sans peine la perche des douves pour la poser sur le sol sans la casser, il était en train de s'extraire tant bien que mal du mercure en s'appuyant sur ses deux mains. Ses vêtements, en apparence secs, devaient être couverts de métal et le poids l'empêchait de se hisser sur la rive. Finalement, au prix d'un effort considérable, il parvint à poser une jambe à l'extérieur et à émerger de la rivière. Il souffla et s'ébroua comme un caniche en envoyant autour de lui des gouttelettes de mercure, qui se dispersèrent sur le sol.

— Lancez-moi mon sac, maître Jade Rouge ! cria-t-il.

Et je sentis mon estomac se nouer. Je savais que la dynamite était la substance la plus sûre du monde, mais ce n'était pas parce que je le savais que j'y croyais. Le sac explosif vola dans les airs et, grâce à la force du maître, franchit proprement la rivière.

— À vous, *madame* ! lança l'antiquaire.

— Non, je préfère faire traverser les enfants d'abord, déclarai-je.

Fernanda et Biao n'hésitèrent pas une seconde. Je les surveillai d'un regard d'aigle pendant tout le trajet mais, s'ils tremblèrent de froid, firent les idiots et éclatèrent de rire, ils suivirent mes ordres à la lettre et je respirai avec soulagement lorsque je les vis rejoindre Lao Jiang sains et saufs. Tandis que le maître lançait leurs sacs, beaucoup moins lourds que celui de l'antiquaire, je me préparai à m'immerger à mon tour.

Au début, le mercure glacé me coupa la respiration mais, passé les premières secondes, il me sembla très commode de flotter ainsi dans le liquide épais sans avoir à remuer les bras ni les jambes. Il suffisait de pousser contre le fond avec la tige de bambou et, pour reprendre l'exemple de Fernanda, de se laisser aller comme une gondole vénitienne dans la direction souhaitée. Je comprenais les rires idiots des enfants, car c'était vraiment amusant.

Lorsque j'atteignis l'autre rive, Lao Jiang et Biao durent m'aider à sortir ; en effet, mes vêtements étaient lourds comme du plomb. Le maître lança d'abord mon sac, puis le sien, et entreprit sa traversée. Je me retournai pour admirer l'impressionnante esplanade et ses géants de bronze. Ils étaient douze au total, six de chaque côté de l'avenue principale, et ils devaient mesurer plus de dix mètres de haut. Tous différents, ils semblaient représenter de véritables êtres humains au regard féroce et à la posture martiale. Décidément, ils étaient imposants. Si leur objectif était de faire peur aux visiteurs du Premier Empereur, c'était tout à fait réussi.

Nous marchâmes vers eux pour emprunter l'avenue, exaltés et nerveux à l'idée de la proximité, désormais indiscutable, de l'authentique sépulture du premier empereur de Chine. Une fois au pied du perron, nous commençâmes à gravir les marches.

Par chance, il n'y en avait pas plus de cinquante, ce qui ne provoqua aucune perte irréparable au sein du groupe, et avant d'avoir eu le temps de nous en rendre compte, nous nous trouvions devant les portes de la grande salle des audiences d'Afang. Cependant, rien n'aurait pu nous préparer à la vision d'horreur qui s'imposa à nos yeux : des millions d'ossements humains éparpillés sur le sol de la salle, des squelettes entassés en piles innombrables à perte de vue, des corps décharnés amoncelés contre les murs et arborant encore de vieux lambeaux de vêtements, des bijoux et des ornements pour les cheveux. Des femmes, il y avait beaucoup de femmes, les concubines de Shi Huangdi qui ne lui avaient pas donné d'enfants. Et tous les autres, les malheureux forçats qui avaient construit ce mausolée. Parmi les dépouilles de ce cimetière infini devait se trouver celle de Sai Wu, notre guide tout au long de notre voyage. La gorge serrée, je sentis les enfants se coller contre moi, hagards. Personne n'aurait pu regarder cette horrible scène sans éprouver de la peine ni imaginer avec effroi la mort atroce qu'avaient connue ces centaines de milliers de personnes pour satisfaire la mégalomanie d'un seul homme, d'un roi qui se croyait tout-puissant. Que de vies gâchées pour rien, que de souffrance et d'angoisse pour punir de leur prétendue infertilité des jeunes filles mariées à un vieil égocentrique et garder le secret sur cette tombe ! Je comprenais Sai Wu, sa rage, son désir de vengeance. Même s'il avait accompli des choses admirables, le Premier Empereur n'avait pas le droit d'emporter avec lui les vies de tant d'innocents. Je savais bien que je ne pouvais pas porter de jugement sur une époque qui n'était pas la mienne, que l'on ne devait pas critiquer le passé en se plaçant d'un point de vue aussi éloigné mais, malgré tout, il me semblait horrible et odieux qu'un simple être humain ait eu autant de pouvoir sur ses semblables.

— Entrons, dit Lao Jiang avec détermination, avant de franchir le seuil en levant un pied pour le reposer parmi les restes humains.

Jamais je n'avais connu de conditions plus horribles que celles de cette traversée parmi des milliers de cadavres. Les enfants étaient terrorisés ; blottis contre moi, ils sursautaient et poussaient des cris étouffés quand ils marchaient sur des ossements sans le vouloir ou voyaient s'effondrer dans leur direction une pile de dépouilles humaines. Les derniers à mourir avaient sans aucun doute entassé les corps de leurs compagnons au fur à mesure que ceux-ci avaient péri. Je fus parcourue d'un frisson lorsque me vint à l'esprit l'idée superstitieuse que toute la douleur de ces gens était restée prisonnière des murs de cette salle des réceptions grandiose et solennelle.

Enfin, après une éternité, nous arrivâmes au

514

pied d'un grand mur noir avec en son centre une petite porte coulissante à deux vantaux.

— La chambre funéraire ? demanda le maître Rouge.

— Le sarcophage extérieur, précisa Lao Jiang. La coutume de l'époque voulait que le cercueil d'un empereur soit placé dans une cellule entourée de compartiments dans lesquels était déposé le trousseau funéraire, c'est-à-dire le trésor que nous cherchons.

— Est-ce fermé ? m'enquis-je tout en essayant d'ouvrir la porte.

Non seulement c'était ouvert, mais la poignée s'effrita dans ma main, ce qui ne me rassura guère. Un autre mur noir se dressait juste en face pour former un étroit couloir par lequel circuler, mais il n'y avait pas de lumière à l'intérieur. Ici, l'obscurité était totale et Lao Jiang dut rallumer sa torche. Il entra le premier et nous le suivîmes. Le couloir était assez long mais, dès le premier coude, nous découvrîmes juste devant nous l'ouverture qui donnait accès à un de ces compartiments dont avait parlé Lao Jiang.

La lumière de la torche se révéla très insuffisante pour éclairer les fabuleuses richesses accumulées dans cette immense pièce de la taille d'un entrepôt portuaire : des milliers de coffres débordant de pièces d'or qui tapissaient le sol comme de vulgaires déchets se mêlaient à des centaines de somptueux costumes brodés d'or et d'argent et couverts de pierres précieuses. Il y avait, en outre, d'innombrables coffrets d'une grande beauté regorgeant d'épices et d'herbes médicinales dont la consommation ne devait plus être très recommandable, de superbes objets en jade de tous types et de toutes formes, et de grands cylindres richement ornés qui, d'après ce que nous pûmes constater, contenaient de splendides cartes du Pays sous le ciel peintes sur des étoffes de soie fines et délicates. Le compartiment suivant semblait être destiné à l'art de la guerre. Toutes les pièces, les quinze ou vingt mille pièces qu'il pouvait y avoir, étaient en or pur. Des milliers d'épées, de boucliers, de lances, d'arbalètes, de flèches et une multitude d'autres armes semblaient monter la garde autour d'un immense cercueil – également en or avec des motifs en argent et en bronze représentant des spirales de nuages, des éclairs, des tigres et des dragons. Placé au centre, il abritait la prodigieuse armure du Premier Empereur, identique à celle que nous avions vue plus haut, à ceci près que les petites lamelles reliées entre elles comme des écailles de poisson étaient en or. Des liserés de pierres précieuses séparaient les différentes parties les unes des autres : le plastron de la dossière, ceux-ci de la tunique, les brassards des épaulières, et le gorgerin du couvre-nuque. L'ensemble correspondait à un homme de taille moyenne, ni plus grand ni plus petit, et seul le heaume indiquait que la tête avait dû être relativement grosse. On pouvait également déduire de cette armure que le Premier Empereur avait une force herculéenne, car la porter pendant une bataille – elle devait peser au moins vingt à vingt-cinq kilos – était un véritable exploit.

Inutile de dire que nous n'emportâmes rien de ce qui se trouvait dans ce compartiment, la taille des objets étant trop importante pour nos ballots, déjà bien remplis. Le troisième écrin du trousseau funéraire ne servit pas davantage nos desseins de pillards. Certes, c'était une merveille puisqu'il renfermait des millions d'ustensiles de la vie quotidienne : jarres, louches, encensoirs, miroirs de bronze, seaux, faucilles, vases, couteaux, mesures, jattes, cuisinières – avec pour certaines une sortie pour la fumée –, flacons de parfum pour le bain, chauffe-eau, toilettes en céramique à l'usage du défunt dans l'autre vie... le tout extrêmement luxueux, bien sûr, et d'une facture remarquable. Lao Jiang affirma que n'importe lequel de ces objets pourrait atteindre des prix astronomiques sur le marché des antiquités mais, curieusement, il n'en prit aucun. Et non seulement il ne prit rien ici, mais il n'avait rien mis dans son sac lorsque nous nous trouvions dans les compartiments précédents. Lorsque je me rendis compte de ce détail, j'éprouvai de nouveau cette étrange inquiétude, morbide et absurde, que je m'astreignis à chasser de mon esprit pour éviter de devenir folle à cause de soupçons extravagants. Je n'avais pas de temps à perdre en tourments stupides.

Le quatrième compartiment était consacré à la littérature et à la musique. Un nombre incalculable de coffres gigantesques, de la taille d'une maison, hébergeaient des dizaines de milliers de précieux *jiance* ; de délicats pinceaux de poils de différents formats, un peu usés, étaient suspendus aux murs à côté d'innombrables pastilles d'encre rouge et noire frappées du sceau impérial ; de magnifiques supports de jade accompagnaient des brocs à eau raffinés et, sur une table basse et allongée, étaient alignés de petits couteaux à tranchant courbe qui, d'après les explications de Lao Jiang, servaient à polir le bambou et à effacer les caractères mal écrits. Il y avait aussi des pierres à aiguiser, des tablettes et des feuilles de soie en quantités inimaginables, prêtes à l'emploi. En matière de musique, la variété d'instruments était infinie : de longues cithares, des flûtes, des tambours, un petit *Bian Zhong*, des pipeaux, d'étranges luths, des violons qui se jouaient à la verticale, un curieux lithophone, des gongs... bref, un orchestre au grand complet pour égayer l'éternité ennuyeuse d'un homme puissant et mort.

Le cinquième et dernier compartiment, le plus petit de tous, ne contenait qu'une superbe calèche d'une grandeur démesurée, fabriquée à parts égales de pièces de bronze, d'argent et d'or. Elle avait une immense capote arrondie, sorte de parasol géant, sous laquelle était assis un cocher de terre cuite tenant fermement les rênes de six gigantesques chevaux réalisés entièrement en argent, couverts d'une housse et coiffés d'une aigrette, prêts à emporter l'âme du Premier Empereur aux confins de sa propriété privée, le Pays sous le ciel. Moins impressionnant que les terrifiants chevaux, le cocher était élégamment vêtu et portait sur la tête une de ces coiffes en tissu laqué qui tombaient en arrière.

Shi Huangdi ne manquait de rien pour affronter la mort. J'avais peine à croire qu'il se soit tant soucié de sa richesse dans l'au-delà alors que, d'après les témoignages, il avait passé sa vie à rechercher l'immortalité. Tandis que nous poursuivions notre chemin vers la chambre centrale, Lao Jiang nous fit des révélations surprenantes à ce sujet. Au cours des nombreuses années de son long règne, le Premier Empereur s'était entouré de centaines d'alchimistes, qui avaient essayé de mettre au point une pilule magique ou un élixir pour l'arracher à la mort. Il avait même organisé des expéditions en bateau pour trouver la légendaire île de Penglai, où vivaient les immortels, et obtenir de ses habitants le secret de la vie éternelle. Par ailleurs, ces nombreuses expéditions, lors desquelles il envoyait comme présent des centaines de jeunes Chinois des deux sexes, auraient été à l'origine du peuplement du Japon, car aucun de leurs membres n'était jamais revenu.

Une simple ouverture de petite taille nous séparait désormais de la chambre funéraire qui devait abriter le véritable cercueil du Premier Empereur. Les enfants étaient nerveux. Nous étions tous nerveux. Nous avions réussi ! Cela paraissait impossible après tout ce qui nous était arrivé. Mon sac était plein à craquer, au point que je ne pouvais rien y mettre de plus, pas même une aiguille. Aussi, j'espérais ne pas trouver ici un de ces joyaux auxquels on ne pouvait renoncer sans pleurer amèrement. Enfin, tout ce qui comptait, c'était que nous étions à l'entrée du sépulcre, à seulement quelques mètres de Shi Huangdi, le Premier Empereur.

À l'intérieur, l'obscurité était totale. Le bras tendu, Lao Jiang introduisit la torche petit à petit. Derrière lui, nous découvrîmes la pièce, ses murs de pierre et son plafond incroyablement élevé. À première vue, elle était vaste mais vide.

— Où est-il ? s'exclama l'antiquaire, très agité.

Nous franchîmes l'ouverture et regardâmes autour de nous, déconcertés. Il n'y avait rien, juste le sol et les murs de pierre grise, où l'on ne voyait pas la moindre fissure, pas même les joints.

— Pourrais-je vous emprunter la torche un instant ? demanda le maître Rouge.

Lao Jiang se retourna, furieux.

— Pour quoi faire ? lança-t-il.

— Il m'a semblé voir quelque chose… je ne sais pas, je ne suis pas sûr.

Lorsque l'antiquaire lui tendit sa torche, le maître fit signe à Biao de la prendre.

— Monte sur mes épaules, dit-il au gamin.

Nous avions fait à peine dix pas à l'intérieur de la chambre mais, aussi loin que la torche éclairait, il n'y avait que du vide. Je ne voyais pas ce qui avait bien pu attirer l'attention du maître Rouge pour qu'il demande à Biao quelque chose d'aussi extravagant.

Avec l'aide de tous, il se releva avec l'enfant juché sur ses épaules.

— Tends le bras le plus possible et éclaire le plafond, ordonna-t-il.

Biao s'exécuta, la voûte s'illumina et je n'en crus pas mes yeux : un grand cercueil de fer, de trois mètres de long, deux mètres de large et un mètre d'épaisseur flottait impassiblement dans les airs sans le soutien, à première vue, de la moindre chaîne ni de la plus petite structure d'étayage.

— Qu'est-ce que ce sarcophage fait ici ? mugit Lao Jiang, incrédule. Comment peut-il tenir ainsi dans le vide ?

Il était impossible de lui répondre. Comment aurions-nous su quel genre de magie ancienne pouvait maintenir ce cercueil de fer au-dessus de nos têtes comme un zeppelin ? Biao sauta des épaules du maître et, immobile, continua à tenir la torche.

L'antiquaire poussa un rugissement et se mit à faire les cent pas.

— Atteindre le sarcophage n'a aucune importance, Lao Jiang, lui fis-je remarquer tout en sachant qu'il allait me lancer une pique en guise de réponse. Nous avons ce que nous voulions. Partons d'ici.

Il s'arrêta brusquement et me regarda avec des yeux de fou.

— Partez ! cria-t-il. Allez-vous-en ! Moi, il faut que je reste ! J'ai encore à faire ici !

De quoi parlait-il ? Que lui arrivait-il ? Du coin de l'œil, je vis le maître Rouge, qui était en train de chercher quelque chose dans son sac, lever la tête, effrayé, et regarder Lao Jiang fixement.

— Avez-vous entendu ce que je vous ai dit ? continua l'antiquaire, hors de lui.

Cette fois, j'en avais par-dessus la tête de son impolitesse et de l'attitude insupportable qu'il avait depuis quelques jours. Je n'avais pas l'intention de le laisser nous parler ainsi, comme s'il était devenu fou et voulait tous nous tuer.

— Ça suffit ! m'écriai-je de toute la force de mes poumons. Taisez-vous ! J'en ai assez de votre comportement !

Il se figea pendant quelques secondes, perplexe.

— Écoutez-moi, dis-je sans me départir de l'expression sévère de mon visage. Il est inutile de nous prendre de haut. Pourquoi voulez-vous que nous vous laissions seul ? Ne sommes-nous pas toujours restés ensemble depuis notre départ de Shanghai ? Si vous avez à faire ici, comme vous le prétendez, pourquoi ne le faites-vous pas avant de repartir avec nous ? Peut-être voulez-vous descendre le sarcophage. Dans ce cas, nous vous aiderons. Ne l'avons-nous pas toujours fait jusqu'à maintenant ? Seul, vous ne seriez pas arrivé jusqu'ici, Lao Jiang. Alors calmez-vous et dites-nous en quoi nous pouvons vous être utiles.

Ses lèvres serrées dessinèrent un étrange sourire.

— « Trois simples cordonniers valent un sage Zhuge Liang », déclara-t-il.

— Expliquez-vous, maugréai-je avec brusquerie. Je ne comprends pas ce que vous dites.

— C'est un proverbe chinois, *madame*, murmura le maître Rouge, accroupi sur le sol, les mains encore paralysées à l'intérieur de son sac. Il signifie que plus on est nombreux, plus on a de chances de réussir.

— « Deux avis valent mieux qu'un », explicita l'antiquaire, qui avait retrouvé toute sa gravité. N'est-ce pas ce que vous dites ? C'est pour cette raison que je vous ai emmenés avec moi. Et parce que vous représentiez une bonne couverture.

Je ne comprenais rien. J'étais contrariée et déconcertée. De plus, il me semblait absurde d'avoir une telle conversation dans une situation et un lieu aussi inappropriés. Au cours du voyage, j'avais souvent trouvé émouvant de partager le quotidien de personnes que je ne connaissais absolument pas quelques mois auparavant (y compris ma propre nièce) et qui occupaient désormais une place importante dans ma vie. Tout ce que nous avions supporté ensemble nous avait rapprochés et j'avais fini par me sentir en totale confiance avec Fernanda, Biao, Lao Jiang, le maître Rouge et même Paddy Tichborne. Si absurde que cela puisse paraître, j'aurais aussi inclus dans ce groupe la vieille Ming T'ien, que je n'avais pas oubliée. Par conséquent, le changement de comportement de Lao Jiang me troublait et brisait l'image que je m'étais faite de lui.

— Vous souvenez-vous de ce que je vous ai raconté à Shanghai à propos de l'importance de ce lieu pour mon pays ? me demanda l'antiquaire d'une voix sépulcrale, avant de faire un geste ample comme pour embrasser toute la pièce, dont le cercueil. Ceci est aussi important pour l'avenir qu'il l'a été par le passé. La Chine est un pays colonisé par les États impérialistes étrangers, qui nous saignent et nous assujettissent en nous dépossédant et en nous mettant sous leur joug. Et dans les régions épargnées par la colonisation, par manque d'intérêt, survivent les vestiges féodaux d'un pays moribond dominé par les seigneurs de la guerre. Savez-vous que l'Union soviétique est la seule puissance qui nous ait rendu, sans rien demander en échange, toutes les concessions et tous les privilèges que s'était octroyés l'ancien régime tsariste ? Aucune autre puissance ne l'a fait et les Soviétiques nous ont en outre promis leur soutien dans le combat que nous allons mener pour recouvrer la liberté. L'été dernier, onze de mes compagnons et moi nous sommes réunis dans un lieu secret de Shanghai pour prendre part au deuxième congrès du parti communiste chinois.

Lao Jiang ? Au parti communiste ? Mais n'était-il pas au Kuomintang ?

— Lors de ce congrès, poursuivit-il, nous avons décidé de faire de la Chine une république démocratique et d'en finir avec l'oppression impérialiste étrangère ; de vous renvoyer, vous, les *Yang-kwei*, vos missionnaires, vos marchands et vos sociétés commerciales dans vos pays respectifs ; mais avant tout de former un front uni contre ceux qui veulent la restauration de la monarchie, contre tous ceux qui veulent que la Chine revienne à l'ancien système féodal. Et savez-vous pourquoi nous, les communistes, nous avons dû rassembler nos forces, accepter l'aide de l'Union soviétique et nous saisir de l'étendard de la liberté ? Parce que le docteur Sun Yat-sen a échoué. En douze ans, depuis le début de sa révolution, il n'est pas parvenu à rendre sa dignité au peuple chinois, ni à réunifier ce pays morcelé, ni à faire disparaître les seigneurs féodaux qui disposent de milices privées financées par les Nains jaunes, ni à vous obliger à quitter notre terre, ni à dénoncer les traités économiques abusifs et vexatoires. Le docteur Sun Yat-sen est faible et, par peur d'agir, il laisse le peuple chinois mourir de faim et les Occidentaux, avec leurs démocraties et leur paternalisme colonial, nous plonger toujours plus dans l'ignorance et le désespoir.

Son discours véhément m'avait emportée sans que je m'en rende compte loin du mausolée du Premier Empereur pour me ramener dans la chambre de Paddy Tichborne au Shanghai Club. En réalité, son propos n'avait pas changé ; seuls son mépris pour le docteur Sun Yat-sen et son affiliation au parti communiste constituaient pour nous, qui venions de les découvrir, un véritable revirement.

— Ces deux dernières années, en ma qualité de membre occulte du parti communiste, j'ai pu informer Moscou de tous les faits et gestes du Kuomintang et de l'activité politique et commerciale étrangère à Shanghai, déclara-t-il. Lorsque les eunuques impériaux et, plus tard, la Bande verte et les diplomates japonais sont venus me rendre visite à ma boutique de la rue Nankin, j'ai compris l'importance du « coffret aux cent joyaux » que j'avais vendu à Rémy et j'ai mis en garde le parti. Mais comme mon vieil ami, votre défunt mari, a refusé de me rendre le coffret, après son assassinat par la Bande verte, nous avons dû patienter jusqu'à votre arrivée et, comme les impérialistes, attendre de voir ce que vous alliez trouver dans la maison. Puis ma vieille amitié avec Rémy nous a donné une longueur d'avance et j'ai fini par comprendre ce qui avait ébranlé à ce point les fondations de la cour impériale de Pékin. Lorsque vous m'avez prêté le coffret et que j'ai pu examiner son contenu, j'ai découvert avec stupéfaction la version originale de la légende du prince de Gui, ainsi que les pistes nécessaires pour trouver le *jiance* qui allait nous conduire jusqu'au mausolée de Shi Huangdi. J'ai immédiatement prévenu le comité central du parti, qui, tout en réfléchissant aux actions que nous allions entreprendre, m'a ordonné d'informer Sun Yat-sen, mesure dont vous connaissez les conséquences. Le docteur Sun me considère comme un grand ami et un fidèle du parti, ce qui explique que je dispose toujours d'abondantes informations. Au Kuomintang, personne ne sait que je suis membre du parti communiste car, comme j'ai eu l'occasion de vous l'expliquer, ces deux formations travaillent actuellement main dans la main, en apparence seulement. Un jour ou l'autre, nous finirons par nous affronter. Comme vous le savez, le docteur Sun a proposé de prendre en charge les frais de notre voyage dans le but que je vous ai déjà indiqué : financer le Kuomintang et empêcher la restauration impériale. Le comité central de mon parti, à l'inverse, m'a donné un ordre tout à fait clair et formel : sous le couvert de la mission qui m'a été confiée par le docteur Sun, ma véritable tâche est de détruire le mausolée.

— Détruire le mausolée ! m'écriai-je, horrifiée.

— Ne vous étonnez pas, dit-il, avant de se tourner vers les autres. Vous non plus, maître Jade Rouge. De nombreuses personnes connaissent désormais l'existence de ce lieu qui a été perdu pendant deux mille ans. Non seulement les Mandchous de la dernière dynastie et les Japonais du Mikado, mais aussi la Bande verte et le Kuomintang. À votre avis, combien de temps va-t-il s'écouler avant que n'importe lesquels d'entre eux n'exploitent ce qui se trouve ici et, en particulier, cet étrange cercueil flottant au-dessus de nos têtes ? Savez-vous ce que tout cela signifie pour le peuple de Chine ? Nous, les communistes, nous n'avons que faire des richesses de ce mausolée.

Elles ne nous intéressent pas. En revanche, les autres vont s'enrichir avec tous ces trésors, mais surtout profiter de cette découverte pour faire main basse sur une Chine lasse de tant de luttes de pouvoir, affamée et malade. Des centaines de millions de paysans pauvres vont être manipulés et de nouveau réduits à l'état d'esclavage au lieu de devenir, comme nous le souhaitons, des défenseurs de la liberté et de l'égalité. Il ne s'agit pas uniquement de ce méprisable Puyi, qui rêve d'être empereur. Selon vous, que ferait le docteur Sun Yat-sen ? Et que feraient les puissances étrangères si le pays tombait aux mains du Kuomintang ? Combien de victimes feraient les seigneurs de la guerre s'ils décidaient de venir jusqu'ici pour s'emparer des trésors ? Et combien d'entre eux voudraient devenir l'empereur d'une nouvelle dynastie non plus mandchoue mais authentiquement chinoise ? Quiconque parviendrait à mettre la main sur ce cercueil aurait la bénédiction du fondateur de cette nation pour s'approprier, en son nom, du Pays sous le ciel. Et croyez-moi, nous allons empêcher cela. La Chine n'est pas prête à assimiler ce lieu sans compromettre gravement son avenir. Un jour, elle le sera, mais elle ne l'est pas encore.

— Et vous allez détruire le mausolée ? demandai-je, interdite.

— Absolument, soyez-en sûre. Ce sont les ordres que j'ai reçus. Je vais vous laisser emporter tout ce que vous avez pris. C'est ma façon de vous remercier pour tout ce que vous avez fait, et vous avez fait beaucoup. J'ai dû me servir de vous pour arriver jusqu'ici et maintenir ma couverture vis-à-vis du Kuomintang et de la Bande verte.

— Et Paddy Tichborne ? Est-il communiste, comme vous ? Était-il au courant de tout cela ?

— Pas du tout, Elvira. Paddy est juste un très bon ami, très utile pour se procurer des informations à Shanghai, à qui j'ai dû faire appel pour arriver jusqu'à vous.

— Et que dira-t-il lorsqu'il apprendra toute cette histoire ?

L'antiquaire éclata de rire.

— J'espère qu'un jour il écrira un bon livre d'aventures, comme je le lui ai déjà recommandé. Cela nous aidera beaucoup à faire de cette découverte une légende invraisemblable. Bien sûr, en ce qui me concerne, je nierai m'être trouvé un jour dans ce mausolée et, si quelqu'un veut venir voir s'il y a une part de vérité dans ce que vous raconterez peut-être à partir d'aujourd'hui, il ne découvrira rien du tout parce que je vais tout détruire.

Il se baissa pour ramasser son sac et le jeta par-dessus son épaule.

— Et ne vous avisez pas de vous attaquer à moi, maître Jade Rouge, ajouta-t-il, ou je fais exploser tout le monde avec le mausolée. Aidez plutôt Elvira et les enfants à sortir d'ici le plus vite possible.

— Allez-vous mourir, Lao Jiang ? lui demanda Biao apeuré et au bord des larmes.

— Non, je ne vais pas mourir, lui assura l'antiquaire avec froideur, visiblement offensé par la question, mais je ne veux pas de vous ici pendant que je prépare les explosifs. Je ne dispose pas de tout le matériel qu'il me faudrait pour faire sauter l'ensemble du complexe funéraire. Je dois donc placer les charges de sorte que la structure s'effondre en entraînant tout le reste. La corde que nous avons utilisée au deuxième niveau et que je n'ai pas voulu endommager dans le mercure, Elvira, est une des mèches que j'ai apportées pour cette mission et, comme vous le comprendrez sans doute, j'ai besoin de chaque centimètre de ces mèches car je dois moi aussi sortir d'ici. Ce sont des mèches lentes, mais la complexité du mausolée et les obstacles qui jalonnent les six niveaux vont considérablement compliquer mon retour à la surface. Je compte qu'il me faudra entre une heure et une heure et demie pour préparer les explosifs ; j'aurai ensuite environ une heure pour m'échapper. C'est pourquoi je vous demande de partir maintenant. Vous avez deux heures et demie pour arriver en haut, sortir du puits et vous éloigner du mausolée, alors allez-y ! partez !

— Deux heures et demie ! m'exclamai-je en proie au désespoir. Ne nous faites pas cela, Lao Jiang ! Pourquoi tant de précipitation ? Donnez-nous plus de temps ! Nous n'y arriverons jamais !

Il sourit avec un air contrit.

— Je ne peux pas, Elvira. Depuis que nous avons quitté Shang-Hsien, vous êtes tous convaincus que nous nous sommes débarrassés définitivement de la Bande verte, mais cette organisation est très puissante. Elle a des hommes et des ressources à sa disposition dans tout le pays. Songez à ceci, Elvira : le lendemain de notre départ de Shang-Hsien, lorsque nos doubles se sont arrêtés et ont fait demi-tour, les hommes de la Bande verte ont su que nous les avions trompés. À ce moment-là, soit ils ont abandonné leur quête, hypothèse peu vraisemblable, soit ils sont retournés à Shang-Hsien et ils ont interrogé tout le monde jusqu'à ce qu'ils découvrent ce qui s'était passé et par où nous étions partis. À l'heure où nous parlons, peut-être avons-nous encore deux jours d'avance, mais ils ont certainement obtenu toutes les informations dont ils avaient besoin en faisant parler le guide qui nous a aidés à sortir du village et nous a accompagnés jusqu'au bois de pins, mais aussi les passeurs qui nous ont fait traverser les rivières à bord d'un radeau entre Shang-Hsien et T'ieh-Lu, le village avec la petite gare où nous avons acheté des vivres. En outre, même si nous avons toujours tout nettoyé derrière nous avant de remonter à cheval, nous pouvons supposer qu'ils ont trouvé des traces, si infimes soient-elles, de nos feux nocturnes et de nos déchets. Cela dit, ils n'en ont pas vraiment eu besoin : entre Shang-Hsien et T'ieh-Lu, il y a une ligne droite très facile à suivre. Et que croyez-vous qu'on leur a dit à la petite boutique de la gare ? Qu'effectivement, oui, nous y sommes passés trois jours auparavant et que nous sommes partis dans cette direction. Nos bêtes, qui nous attendent en haut, ont constitué le dernier indice qui leur a permis d'arriver jusqu'à l'entrée du puits. Si l'on considère que nous avons encore deux jours d'avance, et même si nous ajoutons une journée supplémentaire pour prendre en compte le temps qu'ils ont perdu à interroger les habitants de Shang-Hsien et à suivre nos traces, les sicaires de la Bande verte sont déjà ici, à l'intérieur du mausolée.

Autrement dit, songeai-je, nous allions tomber de Charybde en Scylla.

— Ne perdez pas de temps et ne me faites pas perdre le mien ! nous pressa-t-il. Allez-vous-en ! J'ai beaucoup de travail. Nous nous retrouverons dehors dans quelques heures.

Comme cela faisait des mois que je n'utilisais pas de montre, j'avais appris, d'une certaine façon, à calculer le passage du temps de manière intuitive. Par conséquent, je savais que nous parviendrions peut-être à sortir à grand-peine du mausolée, mais que même avec toute la bonne fortune du monde Lao Jiang, à moins qu'il ne possède des ressources insoupçonnées et improbables, n'y arriverait pas. Et il le savait aussi ; j'en étais sûre.

— Au revoir, Lao Jiang, murmurai-je.

— Au revoir, Elvira, dit-il en s'inclinant cérémonieusement devant moi. Au revoir à tous.

Fernanda et Biao restèrent immobiles ; ma nièce, avec une expression d'indignation et de contrariété sur le visage ; Biao, les yeux rouges et la tête basse.

— Allons-y ! ordonnai-je.

Le décompte avait commencé et, si nous voulions nous en sortir, nous ne devions pas perdre une minute de plus. Comme personne ne bougeait, je pris les enfants par le bras pour les entraîner hors de la chambre funéraire.

— Partons, maître ! m'écriai-je.

Ce misérable Lao Jiang avait gardé l'unique torche que nous possédions. Nous allions donc devoir nous enfuir dans l'obscurité, au moins dans ce sarcophage extérieur. Heureusement, nous nous souvenions du chemin et nous ne tardâmes pas à regagner la salle des réceptions, tapissée de squelettes. Là, je m'arrêtai.

— Maître, dis-je de but en blanc, je crois que nous devrions abandonner nos ballots. Prenons ce qui a le plus de valeur et sortons en courant.

Le maître Rouge acquiesça et les enfants sortirent de grandes poignées de pierres précieuses, de pièces de monnaie et de figurines en jade, qu'ils fourrèrent dans leurs grandes poches. Nous parvînmes à porter sur nous tout ce qui n'était pas de trop grande taille.

— Fernanda, ne laisse pas le miroir, lui recommandai-je. Mets-le dans ta veste.

— Le miroir ? s'étonna ma nièce avec une moue

méprisante. C'est la dernière chose que je pensais emporter. Il est grand et peu pratique.

Elle était fâchée, pas contre moi mais contre Lao Jiang. Après s'être rempli les poches de joyaux, le maître Rouge rangea son cher *Luo P'an* dans les plis de sa tunique. Biao fit de même avec mon carnet à dessin et mes crayons, qu'il s'était appropriés.

— Ne regardez pas où vous mettez les pieds ! leur enjoignis-je. Et ne vous arrêtez sous aucun prétexte. Courez !

Je m'élançai parmi les ossements à toute allure et tentai de ne pas perdre l'équilibre lorsque j'en écrasai sous mes pieds. Je courais comme si ma vie en dépendait car, c'était vrai, ma vie en dépendait et tout mon être était occupé à fuir et à conserver le maximum de souffle. Comme je me réjouissais d'être en si bonne condition physique grâce au tai-chi et à ces longs mois passés à marcher dans les montagnes ! Une véritable bénédiction !

Nous laissâmes derrière nous les escaliers d'Afang et les géants de bronze pour arriver à la rivière de mercure, où nous retrouvâmes les tiges de bambou que nous avions laissées sur place. Nous traversâmes tous en même temps en nous propulsant avec force pour nous déplacer le plus vite possible dans ce liquide qui, désormais, semblait vouloir nous ralentir et nous empêcher de passer. Une fois sur l'autre rive, nous reprîmes notre course effrénée à travers le jardin. L'angoisse devait aiguiser les sens, car nous ne nous perdîmes pas une seule fois ; certains animaux, quelques pierres, les pavillons des ruisseaux nous conduisirent directement à la grande porte de bronze des murailles qui entouraient le parc Shanglin. Nous esquivâmes les nombreuses statues rencontrées sur le chemin qui menait au cinquième niveau, sans faire attention aux ponts ni aux villes que nous traversions, sentant seulement sous nos pieds les pavés des rues de l'élégante Shang-Hsien miniature. Puis l'immense esplanade étincelante aux larges colonnes laquées de noir s'ouvrit devant nous. Quelque part à l'autre extrémité se trouvait la rampe de sortie. Nous ne devions pas nous perdre. Nous courions sans relâche, à un rythme soutenu, et, lorsque nous vîmes le plafond se rapprocher de nos têtes, nous sûmes que nous étions sur la bonne voie, même si nous avions dévié de quelques mètres.

— Là ! cria ma nièce en tournant légèrement sur la gauche.

Peu après, nous remontions la rampe à toute vitesse en direction de la grande plaque de pierre noire de la salle de banquet. Nous ne fîmes pas de halte. Nous passâmes comme une balle le long des tables couvertes de nappes de brocart et de vaisselle en or, avant de nous diriger vers les traverses de fer du puits, au fond duquel s'étendait encore la vaste et épaisse flaque d'insectes aplatis. Fernanda s'arrêta.

— Ne t'arrête pas ! lui criai-je, à bout de souffle.

Je commençais à sentir la fatigue. Pendant combien de temps avions-nous déjà couru sans interruption ? Peut-être vingt ou vingt-cinq minutes.

Le maître Rouge passa le premier et je lui fus très reconnaissante de cette attention. Ce serait lui qui affronterait les millions de bestioles répugnantes infestant la grande pièce du niveau supérieur, ce qui nous permettrait de la traverser plus rapidement. La perspective d'avoir de nouveau des choses noires et vivantes plein les cheveux, le visage et les vêtements me faisait horreur, mais nous n'avions pas de temps à perdre. Tous ces insectes n'en avaient plus pour longtemps et, si le prix à payer pour vivre encore cinquante ans (il fallait toujours être optimiste dans ce genre de calcul) consistait à traverser une nouvelle fois cet enfer, je le paierais.

Biao monta derrière le maître, puis ce fut le tour de Fernanda et le mien, ce qui me valut de recevoir moins d'insectes sur la tête que les autres. Le maître laissa la trappe ouverte et, depuis la salle du *Bian Zhong*, appela inlassablement Biao à grands cris pour lui donner un repère. Puis Biao l'imita pour guider Fernanda, et moi. J'avais beau avoir les yeux fermés, cela ne changeait rien. Maintenant, je savais que c'étaient des cafards, des scarabées et des fourmis que j'avais sur moi et qui me couraient sur le visage. Tout ce que j'espérais, c'était qu'ils ne me bouchent pas le nez et ne m'entrent pas dans la bouche ni dans les oreilles.

À cause des bestioles, nous passâmes plus de temps que nous l'aurions dû à ce niveau. Malheureusement, elles avaient aussi envahi la salle du *Bian Zhong*, car la lumière qui s'infiltrait par les ouvertures laissées par le mur mobile les attirait de façon irrésistible. Les magnifiques cloches et les traverses de fer conduisant au niveau supérieur en étaient couvertes. Pire, comme la veille, lorsque nous étions descendus, nous n'avions pas pris la précaution de fermer la trappe (à cause des enfants, qui avaient surgi par surprise), les insectes volants les plus intrépides avaient décidé d'aller explorer le mystérieux espace qui s'ouvrait au-delà de l'étrange ouverture du plafond et de franchir la frontière séparant leur territoire de celui, beaucoup plus vaste, des dix mille ponts.

Nous nous trouvions de nouveau dans cet endroit incroyable. Je levai les yeux vers le haut et pris peur. Nous n'allions pas pouvoir courir sur ces chaînes de fer suspendues dans les airs sans tomber.

— Je vous en supplie, maître Rouge, implorai-je, ne vous trompez pas. Une seule erreur et nous serions perdus dans ce labyrinthe.

— Soyez sûre, *madame*, répondit le maître en s'engageant sur la première passerelle, que je vais être aussi attentif et prudent qu'il est possible de l'être.

— Combien de temps nous reste-t-il ? demanda ma nièce en lui emboîtant le pas.

— Je dirais une heure et quarante-cinq minutes, répondis-je.

— Nous n'y arriverons pas ! geignit-elle.

— Écoutez-moi tous ! lança le maître. Je veux que vous vous concentriez et que vous prêtiez attention à mes paroles. À partir de maintenant, vous allez oublier que vous marchez sur une chaîne de fer et imaginer que vous suivez une large ligne blanche peinte sur le sol d'une grande pièce. La chaîne est une ligne sûre et stable, une ligne qui ne présente aucun danger, d'accord ?

— Qu'est-ce qu'il raconte ? me demanda Biao en baissant suffisamment la voix pour que je sois la seule à l'entendre.

— Écoute, Biao, je n'ai pas la moindre idée de ce que prétend faire le maître, mais s'il dit que cette chaîne oscillante est une ligne qui ne présente aucun danger, tu y crois, un point c'est tout, déclarai-je à voix haute.

— Oui, *tai-tai*.

— Et toi aussi, Fernanda. Tu m'entends ?

— Oui, ma tante, répondit la môme.

— Et tenez-vous bien !

— Répétez-vous plusieurs fois en votre for intérieur que vous marchez sur une ligne très large, peinte sur le sol d'une grande pièce, insista le maître.

Bien sûr, j'essayai de le faire de toute mon âme et à plusieurs reprises au cours de cet interminable parcours à travers ces maudits ponts mais, chaque fois qu'un insecte volant me frôlait le visage, je me déconcentrais totalement. Mes pas n'étaient plus sûrs et, sans le vouloir, je secouais des deux mains la passerelle sur laquelle nous avancions. Dans ces moments-là, j'étais terrifiée à l'idée qu'un des enfants tombe par ma faute, et aucun maître taoïste ni aucun magicien de foire n'aurait pu me convaincre que je marchais sur une ligne ou sur les eaux de la mer. À partir d'une certaine hauteur, je fis l'erreur de me laisser gagner par la panique. Je perdis la notion du temps et devins incapable d'estimer la part que nous étions en train de consacrer à cette ascension qui, malgré notre prudence, n'en restait pas moins extrêmement dangereuse.

Cependant, la pratique acquise la veille et l'astuce mentale du maître Rouge semblaient nous donner des ailes et, lorsque nous arrivâmes en haut et posâmes le pied sur la terre ferme, le maître et les enfants tombèrent d'accord pour dire que l'ascension ne nous avait pris qu'une heure. Je préférai ne pas en parler pendant que nous courions à travers le tunnel en direction des rampes menant au second niveau, mais cela signifiait qu'il ne nous restait au maximum que quarante-cinq minutes pour sortir du mausolée.

Avant que nous ne montions, j'arrêtai mes compagnons.

— Que se passe-t-il ? demanda le maître, perplexe.

— Sors ton miroir, Fernanda, et donne-le à Biao, ordonnai-je à ma nièce.

— Et qu'en ferais-je ? s'étonna le gamin.

— Tu vois cette lampe, celle qui se trouve à l'entrée du tunnel ?

— Oui.

— Eh bien, reste ici et oriente la lumière vers le haut pour nous éclairer pendant notre ascension.

Biao resta songeur.

— Puis-je monter un peu, moi aussi, tout en continuant d'éclairer les rampes ?

— Naturellement, répondis-je, avant de partir en courant avec les autres.

— Ma tante, vous n'avez pas l'intention de l'abandonner, n'est-ce pas ? s'inquiéta Fernanda.

— Cesse de dire des sottises et cours.

Le froid glacé se dissipait au fur et à mesure que nous remontions à toute allure le vaste puits menant à la trappe qui ouvrait sur la grande salle au sol de bronze remplie de méthane. Nous arrivâmes à bout de souffle à la dernière plate-forme et fîmes une halte devant les traverses de fer rejoignant la trappe du plafond.

— Tout va bien, Biao ? demandai-je en criant.

— Oui, *tai-tai* ! répondit le gamin.

Le faisceau de lumière qu'il dirigeait vers nous avec le miroir arrivait juste au-dessus de la tête du maître Rouge.

— Maître, dis-je, s'il vous plaît, ouvrez la trappe et entrez.

Le moine m'obéit et, pendant ce temps-là, je sortis mon propre miroir et ordonnai à Fernanda de gravir les traverses à son tour.

— Qu'allez-vous faire ? m'interrogea-t-elle avec un air soupçonneux.

— Je vais éclairer la pièce pour que tu puisses courir.

Je montai derrière elle et restai à mi-chemin entre le puits et la salle au méthane.

— Biao ! criai-je. Déplace le miroir sur la droite !

Le gamin s'exécuta.

— Et maintenant, en direction du mur, continuai-je.

Peu après, la lueur de la lampe se refléta dans mon miroir, que je pointai vers le sol de l'immense salle pour arracher quelques éclats verts à une série de turquoises que quelqu'un avait très intelligemment laissé tomber dans ce but.

— Courez, maître ! m'exclamai-je. Emmenez Fernanda et prévenez-moi lorsque vous aurez ouvert la trappe de l'autre côté.

— Très bien, *madame*.

Je vis les pieds du moine s'éloigner en courant le long du chemin balisé par la lumière, que le sol de bronze bruni intensifiait. À cette vitesse, le maître et Fernanda seraient à l'autre extrémité de la salle en quelques minutes. Si seulement nous avions pu courir ainsi la veille ! Nous aurions moins souffert qu'en avançant à l'aveuglette et en nous empoisonnant lentement avec le gaz jusqu'à perdre connaissance. Peu après, j'entendis le maître m'appeler : ils étaient arrivés à la petite porte. Je lui demandai de faire monter Fernanda à la salle du trône du palais funéraire et il me répondit qu'il était en train de le faire. J'éprouvai un grand soulagement. Maintenant, je devais m'occuper du gamin.

— Biao, écoute-moi ! criai-je en descendant quelques traverses pour avoir de nouveau la tête dans le puits. As-tu remonté une partie de la rampe ?

— Oui, *tai-tai*.

— Très bien. Maintenant, tu vas te mettre dos au mur et venir ici aussi vite que tu peux.

— D'accord, *tai-tai*, lança le gamin en me laissant aussitôt dans l'obscurité la plus totale.

Mon miroir ne me servant plus à rien, je le remis à l'intérieur de ma veste. Puis j'attendis Biao, qui mettrait un certain temps à me rejoindre. Mais j'entendais déjà sa respiration haletante, tout près de moi. Tout à coup quelque chose me toucha le pied.

— Comment as-tu fait pour arriver si vite ? m'exclamai-je, stupéfaite.

— Dos au mur, je ne pouvais pas courir, mais en rasant la paroi avec le coude je ne risquais pas de tomber dans le puits.

Quel enfant intelligent ! Et courageux ! Moi, je n'aurais pas osé. Certes, le coude de sa veste devait désormais être dans un triste état…

— Montons, Biao !

Dès que nous fûmes tous deux au niveau supérieur, je rappelai le maître et lui enjoignis de parler sans cesse pour que sa voix nous guide jusqu'à lui. Il me demanda si cela me dérangeait qu'il récite des vers taoïstes et je lui répondis que cela m'était égal pourvu qu'il parle à pleine voix en permanence et avec toute la force de ses poumons.

Courir dans l'obscurité était une sensation étrange. Au début, on craint de tomber. On a le pas incertain car, privé du sens de la vue, on a l'impression de perdre aussi celui de l'équilibre. Cependant, conscients du danger et du peu de temps qu'il nous restait avant que ce vieux fou de Lao Jiang ne fasse exploser le mausolée, nous nous adaptâmes à la situation et, guidés par la voix du maître, qui braillait en chinois une mélopée à faire froid dans le dos, nous traversâmes à la vitesse de l'éclair l'immensité de cette gigantesque basilique et atteignîmes la petite porte.

— Cessez de chanter, maître, suppliai-je. Nous sommes à vos côtés.

— Comme vous voudrez, *madame*.

Une fois dans la petite pièce fermée située au pied des barreaux, nous gravîmes le puits, bénéficiant de nouveau d'une lueur diffuse, qui provenait du premier niveau. Fernanda nous attendait près de la trappe, derrière la grande plaque de pierre noire. Quelle joie de retrouver la lumière ! Nous contournâmes le grand autel de pierre sur lequel reposait le faux cercueil du Premier Empereur, avant de nous remettre à courir vers la sortie. Nous empruntâmes la voie que nous nous étions tant amusés à ouvrir en jetant des poignées de joyaux pour vider les arbalètes de leurs carreaux et, si je craignais qu'il ne reste encore une flèche susceptible de nous transpercer, nous arrivâmes sans encombre en haut du grand escalier de l'extérieur.

Nous dévalâmes les marches deux à deux, trois à trois, au risque de faire une chute et de nous rompre le cou mais, à ce stade, plus rien ne nous arrêtait et nous réussîmes à sortir indemnes de cette descente suicide par le grand escalier impérial. Pour éviter d'inquiéter les enfants, je préférai ne pas demander combien de temps il nous restait, mais sans doute pas plus de vingt ou vingt-cinq minutes. Or, nous étions encore si loin de la sortie que nous ne l'atteindrions jamais, même avec le double de temps. J'accélérai et, inconsciemment, les autres m'imitèrent. Nous traversâmes l'esplanade, le tunnel de la première muraille et sautâmes par-dessus les grosses barres de bronze qui maintenaient ouverte l'immense porte hérissée de petits picots. Nous passâmes par le hall intermédiaire avant de nous engouffrer dans le tunnel de la seconde muraille et franchîmes enfin la porte d'entrée monumentale aux heurtoirs en forme de tête de tigre. Nous étions sortis du palais sépulcral. Il ne nous restait plus qu'à courir comme des fous jusqu'au puits.

Hélas, de nombreux sicaires de la Bande verte tenant une torche d'une main et un couteau de l'autre étaient postés devant nous et ne l'entendaient pas ainsi.

— Oh ! non, non ! me lamentai-je de toute mon âme.

Nous étions perdus. Nous nous rapprochâmes les uns des autres, comme si cela pouvait nous sauver la vie. Je passai le bras autour des épaules de ma nièce pour l'attirer contre moi.

Ces stupides assassins nous regardaient avec un air de défi. Celui qui semblait être le chef, un grand type au front rasé et aux traits mongols plus que chinois, dit quelque chose sur un ton désagréable. Le maître Rouge lui répondit et je vis l'homme changer d'expression. Il continua à parler, répétant de nombreuses fois les mots *cha tan* et *bao cha*. Je ne savais pas ce qu'ils signifiaient, mais ils semblaient produire leur effet. Les bandits se regardaient, déconcertés. Le maître répétait encore et encore, de plus en plus troublé, *cha tan* et *bao cha*, puis il fit référence à l'antiquaire, sous son nom complet, Jiang Longyan, et son prénom social, Da Teh. Enfin, il martela à plusieurs reprises le mot *Kungchantang*, le nom du parti communiste chinois. J'en déduisis qu'il était en train d'expliquer que tout allait exploser d'une minute à l'autre, que l'antiquaire était un communiste chargé de détruire le mausolée du Premier Empereur, que nous allions de toute façon tous mourir si nous restions ici, et que nous n'en avions plus pour longtemps. Le chef de la bande hésitait, mais certains membres du groupe étaient nerveux. Le maître Rouge insistait. Il semblait supplier, puis expliquer, et supplier de nouveau. Au bout du compte, il dut avoir le chef à l'usure. Celui-ci fit un geste brusque de la main pour nous indiquer que nous pouvions partir. Certains de ses hommes protestèrent, très énervés. Nous n'avions pas encore bougé. Il se mit à crier, à maugréer et, tout à coup, il parla de façon catégorique et se dirigea vers la porte aux heurtoirs. Tout ce qui l'intéressait, c'était le mausolée et, par bonheur, il n'avait que faire de nous.

— Allons-y ! s'exclama le maître Rouge en recommençant à courir.

Sans dire le moindre mot, nous nous élançâmes derrière lui à toute vitesse. Étrangement, quelques sicaires nous suivirent. J'étais terrorisée. Allaient-ils nous tuer ? Dans ce cas, pourquoi certains d'entre eux nous dépassaient et même nous distançaient ?

Nous arrivâmes au bout du mur peint en rouge et tournâmes sur la droite. Nous courions à en perdre haleine. Nous étions maintenant nombreux à nous précipiter vers le puits. Six ou sept sicaires qui, de toute évidence, s'étaient laissé convaincre par l'explication du maître, avaient décidé de sauver leur peau. Je ne pouvais pas dire que j'éprouvais de la compassion pour ceux qui étaient restés, mais je serais toujours reconnaissante au chef d'avoir pris la peine de nous épargner. La course-poursuite qui avait commencé à Shanghai et venait visiblement de s'achever ici ne visait qu'à découvrir l'emplacement du mausolée, véritable objectif de la famille impériale de Pékin et des Japonais, les deux employeurs de la Bande verte. Aussi, notre seule préoccupation était désormais de sortir de là au plus vite. Nous pouvions oublier tout le reste. D'un certain côté, c'était une grande chance pour nous que ces sales types aient voulu nous accompagner dans notre fuite, car leurs torches éclairaient le chemin et nous pouvions nous déplacer de façon plus sûre. Si le maître Rouge avait son *Luo P'an* sur lui et était donc en mesure de nous indiquer la direction à suivre pour atteindre le puits, moi qui savais ce que c'était que de courir dans le noir, je me réjouissais de voir le sol devant moi et de ne pas me heurter aux grosses colonnes noires se dressant de toutes parts.

Nous sortîmes définitivement de l'enceinte du palais à l'instant précis où, je l'aurais juré, le délai de deux heures et demie que nous avait accordé l'antiquaire avant de faire exploser le mausolée était arrivé à son terme. Lorsque je m'en rendis compte, je sentis mes forces m'abandonner et je sus que c'était à cause de la peur. À présent, nous jouions les prolongations et je souhaitai de toutes mes forces que la dynamite et les mèches de l'antiquaire n'aient pas fonctionné et que son plan soit tombé à l'eau. Je soufflais comme un bœuf et je commençai à sentir une pointe de douleur dans mon flanc droit. Je n'allais pas tenir beaucoup plus longtemps. Soit le puits était bientôt là, soit je me laissais tomber ici même. L'air ne parvenait même plus à entrer dans mes poumons et cette sensation avait été le cauchemar de mes névroses, l'horrible dénouement de mes crises de neurasthénie.

— Allez ! ma tante, continuez ! m'encouragea Fernanda en me tirant par le bras.

Fernanda. Je devais continuer pour Fernanda. Si je restais ici, qui veillerait sur elle ? Et puis, il y avait Biao. Il fallait que je m'occupe de Biao. Je ne pouvais pas capituler. Si je devais mourir, ce serait parce que cet antiquaire insensé aurait fait exploser le mausolée, et non parce que je me serais résignée à attendre sur place qu'il le fasse.

Et nous arrivâmes à la rampe. Cette belle rampe pavée de briques d'argile blanche me fit rêver d'être encore vivante le lendemain, le surlendemain et le jour d'après... Il ne faisait aucun doute que quelque chose avait mal tourné au sixième niveau. Il y avait eu un contretemps et les sicaires de la Bande verte finiraient par trouver Lao Jiang et ses explosifs. Je ne savais pas si je le regrettais ou non. Je ne pouvais penser qu'à cette magnifique, magnifique rampe sur laquelle je posais le pied. Comme j'étais fatiguée ! Comme j'étais optimiste ! Comme j'étais heureuse !

Nous montâmes à toute allure. Les bandits qui s'étaient enfuis avec nous n'hésitaient pas une seconde à nous bousculer et à nous donner des coups de coude pour nous obliger à les laisser passer, y compris sur ces étroites plates-formes. Il était clair que la vitesse à laquelle nous courions avait confirmé à leurs yeux la véracité de l'histoire du maître Rouge. Maintenant qu'ils voyaient la sortie, ils avaient hâte d'arriver à la surface. Tout ce que nous espérions, c'était qu'ils n'aient pas l'audace de nous jeter dans le puits pour dégager le passage. De peur qu'ils ne nous poussent dans le dos avec l'intention de nous faire tomber, nous nous écartâmes de leur chemin en nous collant au mur pour leur céder la place. Ils arrivèrent donc les premiers à une robuste échelle de corde de chanvre, qui descendait depuis la surface jusqu'à la plate-forme sur laquelle Biao et moi étions tombés. Ils commencèrent à la gravir en se donnant des coups de poing, en se tirant par les vêtements, en se poussant... En voyant le ciel tout en haut et la lumière dorée du milieu d'après-midi qui se faufilait à travers le trou circulaire représentant notre salut, je songeai que, dès que nous aurions regagné la surface, ces brutes constateraient que le mausolée n'avait pas explosé et se jetteraient sur nous sans pitié. Si le plan de l'antiquaire avait échoué – ce qui semblait être le cas – nous allions de nouveau être en danger. Il fallait que nous trouvions un moyen de nous défendre. Aussi en parlai-je au maître Rouge à voix basse. Il acquiesça. Cependant, il tint à me rassurer :

— Ils ne sont que sept, *madame*, murmura-t-il, confiant. Et ils n'ont pas d'armes à feu sur eux. Je pourrai les neutraliser. Ne vous inquiétez pas.

Je ne le crus qu'à moitié, mais cela suffit à m'apaiser un peu. Nous pûmes enfin gravir l'échelle à notre tour. Fernanda et Biao passèrent en tête. Pendant que j'attendais, je me rappelai l'explosion de dynamite qui avait ouvert une trémie là où se trouvait auparavant un Nid de dragon. Je souris avec amertume. À ce moment-là, je n'avais pas compris pourquoi Lao Jiang, un vieil antiquaire respectable de Shanghai, avait des explosifs dans son sac. Quel aveuglement que le nôtre !

Lorsque j'arrivai en haut, les enfants étaient couchés par terre, épuisés.

— Debout ! criai-je. Ce n'est pas terminé. Il faut s'éloigner d'ici.

Les bêtes étaient toujours là où nous les avions laissées. Elles semblaient nerveuses mais en forme. Les sicaires de la Bande verte passèrent à côté d'elles en courant vers leurs propres montures, qui paissaient tranquillement près du tumulus.

Et le moment tant redouté arriva. Nous sentîmes

d'abord un léger tremblement dans le sol, un mouvement presque imperceptible, qui s'intensifia jusqu'à se transformer en un véritable séisme. Chancelants, nous finîmes par tomber. Les chevaux se cabrèrent et se mirent à hennir avec appréhension, tandis que les mules, affolées, brayaient, décochaient des ruades et faisaient des bonds. Jamais je n'avais vu un quadrupède se comporter ainsi. Une des mules rompit ses rênes et, se débarrassant du mors, partit au galop pour faire une mauvaise chute quelques mètres plus loin. Le sol remuait comme une mer déchaînée ; plusieurs vagues, oui, des vagues, s'élevèrent sous nos pieds et nous secouèrent comme des barques à la dérive, nous faisant rouler d'un côté à l'autre. Malgré nos cris de désespoir, nous entendîmes tout à coup un grondement sourd, un rugissement surgi des profondeurs de la Terre. C'était le bruit que devaient faire les volcans lorsqu'ils entraient en éruption mais, par chance, aucun cratère ne s'ouvrit au-dessous de nous ; au contraire, le sol, qui semblait élastique, s'affaissa comme pour s'abîmer dans une gigantesque trémie puis remonta en formant une petite colline, avant de revenir à son niveau d'origine. Tout s'arrêta. Les sicaires et nous cessâmes de crier en même temps. Seules les bêtes continuaient à faire du tapage, mais elles retrouvèrent petit à petit leur sang-froid jusqu'à redevenir immobiles et silencieuses. Un calme angoissant s'empara des lieux, comme si la mort était passée par là et nous avait tous frôlés de son voile pour ensuite s'éloigner et disparaître. Le monde entier s'était tu.

Je regardai autour de moi dans l'espoir de retrouver ma nièce et je la vis à mes côtés, sur le ventre, les bras tendus au-dessus de la tête, secouée par de petites convulsions muettes qui pouvaient aussi bien être des sanglots contenus que des spasmes de douleur. Je m'approchai d'elle pour la retourner. Elle avait le visage plein de terre et mouillé de larmes qui avaient dessiné une tache blanche autour de ses yeux. Je la serrai très fort contre moi.

— Vous allez bien ? demanda le maître Rouge.

— Nous allons bien, répondis-je.

Ce furent mes dernières paroles avant que je ne me mette à pleurer toutes les larmes de mon corps.

— Et Biao ? balbutiai-je un instant plus tard en lâchant Fernanda pour chercher le gamin des yeux.

Il était là, en train de se lever, sale, couvert de terre et méconnaissable.

— Je vais bien, *tai-tai*, murmura-t-il dans un filet de voix.

Un peu plus loin, les sicaires de la Bande verte se redressaient eux aussi les uns après les autres. Ils paraissaient effrayés.

— Maître, pleurnichai-je, tentant de tenir des propos cohérents, dites à ces types que le mausolée du Premier Empereur a été détruit. Envoyez-les auprès de leur chef de Shanghai, ce maudit Huang-le-grêlé ou je ne sais qui, afin que cet homme sache que toute cette histoire est terminée, que Lao Jiang est mort et que le *jiance* et le « coffret aux cent joyaux » ont disparu. Dites-le-leur.

Élevant la voix dans ce silence pesant, le maître s'adressa aux bandits et leur fit un long discours qui ne leur inspira qu'indifférence. Ils auraient tout de même pu nous être reconnaissants de leur avoir sauvé la vie et nous le faire savoir en nous accordant un peu d'attention, mais ils se contentèrent de remonter à cheval.

— Dites-leur aussi, insistai-je, de nous laisser tranquilles, car nous n'avons plus rien qu'ils puissent convoiter.

Le maître répéta mes paroles en criant, mais les sicaires partaient déjà en direction de Xi'an et aucun d'eux ne tourna la tête pour nous regarder en passant à côté de nous. Ils voulaient se tailler d'ici et n'en firent pas davantage.

— Sommes-nous débarrassés d'eux ? demanda ma nièce, en pleurs, entre deux sanglots.

— Je crois que oui, répondis-je, avant de me passer les mains sur le visage pour sécher mes larmes et regarder, non sans joie, les cavaliers s'éloigner en laissant derrière eux un nuage de poussière.

— Et maintenant, qu'allons-nous faire ? murmura Biao. Et où aller ?

Le maître Jade Rouge et moi nous consultâmes du regard et contemplâmes le tumulus solitaire et recouvert de végétation qui, au beau milieu de cette vaste étendue de terre reliant la rivière Wei aux cinq sommets du mont Li, continuait à indiquer, comme il l'avait fait pendant deux mille deux cents ans, l'endroit où avait été bâti l'impressionnant mausolée de Shi Huangdi, le premier empereur de Chine. Rien ne semblait différent dans le paysage. À la surface, tout demeurait inchangé.

— Maître, dis-je, aimeriez-vous passer quelques jours à Pékin ?

— À Pékin ? s'étonna le moine.

Je plongeai les mains dans les poches extérieures de ma veste et les retirai pleines de pierres précieuses et de petits objets de jade, qui étincelèrent dans la lumière crépusculaire.

— J'ai cru comprendre, expliquai-je, qu'il existe

un grand marché d'antiquités aux environs de la Cité interdite et, comme Pékin est par ailleurs la capitale de cet immense pays, je suis sûre que nous trouverons beaucoup d'acheteurs prêts à payer un bon prix pour ces magnifiques joyaux.

Chapitre 5

Lorsque nous arrivâmes à Pékin par l'express de Xi'an, la ville était traversée, comme souvent, par une de ces tempêtes de sable jaune en provenance du désert de Gobi et le vent, qui soufflerait sans discontinuer pendant toute la durée de notre séjour, créait de désagréables tourbillons dans les avenues, les allées et les ruelles. Cette maudite poudre jaune qui ensevelissait tout s'introduisait dans les yeux, la bouche, les oreilles, les vêtements, la nourriture et même dans les lits. En outre, il faisait horriblement froid. Coiffés de chapkas en fourrure et emmitouflés dans de gros manteaux en peau, les passants ressemblaient à des ours polaires et les arbres aux branches nues, sans feuilles, achevaient de donner à la capitale impériale un aspect triste et fantomatique. Ce n'était pas la bonne période pour visiter Pékin.

Fernanda et moi retrouvâmes enfin notre condition d'Occidentales. Avec l'argent que j'avais sur moi depuis notre départ de Shanghai, il nous fallut donc acheter, outre quatre billets de train, des vêtements féminins adéquats. Nous nous rendîmes dans les boutiques du quartier dit des Légations, une petite ville étrangère à l'intérieur de la grande ville chinoise, fermement défendue par les armées de tous les pays disposant d'une représentation diplomatique (personne n'avait oublié les cinquante-cinq jours de terreur qui avaient eu lieu au cours de la célèbre révolte des Boxeurs en 1900). Une fois rhabillées en femmes européennes, et après un passage au salon de beauté pour nous faire couper les cheveux, qui avaient beaucoup poussé pendant ce voyage de plus de trois mois, nous pûmes trouver au Grand Hôtel des Wagons-Lits, de style français rétro et cossu, une chambre avec salle de bains, eau chaude et service d'étage. Pour être admis dans le quartier des Légations, où ils étaient de toute évidence plus en sécurité, Biao et le maître Rouge durent se faire passer pour nos serviteurs et dormir par terre dans le couloir de l'hôtel, devant la porte de notre chambre. Le régime colonial tant décrié de ce quartier nous obligeait, afin d'éviter de nous faire remarquer, à les traiter en public d'une manière despotique et méprisante qui n'avait rien à voir avec nos véritables sentiments à leur égard, mais nous ne pensions pas rester à Pékin plus que nécessaire. Dès que nous aurions vendu les objets de valeur du mausolée, nous quitterions cette ville.

Cependant, nous n'irions pas tous à Shanghai. Le maître Rouge avait hâte de retourner à la quiétude de sa vie de Wudang, consacrée à l'étude, et pour cela, il allait devoir repartir à Xi'an, récupérer les chevaux et les mules que nous avions laissés dans la bourgade de T'ieh-Lu aux bons soins du propriétaire de la petite boutique où nous nous étions réapprovisionnés en vivres, et retraverser les monts Qinling en direction du sud. Dès que nous aurions l'argent, nous le diviserions en trois parts : une pour le monastère, une pour Paddy Tichborne, et une pour les enfants et moi. Nous allions devoir inventer une histoire crédible afin d'expliquer à Paddy d'où venait la somme que nous allions lui remettre, sans nous voir contraints de lui confier les dangereux secrets qui entouraient la mort de Lao Jiang. Il ne fallait pas que lui prenne l'envie d'aller fureter dans les cercles politiques du Kuomintang et du parti communiste en vue d'écrire un bon article d'investigation.

Le premier jour, nous nous présentâmes chez les plus grands marchands d'or de Pékin et négociâmes avec eux jusqu'à ce que nous obtenions pour chacun de nos articles le prix que nous estimions juste. Ils ne semblèrent pas s'étonner de voir deux femmes européennes en possession de pièces chinoises d'une telle valeur et aucun d'eux ne demanda d'où nos richesses provenaient. Le lendemain, nous allâmes dans les meilleurs établissements de pierres précieuses et échangeâmes nos biens avec le même succès. Enfin, nous rendîmes visite aux antiquaires de la rue de la Paix terrestre, dont on nous avait dit le plus grand bien, en particulier qu'ils étaient extrêmement discrets et sérieux. Tout ce que Lao Jiang avait raconté sur l'achat et la vente d'antiquités issues de la Cité interdite était tout à fait vrai : meubles, œuvres calligraphiques, rouleaux de peintures et objets décoratifs, si précieux qu'ils ne pouvaient provenir que de l'autre côté de la haute muraille séparant Pékin du palais de l'ex-empereur Puyi, se vendaient en quantités surprenantes et à des prix dérisoires. Il était impressionnant de penser qu'ici, tout près, se trouvait ce jeune et ambitieux Puyi que nous avions fui pendant de longs mois. Il n'était jamais sorti de la Cité interdite et, selon les rumeurs qui circulaient dans le quartier des Légations, s'il le faisait un jour, ce serait sans aucun doute pour partir en exil.

Nous finîmes par réunir une somme d'argent si honteusement immorale que nous dûmes ouvrir en toute hâte plusieurs comptes bancaires dans différents établissements pour ne pas trop attirer l'attention. Hélas, cette précaution fut inutile. Les directeurs des agences de la Banque de l'Indo-Chine, du Crédit Lyonnais et de la succursale de la Hongkong and Shanghai Banking Corp. ne purent pas moins faire que de venir en personne m'adresser cérémonieusement leurs hommages, dès qu'ils furent informés de la somme d'argent que je m'apprêtais à déposer dans leur banque. Tous m'offrirent des lettres de crédit illimité et je commençai à recevoir à l'hôtel des présents et des invitations à des dîners et autres festivités.

Cela entraîna d'autres problèmes. Lorsqu'ils découvrirent que la riche Hispano-Française dont les banquiers commençaient à parler abondamment logeait au Grand Hôtel des Wagons-Lits, l'ambassadeur de France et le ministre plénipotentiaire d'Espagne, le marquis de Dosfuentes, s'empressèrent d'organiser des réceptions pour me faire rencontrer les personnalités les plus en vue de leurs deux communautés. Je dus présenter à plusieurs reprises mes excuses afin de me libérer de ces mondanités, car non seulement je voulais échapper aux chroniques sociales de la presse internationale de Pékin, mais nos bagages étaient déjà dans le coffre de l'automobile de location qui allait nous conduire à la gare, où nous prendrions le train pour Shanghai, un express de luxe placé sous la protection de l'armée de la République du Nord, très soucieuse de la sécurité des étrangers et des Chinois fortunés devant se déplacer vers le sud.

Nous étions si absurdement riches que nous aurions pu acheter le train et même le quartier des Légations tout entier si nous l'avions voulu (certaines des pièces que nous avions vendues s'étaient révélées si précieuses, en particulier les figurines en *Yufu*, ce type de jade magnifique devenu introuvable, que les marchands n'avaient cessé de surenchérir jusqu'à atteindre des prix exorbitants). Mentionner pareille somme aurait paru insensé, mais il était certain que le monastère de Wudang allait pouvoir être rénové intégralement et que Paddy Tichborne aurait les moyens de s'acheter la production de whisky de toute l'Écosse jusqu'à la fin de ses jours. Quant à moi, je rembourserais les dettes de Rémy et je m'occuperais de Fernanda et de Biao jusqu'à leur majorité, mais je n'avais aucune idée de ce que j'avais envie de faire d'autre. Retourner chez moi, continuer à peindre, participer à des expositions... C'étaient là mes seuls désirs. Ah ! et aussi, bien sûr, m'acheter des toilettes élégantes, des chaussures chères et des chapeaux somptueux.

Au cours de ces quelques jours à Pékin, chaque matin, nous avions lu scrupuleusement les journaux chinois et étrangers pour nous assurer que personne – ni le Kuomintang, ni le Gongchandang, ni les impérialistes chinois, ni les Japonais – ne mentionnait l'*affaire* du mausolée. La situation politique de la Chine ne permettait pas le moindre faux pas. Les uns craignaient une réaction de la part des puissances impérialistes étrangères, comme ils les appelaient, et les autres redoutaient de sombrer dans le discrédit et d'être réprouvés par l'opinion publique mondiale. Tout le monde avait donc décidé de se taire et de laisser courir. Désormais, le Premier Empereur ne pourrait plus jouer le rôle qu'avaient voulu lui assigner les partisans de la Restauration et ses opposants n'avaient aucune raison, leur objectif étant atteint, de se déshonorer en avouant publiquement qu'ils avaient détruit une œuvre aussi colossale et historique que le mausolée de Shi Huangdi – ou, du moins, participé à sa destruction.

Lorsque nous arrivâmes à la gare, pleine à craquer d'une foule assourdissante, nous cherchâmes un coin tranquille pour dire au revoir au maître Rouge. Nous étions le dimanche 16 décembre, si bien que nous n'avions passé ensemble qu'un mois et demi. Cela semblait incroyable. Ces semaines avaient été si intenses et semées d'embûches qu'elles auraient suffi à remplir une vie entière. Nous ne pouvions croire que, dans quelques minutes, nous allions nous séparer et, pire encore, peut-être ne jamais nous revoir. Vêtue d'un magnifique manteau en peau et coiffée d'une belle toque de martre zibeline identique à la mienne, Fernanda avait les yeux remplis de larmes et une expression de tristesse non dissimulée. Quant à Biao, extraordinairement beau dans son costume trois pièces occidental en tweed anglais, les cheveux très courts et lustrés à la brillantine, il avait une allure splendide, indispensable à son admission dans ce train et dans les wagons de première classe.

— Qu'allez-vous faire une fois de retour à Xi'an, maître Jade Rouge ? m'enquis-je, la gorge nouée.

Le maître, qui avait rangé sa part du butin dans de lourdes bourses bien cachées sous son ample tunique usée, cligna de ses petits yeux écartés.

— Je vais récupérer les bêtes et retourner à Wudang, *madame*, répondit-il en souriant. Il me tarde de me décharger sur les mules du poids écrasant de toute cette richesse.

— Vous allez courir un grand danger à voyager seul par ces chemins.

— Je vais prévenir le monastère pour qu'on envoie des gens à ma rencontre, ne vous inquiétez pas.

— N'allons-nous jamais nous revoir, maître ? sanglota ma nièce.

— Viendrez-vous un jour à Wudang ? demanda l'érudit taoïste avec une pointe de nostalgie dans la voix.

— Le jour où vous vous y attendrez le moins, maître Jade Rouge, affirmai-je, quelqu'un viendra vous dire que trois étranges visiteurs ont franchi Xuan Yue Men, la Porte de la Montagne mystérieuse, et gravissent à toute allure le Couloir divin en vous appelant à cor et à cri.

Le maître rougit, baissa la tête avec un sourire timide et fit ce geste typique de lui qui me faisait toujours craindre qu'il ne se plante dans le cou son menton si dangereusement saillant.

— Ne vous êtes-vous jamais reposé la question de savoir pourquoi le lourd cercueil du Premier Empereur flottait dans les airs, *madame* ?

Cette allusion à la chambre du cercueil, à mes yeux si lointaine désormais, me fit l'effet d'une note discordante qui rompit l'émotion du moment. Cet endroit serait pour toujours associé dans ma mémoire à la dernière image que j'avais eue de Lao Jiang, avec ses explosifs et ses harangues, juste avant sa mort dans d'horribles circonstances. Soudain, je pris conscience du grand nombre d'Occidentaux qui nous entouraient et nous regardaient avec curiosité, de toutes les familles issues du quartier des Légations qui étaient venues à la gare pour dire au revoir à leurs parents ou amis sur le point de partir, comme nous.

— Pourquoi flottait-il ? demanda Biao, aussitôt intéressé par la question.

— Il était en fer, déclara le maître avec emphase, comme si ce détail était la clé du mystère.

— Oui, nous l'avons vu, répondis-je.

— Et les murs étaient en pierre, poursuivit-il.

Pourquoi ne comprenions-nous pas, semblait-il dire, alors que la réponse était à ce point évidente ?

— Oui, maître, en pierre, confirmai-je. Toute la chambre était en pierre.

— L'aiguille de mon *Luo P'an* tournait frénétiquement. Je l'ai remarqué lorsque j'ai ouvert mon sac.

— Cessez de nous faire languir, maître Jade Rouge, s'indigna Fernanda, qui, sans s'en rendre compte, souleva son sac comme si elle voulait le lui lancer au visage.

— Des aimants ? risqua humblement Biao.

— Exact ! s'exclama le maître avec jubilation. Des pierres magnétiques ! C'est pour cette raison que mon *Luo P'an* ne fonctionnait pas. Toute la chambre était bâtie avec de grandes pierres magnétiques qui attiraient le cercueil de façon proportionnelle et le maintenaient en équilibre dans les airs. Les forces de ces pierres d'aimants étaient égales dans toutes les directions.

Cette révélation me figea sur place. Les aimants avaient-ils une telle puissance ? Apparemment, oui.

— Mais, maître, objecta Biao, le moindre mouvement au niveau du sarcophage aurait déséquilibré ces forces et l'aurait fait tomber.

— C'est pourquoi il a été placé aussi haut. As-tu déjà oublié où il se trouvait ? Il était impossible à atteindre et, à cette distance du sol et de l'entrée de la chambre, rien ne le perturbait, ni l'air ni la présence humaine. Tout avait été méticuleusement calculé pour que cette grande caisse de fer demeure éternellement au centre des forces magnétiques.

— Pas éternellement, maître Jade Rouge, murmurai-je. Aujourd'hui, le cercueil n'existe plus.

Nous gardâmes le silence, peinés par la perte irréparable de toutes les merveilles que nous avions vues et que personne ne reverrait jamais. Le sifflet à vapeur de la locomotive tonitrua dans le grand bâtiment de la gare.

— Notre train ! m'écriai-je.

Il fallait que nous partions.

Sans me soucier de mon élégante allure d'Occidentale tout juste retrouvée ni des gens qui pouvaient être en train de me regarder, je fermai le poing droit et, après l'avoir enveloppé de ma main gauche, je le levai à la hautcur de mon front et m'inclinai longuement et profondément devant le maître Jade Rouge.

— Merci, maître. Je ne vous oublierai jamais.

Les enfants, qui m'avaient imitée et avaient encore la tête baissée lorsque je m'étais redressée, murmuraient eux aussi des paroles de remerciement.

Très ému, le maître Rouge s'inclina à son tour devant chacun de nous, sourit avec une grande tendresse et s'éloigna en direction de la porte de la gare.

— Nous allons rater le train ! lança tout à coup Fernanda, fidèle à son pragmatisme.

Au cours des trente-six heures qui suivirent, nous traversâmes la Chine du nord au sud dans ces wagons très agréables qui disposaient de chambres spacieuses et luxueuses, de salons avec piano et piste de danse, et de magnifiques salles à manger où le personnel chinois nous servait de délicieux repas. Les plats à base de canard ou de faisan étaient les meilleurs, car les bêtes, aussi courantes que les poules en Chine, étaient enduites d'une fine couche de laque avant d'être rôties – comme les édifices, les meubles et les colonnes. Du reste, le canard ou le faisan laqué était autrefois un mets réservé aux empereurs.

Grâce aux soldats qui gardaient le train et dont la présence se révéla assez pénible en raison de leur grossièreté et de leur brutalité, le voyage se déroula sans incident, y compris dans les zones très dangereuses, aux mains de seigneurs de la guerre ou d'armées de brigands (pour moi, cela revenait au même, mais je m'abstins de faire part de mon opinion sur ce sujet à nos charmants compagnons de voyage, car ils n'avaient aucune idée de la situation politique de la Chine ni des conditions de vie du peuple chinois). Lors du deuxième jour de voyage, le temps changea et, s'il faisait encore froid, il ne s'agissait plus de ce froid glacial que nous avions connu à Pékin. Nous pûmes donc passer un moment sur les balcons du wagon pour admirer le paysage. Nous approchions du Yangtsé, un fleuve auquel, si absurde que cela puisse paraître, je me sentais liée après tout ce temps passé à naviguer sur ses eaux en direction de Hankou. S'ils avaient ne serait-ce que soupçonné que, crasseux et habillés comme des gueux, les enfants et moi avions remonté ce fleuve à bord de barcasses et de sampans pour échapper à la plus grande mafia de Shanghai, les gens si distingués et sympathiques de notre train nous auraient fuis comme la peste. Comme ces jours me semblaient loin et comme ils avaient été merveilleux !

Nous sillonnâmes pendant des heures d'immenses rizières gorgées d'eau avant d'arriver à

Nankin, l'ancienne capitale du Sud fondée par le premier empereur Ming. Je gardais de cette ville le souvenir de ses bâtiments en ruine et de ses rues sales où Lao Jiang nous avait entraînés joyeusement en évoquant l'époque où il était étudiant. Mais surtout, ce que je n'oublierais jamais de Nankin, c'était cette immense porte Jubao ou Zhonghua Men, comme on l'appelait aujourd'hui, avec son tunnel souterrain dont le sol représentait un très ancien problème de Wei-ch'i, vieux de deux mille cinq cents ans. Déjà à ce moment-là, Biao s'était montré brillant et avait trouvé la solution au jeu de cette légende dite de la montagne Lanke. C'était là que nous avions été attaqués, pour la deuxième fois, par la Bande verte et que Paddy Tichborne avait perdu sa jambe après s'être jeté devant les enfants et moi pour nous protéger. Je devrais mentir à Paddy lorsque je le retrouverais à Shanghai, mais je lui serais éternellement reconnaissante de ce geste et, bien sûr, je lui donnerais l'intégralité de sa part du trésor.

Une fois à Nankin, il nous fallut abandonner le train, car la locomotive et les wagons allaient être transportés de l'autre côté du Yangtsé lors d'une opération assez dangereuse pour laquelle tous les passagers devaient descendre. Nous franchîmes donc le fleuve, cet immense, interminable fleuve Bleu à bord de bateaux à vapeur élégants et confortables, que les petites jonques, les sampans et les innombrables embarcations à fort tirant d'eau esquivaient avec d'adroites manœuvres et une apparente facilité. À la tombée de la nuit, nous retournâmes dans le train et reprîmes notre voyage à destination de Shanghai, où nous arriverions d'ici quelques heures. Les gares que nous traversions sans les desservir devenaient de plus en plus nombreuses et nous voyions briller les lanternes de papier rouge qui éclairaient la foule amassée devant les rails.

Enfin, notre convoi s'arrêta à près de minuit à un des quais de la Shanghai North Railway Station, la gare du Nord, d'où nous étions partis trois mois et demi auparavant, alors que Fernanda et moi venions à peine d'arriver en Chine, chargés de nos sacs de voyage et déguisés en pauvres paysans. Cette fois, nous revenions en première classe et avec une allure si raffinée qu'il aurait été impossible de nous reconnaître.

Les vêtements que nous portions depuis notre départ de Pékin étaient trop chauds pour Shanghai. Nous étions partis d'ici sous la chaleur accablante de l'été et nous étions désormais en plein hiver, mais il ne faisait pas froid au point de porter un manteau en peau et une toque de martre. Cependant, nous restâmes ainsi vêtus pour éviter de prendre froid dans le *pousse-pousse* à cette heure avancée de la nuit. Comme j'étais sûre que, selon mes indications, M. Julliard, l'avocat de Rémy, avait déjà vendu la maison et organisé une vente aux enchères pour les meubles et les œuvres d'art, je résolus de chercher une chambre dans un hôtel de la Concession internationale, loin de la Concession française, où sévissait la police de Huang-le-grêlé. Sur recommandation d'une charmante compagne de voyage, nous passâmes donc cette première nuit à l'Astor House Hotel, où Biao, grâce à sa stature imposante, à son style occidental et à une considérable somme d'argent que nous donnâmes au gérant, obtint une petite chambre à l'étage du personnel – une faveur très particulière, car loger un Jaune risquait de nuire à la réputation de l'hôtel.

Je constatai rapidement que nous allions avoir de grandes difficultés à nous déplacer avec Petit Tigre dans les zones réservées aux Occidentaux. Par exemple, près de l'Astor, il y avait un joli jardin public ; à l'entrée, un panneau disait en anglais : « Interdit aux chiens et aux Chinois ». Les choses se présentaient plutôt mal. Aussi, le lendemain matin, je laissai les enfants à l'hôtel après leur avoir fait jurer solennellement qu'ils n'en sortiraient sous aucun prétexte et pris un *pousse-pousse* pour me rendre au cabinet de M. Julliard, rue Millot, en pleine Concession française.

Le trajet à travers la ville fut très agréable. Noël approchait et certains bâtiments étaient déjà ornés des décorations typiques de cette période. Je ne reconnus pas les différents quartiers car, au cours de mon premier séjour à Shanghai, je n'avais pas eu le temps de m'y promener. En revanche, j'eus le grand plaisir d'emprunter enfin le fameux Bund, le grand boulevard longeant la berge ouest du Huangpu, le fleuve sale aux eaux jaunes que Fernanda et moi avions remonté à bord de l'*André Lebon* jusqu'aux quais de la Compagnie des Messageries Maritimes, le jour de notre arrivée en Chine. Que d'autos, de tramways, de *pousse-pousse*, de bicyclettes ! Que de gens ! Jamais, dans aucune région de ce grand pays, je n'avais vu tant de richesse et d'opulence. Des étrangers du monde entier avaient trouvé en Shanghai l'endroit idéal où faire des affaires, vivre, se divertir et mourir. Comme Rémy. Et tant d'autres. Sans cette corruption qui régnait dans toute la ville, sans les bandes armées, les mafias et l'opium, il aurait fait bon vivre à Shanghai.

Mon coolie et moi franchîmes la frontière grillagée qui séparait les deux concessions sans que les gendarmes ne nous arrêtent pour me demander mes papiers. Je m'en réjouis profondément, car je craignais que mon nom n'attire l'attention de la *Sécurité* dirigée par Huang-le-grêlé. Je n'avais plus vraiment peur de cet homme après ce qui s'était passé dans le mausolée, mais je préférais ne pas faire de vagues et passer aussi inaperçue que possible jusqu'à mon départ de Shanghai.

Rien n'avait changé dans le cabinet d'André Julliard, rue Millot : même odeur de vieux bois humide, même bureau vitré et mêmes clercs chinois déambulant entre les tables des jeunes dactylographes. Et pour achever le tableau, M. Julliard portait la même lamentable veste froissée que la dernière fois. Il parut agréablement surpris de me voir et m'accueillit avec chaleur. Il me demanda ce que j'avais fait pendant ces longs mois où j'avais été introuvable et je lui servis une histoire farfelue à propos d'un voyage d'agrément à l'intérieur des terres, dont il ne crut bien sûr pas un mot. Tandis que nous prenions une tasse de thé, il ressortit d'un tiroir le volumineux dossier de Rémy et m'expliqua qu'il avait, en effet, vendu la maison et organisé une vente aux enchères pour le reste des biens. Il avait obtenu une somme approchant les cent cinquante mille francs, soit la moitié de la dette. Il me restait donc à rembourser l'autre moitié. Les créanciers s'impatientaient et plusieurs jugements avaient déjà été rendus à mon encontre. En d'autres termes, j'étais pratiquement devenue une proscrite recherchée par la justice.

— Oh, mais ne vous inquiétez pas pour cela ! me rassura M. Julliard avec un grand sourire et son fort accent du midi de la France. Il n'y a rien de plus courant à Shanghai.

— Je ne suis pas inquiète, monsieur Julliard,

affirmai-je. J'ai l'argent. Je vais vous faire un chèque du montant total des sommes à rembourser, augmenté d'une rallonge pour vos frais et toute autre dette qui pourrait surgir à l'improviste. Si aucun autre créancier ne se manifeste d'ici un an, vous pourrez garder ces fonds supplémentaires.

Les yeux de l'avocat s'arrondirent derrière les verres sales de son pince-nez et je vis ses lèvres esquisser une question qu'il n'alla pas jusqu'à poser.

— Ne soyez pas nerveux, monsieur Julliard, je ne vais pas vous faire un chèque sans provision. Voici une copie d'une lettre de crédit de la Hongkong and Shanghai Bank et... (je sortis un carnet de chèques flambant neuf et pris la plume qu'il me tendait) les deux cent mille francs qui vont mettre fin à ce cauchemar.

Le pauvre M. Julliard, qui ne savait comment me remercier pour de si généreux honoraires, se répandit en amabilités et civilités. Sur le pas de la porte de son bureau, avant de m'en aller, je le priai d'être discret dans les paiements, de ne pas rembourser toutes les dettes à la fois, de procéder petit à petit pour éviter d'attirer l'attention.

— Ne vous en faites pas, *madame*, dit-il avec un air complice que je ne parvins pas à m'expliquer, je vous comprends parfaitement. Tout sera fait selon votre désir, soyez tranquille. Si vous avez besoin de quoi que ce soit, si je peux vous rendre le moindre service, n'hésitez pas à faire appel à moi. Je vous aiderai avec plaisir.

— Eh bien, dans ce cas, j'ai effectivement quelque chose à vous demander, déclarai-je avec un sourire enchanteur. Pourriez-vous vous charger d'acheter en mon nom trois billets de première classe pour le premier bateau à destination de Marseille ou Cherbourg ?

Il me regarda de nouveau avec grand étonnement, mais acquiesça d'un signe de tête.

— Y compris si le départ a lieu dès demain ? demanda-t-il.

— Surtout si le départ a lieu dès demain, répondis-je en lui donnant mille dollars d'argent. Veuillez les faire parvenir à mon hôtel dès que vous les aurez. Je suis à l'Astor House.

Nous nous saluâmes de façon amicale et courtoise, en nous remerciant mutuellement, et je quittai le cabinet avec l'agréable sensation d'être en paix avec le monde et de ne rien devoir à personne pour la première fois depuis longtemps. Être riche était très confortable. J'avais l'impression de toujours marcher sur la terre ferme et de porter une espèce de bouclier de protection qui me préservait de tout contretemps ou problème imprévu.

Ce matin-là, ma deuxième étape fut le Shanghai Club. J'avais bon espoir que Paddy Tichborne se serait assez bien rétabli et qu'il n'aurait pas bu plus que de raison. Seulement, à ma grande surprise, le concierge m'annonça qu'il ne logeait plus là, qu'il avait déménagé dans le quartier de Hong Kew. D'après la mine qu'il fit, j'en déduisis qu'il s'agissait d'une zone pauvre et bon marché de la ville. Je pris congé de lui et du buste du roi George V avec froideur et indifférence, puis remontai dans mon *pousse-pousse* après avoir donné de nouvelles consignes au coolie.

Il se trouvait que le quartier de Hong Kew se situait entre la gare du Nord et mon hôtel, près duquel nous passâmes, mais il n'avait rien à voir avec le Shanghai que je connaissais. C'était un endroit misérable, sale, où tout le monde semblait dangereux. Les passants avaient tous des airs de malfrats, de voleurs et même d'assassins. J'en tremblais comme si j'avais été en présence de sicaires de la Bande verte, couteaux à la main. J'évitai les regards indiscrets et sortis du *pousse-pousse* à la hâte, dès que le coolie se fut arrêté dans une étroite ruelle chinoise, en face d'un bâtiment en briques avec le porche le plus obscur que j'aie vu de ma vie. C'était là, au deuxième étage, que vivait Tichborne. Quelque chose de très grave avait dû lui arriver pour qu'il vienne vivre dans ce bouge.

Je frappai à la porte avec inquiétude, m'attendant à tout, mais ce fut le même Paddy Tichborne corpulent et grisonnant que nous avions laissé à Nankin qui m'ouvrit. Après qu'il m'eut regardée pendant quelques secondes, l'air déconcerté, une lueur étincelante s'alluma dans ses yeux et un immense sourire se dessina sur son visage.

— *Madame* de Poulain ! s'exclama-t-il presque en criant.

— *Mister* Tichborne ! Quelle joie de vous retrouver !

C'était vrai. Incompréhensible, mais vrai. J'étais contente de le revoir, très contente. Jusqu'à ce que je remarque ses béquilles et que mon regard descende jusqu'à sa jambe droite, qui avait été coupée au-dessus du genou. La jambe de son pantalon était repliée en arrière.

— Entrez, entrez, je vous en prie ! dit-il en s'écartant avec difficulté à cause de ses béquilles.

Ce boui-boui était tout à fait repoussant. Il n'y avait qu'une pièce, dans laquelle on voyait, d'un côté, le lit défait aux draps sales et, de l'autre, une minuscule cuisine débordant d'assiettes, de verres et autre vaisselle non lavée. Au centre, se trouvaient deux chaises et un fauteuil disposés autour d'une table en triste état, sur laquelle étaient alignées, bien évidemment, des tas de bouteilles de whisky vides. Au fond, à côté d'une petite étagère de livres, une porte basse ouvrait sur la cour commune où devaient se trouver les toilettes. L'odeur était épouvantable, et pas seulement en raison de la saleté des lieux. Paddy n'avait pas vu de savon depuis longtemps. Du reste, il n'était pas rasé et son apparence générale témoignait de sa négligence et de son laisser-aller.

— Comment allez-vous, *madame* de Poulain ? Et comment vont les autres ? Lao Jiang ? Votre nièce ? Et le petit Chinois ?

J'éclatai de rire, tandis que nous nous approchions peu à peu de la table, et ne fis aucune manière au moment de m'asseoir sur une de ces chaises graisseuses et pleines de taches.

— Eh bien, *mister* Tichborne, c'est une très longue histoire.

— Avez-vous réussi à retrouver le mausolée du Premier Empereur ? s'enquit-il avec impatience en se laissant tomber comme un cheval mort sur le pauvre fauteuil, qui grinça dangereusement.

— Je vois que vous êtes pressé de savoir ce qui s'est passé, *mister* Tichborne, et je vous comprends...

— Appelez-moi Paddy, je vous en prie. Comme je suis heureux de vous voir !

— Dans ce cas, appelez-moi vous aussi par mon prénom, Elvira, et nous serons à égalité.

— Voulez-vous un... (Il laissa sa phrase en suspens et jeta un coup d'œil à son taudis piteux et crasseux.) Je n'ai rien à vous offrir, *madame*... Elvira. Je n'ai rien à vous offrir, Elvira.

— Ce n'est rien, Paddy, je n'ai besoin de rien.

— Cela vous ennuie-t-il que je me serve un peu

de whisky ? demanda-t-il en remplissant complètement un verre sale posé sur la table.

— Pas du tout, voyons. Servez-vous, je vous en
prie. (Je n'avais pas fini de lui répondre qu'il était
déjà en train de boire une grande gorgée. Il s'en
fallut de peu qu'il ne vide son verre d'un seul trait.)
Mais, dites-moi, pourquoi avez-vous quitté le Shanghai Club ?

Son regard devint fuyant.

— J'ai été mis à la porte.

— Mis à la porte ? répétai-je avec une expression de surprise totalement feinte.

— Après que j'ai perdu ma jambe, je n'ai plus
été en mesure de travailler comme correspondant
de presse, ni comme délégué du *Journal* de la
Royal Geographical Society.

— Mais la perte d'une jambe n'est pas un motif
de renvoi, objectai-je. Vous auriez pu continuer à
écrire, vous déplacer dans les rues de Shanghai en
pousse-pousse, et même...

— Non, non, Elvira, m'interrompit-il. Je n'ai pas
été renvoyé parce que j'avais une jambe en moins,
mais parce que je me suis mis à boire un peu trop
quand je suis sorti de l'hôpital et que je n'étais plus
capable de remplir mes obligations. Et comme
vous le voyez... (il remplit de nouveau son verre et
avala encore une bonne lampée de whisky) je bois
toujours trop. Enfin, racontez-moi, où est Lao
Jiang ? Pourquoi n'est-il pas venu avec vous ?

Nous étions arrivés à la partie la plus difficile de
notre conversation.

— Eh bien, Paddy, Lao Jiang est mort.

Il se décomposa.

— Que dites-vous ? balbutia-t-il, abasourdi.

— Je vais vous raconter toute l'histoire depuis
que vous avez été blessé à Nankin.

Je lui expliquai que, par chance, des soldats du Kuomintang passant par Zhonghua Men au moment où nous nous faisions attaquer par la Bande verte nous avaient sauvé la vie ce jour-là et qu'ils l'avaient emmené à leur quartier général afin de lui fournir des soins médicaux.

— Je sais tout ça, dit-il. J'ai eu beaucoup de fièvre et je ne me souviens pas de tous les détails, mais je me rappelle m'être disputé avec un officier du Kuomintang pour qu'il me fasse transférer à un hôpital de Shanghai quand j'ai appris que ma jambe allait devoir être amputée.

— En effet. C'est en tant que ressortissant étranger et correspondant de presse que vous avez été pris en charge par le Kuomintang, qui a aussitôt proposé de s'occuper de tout.

Première partie de la nouvelle version de l'histoire. Pour l'instant, tout allait comme sur des roulettes. Tandis qu'il buvait un verre de whisky après l'autre, je lui racontai notre voyage en sampan jusqu'à Hankou, notre séjour à Wudang, ce que nous dûmes faire pour récupérer le troisième fragment du *jiance*, les autres attaques de la Bande verte, nos pérégrinations à travers les montagnes jusqu'au mausolée du mont Li, la façon dont nous étions parvenus à entrer dans la sépulture grâce au maître Jade Rouge et à son Nid de dragon, puis tout le reste. Nous bavardâmes longuement et je lui donnai force détails – je pensais au livre qu'il écrirait peut-être un jour –, mais je pris soin d'occulter les aspects politiques de l'affaire. Je ne reparlai pas du Kuomintang et ne fis aucune allusion aux jeunes miliciens communistes ni à Lao Jiang, tel qu'il s'était révélé dans la chambre du cercueil du Premier Empereur. Je lui dis que nous étions sortis tous les cinq de là et que, lorsque nous étions remontés au troisième niveau en empruntant les dix mille ponts, une des passerelles, vieille et usée, avait cédé. Lao Jiang avait fait une chute de plus de cent mètres et nous n'avions rien pu faire pour lui. Nous avions même été obligés de courir, au grand péril de notre vie, car les pilastres s'étaient mis à tomber autour de nous en se heurtant les uns aux autres. Cela avait provoqué un véritable séisme qui avait fait trembler tout le complexe funéraire. Je lui expliquai l'astuce des miroirs au niveau du méthane et lui rapportai que, au moment où nous sortions enfin de la salle du trône, qui s'effondrait sous nos pieds, les sicaires de la Bande verte avaient brusquement surgi. Ils avaient essayé de nous arrêter mais, voyant que tout le mausolée s'écroulait, ils avaient couru avec nous et, une fois dehors, s'étaient enfuis sans nous venir en aide, nous abandonnant au milieu de nulle part.

— Ils ne s'intéressaient qu'à la tombe du Premier Empereur, grommela Paddy d'une voix traînante à cause des effets de l'alcool.

Il était manifestement très atteint par la mort de Lao Jiang, son vieil ami, l'antiquaire de la rue Nankin.

— Ce qui nous amène à la conclusion de cette histoire, déclarai-je avec enthousiasme dans l'espoir de lui redonner le moral : nous ne sommes plus poursuivis par la Bande verte. Nous ne l'intéressons plus. Seulement, comme elle est au courant de tout, il se pourrait, si vous et moi nous promenions dans les rues de Shanghai en exhibant ceci… (je pris dans mon sac un chèque que j'avais rempli à l'hôtel avant de partir au cabinet de l'avocat, et je le posai devant lui, sur la table) il se pourrait, donc, qu'elle décide de nous empoisonner la vie.

Paddy tendit la main, prit le chèque et l'ouvrit très lentement. Lorsqu'il lut le montant que j'avais indiqué, il devint livide et se mit à suer à tel point qu'il dut se passer sur le front, d'une main tremblante, un mouchoir dégoûtant sorti de la poche de son pantalon.

— C'est... c'est impossible, balbutia-t-il.

— Si, c'est possible. À Pékin, nous avons vendu tous les joyaux que nous pu extraire du mausolée et divisé l'argent obtenu en trois parties égales : une pour Wudang, une pour vous, et une pour moi.

— Et les enfants ?

— Les enfants vont rester avec moi.

— Mais je n'ai pas couru autant de risques que vous, je ne suis pas allé jusqu'au mausolée, je...

— Voulez-vous vous taire, Paddy ? Vous avez perdu une jambe en nous sauvant la vie, ce dont nous ne pourrons jamais assez vous remercier, alors ne discutez pas.

Il glissa le chèque avec un grand sourire dans la poche où il venait de ranger son mouchoir.

— Je vais devoir aller à la banque, murmura-t-il.

— Vous allez d'abord devoir faire un brin de toilette, lui recommandai-je. Et croyez-moi, Paddy, mieux vaut que vous quittiez la Chine. Nous ne pouvons faire confiance à la Bande verte et vous êtes très connu à Shanghai. Prenez un bateau et retournez en Irlande. Vous n'avez plus besoin de travailler. Vous pourriez vous acheter un château dans votre pays et vous consacrer à l'écriture. Je serais ravie de lire un bon roman racontant l'histoire du trésor du Premier Empereur que j'achèterais dans une de mes librairies préférées de Paris. Les enfants et moi pourrions vous rendre visite de temps à autre, et vous pourriez venir chez nous et y rester tout le temps qu'il vous plairait.

Il fronça les sourcils. Il avait cessé de boire. Son verre plein était resté sur la table.

— Il va falloir que vous obteniez les papiers de Biao, dit-il d'un air préoccupé, s'il en a. Il ne pourra pas quitter la Chine sans pièce d'identité.

— J'en parlerai cet après-midi au père Castrillo, le supérieur de la mission des augustins de l'Escorial, mais peu importe ce qu'il me dira. Le gamin a des contacts qui lui permettront, si nécessaire, d'obtenir une fausse pièce d'identité en quelques heures. L'argent n'est pas un problème.

— Comme vous avez changé, Elvira ! s'exclama Paddy dans un éclat de rire. Avant, vous faisiez tant de manières et vous étiez si timorée... (Il se rendit compte tout à coup de l'insolence de ses propos et fit marche arrière.) Veuillez m'excuser, je ne voulais pas vous vexer.

— Je ne suis pas vexée, Paddy. (Je mentais, bien sûr, mais je ne pouvais pas dire le contraire.) Vous avez raison. J'ai énormément changé, plus que vous ne sauriez l'imaginer. Et en bien. Je m'en réjouis, mais il y a tout de même une chose qui m'inquiète.

— Puis-je vous aider ?

— Non, vous ne pouvez pas, répondis-je avec contrariété, à moins que vous n'ayez les moyens de changer le monde et de faire en sorte que Biao ne soit pas rejeté à Paris parce qu'il est chinois.

— Ah ! cela va être très difficile ! s'exclama-t-il, songeur.

— Je ne sais comment je vais résoudre ce problème. Biao doit faire des études. Il est incroyablement intelligent. N'importe quelle discipline scientifique sera parfaite pour lui.

— Savez-vous à quoi cela me fait penser ? murmura Paddy. À l'incident de Lyon.

— L'incident de Lyon ?

— Oui, vous ne vous en souvenez pas ? C'est arrivé il y a environ deux ans, fin 1921. Après la guerre en Europe, la France a réclamé de la main-d'œuvre à ses colonies chinoises pour compenser le déficit dans les usines. Cent quarante mille coolies ont été envoyés là-bas. Dans le même temps, à des fins de propagande, les meilleurs élèves de toutes les universités de Chine ont été invités à poursuivre leurs études en France. Le but, officiellement, était de promouvoir les relations et les échanges entre les deux cultures. Je n'ose même pas vous dire comment toute cette histoire s'est terminée. (Il marqua une pause et s'adossa à son fauteuil.) Quelques mois après l'arrivée des premiers boursiers, la Société franco-chinoise d'éducation était en faillite ; il n'y avait pas un centime pour payer les frais d'études et d'internat. Les jeunes, presque tous de bonne famille ou particulièrement intelligents, comme Biao, durent se mettre à travailler dans les usines avec les coolies pour pouvoir manger. Les plus chanceux trouvèrent du travail comme plongeurs, mais d'autres en furent réduits à mendier dans les rues de Paris, Montargis, Fontainebleau ou Le Creusot. L'ambassadeur de Chine en France, Tcheng Lou, s'en est lavé les mains comme Pilate. Il a fait savoir qu'il n'avait pas l'intention de se charger de ces malheureux, d'autant qu'ils étaient particulièrement séduits par les idéaux communistes véhiculés, il faut bien le dire, par le parti communiste français lui-même, qui avait trouvé en eux un terrain fertile prêt à être ensemencé.

Épouvantée par les propos de Paddy, j'imaginai Biao en pareille situation. Comment serait-il considéré en France ? Comme un coolie chinois, un plongeur, un ouvrier d'usine, un révolutionnaire communiste ?

— Fin septembre 1921, poursuivit Paddy, les étudiants ont organisé une manifestation devant les portes de l'Institut franco-chinois de Lyon, installé au fort Saint-Irénée. L'ambassadeur Tcheng Lou a déclaré que l'empire du Milieu n'envisageait pas de s'occuper de ces agitateurs et, après une charge policière brutale qui a fait pas mal de blessés, certains manifestants ont été expulsés de France et d'autres ont pu se faire envoyer de l'argent par leur famille pour se payer le billet de retour.

— Essayez-vous de me dire qu'il serait préférable de laisser Biao à Shanghai ? demandai-je anxieusement.

— Non, Elvira. Je veux juste que vous sachiez à quoi il va être exposé en Europe. Il ne s'agit pas que de la France. La mentalité coloniale européenne est un mur très haut auquel il va se heurter en permanence. Peu importe qu'il soit intelligent, bon, honnête... ou même riche. Peu importe ! Il est chinois, c'est un Jaune avec les yeux bridés. Il est différent, il vient des colonies, il est inférieur aux autres. On s'arrêtera toujours pour le regarder quand il marchera dans la rue et on le montrera du doigt en France, en Allemagne, en Belgique, en Italie, en Angleterre, en Espagne...

— Je crois que vous êtes trop pessimiste, Paddy, m'insurgeai-je. Oui, il sera différent, mais les gens finiront par s'habituer à sa différence. Il arrivera un moment où les personnes de son entourage, ses camarades de classe, ses professeurs, ses amis ne remarqueront même plus qu'il a les yeux bridés. Ce sera Biao, c'est tout.

— Il va aussi lui falloir un nom de famille,

observa Paddy. Allez-vous l'adopter ? Allez-vous devenir la mère légale d'un Chinois ?

Je savais que nous allions en arriver là.

— S'il le faut, je le ferai, répondis-je.

Il me regarda longuement. Je n'aurais su dire si c'était de la pitié ou de l'admiration qu'il éprouvait à mon égard. Puis il se leva péniblement et reprit ses béquilles. Je me levai à mon tour.

— Vous pouvez compter sur mon aide, dit-il de façon laconique. Et maintenant, je vais faire un brin de toilette, comme vous me l'avez suggéré, et me rendre à la banque. Ensuite, je m'achèterai des vêtements et un billet pour l'Angleterre. Je passerai vous voir à votre hôtel, mais vous ne m'avez pas dit où vous êtes descendue...

— À l'Astor House.

— Eh bien, j'irai à l'Astor et... non, mieux encore, j'y prendrai moi aussi une chambre et nous reparlerons de tout cela. (Sa voix devint un simple murmure.) Merci, Elvira.

Il me tendit la main et je la lui serrai chaleureusement, avant de me diriger vers la porte, suivie par le bruit rythmé de ses béquilles.

— Nous nous reverrons à l'hôtel, alors ! lançai-je avant de partir.

— Au revoir, dit-il en souriant.

Mais nous ne le revîmes jamais. Le soir même, de retour de l'orphelinat, après avoir réglé la question des papiers de Biao avec le père Castrillo, je reçus des mains du concierge de l'hôtel une enveloppe contenant les billets de première classe que M. Julliard avait achetés pour les enfants et moi. Nous allions voyager à bord du paquebot *Dumont d'Urville*, qui partait le lendemain, mercredi 19 décembre, à sept heures du matin, en direction du port de Marseille. Outre l'enveloppe de l'avocat, il y avait une note signée Patrick Tichborne dans laquelle celui-ci m'informait, en me présentant ses excuses, qu'il ne viendrait pas à notre rendez-vous. Il avait eu la chance exceptionnelle de trouver une place à bord d'un bateau à vapeur qui appareillait le soir même pour Yokohama. Après avoir longuement réfléchi, il avait décidé d'aller aux États-Unis, à New York, où il comptait bien se faire poser la meilleure prothèse de jambe du monde. Il promettait de reprendre contact avec moi à Paris dès son retour en Europe.

Mais il ne le fit pas. Nous n'eûmes plus aucune nouvelle de lui et ne sûmes jamais ce qu'il était devenu. Je supposai qu'il avait obtenu sa prothèse de jambe et qu'il vivait désormais comme un roi quelque part dans le monde en buvant sa part du trésor du mausolée du Premier Empereur.

Les enfants et moi retournâmes à mon appartement de Paris. Après tout ce qu'elle avait vécu en Chine et en raison, sans doute, de certaines prédispositions familiales, Fernanda développa avec les années un sens aigu de l'indépendance, qui fit d'elle une femme au caractère bien trempé. Quand le jeune et brillant Biao entra au prestigieux *lycée* Condorcet, elle décida, elle aussi, de faire des études. Tandis que nous nous faisions construire une splendide maison dans la banlieue de Paris, je me vis dans l'obligation de lui fournir des professeurs particuliers, afin qu'elle puisse étudier les mêmes matières que Biao au *lycée*. Après notre déménagement en banlieue, elle poursuivit ses études et, lorsque Biao intégra l'université de Paris, à la Sorbonne, pour suivre un cursus de sciences physiques, elle fut, quant à elle, la première femme étrangère autorisée à s'inscrire – non sans que je doive faire jouer mes relations avec toutes les personnes influentes de ma connaissance – à l'École libre des sciences politiques, où elle rencontra peu de temps après un jeune diplomate aux idées modernes avec lequel elle se fiança et qui savait la prendre mieux que personne.

Biao résista avec courage aux pénibles épreuves qui lui furent infligées à Paris en raison de ses origines orientales. Il ne se formalisa pas des plaisanteries de mauvais goût ni des obstacles que certains idiots mirent en travers de son chemin. Il continua à avancer comme un train emballé et obtint quelques années plus tard le grade de docteur en tant que major de promotion et avec les félicitations du jury. Comme il ne trouvait pas de travail en France, il finit par accepter l'offre d'une entreprise nord-américaine basée en Californie, qui lui proposa des conditions dignes d'un empereur. Peu après son arrivée aux États-Unis, il rencontra une fille prénommée Gladys et l'épousa (ce fut la première fois que je traversai l'Atlantique). Un an plus tard, Fernanda se mariait aussi, avec André, le diplomate de tous les instants, et ils partaient pour un pays imprononçable du continent africain.

Et moi ? Eh bien, moi, tant que j'eus les enfants à la maison, je passai mon temps à peindre et à acheter des peintures. Je dépensai des sommes considérables pour acquérir des tableaux de mes peintres favoris et devins une collectionneuse de renom. J'ouvris en outre plusieurs galeries d'art et une splendide académie de peinture, *rue* Saint-Guillaume. Lorsque Fernanda et Biao quittèrent le foyer, je voyageai dans toute l'Europe pour visiter les musées et les expositions. Puis en 1936, un groupe de militaires fascistes fit un coup d'État en Espagne et ce fut le début de la guerre civile. Je me rendis alors dans le Sud, à la frontière, où j'apportai un soutien personnel et financier aux républicains qui quittaient le pays. Ce fut une tâche interminable, épuisante. Tous les jours, des réfugiés franchissaient les Pyrénées par milliers pour échapper à l'armée ennemie ; sans argent, sans nourriture et sans connaissance du français, ils étaient perdus. Ils arrivaient sales, malades, blessés, désespérés... Lorsqu'elle parut toucher à sa fin, cette mission très éprouvante nécessita un prolongement immédiat : la Seconde Guerre mondiale avait éclaté. À ce moment-là, j'avais déjà la soixantaine et Biao, qui était le père de deux enfants en bas âge, m'enjoignit catégoriquement de quitter l'Europe et de venir vivre en Californie avec lui et sa famille. Fernanda, depuis son pays africain imprononçable, me conseilla de l'écouter. Selon elle, c'était la meilleure solution, la plus sûre, car la France ne tarderait pas à tomber aux mains des nazis. Du reste, elle me suivrait bientôt avec ses deux petits enfants.

Ce fut ainsi qu'en 1941 ma collection de peintures et moi partîmes pour New York à bord d'un transatlantique, avant de traverser en chemin de fer cet immense pays d'une côte à l'autre, jusqu'à ce que nous arrivions dans la ville de Los Angeles. Trois mois plus tard, ma nièce arriva avec les petits. Comme la maison de Biao ne pouvait accueillir autant de gens, j'achetai une magnifique villa à Santa Monica, où étaient réunies presque toutes les galeries d'art de Los Angeles, et je fis l'acquisition d'une automobile.

À la fin de la guerre, André quitta le corps diplomatique français et vint travailler en Californie. Il dirigea une entreprise d'exportation d'agrumes, qui prospéra et fut un véritable succès. Mais celle qui réussit vraiment à merveille, ce fut Fernanda. Elle entra par pur hasard au service juridique des studios de cinéma Paramount et, aujourd'hui, elle est la terreur des agents artistiques des acteurs les plus en vue d'Hollywood. Les studios sont ravis de l'avoir et je les comprends.

Quant à moi, je prends le soleil et je continue à peindre. Je ne suis pas devenue un peintre célèbre, mais une collectionneuse réputée et un grand mécène de peintres reconnus. Je suis désormais très âgée. Trop. Mais cela ne m'empêche pas d'aller à la plage avec mes petits-enfants, ni de nager dans la piscine de la villa, ni de conduire mon automobile. Mon médecin affirme que j'ai une santé de fer et que j'arriverai certainement à cent ans. Et je lui dis toujours :

— Docteur, il faut vivre en apprenant à voir le bien dans le mal et le mal dans le bien.

Alors il rit en déclarant que j'ai décidément de bien étranges idées, comme faire des exercices de tai-chi tous les matins au réveil. Moi aussi, je ris, mais je repense alors à la vieille Ming T'ien qui admirait ces magnifiques montagnes invisibles à ses yeux.

— Agir avec précipitation écourte la vie, me répète-t-elle de temps à autre sans cesser de sourire.

— Oui, Ming T'ien, dis-je.

— Et souviens-toi de moi quand tu atteindras mon âge ! me crie-t-elle avant de disparaître.

Puis je continue à faire circuler mon énergie *qi* dans le jardin de la villa, sous le soleil, calmement, les cheveux détachés comme le recommandait l'Empereur jaune.

DU MÊME AUTEUR

Aux Éditions Charleston

LE PAYS SOUS LE CIEL, 2013, Folio n° 5823.

Aux Éditions Plon

LE DERNIER CATON, 2006, Folio Policier n° 508.
LE SALON D'AMBRE, 2005, Folio Policier n° 449.
IACOBUS, 2004, Folio Policier n° 359.

COLLECTION FOLIO